"권 리 를 줘 요 ."

혼전
계약서

1

* 이 도서의 국립중앙도서관 출판예정도서목록(CIP)은 서지정보유통지원시스템

홈페이지(http://seoji.nl.go.kr)와 국가자료공동목록시스템(http://www.nl.go.kr/kolisnet)에서

이용하실 수 있습니다. (CIP제어번호: CIP2020018889)

플아다 장편소설

혼전
계약서

1

은행나무

차 례

1.
두 사람은 서른이 되기 전에 결혼한다

"이게 마지막이야. 우승희, 나랑 사귀자."

벚꽃잎이 쏟아지는, 눈이 부시도록 찬란한 날.

"미안해."

그 예쁜 날, 매정한 한마디를 하고서 돌아섰다. 돌아서는 시야에 그 애의 실망한 듯한 표정이 슬쩍 스쳤다.

"네가 나 안 받아주면."

"……."

"죽을 거야, 나."

***

"대표님, 무슨 생각 하세요?"

악몽을 떠올리며 멍해져 있던 승희를 회사 직원 혜순이 불렀다.

"어? 아니."

멍하니 있으니 유독 두드러지는 인형 같은 외모. 눈꺼풀을 내려 긴 속눈썹으로 동그란 고양이눈을 나긋이 감춘 승희는 두 손을 올려 손끝으로 동글동글 눈 마사지를 했다.

"오늘 꿈을 꿨거든. 악몽이었어."

"아. 투자 때문에 싱숭생숭하신가 보다."

혜순은 이해한다는 듯 끄덕였다.

투자커넥팅 회사의 양 부장이 방문하겠노라 연락을 주었다. 말투가 미심쩍게도 긴하여 승희는 자꾸 간밤에 꾸었던 꿈이 생각났다. 올해 한 번도 꾸지 않았던 꿈. 이제 이 꿈에서도 마음이 멀어졌나보다 생각했는데, 아직 극복하지 못한 모양이다. 이 꿈을 꾸면 며칠간은 일진이 좋지가 않다. 운이 꼬이는 것도 있겠지만 마음의 문제이기도 할 것이다. 승희는 의자에 등을 기대며 한숨을 털어놓았다.

"어디서 50억이 뚝 떨어졌으면 좋겠다. 50억만 있으면 내가 1년 안에 200억으로 불릴 수 있는데."

"그렇죠. 돈이 돈을 벌죠. 사람이 돈을 버는 게 아니라."

혜순도 길게 숨을 뱉어내고는 대답했다. 한숨처럼 근심도 전염되는 것 같았다.

안 되지. 나는 무너지면 안 되지. 승희는 다시 허리를 바로 세우고 업무에 열을 올렸다. 얼마 지나지 않아 사무실의 문이 열렸다.

"다들 잘 지냈나?"

양 부장이었다. 승희도 자리에서 벌떡 일어났다.

"오셨어요. 회의실로 들어가시죠."

승희는 회의실 겸 접견실로 쓰이는 공간으로 양 부장을 안내했다.

"여기 방음 어때?"

양 부장이 회의실 자리에 착석하자마자 조용히 꺼낸 말이다. 마주 앉은 승희가 대답했다.

"글쎄요. 조용히 말씀하시면 안 들릴 것 같은데요."

대체 무슨 말을 하려고 이러시나. 양 부장이 뜸을 들인 탓에 승희의 속은 더욱 바짝 탔다.

트윙클에셋. 소액 자산관리 및 재테크 서비스 시스템 운영 컴퍼니. 승희가 1년 반 전, 자본금 3000만 원으로 차린 회사다.

처음엔 남들 다 그렇듯 대기업에 취직했지만 사업가 기질이 있는 사람은 어쩔 수가 없는 것 같다. 오래전부터 제 사업을 하고 싶어 했던 승희는 문제없이 다니던 자산운용사에서 퇴사한 뒤 자기 회사를 세웠다. 회사 설립과 동시에 고용한 멤버들 세 명과는 탈 없이 잘 지내고 있다. 고급 인력을 얼마 안 되는 급여로 부리고 있지만, 직원들은 회사의 성장을 믿어 의심치 않으며 함께 성장해가고 있다.

그런 직원들에게까지 조심해야 하는 얘기가 대체 뭘까. 뜸들이던 양 부장이 운을 떼었다.

"우 대표. 투자자 쪽에서 우 대표를 아는 모양이야. 아주 관심이 많더라고."

"그래요? 누군데요?"

"그게, 아직은 말해줄 수가 없고."

조용한 목소리로 대답한 양 부장은 자켓 안주머니에서 메모지 하나를 꺼내 승희의 앞으로 조심스럽게 내밀었다. 메모지에 적힌 글씨를 내려다보던 승희의 미간이 딱딱하게 굳었다. 웬 강원도 리조트 이름과 호실, 그리고 날짜가 쓰여 있었다.

"접견 장소야."

"……우리 직원들도 다 같이 가는 거죠?"

"당연히 아니지. 오래전부터 우 대표를 되게 만나고 싶어 했던 사장님이야."

"대체 어디 살길래 강원도 리조트에서 만나자고 하는데요? 리조트 경영하는 사람이에요?"

"아니. 그건 아니고."

"그럼 지금 사는 데가 강원도래요?"

"아니. 그런 게 아니고."

양 부장은 거듭 손을 저었다. 승희는 이제껏 투자한 시간이 허탈해졌다.

"부장님, 말씀드렸죠. 스폰서는 싫다고."

"누가 스폰 받으래? 그냥 한번 만나기만 하면 돼."

"그럼 왜 거기서 만나냐고요. 그것도 룸에서. 나한테 관심이 많다는 얘기는 또 뭔데요."

"우 대표. 다 우 대표 잘되라고 그러는 거야."

"부장님, 이러시면 저 앞으로 부장님한테 못 맡겨요."

"우 대표."

양 부장은 도통 말이 안 통한다는 듯이 목소리를 높였다가 회의실 밖으로 새나가는 것이 염려스러운 듯 다시 어깨를 낮추고서 조용히 입을 열었다.

"그거 하나 들어주는 게 그렇게 힘들어? 몇십 억이 굴러들어올 텐데?"

"부장님, 부장님이 뚜쟁이예요?"

"허어. 야, 우 대표."

"왜 우리 트윙클에셋 자체로는 평가를 못 받는 건데요."

승희가 계속 따지고 들자 양 부장은 한숨을 푸욱 쉬고는 다른 제안을 했다.

"알았어. 그럼 내가 말씀드려볼 테니까 강원도 리조트 말고 서울 호텔에서 만나."

"……."

"좋은 기회라고. 우 대표 나이 또래고 인물도 좋은 엔젤투자자야. 일단 만나기만 해봐. 혹시 모르잖아. 이게 좋은 인연으로 연결돼서 결혼도 할 수 있는 거고."

"'엔젤'을 어디다 갖다 붙여요. 첫 미팅부터 강원도 리조트로 부르는 사람은 소싯적 알랭 들롱 뺨치게 잘생겨도 싫고요. 저 비혼주의예요. 평생 솔로로 살 거예요."

그녀가 이토록 강하게 나오니 양 부장도 별 도리가 없었다. 양 부장은 메모지를 구겨서 주머니에 넣으며 씁쓸하게 말했다.

"우 대표. 그렇게 투명하게만 살다가 투명해진다. 없어진다고. 백지처럼 하얗게 살다가 어느 순간 백치 되는 거야."

"안녕히 가세요."

승희는 싸늘하게 인사했다. 기분이 상한 양 부장도 곧장 자리를 박차고 나갔다. 회의실에서 나오니 미어캣처럼 목을 빳빳이 세운 세 명의 직원이 멀뚱하니 승희를 바라본다.

"대표님, 무슨 일이에요? 부장님 왜 저러세요?"

"미안. 투자는 물 건너갔다."

승희는 혜순의 물음에 씁쓸하게 대답하고는 자리로 돌아갔다. 책상 위에는 우편물이 놓여 있었다. 'Y대 경영학과'에서 보낸 우편물이었다.

—제89회 Y대 경영학과 정기 동문회

우편물을 뜯어 윗줄을 확인한 승희는 더 읽어보지 않고 다시 봉투에 넣었다. 한 번도 동문회에 가본 적 없었다. 앞으로도 없을 것이다.

승희는 우편물을 대충 팽개치고는 컴퓨터 문서함의 사업계획서 이름을 '트윙클에셋 사업계획서 ver27'로 바꾸었다. 열심히 준비했던 사업계획서는 투자자 앞에서 펼쳐보지도 못하고 재활용함에 들어가게 되었다.

승희는 쓰게 한숨을 짓고는 자리에서 일어났다. 점심 약속이 있었다.

"점심들 먹어. 나는 약속이 있어서 따로 식사할게."

법인카드를 혜순의 책상 위에 올려놓고는 사무실 문을 나서는데, 혜순이 따라 나오며 궁금해 죽겠다는 듯 말을 걸었다.

"언니, 투자 어떻게 된 거예요?"

아마 다른 두 직원이 혜순에게 부탁했을 것이다. 회의실에서 무슨 일이 있었는지 물어보라고. 어떻게든 이 이야기가 전해지게 될 거라면 지금 하는 게 낫다. 트윙클에셋의 직원 세 사람과 승희는 이제 남매 같은 사이다. 숨길 것은 없었다. 승희는 양 부장이 했던 제안을 그대로 전했다.

"언니 입장이 그렇다면 뭐 어쩔 수 없는 건데요. 조금 아쉽긴 하네요."

남의 눈치 안 보는 솔직한 인재, 혜순은 사연을 모두 듣고서 시니컬한 평을 남겼다. 승희의 눈썹이 반대로 휘었다.

"한번 만나주기만 하면 편해질 것 같은데, 하는 생각이 들어서요.

거기다가 우리 또래에 인물도 좋다는데 안 궁금해요?"

'아쉽긴 하다'는 평이, 투자를 못 받아서 그런 건 아닌 듯했다. 그저 인물이 좋다는 말에 반응한 것 같았다.

"누군지도 모르는 사람을 어떻게 만나."

"다 누군지도 모르는 채로 만나고 사귀고 그러는 거죠. 원래부터 아는 사이가 어디 있어요. 엄마도 아니고. 얼굴만 확인하고 아니다 싶으면 욕하고 등돌리면 될 텐데."

"투자가 아쉬운 거야, 인물이 궁금한 거야?"

"뭐 투자야 대표님이 알아서 잘하시겠죠. 그럼 점심 맛있게 드세요."

궁금증을 해결한 혜순은 그렇게 쿨하게 다시 사무실 안으로 들어갔다.

회사 근처의 식당에 먼저 자리 잡은 승희는 유리벽에 비치는 제 표정을 확인하며 혼잣말했다.

"50억이 어디서 뚝 떨어졌으면 했는데. 뚝 떨어지는 걸 줍지도 못했네."

간밤의 꿈에, 양 부장이 했던 말이 더해져 마음이 싱숭생숭했다. 투자자 앞에서 사업계획서 첫 장을 넘기지도 못했으니 쓸쓸하긴 하지만, 그래도 잘했다, 우승희. 승희는 스스로를 위로하는 것으로 지난 시간을 갈무리했다.

"우리 딸. 이게 얼마만이야."

몇 분 기다리니 아빠 남수가 왔다.

"오랜만에 딸 만나면서 늦었네, 늦었어."

승희는 투정부리듯 입술을 삐죽였다. 자취를 하게 된 뒤로 아빠와는 1년에 서너 번 보는 세 고작이다.

"여전히 까칠하네. 역시 우리 딸이 맞구먼."

자리에 앉은 남수가 딸을 지그시 바라보았다.

"그새 더 예뻐졌네."

흥. 그래도 아빠에게 받는 칭찬은 기분이 나쁘지 않다. 그 눈빛에 담긴 애정이 진짜 자신을 위한 것이라는 걸 알고 있으니.

"웬일이에요? 평일 점심에 갑자기 보자고 하고."

"어. 너 사업 잘되나 해서."

"진짜 그게 궁금해서 그러는 거예요, 아니면 인사치레로 안부 물어보는 거예요?"

승희가 웃으며 추궁했다. 평소 같았으면 허허 웃을 아빠가 반응을 보이지 않았다. 그때 이상한 낌새를 눈치채고 도망쳤어야 했는데.

이윽고 두 사람 앞에 음식들이 나왔다. 남수는 제 몫의 고기까지 승희의 숟가락 위에 부지런히 올렸다.

"많이 먹어. 아빠가 살게."

"아빠가 돈이 어디 있어."

흥신소를 하는 아빠의 사정을 알고 있는 승희가 픽 웃었다. 벽에 비스듬히 걸려 있는 TV에서는 한 여배우의 부모님에게 돈을 꿔주었다가 떼인 사람의 인터뷰가 나오고 있었다.

"아빠는 물려줄 빚 같은 거 없지?"

승희가 TV 화면을 슬쩍 보고서 물었다. 그저 싱긋 미소 지을 뿐 허허 웃지를 않아 농담 삼아 꺼낸 말이었다.

"승희야."

그런데 돌연 남수는 젓가락을 내려놓았다.

"오래전에 말이야. 그러니까 정확히는 23년 전에. 잘 알고 지내던 한부자라는 사람이 있었거든. 그 당시에 아빠한테 큰일이 생겨가지고 급전이 필요하게 됐어요. 근데 돈은 빌릴 데가 없고. 그때 한부자가 내 딱한 사정을 알고 땅을 빌려준 거지."

땅을? 승희의 눈이 번쩍 둥그렇게 뜨였다.

"그때 내가 한부자한테 받은 그 땅문서를 2억에 팔았는데 말이야."

2억. 큰돈이다. 정말 아까 그 투자자라는 사람을 한번 만나나 볼걸 그랬나 생각하게 했다. '아빠, 나 돈 없어'라는 말이 승희의 목 위로 차올라왔다. 그런데 아빠의 말은 그게 끝이 아니었다.

"거기 땅값이 지금 스물다섯 배가 됐더라고."

"스물다섯 배?"

절로 소리가 높아졌다. 주위에서 사람들 몇이 힐끔거렸다. 아빠의 말은 계속 이어졌다.

"근데 그걸 갚지 않아도 되는 조건이 있었어. 네가 그 집 손주랑 결혼만 한다면 말이야."

남수는 어처구니없는 말과 함께 옆에 놓아둔 서류봉투에서 계약서를 꺼내 보여주었다. 계약서 중앙에 날렵하게 쓰인 몇 개의 글자가 승희를 흥분 상태로 몰아넣었다.

―두 사람은 서른 살이 되기 전에 결혼한다.

절로 손이 부들부들 떨렸다. 23년 전에, 딸을 2억에 팔아먹다니. 그때 나는 겨우 다섯 살이었는데! 이런 아빠가 어디 있단 말인가.

"근데 좋은 방법이 있어."

부녀간의 연을 끊을까, 어느 산속으로 도망가서 서른한 살이 될 때까지 모든 연락을 끊어버릴까 골 아프게 생각하던 승희는 다시 남수를 바라보았다.

"그때 그게 한부자가 술 먹고 시원하게 일필휘지로 쓴 계약서였거든. 아마 기억도 못 하고 있을 거야."

"그걸 어떻게 알아."

"그 양반 성격이 원래 그래."

"……."

"그러니 그 집에 가서 몰래 계약서를 가져오는 거지. 내가 계약서 있는 장소까지 확인했어. 가져오기만 하면 돼."

"그럼 아빠가 가져오면 되겠네요."

"그게, 그 집 개가 엄청 커. 집 안에 풀어놓는 개야."

아빠는 20여 년 전에 개에 크게 물린 적이 있었다. 다리의 피부를 그대로 물어뜯긴 아빠는 그 뒤로 개 공포증이 생겼다. 그런 아빠가 답답하다고 생각하지는 않는다. 누구에게나 갑자기 공포증이 닥칠 수 있다.

"근데 한부자라며. 여기 쓰인 이름은 다른데?"

계약서 쪽으로 다시 눈길을 준 그녀가 반은 포기하는 심정으로 물었다.

"어. '한 씨' 부자라는 얘기였고."

설마. 설마 내가 생각하는 그 사람은 아니겠지. 승희는 고개를 도리도리 저었다.

"금왕그룹 한태조 회장이야."

그러나 슬픈 예감은 어쩌면 이렇게 꼭 들어맞는 것인가.

"아빠 진짜 미쳤어?"

그녀는 다시 한번 큰 소리로 버럭하여 모두의 시선을 모으게 되었다.

금왕그룹 한태조 명예 회장. 국내에 이렇다 할 전자제품 브랜드가 없던 시절, 금광을 채굴하여 번 돈으로 외국에서 신문물을 들여와 팔다가 우리나라에서 직접 제조하게 되면서, 현재 금왕그룹의 모태가 되는 금왕전자를 설립한 입지전적 인물이다. 지금은 전자회사뿐 아니라 쇼핑, 건설, 금융, 엔터테인먼트에 이르기까지, 대한민국에서 하루라도 금왕그룹을 벗어나 살 수는 없을 거라는 말이 나올 정도로 거대한 그룹이 되었다.

그런 그룹의 회장님이 당시 다섯 살이었던 자신을 담보로 아빠한 테 땅을 양도하다니. 물론 담보에는 회장님의 손주도 잡혀 있긴 하지만, 아무튼 이건 정신이 제대로 박힌 사람이 할 만한 일이 아니다.

'근데 아빠는 어떻게 이런 사람을 알고 있는 거지?'

믿을 수 없는 일이 한두 개가 아니다. 어쨌든 계약서가 가짜는 아닌 것 같다. 승희는 계약서에 적혀 있는 그 집안의 손주라는 사람, '한무결'이라는 사람에 대해서도 검색해보았다. 곧장 포털사이트에 그의 사진과 함께 이력이 주욱 떴다.

한무결. 29세. S대 컴퓨터공학과 출신. 모바일게임 기업 '골드킹' 의 대표.

뭐야. 잘생겼네?

곧은 이목구비와 날렵한 턱선. 배우라고 해도 손색없을 정도의 외모였다. 무표정인데다가 정적인 사진인데 묘하게 섹시함이 느껴지기도 했다. 한태조 회장이 젊었던 시절 그렇게나 외모가 출중했다고 한다. 금왕그룹이 성공한 데에는 여러 이유가 있었겠지만 한태조 회장의 외모가 크게 한몫했다는 말을 이제는 서민들이 우스갯소리로 하는 세상이다.

그의 얼굴을 확인하니 마른침이 꼴깍 넘어갔다. 이 남자와 결혼을 한다면…… 잠시 엉뚱한 생각을 해보았다. 하지만 금방 고개를 저었다. 계속 마우스를 딸깍거리던 승희는 시선을 끄는 사진 한 장을 발견했다.

"염문도 있네."

찍힌 곳은 일본 도쿄. 한 여배우와 얼굴을 마주하며 머리를 쓸어주고 있는 사진이었다. 그런데 그의 기럭지와 포즈가 너무 매력적이어서 여배우가 보이질 않았다. 파파라치 사진이 화보처럼 찍혔다. 사기캐라는 생각이 들었다. 그런 생각을 하니 더욱 위험하게 느껴졌다. 이런 사람과 긴하게 엮이면 한순간 주목을 받을 수도 있겠으나 내내 벼랑 끝에 서 있는 기분을 맛보게 될 것이다. 승희는 현실을 직시할 줄 아는 사람이었다. 더욱이, 여배우와 일본에서 밀회를 즐기는 사람과 결혼하고 싶지는 않다.

승희는 아빠에게 전화했다. 이왕 마음먹은 거 빨리 해결해야 했다.

눈앞에 거대한 담이 보였다. 길게 이어진 높은 담은 한눈에 다 들어오지도 않는다. 높은 담에 둘러싸여 내부의 모습은 보이지 않았다. 승희는 아빠가 그려준 건물 내부지도를 머리에 잘 새겨넣었다.

아빠가 구해온 저택의 직원 유니폼이 치마인 게 마음에 들지 않았다. 치마는 자주 입지 않는다. 무릎이 드러나는 치마는 더욱. 남동생 승규가 치마 밑단을 매만지는 승희를 걱정스럽게 바라보았다. 승규는 간간이 아빠를 노려보기도 했다. 승규도 이런 일을 할 수밖에 없는 현실에 대해 화가 난 것이다.

"저기가 쪽문이야. 저 문으로 들어가면 돼. 한 시간 동안 열어놓기로 했어. 들어가면, 내가 말해준 길을 따라서 벽을 왼쪽에 붙이고 이동해. 그럼 CCTV를 피할 수 있을 거야."

남수의 설명에 승규가 한숨을 거칠게 뱉어내고는 물었다.

"누나, 괜찮겠어?"

"어쩌겠어. 방법이 없잖아."

승희가 짧게 대답하니 승규가 혀를 찼다.

이윽고 세 사람이 탄 차가 쪽문 바로 앞에 섰다. 정말로 쪽문이 살짝 열려 있었다. 승희는 차 문을 나서며 무시무시한 유언을 남겼다.

"혹시 내가 누구한테 붙잡히면 나만 죽을 수는 없어. 아빠도 같이 죽는 거예요."

"기도할게."

아빠가 두 손을 모아 보이며 말했다. 교회도 안 다니면서.

승희는 눈물을 머금고 쪽문 안쪽으로 들어갔다. 쪽문에서 본관 건물로 들어가는 건 기역자 코스였다. 본관 건물의 문 또한 쪽문이다. 저택의 내부 직원들이 드나드는 길인 듯했다. 아빠가 이런 걸 죄다 알고 있는 것이 신기했다. 승희는 비밀번호와 누구의 지문인지 알 수 없는 실리콘지문으로 인증을 하고 건물 안으로 들어갔다. 첩보영화의 주인공이 된 것만 같았다. 너무 심장이 뛰니 묘한 쾌감까지 일었다. 승희는 마음을 차분히 다스리며 아빠의 말을 떠올렸다.

"곧장 계단을 올라가면 작은 공용실이 있고 복도 왼쪽에 방 세 개가 죽 이어져 있어. 방 세 개를 지나면 르누아르의 그림이 나와. 검색이 안 되는 그림이라 뭐라 설명할 수 없는데 하여튼 르누아르 그림이야. 느낌 알겠지?"

공교롭게도 승희가 가장 좋아하는 화가가 르누아르였다. 르누아르가 그린 예쁜 소녀들의 우아한 모습이 좋았다. 르누아르만의 색채도 좋아했다.

"그 그림을 끼고 오른쪽으로 꺾어. 거기서 두 번째 방. 문고리가 두 개 있는 문. 거기가 한태조 회장 서재야. 서재는 갈색 톤으로 꾸며져 있고 책상 모서리가 금으로 되어 있어."

아빠의 말을 되새기며 승희는 왠지 비밀이 가득해 보이는, 문고리가 두 개 있는 문을 조심스럽게 열었다. 문이 잠겨 있지는 않았다.
"헉."
하지만 승희는 금방 다시 문을 닫고 나왔다. 서재 느낌이 아니다. 누가 봐도 그냥 응접실이었다. 게다가 사람도 있었다.
'그런데, 왜 침실을 놔두고 저렇게 잠을 자고 있지?'
방에는 여자 한 명이 소파에 기대어 잠들어 있었다.
'술을 많이 드셨나?'
아니, 그게 중요한 게 아니다. 빨리 일을 마치고 떠나야 한다. 잠시 헤매던 승희는 조금 더 복도를 살폈다. 한참 만에 문고리가 두 개 있는 문을 또 발견했다. 그곳이 서재였다. 아빠가 설명한 그 서재. 안도의 한숨을 쉰 승희는 조심스럽게 안으로 발을 내디뎠다. 한국 최고의 재벌가인데 이토록 감시가 소홀한 것이 신기했다.

"서재의 책장 맨 위쪽에 연도별 문서 파일이 있어. 거기서 해당 연도 문서를 찾으면 돼."

아빠의 말에 따라 책장 맨 위쪽을 쭈욱 훑어본 승희는 23년 전의 연도가 적힌 문서 파일을 발견했다. 승희는 파일을 꺼내 빠른 속도로 넘겨보았다. 오래된 신문기사, 편지, 기념식 사진 등 해당 연도의 잡다한 기록들을 보관해놓은 파일이었다.

"찾았다."

한참 넘기던 승희는 마침내 계약서를 발견했다. 짜릿한 쾌감이 밀려왔다. 계약서 종이를 빼낸 승희는 파일을 다시 자리에 잘 올려놓았다.

'이제 얼른 탈출하자.'

그러나 문손잡이를 잡으려던 그녀의 손은 허공만 쥐었다. 문은 서재 바깥쪽에서 먼저 열렸다.

헉. 당황한 승희가 숨을 토해냈다. 누군가와 마주친 것이다.

젖은 몸에 샤워가운을 두른 남자였다. 가운 사이로 이름 붙이기 좋게 잘 짜여진 근육들이 눈에 들어왔다. 늘씬한 몸에 떡 벌어진 어깨. 고생 한 번 안 해본 것 같은 희고 결 고운 피부. 까마득히 고개를 올려 얼굴을 확인했다. 싸늘하게 내려다보는 눈빛을 마주한 것만으로도 알 수 있었다. 한무결. 그였다.

대충 털어낸 젖은 머리카락이 옅은 조명을 받아 반짝거렸다. 이 와중에 그의 외모에는 탄복을 하게 된다. 감상할 여유가 어디 있냐, 우승희. 승희는 속으로 스스로를 비난했나.

그녀가 내적갈등을 하고 있을 때 그가 말했다.

"내가 샤워하는 시간에는 이쪽으로 다니지 말란 얘기 못 들었어요?"

짜증이 난 듯한 말이었다. 그러나 그 느긋한 저음은 뜻을 부드럽게 곡해시키는 힘이 있었다. 야단을 맞은 느낌이 아니라 다정한 질문을 받은 느낌이다.

"들었습니다. 이제 생각이 났습니다. 죄송합니다."

승희는 능청스럽게 대답했다.

"왜 여길?"

"청소가 안 돼서요."

"깨끗한 거 같은데요."

"지금 막 청소를 마친 겁니다."

"그렇군요."

그가 그녀를 지나쳐 서재 안쪽으로 들어서며 말했다. 서류는 챙겨서 주머니에 넣었고, 그는 직원들 얼굴도 딱히 모르는 것 같고. 지금 이 장소만 무사히 탈출하면 완전범죄다.

"그럼 가보겠습니다."

승희는 냉큼 도망치듯 서재를 떠났다. 달칵. 문을 닫은 후 한숨을 내쉬었다. 얼른 떠나자.

그런데, 달칵. 다시 문이 열렸다.

"저기요."

그가 따라 나왔다. 흠칫, 승희가 고개를 돌려 바라보았다.

"갖고 가시는 건 사본입니다. 우승희 씨."

가늘어진 눈매로 편안히 웃으며 그가 말했다. 놀리듯이.

"내일 내용증명으로 보내드리려던 건데 직접 가져가러 오셨네요."

소름이 밀려왔다.

"그리고 나가시는 문은 저쪽입니다. 과연 나가실 수 있을지 모르겠지만."

죽었구나, 나는.

"……네? 무슨 말씀이시죠?"

승희는 뒷걸음질치면서 조용한 목소리로 물었다. 아무래도 뛰어서 도망치는 것이 옳을 것 같았다. 상대는 거의 맨몸이니 멀리 쫓아오지는 못할 것이다.

"주머니에 찔러 넣은 계약서는 사본이라고요. 우승희 씨."

그가 다시 한번 천천히 말했다. 그의 입가에는 느른한 미소가 걸려있었다. 단순히 예의로 웃어주는 것처럼 보이는 미소이지만 분명 그는 그녀를 조롱하고 있었다.

"내가 샤워하는 시간에 이쪽으로 다니지 말란 얘기를 한 적이 없거든요."

젠장. 승희의 눈길이 그의 허리에 가 머물렀다. 저 가운의 매듭을 풀어버리자. 확 풀어버리고 허둥대는 틈에 냉큼 줄행랑치자. 굳게 마음먹은 승희는 뒷걸음질치던 발을 성큼 앞으로 한 발짝 옮겼다. 그러나, 손쓸 틈도 없이 그에게 손목이 잡혔다.

"자, 잠깐……."

"진짜 직원이 지나간단 말입니다."

무결의 말에 승희는 등 뒤로 짧게 시선을 주게 되었다. 직원이 입고 있는 유니폼은 그녀의 것과 달랐다! 충격을 받아 동공지진을 일으키는 암식이 되어버린 승희를, 무결이 다시 서재로 끌고 들어갔다.

서재 문이 조용히 닫힌 후.

"이런 차림으로 여기 들어왔다는 건 들키기 싫잖아요?"

"……."

"지금 입고 있는 건 작년 유니폼입니다."

하늘이 무너지는 느낌. 그녀에게서 한 발 물러난 그는 팔짱을 끼고 가늘어진 눈매로 그녀를 내려다보았다.

"겁 없는 사람이라는 얘기는 들었지만 정말 여기까지 올 줄은 몰랐네."

그가 무슨 말을 하는지 잘 모르겠다. 그의 눈길이 자신의 몸을 스캔하듯 진득거렸지만, 승희는 고개를 제대로 들 수가 없었다. 고개를 내리고 있는 그녀의 눈앞에 불쑥 커다란 손이 내밀어졌다. 그제야 승희는 다시 그의 얼굴을 바라보게 되었다.

"한무결입니다. 이미 아시려나?"

약간의 미소를 띤 표정이 무척이나 오만하게 보이는데도 강제 설렘은 어쩔 수가 없었다. 사진보다 실물이 훨씬 더 수려한 사람이었다. 게다가 망할 젖은 머리카락과 느슨하게 걸쳐 입은 가운이 그가 지닌 섹시미를 배가시키는 느낌이었다. 승희는 악수를 청하는 손을 잡지도 거절하지도 못한 채 암담하게 바라보았다. 그때 서재 밖에서 누군가 고함치는 소리가 들렸다.

"사모님! 사모님!"

여자의 목소리였다. 그 소리에 놀란 승희는 무결의 손에 닿지 못한 채 두 손을 뒤로 감추었다. 무결도 밖에서 나는 소리에 귀를 기울였다.

"무슨 일이죠?"

뒤이어 다른 여인의 목소리가 들렸다.

"이, 이진심 씨가 쓰러졌는데 숨을 안 쉬어요."

맨 처음 '사모님'을 부른 여자가 대답했다.

"죽은 것 같아요……."

놀란 승희는 손을 들어 제 입을 가렸다. 무언가 잘못되었다. 무결에게 들켰을 때보다 더 큰 충격이었다. 눈앞이 캄캄해지는 기분이었다.

"잠깐만 있어요."

무결은 승희에게 짧게 일러두고 혼자 서재 밖으로 나갔다.

"몸이 차가워요. 사모님."

"병원에 연락해요."

여자의 울먹임에 '사모님'이 침착하게 대답하는 소리가 들렸다. 조용했던 공간에 발소리가 분주하게 들려오기 시작했다.

"숨을 안 쉰다고요? 청소하다가 쓰러진 겁니까?"

그 소리들 틈으로, 무결의 목소리가 들렸다.

"모르겠어요……."

울먹이던 여자가 대답했다. 무결이 다시 물었다.

"근데 이진심 씨가 그 방에 있었어요? 왜?"

"저도 모르겠어요. 퇴근한 줄 알았는데 여기 있었어요. 저는 제가 담당한 방이라 살펴본 건데……."

밖에서 들려오는 소리에, 승희는 휴대폰을 꺼내 아빠 남수에게 문자메시지를 보냈다. 메시지를 보내는 동안 손이 바르르 떨려왔다.

―아빠. 일이 생겼어. 먼저 가.

전송을 누른 직후, 달칵 소리와 함께 문이 열렸다. 화들짝 놀란 승희는 휴대폰을 바닥에 떨어뜨렸다.

"누구지?"

문을 연 사람은 무결이 아니었다. 좀 전에 들려오던 '사모님' 목소리의 주인이었다.

승희는 문을 연 여인의 얼굴을 알고 있었다. 모를 수가 없었다.

이혜리. 현재 금왕그룹 회장 한규원의 부인이자 한무결의 새어머니다. 15년 전까지 방송사 간판 아나운서로 활약하다가 결혼과 동시에 은퇴를 한 여인. 그녀의 얼굴을 확인한 승희는 몸이 굳을 수밖에 없었다.

"제가 초대한 사람입니다."

무결이 금방 자리로 돌아와 승희와 혜리의 사이를 막아섰다. 그 모양이 마치 승희를 감싸는 듯 보였다.

"아직은 말씀하시지 마세요. 나중에 정식으로 소개시켜드릴 생각입니다."

무결이 견제하듯 말했지만, 혜리는 미간의 주름을 풀지 못했다. 승희의 의상이 남다르다는 것을 바로 알아본 것이다.

"근데 복장이……."

"제 취향이 이런 쪽이에요."

무결은 눈 하나 깜짝하지 않고서 냉큼 거짓말을 했다. 하얗게 질려 있던 승희의 얼굴색이 붉게 달아올랐다.

"이 사람 더 놀라게 하지 마세요. 이미 많이 놀랐으니까."

정말로 제법 연인을 감싸주는 듯한 말투였다. 적당히 낮으면서 조용하고 느긋한 목소리는 심각한 상황에서도 조급해지지 않게 하는 묘한 힘이 있었다. 무결이 딱 잘라 말하니 혜리도 더 이상 물어보지 않고 돌아섰다. 무결은 혜리가 떠나자마자 서재의 문을 닫고 떨어진 승희의 휴대폰을 주웠다.

"줘요."

하지만 무결은 승희의 휴대폰을 바로 돌려주지 않았다.

"그쪽은 50억짜리 계약서를 가져가려고 했으면서, 내가 가져가는 건 화나요?"

승희는 대꾸할 수가 없었다. 무결은 그녀의 휴대폰에 빠르게 숫자를 찍어나갔다. 누군가에게 전화를 거는 거였다.

"직접 찾아갈까 했는데 덕분에 연락처를 알았네요."

그는 용건을 재빨리 마친 후 그녀에게 휴대폰을 돌려주었다. 받은 휴대폰을 다시 주머니에 집어넣은 승희의 손을, 무결이 덥석 잡았다. 흠칫 놀란 승희가 반사적으로 손을 뿌리치려 했지만 무결은 더 꽉 잡았다.

"계속 여기 있을 수는 없잖아요. 일단 나갑시다."

아 그렇지. 방금 전에 그가 연인 행세를 해주어 위기를 모면했으니 계속 그런 척해야 했다.

승희는 손목의 힘을 풀었다. 무결이 그녀의 손을 잡고 앞서 걸었다. 걸음이 빨랐다. 오늘 처음 보는 사이에 이렇게 굳건히 손을 잡고 사건 장소를 빠져나가는 입장이 된 것이 얼떨떨하다. 하지만 이 낯선 공간에서 그의 손은 동아줄처럼 느껴졌다.

서둘러 사건 장소를 빠져나와 위층으로 올라간 그는 복도 끝에 있는 방으로 그녀를 안내했다. 방의 사면이 옷으로 빼곡히 채워진 드레스룸이었다.

"옷 좀 입고요."

이 남자는 멀뚱하니 서 있는 그녀를 기다리지도 않고 곧장 가운을 벗어버렸다. 그 건장함을 짐작게 하는 넓은 어깨와 등이 가차없이 그녀의 시야를 사로잡았다. 승희는 경악하며 뒤돌아섰다.

"안 봤어요."

그녀는 그가 굳이 묻지 않은 일에 대해 대답했다. 실은 허리에 느슨하게 걸쳐 있던 팬티의 색깔까지 대강 확인한 것 같지만 기억에서 말끔히 지우기로 한다.

"상관없어요."

그가 개의치 않는다는 듯 대답했다.

"훔쳐가는 것보다야 훔쳐보는 게 낫죠."

그의 놀림에 승희는 눈을 질끈 감았다.

"아까는 내가 다 안다는데도 시치미를 떼더니 지금은 입을 꾹 다물었네요?"

잠시 후 눈앞에서 목소리가 들렸다. 헉. 눈을 떠보니 금세 옷을 갈아입은 무결이 목을 기울여 그녀의 얼굴을 가까이에서 쳐다보고 있다. 즐겁다는 듯이.

"하긴. 달리 할 말이 없겠지. 돈도 안 물고 결혼도 안 할 마음으로 계약서를 빼돌리려고 했으니."

그는 그녀를 놀리는 데에 재미 들린 모양이었다. 하얀색 티셔츠에 짙은 색 청바지. 특이할 것도 없는 밋밋한 옷차림인데 그가 걸치고 있으니 멋스러운 느낌이었다. 승희는 어떤 반응도 보이고 싶지 않아 입술을 말아 감추었다. 이 모습을 뜯어보듯 찬찬히 응시하고 있던 그가 한참 만에 뒤돌아서서 아무렇게나 팽개쳐져 있던 차 키를 집어 들었다.

"정문으로 당당하게 나갑시다. 집까지 바래다줄게요."

"아뇨. 정문 나가면 택시 탈게요. 콜택시 부르면 돼요."

"그래요, 그럼."

그는 두 번 권하는 법도 없었다. 그래도 꽤나 친절하긴 했다. 무결은 드레스룸의 한쪽 벽에서 짙은 색 카디건을 가져와 그녀의 어깨에 걸쳐주었다.

"밖은 아직 추우니까 입고 가시고."

"아니에요. 싫어요."

"원래 버리려던 거니까 가는 길에 버려요."

거침없고 시원시원했다. 어찌 생각하면 무정해 보이기도 한다. 그래도 손은 잡았다. 연인이라는 연극에 최선을 다하는 것 같았다. 손은 건물 현관문을 나서자마자 떨어졌지만. 아니, 이건 승희 쪽에서 손을 뺀 것에 가깝다. 승희의 손을 잡고 있던 그의 손은 제 바지 주머니에 끼워졌다.

정말 그의 말처럼 밤공기가 차가웠다. 어색하고 창피해 죽겠는데 정문까지 가는 길은 또 왜 이렇게 먼지. 속으로 한숨만 쉬고 있을 때 그의 목소리가 고요히 들려왔다.

"얼마나 절실했는지는 잘 알았는데, 내 얼굴 확인하고 마음 바뀌지는 않았습니까?"

멀리서 들려오던 사이렌 소리가 가까워지고 있었다. 한무결에 대해 아는 건 없지만 외모로 사람을 유혹할 수 있는 사람이라는 건 잘 알겠다. 이 심란한 와중에도 그녀와 눈빛을 마주해오며 홀리려고 작성한 듯한 미소를 보내는 그가 신기하기도 했다. 하지만 겁먹은 승희에게는 마냥 곱게 보이지 않았다. 그녀가 대답하지 않으니 그는 한숨을 쉬며 어깨를 으쓱해 보였다.

"별수 없네요. 이렇게 된 김에 결혼해야지, 뭐."

"아니, 왜 얘기가 그런 쪽으로……."

오랜만에 입을 연 그녀의 목소리는 제대로 전달되지 않았다. 구급차가 사이렌 소리를 크게 울리며 두 사람 옆으로 지나갔다. 어느덧 정문에 다다랐다.

"콜택시 불렀어요?"

"네. 저기 오네요."

승희가 다가오는 택시에 손짓하며 말했다.

"잘 가요. 나중에 봅시다."

그는 쿨하게 돌아섰다.

'나중에 보긴 뭘 봐.'

승희는 울고 싶은 기분으로 택시에 올랐다. 그리고 바로 아빠에게 전화를 걸었다.

남수의 차는 무결의 집 인근에 있었다. 기사님께 양해를 구하고 택시에서 내린 승희는, 자신을 기다리고 있던 아빠의 차에 올라 씩씩댔다. 승희에게 자초지종을 모두 들은 남수도 미안해 어쩔 줄을 몰랐다.

"아빠 내 아빠 하지 마라."

"……."

"혹시 나랑 그 사람 맺어주려고 일부러 거기 보낸 거 아니야?"

억울해진 승희의 눈에 찔끔 눈물이 맺혔다.

"아빠 이제껏 나한테 잘해준 것도 그런 이유였어? 나한테 치킨 닭다리 두 개 다 준 게, 아이스크림 혼자 한 통 다 먹게 해준 게 다 미안해서 그런 거였어? 심청이처럼 팔아 치운 게 미안해서?"

"난 유니폼이 바뀌었는지 몰랐어. 왜 내동 안 바꾸다가 작년에 바꿨대?"

"그걸 왜 나한테 물어."

"……."

"왜 내가 아빠 때문에 이 고생을 해야 하는데. 아빠가 한태조 회장한테 가서 얘기해. 돈 못 갚아서 미안하다고 아빠가 말해야지. 결혼하고 싶으면 자기들이 해야지 왜 내 결혼이냐고. 내 인생은 뭐고 그 손주 인생은 또 뭔데."

그 손주라는 사람은 이렇게 된 김에 결혼해야겠다고 말하는 것으로 보아 결혼에 호의적인 것 같았지만, 그래도 실은 불쌍한 인간인 것이다.

"그 양반 손주가 어렸을 때 크게 앓았어."

그런데 씩씩대는 승희에게 남수가 별안간 뜬금없는 옛날이야기를 꺼냈다.

"원인도 알 수가 없어서 치료가 난항이었고, 병원에서는 얼마 못 살 것 같다고 단정 지어 말했었대."

"지금은 엄청 건강해 보이던데?"

"그래? 건강한 게 딱 눈에 띄게 보여?"

응. 근육이.

승희는 몰래 침을 꿀꺽 삼키고서 남수의 말에 다시 귀 기울였다.

"그래서 한태조 회장이 손주가 오래오래 살아 있었으면 하는 마음으로 그런 계약을 한 거야. 마침 돈이 필요하던 내가 한태조 회장한테 걸려든 거지. 그런데 그 양반들한테는 2억 땅이 별 게 아니잖아. 그리고 그 한무결이라는 녀석도 네 말대로 건강해진 것 같으니 계약은 잊었겠구나 했어. 그래서 가져오게 했던 거지."

잠자코 아빠의 이야기를 다 듣고 난 후 그때의 사정이 조금은 이해됐다. 하지만 그래도 승희는 분통이 터졌다.

"몰라. 그리고 그 집에 개 없었단 말이야. 개 짖는 소리도 안 들렸다고!"

다음날. 승희는 회사에서 인터넷 뉴스로 어젯밤 한무결의 저택에서 일어났던 사건의 결과를 확인할 수 있었다. 이진심이라는 직원의 사인은 자살로 정리된 모양이다. 승희가 그 집에 잠입하기 한 시간 전에 청산가리로 목숨을 끊었다고 한다. 어젯밤, 승희가 문을 잘못 여는 바람에 슬쩍 들여다보게 된 그 사람이었던 듯하다. 소파에 기댄 채 눈을 감고 있던 사람. 승희는 그 사람을 그냥 지나쳤던 것이다.

그렇게 사람이 죽었다. 문 하나 지나가듯 쉽게 죽었다. 조금의 연고도 없는 사람인데, 승희의 가슴에 쓰린 죄책감이 남았다.

"승희야."

인터넷 뉴스를 확인하며 침울해 있을 때 문을 열고 들어온 사람이 승희의 이름을 불렀다. Y대 경영학과 동기 중 거의 유일한 남자 사람 친구, 김재훈. 그제 트윙클에셋에 찾아온 양 부장 회사의 대리다. 재훈에게서 양 부장을 소개받아 양 부장과 함께 투자자를 알아보고 있었는데, 승희와 양 부장의 사이가 틀어져서 재훈이 다시 직접 오게 된 것이다.

"양 부장님이랑 싸웠다며."

"싸운 건 아니고. 너도 내용 대강 들었지?"

"응. 들었어. 네가 잘한 거야."

재훈이 격려해주니 마음이 조금은 풀렸다. 양 부장에게 개인적으로 실망했다. 제 회사의 가치를 제대로 인정받지 못한 기분이라 마음이 상했다. 승희는 혹시 재훈도 실수할 수 있다는 생각에 다시 단호하게 당부했다.

"너도 알겠지만 나는 회사 투자만 받아. 스폰서는 싫어."

"알지, 그럼. 그래서 내가 널……."

재훈은 돌연 말을 멈췄다가 잠시 후 마무리를 지었다.

"존경해."

"어. 고맙다. 멘탈이 부서지고 있는 와중에 위로가 된다."

"멘탈이 왜. 양 부장님 일 말고 또 무슨 일 있었어?"

재훈의 질문에 승희는 땅이 꺼져라 한숨을 내쉬었다.

"재훈아, 넌 전래동화 중에서 어떤 얘기가 제일 짜증나냐?"

뜬금없는 전래동화 이야기에 재훈이 눈을 슴벅거렸다.

"난 〈선녀와 나무꾼〉이 제일 싫었거든. 나무꾼놈이 선녀랑 살고 싶어서 옷 훔치고 유괴해 와서 선녀 부모님이랑 생이별시키고 시집살이시키고. 천하에 그런 상놈이 없잖아. 안 그래?"

"어. 그렇지……."

"근데 심봉사도 못지않아. 제 눈 좀 떠보겠다고 딸을 팔아먹어?"

승희의 눈이 번뜩였다. 재훈이 마른침을 삼켰다.

"그 아저씨 두둔하지 마. 과정이야 어쨌든 그 사람은 아빠 자격이 없어!"

승희는 재훈의 앞에 검지손가락을 치켜들며 열변을 토했다.

말은 그렇게 해도 팔이 안으로 굽으니 미칠 노릇이다. 사랑하기 참 힘든 아빠다.

점심시간, 식사를 한 후 사무실로 돌아가던 승희는 회사 건물 앞에 웬 어마어마한 외제차가 서는 것을 목격했다. 승희뿐 아니라 다른 이들의 시선도 그쪽으로 향했다.

차에서 내린 인물을 알아보는 것은 어렵지 않았다. 한무결이었다.

"아, 나 잊은 게 있어서. 먼저 들어가."

승희는 옆에 붙어선 혜순에게 대강 말하고 등을 돌렸다.

"우승희 씨?"

그러나 무결 또한 귀신같이 그녀를 알아보고 말을 걸었다. 승희는 냅다 뛰었다. 당연히 무결이 그녀가 뛰는 방향으로 쫓아왔다. 뜻밖의 추격전이 시작되었다. 그러나 정장에 구두를 신은 그녀가 편한 바지에 운동화를 신은 그를 이길 수는 없었다. 많이 뛰어보지도 못하고 금방 통로가 막혀버렸다.

"우승희 씨."

"어어? 여긴 어쩐 일이세요?"

승희는 울고 싶은 마음이었으나 조금도 드러내지 않고 능청스럽게 물었다.

"내가 쫓아오는 거 보고 도망치는 줄 알았는데?"

그녀의 앞을 막아선 그가 놀리듯 물었다.

"아니에요. 점심시간엔 운동을 하는 편이라."

그는 이내 피식 웃었다.

"어제는 잘 들어갔죠?"

"네. 그럼요."

승희도 암담한 마음을 숨기고는 대답했다.

"그럼 우리, 얘기할 거 해야죠."

"무슨 얘기요?"

"내가 목적도 없이 여자 쫓아다니는 한가한 사람으로 보여요?"

그래. 그렇겠지. 이렇게까지 되었으니 어쩔 수가 없다. 승희는 솔직하게 나가기로 했다.

"죄송한데요. 저는 그쪽이랑 결혼할 마음이 전혀 없어요."

"왜요. 사귀는 사람 있어요?"

"아니, 그건 아니지만."

"그럼 좋아하는 사람이라도 있어요?"

"아니, 그냥 비혼주의자라고요."

"……."

"이건 저희 아빠가 저지른 일이고 제 의사는 반영이 안 돼 있잖아요. 저를 좀 존중해주세요. 미안한데 정말로 죽어도 죽어도 결혼할 마음이 없어요."

"죽어도?"

내내 미소 짓고 있던 표정이 무언가 묘하게 변했다.

"이봐요. 바로 어제 우리가 있던 공간에서 사람이 죽었어요."

그의 조용조용한 목소리가 왠지 싸늘하게 들렸다.

"우승희 씨는 그게 우습게 보여요?"

고개를 약하게 저었죠. 아니다. 우습게 보지 않는다. 어찌 죽음을 쉽게 여길 수 있겠는가.

"내가 그렇게까지 감싸줬는데. 똑똑한 분인 줄 알았는데 참 상황 파악 못 하시네."

질타가 이어졌다. 별안간 야단맞는 입장이 된 승희는 입을 꼭 다물었다.

"우승희 씨가 여기서 발을 빼버리면 나는 뭐가 됩니까. 직원 유니폼이 내 취향이라고까지 말했는데."

그렇지. 이 사람은 그 상황에서 나를 도왔지. 이 사람이 아니었으면 어쩌면 숨진 여자는 자살로 위장된 타살이 됐을 수도 있다. 그리고 승희는 사건의 용의자가 되었을 수도 있다. 기구한 운명에 눈물이 찔끔 맺혔다. 승희는 울컥하는 마음을 꾹 누르고 그에게 말했다. 호소했다.

"어제의 사건은 타이밍이 좋지 못해서 정말 면목없어요. 근데 저는 정말 결혼이 싫어요. 돈은 무슨 일이 생기더라도 꼭 갚을게요."

"돈을 어떤 수로 갚겠다는 거죠?"

"제 회사가 내실은 튼튼하다고 자부해요. 좋은 투자자를 만나면 금방 매출을 올릴 수 있는 단계에 진입했고요."

"그래서. 좋은 투자자는 언제 만나는데요. 여기저기 다 거절하면서."

어제는 대뜸 자신의 이름을 부르더니, 이름만 알고 있던 게 아니었다. 그녀의 회사에 대해서도 뒷조사를 한 모양이었다. 뒷조사를 당했다고 생각하니 승희는 또 속이 울컥거렸다.

"여기저기 다 거절한 거 아니거든요. 어떤 미친놈이 강원도 리조트에서 만나자고……."

"그거 나예요."

승희가 아무렇게나 뱉어내는 말을, 그가 툭 채갔다. 말을 끝맺지도 못한 그녀의 입술이 멍하니 벌어졌다.

"그쪽을 강원도 리조트로 불렀던 미친놈이 나라고."

올가미는 아주 오래전부터 그녀의 옆에 있었던 것이다.

"당신 또래에, 잘생긴 기업가가 이렇게 흔하겠습니까?"

어느새 그는 다시 미소를 짓게 되었지만 표정에는 날카로움이 번뜩였다.

"그때 거절은 참 잘했어요. 난 그게 마음에 들었고. 그걸로 그쪽의 높은 지조는 어느 정도 확인했으니까 이제 다음 단계로 넘어가는 겁니다."

사람 홀리는 느른한 미소를 보이던, 돈 많은 한량처럼 세상 대충 사는 것만 같았던 남자가 기어이 본색을 드러냈다.

"잔말 말고 식장으로 입장하는 게 좋을 거예요. 존중해줄 테니까."

무결의 청혼은 무시무시했다. 덕분에 승희는 정신을 바짝 차릴 수 있게 되었다. 그에게 끌려가지 않을 것이다. 잔말 말고 식장으로 입장하라니. 어림없는 소리.

하지만 빚진 입장이라, 말은 속에 차오른 용기만큼 거세게 나오지는 않는다. 짧게 머리를 굴린 승희가 입을 열었다.

"제가요. 코를 곱니다. 심하게 골아요. 저하고는 같이 살기 힘드실 거예요."

풋. 그녀의 억지에 그의 입술 사이로 옅은 웃음 한 조각이 빠져나왔다.

"재밌네요."

한쪽으로 비스듬히 올라간 그의 입술과 날카로워진 눈매에 근육이 위축되는 기분이었다.

"제가 우승희 씨랑 매일 한 공간 한 침대에서 잠을 잘 거라고 생각하는 겁니까?"

안 통한다. 게다가 그녀를 도외시하는 투의 언사를 아무렇지도 않게 내뱉는다. 그러면서 또 웃고 있고. 역시 무서운 사람.

"토요일에 볼까요?"

"아뇨. 회사 일로 바빠요. 그날은."

"양 부장님한테 확인했는데. 그날 회사 놀토라는 거."

"제가 대표인데 놀겠어요?"

"알았어요. 그럼 회사로 찾아가죠. 둘이서 얘기합시다."

"아뇨!"

제 목적을 위해 불도저처럼 들이미는 그의 추진력에 승희의 목소리가 높아졌다.

"생각해보니까 동문회가 있네요."

"동문회요?"

"네. 아주 중요한 거죠."

"핑계는 아니고요?"

"왜 그런 핑계를 대겠어요?"

그의 눈길이 집요하게 그녀의 눈동자에 들러붙었다. 승희는 그의 눈길을 슬쩍 피해냈다.

"어쨌든 동문회에 가면 술도 엄청 마실 거라서 일요일에는 생명 유지를 위해 누워 있을 예정이고요. 아시다시피 월요일부터는 또 일하느라 바쁘고요. 죄송하지만 당장은 뵐 새가 없겠네요."

잠시 후에 무결이 체념한 듯 말했다.

"그래요. 그럼. 동문회 잘 다녀와요. 우리는 나중에 봅시다."

좋았어!

속으로 쾌재를 부르고 있을 때.

"아, 제 고등학교 친구가 우승희 씨랑 동문인데, 가서 잘 봐달라고 해야겠네요."

젠장. 그가 놓은 올가미의 규모를 다시 확인한 시간이었다. 불지옥에 가기 싫어 물지옥에 뛰어든 기분.

"대표님."

무결과 헤어진 후, 실의에 빠져 책상에 턱을 괴고 있던 승희에게 혜순이 말을 걸었다. 승희가 대답하지 않으니 혜순은 더 말을 이었다.

"아까 그 남자 누구예요? 남친님이에요?"

제자리에서 일하던 두 명의 직원들도 고개를 들고 승희 쪽을 바라보았다.

"헐. 대표님 남친 생겼어요?"

"아니야!"

그제야 정신을 차린 승희가 버럭 소리 냈다. 승희의 반응에 위축된 직원 두 명이 눈치를 보며 고개를 숙였다.

"그런 거 아니야……."

승희는 자그마하게 웅얼대며 이마를 괴었다. 남친은 아닌데 남편이 되게 생겼다. 이 일을 어찌하면 좋을까. 그냥 동문회는 못 가게 됐다고 말하고 한무결을 만날까? 어딜 가나 지옥인데 어떤 지옥을 갈까 고민하는 마음은 처참했다.

"대표님, 전화 오는데요."

침울해 있느라 휴대폰 진동이 울리는 줄도 몰랐다. 점심을 먹고 혜어졌던 투자커넥터 친구 재훈이었다.

"어. 재훈아."

[목소리가 왜 그래.]

죽을상을 하고서 전화를 받으니 목소리도 죽상이었던 모양이다. 승희는 대강 둘러댔다.

"아니야. 식곤증이 있어서. 왜 전화했어?"

[이메일로 사업계획서 최신 버전 좀 보내달라고.]

"응. 알겠어."

[시스템 업그레이드된 거랑 숫자 자료 꼭 첨부해. 거물 엔젤투자자가 한 명 있어. 작년이랑 재작년에 이분이 스타트업에 100억씩을 투자했거든. 근데 이 엔젤투자자가 트윙클에셋에 관심 있어 하더래.]

"그래? 투자자 정체는 모르고?"

들던 중 반가운 소식이었다. 하지만 '엔젤투자자'라는 말이 좀 걸렸다. 이전에 연결될 뻔했던 엔젤투자자가 한무결이었다는 것을 알게 된 직후라 의심이 금방 싹텄다.

[응. 몰라. 윗분들이야 알 수도 있겠지만 나는 몰라.]

"왜 굳이 익명으로 투자를 하는 걸까?"

[뭐 여러 가지 이유가 있지. 정말 100퍼센트 선의일 수도 있고 굳이 신분을 드러낼 필요가 없는 기업 간부일 수도 있고, 투자받는 사람들이 귀찮게 굴까봐 차단하고자 하는 걸 수도 있고.]

재훈이 설명해주니 어느 정도는 수긍이 갔다.

[100억이야, 100억. 적은 돈이 아니니까, 까다로운 과정을 거쳐도 이해해줘. 미션 같은 게 올지도 몰라.]

"미션?"

[응. 과제를 내고 수행하게 하는 거지. 작년의 경우엔 여행 서비스 스타트업이었는데 신혼부부 200쌍의 계약을 성사시키는 게 과제였대.]

오. 이번엔 제대로 된 투자자인 것 같았다. 그렇다면 조금은 마음이 놓인다. 투자자가 어떤 과제를 내더라도 충분히 잘해낼 자신이 있었다.

"고마워. 이번엔 성사됐으면 좋겠다. 그런데 재훈아. 너 혹시 동문회 가?"

마음이 놓이는 틈에도 스멀스멀 올라오는 불안한 기운. 일단 발등의 불부터 꺼야 하는 입장이 된 승희가 재훈에게 물었다.

[나는 일 때문에 가야 돼. 왜?]

"나도 가야 될 입장이 되어서."

[오. 그래? 괜찮겠어?]

재훈이 반가움과 염려의 기색을 함께 드러내며 물었다. 승희가 동기들과 어울리지 못한다는 건 재훈도 아주 잘 알고 있다. 8년 전의 사건 때문이다. 그 사건 이후로, 승희는 자발적 아웃사이더로 살아왔다.

승희가 한숨과 함께 대답했다.

"괜찮지는 않지."

[그래도 졸업한 지 꽤 됐는데 이제 좀 나아지지 않았을까?]

"모르겠다. 가서 그냥 얼굴만 비추고 나올 수도 있고."

[아, 근데 잘됐다. 너 이강민 기억나지?]

재훈이 무언가 갑자기 떠오른 듯 동기 중 한 명의 이름을 얘기했다. 몇 번 같은 수업을 들은 적 있어서 얼굴은 알고 있지만 말을 섞어

본 적은 별로 없었다.

[걔가 이번에 F기업 투자팀으로 갔거든. 거기서 스타트업 지원 되게 많이 하는 거 알지? 친하게 지내두면 도움받을 수 있을 거야. 걔 오면 인사하고 얘기도 좀 나눠.]

"알잖아. 나 남자애들이랑 안 친한 거."

[그때 봐서 부담스러우면 나한테 말해. 내가 얘기해줄게.]

"알았어. 고맙다."

[뭘. 그럼 동문회 때 보자. 명함 많이 가져오고.]

승희는 재훈과 인사를 하고 통화를 마쳤다. '엔젤투자자'라는 반가운 소식을 들었지만 동문회 생각 때문에 머리가 지끈거렸다.

*

시간이 빠르게 흘러 동문회 당일이 되었다.

재훈에게서는 조금 늦을 것 같다는 연락이 왔다. 동문회가 열리는 동문회관까지 힘차게 전진했으나 먼저 들어가야 할 상황이 되니 목이 바짝 마르고 긴장되었다. 승희는 옷매무새를 정리한 후 동문회관 건물 안으로 들어갔다. 로비에서부터 동문회 분위기가 물씬 풍겨왔다. 결혼식장에 온 것 같았다. 남자들은 다들 정장 차림이었고 여자들은 한껏 멋을 내고 온 것이 보였다. 바지정장을 입은 여자는 승희 하나뿐인 것 같았다.

"승희 맞지?"

두리번거리고 있는데 노란색 블라우스를 입은 친구가 말을 걸었다.

"어? 소연아."

승희도 금방 그녀를 알아보았다. 같은 과 동기 정소연. 성격이 좋아서 여학우들과 남학우들에게 두루두루 인기가 많았던 친구였다.

"오. 맞구나! 진짜 오랜만이다. 작년쯤인가 네 얘기 들었어. 회사 그만두고 창업했다며. 역시 멋있어."

"멋있을 일인가? 아직은 고군분투하고 있어."

"그래도 멋있지. 우리 나이에 창업하는 게 보통 일은 아니잖아. 참, 나 결혼한다."

소연은 칭찬 뒤에 안부를 전했다.

"오, 정말? 축하해."

"고마워. 이따가 청첩장 줄게. 너는 뭐 좋은 소식 없어?"

"응. 나는 아직."

비혼주의라는 얘기까지는 하고 싶지 않아서 그냥 대답과 함께 웃어 보였다.

"너도 청첩장 돌릴 때 말해줘. 그럼 이따가 안에서 보자."

먼 곳으로 시선을 두던 소연은 다른 선배에게 인사를 하러 떠났다. 만남은 짧았지만, 동기에게 다정한 환영 인사를 받으니 기분이 좋아졌다.

그렇지. 8년은 긴 시간이니까 다들 달라졌을 거야. 그 일로부터 충격을 받은 동기들도 마음을 얼추 정리했겠지.

용기를 얻은 승희는 명단을 작성한 후, 동기 참석자 명단을 훑었다. 오늘 만나야 하는 친구, '이강민'을 찾아야 했다.

"네가 여길 왜 와."

그런데, 명단을 훑고 있는 와중에 그녀의 동작이 멈칫 굳었다.

명중우. 녀석이 옆에서 그녀를 내려다보고 있었다. 친구를 잃은 후, 분에 못 이겨 내게 협박을 하던 녀석. 뱀처럼 생긴 눈과 쇳소리가 섞인 낮은 목소리에 ㄱ녀는 8년의 공백이 무색하게 손끝이 바르르 떨려왔다.

"내가 경고했지. 내 눈에 띄지 말라고."

녀석은 예나 지금이나 변함없었다. 승희는 이를 꽉 물었다. 울컥 욕이 튀어나올 것 같았다. 하지만 말을 아꼈다.

"내가 왜 네 눈을 피해서 살아야 하니? 네가 뭔데."

목적이 있는 동문회 자리였다. 문제를 일으키는 것은 도움이 되지 않기에 승희는 한마디만 톡 쏘아대고는 녀석을 지나쳐갔다. 녀석은 쫓아오지 않았다. 후우. 조용히 한숨을 내쉬었다.

녀석을 벗어나 안쪽으로 들어가니 홀의 풍경이 한눈에 들어왔다. 한 층에만 수백 명의 사람들이 보였다. 시선을 옮겨 등 뒤 계단 위쪽으로도 수많은 사람들이 보였다. 학교에서 가장 인기 있는 학과. 그 명성과 전통만큼이나 걸출한 인물들을 많이 배출한 학과다. 낯선 사람들의 틈에서 어렵지 않게 인터넷 기사로 한두 번은 얼굴을 확인했던 인물들도 여럿 찾을 수 있었다. 신세계를 경험하는 것처럼 승희의 눈이 빛났다. 명함을 한 통 준비해 왔지만 한 통 더 준비해 올걸 하는 생각도 들었다.

"안녕하세요. 김인애 대표님. 128회 졸업생 우승희라고 합니다. 얼마 전에《경제와 언론》월간지에 실린 대표님 인터뷰 봤습니다."

"그래요? 그걸 본 사람이 있었네. 반가워요. 선배라고 불러요."

"네. 선배님, 뵙게 되어서 영광입니다."

얼굴을 아는 사람들을 만나 인사를 하며 자리를 옮기다보니 동기 이강민이 언뜻 보였다. 기운을 얻은 승희는 강민에게 다가가 밝은 표정으로 인사했다.

"안녕. 강민아."

"어?"

말을 걸고 나서 잘 보니 강민의 옆에는 다른 남자 동기들도 보였다. 타이밍이 좋지 않았나 하는 생각이 들었다. 하지만 승희는 힘내어 밀어붙였다.

"나 동기 우승희야. 기억하지?"

"아유. 그럼. 야, 오랜만이다."

강민이 먼저 악수를 청해왔다. 말이 잘 통할 것 같은 느낌에 승희는 기분이 좋아졌다.

"김재훈 알지? 재훈이한테 너 E기업 투자팀 들어갔다는 얘기 들었어. 내가 지금 재테크 서비스 회사를 운영하고 있거든. '트윙클에셋'이라는 스타트업이야. 네 도움을 받을 수 있을지도 모르겠다는 생각이 들어서."

승희는 명함을 건네며 회사에 대해 설명했다. 그런데, 그녀의 명함을 받고선 피식 웃으며 주머니에 넣는 녀석의 표정이 왠지 이상했다.

"승희야. 나야말로 말이야, 말 좀 잘해주라."

비아냥조가 느껴지는 강민의 말에 승희는 눈을 깜빡였다. 강민의 말을 알아들을 수가 없었다.

"귀하신 분이 왜 여기서 명함을 돌리고 있어. 아, 구색 맞추기라도 좀 해야 되나?"

"그게 무슨 소리야?"

"네가 B기업 사장 꽉 잡고 있다고 소문 다 났어. 근데 너, 그분 소연이네 아버지인 거 알고는 있냐?"

"뭐?"

어이가 없어 되묻는 질문에 강민은 고개를 돌려 다른 동기들과 함께 킥킥 웃었다.

"무슨 얘기를 하는 거야, 좀 알아듣게 얘기해봐. 명예훼손으로 고소하기 전에."

승희는 좀 더 강경하게 나갔다. 강민이 기가 막히다는 듯 픽 비웃고는 휴대폰을 뒤적거려 사진 두 장을 보여주었다. 웬 중년의 남자와 젊은 여자가 팔짱을 낀 채 유명 호텔로 들어가는 사진, 뒷모습과 옆모습이 찍힌 연속사진이었다. 머리카락 길이, 키, 얼굴색, 옆모습의 라인까지 자신과 아주 비슷했다. 하지만 자신은 아니다. 승희는 여자가 입은 옷을 가지고 있지도 않고, 입어본 적도 없었다. 옆에 있는 남자도 모르는 얼굴이다. B기업을 알고는 있지만, 사장의 얼굴까지 알만큼 관심 있지는 않았다.

"호텔 문턱만 밟아도 소문 다 나는 세상이잖아."

강민이 빈정댔다.

"그래서 학교 다닐 때부터 넌 우리 같은 건 거들떠보지도 않고 그렇게 홀로 고고하셨던 거야. 우리랑 노는 물이 다른 거였지. 그래서 요즘 살림은 폈고? 그런데 진짜 염치없는 거 아니야? 저기 소연이도 있는데. 아아, 엿 좀 먹여주러 온 건가?"

화가 나 참을 수가 없었다. 승희는 강민의 휴대폰을 낚아채듯 빼앗았다.

"야! 내 휴대폰을 왜……!"

승희는 강민의 휴대폰을 손에 쥔 채로 성큼성큼 걸음을 옮겼다. 다행히 소연을 찾기가 쉬웠다. 소연의 예쁜 노란색 블라우스는 눈에 확

들어왔다.

"소연아."

"어, 승희야."

뒤에서 강민이 소리치며 달려왔지만 이에 개의치 않고 소연에게 사진을 보여주었다.

"너 이거 알아? 남자분이 너희 아버지고, 그 옆에 있는 사람이 나라고 소문이 났다는데. 난 너희 아버지를 뵌 적이 없어서."

소연은 사진을 뚫어지게 쳐다보다가 아무렇지도 않게 끄덕였다.

"이거 우리 사촌 언니야. 내가 예전에 너한테 한번 얘기했지. 우리 사촌 언니가 되게 예쁜데 너랑 닮았다고. 이날 아마 언니가 오랜만에 한국 와서⋯⋯."

소연의 이맛살에 금세 주름이 잡혔다.

"아니 근데 누가 이런 사진을 찍었어? 그리고 소문이 났다고? 미친 거 아니야?"

바로 옆까지 달려온 강민이 어쩔 줄 몰라 하며 이마의 땀을 닦았다. 소연은 휴대폰을 살펴 사진이 퍼진 경위까지 확인하고는 소리를 높였다.

"뭐야? 이강민, 너네 단체 메신저에서 이러고 놀아?"

강민이 소연에게서 휴대폰을 가져가며 능청스럽게 말했다.

"소연아, 너희 아버지 청렴하신 거야 알지. 그래서 오히려 일이 이렇게 된 거야. 애들이 놀라서 얘기한 거라고. 너희 아버지야 믿을 만한 분이지만 쟤는 전적이 있잖아."

강민의 목소리는 작았으나 그렇다고 들리지 않을 만한 음성은 아니었다. 강민의 목소리와 눈짓을 읽은 승희가 낮은 목소리로 물었다.

"무슨 전적?"

"……."

"무슨 전적. 말을 해."

"어휴. 미안하다. 아니면 된 거지. 너무 열받지 마."

사태에서 벗어나고 싶어진 강민이 넙죽 사과했다. 하지만.

"솔직히 너한테는 별 타격 없잖아. 소연이 아버지면 몰라도."

강민의 사과는 절대 받는 사람을 위한 게 아니었다. 승희는 주먹을 꽉 쥐었다. 어느새 구경꾼들이 모여들었다. 그때 명중우가 나타났다.

"됐어. 이 정도면 그만해도 돼."

빠르게 사태를 파악한 명중우는 강민과 승희의 사이에 서며 일을 수습했다. 승희는 아직 분이 풀리지 않았는데.

"아니. 나는 아직 안 됐는데."

"얘가 미안하다고 했잖아."

명중우가 강민을 변호하며 승희에게 말했다. 승희가 따졌다.

"그게 사과야? 그게 사과를 하는 태도야? 제대로 사과해."

승희의 굳은 목소리에 명중우가 한 발짝 앞으로 다가왔다. 명중우는 승희의 귀 가까이에 대고 속삭였다.

"그만 좀 해라. 널 위해서 이만 끝내려고 하는 거 안 느껴져?"

"뭐어?"

어처구니없어서 승희는 되물음과 함께 탄식을 터트리게 되었다.

"네 전적 얘기까지 나오잖아. 학교 다닐 때 네가 어떤 애였는지 여기서 다시 한번 읊어줘야겠어? 일 저질러놓고 아닌 척하고, 사람 목숨도 같잖게 생각하는 애라고 크게 떠벌려야겠어?"

뭐? 뭐라고?

명중우가 귀에 대고 지껄이는 말들은 그 의미뿐만 아니라 소리 자체로도 소름이 끼친다.

"그러니까 눈에 띄지 말고 조용히 좀 찌그러져 있으라고. 이런 데 나오지 말고."

말을 마치고 돌아선 명중우는 강민에게 말했다.

"너도 그만해라. '촌철살인녀' 몰라? 말로 사람을 찌르는 애라고."

중재하듯 조용한 톤이었지만, 이번에는 주위 사람들에게 깨끗하게, 너무도 잘 들리는 목소리였다.

"독설하는 솜씨가 보통이 아니잖냐. 말로 사람을 찌를지 죽일지 모른다고."

"야. 명중우."

"승희야."

하지만, 지켜보던 여자 동기의 목소리가 그녀를 저지했다.

"승희야. 여기서 더 시선 끌면 안 될 것 같아."

그녀를 염려하고, 자리를 염려한 말이다.

"승희야, 네가 참아."

다른 목소리도 들려왔다. 이걸 참으라고?

"승희야……."

허벅지 옆에 있다가 허공으로 한 뼘 들렸던 주먹이 바르르 떨리며 다시 아래로 떨어졌다.

기업인 마인드. 그래, 우승희. 너는 직원 셋을 거느린 회사, 트윙클에셋의 대표야. 우리 트윙클에셋은 앞으로 2년, 3년, 200억, 300억, 쭉쭉 커나갈 회사잖아. 여기서 화를 폭발시키는 건 아무 도움도 안 돼. 친구들 말이 맞아. 참아야 해.

하지만. 이런 상황은 정말이지 신물이 난다. 승희는 명중우와 강민을 등지고서 자리를 박차고 떠났다. 뒤늦게 도착한 친구 재훈이 승희의 굳은 표정을 보고 말을 걸었다.

"승희야. 무슨 일이야……."

"이것 봐. 내가 스폰은 안 한다고 했지. 바로 이런 상황을 두고 하는 얘기야."

냉랭하게 대답한 승희는 빠른 걸음으로 홀을 떠났다. 더 있을 수가 없었다. 숨이 잘 쉬어지지 않았다. 화장실로 가고 싶었지만 시간이 부족했다. 승희는 홀 입구의 맞은편에 있는 문으로 들어갔다. 소품을 보관하는 작은 창고 같은 곳이었다. 우욱. 문을 닫자마자 구역질이 확 올라왔다.

억울해. 우우욱.

몸 안의 산소가 사라지는 느낌. 목구멍이 콱 막혀 숨을 안으로 흘려보낼 수가 없는 느낌이었다. 억울해. 우우우욱. 몇 번 구역질을 뱉어내었다. 그러나 마음은 쉽게 가라앉질 않는다. 나는 아무것도 하지 않았어. 나는 아무도 죽이지 않았어. 목이 쉬게 외쳐봤자 그들의 귀에는 들리지 않을 것이다. 믿고 싶은 대로 믿어버린 사람의 마음을 바꾸는 일은 쉽지 않다. 내가 이렇게 구역질하는 걸 봤다면 어디서 임신이라도 하고 왔을 거라며 헛소문을 퍼트릴 놈들.

구역질이 정리되니 눈물이 왈칵 밀려왔다. 흐으윽, 으읍……. 소리가 나오려고 하는 입을 틀어막았다. 억울해서 참을 수가 없건만, 어딘가에 호소할 수도, 과거를 다시 살고 올 수도 없는 노릇이었다. 흐으으으읍. 눈물은 쉽사리 멈추질 않았다.

그 뒤에서 조용히. 그 도도했던 표정이 눈물로 씻겨 내려가는 것을 한 남자가 도둑처럼 지켜보고 있었다. 위로도 인기척도 없이 조용히.

*

8년 전 그날.

"이게 마지막이야. 우승희, 나랑 사귀자."

벚꽃잎이 쏟아지는, 눈이 부시도록 찬란한 날이었다. 그 예쁜 날.

"미안해."

승희는 매정하게 거절했다. 달리 할 수 있는 말이 없었다. 마음이 없다면 여지를 주지 않는 게 옳다고 생각했다. 돌아서는 시야에 그 애의 실망한 듯한 표정이 슬쩍 스쳤다.

"네가 나 안 받아주면."

"……."

"죽을 거야, 나."

그 애의 말에 경악한 표정을 지었는지도 모르겠다. 죽겠다는 말이 너무 무시무시했다. 그런 얘기를 함부로 해선 안 된다고 말을 해야 했지만 돌연 그 애가 무섭다는 생각이 먼저 들었다. 이런 친구를 받아들여 사귄다 한들, 이렇게 극단적이라면 이후에 끝이 안 좋게 헤어질 수도 있겠다는 상상도 앞섰다. '데이트폭력'이라는 말도 떠올랐다. 그래서 도망치듯 그 자리를 빠져나갔다.

천상현. 그날 밤 목숨을 끊은 동기의 이름이다.

그 애에게 웃어주었는지, 웃어주지 않았는지, 그것조차 기억이 나질 않는데. 내가 대체 그 애에게 어떤 여지를 주었기에 그 애가 그렇게 됐을까. 그걸 알 수가 없었다. 절대 마음이 약해 빠진 아이가 아니었다. 미련하고 바보 같은 아이도 아니었다. 그 애도 꽃 같았고 밝았고 친구가 많았다. 그래서 죽겠나는 말을 곧이곧대로 믿지 않았다. 그 말이 섬뜩하여 실망스럽기는 했지만 정말로 제 목숨을 버릴 거라고는 생각하지 않았다. 그렇게 간절했는지 몰랐다. 알았다면 경찰을 불렀을 텐데. 그 애를 감시해야 한다고 말했을 텐데.

손 한번 써보지 못한 채로 사람이 죽었다. 문 하나 지나가듯 쉽게 죽었다. 그렇게 쉽게도 떠날 수 있다는 걸 몰랐다. 무서워서 빈소에도, 장례식에도 가질 못했다. 장례식 다음날 봉안당을 잠시 방문했을 뿐, 그 애를 위해서 승희는 아무것도 할 수가 없었다.

학교를 며칠 쉬다가 그다음 주 수업을 들으러 갔을 때 명중우와 마주쳤다. 명중우는 그녀를 보자마자 들고 있던 가방을 바닥에 내팽개치고는 그녀의 멱살을 잡았다.

"좋냐? 좋아?"

거기서 반박을 해야 했을까? 나 역시 조금도 좋지가 않다고. 고통스럽다고. 하지만 녀석의 기에 눌려 어떤 목소리도 나오질 않았다.

"이름대로 네가 우승하셨네. 너 빨리 졸업해라. 죽을 때까지 내 눈에 띄지 마라."

명중우는 이를 악물고는 으르렁댔다.

그날 승희의 캠퍼스엔 행복의 여신이 떠났다. Y대 경영학과 역대 최고의 퀸카라고 소문이 났던, 꽃 같고 환했던 스무 살 그녀를 어둠이 삼켜버렸다.

그녀 스스로 택한 길에는 한 가지 제약이 박혔다. 한 발 내딛기 전에는 항상 생각하기. 이게 옳은가, 옳지 않은가. 내가 누군가에게 여지를 주었나. 과한 웃음을 짓지는 않았는가. 과한 친절은 없었는가.

멈칫했다가 한발 물러서기를 숱하게 반복하며, 그렇게 스스로를 검열하며 대학 생활은 찬란한 순간 없이 막을 내렸다.

*

　동문회관 홀 맞은편의 작은 창고. 10여 분을 울고 나니 목이 쉬었다. 우는 것도 기력이 있어야 하는 일이다. 한참을 쭈그려 앉아 조용히 숨을 고르던 승희는 기운을 내 자리에서 일어났다. 뒤편에 무결이 있다는 건 알지 못했다. 가방에서 휴대폰을 꺼낸 그녀는 셀프카메라를 열어 제 얼굴을 살폈다. 붉게 부은 눈은 머리카락으로 가릴 수가 없었다. 오늘의 여정은 여기에서 끝내야 했다.

　"나 먼저 갈게. 일이 있어서."

　무결은 그녀가 화상통화를 한다고 생각했다. 그런데 잠시 후.

　"나 먼저 갈게. 오늘 소란스럽게 해서 미안해."

　그녀가 휴대폰 화면을 보며 비슷한 말을 또 했다.

　"먼저 갈게. 또 보자."

　인사를 연습하는 거구나. 인사 내용에 따라 표정이 바뀌는 그녀를 바라보는 것이 재미있었다. 내동 침묵을 지켜오던 무결의 입술 사이로 풉, 웃음이 튀어나왔다.

　흠칫, 그제야 승희가 옆을 돌아보았다.

　"어어엄마야아아!"

　그리고 소스라치게 놀라며 휘청거렸다.

　"뭐야, 귀신인 줄 알았잖아요!"

　그림처럼 정지해 있던 무결도 몸을 움직여 그녀에게 다가갔다. 승희는 얼굴을 확인하고서도 그의 존재를 믿을 수 없는 눈치였다.

"그쪽이 우리 학과 동문회를 왜 와요. 우리 동문 아니잖아요."

"그래도 나에 대해 조금은 알긴 하네요."

무결은 예와 다름없이 느긋하게 미소 지어 보였다.

"친구가 못 간다길래 대신 왔어요. 홀 안으로 들어가는 덴 실패했지만 여기까지 온 게 아까워서 잠깐 앉아 있었는데 알아서 찾아오네."

승희의 눈동자가 풍랑을 만난 것처럼 흔들렸다. 그가 여기 계속 앉아 있었다면, 이제껏 이 안에서 내가 벌인 일들을 모두 지켜보았다는 얘긴데. 내가 여기서 무슨 추태를 부렸더라?

그녀의 내적갈등을 아는지 모르는지, 그는 그녀를 놀리기에 바쁘다.

"아주 유명인사던데요."

"내가요?"

그는 물음에 대답하지 않았다. 그래도 승희는 어느 정도 예상이 갔다. 저 홀에서 이미 일이 펑 터져버렸으니까. 과거에 대한 소문을 들었거나, 아니면 방금 발견한 그 사진과 관계된 뒷말을 들었겠지. 그나마 전화위복은 있겠구나. 이 남자에게 내 약점이 까발려졌으니. 재수 없으니 이대로 결혼은 없었던 일로 하자고 해준다면 참 좋겠다.

승희는 다 체념하고 편해진 얼굴로 물었다.

"어디까지 들으셨어요? 내가 촌철살인녀라는 얘기는 들었어요?"

쓰게나마 미소가 지어졌다.

"내가 그런 애예요. 이제 정 떨어지죠?"

"아뇨. 오히려 그 반대죠. 정이 붙네요. 대단히."

그녀의 의도와는 다르게 그는 긍정의 신호를 보냈다. 승희의 눈이 좀 전보다 더 커졌다. 이건 도대체 또 무슨 날벼락이냐.

"아주 괜찮은 판단이었단 생각을 했습니다."

뭐 이런 거머리 같은 자가…….

"내일 뵙죠. 아무 때나 밥 사줄게요."

그 후련하게 반짝이는 미소 앞에서, 승희는 아무 말도 할 수 없었다.

그 이후 동문회에서 빠져나온 승희는 바삐 움직였다. 한순간도 침울해 있을 새가 없었다. 동문회 일정은 실패했지만, 그녀의 앞에 도사리고 있는 불행들을 헤쳐나가야 했다.

일을 마무리 지은 뒤에 저녁때에는 아빠를 만나러 갔다. 남수는 약속 시간이 한참이나 지나서야 왔다. 며칠 전과는 다르게 세상 침울한 표정이었다. 이제야 사태를 제대로 파악한 모양이었다. 아빠가 그런 표정을 보인다 한들 승희에게 동정을 살 수는 없었다. 승희는 아빠의 슬픈 표정을 매정한 눈으로 바라만 보았다. 자리에 털썩 앉은 남수가 한참 만에 입을 열었다.

"승희야. 아빠가 파산하기로 했다. 넌 걱정하지 마."

승희의 눈썹이 휘었다.

"파산을? 아빠가?"

"파산하면 변제 의무는 없으니까."

남수가 생각한 해결책은 그것이었다. 잠깐 솔깃했다. 하지만 다른 생각을 하지 않을 수가 없었다.

"그럼 아빠 회사는 어쩔 건데. 그리고 여친 잘 만나고 있는 승규는 뭐가 되는데요. 걔네는 승규 취직만 하면 결혼할 생각하는 애들이야. 그런데 승규 어친한테, 엄마는 이혼 뒤에 돌아가셨고 아빠는 파산했다고 말하라고?"

개인의 집합으로 이루어진 가족이다. 한 사람의 불행은 다른 개인의 삶으로 기울어지는 구조. 파산한 아빠를 버리고, 승희가 동생의 아빠가 되어줄 수도 없었다. 모든 게 답답할 노릇.

"대체 왜 땅을 빌렸어."

울분을 가득 품은 승희가 따졌다.

"왜! 그 땅을 팔아서 2억을 갖다가 다 뭐했는데!"

남수가 그녀의 눈치를 보며 자그마하게 대답했다.

"네 엄마가 아팠던 거 알잖아."

하아. 세상에.

"그럼 그게 다 엄마 치료비로 나갔다고? 그러고 버림받고?"

참 애끓는 헌신이다. 그러니 헌신짝처럼 버려진 거다. 아빠가 이렇게나 바보라서.

"엄마 미워하지 마. 엄마로서는 최선이었을 거야. 엄마도 오래 살고 싶었을 테니까."

승희의 분노지수가 높아진 것을 감지해낸 남수가 그녀를 다그쳤다. 엄마는 이렇게 착해 빠진 아빠를 버리고 어떻게 재혼을 할 수 있었을까. 또 재혼하고 잘 산 것도 아니다. 엄마는 재혼 2년 뒤에 돌아가셨다.

정말 사랑이란 것은 부질없어.

"그래서 나한테 지금껏 얘기도 못 했어? 내가 아빠 원망할까봐?"

눈 딱 감고 파산해버리라고, 아빠의 구정물에 나까지 끌고 들어가지 말라고 소리치려고 했었다. 하지만 아빠의 사정을 듣고 나니 심한 말을 할 수가 없었다.

"사채업자 만나고 왔어."

승희는 동문회에서 빠져나와 수행한 일들을 남수에게 차근히 설명했다.

"법정 이자로 50억 빌려주겠대. 5년 동안 한 달에 1억 4천씩 갚으면 돼."

1억 4천만 원. 이 역시 적은 돈이 아니다. 하지만 승희에게는 능력이 있고 희망이 있었다. 붙잡을 수만 있다면 악착같이 진득하게 계속 붙잡고 있을 것이다.

"얼마 있으면 투자를 받게 될지도 몰라. 지금 내 회사는 투자만 받으면 승승장구할 시스템이 갖춰졌어. 투자만 받으면 세 달 안에 흑자를 볼 수 있을 거야. 그럼 한 달에 1억 4천만 원씩 갚을 수 있어."

얼떨떨함에 두 눈이 촉촉이 젖은 남수에게 승희는 지그시 미소 지어 보였다.

"그때까지만 버텨보자."

아빠가 너무 원망스럽지만, 그래도 끌어안고 가야 하는 애증의 가족. 언젠가는 오늘의 이 이야기도 모두 웃으면서 할 수 있는 날이 올 것이다. 그렇게 되리라 믿는다.

하지만 남수는 미련을 버리지 못하고 다시 한번 딸을 회유한다.

"승희야. 차라리 결혼을 하는 게 낫지 않겠어?"

"싫어. 안 해."

승희는 딱 잘라 대답했다.

다음날. 모바일게임 회사 골드킹 사무실.

승희가 웬일로 무결의 회사로 직접 방문하겠다고 하여 무결은 한낮부터 사무실에서 가만히 그녀를 기다리는 입장이 되었다.

회사에는 골드킹의 부사장이자 무결의 오랜 친구, 이세열이 함께 있었다. 세열 역시 이 주말에 별 할 일이 없는 처지라 무결의 사연을 들어주러 온 것이다. 세열은 무결과 승희의 정혼 계약과, 승희의 저택잠입사건까지 제대로 알고 있는 유일한 지인이었다. 거기에 오늘은, 어제의 사건이 업데이트되었다.

어제 무결은 동문회장에서 몇몇의 젊은 남자 무리들이 '우승희'라는 이름을 입에 담는 것을 듣게 되었다. 그들은 Y대 경영학과 퀸카들의 이름을 줄줄이 열거하며 그중의 제일은 '우승희'라고 말했다. 그저 그 정도의 내용을 들은 게 다인데, 그 창고에 들어와 구역질을 하고 흐느껴 울던 우승희는 모두의 퀸카라는 정보와는 다른 사람 같았다. 게다가 그녀는 자신에게 희한한 말도 했었다.

"어디까지 들으셨어요? 내가 촌철살인녀라는 얘기는 들었어요?"

무결은 그녀가 대학생 시절에 끔찍한 사건을 겪었을 거란 사실을 대강 눈치챘다. 승희와 헤어진 그는 Y대 경영학과를 졸업한 친구에게 승희의 대학 시절 이야기를 물어보았다. 그리고 그녀가 스무 살때 벌어진 사건의 경위를 제대로 파악하게 되었다. 사실 그 일만 따지고 보자면 승희도 마음의 상처를 입었을 테니 피해자나 다름없는 건데 왜 그토록 그녀가 지탄을 받아야 하는지 이해할 수 없었다. 안타깝기도 했다. 하지만 과거를 알아본 후에 뒤늦은 위로를 해줄 수도 없는 입장이었다.

"그럼, 그렇게 우는데 위로도 못 해준 거야?"

8년 전에 있었던 사건을 제외한, 어제의 단편적인 이야기를 들은 세열이 물었다.

"우는 여자한테 무슨 말을 해."

회사의 한편, 블록방에 가득 쌓여 있는 블록을 하나씩 찾아 잠수함 모형을 만들어가며, 무결이 대답했다. 무결의 무감한 대답에 세열은 '그러면 그렇지' 생각하며 고개를 끄덕였다. 그런데.

"근데 예쁘더라고."

무결처럼 바닥에 앉으려던 세열의 움직임이 어정쩡하게 멈췄다. 뭐라고?

"예쁘게 울더라고."

"……."

"울릴 일이 많을 텐데 기왕이면 울 때도 예쁜 게 좋지 않겠어?"

"와. 변태 같은 놈."

"그러잖아도 그 여자 덕분에 집안에서 변태 다 됐다. 새어머니가 이렇게 흘겨보시더라."

무결은 새어머니의 표정을 흉내 내어 보였다.

"푸핫. 상상된다."

세열이 웃음을 터트렸다.

"그 여자랑 네 관계에 대해서, 가족들은 모른다고 했지?"

"알면 큰일 나지. 그날 직원이 한 명 죽었으니까."

"그런 특급 비밀을 나한테 알려주는 거야?"

"네가 가족보다 나아. 네가 그만큼 좋은 친구란 게 아니라, 우리 집안이 구제불능이라는 거야."

무결은 집안사람들에게 별 애정이 없었다. 도무지 애정을 둘 수 없는 멤버들로만 구성되어 있는 집안이었다. 할아버지를 제외하고는.

"할아버지는 기억하실 수도 있지. 근데 직접 얘기해본 적은 없어."

무결의 표정이 자못 진지하여 세열은 다시 물었다.

"진짜 결혼하려고?"

"해야지. 할아버지 살아 계실 때 해야지."

"세상에 효도를 위해 사랑도 없이 결혼할 수 있는 애가 있구나."

"그 여자한테 호감이 있어. 그 정도면 돼."

무결은 잠수함의 꼬리 부분에 맞는 블록을 찾아 블록 더미를 뒤지며 말했다.

"사랑처럼 뒤통수 맞기 쉬운 테마가 어디 있냐. 누굴 만나든 말이야. 이 블록만도 못하다니까. 맞는 거 찾아서 끼워 맞추기도 힘들어."

이윽고 발견한 작은 조각이 적재적소에 끼워졌다. 무결은 푸념처럼 말했다.

"내 인생에서 결혼이 그냥 소모품이었으면 좋겠어."

세열이 정혼자를 구경하겠다는 걸 극구 말려 집으로 보낸 후, 무결이 혼자 있는 회사로 승희가 찾아왔다. 지금까지와 달리 차분한 투로 인사를 한 그녀는 여기까지 오게 된 이유를 밝혔다.

"회사 구경하고 싶어서 이쪽으로 오겠다고 했어요. 죄송해요."

"얼마든지 구경해요."

그리 크진 않았지만 그래도 승희 회사 규모의 열 배는 족히 되는 회사였다. 승희는 그의 재력이 부러웠다. 하지만 입 밖으로 그 감상을 꺼내진 않았다.

"좋은 회사네요."

"결혼하면 우승희 씨도 누릴 수 있는 것들이겠죠?"

"왜 나예요?"

그 어떤 재력으로 유혹을 해도 그녀는 끌려가지 않을 자신이 있었다. 마음은 그렇다. 그러나 상대가 이토록 고집을 부리니 속이 궁금해졌다.

"나 말고도 결혼하고 싶어 하는 사람들이 줄을 섰을 거 아니에요."

그가 차분히 말했다.

"내 이상형에 가깝습니다."

외모가?

"자존심이 강한 사람이 좋거든요. 어느 사막에 데려다놔도 자기 자존심을 지킬 수 있는 사람이."

그 말이, 그녀를 사막에 데려다놓겠다는 말로 들리긴 했지만 기분이 나쁘지는 않았다. 외모가 이상형이라는 말보다는 어쩐지 마음에 들었다. 승희가 끄덕이고는 입을 열었다.

"알겠어요. 단, 혼전계약서를 써야겠어요."

조건을 걸었다. 그녀가 밤새 생각한 조건이었다. 무결은 뜻밖의 조건이 황당한 듯 눈을 크게 떴다.

"혼전계약서 몰라요? 할리우드식이에요."

눈을 동그랗게 뜨고 있던 그가 잠시 후 피식 웃음을 터트렸다. 별 시답잖은 제안을 다 듣겠다는 듯이. 그러나 승희는 진지했다.

"할리우드 배우들은 결혼하기 전에 다 혼전계약서 써요. 죽을 듯이 사랑해도 계약서는 쓴다고요. 사람은 믿을 수 없지만 서류상의 글자는 신뢰할 수 있으니까."

"결혼하고 쓰죠."

"그럼 혼전계약서가 아니죠."

승희는 무결의 주장을 쉽게 막았다.

"혼전계약서 없인 결혼 안 해요."

"내가 하게 만든다면요?"

무결이 밀어붙였다. 승희도 물러서지 않겠다는 의미로 한 발자국 그에게 다가섰다. 그의 턱 아래에서 고개를 치켜든 그녀는 제법 위협적으로 보이기도 한다.

"내가 세상에서 제일 잘하는 게 말아먹는 거예요. 밥 말아먹기 술 말아먹기. 내 뜻대로 못하게 하면 결혼식도 말아먹을 거예요. 한무결 씨 아버님, 할아버님이 얼굴도 못 들고 다니시게 망신 줄 수 있고요."

그와 몇 번 대면하며, 그녀 또한 그를 읽었다.

"어때요? 혼전계약서를 쓸래요, 결혼을 포기할래요?"

뻔뻔한 사람 앞에선 함께 뻔뻔해지는 것이 옳다.

"사랑도 없는 결혼인데, 문서라도 확실해야죠."

그녀는 그에게 배운 대로 지그시 미소 지어 보였다. 속이 시원했다. 물론, 어떤 입장이든 혼전계약서는 썼을 것 같다. 문서로써 인생을 보장받기 위해. 하지만 지금의 제안에는 다른 꿍꿍이가 있다.

'혼전계약서'는 '혼 전'에 쓰는 것. 계약서를 붙들고 있는 한, 두 사람은 '혼 전'이라는 얘기다. 그녀는 계속 그렇게 '혼 전'의 상태를 이어갈 것이다. 엔젤투자자가 계획대로 투자를 해줄 때까지. 투자를 받아 얻은 수익을 합법적으로 쓸 수 있게 될 때까지.

이윽고, 그녀의 막말과 주장을 모두 들어준 후 잠시 침묵에 잠겨 있던 무결이 웃어 보였다. 그 또한 생각을 정리한 듯했다.

"사랑 같은 건 없어도 됩니다. 서로 미워하게 되면 그건 힘들겠지만, 아무튼 티끌만치의 호감만 있으면 돼요."

그는 자신의 결혼관을 솔직하게 털어놓았다.

"딥한 애정. 오히려 그게 더 무서운 겁니다. 자기 마음대로 100을 줘놓고 똑같이 100을 주지 않는다고 미쳐가는 거. 그게 더 위험하죠. 우리는 그렇게 살지 말자고요."

"……."

"오케이. 혼전계약서 쓰죠, 까짓 거."

그리고 기어이 합의의 물꼬를 텄다. 하지만 그 또한 조건을 내걸었다.

"협상을 하려면 대화할 시간이 필요하겠네요. 매일 하루 한 시간씩 만납시다."

매일 하루 한 시간? 승희의 눈이 커졌다.

"이동시간 같은 거 계산할 필요 없어요. 내가 매일 그쪽 있는 데로 갈 테니까."

"원래 그렇게 거침이 없어요?"

그의 주장이 어이가 없어서, 승희의 미간에 주름이 잡혔다.

"어딜 맨날 오겠다는 거예요. 그래도 그쪽 꽤 셀럽이잖아요. 스캔들 그거 우습게 보면 안 돼요."

"결혼할 사이에, 스캔들이 걱정입니까?"

"아무튼 나도 바쁘게 사는 사람이에요. 할 일도 많고 갈 데도 많다고요. 매일 산에도 가고 바다에도 가고 별천지를 다 다닌다고요."

"갑니다."

"……."

"거기가 어디든 가요. 할 일이 너무 많으면 이동하는 시간에 얘기하면 되겠네."

그는 조금의 망설임도 없이 제가 계획한 바를 전했다. 기업인 한무결도 만만히 볼 상대는 아니었다.

"어디든 상관없어요. 어떤 별천지를 가도. 내 걱정 할 시간에 우승희 씨 걱정을 하는 게 나을 겁니다."

"……."

"혼전계약서. 이 끝은 결혼이고, 난 반드시 끝에 닿을 테니까."

이 묘한 선전포고에 승희는 기분이 이상해졌다. 심장이 제멋대로 흔들리는 것 같았다. 그는 계속 말을 이었다.

"우리가 지금 결혼을 두고 싸우는 거라면, 결국 우승을 거머쥐는 건 나죠. 여러모로."

그의 입술 사이로 제 이름의 일부가 흘러나올 때, 그녀는 움찔했다. 자신을 부르는 말이 아니었겠지만 진짜 그의 손아귀에 확 잡혀버리는 것만 같았다. 무결은 이미 승자가 된 듯이 자신 있게 웃어 보였다.

"그러니까 부디 최선을 다해 협상에 임해주시기 바랍니다."

2.
남의 집 귀한 아드님

　자신만만하게 혼전계약서란 제안을 했는데 상대편에서 더 강하게 자신감을 드러내니 기분이 이상했다. 승희는 함정에 빠진 건가 하는 생각을 잠시 했다. 게다가 혼전계약서 조율기간 동안 문서만 왔다 갔다 할 거라고 생각했던 예상을 깨고 무결은 매일 만나야겠다고 말했다. 그의 추진력이 두려워졌다.

　'이러다가 일주일 만에 계약서에 도장 찍어버리는 거 아니야?'

　그래서는 안 된다. 회사 일이 잘 풀릴 때까지 승희는 계약서를 계속 붙잡고 있어야만 했다. 어떻게든 만나는 시간을 줄여야 한다.

　"그리도 계약서를 좋아하시니, 혼전계약서를 위한 계약서를 씁시다. '혼전계약서 조율을 마칠 때까지 매일 한 시간씩 미팅한다'라는 규정이 필요하겠네요."

　무결이 자신만만하게 말했다.

　"매일 한 시간은 너무 심하네요. 저도 제 일이 있다고요."

　"매일 한 시간이라고 해봤자 우승희 씨 생활의 24분의 1밖에 안 되는데요."

"저는 하루 24시간을 낭비 없이 보내는 사람이에요. 매일 한 시간의 미팅을 채워 넣을 여력이 없어요."

그녀의 거부 의사에 무결이 눈을 찡긋거리고는 다시 입을 열었다.

"알겠어요. 제가 양보하죠. 그럼 이틀에 두 시간으로 할까요? 아니면 사흘에 세 시간까지도 괜찮습니다. 세 시간이면 딥한 얘기를 할수 있겠네요."

싫다. 딥하게 싫다. 승희는 고개를 도리도리 젓고는 제 의견을 말했다.

"일주일에 한 시간이요."

"일주일이면 일곱 시간이죠."

일곱 시간이면 반나절을 붙어살자는 것과 다름없다. 그녀는 기가 막혔다.

"알겠어요. 일주일에 여섯 시간."

승희가 노려보니 그가 무척 선심 쓰는 듯 7분의 1보를 양보했다. 여전히 승희는 못마땅했다.

"나흘에 한 시간이요. 그게 최선이에요."

"사흘에 두 시간."

그 또한 물러섬이 없다. 승희는 눈을 부릅떴다. 욕 한마디만 던져주면 딱 좋겠다 싶은 마음. 그런데.

"그쪽 움직이게 안 하고 내가 가겠다는데, 좀 봐주죠?"

돌연 낮고도 느릿한 회유의 목소리가 그녀의 공격을 막았다. 굵고어두운 저음이 아닌, 차분함이 느껴지는 깊고 조용한 저음. 순간 주위가 환기되며 그의 존재감이 그녀의 독을 밀어내고서 주변을 채우는 느낌이 들었다.

"나흘에 두 시간. 하루에 30분인 셈이네요."

"……."

"타결."

승희가 그 목소리에 붙들린 듯이 가만히 있는 사이에 그가 끝장을 보았다. 젠장……. 이 자는 최면술을 쓰는가. 무어라 반박을 해야 하는데 어찌된 일인지 아무것도 떠오르질 않았다. 세이렌에게 홀려 홀딱 넘어갔다가 암초에 부딪혀 파멸하는 뱃사공이 된 기분이었다.

그녀가 속으로 무슨 생각을 하는지 꿈에도 모를 그는 곧장 긴 다리를 움직여 A4용지와 펜을 가져왔다. '혼전계약서를 위한 계약서'를 쓰려는 거였다, 일필휘지로. 누구 손주 아니랄까봐.

「계약서

우승희와 한무결은 '혼전계약서' 조율을 마칠 때까지 나흘당 두 시간씩 대면한다.」

글씨를 써 내려가는 손과 집중해 있는 그의 표정이 생경하여 승희는 또 입을 다물게 되었다. 미소가 잦은 탓인지 날티가 있는 외모라 글씨도 날림체로 쓸 것 같았는데. 비뚤어진 데 없이 말짱한 정자체는 사람을 다시 보게 했다.

"계약서 하나는 기똥차게 씁니다."

그런 그녀의 마음을 읽은 것처럼, 그가 계속 글을 써가며 말했다.

"우승희 씨도 계약서 쓰기 어려우면 들고 찾아와요. 멋지게 써줄 테니까."

그의 농담에 승희는 반응 없이 딱딱한 목소리로 요구했다.

"시간은 상호 협의하에 조정할 수 있다고 썼으면 해요. 서로 바빠
져서 못 만나게 될 수도 있잖아요."

"그럼 '1일 30분 기준'이라고 덧붙일게요. 내가 바빠질 리는 없겠
지만."

기분이 정말 이상했다. 그의 말꼬리에는 전부 묵언의 단어 하나가
더 들어 있는 것만 같은 느낌이었다. '그럴 리 없겠지만, 메롱', '그럼
1일 30분 기준이라고 덧붙일게요, 메롱'. 그가 이렇게 놀리는 것만
같았다.

금세 계약서를 만든 무결은 한 장을 더 복사해 와 제 사인을 하고
는 승희에게 넘겼다. 승희도 계약서에 시원하게 사인했다. 위약 시의
보상에 대한 문구는 없는 계약서였다. 그다지 거리낄 것이 없었다.
사인을 마친 후, 제 몫의 계약서 한 장을 가방에 넣은 승희가 말했다.

"제가 제안했으니까 혼전계약서 초안은 제가 만들게요."

"좋죠."

그가 흔쾌히 수락했다. 승희도 어느 정도 만족스러웠다.

"나가죠. 점심 살게요."

계약서를 책상 서랍에 고이 넣은 그가 말했다. 2시 반. 점심식사를
하기에는 꽤 늦은 시각이었다.

"여태 점심식사 안 한 거예요?"

"어제 밥 산다고 말했잖아요. 난 그래서 같이 먹으려고 여지껏 기
다렸는데. 치사하게 먼저 먹었어요?"

무결이 서운하다는 투로 물었다. 그 뾰로통한 표정을 보니 문득 승
희는 머쓱해졌다. 아침 겸 점심을 먹은 터라 밥 생각이 없긴 했지만

가볍게는 먹을 수 있을 것 같았다.

"시켜 먹을 수 있나요?"

"여기서 나랑 계속 단둘이 있고 싶어요?"

"그럴 리가요. 회사를 더 구경해보고 싶어서 그래요. 사진 찍힐까 봐 신경 쓰이기도 하고요."

"무슨 사진을 찍혀요?"

되는 대로 내뱉은 말이었는데 그가 '무슨 사진을 찍혀요? 메롱' 하고 말꼬리를 잡으니 순간 당황스러웠다. 얼마 전 그에 대해 알아보았을 때 찾은 스캔들 사진이 떠올라 말했을 뿐인데, 마치 관심이 있어 뒷조사를 한 것처럼 놀리는 투였다.

"혹시 도쿄에서 찍힌 사진 얘기라면, 그건 상황이 조작된 거예요. 일면식도 없던 사람이 다가와서 자기 머리에 휴지 조각이 붙은 것 같은데 떼어달라고 해서."

"누가 물어봤나요?"

"오해하고 있는 것 같아서 얘기했어요."

"오해할 만큼의 관심이나 감정은 없네요, 죄송하지만."

승희의 속마음보다 말이 강하게 나왔다. 자신이 그에 대해 찾아보았다는 사실이 흉이 될 것도 없는데 괜히 발끈한 것이다.

"서운하네요. 나는 호감 정도는 있는데."

그가 조용한 목소리로 그녀의 말을 받아쳤다. 이 역시 승희의 귀엔 놀리는 말처럼 들렸다.

"치킨 배달되나요? 치킨 먹고 싶네요."

승희는 재빨리 화제를 돌렸다.

승희가 메뉴를 제시한 후, 30분 만에 치킨 배달이 왔다.

"치킨 왔어요. 먹고 구경해요."

무결이 직원휴게실을 둘러보던 승희를 불렀다. 승희는 무결을 따라 그의 집무실로 다시 이동했다. 집무실 문을 여니 치킨의 존재감이 밀려왔다. 간이 잘 밴 튀김옷의 냄새가 벌써 사무실 안에 그득하게 퍼져 있다. 집무실의 테이블 위에는 먹음직스럽게 세팅된 치킨. 게다가 양념 반 프라이드 반에, 1인 1닭이다. 뜻밖에도 그의 센스를 확인할 수 있었다.

없던 허기가 생긴 승희는 기대하는 마음으로 무결이 권하는 의자에 앉았다. 치킨은 눈과 코로 확인했던 대로 바삭하고 맛있었다. 그에게 제 마음을 드러내는 건 그다지 내키지 않지만 칭찬을 할 수밖에 없는 맛이었다.

"맛있네요."

"그렇죠. 맥주만 있으면 딱인데."

그가 거들었다. 승희 역시 같은 생각이라 크게 끄덕이려는데, 그가 말을 덧붙였다.

"아, 맥주보다는 말아먹는 거 좋아하시지."

"좋아한다고는 안 했습니다. 잘한다고 했지."

"궁금하네요. 얼마나 잘하는지."

"오기 전에 골드킹에 대해 찾아봤어요."

그에게 끌려가는 것만 같아 승희는 급히 화제를 돌렸다. 일 얘기를 하고 싶었다. 그래서 그의 회사로 직접 찾아온 것이다. 승희는 제가 알아본 바를 그에게 말했다.

"직원이 서른 명이면 그렇게 많은 편은 아니지만 직원 만족도는 높은 편이더라고요. 연봉 수준이 괜찮다고."

"그런 편이죠. 연봉은 업계 최고 수준일 거예요."

"그런데 회사가 크게 성장하고 있지는 않더라고요. 그다지 공격적으로 게임을 개발하는 것도 아닌 것 같고. 자극이 없으면 직원들이 매너리즘에 빠지지는 않을까요?"

그녀의 지적에 무결은 머금고 있던 미소를 풀었다. 돌연 그녀의 눈동자에 생기가 넘친다. 결혼 얘기를 할 때는 보이지 않던 반짝거리는 빛이 보였다. 반면에 그의 눈은 꽉 긴장했다.

"진심으로 회사의 발전을 위해 일하는 직원들은 몇 명 정도 된다고 생각해요? 이를테면 지금 수준의 연봉이 아니어도 이 회사를 다닐 만한 직원이요."

진지한 질문이니 진지하게 대답해주어야 하는데, 실은 그가 생각해본 적 없는 것들이었다.

"저는 고급인력들을 부리면서 급여는 많이 못 주니까 은근슬쩍 애사심을 키워주려고 노력하거든요. 동기부여도 많이 해주고요. 웬만하면 직원들의 아이디어를 다 살려주려고 해요. 그런데 그러다 보면 직원들끼리 충돌할 때도 있어요. 그걸 중재하는 게 내 역할이긴 한데, 쉽지는 않은 거 이해하시죠?"

이해…… 못 해……. 그런 거 생각해본 적 없어……. 무결이 회사를 차린 건 딱히 대단한 꿈이 있어서가 아니었다. 큰 기업을 이끄는 일이나, 누구 아래에서 일하는 건 답답하고 싫어서 제 몫의 유산으로 마음 맞는 친구와 함께 회사를 세운 거였다. 컴퓨터공학과를 나왔으니 모바일게임 회사가 적당하다고 생각했고. 그런 그에게 꼬치꼬치 물으니 압박 면접을 보는 기분이 들었다.

"한무결 씨는 직원들의 아이디어를 어떻게 다루나요? 서른 명이면 아이디어도 30개일 텐데."

우리 회사 직원들이 아이디어를 내던가? 그게 모여서 30개가 된다고? 무결은 한 가지도 제대로 대답을 못 했는데 질문은 계속 쏟아진다.

"아, 그리고 그것도 궁금해요. 연봉 말고, 직원들이 사내 복지 중에서 제일 만족스러워하는 게 뭐예요?"

"……."

"설마 복지가 없는 건 아니죠?"

그가 영 대답하지 못하니 그녀의 눈이 의심을 머금고 가늘어졌다.

"설마 회사 대표가, 직원들의 복지에 대해 모르는 건 아니죠?"

놀리는 건지 진심으로 궁금해서 묻는 건지도 이제 모르겠고. 그러나 폭포수 같은 질문세례에 도리어 무결은 머릿속이 깔끔해진 기분이었다. 혼전계약서의 끝에 맞이하게 될 먼 미래를 그릴 수 있었다.

이 여자와 결혼하면, 내가 일에 밀릴 수도 있겠구나. 뭐, 나쁘진 않다. 제게만 올인하는 사람보다는 부담이 덜할 것 같았다.

"그냥 연봉이면 다 되던데요."

기승전돈. 무결은 모든 질문에 대한 간단명료한 대답을 내놓았다. 승희의 표정이 돌연 멍해졌다. 그 표정이 참, 재미있고도 귀엽다는 생각이 들었다.

드르르르. 그사이 무결의 휴대폰 진동이 울렸다. 휴대폰 화면에 '누나'라는 글자가 떴다.

"전화 안 받아요?"

"받을 필요 없는 전화라."

무결은 휴대폰을 뒤집어놓았다. 사실은 아까도 전화가 왔다. 그때도 그는 받지 않았다. 방해받고 싶지 않아서였다. 그러나 그의 성의

와는 달리 붙잡고 싶은 상대는 손가락 사이의 모래처럼 빠져나가려 했다.

"저는 다 먹었어요. 궁금한 것도 해결됐고요."

몇 개 먹지도 않은 것 같은데, 그녀는 배가 부르다는 듯 치킨 상자를 고이 닫았다.

"음식 남기면 벌받아요."

"그럼 가져가서 나중에 먹을게요. 사주신 거니까."

왠지 '다 먹을 때까지 못 나갑니다'라고 말하고 싶어지는 기분. 하지만 무결은 그녀의 의사를 존중하며 자리에서 일어났다. 승희가 말했다.

"혼전계약서 초안은 이메일로 보낼게요. 확인하시면 마찬가지로 이메일로 피드백 주셔도 됩니다. 굳이 오실 필요는 없어요."

"약속은 지킵니다. 계약서 썼는데 가야죠."

드르르르, 굳건한 대답 사이에 다시 휴대폰 진동이 시작되었다.

"정말 전화 안 받으세요?"

분위기 파악 못 하는 누나를 원망하는 마음으로, 무결은 휴대폰을 들었다. 그런데 발신자는 누나가 아니라 친구 세열이었다.

"잠깐만요."

무결은 승희에게 양해를 구하고는 전화를 받았다.

"어. 왜."

방해받는 기분이 들어서 목소리가 곱게 나오지는 않았다.

[너 왜 네 누나 전화 안 받냐?]

"누나가 너한테도 전화했어?"

[어. 너 어디 있냐고 그래서 회사에 있다고 했으니까 아마 곧 누나

가 회사로 들이닥칠 거야.]

"야, 그 얘기를 왜……!"

[시간 없어. 아까 잠실이라고 그랬으니까 거의 도착할 시간 됐겠다.]

전화를 끊은 무결은 바로 창가로 가서 창밖을 확인했다. 젠장. 무빈이 차에서 내리는 것이 보였다. 돌아선 무결은 표정을 굳히고서 승희에게 말했다.

"우승희 씨, 지금 급하게 사람을 한 명 만나게 될 텐데."

"네?"

"우리 집안에서 제일 허세 쩔고 답 없는 사람이에요."

영문 모를 이야기에 승희는 눈을 슴벅거렸다.

"한무빈이라고, 누나죠."

한무빈. 알고 있다. 한무결의 세 살 위 누나. 금왕그룹 GK백화점의 전무.

그 누나를 만난다고? 지금? 이렇게 갑자기? 승희의 입이 뜨악하며 벌어졌다.

"누나도 결혼할 사람이 있긴 한데 연애를 한다고 사람이 성숙해지지는 않더라고요."

"자기는 되게 성숙한 줄 아나."

"뭐라고 했습니까?"

"아뇨. 아무 말도 안 했어요."

승희가 혼잣말을 잽싸게 감추었다. 무결도 한시가 급한지라 말꼬리를 잡지는 않았다.

"아무튼 누나한테 우리 사이를 들키면 집안에는 삽시간에 퍼져요. 어쨌든 우리는 엮인 일이 있어서 연인 사이처럼 보여야 하니까, 뜨겁게 연애하는 척을 해야 할 것 같은데."

뜨, 뜨겁게? 승희의 머릿속으로 뜨거운 상상들이 거침없이 지나갔다.

"백번 말하는 것보다 한 번 보여주는 게 효과가 좋으니까요."

"지금 여기서요?"

"곧 들이닥칠 테니까."

승희는 정색하며 한 발짝 뒤로 물러났다.

"싫어요. 안 할 거예요."

"……혹시 내가 키스할 거라고 생각했어요?"

잉?

아뿔싸. 승희는 그제야 제 두 손이 어디로 가 있는지 확인했다. 저도 모르게 제 입을 가리며 뒷걸음질치고 있었던 것이다.

"사람을 뭘로 보고."

무결이 어처구니없다는 듯, 픽 코웃음을 쳤다. 아, 아니, 나도 뭐 기대하고 그런 거 아니거든요! 승희는 은근히 약이 올랐다.

"괜찮아요. 그렇게까지는 안 해요. 이제 3분 안에 들어올 텐데."

키스는 아니라고 안심시킨 그가 그녀의 앞으로 손을 내밀었다. '3분'이라는 말에 그녀의 심장은 초를 재듯 툭탁거렸다.

"시간 없어요. 빨리."

승희는 그 손을 잡은 뒤에 어떤 일이 벌어질지 생각조차 할 새 없이 덥석 그에게 손을 내주게 되었다. 무결은 제 손바닥 위로 올라온 그녀의 손을 움켜쥐었다. 그리고 반대편으로 돌리며 당겼다. 고운 외모와 달리 손이 억셌다. 그의 악력으로 인해 제자리에서 반 바퀴 돈 승희는 금세 중심을 잃었다. 그의 팔을 붙잡고서 털썩 내려앉게 되었다. 그의 무릎 위로. 그것이 그의 계획이었다.

눈 깜짝할 새에 시야가 변했다. 훌쩍 높았던 키가 맞으며 눈높이가 같아졌다. 그녀의 눈동자에는 오롯이 그의 얼굴 하나만 담기게 되었다. 숨결이 그대로 전달될 만큼 위태롭게 가까운 곳에서 한무결이 자신을 응시했다. 키스보다 뭔가 더 야한 그림인 것 같았다. 심장 뛰는 속도에 맞추어 차분히 오르내리는 그의 가슴이 한쪽 어깨에 닿았다.

"미안해요."

그가 사과했다.

"미안한 줄은 알죠?"

최대한 덤덤하게 소리를 내었으나 실은 겨우겨우 힘을 주어 낸 목소리였다. 그의 시선은 얄미울 정도로 여유로운데, 이상하게도 일종의 열기가 느껴졌다. 배부른 사자가 먹이를 눈앞에 두고 저걸 언제 먹으면 맛이 있을까 생각하는 눈빛이었다. 그렇게 여유 넘치게 주시하다가 그녀가 도망가거나 반항하면 당장이라도 살기로 변할 것만 같은, 예측 불가능한 눈빛.

"알죠."

그런 눈으로 고요히 목소리를 낸다. 그의 목소리보다 내 심장 소리가 더 시끄럽지 않을까 하는 생각마저 드는 적막 속에서.

"그런데, 헷갈리네."

가만히 응시하던 그가 한숨과 함께 다시 속삭였다.

뭐가 헷갈려요. 뭐가. 뭐가. 뜻 모를 무결의 말은 금세 공기 중으로 흩어졌다. 다음의 소감은 더욱 직접적이었다.

"가까이 있으니까 머리 냄새 정말 좋네요."

"……샴푸를 덜 헹군 거죠."

제게 닿는 뜨거운 시선을 거부하고 싶은 마음에 승희는 담백하게 팩트를 읊어주었다. 한숨과 웃음이 섞인 숨결의 조각이 그녀의 여린 피부를 건드렸다. 그녀는 입술을 꾹 다물게 되었다.

"아무 말이나 해요. 계속 속삭이고 있어야 그림이 예쁘니까. 아까처럼 회사 얘기라도 하라고요."

그가 재촉했으나 입은 쉽게 떨어지지 않는다.

"왜 안 와요? 3분 안에 온다면서요."

"그러게요."

마음은 3분이 아니라 30분은 지난 것 같았다. 그가 그저 바라보고 있을 뿐인데, 그 억센 손으로 심장을 쥐락펴락하고 있는 것만 같은 느낌이다. 심장이 거세게 압박해오는 것을 감지한 승희의 목소리가 높아졌다.

"정말 오는 거 맞아요?"

"조용히 좀 해요."

"아무 말이나 하라면서요."

"목소리가 크잖아요."

아니, 아까는 말하라고 하더니만, 말을 하니까 구박이나 하고 말이야. 시간이 지체되어 승희의 약이 바짝 오른 사이에, 쾌액, 하고 문이 열렸다.

"한무결!"

"엄마얏!"

문이 열림과 동시에 버럭 터진 고함에 승희는 정말로 깜짝 놀라 무결의 팔을 와락 당기며 그의 가슴에 머리를 폭 파묻어버렸다. 진짜로 놀라버린 것이다. 마찬가지로 무결의 이름을 부르며 문을 활짝 열었던 무빈도 화들짝 놀라며 다시 문을 닫았다. 무결의 입장에서는 더

없이 만족스러웠다.

"퍼펙트한데요? 영화배우 뺨치겠는데?"

당신 뺨도 한 대 쳐줄까보다. 아 얄미워. 승희는 무결을 사납게 노려보곤 곧장 그의 무릎 위에서 일어났다. 무결 역시 자리에서 일어나 느긋하게 걸어가 문을 열었다.

옷이며 장신구며 가방까지, 가히 억대의 치장이 짐작되는 여인이 모습을 드러냈다. 무결의 누나, 한무빈이다.

"뭐야, 연락도 없이."

좀 전까지 승희를 놀리던 그 능글맞은 태도는 어디 가고, 뼈가 시릴 만큼 싸늘한 목소리가 사무실 안에 낮게 내려앉았다.

"내가 언제 연락하고 온 적 있어?"

미안한 기색 없이 당당한 반응. 외려 지켜보는 승희가 민망해질 정도다. 무빈은 테이블 위의 먹다 남은 치킨을 확인하고는 눈살을 찌푸렸다.

"치킨 먹다가 뭐 하는 짓이니?"

"연애하는데 다 똑같지. 누나는 안 그래?"

역시 무결이 한마디도 지지 않고 응수했다. 입술을 실그러뜨린 무빈의 눈길은 이제 승희에게로 향했다. 승희의 머리끝부터 발끝까지 재빨리 스캔을 마친 무빈이 턱을 치켜들고서 물었다.

"인사 안 해요?"

그 태도가 다소 공격적이라 승희는 멍해졌다. 인사를 하자는 건지 싸우자는 건지 판단이 서질 않았다. 승희가 눈을 한 번 깜빡이고는 꼿꼿이 서 있으니 무빈이 먼저 손을 내밀었다.

"나 알죠? 금왕그룹 한무빈 전무예요."

그제야 승희는 무빈에게로 한 걸음 다가섰다.

"안녕하세요, 우……."

그러나 승희가 제 이름을 말하려는 찰나, 무결의 커다란 손이 그녀의 입을 덥석 막아버렸다.

"미안."

자신에게 하는 사과인지 제 누나에게 하는 말인지 알 수가 없었다. 입이 막히는 바람에 승희도 무빈도 당황하게 되었다.

"뭐야, 왜 입을 가려?"

"누나가 뒷조사하는 거 싫어서."

"허."

"조금만 기다려. 제대로 소개해줄 테니까."

조용히 이른 무결이 승희의 입을 막고 있던 손을 내렸다. 그 틈에 무빈이 다시 추궁했다.

"이름이 뭐예요. 빨리 말해요."

"말하지 마요, 말할 필요 없어요."

말하라, 말하지 마라……. 첩보영화의 인질이 된 것 같은 기분이었다. 뒷조사를 하는 누나라니, 그건 불쾌하긴 한데 그렇다고 우승희를 우승희라 말하지도 못하는 건 씁쓸했다. 무결의 말투에서 정보를 얻은 무빈이 물었다.

"둘이 존댓말 쓰는 사이야?"

"어."

"혹시 연상? 나이가 어떻게 돼요?"

그제야 승희는 제대로 목소리를 낼 수 있게 되었다.

"스물여덟입니다."

"근데 왜 네가 존댓말을 써? 이것도 역할극이야?"

무빈은 그녀의 대답이 탐탁지 않다는 듯 무결에게 물었다.

"그때는 직원 유니폼, 오늘은 커리어우먼 콘셉트?"

다시 한번 무빈의 눈길이 승희의 위아래로 움직였다. 커리어우먼 콘셉트가 아니라 진짜 커리어우먼인데. 오늘의 옷차림은 승희의 평소 차림이었다. 바지정장의 비즈니스룩. 이 평범한 차림이 화려한 무빈에게는 도리어 독특하게 보인 모양이었다. 사람 세워두고 이게 무슨 매너인지 싶어 기분이 상했지만, 승희는 내색하지 않았다.

"정말 네 취향대로 입어주는 거야? 직접 보니까 신선하긴 하네."

"그만 좀 봐. 이 사람이 누나 구경거리야?"

"왜. 너도 구경거리 삼아서 직원 유니폼 입혀놓은 거잖아."

톡 쏘아붙인 무빈이 이번에는 승희에게 고개를 돌려 물었다.

"그런 거 입으면 기분이 어때요?"

찜찜한 질문이었다. 승희는 대답 대신 인사했다. 자리를 얼른 뜨는 것이 낫겠다고 생각했다.

"두 분 말씀 나누세요. 저는 이만 가볼게요."

"치킨 먹던 거 아니었어요?"

"다 먹었어요."

승희는 꾸벅 고갯짓하고서 돌아섰다. 무결이 문을 나서는 승희를 따라 나왔다.

"데려다줄게요."

"차 끌고 왔어요. 갈게요."

"미안해요. 이런 일이 생길 줄 몰랐어요."

얼굴에서 미소가 사라지니 제법 진지한 이미지다. 그가 진심으로 미안해하는 것 같아서 상했던 마음이 조금은 위안이 되었다.

"얼른 들어가봐요, 얼른."

승희가 손짓했지만 그는 엘리베이터 앞까지 따라 나왔다. 무결은 엘리베이터 문이 완전히 닫힐 때까지 묵묵히 지켜보았다. 돌아서니, 얼마 떨어지지 않은 곳에 무빈이 지키고 서 있는 것이 보였다. 무결은 무빈을 회사 안으로 다시 밀고 들어갔다. 무빈이 승희를 뒤쫓아 가지 못하도록 붙잡아두어야 했다. 다시 집무실로 돌아온 그가 누나에게 따졌다.

"누나 갑자기 이렇게 불쑥 찾아오는 거 기분 나빠."

"이름 말해."

역시 무빈에게는 조금도 먹히지 않는 이야기였다. 무빈은 그의 반응을 깡그리 무시하고 다시 대답을 요구했다.

"왜 이름을 못 말하는데. 그렇게 자신이 없어? 새엄마한테는 정식으로 소개할 거라고 했다며."

"어떻게 말해. 뒷조사할 거 뻔한데. 사는 곳, 학교, 직업, 재산, 부모님 직업 다 파헤칠 거 아니야."

"미리 아는 게 뭐 어때서. 어차피 나중에 다 알게 될 텐데. 하긴 딱 보면 견적이 나와. 액세서리 하나 걸친 게 없고 옷은 브랜드도 없는 거고, 가방은 싸구려고."

눈에 보이는 것으로 타인의 계급을 정하여 멸시하고 얕보는 것은 무빈의 버릇이었다.

"아니면 그럭저럭 사는 앤데 너한테 뜯어내려고 없어 보이는 가방 들고 다니는 걸 수도 있지. 그런 생각은 안 해봤어?"

그리고 억측도 잘하고.

"얼굴은 뜯어고친 흔적이 없고 몸매는 꽤 괜찮을 거 같으니, 외모로 유혹 좀 했겠네."

"말조심해."

듣다 못한 무결이 이를 악물고서 경고했다. 하지만 무빈은 계속 무결의 신경을 건드렸다.

"직원 유니폼 입어주고 비즈니스 역할극 하면서 네 비위 살살 맞춰주는 거지. 잘 꼬셔서 사모님 소리 들어보려고."

"내가 이래서 누나한테 이름을 안 알려주는 거야."

그의 말에 무빈의 목소리가 더욱 높아졌다.

"버르장머리 없어. 못 배운 티가 나잖아. 시누이 되실 분이라는 거 알아봤으면 재깍 뛰어와서 인사해야지, 내가 먼저 소개하게 만들어?"

그냥 승희의 모든 것이 마음에 안 드는 것이다. 딱히 이유가 있는 것이 아니다.

"새엄마 생신 때 데려올 거면 똑바로 교육시켜."

"누가 들으면 누나는 엄청 버르장머리 있는 줄 알겠어."

"다 널 위해서 하는 말이잖아!"

다시 한번 무빈의 목소리가 신경질적으로 튀었다. 무결은 귀가 따가워 귓속을 긁어냈다.

날 위해서 하는 말이라니. 우리가 엄청 친한 줄 알겠어.

무결과 무빈은 어렸을 때부터 웃는 낯으로 서로를 마주한 적이 없었다.

"내가 너한테는 못되게 굴지만 그래도 남들 앞에서는 네 험담을 막고 널 감싸는 사람이야. 가족은 다 그런 거야. 네가 잘못된 길을 가면 어떻게 해서라도 바로잡아주고 싶은 게 가족이라고."

"가족 같은 소리 하신다. 또 어떤 드라마를 보고 배우셨나?"

"뭐어? 야, 한무결."

"야, 한무빈."

기어이 무결의 목소리도 커졌다.

"누나나 좀 제대로 살아. 갑자기 쳐들어와서 히스테리 부리는 거 보니까 애인이 약속 펑크 낸 모양인데, 종로에서 뺨 맞고 한강에서 눈 흘기는 무식한 짓 하지 말라고."

무결의 공격에 무빈이 눈에 핏대를 세우며 부들거렸다.

"그러니까 민폐라는 소리를 듣는 거야."

이 정도면 됐다. 승희가 회사를 벗어났을 테니, 허튼소리를 하는 누나를 더 상대할 필요가 없었다. 무결은 무빈을 등지고서 집무실을 떠났다.

무결과 헤어져 트윙클에셋 사무실로 돌아온 승희는 한숨을 내쉬며 컴퓨터 전원을 켰다. 고작 골드킹 사무실을 방문한 것밖에는 한 일이 없는데 진이 다 빠져버렸다. 갑작스럽게 무결의 누나를 만나 마음이 상하긴 했지만 한편으로는 일찍 만나서 다행이라는 생각도 들었다.

'절대 그 사람과 결혼해선 안 돼.'

다시 한번 마음을 굳게 다질 수 있는 계기가 되었다. 사랑해서 하는 결혼이라고 해도 감당하기 힘든 시누이일 것이다. 그저 장차 한무결의 부인이 될 사람이 너무 불쌍하다는 생각만 들 뿐이다.

"한무결 부인 걱정을 왜 해. 자칫하면 내가 될 수도 있다고."

괜한 생각은 집어치우고 혼전계약서 초안이나 만들자.

근데 뭘 쓰나. 무슨 말을 써야 잘 썼다고 소문이 나려나. 보자마자 기함할 만한 내용이어야 하는데 결혼 생활의 디테일에 대해 아는 것이 없으니 머릿속이 돌연 멍해졌다. 백지 화면을 띄워놓고 시간을 허비하고 있는데 전화가 걸려왔다. 친구 재훈이었다.

"여보세요."

[너 어디야?]

"어디겠어. 회사지."

[그래? 알겠어.]

뜬금없는 전화는 금방 끊겼다. 고개를 갸웃거리는 사이에 사무실 문이 열렸다. 재훈이 회사 앞에서 전화를 건 것이었다.

"치킨 사 왔다."

재훈은 치킨 봉지를 어깨 위로 흔들어 보이며 말했다. 웬만하면 승희도 함박웃음을 지으며 환영해줬을 텐데, 오늘은 치킨에 대한 안 좋은 기억이 생겨 마냥 좋아할 수가 없었다. 오늘은 닭의 날인가보다. 쌈닭 같은 여자를 만나기도 했고.

"미안한데 지금은 생각이 없어. 한 시간 전에도 치킨 먹었거든."

"그래? 그럼 냉장고에 넣어두고 내일 먹어."

재훈은 서운해하는 기색 없이 가져온 치킨을 사무실 냉장고에 넣었다.

"웬일이야?"

"어제 동문회에서 있었던 일 얘기 들었어."

어제의 일로 그녀가 힘들어할까봐 위로해주러 온 모양이었다. 어느덧 어제의 일은 깡그리 잊어버린 승희가 어깨를 으쓱해 보였다. 재훈은 들고 있던 카드 봉투를 승희에게 건넸다.

"그리고 소연이가 너 전해주라더라."

"아. 청첩장."

승희는 반갑게 봉투를 열어 청첩장을 꺼내보았다. 핑크색 꽃레이스로 덮인 고급스런 청첩장은 비혼주의인 승희마저도 들뜬 기분이들게 했다. 서로 사랑하는 사람들은 평생 사랑하며 행복하게 살기를. 승희는 마음속으로 그들을 위해 기도했다.

"네가 남자애들이랑은 사이가 안 좋지만 그래도 여자애들이랑은잘 지냈잖아."

"어제는 화가 났는데, 하루 지나니까 좀 창피하다."

"아니야. 그 자식들이 너무했던 거지. 소연이 아버지도 동문이시더라. 너 간 다음에 소연이 아버지가 오셔서 한 번 더 망신 좀 당했어. 소연이 아버지가 딸바보 아빠더라고."

재훈의 말에 승희는 픔 웃음을 터트렸다. 재훈은 다른 관점으로 이야기를 이어갔다.

"근데 어떻게 생각하면 대단한 거 아니냐? 학교 다닐 때 그렇게 널시기하고 말도 안 섞던 애들이 졸업하고 몇 년이 지난 지금까지 네얘기를 하고 있잖아. 보통 눈에서 멀어지면 다들 존재 자체를 잊게되는데."

"내가 걔네들한테 잊힐 만한 존재가 아닌 거지. 걔네들 말대로 촌철살인을 해버렸으니."

승희는 체념한 듯 대답했다. 8년 전의 사건을 기억에서 지운 채 살아갈 수는 없다. 그것은 이미 승희에게 주홍글씨와 같았다.

"천상현이 그리우면 자연히 내가 떠오르겠지."

나는 그 친구가 살지 못한 미래를 살고 있어. 그것만으로 쓰린 죄책감은 어쩔 수가 없다.

재훈이 승희를 안쓰럽게 바라보았다. 승희는 씩씩하게 말을 덧붙였다.

"뭐 이해해. 나도 사실 아빠보다는 돌아가신 엄마 생각을 더 많이 하거든."

한참 바라보던 재훈이 물었다.

"술 사줄까?"

"아니. 오늘은 할 일이 있어."

"일 좀 그만해. 일요일까지 뭘 그렇게 열심히 하고 그러냐."

"일 아니야."

"그럼?"

잠깐 눈동자를 굴리던 승희가 재훈을 불렀다.

"재훈아. 사촌 형 중에 이혼당한 형 있다고 그러지 않았어?"

"응. 그게 사실 형수님 쪽 문제라기보다는 큰아버지 쪽에서 잘못한 거였어. 형수님을 엄청 구박하셨더라고. 형수님이 그걸 참아오다가 몇 가지를 요구했는데 사촌 형이 못 들어주겠다고 버텨서 결국 그렇게 된 거야."

"그래? 어떤 요구였는데?"

잠시 옛 생각에 젖어 가라앉아 있던 그녀의 목소리가 다시 돌아왔다. 과거의 일로 침울해할 새가 없었다. 다가오는 미래에 맞서 싸우기도 벅찬 시간이다. 우선 가장 중요한 것은 혼전계약서 초안이다. 승희는 재훈의 대답을 기다리며 눈을 빛냈다.

이제부터 본격적으로 겁나 뒤통수를 쳐볼까 합니다.

다음날. 골드킹 사내.

"어제 어땠어?"

집무실로 찾아온 세열이 무결에게 물었다. 축 처져 있던 무결은 세열에게 눈을 흘겼다. 어제는 세열이 무빈에게 무결과 승희가 회사에 함께 있다고 불어버리는 바람에 그 사달이 난 거였다. 무결의 눈빛을 읽은 세열이 변명했다.

"네 누나가 먼저 묻던데 뭘. 너 지금 그 여자랑 같이 있는 거냐고."

"그냥 모른다고 둘러대면 되지."

"야, 어떻게 내가 네 누나를 이기냐. 내가 말 안 하려고 하니까 우리 집에 쳐들어오려고 그랬다고."

무결은 세열에게 승희의 이름까지 말하지 않은 것이 다행이라는 생각이 들었다.

"그래서 잘 넘어갔어?"

"잘 넘어갔겠어? 나 결혼 파토 나면 너도 살아남지 못할 거야."

"아유, 무서워라."

진저리를 친 세열이 사족을 덧붙였다.

"근데 너희 누나는 진짜 너무 무서워. 어우으으. 매형 될 분한테 상 줘야 하는 거 아니야? 너희 누나를 받아주시는 분은 그냥 신이다, 신. 잘 모셔."

그 의견에는 반박할 수 없어서 무결은 조용히 끄덕였다. 하지만 그것 또한 문제는 있다. 누나는 아침에 약한 사람이었다. 제 귀에 달게 감기는 말을 하는 사람을 골랐을 가능성이 크다. 누나의 애인을 많이 만나보지는 않았으나 인상이 그리 좋지는 않았다.

"정혼자는 뭐래? 많이 놀랐겠네."

"몰라. 아직 연락 안 해봤어."

"야, 연락해야지. 미안하다고라도 해야지."

"미안하다고 하면 뭐해. 우리 집안사람들이 다 그런 식일 텐데. 거기다가 조만간 다 모인 자리에서 소개도 해야 해."

"하아. 그러네. 난감한 일이 쌓이겠다."

세열이 진심으로 걱정스러운 듯 고개를 가로저었다.

세열이 떠난 후 집무실에 혼자 남은 무결에겐 다시 시름이 밀려왔다. 정말 세열의 충고대로 어제 벌어진 일에 대해서 사과해야 할 텐데, 사과하고 싶긴 한데, 전화로 사과해야 할지 문자메시지를 보내야 할지, 직접 찾아가야 할지 판단이 서지 않았다. 또한 직접 찾아간다면 웃게 해주어야 할지, 웃음기를 지우고서 목소리를 쫙 깔아야 할지. 또 가족 모임에 같이 가달라는 말은 어떻게 꺼내야 할지 모르겠다.

걱정이 쌓여가는 가운데 업무를 시작했다. 일단 컴퓨터를 켜서 주말 사이에 쌓인 이메일을 살펴보는데 뜻밖에도, 승희가 보낸 이메일이 있었다. 오늘 아침에 보낸 것이었다. 무결은 주저 없이 이메일을 열었다.

「안녕하세요. 우승희입니다. 조금 더 시간을 두고 고민해볼까 하다가 일찍 보냅니다. 비록 초안이지만 문제없다면 바로 사인하셔서 보내주셔도 됩니다. 모쪼록 마음에 드셨으면 좋겠네요.」

간단한 인사와 함께 파일 하나가 첨부된 것이 보였다. 어제 이야기했던 혼전계약서 초안이었다. 무결은 문서 파일을 열었다.

문서 파일을 열자마자 무결은 빵 터지고 말았다. 여태껏 하고 있던 어제의 사건에 대한 걱정이 훅 날아갔다. 머리가 상쾌하게 깨였다.

결혼을 하자는 거야, 결혼도 하기 전에 이혼을 하자는 거야.

"진짜 골 때리네, 우승희……."

「혼전계약서

우승희와 한무결은 혼인에 앞서 다음과 같이 계약을 체결한다.

- 두 사람은 결혼식 이후 10년간 혼인 신고를 하지 않는다.

- 각각의 가족 행사 참석은 연 1회로 제한한다.

- 가족 행사 참석 시간은 세 시간을 넘기지 않는다.

- 기타 다른 가족의 부양은 하지 않는다.

- 부부관계는 갖지 않는다.

- 사생활에 간섭하지 않는다.

- 간통 시 위자료 50억을 지급한다.

- 부동산은 공동명의로 한다.

- 서로 경어를 사용한다.

- 두 사람은 언제든 합의하에 이혼할 수 있다.」

결혼은 어렵게 이혼은 편하게. 이토록 투명하게 속이 보이는 혼전
계약서를 받게 되니 어처구니가 없어 실없는 웃음만 나왔다. 무결은
혼전계약서 내용을 몇 번 다시 읽고 곱씹어 머릿속에 넣었다. 들썩
거리는 마음을 따라 손가락들이 타라라락, 책상 위를 두들겼다. 근무
시간 내내 이 생각밖에는 나지 않을 것 같아서 일찍 전화를 걸었다.

[여보세요.]

짧은 신호음 끝에 승희의 목소리가 들렸다. 어제와 다름없이 담담

하고 낭랑한 목소리가 그의 가슴으로 곱게 스몄다.

"시간 괜찮아요? 지금 만나러 갈까 하는데."

[네에에? 미쳤어요? 지금 일하는 시간이라고요.]

이런 반응마저, 그는 참 즐거웠다.

승희는 대뜸 찾아오겠다는 무결의 주장에 기함했다. 물론 아침부터 약 올리려고 초안을 일찍 보내긴 했다. 그래도 이건 아니지.

"한무결 씨한테는 제 일이 우습게 보이나 보죠?"

[그건 아니고, 우리 회사 구경시켜줬으니 우승희 씨 회사도 구경시켜달라고 할 겸, 가보고 싶어서요.]

"그래도 지금은 안 되죠."

[곤란할까요?]

"당연히 곤란하죠. 6시에 오세요."

제 말만 마친 후, 승희는 전화를 뚝 끊어버렸다.

"웃기고 있어. 이 아침부터 어딜 오겠다고."

그런데 끊고 나서 가만히 생각해보니 6시에 오라고 한 것도 큰 문제였다. 두 시간 동안 함께 있어야 하니, 6시부터 8시까지는 그 남자와 얼굴을 마주하고 있어야 한다. 오후 6시. 배고픈 시간. 그럼 밥도 같이 먹어야 하는데.

게다가 문제는 또 있다. 6시가 퇴근 시간이고 칼퇴가 원칙이긴 하지만, 회사에 한무결이 들이닥치면 분위기가 달라질 것이다. 호기심 많은 직원들은 퇴근할 생각도 잊고 그를 관찰할 게 뻔하다.

'과연 관찰하기만 할까. 지켜보고 놀리기에 바쁘겠지……'

그렇게 될 바에야 먼저 털어놓고 직원들의 도움을 받는 편이 나을

수도 있다. 회의실에 직원들을 모두 앉혀놓고 월요회의를 마친 후,
작심한 승희는 직원들에게 진지한 목소리로 화두를 던졌다.

"사랑하는 트윙클에셋 가족 여러분."

"정말 사랑해요?"

"사랑을 하긴 해요?"

"사랑이 뭔데, 사랑이 뭔데."

혜순을 시작으로, 세 명의 직원들이 한마디씩 했다. 그런 아우성치
는 반응조차도 실은 애정이고 애착이다.

"내가 부탁이 있는데, 후우."

이렇게나 애틋한 직원들에게 사적인 도움을 청하는 것이 미안하
고 민망하다. 말을 끝내기도 전에 한숨이 나오는 것은 어쩔 수가 없
다. '부탁'이라는 표현에 직원들은 귀를 쫑긋 세웠다.

"오늘 저녁때 여기에 남자 한 명이 올 거야."

"오오! 저녁에 남자!"

"남친이에요? 지금 자랑하시는 거예요?"

"대표님 비혼주의자라면서요."

다행히도 그녀의 걱정보다 반응이 격하지는 않았다.

"후우, 어쩌다 보니까 이렇게 됐어. 좀 밀당을 하는 사이야."

"오오오. 대박!"

바로 얼마 전에, 남친 생겼느냐는 직원들의 질문에 아니라고 큰소
리를 쳤기에 비난받을 수도 있겠다고 생각했는데 그들은 실망한 표
정 하나 없이 눈을 빛냈다.

"그 남자예요? 지난번에 회사 앞에서 대표님이랑 잡기놀이 하던
남자?"

혜순이 눈치 빠르게 질문했다. 승희가 고개를 끄덕였다.

"오오! 그럴 줄 알았어! 멀리서 봐도 훈남이던데! 대표님 잘 생각하셨어요!"

혜순은 연이어 소리를 높였다. 혜순은 아름다운 것에 사족을 못 쓰는 미(美) 숭배자였다. 혜순의 목격담을 들은 다른 직원들도 탄식을 감추지 못했다.

"아직은 어떻게 될지 몰라."

시끄러워지는 분위기 속에서 승희는 깊은 한숨과 함께 엄숙 근엄 진지한 목소리를 냈다.

"그러니까, 하나만 도와주라. 날 사랑하지 않아도 사랑하는 티를 좀 내주라. 나 얕보지 않게. 쉬운 사람이라는 생각 안 들게. 무슨 말인지 알겠어?"

간절하게 청했다. 흥분했던 직원들이 일순간 조용해졌다. 그녀의 눈빛에 가득한, 초조한 진심을 읽어낸 것이다. 혜순이 먼저 엄숙하게 끄덕였다.

"저 그런 거 진짜 자신 있어요. 대표님을 여왕님처럼 받들게요!"

다른 직원들도 '저도요' 하며 끄덕였다. 흡사 전쟁터를 나서는 장군들의 눈빛이 연상되는 진심이다. 다들 사정을 모두 파악하지 않고도 그녀의 입장을 이해해주는 것이다.

"고마워. 그리고 그 사람한테 경계심을 드러내도 좋아. 예의는 갖추되 무시무시한 거 있잖아. '우리 대표 얕보면 가만 안 두겠어.' 이런 눈빛."

"오케이! 눈빛 연기!"

"그래. 좋아! 잘 부탁할게."

직원들이 파이팅을 해주니 승희도 힘이 났다. 사람을 잘 만났다. 순탄치 않았던 대학 생활과 직장 생활을 보상하듯, 행복한 인생을 살고 있다. 서로를 아끼는 직원들과 힘을 합쳐 작은 회사를 키워가는 지금의 삶이 행복하여 힘들어도 힘든 줄 모르겠다. 비록 가난하지만 꿈꿀 게 많은 인생. 결혼 문제만 아니면 완벽한 인생. 이들에게 보답하기 위해서라도 힘껏 살아야 하는 인생이다.

근무 시간이 빠르게 흘러 어느덧 저녁 6시가 코앞에 다가왔다. 직원들은 승희의 남친을 만날 만반의 준비를 하느라 퇴근 시간도 자발적으로 늦추었다. 만반의 준비라고 해봤자 마음의 준비가 전부이지만.

"아아아, 왜 이렇게 시간이 안 가지?"

5시부터 오매불망 무결을 기다리던 혜순이 탄식했다.

"시간 개념이 확실해서 아마 6시 땡 하면 올 거야."

승희가 일러두었다. 시간 계약을 한 사이니 그 또한 약속을 잘 지켜주리라 생각한다.

승희의 말을 들은 혜순은 한숨을 쉬며 분무기를 집어 들었다. 아직도 10분이 남았는데 일에는 집중도 안 되니 그동안 화분에 물이라도 줘야겠다 생각하며. 분무기를 들고서 문을 나서려는데, 혜순이 문손잡이를 잡기 전에 문이 밖에서 먼저 열렸다. 그리고 훤칠하고 듬직하고 말끔하고 샤방샤방한 남자가 문을 열고 들이닥쳤다. 아니, 혜순의 마음에 먼저 들이닥쳤다.

"여기가 트윙클에셋 사무실이죠?"

미(美) 숭배자 혜순은 남자의 이름을 당연히 알고 있었다. 그럼에도 불구하고 굳어버렸다. 인터넷에 올라온 사진과는 비교도 안 되게 눈부신 외모였다.

"일찍 왔네요."

승희가 자리에서 일어났다. 기다리고 기다리던 대표님의 남자가, 바로 한무결이었던 것이다. 우리 대표님을 빼앗아가겠다고 한다면 멱살이라도 잡아볼 계획이었는데, 굳은 결심을 무너뜨리는, 아니, 마비시키는 비주얼.

"안녕하세요. 한무결입니다. 우승희 씨 정혼자예요."

그나마 그가 내뱉은 청천벽력의 인사에 제정신을 찾을 수 있었다.

"아, 아니 대표님, 이, 이게 무슨 말씀이죠?"

무결의 말을 들은 혜순이 더듬더듬 승희에게 따졌다. 그의 등장과 함께 입이 벌어졌던 다른 직원들도 승희와 무결을 번갈아 바라보았다. 정혼자라는 얘기까지는 듣지 못하여 당황한 것이다. 눈앞에 그 어떤 절세미인이 서 있다 해도 개인적인 배신감을 이겨낼 수는 없다.

"대표님, 결혼하실 거예요? 우리를 두고?"

"아니, 말이 그렇다고."

승희가 손을 크게 저으며 무결에게 쫓아가 팔꿈치로 무결의 옆구리를 쳤다. 쓸데없는 얘기는 하지 말라는 뜻이었다. 그러나 이미 직원들은 흥분한 상태다.

"결혼은 안 돼요. 용납 못 해요."

"대표님 못 잃어. 절대 안 뺏겨."

"대표님은 우리 것."

고맙게도, 이런 당황스런 상황마저 애착으로 승화시키는 의리 넘치는 직원들. 그들의 계획대로 무결은 이 반응에 움찔했다.

"우리 트윙클에셋 멤버들이에요. 이쪽은 앙드레 씨, 이쪽은 강혜순 씨, 이쪽은 강철순 씨. 두 사람은 이름은 비슷하지만 남매 아니고 그냥 친구예요."

승희가 직원들을 소개하니 혜순이 발끈했다.

"대표님, 우리가 어떻게 친구인가요, 그냥 동료지."

"나도 너 같은 친구 싫다."

철순이라는 남자도 콧방귀를 꾸었다. 단 몇 분 만에, 이 회사의 구성원들은 어떤 사람들이며 회사의 분위기가 어떤지 파악이 가능했다.

"일단 접견실로 들어가세요. 일 하나만 정리하고 갈게요."

승희는 회의실이자 접견실로 쓰이는 공간으로 그를 안내했다. 인사를 길게 나눌 틈 없이, 무결은 회의실 안으로 떠밀려갔다. 그 후에도 접견실 밖에서 재미있는 소리가 들렸다. 철순이라고 했던 남자 직원의 목소리였다.

"대표님! 대표님은 이런 거 함부로 들고 그러면 안 되죠. 몸 상한다고요. 다 저희 시키세요. 가만히 앉아서 사업계획서만 쓰시면 된다니까 왜 궂은일을 하세요."

"대표님, 가만히 계세요. 이따가 저 일 하나만 끝내고 안마해드릴게요."

이어지는 혜순이라는 직원의 말도 재미있었다. 아니 뭐 이런 신박한 우쭈쭈 군단이. 평소의 모습일지, 남에게 보이려 일부러 여왕 대접해주는 것일지는 알 수 없으나 흥미로운 사람들이었다. 우승희 한 사람만 귀여운 줄 알았는데 집단적으로 귀여워버리니 너무 재미있어서 계속 지켜보고 싶은 마음이 생겼다. 또한 부럽기도 했다. 진심이 아니면 하지 못할 과잉행동들. 우승희는 가족이 아니면서도 가족 같은 제 편을 세 명이나 가지고 있었다.

이윽고 접견실의 문이 열리고, 철순이 들어와 무결의 앞에 차를 내려놓았다.

"고맙습니다."

"아닙니다. 우리 대표님 잘 부탁드려요."

부탁의 말이었지만 경계심이 가득한 눈빛이 섞이니 의미심장했다. 철순이 퇴장한 후, 일을 끝낸 승희가 안으로 들어왔다.

"멋있네요, 다들."

무결은 조용한 음성으로 직원들을 칭찬했다.

"우승희 씨 감싸주는 게 다들 대박이네요. 진짜 가족보다 더 가족 같은데요?"

"그럼요. 핏줄로 이어진 사람만 가족이 아니라고요."

승희는 으쓱해 보였다. 당신만 귀한 사람이 아니라는 걸, 나도 귀한 사람이라는 걸 보여주고 싶었다. 하지만 직원들이 너무 오버를 하여 아마도 사전에 작당했다는 걸 눈치챘을 것이다. 그래도 결과가 나쁘지는 않다고 생각했다. 지그시 미소 지은 무결이 다시 먼저 입을 열었다.

"어제는 난처하게 해서 미안했어요."

눈동자가 맑은 사람은 참 좋겠다. 속내는 진심이 아니라도 진심처럼 믿게 하는 힘이 있으니 말이다. 그 눈에 허물어진 승희도 간단한 소감으로 그때의 기분을 말끔히 정리했다.

"누님한테 내가 이름 말하려고 할 때 한무결 씨가 내 입 막은 건 잘못한 거라고 생각해요. 나를 위해서였겠지만 기분은 상했네요."

"앞으로는 안 그럴게요."

곧장 나오는 사과의 진정성에 승희는 미소 지으며 끄덕였다. 어렵지 않게 넘겨줄 수 있었다. 그의 집에 잠입했던 그날의 일에 대해 그가 눈감아주었던 것처럼.

그런데, 너무 쉽게 사과를 받아주었나보다. 그는 곧장 화제를 바꾸었다.

"오늘은 한 시간만 있다가 가려고요."

"왜요?"

"계약서 초안 얘기는 짧게 할 거고, 사실은 부탁하러 왔어요."

"무슨 부탁인데요?"

"곧 새어머니 생신인데, 식사 자리에 우승희 씨를 데려가기로 했어요."

게다가 그 화제란, 또 그의 가족을 만나야 한단 이야기다.

"부탁이 아니라 통보 같은데요?"

"일주일 전에 일어났던 일의 수습이에요. 그때 내가 만나는 사람이라고 소개를 해버려서."

딱 1분 전에, 그날의 일에 대해 고맙게 생각했는데 취소다. 하지만 그는 딜을 아는 기업인답게 괜찮은 보상을 제시했다.

"대신, 두 시간 정도의 모임일 텐데 후하게 열 시간 쳐서, 20일간 미팅은 없는 걸로 할게요."

20일간이면 거의 3주의 해방. 아주 솔깃했지만 승희는 단박에 수락하지 않고 도도하게 받아넘겼다.

"생각해볼게요. 이제 계약서 얘기나 하죠."

"여기서 해도 되겠어요? 다들 우리 얘기에 귀 쫑긋하고 있을 것 같은데."

무결이 속삭였다. 그의 지적에 승희는 벌떡 일어나 회의실 문을 벌컥 열었다. 과연, 회의실 가까이까지 의자를 끌고 온 세 명의 직원들이 후다닥 등을 돌리는 장면을 포착할 수 있었다.

승희는 하는 수 없이 무결을 끌고 밖으로 나왔다. 일할 게 남아 있어서 끼니도 해결할 겸, 밥 친구가 생긴 셈 치기로 했다. 다행히 무결도 시간을 허투루 쓰지 않았다.

"계약서 초안의 첫 번째 조항은 아예 빼는 게 좋겠어요."

식당으로 이동하는 길. 그는 둘만 남게 되자마자 곧장 계약서 이야기를 꺼냈다. 역시나 승희의 입장과 완전히 대치되는 의견이었다.

"왜요? 저는 그게 가장 중요한 조항이라고 생각해서 첫 번째로 넣은 건데."

"혼인신고는 결혼의 필수조건이죠. 법적으로 부부가 아닌데 결혼한 사이라고 할 수가 있습니까?"

"결혼식 할 때 주례선생님이 얘기하던데요. 이제 두 사람은 정식으로 부부가 되었습니다, 라고. 남들한테 보여주기만 하면 되는 거 아니에요?"

"저희 집안에선 결혼과 동시에 족보에 이름을 기재합니다. 족보 등재 시 혼인신고 자료가 필수고요."

"어쩌죠? 저는 정말로 양보 못 하겠어요. 혼인신고만큼은 늦게 하고 싶은데요."

"특별한 이유라도 있습니까?"

"그냥 싫어서요."

"별다른 이유는 없는 거네요."

"이유가 없는 건 아니죠. 원치 않는 결혼을 하는데 그 정도는 요구할 수 있잖아요?"

"원치 않는 결혼?"

바삐 움직이던 무결의 걸음이 멈추었다. 무결을 따라 승희도 두 발을 땅에 붙였다.

"그럼 원하게 만들면 됩니까?"

그의 얼굴에서 미소를 지우면 단박에 분위기가 무시무시해진다. 깍듯이 공대하고 있는데도 그의 말에선 간혹 압박이 느껴진다. '원하게 만들면 됩니까'라는 말이 '반드시 원하라'라고 들리는 것이다. 그래도 승희는 기죽지 않고서 대답했다.

"못 해요. 한무결 씨가 너무너무 제 스타일이 아니라서."

"제가 우승희 씨 스타일에 맞게 바꿔보죠."

"바꿀 수 없어요. 유전적인 것까지 포함하고 있으니까요."

그녀는 그의 말에서 느꼈던 압박감을 짜증으로 표출했다.

"일단 키 큰 것부터가 아주 별로거든요. 가뜩이나 목도 뻣뻣한데 올려다보기 너무 힘들고 짜증이 나요."

"그렇게 말하니 정말 할 말이 없긴 하네요. 있는 키를 자를 수도 없고."

승희는 새침하게 고개를 돌리고는 다시 발을 움직였다. 그런데, 이상한 일이 일어났다. 앞서간 그녀를 금세 쫓아온 그의 키가 정말로 줄어들어 있었다. 한 뼘 높이 있던 그의 얼굴이 바로 옆에서, 그녀의 눈높이에 맞게 움직이고 있는 것이다. 그는 무릎을 굽힌 채로 엉거주춤 걷고 있다.

"……뭐 하는 거예요?"

"올려다보기 힘들다면서요. 키를 맞춰주고 있잖아요. 바라보기 편하게."

이 사람, 바보인가?

하지만 어처구니없이 지은 헛웃음과 달리 심장이 방황하는 느낌이 났다.

"내가 가진 배경 때문에 꽤 유혹이 많은 편이에요. 어떻게든 날 이용하려는 사람들이 꼭 있죠. 그게 끔찍할 때도 있었어요. 하지만 그들에게도 배운 게 있죠."

신호등 앞에서 두 사람의 발이 다시 멈췄다. 그가 굽히고 있던 무릎을 서서히 폈다. 잠시 눈높이가 어긋나 그에게서 시선이 해방되었다 싶었던 순간.

"날 유혹하려고 끊임없이 접촉해왔던 사람들에게 내가 뭘 배웠을 것 같습니까."

그가 이번에는 허리를 굽혀 그녀와 눈을 맞춰왔다. 가까이 다가오니 더욱 시선을 피할 수가 없다. 쉽게 아이컨택에 성공한 무결이 단어 하나를 그녀의 입술 가까이에서 발음했다.

"유혹."

마치 최면을 걸듯. 원하게 만들어주마, 하고, 속삭이는 내면의 소리가 들리는 것 같았다.

"농담이에요. 뭘 쫄고 그러시나."

그는 곧장 피식 웃어 보였지만. 이 자식. 농담한 거 아니다.

곧 신호등이 바뀌었다. 승희는 콧방귀를 뀌고는 앞서 걸었다. 그가 쫓아와 물었다. 다시 무릎을 엉거주춤 굽혀 시선을 맞춘 자세다.

"왜 반응할까요? 내게 감정이 없다면."

"그거 하나 눈치 못 채시나? 그쪽이 싫어서 그러죠. 사람들은 득이 있을 때만 움직이는 게 아니거든요. 해가 있을 때도 움직이죠."

그의 유혹 최면에 대한 저항력으로 말이 거세었던 건 인정한다. 그렇다고 고꾸라질 것까지는 없지 않나?

마치 그녀의 말에 충격을 받은 것처럼 그가 돌부리에 걸려 넘어졌다. 무릎을 굽히고 있었으므로 무릎이 가장 먼저 땅에 박혔다.

"허. 이것 봐. 왜 시키지도 않은 짓을 해서!"

빠른 걸음으로 앞서가던 승희가 곧장 달려와 그를 일으켰다. 까불다가 아기처럼 넘어져 체면이 구겨진 그가 허허 웃었다. 하지만 승희는 따라 웃을 수가 없었다. 바지가 찢어질 정도로 심하게 넘어졌다. 게다가 그 사이로 피도 보인다. 그가 넘어진 그 자리에 삐죽 솟아난 돌이 보였다. 거기에 무릎을 박은 모양이었다.

"이 정도야 뭐. 쓰윽 닦으면 돼요."

"무슨 소리예요. 찢어졌잖아요!"

승희는 저도 모르게 소리를 높였다. 그가 한심하여 열이 훅 올라왔다. 그가 아무렇지 않은 듯 일어나 움직이니 맺혀 있던 피가 흘렀다.

"가만히 있어요. 피 흘러요."

"하나도 안 아픈데요."

"안 아픈 게 더 무서운 거라고요."

화가 났다. 몸이든 마음이든, 승희는 상처 입은 이를 그냥 두고 볼수가 없는 사람이었다.

"길만 건너면 병원 있어요. 아마 일곱 시까지 접수받을 거예요."

"무슨 이런 걸로 병원에 갑니까."

"이런 걸로 병원에 가는 거라고요."

"안 가도 돼요. 병원 싫어해요. 질릴 만큼 많이 다녀봐서."

그의 목소리가 고요하게 부는 저녁 바람만큼이나 낮았다. 병원에 가기 싫다는 게 그냥 하는 말은 아닌 것 같았다. 승희는 얼마 전 아빠가 했던 말이 생각났다.

"그 양반 손주가 어렸을 때 크게 앓았어. 원인도 알 수가 없어서 치료가 난항이었고, 병원에서는 얼마 못 살 것 같다고 단정 지어 말했었대."

그 어렸을 때, 원인 모를 병으로 병원에 오래 다녔었다는 얘기일까. 그렇게까지 말을 하니 병원에 가자고 우길 수도 없었다. 그래도, 치료는 해야 하는데.
"난 괜찮아요."
그런 그녀의 마음을 읽은 듯이 그가 빙긋 웃었다. 그래도 그냥 두고 볼 수는 없었다. 바로 눈앞에 편의점이 있었다.
"여기 딱 있어봐요. 움직이지 말고."
승희는 무결을 억지로 편의점 앞 테이블에 앉히고는 바삐 떠났다. 다행히 가까운 곳에 약국이 있었다. 승희는 반창고와 거즈, 식염수와 연고를 사 가지고 냉큼 돌아왔다.
"좀 따가워도 참아요."
무결의 다리 앞에 쪼그려 앉은 승희는 의사에 빙의하여 상처를 자세히 살폈다. 다행히 피가 흐를 정도로 깊은 상처는 한 군데, 그리고 넓은 부위의 찰과상이었다. 그래도 무릎을 다쳤으니 움직일 때마다 아플 텐데.
"이 정도쯤이야 내일이면 다 아물어요."
그가 남의 일처럼 느긋하게 말했다. 맺힌 피를 소독 거즈로 닦아낸 승희는 멸균 식염수를 개봉하여 상처 부위를 세척했다. 피가 날 때는 미처 몰랐던 따끔함에 무결은 눈을 찡긋거리게 되었다. 무척 창피한 상황이긴 한데, 기분이 참 희한했다.

"역시 정말 실속이 없는 키네요. 이래서 그쪽이 별로라는 거예요."

그녀가 불퉁스럽게 말했다. 그러나 그는 웃었다. 오늘은 내내 그녀 덕분에 웃을 일이 생긴다. 시니컬함과 우악스러움 속에 생생한 인정이 있다. 당신은 대체 어떤 사람일까 하는 호기심이 생긴다. 아무래도 그녀는 1리터짜리 멸균 식염수 한 통을 다 쓸 모양인데. 몸이 간지럽다. 다리가 간지러운 건지 심장이 간지러운 건지 모르겠다.

"그만해요."

"잠깐만요."

"됐다고요."

결국 그는 그녀의 어깨를 붙들어 일으켰다.

"간지러워."

존댓말들 틈에서 불쑥 튀어나온 말이 그녀의 귀에 달게 흘러들어 왔다. 오싹하기도 했다. 승희는, 이따금 뱉어내는 반말의 파워를 위해 그가 존댓말을 쓰는 건가 하는 생각을 했다.

"우승희 씨한테 아직 말 못 한 게 있는데."

바람결을 따라 그의 음성이 사근사근 불어오는데.

"밤이 가까워오니 제2의 인격이 나오려고 하네요."

"네?"

"착한 한무결이 이기지 못하는 녀석이요."

도무지 이해할 수 없는 말이었다. 제2의 인격? 다중인격이란 얘긴가 싶어 그녀의 눈이 동그랗게 커져 있는 사이에 그가 또 말했다.

"다른 건 다 그대로 두더라도 다섯 번째 조항은 고칩시다."

다섯 번째? 내가 다섯 번째 조항을 뭐라고 썼더라?

잠시 눈을 굴린 승희는 어렵지 않게 다섯 번째 조항을 기억해냈다. 그리고 하얀 조명 아래, 그녀의 얼굴이 복사꽃처럼 붉어졌다. 그가 꽃 보듯 그 얼굴을 응시하며 말했다.

"밤은 소중하니까."

잠잠하게 가라앉았으나 또렷한 목소리였다.

잠깐 사이에 승희의 목소리가 잠겼다.

"……다섯 번째 조항은 첫 번째 조항만큼 중요해요."

"제게도 중요해서요. 우리는 갈 길이 멀겠네요."

말투는 여지없이 다정했으나 한 발도 양보하지 않겠다는 듯 단단한 그의 목소리. 다친 사람인 줄은 알지만 때려주고 싶었다. 그래도 갈 길이 멀겠다 하니 승희는 한편으로 마음이 놓였다. 여정이 길어진다는 건 그만큼 결혼을 유예할 수 있다는 얘기다. 그녀의 계획이 잘 먹혀든 것이다. 승희는 무결에게서 시선을 거두며 고개를 홱 돌려 일어났다.

"머리를 많이 썼더니 머릿고기탕이 땡기네요. 괜찮아요?"

"뭐든 잘 먹습니다."

'도련님 입맛'일 거라고 생각해서 놀릴 마음으로 고른 메뉴였는데 무결은 흔쾌히 대답하며 자리에서 일어났다.

"또 이상하게 걷지 마요."

승희의 당부대로 무결은 더 이상 무릎을 굽혀 걷지 않았다. 응급처치를 잘했기 때문인지 아니면 감각이 마비된 건지, 무릎에서는 아픔이 느껴지지 않았다. 새침하니 앞서서 걷던 그녀의 발걸음이 조금은 느려진 듯했다. 무결은 그 옆에 나란히 서서 오래 걷고 싶어졌다. 스무 살 시절에도 가져본 적이 없는 낯선 풋풋함. 풋풋함이나 순수함과는 거리가 먼 인생이었기에 그저 생소하여 느끼는 감정이리라. 감정에 큰 저항 없이 그녀를 따라 계속 걸었다. 걸음이 느려지니 주위의 풍경이 보였다. 길가의 가로수에 하얗게 꽃눈이 움튼 것이 보였다. 벚나무들이었다. 생각지도 않게 봄이 성큼 다가온 것을 실감했다.

"벚꽃이 피겠네요."

무결은 승희를 향해 말했다. 벚꽃 필 즈음에는 데이트를 하자고 해볼 생각이었는데, 그녀에게선 반응이 없었다.

"벚꽃 안 좋아해요?"

"제일 싫어해요. 지긋지긋하죠."

기다린 끝에 얻은 대답은 참 의외였다. 그녀의 말끝에 진심의 경멸이 담긴 것 같아 조금 의아했다. 그런데 또 어떻게 생각하면, 우승희다운 대답이기도 했다. 참 싫은 게 많은 사람. 나도 싫고, 결혼도 싫고, 벚꽃도 싫고, 대체 좋아하는 게 뭐야.

하지만 이마저도 기분 나쁘지가 않았다. 무결 또한 냉랭하다는 평을 곧잘 듣는 사람이었다. 다정한 말투와 따뜻한 눈빛으로 포장된 외면을 한 꺼풀 벗겨내면 그 누구에게도 함부로 마음을 열지 않는 싸늘한 이성과 마주할 수 있다. 상대가 담을 쌓으면 굳이 그 담을 허물려 하지 않고, 싫다며 등을 돌려버리는 사람은 그 또한 미련 없이 버린다.

그런데, 이 여자에게는 왜 그게 안 될까. 그녀에게서 싫다는 말을 직접 들었는데, 왠지 그 마음을 돌려놓고픈 오기가 생긴다. 그 오기가 독이 되지 않기를 바랄 뿐이다.

승희가 안내한 곳은 몇 걸음 떨어져 있지 않은 순댓국밥집이었다. 가게 안은 야근이 예약되어 있는 직장인들로 북적였다. 승희도 약 한 달 만에 방문한 것이었는데 그사이에 식당에는 자동주문 기계가 생겼다.

"이걸로 주문하면 되죠?"

승희가 주문시스템을 인지하지 못하고 멍하니 있는 사이에 무결이 기계 앞에 섰다.

"오늘은 제가 살게요."

승희는 그런 그를 밀어내고 기계를 차지했다. 어제는 얻어먹었으니, 오늘은 그녀가 대접할 차례였다. 하지만 자동주문 기계를 처음 접하는 승희의 눈동자는 빠른 진자운동을 하듯 흔들렸다. 사실 승희는 새로운 기계에 약하다. 아니, 좋게 표현하여 사용안내서 없이 물건을 함부로 만지지 않는다고 해야 할까. 여기서도 그녀의 신중한 성격이 그대로 드러난다.

"머릿고기탕에…… 순대를 추가해서…….."

그녀의 손가락이 기계 앞에서 이리저리 헤매는 것을 지켜보던 무결이 대신 버튼을 눌러주었다.

"머릿고기탕에 순대 추가할까요?"

"아, 네."

승희가 그 빠른 손놀림을 바라보며 멍해진 사이에 무결은 결제화면에 도달했다.

"앗, 카드 여기요, 여기."

그가 카드 버튼을 누르려고 하여 승희는 그 앞으로 제 카드를 들이밀었다. 결제 단계부터는 기계 사용이 쉬웠다. 무결이 가리키는 대로 버튼을 눌러 결제를 마친 승희는 다시 제 페이스를 찾고 무결을 자리로 안내했다.

"이 집 와본 적 있어요. 그때는 전자주문 시스템이 아니었지만."

자리에 앉은 무결이 말했다.

"순댓국이 맛있어서 다른 건 어떨지 궁금했는데 이렇게 다시 오게 되니 반갑네요."

생각보다 두 사람의 식성이 비슷한 모양이었다.

자동주문 시스템의 도입 덕분인지 음식이 빨리 나왔다. 처음 무결이 한 말대로라면 두 사람의 오늘 미팅은 20분밖에 남지 않았다. 밥을 호로록 먹고 나면 딱 끝날 시간. 밥 먹다가 싸울 일은 없을 테니 오늘은 무사히 넘어가겠구나. 이후엔 그의 새어머니 생신날 만나 하루만 고생하면 된다. 시간이 흘러갈수록 승희의 마음은 가벼워졌다. 승희는 바글거리는 뚝배기에 밥 한 공기를 기분 좋게 말았다. 무결이 그런 승희의 행동을 빤히 바라보다가 말했다.

"나 부탁할 게 있는데."

"네?"

"바꿔 먹어도 될까요?"

무결은 아직 밥을 말지 않은 뚝배기를 승희 쪽으로 살짝 밀며 부탁했다. 자기도 공깃밥을 뚝배기에 엎어버리면 될 일인데 그 쉬운 일을 하지 못하여 부탁하는 그의 요청이, 승희는 의아했다. 혹시 아까 넘어지면서 팔도 삐끗한 건가 싶어 내심 걱정이 되었다.

"안 될 거야 없죠."

승희는 그의 요청에 흔쾌히 제 뚝배기를 넘겨주었다. 그러고 그의 뚝배기와 밥공기를 제 앞으로 끌어왔다. 무결이 빙긋 미소 짓고는 숟가락을 들었다. 그런데 그가 하는 말이란.

"밥 말아먹기 잘한다고 했던 게 생각나서. 얼마나 밥을 잘 말았는지 궁금해서요."

하도 어처구니가 없어 승희의 코 평수가 넓어졌다.

이 남자, 홀리는 타입이네. 대놓고 교태를 부리시네.

"정말 맛있는데요?"

그녀가 노려보든 말든 그는 능청스럽게 한 술 크게 떠먹고는 말했다.

"언제 정말로 술도 말아먹으러 가죠."

"싫은데요."

"언젠가는 가게 될 겁니다."

내가 왜. 내가 왜. 그의 자신만만한 예언에 승희는 콧방귀를 뀌었다. 그는 또 말을 건다.

"혹시 주사 있어요?"

"아뇨."

"나는 있는데."

"……."

"궁금해요?"

"……."

"나중에 술 마시면 알게 될 거예요."

"안 궁금한데요."

"그래도 언젠가는 알게 될 거예요."

뭐래. 그녀의 입술 한쪽이 시큰둥하게 들려 올라갔다.

"우리는 의외로 잘 살 것 같네요. 친구처럼."

그가 다시 말했다. 두 사람의 대화 어디에서 그런 결론에 도달할 수가 있는 건지 승희는 이해가 가질 않았다. 결혼할 거라고 굳게 믿고 있는 그에게 결혼 따위 하지 않을 거라고 쏘아붙여주고 싶을 만큼 그의 말은 참 잔망스러웠다.

다행히 승희의 바람대로 한 뚝배기를 비우고 나니 시간이 훌쩍 흘렀다. 식당을 나선 두 사람은 다시 회사 앞으로 돌아와 인사했다.

"오늘은 한 시간이라고 얘기했으니 이만 가보겠습니다. 주말에 픽업하러 올게요."

"굳이 오실 것까지야. 제가 알아서 찾아갈 수 있는데요."

"둘이 손잡고 같이 가야 그럴듯해 보일 것 같아서요."

꼭 손을 잡고 가야 해? 심사가 뒤틀린 승희가 속으로 툴툴댔다.

"그럼 주말을 기다리겠습니다. 우승희 씨를 만나기 전까지는 그다지 유쾌한 행사가 아니었는데, 이젠 좀 힘이 나네요."

"날 그쪽 방패 삼아 데려가려는 거라면 그냥 혼자 가시는 게 나아요. 나는 그 자리에 가도 아무 말 안 할 거예요."

그가 기분 좋아 보이는 것이 왠지 얄미워 승희는 톡 쏘아댔다. 하지만 심술만 담은 말은 아니다. 정말로 승희는 그 자리에 가서 그저 앉아 있다 올 생각이다. 그녀의 경고에도 무결은 표정의 변화가 없었다.

"마음대로 해요. 주말에 뵙죠."

그는 먼저 인사하고 돌아섰다. 승희는 그의 뒷모습이 보이지 않을 때까지 바라보았다. 다리는 괜찮은지 걱정이 조금 되었다.

그는 다친 일에 대해 한마디도 하지 않았다. 아파하는 낌새도 없었다. 그럭저럭 긍정성이 몸에 밴 사람 같다. 자신이 아니더라도 좋은 여자를 만나 잘 살 수 있을 것 같은데, 돈도 많은 사람이 50억 때문에 결혼을 하려 한다는 게 사실 여전히 이해가 가지 않는다.

'매력 있는 사람인데.'

매사에 태연하고 자신만만하여 오만할 거라고만 생각했는데 오늘은 새로운 모습을 봤다. 키가 안 맞는다는 자신의 불만에 무릎을 엉거주춤 굽히던 엉뚱함, 그리고 집요하게 맞추어오던 눈빛은 오래 기억에 남을 것 같았다.

*

"네가 나 안 받아주면, 죽을 거야, 나."

헉. 힘주어 꼭 감았던 눈을 번쩍 뜨며 꿈에서 깨어났다. 아침 6시 30분. 머리맡에 놓아둔 휴대폰으로 시각을 확인한 승희는 바로 일어났다. 토요일인데 일찍 눈을 뜨게 되었다. 냉수를 한 컵 들이켜니 정신이 말짱하게 돌아왔다.

그날의 꿈을 꾸면 일진이 좋지 않은데, 또 같은 꿈을 꾸었다.

"일찍 일어나면 좋지 뭐. 오랜만에 운동이나 하자."

승희는 몹쓸 운빨을 달리 해석하여 떨쳐냈다. 승희는 입고 잤던 핫팬츠를 벗어버리고 푸르죽죽한 트레이닝복 세트를 입었다. 그리고 검정색 모자를 푹 눌러썼다. 얼굴의 반이 가려졌다.

7시 오픈 시간에 맞춰 주민센터 헬스장을 방문한 승희는 제일 먼저 러닝머신에 올라탔다. 토요일이라 그런지 한산했다. 제법 넓은 공간에 사람은 서너 명 정도밖에 되지 않았다. 그런데, 한참을 뛰는 승희의 옆 기기에 한 남자가 섰다. 러닝머신은 열댓 개 정도가 있는데, 그 많은 러닝머신 중에 승희의 바로 옆에 자리를 잡은 것이 의아했다.

"일찍 나오셨네요."

아니나 다를까. 남자가 말을 걸어왔다. 옆으로 고개를 돌렸다. 모르는 사람이었다.

"네……."

승희는 어정쩡하게 대답한 후 러닝머신에서 내려왔다. 더 이상 운동을 하긴 어려울 것 같았다. 바로 짐을 챙겨서 밖으로 나왔다.

집으로 돌아와 삼각김밥 두 개로 아침을 해결한 승희는 무결을 만나기 전까지 회사에 가 있기로 했다. 그녀의 방은 화사한 파스텔톤의 산뜻한 느낌이건만, 옷장의 옷들만은 죄다 우중충한 빛깔이다. 승희는 그나마 가장 밝은색의 옷, 밝은 회색의 정장을 집었다. 물론 바지정장이다. 회사에 도착한 뒤에는 과연 이 옷차림으로 괜찮을까 하여 약간 고민스러워졌지만 그렇다고 새로 옷을 사러 나가지는 않았다. 정리할 일이 많았다.

시간은 금세 흘러 무결과 약속한 시간이 되었다. 무결은 이전에 얘기한 대로 그녀를 데리러 왔다.

"잘 지냈어요?"

무결의 인사는 예와 다름없이 깍듯하고 다정했다. 깔끔한 셔츠에 밝은색의 재킷을 걸쳐 입은 무결은 오늘도 패션화보 속의 모델 같았다. 승희는 제 옷차림이 그와 어울리지 않는다는 생각이 들어 신경 쓰였다.

"이런 차림으로 가도 될까요?"

"왜요? 불편해요?"

"아뇨. 제 옷차림을 보고 가족분들이 언짢아하실 수도 있겠단 생각이 들어서요."

"누나가 한 말 때문에 그래요?"

"그것도 있고요."

"하지만 지금 이게 우승희 씨 스타일 아니에요?"

"그렇긴 하죠."

"그럼 이대로 가요. 나쁠 거 없어요."

그는 가벼이 대답하고는 차 문을 열어주었다. 나쁠 거 없다는 그의 대답에 승희의 마음이 안정되었다. 그의 말은 마음을 느긋하게 만드는 힘이 있었다. 운전석에 착석한 무결이 말했다.

"바로 희재원으로 갈게요."

"네?"

"제 본가요. 그 저택의 이름이 희재원이에요."

"무슨 집에 이름씩이나."

"이름이 있으면 부르기 편하죠."

"희재원. 무슨 요양원 이름 같은데 말이죠."

"돌아가신 할머니 성함이에요. 원희재."

"지금까지 들어본 할머니 이름 중에 제일 세련된 이름이네요. 그런데 한무결 씨는 희재원에서 살아요?"

훗. 그녀의 순발력 넘치는 피드백에 무결이 기분 좋게 웃고는 대답했다.

"거기서 계속 살지는 못하죠. 숨 막혀서. 회사 근처에 따로 지내는 아파트가 있어요."

고개를 끄덕인 승희가 다시 질문했다.

"그럼 오늘은 몇 분 정도 만나나요?"

"할아버지, 아버지, 새어머니, 누나, 누나 애인. 그 정도일 것 같네요. 다섯 명 정도?"

"많지는 않네요. 다들 성향은 어때요? 혹시 누님 같은 분은……."

승희의 말끝이 흐려졌다.

"누나가 제일 시끄럽고 다른 사람들은 조용한 편이에요."

승희의 걱정을 알아챈 무결이 대답했다. 무결의 대답에 승희는 속으로 안도했다. 무결은 가족 소개를 마저 이었다.

"아버지는 뉴스에서 보는 그대로예요. 강직하고 건조하고 재미없죠."

무결의 아버지, 금왕그룹의 회장 한규원. 승희도 뉴스 기사로 많이 접한 분이라 그저 대면한다는 사실이 낯설 뿐 새로울 것은 없다.

"새어머니는 그때 봤죠? 왕년에 방송사를 주름잡았던 아나운서였는데, 그건 알아요?"

무결의 소개에 승희도 고개를 크게 끄덕였다. 이미 은퇴한 지 15년이 넘었지만, 이혜리 아나운서는 금왕그룹을 이끄는 두 인물 못지않은 유명인사다. 오래전 현역 아나운서 시절, 숱한 연예인과 미스코리아 들을 제치고 당대 최고의 미녀라는 타이틀을 거머쥐었던 여인. 결혼과 동시에 은퇴하면서 저녁 뉴스 앵커 자리를 내놓는 바람에 저녁 뉴스의 시청률이 곤두박질쳤다는 이야기는 그녀가 만든 유명한 전설 중 하나다.

"성격은 어떠세요?"

승희의 질문에 무결은 다소 뜸을 들였다.

"아버지랑 비슷해요."

그의 표정이 그다지 좋아 보이지 않았다. 승희는 희재원에 침입했던 날이 떠올랐다. 그날, 직원의 자살 사건이 터지는 바람에 그녀는 혜리와 마주치게 되었다. 그때 무결이 혜리와 대치하여 승희는 비호를 받을 수 있었다. 당시의 묘한 냉기류를 기억한다. 무결과 혜리, 두 사람 사이에는 보이지 않는 벽이 있는 것 같았다. 서로를 편하게 여기지 않는 게 확실했다. 충분히 이해할 수 있다. 새어머니와 새아들이니까.

드문드문 이야기를 이어가다 보니 어느덧 희재원에 닿았다. 무결이 운전하는 차는 이전에 함께 걸어왔던 길을 따라 본관 앞에 섰다. 희재원의 직원에게 주차를 부탁하고 차에서 내린 두 사람은 바로 건물 안으로 들어갔다.

"계획보다 일찍 왔네요."

무결은 승희를 정찬실로 안내했다. 정찬실엔 벌써 사람이 꽤 모여 있는 모양이었다. 가까이 갈수록 웅성거리는 소리가 커졌다. 몇 발자국 더 걸음을 옮겨 정찬실 입구가 보이는 복도에 다다랐을 때, 입구 쪽에서 머리 하나가 불쑥 나타났다가 사라졌다.

"왔다, 왔어."

이윽고 호들갑스러운 소리가 들렸다. 무결이 헉, 하며 숨을 짧게 끊어 뱉어냈다. 무언가 당황스런 일이 일어난 모양이었다.

"왜요?"

"그게……."

하지만 무결이 대답하기 전에 승희는 그 이유를 알 수 있게 되었다. 정찬실의 입구에 세 명의 중년 여성이 나란히 섰다. 아까 말을 듣기론 오늘 자리에 참석하는 여자는 새어머니와 그의 누나 정도였는데. 혼란스러운 마음에 무결을 바라보았다. 내내 태연하고 차분한 미소를 머금고 있던 무결의 표정이 달라져 있었다. 긴장한 기색이 그대로 읽혔다.

"무결아, 너 기다렸다."

그 세 여인 중의 한 사람이 인사했다. 무결도 인사했다.

"안녕하세요. 고모."

고모? 이건 아까 한 얘기랑 다르잖아!

승희는 고개를 들어 무결을 올려다보았다. 잠깐 마주친 무결의 눈동자가 파르르 흔들리는 것이 잡혔다. 그에게 따질 새도 없이 인사가 들이닥쳤다.

"무결이가 제 짝을 데려왔네."

"반가워요. 우리는 무결이 고모들이야."

"안녕하세요. 우승희라고 합니다."

"얼른 들어와서 앉아요."

"네."

깍듯하게 대답한 승희는 입구에 들어서기 직전에 작은 목소리로 무결에게 따졌다.

"뭐죠, 이 상황은?"

"이렇게 될지 몰랐어요. 다들 당신이 보고 싶었나봐요."

이렇게 뒤통수를 맞다니. 하지만 진심으로 당황한 것 같으니 넘어가주겠다. 두 사람은 정찬실 안으로 들어가 테이블 앞에 섰다. 20인용 기다란 테이블에 세 명의 고모가 나란히 앉아 있다.

"승희 씨, 이분은 첫째 고모님, 이분은 둘째 고모님, 이분은 셋째 고모님이에요."

고모들의 눈치를 읽은 무결이 재빨리 승희에게 고모들을 소개했다. 승희도 다시 인사했다.

"안녕하세요. 처음 뵙겠습니다."

고모들은 신이 난 것 같았다.

"우리 무결이가 짝을 데려온다길래. 궁금하잖아."

"그래. 네 처 될 사람은 우리가 봐줘야지."

"고모가 중매 서준다니까 그렇게 마다하더니, 참한 여자 골라온 거지?"

이건 보고 싶었던 게 아니라 구경하고 싶었던 거잖아. 승희는 오늘의 식사 자리가 쉬이 끝나지는 않을 거라고 확신하게 되었다. 그녀는 몰래 무결에게 속삭였다.

"이건 3주가 아니라 한 달짜리예요."

오늘이 지나면 한 달 동안 당신을 안 볼 거야. 무결 또한 그녀의 입장을 이해했는지 조용히 한숨을 내쉬었다. 그러나 그날의 이벤트는 이게 끝이 아니다.

"우승희?"

자리에 앉으려는 순간. 등 뒤에서 자신의 이름을 부르는 남자의 목소리에 그녀의 몸이 굳었다. 다시는 듣고 싶지 않은 목소리. 인생에서 몰아내버리고 싶은 녀석.

승희는 뻣뻣해진 몸을 가누어 천천히 뒤를 돌아보았다.

"처남이 데려온다던 사람이 너였어?"

아니길 바랐으나 맞았다. 무빈의 옆에 서 있는 남자. 무빈의 애인. 8년 전, 승희의 멱살을 쥐고 조였던 녀석. 그녀에게 '촌철살인녀'라는 별명을 붙여준 대학 시절의 동기. 명중우였다.

젠장. 위 아 더 월드. 세상이 이렇게 좁다.

30분 전. 무빈의 차 안.

새어머니의 생신기념 모임을 위해 희재원으로 가는 길, 무빈이 중우에게 물었다.

"자기, '우승희'라고 알아? 자기네 대학교 동창이라던데."

"으응?"

뜬금없이 무빈의 입에서 그 이름이 나오자 중우도 멈칫하며 소리를 냈다. 무빈은 휴대폰을 꺼내어 누군가에게 온 문자메시지를 보여주었다. 거기에는 우승희의 사진과 출신 학교, 현재의 직업, 그리고 가족 관계 등이 쓰여 있었다.

"사람 시켜서 알아봤어. 이름은 우승희고, 자기랑 같은 학교 같은 과던데. 지금은 웬 되도 않는 스타트업 경영하고 있고."

"……."

"한무결이 만나는 여자야. 오늘 데려온대."

허. 중우는 헛숨을 크게 터트렸다.

"그럼, 희재원에서 사람 죽은 날, 직원 유니폼 입고 있었다던 여자가 얘야?"

"응. 얘랑 친해?"

중우는 무빈의 휴대폰 화면에 자리한 승희의 사진을 오래 응시했다.

네가 감히 여길 와?

"친하냐고."

무빈은 한 번 더 대답을 부추겼다.

"공주님."

이윽고 중우가 그윽해진 목소리로 무빈을 불렀다. 공주님. 무언가 긴히 부탁할 게 있거나 미안한 일이 있을 때 중우는 이런 식으로 그녀를 부른다. 과한 애칭이라는 걸 알면서도 기분 좋은 말이라, 무빈은 이 말에 늘 끔뻑 넘어가게 된다.

"말할 게 있어, 공주님. 옛날 얘기야."

중우의 긴한 목소리에 무빈은 고개를 끄덕였다. 중우는 기억에 잠긴 듯 지그시 눈을 감았다 뜨고는 말문을 열었다.

"대학교 신입생 시절에, 여자 동기들의 점수를 매겨서 노는 남자애들이 있었어. 그중 톱은 우승희였고. 우승희도 자기가 인기 많은 걸 알고 인기 관리를 참 잘했지. 이른바 어장관리를 했어. 그렇게 어장관리 되던 애 중에 '천상현'이라는 동기가 있었어. 집안이 부유하지는 않은 친구였는데, 정말 순수해서 우승희의 유혹을 진심이라고 생각했던 거지. 그럴 만했어. 왜냐하면 한 번 차인 뒤에도 계속 우승희한테 어장관리 당했거든."

스스로 삶을 마감한 친구 천상현과, 우승희에 대한 이야기. 하지만 다분히 천상현의 입장에 초점이 맞추어진 이야기였다. 무빈은 최면에 걸려들듯 중우의 이야기에 빠져들어갔다.

"마음이 깊어져서 두 번째 고백은 제법 강경하게 나갔어. 고백을 받아주지 않으면 죽겠다고 한 거지. 그런 애에게, 우승희는 죽으라고 말했어."

무빈은 경악을 금치 못했다.

"그게 그 친구의 마지막 날이 됐어. 우승희한테 그런 가난한 집안 학생의 고백은 필요 없었던 거야. 정말 착하고 똑똑하고 좋은 친구였는데……."

"하. 세상에. 뭐 이런 미친……."

감정이 섞인 중우의 고백에 무빈은 분노하며 주먹을 쥐었다. 중우는 진지한 목소리로 계속 말을 이었다.

"그 뒤로도 소문이 많았어. 남자 교수님의 교수실에 들어갔다가

한 시간 만에 나왔는데 A였던 학점이 A+가 됐다든가, 조 활동을 하는 수업에 들어가면 부유한 집안 애들만 같은 조에 넣어준다든가, 취직도 누가 뒤를 봐줬다는 얘기가 있었지. 평사원으로 입사해서 사장 비서 자리를 꿰차기도 했다고 해."

"어쩐지! 첫인상부터가 마음에 안 들었어! 여기저기서 남자 후리고 다닐 것 같은 인상이더라고."

역시, 중우의 예상대로 무빈은 크게 씩씩댔다. 그리고 그 분노는 동생 무결에게까지 이어졌다.

"한무결, 그래놓고 나한테 민폐녀라고 해? 같잖아서 진짜! 오늘 두고 봐. 한무결 걔는 눈물 쏙 빠지게 혼쭐이 나봐야 돼."

중우는 그런 무빈을 차분히 다독였다. 자신이 이르집은 일까지 밝혀지면 곤란하므로.

"그래도 오늘 식사 자리에서는 얘기하지 마. 오늘 이 얘기를 하면 자기가 우승희에 대해 조사한 게 탄로 나잖아."

"아 그러네. 그럼 어떻게 쫓아내야 해? 이런 살인자는 우리 집안에 다신 발도 못 들이게 해야 한다고."

"이것만으로 충분해."

중우는 무빈에게 휴대폰을 돌려주며 말했다.

"부친 직업 봐봐. 민간조사업이 뭔지 알지?"

무빈은 좀 전에 받아본 문자메시지를 아래쪽으로 내렸다. 우승희 부친의 직업명에 '사업(민간조사업)'이라고 쓰여 있었다. 무빈이 대답 없이 미간을 구기자 중우가 진실을 알려주었다.

"부친이 흥신소 사장이라니. 저급하잖아. 형편도 넉넉하지 않을 거고."

"하. 가지가지 한다."

그제야 중우의 말뜻을 제대로 알아들은 무빈이 한탄과 함께 말했다.

"잘됐어. 고모들도 다 오신다더라. 거기에서 내가 한마디만 해주면 고모들이 알아서 혼쭐내주시겠다."

"그래도 혹여나 처남한테 피해가 갈 수도 있으니까 조심해. 다들 모인 자리에서 처남이 너무 체면 구기면 안 되지."

"한무결은 눈 하나 깜짝 안 할지도 몰라. 그게 더 걱정이지. 체면을 구기더라도 알아서 정신을 차려주면 좋을 텐데."

무결과 사이가 좋지 않은 무빈은 동생이 한심하다는 듯 혼잣말과 함께 고개를 가로저었다. 그런 무빈이 귀엽다는 듯 중우는 무빈의 뺨을 쓸었다. 무빈이 심각한 표정으로 중우를 바라보며 말했다.

"자기는 괜찮겠어? 친구 죽인 여자랑 얼굴 맞대고 식사해야 할지도 모르는데."

"친구 생각이 나서 마음이야 아프겠지만 어쩌겠어. 그래도 이겨내야지."

무빈은 중우의 속 깊은 대답에 찬탄했다. 네 살 연하인 애인이지만 여러 면에서 자신보다 성숙하다고 생각했다.

"자기는 정말 대단한 사람이야. 자기의 그런 점을 내가 정말 좋아해. 알지?"

"겨우 그 정도야? 나는 우리 무빈 씨의 모든 걸 좋아하는데."

대답이 마음에 드는 듯 무빈이 빙긋 웃었다.

"그럼 무슨 상으로 내 마음을 표현해야 하지? 뭐 필요한 거 있어?"

"내가 필요한 게 뭐가 있겠어. 오늘 밤에 스케줄 없지? 이번엔 바람 안 맞힐게."

중우의 손이 무빈의 무릎 위로 덥석 올라왔다. 운전기사가 무안해하든 말든 중우는 개의치 않는다. 무빈은 다가올 밤이 기대되었다. 자신을 공주님처럼 받들어주고 사랑해주는 그가 좋았다.

희재원의 정찬실.

나란히 마주보고 선 승희와 중우를 번갈아 바라보던 첫째 고모가 물었다.

"둘이 아는 사이야?"

"대학교 동기입니다, 고모님."

중우가 대답했다.

"그럼 둘 다 Y대? 둘이 친했어?"

"아뇨. 이 친구가 학과 사람들이랑 안 어울려서요."

중우가 다시 대답했다. 명중우의 입술 끝이 위로 향해 있었다. 남들의 눈에는 그저 미소 짓는 것으로 보이겠지만, 승희는 그게 비틀린 비웃음이라는 걸 알 수 있었다.

"반가워. 아, 이제 처남댁이라고 불러야 되나?"

"아직은 아니지."

명중우가 승희에게 인사하려 할 때, 무빈이 끼어들었다.

"우승희?"

무빈은 같잖다는 듯이 승희의 이름을 발음하며 느릿하게 목소리를 꼬았다.

"그깟 이름 말해주기가 그렇게 힘들었어요?"

무빈이 비꼬자 둘째 고모가 물었다.

"그건 또 무슨 소리니, 무빈아?"

"지난주에 만났는데, 이름을 숨기더라니까요, 글쎄. 그러니 뭐가 그렇게 켕겼을까 생각이 들 수밖에 없지."

"그건 누나가 뒷조사할까봐 내가 말 안 한 거잖아."

무결이 무빈에게 대꾸했으나 무빈은 들은 척도 않고 승희에게 따지듯 질문했다.

"부모님은 다 계세요? 부모님은 뭐 하시는 분이에요?"

"어머니는 돌아가셨고, 아버지는 작은 사업을 하십니다."

별 도리가 없는 승희는 질문에 성의껏 대답해주었다. 무빈이 다시 캐물었다.

"사업? 무슨 사업?"

"탐정사무소를 운영하십니다."

"탐정사무소?"

다시 무빈은 말을 비꼬았다. 이미 계획된 바였다.

"그럼 흥신소 아니야?"

정찬실의 분위기가 순식간에 싸해졌다. 첫째 고모가 승희에게 물었다.

"설마. 아니지? 예비 질부, 아니, 우승희 씨."

"흥신소 맞습니다."

승희는 간단히 답했다. 세 명의 고모가 서로 짠 듯이 동시에 한탄을 터트렸다.

"무결아. 네가 뭐가 모자라서……."

떨리는 목소리로 입을 연 둘째 고모는 말끝을 흐렸다. 셋째 고모는 좀 더 격양된 말투였다.

"무결아. 결혼까지 생각했으면 최소한 부모 직업은 제대로 따져

봐야지. 배우자 출신이 천하면 너도 천한 취급 받는 거야. 네 잘못된 판단 한 번이 우리 집안의 품위까지 깎아먹는다고."

"고모님, 지금 고모님 말씀이 더 우리 집안의 품위를 손상시킬 것 같은데요."

무결이 싸늘한 목소리로 반박했다. 세 고모들의 몸이 일시정지 상태로 굳었다. 승희 또한 깜짝 놀랐다. 고모들의 발언이 불쾌하긴 했지만 승희는 이미 각오한 터였다.

"가만히 있어요. 나는 괜찮아요."

승희는 무결에게만 들릴 만한 목소리로 급히 속삭였다. 부디 오늘이 무사히 지나가기를 바랄 뿐이었다. 못마땅한 표정으로 눈동자를 굴리던 첫째 고모가 둘째 고모에게 말을 걸었다.

"규령아, 혁수 짝은 문제없지?"

"그럼. 우리 혁수 짝은 집안도 좋고 얼마나 잘 배웠다고."

제 예비 며느리가 화두에 오르자 둘째 고모의 인상은 금방 활짝 피었다.

"내가 우리 사돈네 회사 시가총액을 알아봤거든. 1조 2천억이더라고. 우리 혁수가 공부만 할 줄 알았지 여자 문제는 워낙 숙맥이어가지고 엉뚱한 애한테 발목 잡히지 않을까 걱정했는데 그래도 결혼할 때가 되니까 엄마 말을 듣더라고."

"잘했네. 역시 우리 혁수 똑똑하기도 하지."

"혁수 뒷바라지하느라 언니가 얼마나 고생했어. 그렇게 힘들게 아들 검사님 만들어놨는데, 남의 집 귀한 아드님을 거저 데려가는 거면 스펙이 그 정도는 돼줘야지. 그래도 혁수가 아깝다."

둘째 고모의 이야기에 첫째 고모와 셋째 고모가 크게 맞장구를 쳤다. 분위기는 금세 바뀌었고 더 이상 멸시당하는 일은 없었지만 승희는 여전히 마음이 불편했다. 둘째 고모는 신이 나서 계속 자랑을 늘어놓았다.

"나도 처음엔 누굴 데려오든 내 아들이 아까울 거 같았는데, 별로 그런 생각이 안 들어. 애가 아주 교육을 잘 받았어. 싹싹하고 애교 있고. 며느리 하나 잘 들이니까 집안이 살더라. 딸하고는 또 다르더라고."

"그래. 애교만 한 덕목이 없더라. 요즘 애들이 뭘 할 줄 알겠어. 일하는 게 좀 모자라다 싶으면 애교라도 있어서 집안에 흥을 돋워야지."

셋째 고모가 다시 맞장구를 쳐주었다. 승희는 공감하기 힘든 말이었다. 며느리가 행사 뛰는 연예인도 아니고 기쁨조도 아니고, 왜 흥까지 돋워야 하나. 며느리라는 이름의 만능 로봇을 원하는 건가. 첫째 고모가 그 와중에 한마디 한다.

"나는 우리 며느리, 3대째 의사 가문 못 만들면 20년 뒤에 내쫓아 버리려고."

호호호하하하. 무엇이 그리 웃긴지 알 수 없어서 승희는 따라 웃지 못했다. 무빈이 고모들과 함께 깔깔 웃다가 자신을 노려보는 게 보였다. 봤지? 우리 집안이 이런 집안이야, 라고 무언의 압박을 가하고 있었다. 승희가 곧장 고개를 돌려버리니 무빈은 역시나 발언권을 잡았다.

"어휴. 사람이 수준이라는 게 있는데."

다시 이야기를 원점으로 돌려놓겠다는 의지다.

"우리는 늘 신경 쓰고 조심해야 하잖아요. 누굴 만나든 상대가 우리 집안을 이용해서 한 밑천 잡으려는 사람인지 아닌지 경계해야 되고요. 또, 만나는 것뿐만 아니라 헤어지는 생각까지도 해야 하고요.

헤어질 때 깔끔하게 헤어져줄지, 거지같이 잡고 늘어지지는 않을지. 어휴."

말끄트머리에 붙은 한숨과 함께 무빈은 승희의 자리 쪽으로 다시 눈을 흘겼다. 누구를 향한 화살인지 명확한 표현이었다. 이번엔 승희도 무척 불쾌해졌다.

확 질러버려? 사실 내가 여기 있는 이유는 당신네 집안 최고 어른의 그 망할 정혼계약서 때문이라고? 나야말로 이런 집안과 엮이는 건 사양하겠다고?

"그러는 누나는?"

마음먹고 입을 열어볼까 했지만 승희의 음성은 무결의 목소리에 파묻혀버렸다. 승희만큼이나 화가 난 무결이 서릿발처럼 차디찬 목소리로 무빈을 불렀다.

"뭐?"

"결혼할 상대가 믿을 만한 사람일지, 아닐지 어떻게 알지?"

무결은 거침없이 매형이 될 사람, 명중우에게 따져 물었다.

"그럼 매형, 매형도 이 자리에서 약속하실 수 있겠어요? 매형은 오로지 우리 누나만 사랑해서 결혼까지 하려는 거니까 누나 재산은 절대 건드리지 않고, 평생 누나 존중하고 누나한테 충성할 거라고. 결혼 기간이 얼마나 되든, 이 집안 재산은 1원 한 푼 쥐지 않을 거라고."

무결의 무례한 질문에 다들 한 몸처럼 이맛살을 구겼다. 하지만 우습게도, 그럼에도 불구하고 무결을 직접 나무라는 사람이 없었다. 다들 무결의 말이 무례하다고는 생각하지만 그 결과가 궁금한 것이다. 무빈의 짝, 명중우가 과연 어떻게 대답할까. 평생 금왕 한씨 집안의 재산에는 눈독 들일 생각도 없고, 그저 한무빈만 사랑할 뿐이라는 대답을 기다리는 사람들의 눈동자가 빛났다.

승희는 중우의 이마에 식은땀이 맺힌 것을 보았다. 왠지 모를 통쾌한 기분이었다. 모두의 기다림 속에서 중우가 조심스럽게 입을 열었다.

"저는……."

"아버지."

하지만 더 이상의 기회는 없었다. 입구 쪽을 먼저 보게 된 둘째 고모가 자리에서 일어나며 소리를 냈다. 이윽고 다른 이들도 모두 자리에서 일어났다. 휠체어를 탄 노인과 휠체어를 끄는 부부가 모습을 드러냈다. 금왕그룹의 명예회장 한태조, 현재 회장 한규원, 그리고 한규원의 부인이자 오늘의 주인공 이혜리 여사였다. 셋째 고모가 재빨리 달려와 휠체어 손잡이를 넘겨받으며 살갑게 인사했다.

"아버지. 몸은 좀 괜찮으세요?"

"그럼, 그럼."

태조가 고개를 끄덕였다. 건강한 모습을 몸소 보여주겠다는 듯 태조는 휠체어에서 일어나 몇 걸음 걸어 식탁 앞에 착석했다.

"허허. 오늘은 우리 며느리 생일이지. 나한테 맞추지 마라."

그제야 고모들은 올케에게 생일 축하 메시지와 들고 온 선물을 전했다.

"다들 와주셔서 고맙습니다."

혜리는 고모들에게 인사했다. 모인 사람들의 기분은 마냥 좋아 보였지만 혜리의 표정은 그다지 밝아 보이지 않았다. 혜리의 표정을 확인한 승희는 새삼 다른 사람과 재혼한 엄마 생각이 났다. 우리를 버리고 떠난 새 집에서, 엄마는 행복했을까? 새 가족들이 엄마에게 잘해줬을까? 엄마는 어색하지 않았을까?

이미 모두 지난 일이지만, 엄마는 돌아가셨지만, 생전의 엄마는 새 가족들에게 사랑받았기를. 혜리를 바라보다가 엄마 생각에 이르니 코끝이 시큰해졌다. 그런 승희를 알은체해준 사람은 무결의 할아버지 한태조였다.

"무결이가 초대한다던 사람이 이 아가씨구나."

"처음 뵙겠습니다. 우승희라고 합니다."

승희도 자리에서 일어나 다시 자신을 소개했다.

"우승희?"

"네."

"아버지 존함이 어떻게 되죠?"

모두의 이목이 승희에게 쏠렸다. 다들 태조가 왜 승희 부친의 이름을 궁금해하는지 도통 모르겠다는 듯 멍한 표정들이다. 승희는 괜스레 긴장되는 마음으로 아버지의 성함을 말했다.

"우, 남 자, 수 자입니다."

혹시 아버지를 여태 기억하시는 걸까. 그렇다면 정혼계약서도 기억하시려나. 잠시 후, 태조의 얼굴이 기억을 되살린 듯 환하게 펴졌다.

"아버지는 안녕하시고?"

다행이라고 해야 할까. 태조는 기억하고 있었다.

"아버지, 우승희 씨 아버지를 아세요?"

"알다마다."

셋째 고모의 질문에 태조가 끄덕였다.

"아주 훌륭한 분이다."

정찬실에 모인 모든 사람들이 제 귀를 의심하는 듯 고개를 앞으로 빼고는 입을 멍하니 벌렸다. 예상치 못했던 상황이었다. 태조는 계속 말을 이었다.

"사고를 당하는 바람에 일찍 퇴직하셨지만 아주 의로운 경찰이었지. 퇴직한 뒤에도 좋은 일을 많이 하셨고. 사연을 다 말할 수는 없지만, 나도 아주 오래전에 큰 은혜를 입었다."

모인 사람들은 여전히 입을 벌린 채 어벙한 표정이었다. 더 이상은 멸시를 받지 않겠구나 싶어 다행스러우면서도, 승희는 태조의 이야기가 마냥 고맙지만은 않았다.

그 큰 은혜를 입으셨으면서 왜 그런 계약을 하셨나요.

"연락을 안 하고 산 지 20년 가까이 되었는데, 이렇게 따님을 만나게 될 줄은 몰랐네."

아련한 추억에 젖은 듯 태조의 눈시울이 붉게 보였다.

"네가 이 아가씨를 데려오다니, 정말 운명이란 게 있나보구나. 반가워요."

무결의 짝으로 아주 딱이라는 듯이 무결과 승희를 함께 바라보는 뿌듯한 표정의 할아버지를, 승희는 속으로 계속 거부하고 있다.

'역시 할아버님은 그 정혼계약을 잊어버리신 거야.'

확신할 수 있게 되었다.

한 시간여의 식사로 자리는 마무리되었다. 태조와는 일찍 인사하고, 남은 사람들은 밖으로 나왔다. 승희와 무결, 그리고 고모들은 바로 떠날 예정이라 본관 건물 앞에 사람들이 모두 서 있게 되었다. 무결이 차를 가져오러 가는 짧은 시간 동안 혼자 있게 된 승희에게 혜리가 다가왔다. 승희가 꾸벅 인사했다.

"어머니, 오늘 생신 다시 한번 축하드립니다."

아주머니라고 부르기엔 어색하여 그저 친구 어머니를 부르듯, 고유

명사로 부른 말이었다. 혜리는 그런 승희의 인사를 단칼에 잘라냈다.

"아직은 어머니가 아니지."

애써 끌어올린 승희의 입술 끝이 서서히 내려갔다.

"우습게 보고 들어올 자리가 아니에요, 이 집안 며느리 자리는."

혜리의 목소리는 건조하고 따끔했다.

"모셔야 할 어른도 많고, 귀한 집안인 만큼 제사도 많죠. 넓은 집도 책임져야 하고 아이도 잘 키워야 하고 사회적인 이미지 관리도 해야 할 거고. 생각할 시간이 있길 바랄게요."

혜리는 그 말을 끝으로 싸늘하게 등을 돌려 떠나버렸다. 승희는 마음이 쓸쓸해졌다.

역시, 생신 잔치에 초대받은 게 아니라 며느리 자리 면접을 본 거였구나.

혜리가 굳이 말해주지 않아도 승희는 이 집안의 분위기를 피부로 느낄 수가 있었다. 아주 오래전의 기억이지만 한창 현역으로 활동할 때의 이혜리 아나운서는 밝은 느낌이었던 것 같은데, 지금의 그녀는 유리로 빚은 장미꽃 같은 인상이었다. 이 집의 핏줄들, 그러니까 한 씨 성을 가진 이들은 마음껏 웃고 자유롭게 발언하는 분위기였는데, 정작 안주인인 이혜리 여사는 말 한마디, 웃음 한 번도 억누르는 느낌이었다.

'이런 집은 내가 먼저 사양이야.'

승희는 다시 한번 결혼은 절대 하지 않겠다는 다짐을 굳혔다. 하지만 유리 가시에 찔린 듯 왠지 승희의 가슴 한편이 계속 따끔거렸다. 저편에서 무결의 차가 두 사람의 앞으로 왔다.

"저희는 가볼게요."

차에서 내린 무결이 모인 사람들을 향해 말했다.

"어어. 그래. 그래."

"잘 가. 혁수 결혼식 때 보자."

모인 사람들도 인사했다. 태조가 승희의 아버지 이야기를 한 뒤로 승희를 향한 눈길에는 다소 힘이 빠졌다. 그래도 그들은 여전히 승희를 경계하고 있다.

"이만 가보겠습니다."

승희도 꾸벅 인사하고 차에 올랐다. 무결이 이끄는 차는 단숨에 희재원을 빠져나왔다.

"미안해요."

희재원의 정문을 지난 직후, 무결이 말했다. 꽤나 진지한 목소리다.

"오늘 이런 일이 일어난 건 제 과실이에요. 데려오지 말았어야 했어요. 다시는 이런 일 없을 겁니다."

사실 한태조 명예회장이 나타나기 전에는 자리를 박차고 집에 가고픈 마음도 가득했다. 하지만 임무를 완수해낸 지금은 뿌듯하고 후련했다. 승희는 어깨를 으쓱해 보이며 대답했다.

"괜찮아요. 링에 오를 때는 맞을 것도 각오하는 겁니다."

운전대를 잡고 있던 무결의 손이 잠깐 휘청거렸다. 신호를 기다리느라 차가 섰을 때, 무결은 커다래진 눈으로 승희를 바라보았다. 그녀가 이런 반응을 보일 줄은 몰랐다.

"한 가지만 빼놓고는 다 예상했던 범위였어요."

마음이 상할 대로 상하여 자신에게 말도 하지 않을 거라고 생각했는데. 그녀가 늘 예측의 범위를 쉽게 뛰어넘는다는 생각은 했지만, 이런 배포까지 가지고 있을 줄은 몰랐다.

"예상 못 한 한 가지가 뭔데요?"

"한무결 씨 매형이 그 사람일 줄은 몰랐네요."

"승희 씨 대학 동기라고요."

"네."

"서로 안 친했나봐요."

"그런 정도가 아니라…… 대학교 때 제가 왕따였거든요. 남자 동기들이 저를 다 싫어했어요."

잠깐 한숨을 머금은 뒤 내뱉은 말에는 많은 여운이 담겨 있었다. 무결도 친구에게 들어 대강 알고 있는 이야기였다. 당신 탓이 아니라고 말해주고 싶지만. 아는 척하는 것이 더 아플 것 같아 무결은 위로를 아꼈다.

"술이라도 사주고 싶은데 그냥 집에 가서 쉬는 게 더 마음이 편하겠죠?"

"내가 살게요."

승희의 대답에 무결은 다시 한번 놀랐다. 좋다구나, 옳다구나 하며 헤어지자고 할 줄 알았는데, 승희의 말은 의외였다. 무결이 먼저 술 먹자는 얘기를 해도 들은 척도 하지 않던 사람이 먼저 사겠다는 얘기를 하다니. 믿을 수 없어 눈을 깜빡이는 그에게 승희가 다시 말했다.

"고생했으니 회포를 풀어야겠네요."

웬일인지 오늘은 인심이 후했다. 죄를 짓고 벌 대신 상을 받는 기분이라, 조금 두렵기도 했다.

승희의 집 근처, 한 주점. 화장실에 갔다가 자리로 돌아온 승희는 그새 음식이 세팅되어 있어 깜짝 놀랐다.

"내가 알아서 시켰는데, 괜찮아요?"

무결이 자리를 권하며 물었다. 이게 뭐람. 지금 내가 먹고 싶었던 메뉴, 1순위 반건조 오징어에, 2순위 알탕이라니. 취향이 너무 비슷하다. 왠지 의심스러워 승희는 눈을 흘겼다.

"왜요? 별로예요?"

"지금 일부러 그러는 거죠? 내 뒷조사했죠?"

"무슨 소리예요, 그게."

"혹시 내가 무슨 안주 좋아하는지 우리 직원들한테 들었어요?"

"좋아하는구나. 신기하네요."

"안 신기해요. 수상한데요."

"씹을 게 필요할 것 같아서 오징어, 속이 탁 트이는 게 필요할 것 같아서 얼큰한 알탕."

무결이 오징어와 알탕을 주문한 이유를 밝혔다. 이 말이 그럴싸하긴 하지만 그래도 이상하긴 하다. 씹을 건 육포도 있고 노가리도 있는데 왜 반건조 오징어일까. 그리고 얼큰한 건 짬뽕탕도 있고 김치찌개도 있는데 왜 알탕일까.

"이상한 생각 하지 말고 먹어요."

무결은 피식 웃고는 재차 음식을 권했다.

"내가 이걸 좋아해요. 그래서 시켰어요. 우리가 잘 맞는 면이 꽤 있는 것 같네요. 결혼하면 잘 살 거란 얘기죠."

"인정할 수 없어요."

승희는 심술을 이어갔다. 정말로 인정할 수 없었다. 당신과 나는 완전히 다르다고.

"하나 더 시킬 거예요."

승희는 벽에 붙은 메뉴판을 가리키며 말했다. 스무 가지가 넘는 술 안주 메뉴가 한 줄로 나열돼 있는 메뉴판이었다.

"메뉴판 봐봐요. 한무결 씨라면 뭐 시킬 거예요?"

제발, 무뼈닭발에 주먹밥 세트라고 말하지 마.

"음, 무뼈닭발에 주먹밥 세트."

온몸에 오싹 소름이 돋았다.

"……그다음은요?"

이대로도 인정할 수 없어, 승희는 한 번 더 메뉴를 짚어보게 했다. 제발, 계절과일이라고 말하지 마. 말하지 마.

"동시에 대답하죠."

그녀가 속으로 주문을 외고 있을 때 무결이 제안했다.

"하나, 둘, 셋."

무결이 신호를 주었다. 두 사람이 동시에 입을 열었다.

"계절과일."

그리고 한 치의 오차도 없이 두 사람의 입에서 같은 단어가 나왔다. 무결은 시원하게 웃어버렸고 승희는 분하다는 듯 입술을 악물고는 술잔에 술을 따라 들었다.

"어허. 같이 마셔요."

무결이 승희의 잔에 제 잔을 부딪었다.

탁. 두 사람은 동시에 잔을 비우고 동시에 잔을 내렸다. 승희는 자신의 것처럼 싹 비워진 그의 술잔까지 마음에 안 들었다. 이제 인정하시지, 라고 그가 눈짓으로 말을 걸어오는 것 같았다. 인정하고 싶지 않았다. 승희가 뾰로통해 있는 사이에 그가 다시 목소리를 냈다.

"오늘은 누나가 너무 심했어요. 미안해요."

이 일에 대해 그는 오늘 참 많이도 사과했다. 사과는 그만하라는 말을 하려고 했는데 그가 또 먼저 입을 열었다.

"내가 어렸을 때 많이 아팠어요. 원인을 알 수가 없는 병이었어요."

아빠 남수에게 한 차례 들었던 얘기다.

"내가 많이 아파서, 어머니의 사랑이 좀 기운 편이었어요. 누나가 상대적으로 사랑을 많이 빼앗겼죠. 거기다가 내가 병이 나은 후에 어머니가 바로 돌아가셨으니."

아, 그렇구나. 그의 병은 집안에 막대한 영향을 끼쳤다. 할아버지는 손주를 위해 정혼계약을 하고, 어머니는 아들을 간호하다가 먼저 돌아가시고, 누나는 어머니를 일찍 돌아가시게 한 동생을 원망하고.

"그래서 누나가 나를 좀 미워하는 면이 있어요. 자기한테 잘해주는 사람에게는 집착하고."

승희는 조용히 고개를 끄덕였다. 그 변화를 이해할 수 있었다. 승희네 또한 그랬다. 엄마의 우환은 가족을 함께 병들게 했다.

"그런데, 그렇게 얻은 귀한 건강인데, 너무 막 사는 것 같다는 생각은 안 해요?"

분위기가 무거워지는 것 같아서 승희는 눈치껏 화제를 바꾸었다. 그사이 직원이 테이블 위에 무뼈 닭발과 주먹밥 세트를 올려놓았다. 안주를 많이 시키니 계절과일은 서비스라며 갖다 준다. 새빨간 딸기였다. 순식간에 테이블이 가득 찼다.

"어떤 면에서요?"

"솔직히 회사 일 안 하잖아요."

"할 게 없어요."

"어떻게 할 게 없어요. 시장 동향 파악, 신작 연구, 인재 탐색, 사내 복지 개선, 아이디어 발굴. 할 일들이 차고 넘치는데.”

승희는 자기도 모르게 열변을 토했다. 솔직히 이 사람을 볼 때 열 받는 건 이유가 있다. 좋은 머리, 막대한 재산을 가지고 있으면서 나태한 타성으로 대충 회사를 굴리고 있다는 게 승희의 입장에서는 도무지 이해가 가지 않는 것이다.

“한 회사의 수장 자리에 앉았으면 공부는 기본이라고요. 악쓰면서 공부를 해도 모자랄 판에.”

“그렇게 악쓰면서 공부할 필요가 없어요. 악쓰면서 공부하는 사람들을 부리며 살 수 있으니까.”

……됐다. 쇠귀에 대고 경을 읽었다, 내가.

“아이고 재수 없어. 왜. ‘돈도 실력이야’ 이러시지.”

실랑이는 포기했지만 승희는 그의 말이 아니꼬워 꿍얼거리게 되었다.

“뭐라고요?”

그 말을 또 귀신같이 알아들은 무결이 물었다.

“한무결 씨한테 한 말 아닙니다. 딸기한테 한 말이에요. 봐요. 말 걸고 싶게 생겼잖아요.”

승희가 눈 하나 깜짝 안 하고 변명했다. 훗. 아유 귀여워.

“그러네요. 말 걸고 싶게 생겼네.”

피식 웃은 무결은 승희의 변명에 수긍하며 딸기를 하나 집어 들었다.

“안녕 딸기. 널 먹어야겠다.”

무결은 한술 더 떠 딸기를 연인 보듯 바라보며 말을 걸었다. 이윽고 그의 입속으로 반짝 사라지는 비운의 딸기.

“맛있네.”

꾸밈없는 담백한 저음이 승희의 귀 안쪽으로 달게 파고들었다. 왠지 딸기 맛까지 신뢰하게 만드는 음성. 승희가 그 목소리에 마음을 빼앗긴 사이에 그가 딸기 하나를 다시 집어 들고서 눈을 가늘게 뜨고 요염하게 바라보며 말했다.

"딸기, 네가 맛있어서 다 먹어버릴 거야."

새빨간 딸기가 재차 그의 입안으로 들어가 와락 씹히는 걸 보고 있자니 기분이 이상했다. 먼저 시작한 일이라 뭐 하는 짓이냐고 욕도 못 하겠는데 참 난감하게도, 딸기 광고를 보는 느낌이었다. 위험한 심박이 감지되었다. 우스운 건데 왜 두근거리는지 모르겠다. 나는 변태가?

승희는 다시 한번 이 남자의 진면목을 깨달을 수 있었다. 그냥 가만히 있어도 예쁘고, 어딘가 위험한. 이 남자, 꼬시려고 작정하면 못 꼬실 사람이 없겠구나.

승희가 계산하겠다고 했는데 무결이 먼저 카드를 꺼내드는 바람에 계산대에서 두 사람은 잠깐 실랑이를 했다. 어쨌든 위너는 우승희. 그녀의 카드가 기분 좋게 긁혔고 무결은 잘 먹었다고 인사했다. 승희의 집은 주점에서 가까워서 무결은 승희의 집까지 걸어간 뒤 대리운전 기사를 불러 집으로 가기로 했다. 둘이서 짧은 시간에 소주 세 병을 마셨는데 둘 다 멀쩡하다. 무결은 그녀가 신기했다.

"정말 주사가 없네요. 말짱하네."

흥. 승희는 대답할 필요가 없다는 듯 콧방귀만 뀌어주었다.

"술 말아먹는 것도 못 봤네요."

"아무한테나 보여주는 게 아니라서요."

"결혼할 사이인데, '아무'가 되는 거예요?"

우리는 결혼 못 할걸요? 깔깔깔. 기분도 좋아서 깔깔 웃어주고 싶지만 말을 함부로 했다가 수습을 못할 것 같아 미소만 머금었다.

"그런데 웬일이에요? 나랑 술 마시는 거 싫어하는 줄 알았는데."

"그냥 사주고 싶어서요. 앞으로 한 달 동안 만나는 일 없을 테니까."

"쓸쓸하네요."

그녀의 집이 가까워지고 있다. 지금 이 시간이 지나면 이제 한 달 동안 만날 수가 없다. 그는 서운한 마음인데 그녀는 더없이 개운해 보인다.

"그리고, 나랑 가치관이 비슷하다면 한무결 씨도 그 집에서 힘든 면이 있었겠구나 생각했어요. 정혼계약서를 핑계 삼아서, 나를 왜 사들이려고 했는지 그걸 알았달까. 이런 방법이 아니면 정말 한무결 씨가 결혼을 못 할 수도 있겠다는 생각이 들었달까."

"동정을 샀구나, 내가."

무결은 까만 밤하늘에 회한을 털어내듯 한숨을 길게 내뱉었다. 한편으로 안심이 되었다.

"결혼은 없었던 일로 하자고 할 줄 알았어요."

"마음 같아선 그러고도 싶었는데, 더 좋은 생각이 떠오르기도 해서요."

그녀가 사는 원룸 빌라 앞. 어느새 두 사람의 발이 멈췄다.

"버르장머리 없는 올케, 골때리는 조카며느리처럼 분통 터지는 게 없다는 걸 알려줘야죠."

비록 결혼까지는 하지 않겠지만, 인연을 이어가는 동안에는 마음껏 반항해보리라.

"나는 우승회예요. 비겨도 우승, 져도 우승, 아무것도 안 해도 우승. 언제나 내가 이기죠."

그녀가 고개를 들어 그를 보며 씨익, 씩씩하게 웃어 보였다. 승희의 미소가 그에게 닿아 번져간다.

무결은 오늘 그녀를 희재원에 괜히 데려갔나 싶어 내내 죄스런 마음이었다. 후회가 막심했다. 그녀가 다시는 누나와 고모들을 안 보겠다는 조항을 혼전계약서에 추가하자고 할 거라는 예상도 했었다. 그러나 그녀는 또 그의 예상을 박살낸다. 그녀가 지닌 에너지가 도리어 그를 위로한다.

"한 달 뒤에 다시 힘내봐요."

승희가 무결을 향해 오른손을 들어 보였다. 하이파이브를 하자는 거였다. 이러면 참, 뇌주기가 싫다.

잠깐 어쩔해진 무결은 그녀의 어깨에 쓰러지듯 머리를 기댔다. 하이파이브 하려던 승희의 손이 허공에서 굳었다. 승희는 당황스러웠다.

……앵겨? 다 큰 어른이? 이게 바로 이 사람의 술버릇인가?

아리송하고 모호했지만 왠지 뿌리칠 수가 없었다. 대형견이 앞발을 들어 안겨오는 것 같았다. 등을 쓸어주어야 할 책임감을 느꼈다. 갈피를 잃었던 손은 찬찬히 그의 등을 토닥이게 되었다.

그래. 내 마음을 알아주는 누군가에게 어깨를 기대고 싶은 마음, 이해해. 새어머니 생신 잔치를 하면서는 친어머니 생각도 났겠지. 당신도 참 애썼다. 엉겁결에 그를 위로하게 되었다.

"무결 씨도 오늘 애썼어요. 잘했어요."

토닥토닥. 잠시 후에 그가 가만히 목소리를 냈다.

"정말 애썼어요? 내가 잘한 걸 알겠어요?"

"잘했어요. 감싸주려고 노력해줘서 고마워요."

"정말 고마워요?"

"고마워요."

그 부추김에 승희는 홀린 듯이 대답했다. 그가 고개를 들었다. 그의 눈이 맑게 빛나고 있었다. 이 어두운 밤. 순간을 찬연하게 하는. 사람의 눈동자가 가질 수 있는 가장 예쁜 빛깔이다. 그리고 그 어느 때보다도 차분한 음성.

"그럼 상을 줘야 하지 않아요?"

어어?

"나 잘했다며."

당황스러운 와중에 그의 목소리가 좋았다. 걸어 지나온 빛들을 머금은 눈동자가 좋았다. 기대었던 어깨에 여운을 남긴 따뜻한 체온이 너무 좋았다.

그의 기다란 손가락들이 그녀의 귀를 쓸었다가 뒷목을 감쌌다. 간지러운데도 뿌리칠 수가 없었다. 어쩌면 내일 아침에 땅을 치며 후회할 텐데. 그의 손이 이끄는 방향을 향해 고개가 올라갔다. 고개를 기울인 그가 닿을 듯 가까운 거리에서 마지막 거부권을 주겠다는 듯 속살거렸다.

"해요?"

"……."

"왜 가만히 있어요."

하지만 그다음은 그녀의 대답보다 빠른 돌진이다. 세 번 묻지도 않는다. 입술이 아주 짤막하게 닿았다가 떨어졌다. 딸기가 사라지듯 순식간에 달콤한 것이 지나갔다. 찰나였지만 작은 전율이 일었다.

……이 사람은 알까. 눈치챘으려나. 방금 내게 역사적인 일이 일어났다는걸.

첫사랑, 첫 데이트, 첫 키스……. 그런 것들을 상상하며 설레던 스무 살 시절이 있었다. 동생도 아빠도, 1학년 1학기가 끝나기 전에 남자친구가 생길 거라며, 꼭 데려오라는 말을 했었다. 가족들에게 보여주고 자랑하고 싶었다. 친구들과 남자친구 얘기도 하고 싶었다. 진심으로 사랑하는 사람이 생겼으면. 사랑하는 사람에게 마음껏 사랑받았으면. 그런 평범한 경험들을 꿈꾸었던 때가 있었다.

그 꿈과 한참 멀어진 지금에서야 그 순간을 맞이하는데 심장이 이토록 빨리 뛰는 것이 신기하다. 나는 이제 스무 살이 아닌데. 왠지, 이 아무것도 모르는 남자가 8년의 시간을 거슬러 앳되고 꿈 많던 스무 살 대학생 우승희를 보듬어주는 것 같았다. 편견 없이, 마음을 전부 다 알 필요 없이, 어쩌면 이미 모든 것을 파악하고서 지켜보고 있는지도 모르겠지만. 꼬치꼬치 캐묻지 않고 그저 받아들이는 그의 태도가 지금의 그녀에게는 가장 만족스러웠다.

당신은 나의 모든 걸 알 필요가 없다. 내 밑바닥이 어디인지 손을 넣어 더듬어보길 원하지 않아. 그냥 그대로 여기 있어줘. 그저 여기 이렇게 가만히 서서 내 과거로 색을 입히지 않은 눈으로 나를 바라봐줘. 지금 당신이 마주하고 있는 내가 우승희의 전부라는 듯이. 그것만으로 나는 행복해질 수 있을 것 같아.

심장이, '두근두근'이 아니라, '욱신욱신' 뛰고 있다.

잠깐 멀어졌던 그가 다시 고개를 내렸다. 이번엔 피할 수 있는 여지조차 만들지 않겠다는 양, 좀 전의 아쉬움을 모두 채우겠다는 양,

그의 두 팔이 그녀를 단단히 붙잡는다. 닿기 직전 본능을 드러내며 입술이 벌어졌다. 그녀의 입술을 삼켜낼 듯이. 그녀의 마음을 읽은 듯 짙어진 숨결이 닫혀 있던 입술을 가른다.

무결은 그녀를 깍듯하게 대하면서 제 욕심을 챙길 수 있는 사람이었다. 각각 다른 음의 피아노 건반을 누르는 것처럼 크게 벌어진 손가락들이 그녀의 뺨과 귀와 목과 머리칼을 소중하게 어루만졌다. 달게 파고들어 안쪽으로 얽어든 숨결은 조용하고 나긋했다. 몰아붙이지도 서두르지도 않는 그 정중하고 점잖은 재촉이 도리어 그녀를 강하게 붙들었다. 길에서 들려오는 버스킹의 선율에 마음을 빼앗기듯 잔잔하게 스며들어갔다.

한 사람이 이끄는 대로 이끌려가는 입맞춤. 겨우 한 살 차이인데, 승희는 그가 대단한 어른처럼 여겨졌다. 바라보는 눈빛도, 대하는 태도도 목소리까지도, 모든 게 세상 쿨해 보이는 이 남자가 이런 온도로 닿을 수 있다는 사실이 신기했다. 그의 손끝이 닿는 뺨과 목이, 여린 살점을 건드리는 숨결이 간혹 흠칫할 정도로 뜨겁게 느껴졌다. 우승희가 사라지고 다른 사람이 되는 것만 같은 생경한 기분이었다. 하지만 또한, 오래전 꿈꾸었으나 묻어두었던 어린 우승희를 만나는 것 같기도 했다.

나는 내가 나쁜 사람이 아니었으면 좋겠어. 내가 좋은 사람이었으면 좋겠어. 내가 나를 미워하지 않았으면 좋겠어. 내 인생이 행복했으면 좋겠어.

여린 울림들이 찬찬히 속을 채워나갔다. 명치가 뻐근하게 조여왔다. 눈물을 그에게 들키고 싶지 않다고 생각한 순간, 그가 멈칫 입술을 떼었다. 뺨을 타고 흘러내리는 눈물 한 줄기를 발견한 그의 눈이 커졌다.

"울어요……?"

무결이 이토록 당황한 표정을 보인 것은 처음이었다. 하지만 승희는 그의 마음까지 돌볼 여유가 없었다. 그녀 또한 제 수습을 하기에 벅찬 시간이었다. 마법의 시간이 끝났다. 이를 알리듯 가까이에 비둘기가 후드득 지나갔다. 12시에 이르러 재투성이로 돌아간 신데렐라처럼, 승희는 뒤돌아 바삐 뛰었다.

"우승……!"

무결은 손을 내뻗었으나 승희가 사는 빌라 안까지 성큼 들어오지는 못했다. 승희는 빌라 건물 안으로 들어가 빠른 걸음으로 계단을 올라갔다. 엘리베이터 없이 5층까지 계단을 올라 집에 이르렀다. 번호키를 재빨리 누르고 안으로 들어가 다급해진 숨을 풀어냈다.

"후우, 후우, 후우."

하지만 좀처럼 심장의 뜀박질은 가라앉질 않았다. 대체 내가 무슨 짓을 한 걸까. 내게 무슨 일이 일어난 걸까.

"내가 남자에 홀리다니."

홀려서 키스를 하는데도 가만히 있었어. 미쳤다.

"무슨, 구미호 같은 건가?"

마법이 풀려 현실을 파악하고 나니 눈물은 어느덧 쏙 들어갔다. 하지만 몸이 기억하는 것은 어쩔 수가 없었다. 그에게 나긋이 물리고 빨렸던 입술에서도 새삼 맥박이 느껴졌다. 그 열기가 오랫동안 식질 않았다. 아니, 마음이 가라앉지 않는 것인지도 모르겠다. 이후에도 계속 떠올리게 될까봐 승희는 겁이 났다.

3.

그 사람 만나면 네 인생이 뒤집혀

이동하는 차 안.

중우는 창밖으로 고개를 돌리고 있는 무빈의 눈치를 한참 살폈다. 무빈은 오늘 일이 계획대로 되지 않아 속상한 모양이었다.

식사 자리에서, 우승희가 울면서 저택을 뛰쳐나가게 해야 했는데. 다시는 금왕 한씨 집안을 거들떠보지도 못하게 망신 주고 무참하게 짓밟았어야 했는데. 한태조 명예회장이 우승희 부친의 이야기를 꺼내는 바람에 아주 상황이 우습게 되어버렸다.

"우리 집으로 갈까?"

중우는 무빈을 달래줄 생각으로 말을 걸었다. 희재원에 가기 전에 약속했던 대로 밤을 함께 보내주며 마음을 달래줄 수 있을 것 같았다. 공주님의 변덕에 맞춰주는 건 여간 힘든 일이 아니지만, 언젠가 모두 보상을 받을 수 있으리라. 하지만 무빈은 대답을 하지 않았다. 여전히 창가 쪽으로 고개를 돌리고 있었다. 중우는 무빈에게로 한쪽 손을 내뻗었다.

"오늘 일이 제대로 안 돼서 속상하겠지만."

"치워."

탁. 무빈의 손이 중우의 손끝을 신경질적으로 쳐냈다. 중우의 미간에도 슬쩍 주름이 졌다.

"왜 그래, 또."

애인의 기분을 일일이 맞춰주고는 있지만, 간혹 이렇게 타인을 얕보는 성정을 그대로 내비치면 그 또한 짜증이 날 수밖에 없다.

"그게 바로 말이 안 나와?"

무빈의 목소리가 앙칼지게 튀었다.

"한무결이 물어봤잖아. 거기서 왜 말을 못 해?"

마주한 그녀의 눈엔 빨간 실핏줄이 돋아 있었다.

"돈 같은 건 필요 없다고. 자기는 그냥 날 사랑하는 거라고 재깍 말했어야지! 그 말이 안 나와?"

오늘 식사 자리에서 무결의 물음에 제때 대답하지 못한 중우를 책망하는 말이었다. 그녀는 자존심에 상처를 입은 거였다.

희재원.

손님들이 모두 떠난 후, 밤 10시가 되어서야 집 안이 조용해졌다. 안주인 혜리는 고요해진 저택의 복도를 천천히 걸었다.

셋이나 되는 시누이들을 상대하는 건 역시 고단한 일일 수밖에 없다. 혜리는 오늘의 식사 자리에 시누이들을 부르지 않았다. 의붓딸 무빈이 부른 것이었다. 보아하니 부른 이유도 뻔했다. 새엄마의 생일을 축하하기 위해 부른 것이 아니었다. 의붓아들 무결의 신부 후보, 우승희를 압박하기 위해 그들을 부른 것이다. 자신의 생일 역시, 누군가의 들러리가 되어 치른 듯하다. 언제나 그랬듯이.

"무결 도련님이 데려온 짝은 참 신기하더라."

주방 앞을 지나는데, 안에서 직원 두 명이 이야기하는 소리가 들렸다. 혜리는 걸음을 조용히 멈추고 안에서 들려오는 소리에 귀를 기울였다.

"그래? 뭐가?"

"내가 음식을 내려놓을 때마다 인사를 하더라고."

"인사를? 뭐라고?"

"고맙습니다, 그러데."

"그런 인사를 하는 사람이 있구나. 신기하긴 하네."

"그러니까. 이 집에서 일하면서 처음 듣는 말이라 낯설긴 한데 인사를 받으니까 뿌듯하더라고. 더 맛있는 음식 주고 싶고 뭐 하나라도 더 주고 싶고 그렇더라."

혜리는 쓰게 웃으며 주방을 지나쳤다.

나도 그랬어. 이 집에 시집 온 첫날에는 나도 모두에게 깍듯하게 인사했어. 감사할 줄 아는 사람이었어. 음식을 날라주는 그 사소한 것으로도 고마워하고, 이 집안사람들의 온갖 재미없는 이야기에도 웃을 수 있는 사람이었어.

혜리는 15년 전, 이 집의 안주인으로 발을 들였던 날을 떠올리며 쓰게 한숨을 쉬었다. 서른네 살의 나이에, 아홉 살 많은 남편에게 시집을 왔다. 그녀는 초혼이었고 남편은 재혼이었다. 전부인과는 사별했고 자녀도 있는 사람이라 친구들은 이를 만류했지만 결혼을 결심했다. 그를 정말로 좋아했기 때문이었다. 그때는 분명히 설렜고, 모든 것을 끌어안을 수 있을 것 같았다. 최고의 아내가 될 수 있다고 생각했다. 사랑받을 수 있을 거라고 생각했다.

그러나 설렘은 오래가지 않았다. 거듭된 임신 실패와 남편의 무관심, 그리고 사회로부터 단절된 생활이 그녀에게서 웃음을 앗아갔다. 가문과 집안을 위해 하는 모든 일에 동원되면서도 정작 빛은 보지 못하는 자리. 그 자리에서 그녀는 차분히 시들어갔다.

침실로 간 혜리는 잠옷으로 갈아입으려다 멈칫했다. 세 명의 고모들 앞에서 의붓딸 무빈이 했던 얘기가 계속 머릿속에 맴돌았다.

"솔직히 이렇게 편한 시댁이 어디 있어요. 어머니, 안 그래요? 음식, 청소 직원들이 다 해주지. 일 안 하고 돈 실컷 쓸 수 있지. 그저 재벌가 며느리라는 이유만으로 사람들에게 존경받고 존중받고. 며느리는 봉 잡은 거죠."

그 말에 혜리는 주먹을 꽉 쥐면서도 반박할 수가 없었다. 시누이들에게 이미 자신은 오래전부터 '봉 잡은' 올케였다. 친정 식구들이 남편의 도움을 받은 건 사실이었다. 남편은 기울어가는 친정아버지의 사업을 일으켜주었다. 하지만…….

혜리는 들었던 잠옷을 벽에 걸린 그림 액자를 향해 던졌다. 잠옷이 그림의 모퉁이를 치고는 힘없이 바닥에 떨어졌다. 그림은 꿈쩍도 하지 않는다. 그녀의 결혼 생활이 그렇다. 스스로 마음을 삭이는 사이에 남편 규원이 들어왔다.

"난 일 좀 하다가 잘 테니까 먼저 자."

짧게 말을 건넨 뒤 다시 나가려는 규원에게 혜리는 서릿발처럼 차가운 목소리로 물었다.

"나한테 할 말 없어요?"

"선물은 줬잖아."

역시나 매정한 목소리가 돌아왔다. 그녀는 남편을 원망스럽게 쏘아보았다. 한참이 지난 후에야 규원이 말했다.

"오늘 수고했어. 시누이들 등쌀에 힘들었겠네."

"그것뿐이에요? 정말 나한테 할 말 없어요?"

가만히 쳐다보던 규원이 다시 입을 열었다.

"무빈이가 하는 말은 하나하나 담아두지 마. 당신만 힘들어."

"그게 아니잖아!"

결국 혜리는 분에 못 이긴 듯 버럭 소리를 질렀다. 그녀가 이렇게나 소리를 높이는 걸 본 적이 없는지라 규원의 미간에도 깊은 주름이 파였다.

"이진심."

혜리는 떨려오는 목소리로, 얼마 전 희재원에서 자살한 직원의 이름을 아프게 발음했다.

"그 애 건드렸잖아."

규원도 멈칫했다. 이마에 핏대가 서는 것이 보였다.

"내가 그걸 모를 것 같아요?"

좌우로 흔들리는 남편의 눈동자를 마주하는 것이 괴로웠다. 이진심이 세상을 떠난 그 밤만큼이나 아픈 밤이다.

"꼭 와주세요. 기다릴게요."

지나가는 복도에서 스치듯이 이진심과 남편이 마주하고 있었다.

이진심은 맹랑하고 정중하면서도 긴하게, 규원에게 청했다. 서로를
바라보던 눈빛. 절절하고 애틋한 밀회의 눈빛이 먼발치에서도 그대
로 느껴졌다. 혜리의 가슴에 큼지막한 못이 박혔다.

스물여덟 살의 아이. 당신의 아들보다도 어린 아이. 당신은 그 아
이와 어떤 시간을 보냈던 걸까. 그 아이가 얼마나 괴로웠기에 자살까
지 하게 된 걸까. 이 집에서. 그건 분명히, 가슴에 맺힌 한이었다.

"그 애, 그날 접견실에서 당신 기다리고 있었잖아. 당신 기다리다
가 스스로 목숨을 끊은 거잖아."

"당신 눈엔 내가 직원을 건드릴 사람으로 보이나?"

잠자코 있던 규원이 굵어진 목소리로 힘주어 말했다.

"어떻게 그런 생각을 할 수가 있지?"

하…… 혜리의 입술 사이로 헛숨이 터져나왔다.

"쓸데없는 생각 하는 데 시간 낭비하지 마."

규원은 더 얘기할 가치도 없다는 듯 냉랭하게 방을 떠났다. 그녀의
눈동자 위에 맺혀 있던 눈물이 뚝 떨어졌다.

*

주말이 지난 후, 월요일. 출근한 무결은 턱을 괴고 앉아 멍하니 모
니터만 바라보았다.

"지난달에도 어김없이 우리 회사는 적자다. 너야 도련님이니까 아
무 걱정 없겠지만 회장님께 제출할 1분기 보고서 작성해야 하는 나
는 시름이 깊어."

골드킹의 부사장 세열이 무어라 옆에서 말을 하고 있었지만 조금

도 귀에 들어오지 않았다.

키스할 때 우는 여자. 대체 우승희의 눈물은 무슨 의미란 말인가.

엊그저께 밤. 함께 술을 마신 직후까지 그녀는 기분이 좋았다. 좋아 보였다. 비혼주의자라고 했지만, 결혼은 싫다고 했지만, 그제는 분명 결혼에 긍정적인 신호를 보였다. 버르장머리 없는 올케, 골 때리는 조카며느리처럼 분통 터지는 게 없단 걸 알려주겠다며 씩씩하게 웃어주었다. 그렇게 설레게 하고서, 왜 울어, 왜!

······아니, 그 오기와 키스는 다른 문젠가?

'별로였나? 내가?'

아니. 그럴 리는 없어. 키스 스킬이 별로라고 눈물을 보이는 것 자체가 말이 안 되기도 한다. 그렇다면······.

"내가 밀어붙였나?"

"뭐?"

멍하니 흘러나온 무결의 혼잣말에 세열이 입술을 비뚜름하게 들어올리며 물었다.

"네가 밀어붙인 게 어디 있어. 다 내가 밀어붙였지."

무결의 혼잣말을 제멋대로 해석한 세열이 따졌다.

"넌 예나 지금이나 한결같은 한무결이지. 직원들한테 일해라 강요 없이 꼬박꼬박 월급 주는 자애로운 사장님. 그 아래 부사장이 골치 썩는 것도 모르고."

"그래. 미안하다."

세열의 허를 찌르는 말에 영혼 없는 사과를 한 무결은 자리에서 일어나 집무실 밖으로 벌컥 나갔다. 그리고 자리에 앉아 있는 직원들을 향해 말했다.

"우리도 신작 아이디어 좀 내볼까요? 채택되는 분께는 해외 포상 휴가 일주일 쏘겠습니다."

과연 우승희의 말대로 우리 직원들 서른 명이 30개의 아이디어를 내는지, 자신도 문득 확인하고 싶어졌다. 멍하니 있던 직원들이 뒤늦게 '와아아!' 하며 환호를 터트렸다.

"신작 아이디어 대회 준비 부탁해요. 부사장님."

무결의 독단적이고도 화끈한 결정에 세열의 얼굴색만 하얗게 변했다. 그런 세열을 지나쳐 집무실로 돌아왔다. 다시 자리에 앉아 버릇처럼 휴대폰을 들었다.

─속은 좀 어때요?

어제 아침, 그가 보낸 메시지에 승희는 답을 하지 않았다. 읽었지만 씹힌 거다. 왜 읽어놓고 답장도 없냐고 물어보고 싶었지만 그것마저 무시당할까 하는 생각에 더 이상은 말을 걸 수가 없었다.

그저께 밤. 그때 당신에게는 어떤 심경의 변화가 일어났던 것인가.

모두에게 예쁠 수밖에 없는 여자다. 그런 여자가 자신을 향해 씩씩하게 웃어주니 욕심이 생겨서, 좋아서 유혹했어. 그리고 받아줬어. ……받아줬다고 생각했어.

근데 왜 울어. 왜, 왜, 왜, 왜, 왜!

"내가 뭘 잘못했는데……."

그녀의 뺨을 쓸어내리며, 눈이 마주친 짧은 순간 무결은 마음먹었다. 밀어붙이지는 않겠으나 물러나지도 않겠다고. 우승희답지 않은 조용한 순응이 너무나도 자극적이었다. 입술을 살짝 뗴었을 때

'하……' 하며 낮게 쏟아지는 소리가 지독히 달콤했다. 유혹할 거라고 그녀에게 호기롭게 말했지만 도리어 자신이 빠져드는 것 같았다. 그 순간, 그녀를 놓치면 안 될 것 같아서, 초조해져서 자신도 모르게 힘을 썼는지도 모르겠다. 거부하지 않고 자신을 받아들이는 그녀의 숨결이 달콤해서 너무 심취했는지도 모르겠다. 건드려서는 안 되는 뭔가를 건드렸는지도 모르겠다. 키스에 대한 안 좋은 기억이 있는데, 다짜고짜 밀어붙였던 건지도 모르겠다.

젠장. 왜 그녀의 과거까지 신경 쓰이냐. 찌질하게.

"전화해봐?"

혼잣말이 늘어간다.

"명목이 없잖아."

한 달 동안 만나지 않기로 했으니 찾아갈 수도 없고.

"아니 그래도. 내가 메시지를 보냈으면 답문은 해줘야 할 거 아니야! 내가 뭐 답변하기 곤란한 거 물어봤어?"

우와아아아아. 두 손을 머리에 얹은 무결은 제 머리를 마구 흩트렸다.

한 달 동안 만나지 않기로 했다고 연락도 안 하는 거야? 뭐 이렇게 올곧은 선비상이 있나.

손 하나 까딱 안 하고 사람을 미치게 할 수도 있네.

"어떻게 만나러 가지?"

화요일 밤. 회사에 남아 일을 하던 승희는 휴대폰으로 온 업무용 문자메시지들을 확인하다가 멈칫했다. 오늘 낮에 무결이 보낸 문자메시지가 마음에 걸렸다.

─만나죠.

'한 달 동안 안 만나기로 하고서 왜 이러는 거야.'

그는 일요일에도 메시지를 보냈었다. 속은 괜찮으냐고. 승희는 그 문자메시지에도 답을 하지 않았다. 한 번 메시지를 주고받기 시작하면 문자메시지의 노예가 될 것 같다는 생각이 들었다. 이 사람의 연락을 기다리며 울리지 않는 휴대폰을 매시간 들었다 놨다 하고 싶지는 않다. 스스로 제동을 거는 것이다. 그가 위험한 사람이라는 것을 알게 되었으니.

그를 떠올리니 자연스럽게 토요일 밤의 일이 떠올랐다. 그의 손길에 따라 고개를 들고 눈을 감았던 기억. 현실이 아스라이 멀어지며 홀린 듯이 그에게 모든 걸 의지하게 되었다. 감정에 사로잡혀 눈물을 흘리지 않았다면, 그리하여 그가 멈칫하지 않았다면 그 키스가 얼마나 더 길게 이어졌을지 장담할 수가 없다.

"후우."

그녀가 생각에 잠겨 있으니 자리에서 일을 하고 있던 혜순도 한숨을 쉰다. 오늘은 혜순과 단둘이 야근이다.

"퇴근해. 일은 내일 하면 되지."

혜순의 한숨 소리를 들은 승희가 말했다. 혜순은 고개를 도리도리 저었다.

"아뇨. 그 잘생긴 남친을 두고 데이트도 안 하시는 대표님이 짠해서요."

승희는 피식 웃어주었다.

"일이 중하지."

"어떻게 일이 중해요, 사람이 중하지."

"사람이 중하니까 일이 중하지. 내가 세상에서 제일 아끼는 사람 세 명이 나한테 미래를 맡겼는데. 열심히 일해서 성공해야지."

혜순이 눈을 흘겼다.

"세상에서 제일 아낀다고요?"

"그래."

"그럼 한무결 님은 뭡니까. 세컨드예요?"

세컨드도 써드도 아니다. 한참 저 멀리 있는 사람. 내 인생에 들어와서는 안 되는 사람.

두어 번을 그냥 웃어넘기니 혜순이 의자를 쭈욱 밀어 그녀의 앞으로 다가왔다.

"대표님."

"응?"

"막간을 이용해서 남친이랑 찍은 사진 좀 보여주시죠."

혜순의 요청이 당황스러워 승희는 눈을 돌려버리고 말았다.

"……그런 게 어디 있어."

"헐. 둘이 같이 사진도 안 찍어요?"

"어. 우린 사진 같은 거 안 찍어."

"그럼 남친 독사진은 있어요? 남친이 안 보내줘요?"

"그런 걸 왜 보내?"

치이. 혜순이 토라진 듯 고개를 돌리고 자리로 돌아갔다. 승희는 혜순이 더 추궁하지 않은 것에 안도하면서도 한편으로는 위기감을 느꼈다. 그와 연인관계라는 연극을 이어가기 위해서라도 사진은 필요할 것 같다. 그런데 사진 한 장만 보내달라고 메시지를 보내기도 난감하고.

에혀. 모르겠다. 일이나 하자. 차트를 정리하며 업계 분석 자료를 만들고 있는데 혜순이 다시 다가와 대뜸 손을 내밀었다. 혜순의 손에 종이 한 장이 들려 있다. 무결의 사진이었다.

"웬 거야?"

"인터넷에서 찾아서 프린트했어요. 대표님이 짠해서요. 달력 앞에라도 붙여두시라고."

승희는 사진을 넘겨받았다. 사진 속의 무결은 멋진 슈트 차림이었다. 한 손은 주머니에 찔러 넣고 다른 한 손으로 서류를 들어 확인하는 옆모습 사진. 그가 일 따위 하지 않는 한량이라는 걸 알고 있지만 승희는 한순간 혹했다. 정말로 열심히 일하는 회사원의 이미지였다. 이미지 관리를 잘도 하신다. 자신을 강원도 리조트로 오라고 한 사람이 이 남자라는 걸 알면 혜순은 어떤 반응을 보일까. 승희는 혼자만 알고 있는 비밀을 생각하며 쓰게 웃었다.

"언니, 언니 남친님 또 한 번만 회사에 놀러 오라고 해주심 안 돼요?"

혜순의 부탁을 승희는 단칼에 잘라냈다.

"당분간 안 만날 거야."

"왜요? 무슨 일 있었어요?"

"당분간은 일만 하려고."

"하. 인생 진짜 재미없게 사시네."

승희는 혜순에게서 받은 사진을 서류 위에 얹어두고 다시 업무로 돌아왔다. 그 표정을 눈여겨 살피던 혜순이 다시 말을 걸었다.

"토요일에 무슨 일 있었구나? 예비 시어른들이 많이 힘들게 했어요?"

승희는 고개를 약하게 저었지만 혜순은 이미 지레짐작을 끝낸 상태다.

"아. 힘들지 않을 수는 없겠네요. 다들 얼마나 콧대가 높으시겠어."

금왕그룹 일가. 대한민국 사람이라면 누구나 알고 있는 재벌가다.

"솔직히 저는 지금도 잘 안 믿겨요. 언니 남친이 금왕그룹 한무결이라는 거."

"어. 나도 안 믿겨. 그래서 되도록 빠져나오고 싶긴 한데."

그런 집안에서 승희를 탐탁스럽게 생각할 리가 없다. 최고 어른이신 한태조 명예회장이 그녀의 아버지 우남수를 좋게 보았다 한들 혼사는 또 다른 문제일 수 있을 것이다. 또한 그녀의 배경에 대해 그냥 넘어가고자 하더라도 한 집안의 맏며느리로서는 자격 미달일 수 있다. 이 부분은 승희도 잘 알고 있었다. 어떤 재벌가는 '며느리의 수칙'이라는 게 따로 있다고 한다. 금왕 한씨 집안이라고 별다르진 않을 것이다. 왕년에 최고의 아나운서였던 무결의 새어머니, 혜리의 싸늘한 표정으로 이미 확인되었다. 이들은 며느리를 재산처럼 여기고 있을 것이다.

그런 세계로 가고 싶지는 않은데. 왜 자꾸 토요일 밤의 입맞춤이 떠오르는지 모르겠다. 왜 자꾸 가슴이 저릿해지는지. 바늘로 찔러도 피 한 방울 나지 않을 것 같은 사람들이 사는 집에서, 누군가를 위로할 줄 아는 사람을 한 명 알게 되었다. 그 기억에 얽혀 일말의 기대가 생긴다. 그 집의 사람들도 어쩌면 심장이 따뜻할 거라는, 보통 사람일 거라는 기대.

승희는 조심스럽게 운을 뗐다.

"나 사실 토요일에 울었다?"

역시나 혜순은 버럭 하며 소리를 높였다.

"왜! 그놈이 울렸어요? 아님 그 가족들이?"

"아니."

승희는 피식 웃었다.

"좋아서 울었어."

하지만 금방 눈 밑이 뜨끈해졌다. 토요일 밤 이후로 잘 정리해놓았던 마음이 몇 마디의 고백에 다시 살아났다.

"심장이 뛰는 거, 설레는 거. 잊은 지 오래된 감정이거든."

승희는 물기가 고여 맑아진 눈으로 빙긋 웃었다. 혜순이 그녀의 책상에 턱을 괴고 그 예쁜 모습을 한참 바라보다가 말했다.

"재벌가 콧대 얘기하는데 얘기가 핑크빛으로 튄 게 불만스럽긴 하지만. 좋네요, 언니 그런 모습. 나도 언니한테 이런 얘기 생전 처음 들으니 좋다."

승희의 안에 고여 있던 딱딱한 웅어리들이 말랑말랑해지는 반응이었다. 나는 참 인복이 많지, 승희는 다시 한번 생각하게 됐다. 그때 혜순이 승희의 눈치를 살피며 넌지시 질문했다.

"근데 언니 혹시 결혼하게 되면 트윙클에셋 정리하실 거예요?"

"뭐?"

"아, 왜 그렇잖아요. 언니 시어머니 되실 분, 이혜리 아나운서도 오래전에 대한민국에서 최고 잘나가는 아나운서였는데 결혼과 동시에 은퇴했잖아요. 언니도 시집가면 이혜리 아나운서처럼 집 밖으로 못 나오는 거 아니에요?"

혜순의 불안을 이해할 수 있을 것 같았다. 승희가 데리고 있는 직원들은 모두 고급인력이다. 이들을 좋은 인연으로 데리고 있는 것도 영광인데 이들에게 어느 날 갑자기 회사가 없어진다는 불안감을 줄 수는 없다. 승희는 힘주어 말했다.

"난 계속 일할 거야. 계속."

승희의 강단에서 다른 기운을 읽은 혜순이 다시 물었다.

"혹시 그래서 일부러 남친님 안 만나고 있는 거예요? 언니한테는 일이 더 중요하다는 걸 알려주려고?"

"그렇……기도 하고."

실은 키스 사건 때문에 창피해서 연락을 못 하고 있는 거지만, 그것까지 얘기할 필요는 없겠지.

"퇴근하자. 집까지 태워다줄게."

눈치 빠른 혜순에게 제 속마음을 모두 들킬까 싶어진 승희는 서류를 챙겨 자리에서 일어났다.

혜순을 바래다주고 집에 도착하니 밤 10시.

승희는 회색 정장을 벗고 간단히 씻은 후 편한 티셔츠에 반바지로 갈아입었다. 밖에서 입는 옷이야 어두운색 계열의 정장뿐이지만 집에서까지 그 룰을 지키지는 않는다. 그렇다고 혼자서 즐기기 위해 예쁜 티셔츠를 사는 일도 없지만.

승희는 오늘의 일과를 정리하는 한 잔의 맥주와 함께, 회사에서 가져온 서류를 집어 들었다. 그런데 서류들 사이로 종이 한 장이 툭 떨어졌다. 혜순이 프린트해준 무결의 사진이었다. 다시 보아도 사진 속의 그는 참 수려했다.

"문자를 무시한 건 미안해요. 딱히 할 말이 없어서 그러는 거니까 이해해줘요."

승희는 그의 귀에까지는 절대 닿지 않을 사과를 하고는 사진을 침대 옆 협탁의 서랍 안에 고이 넣었다.

*

시간이 흘러 일요일. 동문회 때 만났던 친구, 소연의 결혼식이 있는 날이다.

12시 결혼식이라 승희는 일찌감치 준비했다. 식장이 혼잡할 것 같아 차 없이 움직이기로 했다. 오늘도 영락없이 정장바지. 이제는 정장바지 차림이 아니면 밖에 나서기가 어색할 정도다. 그나마 결혼식 분위기에 맞게 밝은색의 정장을 택했다. 그러다 보니 지난주 토요일과 비슷한 차림이 되었다.

"앗, 깜짝이야!"

빌라의 출입구를 나서기 무섭게 승희의 눈앞으로 비둘기가 후드득 날아갔다. 근처에 둥지라도 틀었는지 비둘기가 자주 눈에 띄었다. 지난주 토요일 밤에도 이렇게 가까이에서 비둘기가 날아갔었는데. 그 바람에 더 놀라버려서 무결과의 키스 후에 아무 얘기도 못 하고 줄행랑을 쳐버렸다. 눈물을 떨구고서 도망갔으니 그도 얼마나 황당했을까.

'됐어. 돌이킬 수 없는 일을 후회해봤자 얻을 수 있는 것도 없고.'

승희는 과거의 기억을 씁쓸하게 털어내고서 걸음을 옮겼다. 대중교통으로 움직여 결혼식이 열리는 호텔에 닿았다. 세상의 반이 벚꽃이었다. 벚꽃이 활짝 피었다가 질 때가 되어 바람이 불어올 때마다 꽃잎들이 사뿐히 떨어졌다. 호텔 앞에도 벚나무들이 꽤 많아 사람들이 그 앞에서 사진을 찍고 있었다. 벚꽃을 싫어하긴 하지만, 벚꽃 만개한 오늘 결혼하는 새신부는 행복했으면 한다.

으리으리한 호텔 안으로 들어간 승희는 안내에 따라 신부대기실로 향했다. 신부대기실 역시 승희가 본 중에 가장 호화로웠다.

"소연아, 결혼 축하해!"

"승희야, 와줬구나! 고마워."

꽃보다 예쁜 신부, 소연이 화사하게 웃으며 인사했다.

"언니! 봐봐. 얘가 바로 내 대학교 친구 우승희야."

인사 후에는 대뜸, 제 옆의 아리따운 여인에게 승희를 소개했다. 여인과 마주하니 어쩐지 왜 소연이 이런 반응을 보이는지 알 것 같았다.

"승희야, 내가 얘기한 적 있지? 너랑 되게 닮은 사촌 언니 있다고."

몇 주 전 동문회에서, 남자 동기들이 찍었던 사진의 실제 주인공이었던 것이다. 소연의 아버지와 팔짱을 끼고 호텔로 들어가던, 우승희를 닮은 여인.

"반가워요. 소연이 사촌 언니예요. 나 때문에 불쾌한 일을 겪었다면서요. 미안해요."

"아니, 아닙니다. 그게 어디 언니분 잘못인가요."

사촌 언니의 사과에 승희는 손사래를 쳤다. 그러고 보니, 앞모습은 잘 모르겠지만 옆 라인이 닮은 것 같다. 어쩌면 오늘도 누군가 우승희 아니냐며 그녀에게 말을 걸어올 것 같다. 그나마 둘이 완전히 다른 스타일의 옷을 입은 게 다행스럽다. 승희는 바지 정장, 소연의 사촌 언니는 산뜻한 베이지색 원피스. 승희는 사촌 언니의 예쁜 모습을 새삼 눈여겨보게 되었다. 나도 저렇게 입으면 저런 이미지일 수도 있겠구나, 하는 생각이 아주 짧게 스쳤다.

신부대기실에서 소연과 사진을 찍고 나온 승희는 다른 동기들을 찾아 주위를 두리번거렸다. 사람이 넘치도록 많아서 아는 사람을 찾는 것이 쉽지 않았다. 그런데 뭔가…… 기분이 이상했다.

"승희야!"

승희가 묘한 기분에 고개를 갸웃거리고 있을 때, 동기 한 명이 다가왔다. 승희도 반갑게 인사했다.

"보람아."

"신부 대기실 가봤어? 소연이 좋겠지. 너무 부럽더라, 정말."

"응. 정말 예쁘더라."

하지만 보람의 부러움은 소연의 예쁜 모습이 다가 아니었다. 보람은 승희의 귀에 대고 속삭였다.

"신랑이 검사님이야. 그래서 오늘 검사 동료들도 많이 왔다더라. 소연이가 괜찮은 사람 보이면 픽 해두래. 소개해주겠다고. 승희 너도 잘 봐봐."

그런 것이었군. 하지만 승희의 묘한 기분은 보람이 전해준 정보와는 다른 느낌의 것이었다.

"결혼식 시작하려나봐. 들어가자."

친구 보람이 재촉했다. 승희는 친구와 함께 안으로 들어갔다. 넓은 홀은 완전히 만석이었다. 자리를 잡지 못한 하객들은 홀을 둘러싸고 벽에 붙어 식이 시작되길 기다리고 있었다.

"명중우도 왔네?"

안쪽으로 진입하며 보람이 말했다. 중우의 이름을 들은 승희의 목 뒤에 소름이 돋아났다. 동문회에서 불쾌한 일이 있었기에 명중우가 올 줄은 몰랐는데, 참 배짱도 좋다고 생각했다. 그러나 명중우는 소연의 하객으로서 참석한 게 아니었다. 명중우가 자리 잡은 테이블에 모인 사람들을 멀리서 확인한 승희는 경악을 금치 못했다.

"승희야. 왜 그래?"

"아, 아니……."

무결의 누나 한무빈, 무결의 새어머니 이혜리, 무결의 아버지 한규원, 그리고 첫째, 셋째 고모님까지. 저분들이 계신다는 건……. 바로 일주일 전, 무결의 새어머니 생신 잔치에서 뵈었던 고모님들의 대화가 뇌리를 스쳐 지나갔다.

"역시 우리 혁수 똑똑하기도 하지."

"혁수 뒷바라지하느라 언니가 얼마나 고생했어. 그렇게 힘들게 아들 검사님 만들어놨는데, 남의 집 귀한 아드님을 거저 데려가는 거면 스펙이 그 정도는 돼줘야지. 그래도 혁수가 아깝다."

그때의 '우리 혁수'가…… 소연이의 신랑이었던 거야?

"신랑 김혁수 군이 입장하시겠습니다."

절묘한 타이밍에 사회자가 신랑의 이름을 소개했다. 승희의 얼굴이 새하얘졌다. ……그럼, 저 사람들의 틈에 한무결도 있다는 거야?

난리 났다! 미쳤다. 내가 여길 왜 왔지?

순수한 축하의 마음에 불순물들이 왈칵 침범했다. 가만히 있을 수가 없었다. 한무결과 마주치기 전에 홀을 벗어나야 한다는 생각이 머리를 장악했다.

"어? 승희야, 결혼식 시작하는데 어디 가?"

"어, 어. 화장실, 화장실."

승희는 허둥지둥 친구에게서 떠났다. '신부 입장!'이라고 외치는 사회자의 목소리와 함께 홀의 불이 꺼지고 길게 이어진 주단에만 조명이 비쳤다. 웨딩드레스를 입은 오늘의 주인공이 아버지의 손을 잡고 찬찬히 홀 안쪽으로 걸어 들어왔다. 승희 안에서는 신부를 축하하는 순수한 마음과 빨리 이곳을 벗어나야 한다는 조급함이 여전히 맞서 싸우고 있다.

'소연아, 축하해. 나중에도 많이 축하해줄게!'

승희는 속으로 울먹이며 인파를 헤쳐갔다. 홀 안쪽으로 꽤 많이 들어온지라 바깥으로 나가는 길이 더뎠다. 출입구 쪽으로 갈수록 사람은 더욱 많아져서 틈을 만들 수조차 없었다. 결국은 발을 헛디뎌 낯선 남자의 발을 밟고 말았다.

"왜 발을 밟아!"

"죄송합니다. 사람이 너무 많아서…… 괜찮으세요?"

승희는 급하게 사과를 하며 고개를 들었다. 발을 밟혀 험악한 표정을 짓고 있던 남자가 승희의 고운 얼굴을 확인하고는 표정을 풀었다. 남자의 표정은 어느새 느끼함이 한가득이다.

"그럴 수도 있죠. 신부 친구분이신가?"

"아뇨. 신랑의 제수요."

호구조사를 시작하려는 남자에게 승희는 시원하게 대답해주고는 다시 몸을 움직였다. 그 와중에도 제게 접근하는 남자에 대한 방어는 철저하다. 하지만 여전히 뚫고 나갈 길이 막막하다. 게다가 발을 밟힌 남자도 뒤따라왔다.

"신랑은 남동생 없는 걸로 아는데?"

"이종사촌 동생이요!"

내가 왜 남의 결혼식에 와서 이런 말까지 해야 하나. 스스로의 신세를 한탄하며 크게 한 발을 내디뎠다. 그러나 가고자 한 방향의 틈이 너무 좁았다. 압사의 위험이 느껴져 큰일 났다 싶은 순간, 저편에서 누군가가 그녀의 손을 붙잡아 확 당겼다. 그녀를 둘러싸고 있던 어둠이 걷히고 광명이 찾아왔다. 드디어 홀 밖으로 나온 것이다.

"하아, 감사합니다."

그러나 그녀의 손을 잡아준 이에게 인사하기에 두 사람의 골은 너무도 깊었다.

"드디어 잡았네."

식장에서 도망친 보람도 없이 눈앞에 한무결이 서 있었다. 누구의 손인 줄도 모르고 넙죽 잡아버린 자신의 탓이었다.

"즐거웠습니다. 술래잡기."

그는, 말과는 달리 전혀 즐겁지 않은 표정이었다.

혁수의 결혼식 당일 오전, 희재원.

무결은 집을 나서기 전, 할아버지 태조에게 들러 인사했다.

"할아버지, 저 결혼식 다녀올게요. 할아버지는 염려 마시고 쉬세요."

다리근육이 갑작스레 움직이지 않아 태조는 결혼식에 함께 갈 수 없게 되었다.

"그래. 가서 잘 축하해주고 와."

"네."

"아. 혁수 짝이 네 매형이랑 대학교 동기라지 아마?"

뒤돌아서려던 무결이 태조의 얘기에 멈춰 섰다. 사촌 형의 신부가 자신의 매형, 명중우와 대학교 동기라면, 승희의 동기이기도 한 것이다.

그녀도 결혼식에 나타날까? 남자 동기들이 자신을 싫어했다고 했지, 여자 동기들과의 사이까지 얘기하진 않았다. 여자 동기들과는 잘 지내지 않았을까? 결혼식에 올 수도 있지 않을까?

지루할 것만 같았던 오늘의 여정이 기대되었다.

예식이 열리는 호텔에 도착한 무결은 오늘의 새신랑 혁수와 인사한 후, 식장을 헤집고 돌아다녔다. 예식 시간이 가까워올수록 인파가 밀려들었다. 천 명은 가뿐히 넘어갈 사람들 틈에서 그녀를 찾는 것이 쉽지는 않았다. 그녀가 왔는지 오지 않았는지도 알 수 없었고.

한참 두리번거리는데 출입구 쪽의 한 여자가 눈에 들어왔다. 베이지색 원피스를 입은 여인이었다. 무결은 깊은 탄식과 함께 저벅저벅 걸어가 그녀를 불렀다.

"우승……."

하지만, 상대는 승희와 옆모습이 닮은, 다른 사람이었다. 큰 실례를 범한 것이다.

"네?"

"죄송합니다. 사람을 착각했습니다."

하긴, 우승희가 원피스를 입고 식장에 올 리가 없었다.

"혹시 소연이 친구 찾으세요? 우승희라는 분?"

그런데 꾸벅 인사하고 걸음을 옮기려는 무결에게 여자가 말했다.

"네. 혹시 아십니까?"

"아까 신부대기실에서 인사했죠. 아마 식장으로 들어갔을 거예요."

왔구나!

무결은 여인에게 다시 인사하고 급하게 식장 안으로 들어갔다. 동시에 예식이 시작되어 홀 안에 사람들이 더욱 많아졌다. 이 사이에서 그녀를 어떻게 찾을 수 있을까. 무결이 사촌의 결혼식은 안중에도 없이 두리번거리는 사이에 신랑은 단상으로 입장했다. 이윽고 신부 입장의 순서가 되어 홀의 불이 꺼졌다. 어둠이 답답해진 무결은 결혼식이고 뭐고 조명을 확 올려버리고 싶은 충동을 느꼈다. 그리고 얼마 지나지 않아 신부가 밟게 될 주단에 조명이 들어왔다. 그나마의 불빛에 답답함이 좀 진정되었을 때, 맞은편에서 그 은은한 조명을 받아 곱게 빛나는 승희의 얼굴이 무결의 눈에 선명히 새겨졌다.

울컥. 이 감정이 무엇이기에 눈 밑까지 뜨거워지는지 알 길이 없다. 무결은 그녀에게 다가가기 위해 성큼 걸음을 움직였다. 그가 있는 쪽은 신랑 측, 그녀가 있는 쪽은 신부 측이라 주단을 사이에 두고 길이 막혀 있었다. 그녀에게 가려면 출입구를 지나쳐 홀을 한 바퀴 돌아야 하는 것이다. 무결은 그녀를 주시하며 출입구 쪽으로 향했다.

그런데 그가 있는 것을 알아챘는지 잠시 불안한 표정을 지었던 승희가 인파들 틈으로 사라져버렸다. 결혼식은 이제 막 시작인데 왜 도망가느냐고! 신데렐라냐고!

이상한 추격전이 벌어졌다. 바위처럼 굳건한 인파를 뚫고 보일 듯 보이지 않는 그녀를 쫓아가는 게 여간 힘든 일이 아니다. 그녀를 놓쳤다 싶은 순간 멀지 않은 곳에서 외마디 소리가 들려왔다.

"왜 발을 밟아!"

그리고 이에 반응하는 맑은 목소리.

"죄송합니다. 사람이 너무 많아서…… 괜찮으세요?"

우승희. 그녀였다. 아주 가까이에 있는 것이다.

"그럴 수도 있죠. 신부 친구분이신가?"

그다음 이어지는 남자의 목소리를 듣는 순간 열이 훅 올라왔다. 어떤 너구리 같은 놈이 나의 여인에게 치근덕거리는가. 호랑이 힘이 솟아난 무결은 출입구를 성큼 빠져나와 인파들 속에서 허우적거리는 승희의 손을 잡아당겼다.

여전히 빛이 나는 얼굴. 앙드레김 선생님 같은 올곧은 패션 센스.

"하아, 감사합니다."

꽤나 지친 목소리. 이 시간을 얼마나 바라왔는지 그대는 모를 것이다. 숨을 모두 고르고서 상대를 향해 고개를 든 그녀의 얼굴이 굳었다.

"드디어 잡았네."

"······."

"즐거웠습니다. 술래잡기."

웃음이 나오지는 않았다. 그녀가 자신을 그토록 초조하게 한 것이 너무나도 원망스러웠기에. 그녀의 눈동자가 파르르 흔들렸다.

"잡았다니요. 내가 사냥감도 아니고."

목소리의 떨림도 느껴졌다. 야무지게 응수하고 있으나 그녀 또한 긴장한 거였다.

"손잡았다고요."

그의 말장난에 콧방귀를 뀐 승희가 쌀쌀맞게 대꾸했다.

"어쨌든 우리는 한 달 동안 만나지 않기로 했으니 오늘은 그냥 지나가죠."

무결은 애가 탔다. 이대로 놓칠 수 없단 생각에 다시 승희를 붙잡았다.

"그때 왜 울었습니까. 그것만 말해줘요."

무결은 지난 일주일동안 자신을 끊임없이 괴롭혔던 문제, 그녀의 눈물에 대해 물었다. 무결의 입장에서는 간청이자 호소였다. 누구에게도 이토록 간절하게 대답을 구하고자 한 적이 없었다.

"22일 뒤에 할게요."

그러나 이번에도 역시 그의 간청이 먹혀들지 않았다. 뭐 이런 대쪽 같은 사람이 있나.

"저는 이만 화장실이 급해서요."

매정한 그녀는 그 말만 남기고 화장실로 쏙 들어가버렸다. 여자 화장실까지 쫓아갈 수는 없는지라 그 앞에서 서성거리고 있을 때, 한복을 곱게 차려입은 셋째 고모가 그를 불렀다.

"무결아."

"네. 고모님."

"우리 예비 질서(조카사위)가 그러는데 네 짝도 왔다며. 근데 어디 있니? 왔으면 바로 찾아와서 인사를 해야지."

명중우 또한 승희가 결혼식에 왔다는 걸 알아차린 모양이었다. 그 새를 못 참고 그걸 쪼르르 이르다니, 역시 하이에나 같은 녀석이 아닐 수 없다.

"인사도 안 하고 피해 다닌다던데 정말이야? 정말 못쓰겠네."

"오늘 결혼식이 승희 씨 친구분 결혼식이라 왔을 겁니다. 아마 우리가 신랑 측 친척이라는 건 모를 거고요."

"둘러싼 화환을 봐라. 어떻게 모를 수가 있니."

셋째 고모는 금왕그룹으로 도배된 로비의 화환을 가리키며 면박을 주고는 화장실로 갔다. 그 화장실엔…… 우승희가 있을 텐데.

부디 승희와 셋째 고모가 엇갈리길 바라며 무결은 발길을 돌렸다. 긴 주례사가 진행되는 사이에, 사람이 조금 빠져서 자리로 돌아가기가 좀 전보다는 수월했다. 가까이 다가온 자신에게 흘깃 눈인사를 하는 중우에게 낮은 목소리로 물었다.

"할 필요도 없는 얘길 군이 한 이유가 뭐지?"

"무슨 얘길 하는 거죠, 처남?"

역시나 중우는 능청스럽게 받아쳤다.

"고모님들께 우승희 씨 얘기를 왜 하죠?"

"그냥 보이기에 한 거예요, 처남."

말끄트머리에 붙은 '처남'이라는 호칭이 꽤나 거슬렸다.

"다들 우승희, 아니, 처남댁이 여기 온 걸 모르던데요. 왔으면 제일 먼저 어른들께 인사드리는 게 순서일 텐데 말입니다."

무결의 입술 사이로 비웃음이 옅게 빠져나갔다.

"매형은 오늘 결혼식의 신부가 누구인지 알고 있었죠. 승희 씨가 오늘 내 파트너로서 온 게 아니라 순수하게 대학교 동기의 결혼을 축하하기 위해 온 거라는 것도 잘 알고 있을 텐데요. 아니면 거기까지는 미처 생각이 닿질 않는 건가?"

그의 비아냥에 중우의 입술이 은밀하게 뒤틀렸다.

"처남, 혹시 누나한테 그 얘기 들었는지 모르겠는데, 오늘 우승희가 여기에 온 건 아마 처남에게 잘 보이기 위해서일 거예요. 혹시 우승희가 대학 시절에 왕따였다는 얘기는 들으셨습니까? 1학년 때 남자 동기를 죽인 일이 있었죠. 심신이 약한 친구에게 죽으라는 독설을 했습니다. 처남이 그런 여자와 어울리는 게 안타까워서 자꾸 말을 하게 되네요."

중우의 말에 무결은 속이 욱신거렸다. 결혼식 자리만 아니었더라면, 정말로 녀석을 한 대 쳤을 텐데.

"참 시끄럽게 구네. 나이도 어린 걸 매형 대접해주는데……."

조용히 읊조리는 단어들이 사나워졌다. 무결의 서슬 퍼런 기운에 중우도 주춤 입술을 맞붙였다.

"심신이 약한 친구한테 죽으라는 독설을 한 증거라도 있나? 어디서 함부로 입을 놀려. 그리고 그 친구가 죽었다 한들 그게 우승희 씨 탓인가? 심신이 약한 그 친구를 댁은 왜 방치했지?"

나직한 목소리로 뱉어내는 말들이 공기를 짓이겼다. 무결의 공격에 중우는 움직일 수가 없었다. 무결은 중우에게 한 발 더 다가갔다.

"매형. 난 누나가 누굴 만나든 간섭한 적 없어요. 누나한테 당신 만나지 말라는 말 역시 한 번도 한 적 없고. 그러니까 매형도 내 짝이 어떤 사람이든 뭘 하든 간섭하지 말죠."

"……."

"매형 소리 계속 듣고 싶으면."

어느 정도의 예의와 어느 정도의 격식으로 포장된 살벌한 말들로 상황은 조용히 정리되었다. 짧게 경고한 후 다시 승희에게로 가야겠단 생각에 두리번거린 지 얼마 지나지도 않아 뜻밖의 장면이 시야에 들어왔다. 화장실에 갔던 셋째 고모가 승희의 팔에 의지하여 걸어오고 있었다.

"안녕하셨어요, 고모님. 안녕하셨어요, 어머니."

승희는 셋째 고모를 의자까지 안전히 부축한 후에 무결의 가족들에게 인사했다.

"아유. 화장실에서 한복을 밟고서 삐끗했지 뭐야. 무결이 짝이 붙잡아줘서 안 넘어졌는데 머리까지 다칠 뻔했어."

셋째 고모는 화장실에서 있었던 일을 모두에게 중계해주었다. 셋째 고모의 이야기를 들은 테이블의 사람들이 승희를 보고 신기해하며 고개를 끄덕였다. 무결이 생각해본 적 없는 전개였다.

"그럼 저는 제 친구들 있는 쪽으로 가보겠습니다. 오늘은 친구를 축하해주러 온 거거든요."

"그래. 가. 가."

승희에게 도움을 받은 셋째 고모가 냉큼 손을 흔들었다. 불과 십여 분 전에 승희를 비난했던 고모가 저리 태도를 바꾸실 수 있다는 것이 놀라웠다. 무결은 헛숨을 터트리고는 승희를 쫓아갔다.

"왜 따라오는 거예요?"

승희가 자신을 따라온 무결에게 쌀쌀맞게 물었다.

"보고 싶었어요."

까탈스럽게 쳐냈는데, 그의 뜬금포에 승희는 말문이 막혔다.

"실은 그냥 그것뿐입니다. 보고 싶어서 계속 생각났어요. 계속 생각나서 우승희 씨가 그날 울었던 게 날 계속 괴롭혔고."

그 진지한 눈빛은 그날 밤 보았던 맑고 예쁜 눈동자 그대로다. 무어라 대답해야 할지 모르겠다. 자신에게 한 사람의 진심을 무시할 수 있는 권리가 있을까. 고백의 무게가 자신을 짓누른다.

그사이에 결혼식이 끝났다. 환호와 갈채 속에서 이제 막 부부가 된 신랑 신부가 홀 밖으로 나왔다.

"바로 사진 촬영 진행하겠습니다. 신랑 신부님은 다시 준비해주세요."

사진작가의 지시에 따라 신랑 신부는 다시 홀 안으로 들어갈 채비를 했다. 예식 중간에 신부가 부모님께 인사를 드리며 눈물을 흘렸던 지라 신부의 화장을 손봐야 했다. 예식 도우미가 신부의 화장을 고치는 동안 신랑은 친구들과 따로 사진을 찍었다. 행복한 청춘의 기운이 홀 바깥까지 그대로 넘어왔다. 그사이에 한복을 곱게 차려입은 혼주, 무결의 둘째 고모 규령이 소연에게 급하게 다가왔다. 이제 소연의 시어머니가 되시는 분이다.

　"얘, 새아가."

　서로 마주하고 있던 승희와 무결의 눈길도 소연과 둘째 고모에게로 돌아갔다.

　"네. 어머님."

　"새아가, 이모님이랑 고모님이 몇 분 계시다고 했지?"

　뜻밖의 질문이었다. 소연은 화장을 고치며 똘똘하게 대답했다.

　"이모가 두 분이고 고모는 한 분이에요."

　"그래? 그런데 왜 한복을 안 입으셨대?"

　"네?"

　"사돈네는 한복을 다 안 입고 왔더라. 다들 여태 결혼 안 하셨니?"

　소연의 표정이 멍해졌다. 규령은 못마땅한 표정으로 계속 말을 이었다.

　"남자나 정장 입는 거지. 여자는 결혼했으면 3촌 항렬까지는 한복을 입는 거야. 그게 예의지."

　소연은 울 것 같은 표정이 되었다.

　"우리 언니들은 자기 일처럼 새벽부터 미용실 가서 머리하고 한복 입고 그러고 왔는데. 내가 언니들 보기 너무 민망하네."

저편에서 친구들과 사진을 찍던 신랑도 심상치 않은 낌새를 느끼고는 급하게 뛰어왔다.

"어머니, 무슨 일이에요?"

"이따가 얘기하자."

그러나 하실 말씀을 마무리 지은 후 바로 돌아서는 소연의 시어머니. 영문 모르는 신랑은 멍한 상태고 소연만 울상이 되었다. 가까이에서 소연과 규령을 지켜본 승희도 걱정스러워졌다.

'소연이 괜찮으려나…….'

남녀가 서로 좋아서 한 결혼인데, 그 좋아하는 진심만으로 다 채워지지 않는 마음이 있다. 한 가지만 보고 한 가지만 알고 살아온 이들에게 나와 다른 사람이 있다는 걸 알려주는 건 힘든 일이다. 그렇다고 고부 사이에 끼어들 수도, 누구에게 말을 전할 수도 없기에 승희는 착잡한 마음만 남기고 자리에서 떠났다. 여전히 한무결은 졸래졸래 뒤를 따른다. 너무 쫓아다니는데, 또 무결의 식구들은 모두 연인 사이라고 인지하고 있으니 저리 가라 소리칠 수도 없는 처지다.

승희는 식사도 포기하고 집으로 가기로 했다. 식장을 떠날 때도 어른들께 인사를 드려야 하는 입장.

"저는 일이 있어서 먼저 가보겠습니다."

"식사도 안 했을 텐데. 너무 바쁜 거 아니야?"

역시나 셋째 고모가 가장 먼저 알은체를 했다. 정작 무결의 새어머니, 혜리는 한번 쓱 눈길을 주고는 고개를 돌렸다.

"네. 더 오래 있지 못해서 죄송합니다."

승희가 다시 인사하니 셋째 고모도 주변의 눈치가 있어 더 붙잡기는 부담스러운 듯 손짓해 보였다. 그러나 마지막을 장식하는 인사가 참으로 당황스럽다.

"그래. 우리 예비 질부도 오늘 결혼식 공부가 많이 됐겠네. 무결인 질부 잘 데려다주고."

"네. 알겠습니다. 그럼 나중에 뵐게요."

옆에 서 있던 무결이 이 말을 놓칠 리 없다.

"가죠. 승희 씨."

설상가상으로 호텔 앞까지 나서는 길엔 업무에 바쁜 그의 친척이 통화를 하면서 따라 나왔다. 중간에 내뺄 수도 없게 되었다. 하는 수 없이 승희와 무결은 함께 택시를 탔다.

"미안해요. 내가 오늘 차를 안 가지고 와서. 택시로 데려다줄게요."

"아니에요. 한무결 씨는 그냥 적당히 아무 데서나 내리시면 됩니다. 저는 알아서 집까지 갈 테니."

"댁까지 데려다드려야죠. 고모님이 잘 데려다주라고 하셨는데."

무결의 능청에 승희는 콧방귀를 뀌었다. 총알택시를 만난 덕에 집까지 가는 시간이 그다지 오래 걸리지는 않았다. 문제는 차에서 내릴 즈음에 벌어졌다.

"헉. 어쩌지?"

제 옷 주머니들을 더듬던 무결이 말했다.

"지갑이 없어요. 휴대폰도 없고 카드도 없고."

"소매치기 당한 거예요?"

"아니…… 집에서 나올 때부터 챙긴 기억이 없네요."

왜. 아주 간까지 집에 두고 나오셨다고 하지요. 기가 막혀 승희의 입술이 비뚜름해졌다. 승희가 택시비를 치르고 내리니 무결이 다시 천연덕스럽게 사과했다.

"미안합니다. 내가 내려고 했는데."

"아뇨. 제가 내려고 했습니다."

"근데 문제가 또 있네요. 곧바로 일하러 가야 하는데 돈이 없어서
요."

승희는 깊이 한숨을 쉬고는 지갑에서 피 같은 5만 원을 꺼내 그에
게 넘겨주었다.

"고마워요. 꼭 갚을게요."

승희는 흐린 눈으로 흘겨보았다. 50억을 빚진 처지에 5만 원 갚겠
다는 말에 손을 내젓지 못하는 자신의 처지가 원망스럽다.

"신세 진 김에 휴대폰도 빌려주시면 고맙겠는데."

무결이 승희가 들고 있는 휴대폰을 턱짓으로 가리키며 말했다. 승
희는 다 포기하는 심정으로 휴대폰을 넘겼다. 뒤돌아선 무결이 중국
어로 상대와 통화를 했다. 중국어를 잘 알지는 못하지만 비즈니스 얘
기인 것은 맞는 듯했다. 정말 일을 하러 가는 모양이다. 그가 일을 한
다니까 참 신기하긴 했다.

통화를 마친 후, 그녀의 휴대폰에 무어라 입력한 무결이 승희에게
곱게 휴대폰을 넘겨주었다.

"택시도 불렀습니다."

"네. 그럼 안녕히 가세요."

대강 인사를 하고 돌아서려는데 이번엔 무결이 그녀의 옷자락을
슬며시 잡았다.

"내가 택시 무사히 타고 가는지, 봐줘야죠."

"거머리 같은 면이 있으시네요."

"제가 사실 귀한 사람이라 택시 함부로 타면 안 됩니다."

후우. 승희는 다시 한숨을 내쉬었다. 그래. 이번만 넘어가주겠다. 어쨌든 오늘만 넘기면 다시 22일 동안 만나지 않아도 되니. 승희와 무결은 택시를 기다리며 집 앞에 나란히 서 있게 되었다. 저만치 앞에 있는 벚꽃 한 그루. 작은 나무에서 벚꽃 비가 내리고 있다.

"여기서 보는 풍경도 예쁘네요. 봄은 봄이네."

"……."

"택시가 늦게 왔으면 좋겠네요."

승희는 그의 감상에 대답하지 못했다. 벚꽃 흩날리는 풍경은 정말이지 예뻤다. 미치도록 예뻐서 더 그 애 생각이 났다. 천상현. 벚꽃이 떨어지는 날 세상을 떠난 친구.

승희에게 봄이 돌아온다는 건, 8년 전의 기억이 돌아온다는 것. 벚꽃잎 쏟아지던 그 예쁜 날, 세상을 등진 아이를 다시 맞이하는 것. 벚꽃잎이 내리는 것이 그 아이의 눈물인 것만 같아서 승희는 함부로 행복해질 수가 없다.

승희의 아픈 마음과는 달리 무결의 마음은 꽃다발 가슴에 안은 봄 처녀 되시겠다. 무결은 손바닥을 펴 위로 들어올렸다.

"벚꽃잎이 여기까지 날아오겠어요."

하지만 활짝 편 손바닥에 하늘하늘한 낭만이 내려앉지 않았다.

대신, 찌익. 그의 멋들어진 남색 셔츠에 하얀 것이 붙었다. 이게 벚꽃이면 좋으련만.

"이게 뭐……."

29년 인생을 통틀어 이런 굴욕을 처음 맛보는 무결의 얼굴이 퍼렇게 얼어붙었다.

"하핫!"

한순간 눈이 커졌던 승희의 입술 사이로 외마디 웃음이 터졌다. 요 근래에 비둘기들이 말썽이다 했더니 아주 크게 한 건 하셨다. 무결의 눈빛이 사나워 승희는 곧장 입을 다물었다. 하지만 웃음을 참는 것이 쉽지는 않았다.

"웃어요, 지금?"

"으닙니더."

"꼴좋다고 생각했죠?"

"으뇨으뇨. 흡. 흑."

방금 전까지만 해도 천상현 생각이 나서 괴로웠는데 이제는 마음 놓고 웃지 못해 괴로웠다. 손으로 입을 막고 입술을 숨기자 무결은 더욱 날카롭게 나무랐다.

"바로 일하러 가야 한다고요. 이게 우스워요?"

결국 웃음이 쏙 들어갔다.

"나도 좀 사람답게 살아보려고, 제대로 일이라는 걸 하러 간다는데, 비둘기 똥 맞고 체면 구기게 된 게 그렇게 우습습니까?"

정말 걱정스러워 보여서 승희는 이제 숙연해졌다.

"하아. 난리 났네."

회사의 대표로서 공감이 가는 부분이 없지는 않았다.

"후우. 비둘기 똥이 얼마나 독한지 모르죠?"

근데 뭔가, 조금 이상한 것 같다.

"그냥 털어내서는 지워지지도 않을 텐데. 돈도 안 가지고 나와서 옷도 못 사고. 하, 정말."

이 남자, 혹시 일부러 이러는 거 아니야?

"가는 동안 몸에도 냄새 배겠네. 오늘 미팅은 망쳤네요. 그 댁의 비둘기 때문에."

그놈이 어떻게 내 댁의 비둘기냐고.

"당장 빨지 않으면 방법도 없고. 당장 누구한테 옷 가지고 나오라고 부탁할 수도 없고. 이걸 어쩌느냐고."

역시 일부러 이러는 거 맞구먼. 승희는 제 구역의 비둘기를 단속하지 못한 죄로 일종의 벌을 받게 되었다.

"……올라가요. 옷 빨아야겠네요."

그녀가 내놓은 한숨이 어느 때보다도 길고 길었다. 아주 묘하게도 무결의 입술이 잠깐 동안 슬쩍 길어졌던 듯도 하다.

"실례가 되긴 하겠지만 지금으로선 그게 가장 최선이겠네요."

정말 실례가 된다고 생각하긴 하나? 그의 목소리가 왠지 얄미웠다. 지금 제 앞에 있는 사람이 사람인지 여우인지 늑대인지 모르겠다.

"……가죠."

승희는 씁쓸한 마음을 누르며 앞장섰다.

인정하긴 싫지만 이런 성향의 남자가 자신에게 맞는 것 같다. 강요가 아니라 회유를 통해 타인을 움직이는 사람. 자발적으로 의견을 말하게 만드는 사람. 그와 함께 있으면 난감한 상황이 많지만 그래도 거부감은 없다. 그래서 그때의 키스가 좋았던 거겠지.

'아, 뭐지? 내가 지금 무슨 짓을 하고 있는 거지?'

일주일 전의 키스를 떠올리니 발이 천근만근 무거워졌다. 심장만 마냥 뜀뛰기 하듯 퉁탕퉁탕 소란스러워졌다. 이 사람을, 이 남자를, 내 집에 들인다고?

결혼식장. 승희가 먼저 떠난 것을 뒤늦게 알게 된 무빈이 중우에게 짜증을 냈다.

"뭐야. 얘는 나한테 인사도 안 하고 먼저 간 거야?"

"나한테도 인사 안 했어."

"자기랑 나랑 같아?"

무빈의 신경질에 중우는 무빈을 빤히 바라보았다. 결혼을 하기로 한 사이인데, 간혹 그녀는 자신을 몹시도 무시한다. 동등한 관계로서 혼인하는 게 아니라 금왕 한씨 가문 공주의 머슴이 되는 기분이라 착잡할 때가 있다.

중우 또한 오늘의 자리가 불편하다. 얼마 전 동문회에서, 소연의 아버지에게 혼이 난 적이 있기 때문이다. 소연의 아버지가 우승희로 보이는 여자와 호텔로 들어가는 사진을 찍어 퍼트렸다가 혼쭐이 난 것이다. 착각했다는 사죄와, 다른 친구가 사진을 찍었다는 핑계로 그 때는 무사히 넘어갔다. 하지만 무빈의 혼약자가 자신이라는 사실이 소연의 귀에 들어가면 상황이 달라질 수도 있다. 잘 관리해온 중우의 이미지에 먹물이 튈 수도 있는 것이다.

호텔 건물 밖으로 잠시 몸을 피했다가 돌아가는 길. 중우는 호텔을 떠나는 승희를 발견했다. 일찌감치 떠난 줄 알았는데 아직 남아 있었 던 것이다. 게다가 혼자 있으니 좋은 타이밍이 아닐 수 없다. 이번에 야말로 신랄하게 협박하여 금왕그룹엔 얼씬도 못 하게 하리라. 재빠른 걸음으로 다가가 낮은 욕지거리와 함께 그녀의 팔목을 잡았다.

"야 XX, 내가 너 때문에……."

"누구시죠?"

공연히 팔목을 잡혀 놀란 여인이 까무러쳤다. 이런. 우승희가 아니었다. 우승희를 닮은 다른 사람이었다. 그러고 보니 그때 그 사진 속의 여자, 소연의 사촌 언니인 것 같았다.

"당신 뭐야."

그녀가 흉악한 범죄자를 보는 눈으로 따졌다.

"사람을 잘못 봤습니다. 죄송합니다."

중우는 사연을 들킬세라 냅다 돌아섰다. 돌아서면서도 욕이 자연스레 흘러나왔다.

우승희, 그 애가 다시 나타난 뒤로 자신의 탄탄한 계획에 금이 가는 느낌이다.

*

승희는 무결을 데리고 집으로 올라갔다. 가족 외의 남자를 집에 데려오는 건 처음이었다. 트윙클에셋의 남자 직원들도 집에까지 초대한 적은 없었다. 내가 이 남자의 집에 몰래 쳐들어간 전적이 있으니 이제 와서 이건 아닌 것 같다고 돌아설 수도 없고. 번뇌하는 사이에 현관문 앞에 닿았다.

"번호키 누를 거예요."

"네."

무결이 매너 있게 고개를 돌려주었다. 번호키를 누르는 손이 떨렸지만 대인배답게 이겨내고 문을 열었다.

"됐어요. 들어…… 헉! 잠깐만요!"

승희는 문 안쪽으로 들어오려는 무결을 냅다 밀어내고 혼자서 안으로 들어갔다. 방 한가운데의 빨래 건조대, 색색깔의 브래지어와 팬티가 달랑달랑 걸려 있던 것을 생각지 못했다. 혼자 집 안으로 들어온 승희는 속옷을 부랴부랴 챙겨 장롱에 픽 던지고는 재빠르게 방 안을 스캔했다. 속옷 외에 문제가 될 만한 건 없었다. 승희는 숨을 고르고 다시 현관문을 열었다.

"미안해요. 집이 지저분해서 조금 정리하느라고."

그녀답지 않게 구차한 변명을 붙였다. 다행히 그는 아무렇지도 않은 얼굴이었다.

"괜찮습니다. 그럼 실례할게요."

스륵. 가볍게 신발을 벗은 무결이 안으로 들어왔다.

달칵. 현관문이 닫히고. 밀폐된 공간에, 그녀의 집에, 단둘만 있게 되었다. 승희는 슬쩍 눈치를 보며 그의 얼굴을 빼꼼 보았다. 그의 눈동자에 순수한 생기들이 모여 있었다.

"아기자기한 집이네요."

목소리가 점잖게 내려앉았다. 마음이 삐딱해진 승희가 대꾸했다.

"모든 사람이 그쪽처럼 으리으리한 궁궐에 사는 건 아닙니다."

"그런 뜻이 아니라, 정감 있다는 말입니다. 밖에서 보는 우승희 씨하고는 많이 다른 느낌이네요."

무결이 지적하는 바가 무엇인지 승희는 그제야 알아챘다. 그가 본 승희의 차림은 첫 만남의 직원 유니폼을 제외하고는 언제나 바지 정장이었다. 그것도 어두운색 계열.

승희가 처음부터 그런 색, 그런 종류의 옷을 선호했던 건 아니다. 스무 살 이전의 그녀는 세상의 온갖 꽃잎들 같은 생기 넘치는 학생이었다. 스무 살의 사건 이후로 포기하게 된 컬러풀한 파스텔톤의 취향은 모두 방 안에 그대로 남아 있었다. 승희의 얼굴이 진분홍색 파스텔을 칠한 듯 달아올랐다. 제 속을 들킨 것만 같은 부끄러움에 목을 가다듬고는 곧장 본론으로 들어갔다.

"화장실은 저쪽이에요. 안에 빨랫비누 있어요."

방을 둘러보며 미소를 머금고 있던 무결의 표정이 돌연 멍해졌다.

"화장실에서 셔츠 빨면 된다고요."

승희는 다시 말해주었다. 왠지 그가 '빨래가 뭐지?' 하는 표정으로 바라보는 것만 같았다. 불안감이 가슴 깊은 곳에서 조용히 움텄지만 차갑게 외면하고서, 승희는 화장실 문을 열어주었다. 무결은 말 잘 듣는 아이처럼 그 안으로 들어갔다. 승희는 친히 화장실 문을 닫아주었다. 안에서 들려오는 물소리가 꽤나 거셌다. 빨래를 하라고 했더니 샤워를 하나 싶었지만 들여다보지는 않았다. 얼른 그가 셔츠를 빨고 집에서 나가주었으면 했다.

3분쯤 지났으려나. 화장실 문이 빼꼼 열렸다.

"우승희 씨."

눈에 띄는 지저분한 것들을 마저 정리하던 승희가 화장실로 다가갔다. 그리고 승희의 입이 어처구니없이 벌어졌다. 그가 상의를 탈의하여 울룩불룩한 근육 자랑을 하는 건 둘째 치고. 수도꼭지에서 물이 콸콸 쏟아지며 세면대 안의 셔츠가 물에 푹 절여지고 있었다. 비둘기 똥 묻은 곳만 툭 털어내서 빨면 되는데 왜!

"왜 옷을……."

"나름 손빨래라는 걸 해보려고 했는데."

무안하긴 한지 그의 목소리에서 날티가 빠졌다.

"그냥 더러워진 부분만 손보면 되죠!"

"옷 전체에서 냄새가 나는 것 같아서요."

"빨래 안 해봤어요?"

대답이 없다. 안 해본 모양이다.

"빨래도 안 하고 어떻게 살았나요?"

"빨래는 세탁기가 하는 거고."

"손빨래를 한 번도 안 해봤다고요?"

"세탁기로 안 되는 건 버리는 거였죠."

그런데 머쓱하게 턱을 훑는 그의 손에 빨간 금이 보였다. 왼쪽 엄지손가락에 상처가 나 있는 것이다.

"손은 또 왜 그런데요."

"잘 모르겠네요."

보나 마나 손빨래 좀 해본답시고 요령 없이 힘주다가 제 손에 제가 긁혔겠지. 이 남자, 일만 못 하는 줄 알았는데 할 줄 아는 게 아무것도 없는 거였어. 이 상바보를 어쩌면 좋을까.

"나와요."

내가 하고 말지. 그 또한 면목이 없는지 조용히 시키는 대로 따랐다.

"미안합니다."

얼마나 격하게 손빨래를 하셨는지, 물기에 반짝반짝 빛나는 그의 상체가 그녀의 심기를 어지럽혔다. 승희는 화장실에 들어서며 말했다.

"그 나이에 손빨래 하나 못 하는 거 자랑 아니에요. 빨아주는 건 오늘이 처음이자 마지막일 거예요."

"조만간 배우겠습니다."

어휴. 말이나 못 하면.

"결혼하면 우승희 씨 빨래도 제가 하죠. 혼전계약서에 추가할까요?"

흘겨보는 그녀의 눈에 흰자의 비율이 높아지자 그가 입을 다물었다. 그녀가 조용히 빨래를 하는 동안 무결은 승희의 흔적이 가득한 방을 요리조리 살필 수 있게 되었다.

거의 반 억지로 그녀의 집에 쳐들어오게 되어 양심의 가책이 있긴 했는데, 그래도 오길 잘한 것 같다. 혼약자의 이면을 보게 되었으니. 이 방을 보지 못했다면 한 가지의 이미지로 그녀를 떠올렸을 것이다.

벽지도, 침대도, 여기저기 놓인 장식품도 사랑스러운 방. 장롱 앞에 아무렇게나 떨어져 있는 속옷을 보아하니 그녀가 그를 집 안에 들이기 전에 무엇을 바삐 숨겼는지도 대강 알겠다. 마음이 자꾸 불순해지지만 이건 못 본 척 넘어가줘야겠지. 바닥에 떨어진 속옷으로부터 등을 휙 돌렸을 때 승희가 화장실에서 외쳤다.

"이리 와서 이것 좀 짜요."

무결은 승희의 분부에 따라 잘 빨린 셔츠를 힘 있게 짰다. 셔츠가 머금은 물이 바닥으로 떨어졌다. 그나마 그가 빨래짜개 정도로의 쓸모가 있어서 다행이다. 승희는 피식 웃었다.

"약속이 언제예요?"

"30분 남았어요."

승희는 물기를 짜낸 셔츠를 탈탈 턴 후 화장대로 가서 헤어드라이기의 전원을 켰다. 무결의 고개가 기울었다.

"뭐 하는 거죠?"

"보면 몰라요? 그쪽 옷 말리잖아요."

"드라이기로? 빨래는 건조기로 말려야지. 건조기 없어요?"

욱, 하고 화가 올라왔다. 승희는 드라이기의 전원을 끄고는 조곤조
곤 말했다.

"한무결 씨, 지금 그쪽 눈엔 이게 드라이기로 보이죠? 내가 이걸로
집 앞에 비둘기 때려잡는 거라도 보여줘야 돼요?"

조곤조곤 말했지만 살기가 있었다. '닥쳐'라는 뜻의 긴 표현이었
다. 잠깐 조용해졌다 싶었는데, 이번엔 그가 바짝 다가와 드라이기를
잡으려고 한다.

"내가 할게요. 드라이기 정도는 다룰 수 있으니까."

"됐어요."

승희는 그런 무결의 팔을 툭 쳐냈다. 그녀의 철벽이 조금은 서운하
게 느껴진 순간.

"내가 해주고 싶어서 하는 건 아니고, 드라이기가 문제라서 그래
요. 중간중간 스위치를 바꿔주지 않으면 금방 고장 나는데 그 타이밍
은 나밖에 모르는 거라."

매정하게 손을 쳐낸 자신이 너무했다 싶었는지 사족을 덧붙이는
그녀가 재미있고 귀여워서 무결은 소리 없이 웃고 말았다. 물론, 그
녀는 셔츠를 말리는 데 집중하느라 이를 알지 못했다.

"바빠서 미안합니다. 이런 날은 같이 벚꽃길을 걷는 게 좋았을 텐
데."

"제 말을 흘려 들으셨네요. 제가 벚꽃 싫다고 분명히 말했는데요."

"농담 아니었어요?"

"벚꽃이 싫다고 한 것도, 그쪽이 싫다고 한 것도 다 진담입니다."

"싫어하는 사람하고 키스도 하고 그러나 보죠?"

멈칫. 그의 적나라한 질문이 분한지 그녀의 눈가에 찔끔 이슬이 맺

힌 것이 보인다. 그녀가 말했다.

"술버릇이었어요."

"술버릇 없다면서."

핏발선 눈으로 그를 노려보던 그녀가 이를 악물고는 그에게 드라이기의 강한 바람을 쏘았다. 드라이기의 뜨거운 바람이 조금 전 화장실에서 얻은 상처에 스쳤다. 따끔함에 그가 움찔하자 그녀가 도도하게 턱을 치켜들었다.

"죄송합니다. 손이 미끄러져서."

하지만 또 금방 미안해진 승희는 바로 대안을 제시했다.

"침대 옆 협탁 서랍에 밴드 있어요."

무결도 말장난을 끝내고 돌아섰다. 그가 등을 돌린 순간에야 힐끔 그를 보게 되었다. 넓고 멀끔한, 단단한 탄력이 느껴지는 등. 일은 안 하고 하루 종일 몸 관리만 하나 보다 싶을 정도로 그의 드러난 상체는 완벽했다. 승희는 관음증이 생긴 사람처럼 몰래 침을 삼켰다. 그러나 그 야릇한 마음마저도 오래가지 못했다. 스르륵. 협탁 서랍이 열리고, 그 서랍의 정중앙에 보란 듯이 들어 있는 그것을 무결이 잡아낸 순간, 승희의 사고가 정지했다.

"헉."

무결 또한 밴드를 꺼내려던 본래의 목적을 잊을 수밖에 없었다.

안 돼! 셔츠와 드라이기를 내던진 승희가 허둥지둥 쫓아갔다. 사진을 손에 쥔 무결을 겨우 붙잡아 누르고 사진을 빼앗은 건 정말이지 초인적인 힘이었다.

"내 사진을 가지고 있었네요."

하지만 이미 물은 다 엎질러졌다. 그가 모두 알아본 것이다. 억울했다.

"이건 내가 프린트한 게 아니라 우리 직원이……."

"뭘 이런 걸 몰래 보관합니까. 내가 셀카 200장 보내줄게요."

혼약자의 방에서 제 사진을 발견한 그는 그녀에게 몸이 깔려서도 승리의 미소를 짓고 있다.

"근데 우리 예비 부인님께서 참."

아니, 완벽한 승리일지도 모르겠다.

두 사람으로 꽉 찬 침대. 승희의 아래에 누운 그의, 유혹하듯 가늘어진 눈이 반짝 빛났다. 그다음을 기대하고 있다는 듯한 오만한 미소와 함께.

"내가 이런 거 좋아하는 걸 또 어찌 알고."

승희는 사진을 빼앗기 위해 자신이 무슨 짓을 벌인 건지 그제야 알게 되었다. 몹시 당황스러웠지만 전혀 당황하지 않은 것처럼 도도하게 그에게서 손을 떼었다.

"그쪽이 좋아하는 건 하고 싶지가 않네요."

그러나 벗어나기 전에 붙잡혔다. 그의 동작이 훨씬 재빨랐다.

"그럼 내가 합니다."

순식간에 위치가 뒤집혔다. 잠시 점령하고 있었던 윗공기를 그가 단숨에 앗아갔다.

눈을 감았다 뜬 찰나에 승희의 세상이 완전히 달라졌다. 눈앞에는 상의를 탈의한 건강한 남자가 자신을 응시하고 있었다.

기분 탓일까. 탈피 후에 더 몸집이 커지는 성충처럼 셔츠를 입고 있는 것보다 벗은 몸이 더욱 크게 보였다. 떡 벌어진 어깨와 탄탄한 가슴이 승희의 시야를 완전히 차단했다. 남자의 울룩불룩한 굴곡도

미치도록 관능적이란 걸 처음 알았다. 불순한 생각을 하고 싶지는 않
은데 눈앞에 보이는 게 이 남자의 적나라한 피부색이라, 빤히 쳐다보
자니 두근거려 죽을 것 같았다. 그렇다고 눈을 감자니 자존심이 상하
고. 그의 몸을 밀어내어 지금의 상황에서 벗어나야 하는데 그러지도
못했다. 맨살을 만지면 더 위험한 일이 일어날 것 같아서. 문제는 그
가 위험하다는 게 아니라 자신이 위험하다는 것이다. 눈에 보이는 대
로 그의 배에 손을 대면 그다음엔 어디에 손을 댈지 장담할 수 없는
위험함. 28년을 모태솔로로 살다 보니 이토록 면역력이 없다.

그래도 현혹되면 안 돼. 우승희, 너는 본능의 노예가 아니다…….

"미안하지만 몸으로 하면 내가 유리합니다."

침묵이 깨졌다. 번뇌의 시간을 보내고 있는 그녀에게 무결이 말했다.

"봐주고도 싶은데 우승희 씨는 봐주는 거 싫어하잖아요. 성격상."

낮은음자리표로 내리깔리는 목소리가 차분히 침대 시트에 닿았다.

"좋네요. 눕는 것도 눕히는 것도. 앞으론 이렇게 하죠. 대화로 해결
하지 말고."

"비켜."

겨우 정신을 차린 승희가 얼음장같이 매섭게 말했다. 그 반응에 양
팔로 그녀를 가두고 있던 무결이 순순히 물러났다. 그가 비켜서자마
자 승희 또한 침대에서 냉큼 일어나 그를 벗어났다.

"와아……"

등 뒤에서 들려오는 탄식의 온도가 왠지 뜨거웠다. 그가 여전히 놀
리는 것 같았지만 승희는 고개를 돌릴 수가 없었다. 제 얼굴이 뜨거
워졌다는 것을 느낌으로 알 수 있었다. 붉어진 얼굴을 보이고 싶지
않았다. 제 자리로 돌아와 드라이기를 집어드는 승희에게 무결이 나

직이 말했다.

"또 반말해줄래요? 너무 좋은데?"

"왜요. 욕도 해줄까요?"

"그건 조심하고요. 내가 흥분할 수도 있으니까."

욕하면 흥분한다는 건 누구나 당연한 이치일 텐데 그가 내뱉으니 외설적으로 들렸다.

"계약서에 조항 하나 더 넣을까요? 사이좋을 땐 말 놓기."

"그럼 평생 못 놓겠네요."

"사이좋은 건 주관적인 거 아닙니까? 난 지금도 우리가 꽤 사이좋은 것 같은데요."

"저는 아니에요. 이 정도로 사이가 좋다고 할 수는 없죠."

"더 좋아져야 한다는 거죠?"

어느새 그가 가까이 왔다. 다리를 굽혀 눈을 맞추고 그녀의 의사를 묻는 그의 눈빛에는 천성적인 유혹이 따라온다. 나는 왜 이런 남자와 얽혔을까.

"그럴 수는 없을 거라는 거죠. 우리 사이는 딱 여기까지."

승희는 다시 한번 매정하게 쳐내고서 들고 있던 셔츠를 던지듯 넘겨주었다. 다 마르진 않았지만 이 정도면 최선을 다했다고 생각한다.

"축축하지만 시간이 없겠네요. 그냥 입고 가요."

"돌아다니다 보면 마르겠죠, 뭐."

셔츠의 깃을 잡아 빙 둘러 팔을 소매에 끼우는 동작조차 군더더기가 없었다. 모델처럼 완벽한 자태로 셔츠의 단추를 꿴 그가 넌지시 창밖을 내다보고는 말했다.

"가야겠네요. 일만 없다면 라면이라도 먹고 갈 텐데."

"누가 준답니까?"

"바빠서 아쉽네요."

"누가 준다냐고요."

"어쨌든 고맙습니다. 덕분에 미팅 잘할 수 있겠네요."

끝까지 제 말만 하고 남의 말은 도통 들을 줄 모르는 그를, 확 밀쳐내고 싶은데 어찌나 예쁘게 미소 짓는지 신이 원망스러울 지경이었다. 만감이 교차하는 가운데, 승희는 포커페이스로 인사했다.

"안녕히 가시고, 22일 뒤에 뵙죠."

"또 봅시다."

역시 이번에도 대화는 엇갈렸다. 22일 뒤에 보자는 말에 또 보자는 대답이라니. 그래도 그를 무사히 문밖으로 내보냈다는 데에 안도하며 현관문을 닫으려고 하는데. 그가 문을 안 놓는다.

"한 가지만 더요."

"왜요, 왜."

"키우던 개가 있었어요."

그리고 갑자기 분위기 개소리.

"이름은 쁘띠고. 꽤 몸집이 컸죠."

황당해서 이맛살이 찌푸려들었지만 그래도 들어보기로 했다. 언젠가 그녀의 아빠, 남수가 말했던 '집 안에 풀어놓는 큰 개'의 이야기인 것 같았다.

"집이 워낙 크기도 하고, 또 잘 돌아다니는 녀석이라 하루 이틀 집에 안 들어와도 별로 찾질 않았죠. 배고프면 돌아오겠지 생각하면서, 방치해서 키우던 녀석이었어요."

무결은 문을 사이에 두고 승희에게 지난 일을 이야기했다.

"그러다가 녀석이 집을 나간 지 며칠이 지나서야 찾으러 다니게 됐죠. 집 밖으로 나갔더라고요. 집 밖의 산자락에서 농약을 먹고 죽은 걸 발견했어요."

뜻밖의 화제가 당황스러웠지만 마지막 이야기에는 숙연해질 수밖에 없었다. 승희는 아무 말도 할 수 없었다.

"그 뒤로 생사 확인에 민감합니다, 제가."

"……."

"문자메시지 보내면 답문 줬으면 좋겠어요."

사연을 듣느라 멍해졌으나 결국 결론은 그거였다. 생사 확인을 하고 싶으니 문자 보내면 답문해달라는 것.

"우승희 씨가 무사한지 안 한지, 잘 지내고 있는지 궁금합니다."

내가 쁘띠냐? 하고 따지고 싶지만 승희는 결국 눈을 흘기는 것밖에는 아무 반응도 보이지 못했다.

"많이는 바라지 않을게요. 하루에 한 번은 답문해요."

그제야 문손잡이를 잡고 있던 무결의 손이 떨어졌다. 승희는 그가 떠나는 모습을 끝까지 다 보지 않고 현관문을 닫았다. 사람으로 변한 여우가 확실하다는 생각을 했다. 그가 와서 고작 십여 분을 머물렀을 뿐인데 그사이에 온몸의 기가 다 빠져나간 것만 같았다. 비틀비틀 걸어와 침대에 털썩 몸을 뉘었다. 쉬려고 누웠는데 한무결의 혼령이 따라붙은 건지 눈앞에 그의 벗은 상체가 어른거렸다. 그 당시에는 차마하지 못한 짓을 해보았다. 승희는 허공에 한무결의 혼령을 붙잡아두고 그의 복근을 손끝으로 쓸어보았다.

지이이잉.

"흐익!"

불행인지 다행인지 그녀가 더 불순해지기 전에 현실의 휴대폰 진동이 신나게 울려댔다. 나쁜 짓을 하다가 들킨 사람답게 승희는 허둥지둥 전화를 받았다. 발신자는 친구 재훈이었다.

"어, 어, 재훈아."

[무슨 일 있었어?]

"어? 아니, 아니. 왜? 무슨 일이야?"

[투자자가 접촉해와서 알려주려고.]

승희의 목소리가 밝아졌다.

"그때 그 엔젤투자자?"

[아니. 그건 아니고, 그냥 새로운 투자자인데, 조건이 없어. 이미 우리 쪽으로 2억 보냈고 내일 트윙클에셋으로 입금될 거야.]

"아무 조건 없이 2억?"

[아, 조건이 있긴 하다. 내일 트윙클에셋으로 직접 찾아오겠대. 선투자, 후 미팅이지.]

"누군데?"

[내일 말해주겠대.]

아주 의심스러운 상황이 아닐 수 없다. 승희는 가늘어진 눈으로 물었다.

"혹시 예전에 날 강원도 리조트로 불렀던 그 남자 아니야?"

[걱정 마. 남자는 아니라더라. 정말 순수한 투자자야.]

"여자라고?"

[응.]

"누구지?"

[어쨌든 내일 오후에 보자. 주말 잘 보내고.]

"응. 고마워."

미심쩍은 부분을 남겨두고 전화를 끊었다. 뭐 어쨌든 내일이면 투자자가 누구인지 알게 될 테니, 그리고 한무결은 아니라 하니 미리부터 걱정하지는 않겠다. 내일 투자자에게 잘 보일 수 있도록 사업계획서나 손봐야지. 만족스러운 마음으로 침대에 노트북을 갖다놓고 앉았다. 그리고 회사 메일함을 열었는데, 뜻밖의 연락이 한 통 더 와 있는 것을 확인할 수 있었다. 동문회에서 잠시 스쳤던 선배, 김인애 대표였다. 《경제와 언론》이라는 월간지에 실린 그녀의 글을 보고 먼저 다가가 알은체를 하고 명함을 건넸는데 그 인연으로 연락을 해온 것이다. 김인애는 승희의 회사 트윙클에셋에 관심이 생겨 소액 투자를 하고 싶으니 조만간 자신의 회사로 방문해달라는 메일을 보내왔다.

"아, 이 맛에 일한다니까."

하루에 두 건의 투자 소식을 듣게 되다니!

새똥 맞으면 행운이 온다더니, 한무결의 셔츠를 빨아준 덕분에 이쪽으로 행운이 넘어온 모양이었다.

"아, 칭찬해. 착한 나."

행복해진 승희는 스스로를 소중하게 토닥였다.

일을 마치고 밤늦게 희재원으로 돌아온 무결은 할아버지께 가는 길에 아버지 규원과 먼저 마주쳤다.

"혁수 처랑 네 애인이 동창이라며."

대강 눈인사만 하고 벗어나려 했는데 규원이 먼저 말을 걸었다. 무결은 건조하게 대답했다.

"네."

"네 누나 애인도 동창이고."

우승희, 명중우, 그리고 오늘 결혼한 사촌형 혁수의 신부 정소연, 모두 동창이다. 다 알아보았을 사실을 굳이 한 번 더 말씀하시는 이유가 뭘까.

"그렇다네요."

"네 애인한테 깍듯하게 하라고 해. 다 같은 친구라도 서열상으로는 가장 아랫사람이니."

하아, 한숨이 나왔다. 아버지가 불러 세운 이유는 이것이었다. 아직 결혼 생각도 안 하는 사람에게 예를 갖추라는 말을 하기 위해서.

"아직 결혼 안 했잖아요."

"그래도 준비를 해야 할 거 아니냐. 어느 날 갑자기 호칭 쓰느라 애먹는 것보다 그게 낫지. 그리고 아버지가 흥신소를 하신다는데 그건 괜찮은 거야?"

"괜찮지 않을 이유라도 있습니까?"

"번듯한 회사를 차려줄까 해서 그런다. 네 할아버지는 좋은 분이라고 하셨지만 그래도 보는 눈이 있으니 손가락질 받게 하면 안 되지."

"할아버지께서 좋은 분이라고 하셨으니 좋은 분이 맞아요."

아버지와 더 이상은 이야기를 하고 싶지 않아 빠르게 공간을 벗어나려는데 다시 규원이 말을 걸었다.

"결혼하고서도 일한다고 하는 건 아니겠지?"

"하고 싶은 대로 하게 할 겁니다."

"그건 안 된다. 결혼 전에 일은 다 정리하게 해."

도무지 말이 통하질 않는, 속이 꽉 막힌 아버지. 아버지 때문에 오늘의 즐거웠던 기억이 퇴색되고 있다. 계단을 오르는 길에 저편에서 새어머니, 혜리가 두 사람을 물끄러미 바라보는 것이 보였다. 혜리는 무결과 눈이 마주치자마자 무표정으로 발길을 돌렸다. 그녀가 자신의 생일 이후로 남편 규원과 서로 말을 섞지 않고 있다는 걸 집안사람들은 아직 모르고 있었다.

'행복하세요?'

무결은 혜리의 뒷모습을 바라보며, 그녀에게 닿지 않을 질문을 했다. 언젠가 한 번은 묻고 싶다. 정녕 이 삶이 행복한지.

월요일 오후. 승희는 김인애 대표의 회사에 방문했다. 김인애 대표가 트윙클에셋에 대해 소개받기를 원하여 직접 프레젠테이션을 하러 간 것이다.

김인애는 트윙클에셋의 운용시스템에 크게 관심을 보였다. 또한 같은 여성 사업가이자 학교의 선배로서의 조언도 잊지 않았다. 승희에게는 더없이 유익한 시간이었다. 직원들에게 전해줄 희망적인 소식에 회사로 돌아가는 승희의 발걸음이 절로 가벼워졌다. 거의 회사에 도착했을 즈음 전화가 걸려왔다. 트윙클에셋의 직원 철순이었다.

"응. 철순아."

[대표님, 어디 계세요?]

어쩐지 수화기를 통해 전해져오는 철순의 목소리가 어두웠다.

"거의 다 왔어. 무슨 일 있어?"

[얼른 오세요. 김재훈 대리님이랑 투자자분 오셨어요.]

전화는 금방 끊겼다. 재훈과 투자자가 함께 왔다면 그건 어제 재훈이 전화로 얘기했던 그 투자자일 것이다. 이번에는 어떤 사람이려나.

철순의 목소리가 조심스러웠던 걸 보면 만만치 않은 사람 같기는 한데, 그래도 2억이나 투자했다고 하니 웬만해서는 잘 맞춰줘야지.

몸에 기합을 넣고서 회사로 향했다. 그리고 기운차게 사무실의 문을 열었다. 하지만 승희가 기대한 반가운 장면은 이루어지지 않았다.

"어제 보고 또 보네?"

의문의 투자자는 한무빈이었다.

"어제는 나한테 인사도 안 하고 갔더라?"

직원과 대표가 일을 하는 사무실에 작은 회의실이 달린 회사, 트윙클에셋. 거기서 무빈은 회의실이자 접견실로 쓰이는 공간을 두고 승희의 자리에 떡하니 앉아 있었다. 직원들은 어쩔 줄 모르는 채로 서 있고, 출입문 가까이에 서 있는 재훈은 씁쓸한 표정이다. 승희가 재훈을 빤히 바라보니 재훈이 대뜸 승희의 손을 잡았다.

"전무님, 잠시 우승희 대표와 얘기 좀 나누고 오겠습니다."

희망이 가득했던 머릿속이 번잡해지는 동안 승희는 재훈에게 붙들려 사무실 바깥으로 나오게 되었다. 사무실에서 어느 정도 벗어난 후 승희는 재훈의 손을 힘 있게 뿌리치며 따졌다.

"투자자가 한무빈 전무라고 말했어야지!"

"너야말로."

감정을 눌러 서늘해진 재훈의 목소리가 복도에 낮게 내려앉았다.

"어떻게 나한테 한마디도 안 할 수가 있냐. 금왕그룹 한무결이랑 사귄다고?"

재훈은 뜻밖의 사실에 실망한 얼굴이었다.

"아니, 결혼을 할 거라고?"

결혼을 할 생각은 없지만, 재훈이 그 사정을 다 알 필요는 없었다.

승희는 그에게 선을 그었다.

"그건 내 사생활이고."

"난 우리가 비즈니스 관계 이전에 친구라고 생각했어."

"그래. 그렇다고 해서 내 친구들이 다 한무결 씨랑 내 사이를 아는
건 아니야."

재훈이 왜 그토록 실망을 하는지 알 수 없다. 지금 중요한 건 그게
아닌데, 한무빈이 저 사무실에 앉아 있다는 사실인데 포인트가 엇나
간 것 같아서 답답했다.

"널 강원도 리조트로 부른 것도 한무결이라며. 널 거기로 부를 정
도면 빤하잖아. 그 사람 소문도 안 좋아. 문란하다고 뒷말이 얼마나
많은지 알아?"

재훈의 이야기는 한무결에 대한 험담으로 이어졌다. 이상하게도
그 말이 기분 나빴다. 승희도 한무결이 순수한 사람이라고는 생각하
지 않는다. 유혹이 많았다고 했으니 어느 정도 때도 묻었겠지. 하지
만 그 뒷말을 재훈에게서 듣고 싶지는 않았다.

"그거 다 알고 그 사람 만나는 거야?"

"사정이 있었어."

승희는 재훈의 거친 질문의 요지를 피해 대답했다. 무결의 소문이
좋은지 나쁜지, 그가 문란한지 아닌지 다 알 수 없는 거라서 쉽게 변
론할 수는 없었다.

"우승희. 너도 이건 아니라는 거 알지?

승희를 달래듯 재훈의 목소리가 긴해졌다.

"그 사람 만나면 네 인생이 뒤집혀. 누구도 너를 트윙클에셋의 대
표 우승희로 보지 않을 거고, 네가 하는 일들 전부 다 소꿉놀이로밖

에 안 볼 거야. 결국엔 그러다가 그 소꿉놀이도 못 하게 되겠지."

나도 알아. 그래서 필사적으로 노력하고 있는 거잖아. 한무결에게 끌려가지 않으려고. 결혼은 절대 하지 않으려고.

"그 사람 많이 좋아해?"

억울해진 눈빛으로 재훈을 바라보니 재훈이 묻는다. 하지만 승희는 곧장 대답하지 못했다. 어찌 된 일인지 입을 열 수가 없었다.

그때, 쩽그랑, 하고 트윙클에셋 사무실 쪽에서 무언가 깨지는 소리가 들렸다. 실랑이를 벌이던 두 사람은 누가 먼저랄 것도 없이 곧장 사무실로 달려갔다. 그리고 사무실 안의 참혹한 광경을 확인했다. 가장 먼저 확인한 건 머리카락과 한쪽 뺨이 젖은 채로 한무빈 앞에서 바르르 떨고 있는 혜순이었다. 그리고 그다음, 사무실에서 쓰는 찻잔이 완전히 산산조각이 나서 사무실 바닥에 흩어져 있는 것이 보였다. 한무빈이 차가 담겨 있는 잔째로 혜순에게 던져버린 것이다.

"이 반지가 얼마짜린 줄 알아? 네 연봉보다 비싸다고."

고개를 숙인 채 부들부들 떨고 있는 혜순에게 무빈은 제 손의 반지를 보이며 퍼부어댔다.

"내가 마음만 먹으면 네까짓 거는 짓이겨서 먼지처럼 만들어버릴 수 있다는 얘기야."

성큼 걸어간 승희가 혜순을 막아서며 무빈에게 말했다.

"나가요, 당장."

"뭐어?"

무빈의 눈썹이 뒤틀렸다. 승희는 힘주어 말했다.

"나가요. 당신 같은 투자자는 필요 없습니다."

"뭐? 우승희 씨, 그게 시누이 될 분한테 할 소리야?"

무빈의 목소리는 격앙되었으나 앙칼지지는 않았다. 조용히, 사실을 기반으로 압박해보겠다는 거였다. 내가 시누이니 내가 갑. 내가 투자자니 내가 갑. 네가 돈이 없으니 내가 갑. 하지만 그 어떤 것도 승희를 휘두를 수는 없었다.

"제 회사에 오셨으면 일 얘기만 하셔야죠. 공과 사 구분 못 하십니까?"

무빈의 얼굴이 붉으락푸르락했다. 승희는 또박또박 말했다.

"일방적으로 투자하셨으니 투자금 회수하시는 것도 알아서 하세요. 다행히 저희 회사에까지 돈이 입금되지는 않은 것 같네요. 반지에 난 흠집이 치명적이라면 손해배상 청구하세요. 저희도 언론 공개 준비하겠습니다."

차분히 걸어간 승희는 출입문을 활짝 열어주었다.

"나가시죠."

이맛살에 핏대가 도드라질 때까지 승희를 쳐다보던 무빈이 이를 악물고서 말했다.

"너, 다시는 우리 집안에 발 못 붙일 줄 알아."

무빈이 떠나자 손쓸 도리가 없는 일이 벌어졌다는 듯 한숨을 푸욱 쉰 재훈이 따라나섰다.

"혜순 씨. 미안해요."

그나마 양심이 있는 재훈은 떠나며 사과의 말을 남겼다.

사무실이 조용해진 후. 승희는 여전히 몸을 부들부들 떨고 있는 혜순에게로 가 그녀를 꼬옥 안아주었다. 으어어어어엉. 승희가 안아주자 혜순이 울음을 터트렸다.

남의 눈치 안 보며 제 할 말 똑 부러지게 하는 똘똘한 인재, 혜순이 아무 말 못 했던 건 상대가 한무빈이어서였을 것이다. 회사에 해가 될까봐. 승희에게 화가 될까봐.

차라리 찻잔을 내가 맞았으면 좋았을 텐데. 가족만큼이나 애틋한 직원이 자신 때문에 그런 모욕을 당했다고 생각하니 승희는 가슴이 찢어지는 것 같았다.

"언니, 미안해요."

혜순이 울먹이며 말했다.

"아니야! 네가 왜 미안해! 내가 미안해야지."

승희가 혜순의 눈물을 닦아주며 말했다. 사적인 일이 공적인 영역을 침범했다. 과연 이번뿐인 일일까. 앞으로 이런 일이 다시 일어나지 않을 거라고 단언할 수 있을까.

"네가 피해자야. 네가 위로받아야지."

어어어어어엉…….

"미안해, 정말. 내가 자리를 뜨지 말았어야 했는데."

한참을 토닥인 끝에 혜순의 눈물이 멎었다.

"오늘 너무 고생했어. 나머지 일은 내가 할게."

승희는 철순에게 말했다. 오늘은 야근 없이 직원들을 빨리 퇴근시켜야겠다고 생각했다.

"아니에요. 차트 정리해야 하는 것도 있고요, 고객 문의 들어온 거 연락도 해야 해요."

"내가 할게."

승희는 걱정하는 철순에게 힘내어 웃어 보였다. 철순은 걱정되는지 주춤거리며 어지럽혀진 바닥을 가리켰다.

"네. 그럼 이거 치우고 갈게요."

"내가 치울게. 걱정 마. 혜순이 데려가서 맛있는 것 좀 사주라."

승희는 머뭇거리는 철순에게 카드를 쥐여주었다.

"좋은 거 먹고 내 욕도 하고 그러면서 놀아."

오늘 일로 놀란 직원 세 명을 하나하나 토닥이고 사무실 밖으로 내보냈다.

잠시 후 조용해진 사무실. 길게 한숨을 쉰 승희는 깨진 찻잔 조각들을 모아 버리고 청소기를 돌렸다. 무빈이 대체 어떤 스냅으로 찻잔을 던진 건지 사무실 저편까지 찻잔 조각이 떨어져 있었다.

내가 사랑하는 이들에게 이런 모욕을 주려고 만든 회사가 아니다. 함께 꿈을 꾸고 함께 행복해지려고 만든 회사였다.

"하아……."

참아보려고 했는데 결국 눈물이 바닥에 뚝 떨어졌다. 혼자라면 쪼그려 앉아 한참 울었을 텐데, 눈물을 떨구기가 무섭게 출입문이 열렸다. 승희는 후다닥 눈물을 닦았다. 무결이 서 있었다. 계획대로라면 21일 뒤에 만나야 하는 건데. 승희의 붉어진 눈을 확인한 무결은 그 자리에 붙박이처럼 서서 아무런 말을 하지 못했다. 누군가를 위로해 주는 법을 배운 적이 없기에, 어떤 말을 먼저 꺼내야 할지 몰랐던 것이다.

"돈 갚으러 왔어요, 5만 원."

그가 조심스럽게 입을 열었다. 하. 그의 인사가 어처구니없어서 승희는 헛웃음을 지었다. 한껏 움츠려 있던 승희의 어깨가 내려가자 그가 다시 운을 떼었다.

"우리 누나가 행패 부리고 갔다면서요. 양 부장님 통해서 전해 들었어요."

당신의 누나 때문에 당신이 밉기도 하고, 일이 벌어지자마자 달려와준 것이 고맙기도 하다. 당신을 원망하고 싶은 건지, 당신에게 위로받고 싶은 건지 모르겠다.

"한무결 씨 누님이 행패를 부려서 나도 돌이킬 수 없는 강을 건넜네요. 폐를 끼쳤다면 죄송해요."

"아니에요. 잘했어요. 그런 일을 겪게 해서 미안합니다. 나중에 혜순 씨한테도 따로 사과할게요."

그가 잘못한 일이 아닌데, 그가 사과를 한다고 한다. 그런데 또, 그런 사과라도 받지 않으면 내 직원이 너무 마음 상할 것 같아서, 하지 말라고 할 수도 없었다. 내 직원만 생각하는 자신이 너무 이기적인 것 같지만 어쩔 수가 없는 일. 오늘의 많은 일들로 그와 자신 사이의 경계를 확실히 깨닫게 된 승희는 이성을 잘 추스른 목소리로 말했다.

"저는 일해야 해요. 한무결 씨랑 담소를 나눌 새가 없어요."

"알죠. 담소를 나눌 기회는 21일 뒤에 생기는 거. 대신 여기 가만히 있게 해줘요. 아무것도 안 할 테니까."

"가만히 앉아 계신다면 지켜보게는 해드리죠."

자신이 저지른 일도 아닌데 사과하러 온 그가 안됐다는 생각도 들어서 마음이 약해졌다. 또한 지금부터 해야 할 일이 중요한 일이라서, 그에게 보여주는 것도 좋겠다는 판단이 들었다. 휴대폰을 손에 쥔 승희가 무결에게 말했다.

"내가 자존심 강해서 좋다고 했죠? 그럼 이제 저한테 실망할 시간이 됐네요. 자존심 따위 개나 줘버린 우승희를 보게 해드리죠."

다른 직원의 자리에 다소곳이 앉은 무결은 승희가 무슨 말을 하는지 몰라 눈만 삼박거렸다. 하지만 그 말이 무슨 뜻인지는 금방 알게 되었다.

"안녕하세요, 고객님. 트윙클에셋의 대표 우승희라고 합니다. 저희 서비스 이용하시면서 불편한 점이 있다고 하셔서 연락드렸습니다."

평소보다 한 톤은 높아진 목소리와, 화상 통화를 하는 것도 아닌데 목을 굽신거리는 그 모습이란.

"아, 정말 죄송합니다. 많이 불편하셨죠. 그 부분은 시스템상의 에러는 아니었고요. 혹시 지금 저희 서비스에 접속할 수 있으신가요?"

수화기를 통해 따끔한 소리가 들리는지 그녀가 눈을 찡긋해 보였다. 하지만 그녀는 아랑곳하지 않고 차분히 말을 이어갔다.

"네. 고객님 말씀 이해했습니다. 저희가 내일 오전 11시까지 말씀하신 부분을 반영할 수 있을 것 같은데요. 괜찮으세요? 네. 그럼 10시까지 해결하고 다시 연락드리겠습니다. 네. 감사합니다."

그녀의 새로운 모습을 지켜보며, 저도 모르는 사이에 무결의 입술이 길게 늘어났다. 이런 모습에 실망이라니. 오히려 가슴이 찡할 만큼 애틋하고 멋진데. 이 프로페셔널한 모습이 얼마나 대단해 보이는지 본인은 정녕 모르는 건가?

어제와 오늘, 그녀의 다채로운 모습들을 많이 확인하게 되는 것 같다. 누구보다도 올곧고 현명한 여자. 파스텔 톤의 예쁘고 아기자기한 방에 살지만, 본래 가진 예쁜 색에 어둠을 덧입히는, 참 답답하고 특이한 여자. 단순히 사과와 위로를 하러 왔는데 마음이 묘해졌다.

그의 속이 싱숭생숭해지는 사이에 승희에게는 또 다른 일이 일어났다. 고객과 전화를 하다가 시스템상의 오류를 발견한 것이다.

"앙드레. 지금 혜순이랑 같이 밥 먹고 있지? 어, 술 마시고 있어? 어 잘했어. 근데 나 물어볼 게 있는데, 지금 고객이 급하게……."

급히 직원에게 전화를 건 그녀가 허둥대는 것이 재미있었다.

"버, 버그?"

주춤거리던 그녀가 앙드레 자리로 가서 컴퓨터의 전원을 켰다.

"아니야, 아니야, 아니야! 내가 할게. 너는 혜순이 위로해줘야지."

과연 그녀가 버그를 고칠 수 있을까……. 어쨌든 그녀의 추진력이 신기해서 무결은 그저 지켜보기로 했다.

"뭘 만지면 돼? 얘기해봐."

키보드에 올라간 그녀의 손끝이 떨려오는 것이 한 자리 옆에서도 잘 보였다.

"아 깜짝이야! 소리는 지르지 마! 내가 어디 우리 회사 망하게 할까. 그래. 네가 만든 예쁜 코드들 안 건드려. 그냥 말만 해."

결국 보다 못한 무결이 그녀의 휴대폰을 빼앗아 스피커폰으로 돌렸다.

"앙드레 씨. 한무결입니다."

[어어? ……네. 안녕하세요.]

어색하게 인사를 하는 앙드레에게 무결이 또박또박 차분하게 말했다.

"제가 컴퓨터공학과 출신이고요. 코딩도 꽤 합니다. 저한테 말씀 주시면 빨리 처리할게요."

무결은 승희가 앉은 의자를 저편으로 밀어내고는 자신이 앙드레의 자리를 차지했다.

"내가 만져도 되죠?"

발 빠른 처신에 승희는 멍해졌다. 신세 지면 안 돼,라고 생각하면서도 이 순간 그가 누구보다도 듬직해 보이는 것은 어쩔 수가 없었다. 무결과 앙드레는 통화로 많은 이야기를 주고받았다. 그들이 사용하는 컴퓨터 언어들이 외국어처럼 모호해서 승희는 울적해졌다. 한참 프로그램을 손보던 무결이 시무룩해져 있는 승희에게 물었다.

"무슨 생각 해요?"

"코딩을 배워야겠단 생각이요."

무결은 피식 웃었다. 배움을 놓지 않겠단 의지를 매번 보여주는 그녀의 태도가 참 사랑스럽다. 잠시 후 승희가 말했다.

"고맙네요."

"말로만?"

"……."

"버그 다 잡아주면 뭐 해줄 거예요?"

"……혼전계약서 협의는 무조건 21일 뒤에 할 거예요. 그건 협상의 여지 없어요."

"트윙클에셋의 은인인데?"

"……."

"벌레 잡을 동안 생각해봐요. 나한테 뭘 해줄 수 있을지."

난감해하는 승희를 향해 느긋하게 웃으며, 무결은 자판을 두드렸다.

"어제 미팅은 괜찮았어요?"

옆자리에 앉은 승희가 넌지시 어제의 일을 물었다. 무결이 바삐 손을 움직이며 대답했다.

"네. 덕분에요. 중국 디자인 회사와 계약을 맺게 됐어요."

승희는 조용히 끄덕였다. 일하는 그의 모습은 볼만했다. 아니, 멋있다고 해야 하나. 며칠 전 혜순이 프린트해줬던 사진이 떠올랐다. 일을 하고 있는 한무결의 설정 사진. 그때의 모습도 꽤나 근사하다고 생각했는데 정말로 눈앞에서 집중하고 있는 그의 모습을 보니 자칫 빠져들 것 같은 위기감도 생겼다. 어쩔 수 없이 몇 시간 전에 재훈이 했던 말을 떠올리게 되었다.

그녀가 다시 입술을 떼었다.

"또 궁금한 게 있는데요."

"뭐든지 물어봐요."

무결은 편안한 미소와 함께 대답했다. 그녀가 물어본다는 것 자체가 좋았으므로.

"좀 실례되는 질문이에요."

"괜찮습니다."

"한무결 씨는 많이 문란해요?"

컥! 먹은 것도 없이 사레가 들린 소리를 내뱉고 말았다. 작업을 멈추고 바라본 그녀의 표정은 아무것도 모른다는 듯, 스스로 무슨 말을 했는지도 모른다는 듯 순진무구했다. 한 사람의 인생을 돌아보게 하는 질문을 이토록 깜찍하게 할 수가 있나. 실례인지 아닌지를 떠나 너무 당황스러웠다. '나는 문란하지 않아요'라고 말하는 건 또 얼마나 구차한 일인가. 그녀를 바라보는 자신의 눈빛이 차츰 더 문란한 쪽으로 기울어가고 있는데 말이다.

"괜찮아요. 과거는 개의치 않으니까."

그가 당황해 있는 사이에 그녀는 이미 확신을 굳힌 듯했다.

"우리는 미래를 위해 만난 사이잖아요."

아 억울해. 괜찮다고 하니까 더 억울해. 억울해 죽겠는데 빨리 버그는 잡아야 하고. 마음이 타들어가는 가운데 그의 손가락이 바삐 움직였다.

"버그 다 잡았어요."

몰두한 끝에 예상보다 빨리 작업을 끝냈다.

"고마워요."

그녀의 인사에도 무결의 표정은 굳어 있다.

"원하는 게 있었는데."

하지만 무결은 아무것도 요구할 수가 없게 되었다.

"그쪽이 나를 문란하게 봐서 그냥 포기했습니다. 해결했으니 나가죠."

무결은 잔뜩 토라진 사람처럼 먼저 사무실 밖으로 떠났다.

트윙클에셋의 직원들이 옆 동네 술집에 있다고 해서 두 사람은 그리로 이동하기로 했다. 무결은 이동하는 내내 잠잠했다. 평소에는 말을 꽤 하는 사람인데 가만히 입을 닫고 있으니 옆에서 나란히 걷는 승희도 기분이 그다지 좋지는 않았다.

"걸어오면서 생각해봤는데요."

잠자코 생각에 잠겨 있던 승희가 먼저 목소리를 냈다.

"한무결 씨 누나가 우리 회사에 와서 영업 방해를 했잖아요. 거기에 대해서 그쪽 책임이 아주 없다고는 할 수 없을 거예요. 알죠? 그러니까 버그 잡아준 건 퉁 치고 넘어가죠."

"난 아무 말도 안 했는데요."

원하는 게 있는데 포기했다며. 사람 마음 참 불편하게 만드네. 누가 도와달라고 했냐고. 자기가 알아서 재능 기부해놓고 왜 심통을 부리는지 알 수 없었다. 그의 냉한 기운에 승희 또한 뾰로통해졌다. 그렇게 한참을 걷고 있는데 그가 대뜸 물었다.

"벚꽃 말고 다른 꽃은 견딜 만해요?"

"네?"

질문에 대답을 제대로 하지도 않았는데 그가 돌연 사라졌다. 참 이상한 사람이다 싶어서 그 자리에서 기다리지 않고 그냥 길을 걸었다.

자기 마음대로 나타났다 사라졌다, 일을 벌이고 일을 수습하고. 비교적 평탄했던 인생에 한무결이라는 사람 하나가 끼어 이렇게나 굴곡이 심해졌다. 역시 자신과는 어울리지 않는 사람이라고 생각하며 승희는 휴대폰을 집어 들었다. 직원들이 정확히 어느 주점에 있는지 듣지 못해서 연락을 해보아야 했다.

그런데 전화번호를 누르려는 그녀의 손 위로 난데없이 커다란 꽃다발이 올라왔다. 생생한 꽃향기가 그녀의 후각을 단번에 사로잡았다. 노란 프리지어 한 다발을 건네며 무결이 옅게 미소 지었다. 무섭게 왜 이래. 무섭게 꽃을 왜 줘. 걷는 동안 내동 말도 안 하던 사람이 갑자기 꽃을 들이미니 고맙기보다는 흠칫했다. 그 속을 알 수가 없어서 승희의 입에서는 고운 말이 나오질 않았다.

"이걸 왜 주는 건데요."

"그냥."

"그냥 왜요."

"그냥 줄 수도 있죠."

무결은 마냥 차분한 얼굴이다.

"돈이 있길래. 꽃이 있길래. 주고 싶길래. 그냥. 꽃값 달라는 것도 아니고, 딱히 원하는 것도 없고 그냥 주는 거예요."

그냥 왜 주냐고. 왜. 내가 뭘 잘못했는데. 생전 의미 없이 치킨을 받아본 적은 있어도 꽃을 받아본 적은 없는 그녀에게 그의 행동은 두려울 만큼 낯설기만 했다.

하아, 무결은 옅게 한숨을 쉰 후에 그녀를 지그시 바라보았다.

"벚꽃 좀 안 좋아해도 괜찮다고요. 이 계절에 그 꽃만 예쁜 건 아니니까."

의미 없이 받은 꽃 한 다발. 탁했던 하루에 샛노란 빛이 파고들었다. 들숨을 따라 가슴 안쪽으로 들어온 향기에 두근, 가슴이 뛰었다. 꽃 한 다발로 감정이 여울진다. 승희는 눈 밑으로 고인 이슬을 떨구게 될까 조심스러워 눈을 더욱 크게 떴다.

스무 살 성년의 날에도 그녀는 꽃 한 송이 받지 못했다. 아니, 받지 않았다. 꽃이 보이는 곳에서는 숨어 다녔기 때문이었다. 화려한 곳에 있을 수는 없었다. 생일에 아빠에게서, 졸업식 때 동기들에게서 꽃 몇 송이를 받은 게 다였던 것 같다. 트윙클에셋 개업을 했을 때도, 친구 재훈이 꽃을 가져오겠다는 걸 만류했다. 먹지도 못하는 거 가져오지 말고 치킨이나 사 오라고 말했었다.

"이 먹지도 못하는 걸……."

승희는 고맙다는 말 대신 심통을 부렸다.

"앞으로는 식용꽃으로 준비해야겠네요."

무결이 피식 웃으며 받아쳤다. 놀리는 것 같기도 했고 그 또한 즐거워진 것 같기도 했다. 아까까지만 해도 말없이 길만 걷던 사람이 난데없이 꽃을 선물하면서 어떤 심경의 변화를 겪은 건지 궁금해졌지만 승희는 굳이 묻지 않았다.

"고마워요. 근데 정말 나랑 같이 갈 거예요?"

담백하게 고맙단 인사를 한 후에는 앞으로의 일을 물었다.

"실례가 된다면 어쩔 수 없지만 가고 싶네요. 기왕 용서를 구할 거 감정이 더 상하기 전에 빨리 사과하는 게 좋지 않을까 하는데."

무결의 의견에 승희는 고개를 끄덕였다. 하지만 한편으로는 마음이 쓰였다.

"누나 대신 사과하는 거 마음 상하지 않겠어요?"

"누나가 직접 사과하게 할 수 없는 게 마음 상하는 일이죠."

　그는 쿨하게 어깨를 으쓱했다.

"아버지는 그 누구에게도 사과하지 말라고 가르치셨어요."

　뜻밖의 화제에 승희는 그를 빤히 올려다보았다.

"아무에게도 잘못했다고 하지 마라, 잘못은 네가 하는 게 아니야, 너의 아랫사람들이 하는 거다, 어렸을 때부터 그렇게 알고 자랐죠."

　아아……. 승희는 저도 모르게 고개를 끄덕였다.

　그의 아버지는 사과를 한다는 행위가 어떤 의미인지 가르치고자 했을 것이다. 이해할 수는 있을 것 같았다. 졸업 후 대기업에 입사했을 때, 그녀는 다른 기업을 상대할 때는 죄송하다는 말을 함부로 해서는 안 된다고 배웠다. 죄송하다고 말을 하는 순간 잘못을 인정하는 꼴이 되기 때문에 말에 신중해야 한다고 배웠다. 그것이 득이 되기도, 독이 되기도 했다. 회사생활에는 문제가 없었지만 사고가 일어날 경우, 제때에 고개 숙이지 않으면 사람을 잃게 되더라. 그 또한 오랜 시간에 걸쳐 이를 깨우쳤을 것이다.

"아마 우승희 씨도 결혼 후에는 쉽게 고개 숙이지 말라는 잔소리를 들을 겁니다."

　결혼을 전제로 한 말들이 자연스럽게 흘러갔다.

"오늘 누님은, 다시는 그쪽 집안에 발붙이지 말라고 하시던데요."

"제 살 깎아먹는 말이죠. 나나 누나나 희재원에서 같은 3인자 처지인데 누가 누구한테 함부로 말해. 나도 명중우를 깍듯이 매형 대접해주고 있는데."

'명중우'라는 이름에 승희는 반사적으로 움찔했다. 그 반응을 살며시 엿보게 된 무결이 즉시 화제를 돌렸다.

"다들 어디 있는지 전화해보는 게 어때요?"

"네."

승희는 즉각 철순에게 전화를 걸었다. 길고 긴 통화연결음 후에 철순이 전화를 받았다. 그런데 목소리가 위태로웠다.

[누나. 얘네 다 만취했어요!]

"만취했다고? 혜순이도 앙드레도?"

[장난 아니에요. 근처에 있어요? 빨리 와주면 안 돼요?]

전화를 끊은 승희는 곧장 내달렸다. 직원들이 만취했다. 흔한 일이 아니다.

"무슨 일이에요?"

영문을 알지 못하는 무결이 함께 달리며 물었다.

"애들이 만취해서요."

"몸을 못 가눌 정도래요?"

"잘 모르겠어요."

"어느 술집에 있다는데요?"

"저기 코너에 보이는 술집인 것 같은데…… 아무튼 무결 씨는 이만 가시는 게 낫겠어요. 나중에 뵐게요."

"같이 가요."

"어우. 안 돼요. 술 취하면 못 볼 꼴 보이는 애들이라."

"심각해요?"

"……한 명은 깡패가 되고, 한 명은 애교쟁이가 돼서요."

무결의 눈이 커졌다. 깡패? 이 약한 여자가 깡패를 상대해야 한다고?

트윙클에셋의 직원 중 두 명은 남자다. 그중 한 명은 무결보다도 몸이 좋은 외국인이다. 무시무시한 상상이 무결의 뇌리를 스쳐갔다. 이 여인을 보호해야 한다는 의무감이 앞섰다.

"무조건 같이 가야죠."

"아니, 진짜 괜찮은데……."

꽃다발까지 들고 있어 그를 저지할 힘이 없었기 때문에, 승희는 무결과 함께 움직이게 되었다. 다행히 주점까지의 거리가 멀지 않았다. 두 사람은 금방 주점에 닿았다.

"언니 그게 뭐야."

주점의 문을 여니 혜순이 눈에서 레이저빔을 발사했다.

"어……."

승희는 쥐고 있던 꽃다발을 급하게 숨겼지만 소용없었다. 승희가 들고 있는 꽃다발과 무결을 알아본 혜순은 목에 핏대를 세웠다.

"솔로 가슴에 불 지르러 왔어요? 꽃까지 들고?"

무결은 멍해졌다. 깡패는 이 여인이었던 것이다.

"언니 프러포즈 받았어요? 결혼할 거야?"

"아니야, 아니야."

승희가 급하게 말렸지만 소용없었다.

"이 결혼 나 반댈세!"

테이블을 쾅! 치며 혜순이 자리에서 일어났다. 술집에 이들밖에 없어서 다행이었다.

"아저씨가 잘생기면 다야?"

혜순은 무결에게 삿대질을 해가며 소리쳤다. 승희와 혜순이 한 살 차이라고 했으니 자신과 혜순은 겨우 두 살 차이인데, 두 살 차이에 아저씨라는 말까지 듣게 되었다. 하지만 무결은 묵묵히 혜순의 손가락질을 받아들였다.

"그래. 아저씨가 잘못했어."

"우리 언니가 훨씬 아까워!"

"맞아. 내가 많이 부족하지."

"아저씨 자수성가해봤어? 우리 언니는 자수성가한 인재라고. 아저씨가 평생 못 할 걸 했단 말이야!"

"혜순아, 자수까지는 그렇다 쳐도 아직 성가는 아니야."

철순이 옆에서 한마디 했다. 승희는 주점의 사장에게 소란을 피워서 미안하다며 고개를 숙였다.

"우리 언니 눈에서 눈물 나게 하면 나는 피눈물 흘릴 거야."

뭔가 재미있는 깡패다. 하지만 지은 죄가 많아 웃을 수는 없는 입장이라 무결은 곱게 이야기를 들어주었다. 그때.

"야, 우리 형님한테 그러지 마아."

옆에 있던 남자 직원 앙드레가 미소 지으며 무결을 꼬옥 끌어안았다.

"형님, 저는 형님이 좋아요오. 형님은 지니어스예요오."

얘가 애교쟁이구나. 무결의 예상과는 달랐다.

"처음 본 순간부터 좋았어요오. 우리나라로 데려가고 싶어어."

쪽. 정수리에 앙드레의 입술이 닿았다. 무결의 얼굴은 시퍼레졌고 이제껏 험악하게 인상을 쓰던 혜순은 까르르 웃음을 터트렸다. 멀리서 지켜본 승희는 어두운 한숨을 쉬었다. 철순은 나름 상황을 수습해

보겠다고 사족을 붙였다.

"오해하지 마세요. 앙드레 여친 있어요."

무결은 부글부글 끓는 속을 다스리며 승희를 불렀다.

"우승희 씨."

"네?"

"이 자식, 아니, 이 친구 승희 씨한테도 이런 적 있어요?"

한 번이라도 있었다면 가만두지 않을 것이다. 우승희의 정수리에
도 뽀뽀를 했다면 앤 오늘 집에 못 가.

"아뇨. 꽂힌 사람한테만 하는 짓이죠."

승희가 피식 웃으며 대답했다.

"한무결 씨가 되게 마음에 들었나보네요."

앙드레는 기분 좋은 얼굴이다.

"형님 덕분에 살았어요."

또 정수리에 다가드는 것을 무결이 급하게 막아냈다. 이럴 줄 알았
으면 코딩 안 도와주는 건데.

"술을 많이 마시는 편이 아니에요. 회사에 하나뿐인 개발자라 언
제 사건이 터질지 모르기 때문에 술에 취해 있을 새가 없죠. 오늘 한
무결 씨 덕분에 마음 놓고 마신 것 같네요."

승희가 이만하면 다행이라는 투로 말했다.

"앙드레는 철순이가 챙기고, 혜순이는 우리 집 근처라 내가 데려
가면 돼요."

"두 사람은 택시 타고, 우리는 같이 가죠. 내가 차 가지고 올게요."

무결이 승희에게 제안했다.

앙드레와 철순을 먼저 택시 태워 보낸 후, 무결의 차를 타고 움직

이게 된 세 사람. 혜순은 차를 타고 가는 내내 무결에게 악담을 퍼부었다. 신기하게도 악담의 내용에는 무빈에게 당한 모욕이 한마디도 없었다. 무빈과의 기억을 지운 건지, 지운 척하는 건지, 그것만으로도 무결은 미안했고 고마웠기에 혜순의 주정을 모두 잘 받아넘겼다.

혜순의 집 앞에서 차가 서고, 무결이 부축하여 집까지 움직이는 동안에도 혜순의 비방은 끊이질 않았다.

"아저씨 마음에 안 들어. 우리 언니랑 당장 헤어져."

한숨을 푸욱 쉰 무결이 진지하게 응답했다.

"한 번만 봐줘. 아저씨가 앞으로 잘할게."

"어떻게 잘할 건데?"

"쿨토이 아연맨 마크46 다이캐스트 있어?"

"재작년 거?"

"그래."

"12분의 1 스케일?"

"그래."

"가슴에서 불 나오고?"

"머리에서도 나오고."

"그거 한정판인데?"

"아저씨가 그거 줄게. 아끼는 거야."

"콜."

쉴 새 없이 이어지던 혜순의 악다구니가 뜻밖의 결과를 맞이했다. 콜을 외친 혜순은 그제야 입을 닫았다. 맥락을 알 수 없는 대화의 흐름에 함께 걷던 승희의 미간에 주름이 앉았다. 무결이 승희에게 속삭였다.

"자리 보고 대강 눈치챘죠. 나랑 비슷한 취미가 있더라고요."

승희는 조용히 탄식했다. 미(美) 숭배자 혜순의 자리에는 몹시도 많은 남자 사진이 붙어 있기 때문에 하나하나 자세히 보지 못했는데 무결은 몇 번의 방문으로 혜순의 취향까지 읽어낸 것이다.

혜순을 조용히 집에 데려다준 후, 두 사람은 다시 차에 올라탔다. 혜순의 고함이 걷힌 차 안은 어색할 만큼이나 적막했다.

"고마웠어요, 오늘."

"말로만?"

승희의 인사에 그는 사무실에서와 똑같은 반응을 보였다. 그러나 집요하게 그녀의 대답을 요구하지는 않고 바로 차를 출발시켰다. 그녀의 집을 향해 가는 동안 두 사람은 말이 없었다. 차 안에 그윽하게 퍼진 프리지어 향기가 좋았지만 승희는 왠지 입술을 뗄 수가 없었다.

지이이잉. 차가 움직이는 동안 정적을 깨며 승희의 휴대폰이 울렸다. 발신자가 재훈이라는 것이 껄끄러웠지만 지금의 정적보다는 통화를 하는 편이 나을 것 같아 승희는 전화를 받았다.

"어. 재훈아."

[집이야?]

"아니. 이제 가려고."

[오늘 일은 미안해.]

재훈의 목소리도 어두웠다. 클라이언트인 무빈이 이미 2억을 건넸다고 하니 회사에서도 꽤나 혼이 났을 것이다.

"아니야. 너도 모르고 한 일인데 뭐."

[혜순 씨는 괜찮아?]

"잘 달래줬어. 내일 또 얘기해봐야지."

잠시의 정적 후에 재훈이 물었다.

[그 사람은 각오하고 만나는 거야?]

그 사람. 재훈이 물어본 순간 무결에게로 눈이 갔다. 차가 멈춘 사이였다. 무결 또한 자신을 보고 있었다. 휴대폰 안쪽의 소리가 들릴까 싶어 승희는 통화 볼륨을 줄였다. 재훈이 계속 현실적인 문제를 지적했다.

[둘 다 가질 수는 없어. 언젠가 반드시 선택해야 하는 시점이 온다고. 일을 포기하고 결혼을 할지, 결혼을 포기하고 계속 일을 할지.]

"그 문제는 내가 알아서 해."

[그래. 충분히 괴로울 텐데 미안하다.]

"아니야. 넌 네 일이나 잘 해결해."

승희는 전화를 끊고 길게 한숨을 쉬었다.

"어? 벌써 다 왔네요?"

다행히도 그녀가 재훈과 통화를 하는 사이에 집에 닿았다. 무결과 더는 같이 있을 필요가 없게 되었다.

"고맙습니다."

인사를 하고 안전벨트를 풀려는데, 그가 대뜸 말을 걸었다.

"무례하게 들리겠지만, 나도 질문 하나만 할게요."

그녀가 통화 볼륨을 줄였지만, 차 안이 너무 고요했던 탓에 무결은 조금 전의 통화 소리를 듣게 되었다. 내용을 정확히 듣지는 못했지만 좀스럽게도 속이 편할 수가 없었다. 문제는, 그 명확한 이유를 스스로도 잘 모르겠다는 것이다. 수화기 너머로 남자의 목소리를 들어서인 건지, 그녀가 다정히 '재훈아'라고 이름을 말했기 때문인 건지, '결혼'이라는 말이 수화기를 통해 흘러나온 것 때문인지. 불쾌한 지점이 있고 혼란스러운 부분이 있다.

처음 결혼을 결심했을 때에는 어떤 중대한 이유가 있는 게 아니었다. 할아버지가 살아 계실 때 결혼을 하자, 그뿐이었다. 그냥 마음에 드는 정도, 신경 쓰이지 않을 정도의 사람과 결혼하자. 그리고 자유롭게 살자. 그래서 우승희를 찾아냈다. 이 정도의 사람이라면 충분히, 마음 편히 따로 살 수 있을 것 같아서. 그렇게 확실한 결혼 가치관을 가지고 움직이고 있다고 생각했는데, 그녀를 만나며 단단했던 마음에 어딘가 균열이 생겼다. 대체 나는 그녀에게 무엇을 바라는가.

"키스 많이 해봤어요?"

이 사람이 누굴 놀리나, 하는 눈빛으로 그녀가 자신을 바라봤다.

"무례한 줄 알면, 대답 안 해도 되죠?"

"하나만 더 할게요."

"아뇨. 하지 마요."

"도무지 21일을 기다릴 수가 없네요. 우승희 씨가 왜 울었는지."

경계심이 확연히 보였지만 무결은 계속 말을 이어갔다.

"내 키스가 별로였어요?"

그녀의 눈에 투명한 막이 생기는 것 같다. 이건 또 무슨 의미인지. 짧은 대답을 내놓는데 정적이 길었다.

"네."

승희는 그의 거침없는 질문에 냉랭하게 답했다. 진실은 아니었지만, 끈질기게 대답을 요구하여 하는 수 없었다. 진심을 말할 수는 없었다.

"그럼 좀 가르쳐줘요."

그런데.

"난 좋았거든요."

뭐라고?

그의 어처구니없는 말에 그녀의 표정이 굳었다.

"그쪽 기술이 괜찮았나 봅니다."

참…… 웃기고 있다. 이건 놀리는 거다.

"내, 내가 한 게 뭐 있다고요!"

당황한 그녀의 목소리가 더듬거리며 튀어나왔다.

"그러니까 말이야. 내가 한 건데. 우승희 씨가 한 게 뭐가 있다고
내가 이러는지 모르겠네요."

따지는 것 같기도 했고 제 속을 털어놓는 것 같기도 했다. 천천히
안전벨트를 풀어낸 그가 그녀 쪽으로 몸을 기울였다. 승희는 저도 모
르게 눈을 꼭 감았다. 찌릿, 그와 손이 닿았다. 안전벨트의 버클 위에
올라가 있던 그녀의 손에 그가 제 손을 얹었다. 그는 그저 그녀의 안
전벨트를 풀어주었다. 꼭 감았던 눈을 뜨니 그의 얼굴이 조금 더 가
까워져 있다.

"맨정신에 한 번만 더 해보면 좀 알 수 있을 거 같은데."

웃음기가 사라진 그의 얼굴은 조금 더 뇌쇄적이었다.

"원하는 건 그거예요."

그 차분한 목소리조차도.

"문란해서 미안한데. 하죠."

태도는 정중하나 주장은 거침이 없다. 그가 가진 도발적인 성적 매
력은 사납지는 않으나 무기임이 분명했다. 이 세상에 그녀 하나만 남
겨놓을 것 같은 집요한 눈빛이 승희의 의식을 뒤흔들었다. 자신의 심
장 소리가 두려울 만큼 크게 울리는 듯했으나, 또한 그가 심장을 쥐

고 있는 것처럼 느껴졌다. 그가 자신의 마음을 꿰뚫고 있는 것만 같았다.

나쁠 거 없잖아, 당신도 좋잖아. 무결이 자신의 입술 가까이에서 달싹거리는 것 같았다. 그 와중에 포근하게 퍼진 프리지어 향이 가슴을 다독였다. 도발인지 회유인지 알 수 없을 만큼 마음이 물러졌다. 거부권은 애초부터 없었던 것처럼, 아니, 그녀가 먼저 원해왔었던 것처럼 그의 손길을 따라 그녀의 고개가 살며시 올라갔다. 그가 가까워진 승희를 향해 고개를 기울였다. 모든 것이 그의 뜻대로 될 것만 같은 순간이다.

그러나 눈꺼풀이 내려가는 그 순간. 시선이 떨어지며 저 멀리에서 하강하는 비둘기가 보였다. 번쩍, 하며 그녀의 이성이 살아났다. 방금 전, 친구 재훈이 전화로 어떤 충고를 했었는지가 급하게 떠올랐다. 탁!

"안 합니다."

승희는 제게 접근한 무결의 입술을 찰진 손놀림으로 막아냈다. 다가오던 무결의 고개가 승희의 손바닥에 의해 삐끗 뒤로 밀렸다. 키스를 하려다가 난데없이 손바닥 공격을 당한 무결 또한 평소에는 좀처럼 볼 수 없는 당황스러운 표정으로 그녀를 보았다. 승희는 그를 원천 차단하려 완강한 표정을 연출했다. 그러나 인위적으로 지은 표정은 금세 풀릴 수밖에 없었다. 승희는 허걱 놀라고 말았다.

"……코피!"

얼이 빠져 있다가 그녀의 외침에 무결이 코 아래를 슥 훑었다. 피를 확인한 그가 '흐으……' 목이 들끓는 소리를 내며 콘솔박스에서 휴지를 꺼냈다. 코피가 심하게 난 건 아니었다. 휴지로 코를 막아내면 금방 지혈이 될 정도긴 했다. 무안해진 승희가 무결의 눈치를 보며 자그마한 목소리로 더듬더듬 말했다.

"살살 쳤는데…… 모, 몸이 너무 약한 거 아니에요?"

"아니에요. 강해요."

평소에 비해 그의 목소리가 컸다.

"약해서 피가 나는 게 아니고 흥분해서 그런 거예요."

승희의 귀에는 왠지 구차하게 들렸다.

"아드레날린이 심하게 분비돼서."

코피가 터진 와중에도 약하다는 말은 싫은가보다. 하지만 그의 이런 모습은 또 처음이라 왠지 우스웠다. 그가 귀여워 보이기도 했다.

"웃지 말죠."

그녀는 웃음을 삼켜야 했다. 어후, 한숨을 쉬는 그의 음색이 거칠었다.

"미안한데, 정당방위였어요."

"그게 그렇게 싫으면 말로 하면 되지."

그가 불만스럽게 대꾸했다. 정곡을 찔린 승희의 눈동자가 일순간 흔들렸다. 그 눈빛을 귀신같이 읽어낸 무결의 입술이 길게 늘어났다.

"갈등했구나?"

"아니거든요."

승희가 뒤늦게 반박했지만 소용없었다.

"갈등의 여지는 있는 사람이었네요, 내가."

그녀에게 맞아서가 아니라 분위기가 깨져서 원통해했던 무결의 기분이 조금 풀렸다.

"혼전계약서에 키스 조항까지 넣기엔 너무 유치하고. 이 정도는 가볍게 할 수 있는 부부가 돼야 하지 않겠어요?"

차분함을 되찾은 무결이 다시 제안했다.

"좋아요. 내가 백번 양보해서, 일단은 밀도 있게 하진 않을게요. 가볍게 해요."

그의 말이 무슨 뜻인지 헤아릴 수가 없었다. 그녀가 미간을 굳히는 사이.

"입술 안으로 밀어넣는 건 없을 거라고요."

뭐, 뭐, 뭐……. 적나라하게 상상의 여지를 남기는 그의 표현에 승희의 두 뺨과 귀가 빨개졌다. 희미하게 그가 미소 짓고 있는 것 같았다. 이걸 다 말해줘야 알아? 하며 놀리는 것 같기도 했다.

"그래도 안 되겠는데요."

약이 오른 승희도 강하게 맞섰다.

"어쨌든 버그를 해결해준 건 고맙긴 한데, 그 고마운 마음과 이건 다른 문제예요. 우리 회사 버그 잡아준 사람한테 내가 다 키스를 해주면요, 내가 어떤 사람이 되겠어요. 얼마나 문란해요, 안 그래요?"

또박또박 발음되는 말들에 무결은 컥, 하고 저도 모르게 헛기침을 했다. 왜, 왜. 얘기가 왜 그렇게 되냐. 문란하다는 말에 다시금 속이 얹히는 느낌이었다. 이럴 줄 알았으면 아까 물어볼 때 정확하게 대답할 것을! 불발된 키스 직전에 문란하다는 말을 스스로 써먹기도 했으니 주워 담을 수도 없고, 변명도 제대로 못 한 채 문란한 놈으로 낙인찍혀버렸다.

그리하여 대쪽같이 올곧은 우승희 선생의 도덕 교과서 같은 잔소리가 문란한 한무결에게 다소 엉뚱하게 쏟아졌다.

"버그를 해결해준 대가를 꼭 받고 싶다면 한무결 씨도 차분히 생각할 시간을 가지세요. 충동이 생길 때마다 바른 양심의 소리에 귀를 기울이라고요. 가만히 내면에 집중하다 보면 차츰 욕망이 식고 아, 내가 그때 왜 그랬지, 하고 생각하는 현자 타임이 올 거예요. 그렇게 열 번 아니, 스무 번 돌이켜서 생각을 해보고, 스스로를 뒤돌아보고, 그러고 나서 요청해요. 그땐 들어줄 테니까."

경계심이 잔뜩 느껴지는 야무진 잔소리의 향연. 어이가 없어서 말이 나오질 않는다.

"아, 내 바른 양심의 소리가 이것을 원하는구나,라고 생각하는 그걸 요청하라고요."

그녀에게 문란해서 미안하다는 말을 했던 게 잘못이었다. 완전히 오해하고 있는 것이다. 자신이 문란해서 키스를 원한다고. 그래서 문란한 그에게 스스로를 뒤돌아보라 말하는 것이다. 단지 키스를 하고 싶었을 뿐인데 바른 양심의 소리가 웬 말이냐.

"알겠어요? 스무 번."

무결이 충격을 받아 입을 꾹 닫고 있는 사이에 그녀는 한 번 더 따끔하게 강조했다.

한편 승희는 마음이 후련해졌다. 한무결의 마수에서 벗어나 하고 팠던 말을 확 쏟아내버렸기에 승리를 거머쥔 기분이었다. 가늘어진 그의 눈이 예리하게 빛났다.

"스무 번 돌이켜서 생각하면 된다는 거죠?"

더욱 낮아진 그의 목소리가 약간은 의미심장했지만 어쨌든 그 또한 수긍을 하는 것 같다.

"스무 번 참으면 키스해준다는 말입니까?"

이제 우리는 21일 뒤에나 만난다. 그리고 그 후에도 나흘에 한 번 만나게 되니 스무 번을 만나려면 약 100일이 걸리는 셈이다. 적어도 100일 동안 이 걱정은 안 해도 되겠지. 100일 정도 지나면 그 또한 내게서 정이 떨어지겠지. 그걸 버티면 나도 까짓 거 해준다.

"그때 가서 그렇다면 그럴 수 있죠."

승희는 자신만만하게 대답하고는 문을 열었다.

"오늘 고마웠어요. 그럼 안녕히 가세요. 21일 뒤에 뵙겠습니다!"

차에서 내린 승희는 도망치듯 쌩하니 건물 안으로 들어가버렸다. 그 뒷모습을 멀거니 앉아 바라보며, 무결은 다시 헛웃음을 지었다. 이 여자가 날 놀리나 싶었고. 또 한편으로는 그게 얼마나 싫었으면 그렇게 필사적으로 변명을 할까 싶었는데, 그런 반응이 또 너무 재미있고 귀여운 거지. 불발된 키스가 원통한데도 피식거리게 되었다.

'내가 뭐에 씌인 건가…….'

어쨌든 스스로 한 말은 지키길 바란다. 우승희. 준비하는 게 결혼인지 경쟁인지 모르겠지만, 몹시도 승자가 되고 싶어졌다.

4.

울음 직전처럼

무빈이 승희의 회사에 찾아가 소동을 벌였다는 소식을 뒤늦게 전해 들은 중우는 바로 희재원으로 달려갔다. 무빈은 제 아버지, 규원에게 악을 쓰며 호소하고 있었다.

"아빠, 그런 애를 그냥 둘 거예요? 걔가 우리 집안에 들어오면 큰일 난다고요."

"그건 무결이가 알아서 하는 거지."

서재에서 서류를 보던 규원이 귀찮은 듯 대답했다.

"그게 아니죠. 무결이는 지금 걔한테 푹 빠져서 눈에 뵈는 게 없다고요. 아빠도 들으셨잖아요. 직원 유니폼 입어주고 한무결 취향 다 맞춰주니까 애가 정신 못 차리고 있는 거예요. 그렇게 집안 수준도 떨어지는 애를 그냥 두실 거냐고요."

"그만 좀 해."

인상을 구긴 채 서류를 넘겨보던 규원이 자리에서 일어났다.

"집안의 수준으로 따지면 네 짝이나 무결이 짝이나 우리 집안에 못 미치는 건 매한가지야. 너 때문에 두 사람이 헤어져서 그 친구가 완전히 돌아서게 되면 너한테도 득 될 게 없어. 그렇게 자존심 센 친구가 가만히 있겠느냐는 말이다."

"……."

"이 집에서 사건이 일어난 게 한 달이 채 안 됐다. 사인은 자살이지만, 그 사건을 찜찜하게 보는 여론이 있어. 기자들한테 먹잇거리 될 만한 일은 만들지 마라."

서재 밖에 서서 두 사람의 대화를 엿들은 중우는 재빠르게 그곳을 벗어나 건물 밖으로 나왔다. 당장은 무빈이나 규원을 만날 수 없었다. 표정 관리가 되지 않을 것 같았다. 열을 식힐 필요가 있었다. 건물 밖에서 담배 두 대를 연달아 피우며 마음을 다스렸다.

중우의 아버지는 문구류 공장을 운영한다. 규모도 작지 않다. 그래도 공장 사장과 흥신소 사장은 급이 다르다고 생각했는데, 규원의 눈높이에서는 중우의 아버지와 우승희의 부친이 동급으로 분류되는 거였다. 금왕그룹 집안과의 수준 차이는 인정할 수밖에 없지만 그래도 우승희와는 격이 다르다고 생각했는데. 이런 무시를 당할 때마다 꿈이고 목표고 다 집어치우고 싶다. 중우는 건물 뒷마당에 만들어진 쁘띠의 묘에 담뱃재를 털었다.

"개소리를 하다가 물인지 농약인지 분간도 못 하고 마실 수도 있을 텐데. 그렇지, 쁘띠?"

중얼거리며 속을 달랜 중우가 건물 밖으로 나온 무빈을 알아보고는 손을 흔들었다. 무빈의 표정은 좋지 않았다.

"왜 안 들어오고 거기 있어?"

다가오던 무빈은 중우가 담배를 발로 비벼 끄는 것을 보고는 한

번 더 신경질을 부렸다.

"쁘띠 묘에다가 쓰레기 버리지 말라고 했잖아. 한번 말하면 못 알아들어?"

"아, 쁘띠 묘라고 했지, 잊었어."

중우는 능청스럽게 담배를 주워 근처의 휴지통에 갖다 버렸다.

"공주님이 우승희 때문에 화가 많이 나셨구나."

비위를 맞춰주니 무빈은 금방 표독스런 표정을 풀고 한숨을 내쉬었다.

"아빠는 그냥 가만히 있으래. 내가 나서면 괜히 기자들만 난리 친다고."

"틀린 말씀은 아니지."

중우는 침착한 목소리로 무빈을 달랬다.

"이럴 땐 직접 공격하면 안 돼."

그리고 자신의 계략을 전했다.

"자기는 이제 내 말을 들어. 혼자 행동하지 마. 그 애의 약점은 내가 잘 알아."

필요 없는 것을 쓸어내며, 연인을 더욱 제 안으로 끌어들일 것이다.

"이런 건 전략이 필요한 거야."

우승희가 어쩌면 좋은 밑거름이 될지도 모르겠다.

다음날 아침. 승희가 가장 먼저 회사에 도착하여 혜순을 맞았다.

"대표님 오셨네요. 안녕하세요오……."

언제나 생기 있는 인사를 하던 혜순의 목소리가 초반부터 기어들어간다. 승희가 혜순의 자리로 찾아갔다.

"혜순 님?"

"네. 대표님."

혜순은 고개를 푹 숙이고는 대답했다. 목소리에서 회한이 느껴졌다. 승희는 그런 혜순이 귀여워 피식 웃었다.

"너 어제 일 다 기억나지?"

"죽을죄를 지었습니다."

"무슨 죽을죄야. 얼마나 귀여웠는데."

"하아. 놀리지 마시고요."

그녀가 술에 취해 보인 행동들은 무빈의 난동에 비할 바가 아닌데. 어제 자신이 저지른 일에 대해 부끄러워하는 혜순은 여전히 귀엽게 여겨졌다.

"혜순아."

승희가 한층 진지해진 목소리로 혜순을 불렀다.

"네. 대표님."

"한무빈 전무 어떻게 할까."

혜순에게 참으라, 이해하고 넘어가 달라 말할 수는 없다. 무결에게는 미안한 일이지만, 무결이 사과했다고 해서 덮어버릴 수 있는 일이 아니다. 사과는 받는 사람의 입장에서 받아들일 수 있는 것이어야 한다. 다행이랄까, 혜순의 표정이 많이 어둡지는 않았다.

"왜 저한테 물어보세요. 대표님이 알아서 하세요."

"피해를 입은 건 너잖아. 네가 원하는 대로 해야지. 네 생각이 먼저야."

"정말요?"

"그래."

"내가 한무빈 전무 똑같이 때려달라고 말해도?"

"그건 못 해. 하지만 법이 벌을 내리게 할 수는 있겠지."

승희가 현실적으로 답했다. 혜순의 눈가에 이슬이 약하게 고였다가 말끔하게 빠졌다.

"언니가 내 편이면 그걸로 됐어요."

혜순은 마음을 털어낸 얼굴로 웃었다.

"한무빈 전무가 너무 밉긴 한데요. 이 일이 커지면 우리 트윙클에 셋에 좋은 영향이 오지는 않을 것 같아요. 사람들이 '이 기회에 떠보려고 별 수작을 다 부린다'라고 생각하게 되는 것도 싫고요."

이번엔 승희의 눈가가 촉촉해졌다. 직원을 지켜주려고 했는데, 직원은 외려 회사를 지키려 애쓰고 있다. 부족한 게 많은 회사라 미안했고, 혜순의 결정이 짠하기도 했다.

"그래서 언니도 몰래 사귀고 있는 거잖아요. 회사 일에 지장 주지 않으려고."

으응……. 그 와중에 혜순이 덧붙인 말에 승희의 눈가에 묻은 물기도 쏘옥 빠졌다. 우리는 사귀는 것도 아니고 아무것도 아닌 사이란다. 미안, 혜순아.

"한무결 씨한테 아연맨 꼭 받아라."

"하아, 그 와중에 그건 좋네요. 울면서 춤을 추고 싶은 기분이네요."

혜순이 허허허 텅 빈 웃음을 지었다.

"잘 이겨내보자. 혹시라도 뒤늦게 울화가 치밀면 얘기하고."

혜순을 다독이며 대화를 마쳤다.

두 사람이 업무를 시작할 때쯤 다시 사무실 문이 열렸다. 직원인

철순 또는 앙드레일 거라고 생각했는데 뜻밖에도 명중우였다. 기분 좋게 하루를 시작하려던 승희의 표정이 굳었다. 손님을 보고도 승희가 아무런 말을 하지 않아 혜순이 먼저 말을 건넸다.

"안녕하세요. 어떻게 오셨⋯⋯."

"한무빈 씨 약혼자예요. 명중우라고 합니다."

혜순이 용건을 채 묻기도 전에, 혜순을 알아본 명중우가 먼저 인사했다. 혜순은 얼떨떨한 표정으로 승희를 보았다.

"어제 한무빈 씨가 무례를 범했다고 들었습니다. 한무빈 씨가 부끄러운지 저를 대신 보냈네요."

명중우와의 악연이 깊은 탓에 잠시 굳어 있던 승희가 두 사람에게로 걸음을 옮겼다. 실은 몸이 떨려왔다. 명중우에게 먹살을 잡혔던 오래전의 기억이 여태 그녀를 괴롭히고 있었다.

"어제 일은 정말 죄송합니다."

중우는 혜순에게 깍듯하게 사과했다. 하지만 혜순은 못마땅한 듯 미간을 구겼다.

"사죄의 의미로 한무빈 씨가 국산 최신 중형차 한 대를 보내드리겠다고 하는데 어디로 받으시겠습니까."

"어떤 차를 보내줄 줄 알고요!"

사건을 돈으로 덮으려는 행태에 울컥 화가 올라온 혜순이 소리를 높였다.

"안전한 차일 겁니다. 장담하죠."

중우가 부연설명을 덧붙였으나 혜순은 차갑게 쳐냈다.

"괜찮습니다. 다시 또 그러시지만 않으면 돼요."

혜순이 거액의 보상을 거절하자 중우 또한 당황한 눈빛을 잠시 보였다.

"정말 괜찮으시겠습니까?"

"사과는 이만하셔도 될 것 같네요. 저희도 일해야 하니까 이만 가 주시겠어요?"

혜순이 불편해하는 기색을 읽은 승희가 둘 사이에 끼어들어 말했다. 승희는 중우를 내보내기 위해 출입문 쪽으로 갔다.

"승희야."

그런데 명중우가 돌연 다정한 목소리로 그녀의 이름을 불렀다. 승희는 소름이 끼쳤다. 혜순도 황당한 표정이었다.

"죄송합니다. 실은 승희와 제가 대학교 동기거든요. 아는 사이입니다."

중우는 혜순에게 짧게 두 사람의 관계에 대해 설명했다.

"승희야, 잠깐 밖에서 얘기 좀 하자."

중우가 먼저 출입문 밖으로 나서며 말했다. 저걸 따라가야 하나 말아야 하나, 벌써부터 멱살을 잡힌 듯 숨통이 죄어드는 기분이었지만 승희는 중우를 따라 걸음을 옮겼다.

"얼른 다녀올게."

계속 마주칠 사이라면, 명중우는 극복해야 할 존재였다. 과거에 얽매여 녀석을 계속 두려워할 수는 없었다. 명중우는 엘리베이터 앞에서 걸음을 멈췄다.

"승희야. 이제 잘 지내보자."

그녀를 향해 녀석이 미소를 지었다. 입술 끝에 실 리프팅이라도 한 것처럼 그 미소가 가식적으로 여겨졌다.

"말투가 달라졌네."

승희가 차가운 목소리로 말했다.

"시간이 많이 지났고. 너와 이렇게까지 얽힐 줄은 몰랐으니까. 서로 으르렁거려봐야 좋을 게 없잖아. 어쩌면 식구가 될 수도 있을 텐데."

중우가 차분한 목소리로 말했다. 승희는 단박에 고개를 끄덕일 수 없었다. 그러기에는 두 사람의 골이 너무 깊었다.

"그러기 전에 나한테 사과할 게 있지 않아?"

승희의 지적에 중우의 억지 미소가 잠시 풀렸다.

"그렇지. 지난 일들은 미안하다."

정확히 지난 일들이 무엇인지, 뭐가 미안한지 구체적으로 따지고 싶었지만 승희는 여기서 마무리 짓기로 했다.

"그래. 앞으로는 탈 없이 지내보자."

과연 잘 지낼 수 있을지는 앞으로 더 지켜볼 문제겠지. 워낙 하이에나 같은 녀석이라 입에 발린 말을 했을 가능성이 크다.

승희가 대답한 뒤, 엘리베이터가 도착했다. 중우가 엘리베이터에 오른 후, 승희도 돌아섰다. 그런데 닫히려던 엘리베이터 문이 다시 활짝 열렸다.

"처남을 많이 좋아하긴 하나봐. 직원 유니폼을 입어주는 이벤트까지 하고 말이야."

그의 말이 다 끝나지 않았던 것이다.

"그날 사람이 죽었지 아마? 처남 아니었으면 어쩔 뻔했어."

명중우의 지적 하나하나가 승희의 심장을 향해 겨눈 활시위 같았다.

"그런데 왜 처남 방을 놔두고 할아버님 서재에 있었지? 직원이 죽어서 발견된 방 가까이잖아."

완전히 닫힌 엘리베이터.

"허."

승희는 한 대 맞은 것만 같이 멍해졌다. 명중우가 가장 마지막 순간에 지은 미소가 의미심장했다.

다시 사무실로 돌아가니 혜순이 득달같이 달려와 호들갑스럽게 묻는다.

"언니, 그놈 맞죠? 언니가 예전에 잠깐 얘기한 적 있었잖아요. 언니 대학교 1학년 때 언니 멱살 잡았다는 그놈. 명중우."

혜순에게는 잠깐 지나가듯 얘기한 것 같은데 그걸 기억하고 있었다.

"이름이 특이해서 기억에 남았었는데. 금방 못 떠올렸네."

혜순이 이를 갈았다.

"어휴. 그놈인 줄 알았으면 똑같이 멱살 잡아주는 건데."

욕해주는 마음만으로도 위로를 받을 수 있다는 걸 혜순은 알까. 승희는 그 마음이 고마워 웃어주었다.

"와, 근데 어떻게 이런 악연이 있을 수 있나요. 언니 정말 괜찮겠어요? 시누이 커플이 너무 막강한데요."

걱정 마. 그 사람은 내 시누이가 되지 않을 테니까. 걱정해주는 혜순에게 진실을 털어놓지 못하는 게 안타까울 뿐이다.

그나저나 명중우가 헤어지기 직전에 했던 말이 뇌리에서 잊히질 않았다. 잘 지내보자는 말이 과연 진심이었을까. 내게 '춘철살인녀'라는 별명을 붙인 녀석, 이번에는 또 무슨 일을 꾸미려나.

하지만 이제 그때만큼 두렵지는 않을 것 같다. 자신을 지지해주는 직원들이 있으니까. 그리고 한무결도 있다. 왠지 그 사람만은, 금왕그룹 집안사람들이 모두 등을 돌려도 자신의 편일 것만 같은 생각이 들었다. 그 마음만으로 어쩐지 든든했다.

오후에는 재훈이 찾아왔다. 재훈은 어제 일에 대해 정중히 사과했다.

"혜순 씨. 어제는 정말 미안했어요. 다시는 이런 일 없을 거예요."

재훈의 인사에 혜순이 멋쩍게 대답했다.

"대리님이 무슨 죄가 있나요. 저는 괜찮아요."

"이해해줘서 고마워요."

어쨌든 어제의 사건은 그런대로 마무리가 된 듯싶다. 혜순의 상처가 완전히 아물 때까지는 시간이 좀 걸리겠지만, 그래도 한무빈의 지인들이 발 빠르게 찾아와 사과를 해온 것은 천만다행이었다.

재훈은 뿐만 아니라 기쁜 소식도 전해 주었다.

"우 대표. 드디어 엔젤투자자가 미션을 보냈어. 이번엔 진짜야."

"오! 드디어!"

재훈이 들고 온 소식에 직원들의 얼굴에도 화색이 돌았다. 재훈과 트윙클에셋의 직원들은 모두 회의실에 모여 재훈이 가져온 정보를 듣기로 했다.

"이번 주 토요일, 일요일 1박 2일 동안 농촌에 가서 일손을 돕고 오래. 그게 미션이야. 활동 장소는 여기고."

재훈이 꺼내놓은 문서는 충남 서천의 한 마을이 표시된 지도였다. 모인 직원들은 이게 무슨 소린가 싶은 표정으로 재훈을 바라보았다.

"엔젤투자자가 혹시 농촌의 지주예요?"

"그건 아닐 텐데."

혜순의 질문에 재훈이 답했다. 승희도 질문을 던졌다.

"혹시 나 혼자 오라거나 여기에 리조트가 있거나 펜션 스위트룸이 있거나 그런 건 아니겠지?"

"아니야. 이번에는 되도록 전 직원이 다 같이 오라고 했고, 모두 이장님 댁에서 머물 거야. 순수 농촌 일손 돕기라는 얘기야."

재훈이 더 상세히 설명했다. 하지만 직원들은 여전히 안갯속을 걷는 듯한 표정이다.

"왜요? 우리는 자산관리 회사인데 웬 농촌 봉사활동이에요?"

"직원들의 성실성이나 열정을 보려는 게 아닐까 싶어."

철순의 질문에 재훈이 대답해주었다. 뒤이어 승희도 물었다.

"그럼 엔젤투자자도 거기 있다는 말이야?"

"그건 아닌 것 같아."

"그럼 뭐야! 어떻게 우리의 성실성과 열정을 알 수 있냐고."

"추후에 마을 주민들한테 물어보지 않을까? 지금으로써는 그런 추측밖엔 안 들어."

철순이 턱을 짚고는 고개를 끄덕였다.

"그럼 이장님이 평가자일 수도 있겠다."

엔젤투자자의 의중을 제대로 알 수 없고, 안개가 자욱한 미션이지만 어쨌든 투자자의 요구에 응답해야 한다. 승희는 직원들에게 의견을 물었다.

"다들 갈 시간은 돼? 주말인데 괜찮아?"

"저는 괜찮아요."

"저도요."

철순과 앙드레가 응답했다. 혜순도 잠시 후 흔쾌히 대답했다.

"저는 약속이 있긴 한데, 100억이라면 가야죠."

"고마워."

급하게 생긴 일정인데 직원들이 모두 따라주어서 고마웠다. 승희
는 모두에게 인사한 후 재훈에게 다시 물었다.

"달리 준비할 건 없고?"

"일은 많으니까 몸만 가면 된다고 하던데? 엠티 가는 셈 치고 즐겁
게 다녀오라는 전언이 있었어."

재훈이 가볍게 대답했다. 돈이 걸린 문젠데 그게 쉽게 되겠냐마는,
그래도 그렇게 말해주니 긴장이 풀리는 느낌이었다.

"그래. 이왕 가는 거 행복한 마음가짐으로 가야지."

시험을 친다고 생각하지 말고, 뜻깊은 경험을 한다는 생각으로 다
녀와야지.

"저녁때 나도 합류할게."

재훈도 승희의 기합에 좋은 기운을 더해주었다.

저녁 시간. 무결이 승희의 회사를 방문했다. 트윙클에셋 사무실에
는 혜순만 남아 업무를 보고 있었다.

"혜순 씨."

혜순은 화들짝 놀라며 일어나 인사했다.

"안녕하세요. 대표님 안 계시는데."

"뭐 상관없어요. 혜순 씨 만나러 온 거니까."

미(美) 숭배자 혜순의 가슴에 훈풍이 불었다. 외모만으로 상큼한
기운을 물씬 풍기는 그가 다정히 말을 거니 못된 시누이를 갖게 될
승희도 부럽게 여겨졌다. 무결이 곧장 다가와 혜순에게 아연맨 패키
지를 내밀었다. 어제 술에 취한 혜순에게 주기로 약속했던 그것이다.

"이거요. 준다고 했던 거."

"진짜 받아도 돼요?"

"그럼요."

아는 사람들은 다 알 만한 한정판이기에, 이를 받은 혜순의 손이 감격에 부들거렸다. 주는 사람의 얼굴에 걸려 있는 미소가 고왔다. 이왕 받는 거 고맙게 받아야지. 기뻐하는 혜순의 얼굴을 확인한 무결이 뒤늦게 물었다.

"다들 퇴근했어요?"

"아뇨. 대표님은 투자 지원 회사 미팅 갔고요. 앙드레랑 철순이는 밥 먹으러 갔어요."

"혜순 씨는 저녁 안 먹어요?"

"다이어트요. 어제 너무 많이 먹어서……."

어제…… 어제의 일을 떠올리니 혜순 또한 사과를 하고 싶어졌다.

"어제는 죄송했습니다."

"아니에요. 내가 미안하죠. 그런 누나를 둬서. 정말 미안합니다."

젠틀하기까지 해. 어쩌면 좋을까. 무결의 아름다움에 마음이 너그러워진 혜순은 굳이 말하지 않아도 될 사실을 얘기했다.

"대표님은 회사에 다시 들른다고 하셨어요. 언제 올지는 모르겠는데 돌아오긴 할 거예요."

"네. 알겠습니다."

혜순이 전해준 정보에 승희를 기다려볼까 생각한 무결은 조용히 사무실을 거닐었다. 그리고 벽에 붙어 있는 스케줄판을 보고서 혜순에게 다시 말을 걸었다.

"혜순 씨, 나 뭐 좀 물어봐도 돼요?"

"네. 말씀하세요."

"혹시 야유회 가요?"

스케줄판의 토요일, 일요일 자리에 '충남 서천 1박 2일'이라고 쓰인 글씨를 발견한 거였다.

"아, 그거요. 저희한테 미션을 준 엔젤투자자가 있거든요. 그 투자자가 1박 2일 동안 농촌 일손 돕기를 하고 오라고 했어요."

"미션이요?"

"네. 워낙 거액을 투자하시는 분이라 믿고 투자할 만한 스타트업인지 확인하기 위해서 미션을 주는 거래요."

혜순은 술술 잘도 얘기했다. 무결은 고개를 갸웃거렸다. 다른 직원들이 보였던 반응과 같았다.

"어플리케이션 개발 회사에, 농촌 일손 돕기 미션을 준다?"

"아마도 직원들의 성실성이나 열정을 보려는 것 같대요."

"그럼 마을 주민들의 평가가 중요하겠네요."

무결은 조용히 고개를 끄덕거렸다. 농촌 일손 돕기. 사실 별로 구미가 당기진 않는다. 농사일이 얼마나 힘든지는 인터넷만 뒤져도 어느 정도 파악이 되므로. 하지만 1박 2일이라니, 한번 같이 가볼까.

"직원 네 명서 농사일을 하는 게 쉽지는 않겠네요. 일손이 더 필요하지는 않겠어요?"

무결이 넌지시 물었다.

"김재훈 대리님이 저녁때 와주시기로 했어요."

"김재훈 대리?"

왠지 귀에 익은 이름에 무결의 눈썹이 구겨졌다.

"네. 대표님 대학교 동기인데 투자 지원 회사 대리님이에요. 이번

일 주선하신 분이고요."

"그럼, 양 부장님 회사의 대리?"

"어? 양 부장님 아시네요? 대표님이 양 부장님하고는 연락 안 한다고 하셨어요. 일이 좀 있었거든요."

무결도 아는 사연이다. 승희를 강원도 리조트로 부른 사람이 자신이었다는 것을 혜순은 아직 모르는 것 같았다. 그건 그렇고, 무결의 관심은 딴 데 있다. 어제 자신의 차안에서 승희와 단둘이 있을 때, 그녀는 누군가와 통화를 했었다. 그때 통화를 나눴던 상대가 틀림없었다. 김재훈. 어젯밤 그녀가 자신에게 문란하다느니, 스스로를 뒤돌아보라느니 하며 넋을 빼놓는 바람에 잠시 잊고 있었던 이름이다.

"이름이 김재훈이라고요?"

"네."

"남자?"

"네. 남자."

"우승희 씨 대학교 때 남자 동기들이랑 사이 안 좋았던 걸로 아는데."

"아, 김재훈 대리님이 유일해요. 워낙 꼼꼼하고 성실하고 젠틀하신 분이라."

혜순은 자신이 무슨 말을 하는지도 모르는 채, 자신이 알고 있는 것을 성실하게 답했다.

"그럼 투자 지원 회사에 가 있다는 건, 그 김재훈이란 친구랑 같이 있다는 얘기겠네요."

"네. 맞아요."

혜순은 무결의 목소리가 서늘해진 것을 크게 감지해내지 못하고서 씩씩하게 대답했다.

재훈의 투자 지원 회사 사무실.

승희가 오랜만에 재훈의 회사를 방문한 이유는 엔젤투자자에 대한 정보를 얻기 위해서였다. 작년에 같은 엔젤투자자에게서 100억을 투자받은 여행업체 대표를 만나기로 했기 때문이다.

"저희도 한 번도 뵌 적 없어요. 전화 통화도 해본 적 없고요. 다만 회사가 잘돼서 올해 초에 상을 탔는데 그때 손글씨 축하카드가 왔어요."

여행업체 대표는 가지고 온 카드를 승희에게 보여주었다.

—수상을 축하드립니다. 앞으로 좋은 일도 많이 하시며, 계속 번창하길 응원하겠습니다.

흘림체가 멋들어진 손글씨였다.

"뭐 이것조차 투자자님 본인이 쓰신 건지는 알 수 없지만요."

"네. 그럼 평가서 같은 것도 따로 없었겠네요."

"평가서는 없었지만 계속 받았던 조언은 그거였어요. 신혼부부 200쌍의 계약을 성사시키는 게 목표이지만, 그 목표를 채우기 위해 다른 놓치는 고객들이 없게 하라."

여행업체 대표의 대답에 승희는 모호해졌다.

"그런 생각은 안 드세요? 계약 200건을 다 성사시키지 않더라도, 어쩌면 엔젤투자자가 투자를 했을 것 같다는 생각."

"맞아요! 정말 그런 느낌이 있었어요. 내가 열심히만 하면, 목표를 채우지 않더라도 투자가 들어올 것 같다는 예감이 왠지 있었어요."

여행업체 대표가 반가운 얼굴로 맞장구를 쳤다.

그런데, 그 중요한 이야기를 하는 와중에 휴대폰이 길게 울렸다. 슬쩍 화면을 확인해보니 '무결'이라는 이름이 뜨는 메시지다. 메시지를 줄줄이 이어 보낸 모양이었다. 승희는 휴대폰을 뒤집어버렸다. 하지만 잠시 후에 다시 드르르르, 더 길게 진동이 울렸다. 진동은 아예 멈추지를 않았다. 여행업체 대표가 슬쩍 눈치를 주었다.

"전화를 받는 게 좋지 않겠어요?"

"죄송합니다."

승희는 상대에게 양해를 구하고서 휴대폰을 다시 들었다. 그리고 메시지 창을 열자마자 움찔 놀라고 말았다. 확인된 메시지는 다름이 아닌, 한무결 사진, 사진, 사진, 사진……

셀카를 200장 보내겠다더니, 사람 괴롭히는 방법도 참 가지가지다. 왜 하필 이런 중요한 때에 사진 폭탄을 투척할까. 승희는 전화를 걸어 소리를 빽 지르고 싶은 마음을 다스리며 무결에게 문자를 보냈다.

—그만 보내요.

그러나, 사진 폭탄에 답문이 묻혔다.

—그만
—좀
—보내라고요!

결국 문장 하나를 세 번에 걸쳐 끊어 보낸 이후에야 진동은 잠잠해졌다.

―다음엔 우승희 씨 사진도 부탁드립니다.

승희는 능청스럽게 온 답문에 거칠게 한숨을 쉬었다.

여행업체 대표와의 미팅을 끝내고 회사로 복귀하니 어느덧 밤이다. 주차장에 차를 대고서 사무실로 올라가려는데, 기다렸다는 듯이 무결이 내려왔다. 무결의 얼굴을 보자마자 승희는 버럭 화가 올라왔다.

"남의 회사 망치려고 작정했어요? 중요한 미팅 중이었다고요! 계속 진동이 울려서 얼마나 난처했는지 알아요?"

"미안한데 혜순 씨의 충고에 따른 거예요. 연인 사이에 서로 사진 한 장 안 가지고 있으면 사람들이 의심한다고 그래서요."

"그럼 한 장만 보내면 되잖아요."

"고를 수가 없어서요. 사진발을 워낙 안 받아서. 실물이 낫잖아요."

아, 그건 인정하는데. 그건 그렇고.

"우리 20일 뒤에 만나기로 한 거 잊었어요?"

"혜순 씨한테 아연맨 갖다주러 온 거예요."

"혜순이한테 연락받은 건 두 시간 전인데 지금까지 뭐 했어요? 우리 직원들이랑?"

"앙드레 코딩 좀 도와줬어요."

앙드레에게 도움을 줬다니, 무안하다. 너무 버럭 화를 냈나 싶어 승희의 목소리가 작아졌다.

"그걸 왜 도와줘요. 앙드레 혼자 다 할 수 있다고요."

"앙드레가 먼저 도움을 요청하던데? 너무 직원들 혹사시키지 말고 사람 더 구해요. 어플리케이션 회사에 개발자가 한 명인 게 말이 됩니까."

"투자받으면 할 거예요."

"언제 투자받을 줄 알고. 빚져서라도 인력 충원이 먼저지."

그의 말이 원망스러워 승희의 입술이 슬쩍 튀어나왔다. 빚이라는 말을 참 쉽게 한다. 내가 지금 뭐 때문에 당신이랑 얽혀 있는 건데.

"나도 코딩 배우고 있어요."

코딩을 배우는 것보다 그 시간에 돈을 벌어서 인력을 충원하는 게 더 효율적이라는 것을 스스로도 알고 있기에, 승희의 목소리는 계속 자신감 없이 작았다.

"그런 면이 참 좋긴 합니다. 계속 배우려는 자세."

그런데도 그는 이를 칭찬해준다. 직원을 칭찬하여 사기를 높여주는 기업 대표의 입장이라, 칭찬을 들을 기회는 많지 않다. 그 때문인지 그의 칭찬이 입에 발린 말이라는 걸 알면서도 승희는 위로받는 느낌이었다.

"내가 이따금 이렇게 도와주러 와요?"

그리고 그는 친절한 말을 하나 더 덧붙였다. 조건 없는 재능기부라면 받아들여도 되지 않을까 하는 생각에 마음이 물러졌다. 한무결이라는 커다란 바다에 한 발을 내딛는 것만 같은 무서운 느낌도 들었다. 파도에 휩쓸려가지 않게만 조심하면 되지 않을까. 가벼운 질문에 오만 가지 갈등을 하는 그녀를 보며 한 발짝 가까이 다가온 그가 잠잠히 목소리를 냈다.

"그리고 나."

"……."

"두 번째 참고 있어요."

친절한 경고였다.

*

시간이 흘러 토요일 이른 아침, 서천을 향해 출발한 승희의 차는
정오가 되기 전에 마을에 도착했다.

재훈은 농촌이라고 설명했지만 차로 몇 분만 달리면 바다에 닿을
수 있는 마을이었다. 지대가 높은 곳에 오르면 논과 밭과 바다까지
한눈에 보이는 마을. 승희도 가슴이 시원하게 탁 트이는 것만 같았
다. 서울의 탁한 하늘만 보고 살아서인지 직원들도 멀리 나왔다는 사
실만으로 행복해하는 것 같았다. 승희는 처음으로 결과보다 과정이
더 중요하리라는 생각을 했다. 지금 이 순간의 행복은 얼마나 소중한
가. 내가 사랑하는 이들과 함께 마시는 맑은 공기는 얼마나 고마운
가. 삶은 얼마나 큰 축복인가.

"언니, 지금 기분 어때요?"

마을회관으로 가는 길, 승희의 표정을 만족스럽게 바라보던 혜순
이 물었다.

"너무 좋다. 너는?"

"저도요. 그래서 할 말이 있는데."

"응?"

"언니 애인이 합류하기로 했어요."

이 순간의 행복 취소. 삶의 축복 취소. 승희의 머릿속이 하얘진 것
도 모르고, 혜순은 사랑의 큐피드가 된 듯 세상 뿌듯한 얼굴이다.

무결 역시 아침 일찍 피곤해하는 세열을 깨워 조수석에 앉히고 차
를 몰았다. 휴게소에 들르지 않고 두 시간 남짓 운전하여 서천의 농
촌 마을에 닿았다. 마을 이장님께 찾아가 일손을 도우러 왔다고 말하
니 이장은 고개를 갸웃거렸다.

"네 명이라고 들었는데 여섯 명이여?"

"네. 네 명은 다른 팀입니다. 저희는 뒤늦게 연락을 받고 일손을 보
태러 왔습니다."

"그려. 사람 많으면 좋지."

이장은 허허 웃으며 두 사람에게 마을회관까지 가는 길을 알려주
었다. 무결의 혼약자를 볼 생각에 세열의 마음은 잔뜩 부풀었다. 그
간 무결에게 들은 정보는, 혼약자가 엄청 예쁘다는 것, 퀸카라는 것,
그리고 자산운용 회사를 운영하는 인재라는 것뿐이었다. 그 외에 무
결이 여태 혼약자의 이름조차 얘기해주지 않았기에 세열에게 '의문
의 그녀'는 '환상 속의 그대'와 같았다.

"왜 내가 떨리냐."

기대에 가득 차 있는 세열을 보며 무결도 피식 웃었다. 세열은 꽤
붙임성 있고 재치 있는 친구니 아마 분위기를 잘 띄워줄 것 같다. 무
결도 세열만큼이나 오늘의 일정에 기대를 하게 되었다.

"나와 있네."

그리고 기대한 것보다 더 빨리, 그녀를 만날 수 있었다. 마을회관
앞에 승희가 홀로 서 있었던 것이다.

"우승희 씨야. 정중하게 인사해."

무결은 그녀와 거리가 가까워지기 이전에 미리 세열에게 일러두었다. 그런데, 세열의 반응이 뭔가 싸하다.

"쟤였어?"

남의 혼약자에게 '쟤'라니. 무결의 눈썹이 뒤틀렸다.

"네가 지금까지 얘기했던 그 혼약자가 우승희라는 거지?"

친구 세열의 입으로 발음되는 혼약자의 이름이 낯설게 들렸다. 세열 또한 승희를 알고 있었던 것이다.

"우승희 씨, 알아?"

"알지. 아주 잘 알지."

"어떻게 알아."

"우리 학교잖아."

그래. 둘이 같은 Y대 졸업생이긴 하지만. 우승희가 엄청난 퀸카였다고 듣긴 했지만.

"넌 컴공이잖아."

한 명은 경영학과, 한 명은 컴퓨터공학과 출신인데 어떻게 아주 잘 알 수가 있지?

게다가 서서히 다가오는 그녀의 눈빛도 예사롭지 않았다. 자신을 알아본 게 아니라 세열을 먼저 알아본 듯하여 무결의 표정이 전보다 더 심하게 굳었다.

"아아주 오랜만이네요. 우승희 후배님."

이를 신경 쓰지도 않고, 세열이 싸해진 목소리로 승희를 불렀다.

"그러네요, 선배님."

무결은 제 옆에 선 두 사람을 천천히 번갈아 바라보았다. 내 절친이 나의 그녀를, '아주 잘' 알고 있다는 것이, 그녀가 내게 알은체하기도 전에 내 절친을 먼저 부른 것이 참으로 불편했다.

무결과 세열의 앞에 선 승희는 인상을 굳히고서 물었다.

"두 분이 아는 사이였어요?"

무결이 여기까지 따라온 것도 경악할 일인데 그 옆에 이세열이라는 혹이 있었을 줄이야. 세열이 입술을 비뚜름하게 들어올리며 대답했다.

"절친이죠."

"세상이 참 좁네요."

"그쪽이 워낙 유명하신 건 아니고?"

세열의 말투는 다소 공격적이다.

"무결이가 하도 이름을 안 말해주기에, 난 또 볼드모트라도 되는 줄 알았네."

지금껏 입을 열지 못하고 승희와 인사도 못 나눈 채로 두 사람을 가만히 지켜보던 무결이 물었다.

"둘은 어떻게 아는 사인데?"

질문을 하는 것 자체에도 괜히 심사가 뒤틀렸다. 내 친구가 내 혼약자에 대해 더 많이 아는 듯한 표정을 보이는 것이 마음에 들지 않았다.

"이분이 바로, 내 국가안보국 취업을 최종 불합격의 길로 이끈 장본인이시지."

세열의 대답에 무결은 몇 년 전의 기억을 떠올렸다. 대학교 졸업학기, 그간 학점 관리를 잘한 세열은 몇 개의 기업과 기관에 취업 원서를 넣었다. 그중 세열이 가장 입사하고 싶었던 곳은 국가안보국

이었다. 다들 졸업 이전에 원서를 제출하고 원서에 기록되는 학점
은 4학년 1학기까지인 것이 보통이라 세열도 그렇게 원서를 작성했
다. 아마 10월쯤 국가안보국으로부터 합격 소식을 들었던 것 같다.
그 후 나태해진 세열은 4학년 2학기 수업에 소홀했다. 바쁘다는 핑
계로 수업 조모임에 얼굴을 보인 적이 한 번도 없었을 뿐더러 수업
에 출석 자체를 거의 하지 않았다. 입사하기 전에 실컷 놀아야 한다
며 무결을 자주 불러내 먹고 마셨다. 그러던 어느 날, 세열은 난데없
이 최종 불합격 통보를 받았다. 국가안보국 합격자들의 신체검사를
하루 앞둔 날이었다. 이유인즉, 4학년 2학기 과목에서 D가 나와 국
가안보국의 합격자격 미달로 최종 불합격처리 되었다는 것이다.

그때 세열이 자신을 붙들고서 꽤나 한탄했기에 무결도 그 사연을
정확히 기억하고 있었다. 무결이 떨리는 목소리로 물었다.

"그 교양 수업?"

"그래. D 학점을 준 그 수업의 조모임 대표가 바로 이분이시지."

세열이 어금니를 물고는 승희를 노려보며 대답했다. 고개를 팽 돌
려 떠나는 승희를 쫓아가려는데 세열이 치졸하게 한마디 한다.

"한무결. 이 결혼 반대야. 너 결혼하지 마."

내 결혼이다, 인마.

무결은 재빨리 뛰어 승희의 옆에 붙었다.

"저 사람이랑 왜 같이 다녀요?"

승희는 표정을 굳히고서 물었다. 부디 별 사이 아니기를 속으로 생
각했다. 하지만 그의 대답은 기대와 달랐다.

"우리 회사 부사장이에요. 같이 회사 차린 창립 멤버고."

"그럼 둘이 친하겠네요."

뭐 이런 다 가진 남자가 있지? 내가 싫어하는 사람들만 다 가진 남자. 어째서 이렇게 당신을 멀리해야 할 이유만 쌓여 가는지.

혜순이 그가 서천까지 왔다고 말해주었을 때, 처음에는 놀라긴 했지만 또 한편으로는 대단하다는 생각을 했었다. 그가 보여주는 열의를 존중해줘야겠다는 생각도 잠시 했었다. 그런데 이제 다시 그가 멀어진 느낌이었다.

무결, 세열과 따로 활동을 하면 좋으련만, 마을의 이장님은 트윙클에셋과 무결, 세열을 같은 그룹 취급하였다.

"세 명씩 짝지어서 한 팀은 주방으로 가서 음식 하고, 한 팀은 비닐하우스 좀 정리했으면 좋겠는데."

"언니, 저 음식 못해요. 아시죠?"

이장님의 말씀이 떨어지기 무섭게 혜순이 승희의 귀에 대고 말했다. 혜순이 요리를 못하는 건 잘 알고 있는 사실이다.

"저희 둘도 비닐하우스로 가는 게 좋을 것 같은데요."

비닐하우스 일이 더 힘들 거라는 걸 예상한 철순이 앙드레의 어깨에 손을 올리며 말했다. 스스로 힘든 일을 자처하는 것이다. 그렇게 되면 주방 쪽에 남게 되는 사람은 자연스럽게 정해진다. 우승희, 한무결, 이세열. 정말 짜증나는 조합이지만 그게 맞겠다는 판단도 들었다. 이 도련님들이 농사일을 잘하지도 못할 테니, 그들을 관리하려면 옆에 데리고 있는 게 좋을 것 같았다.

"나랑 한무결 씨랑 한무결 씨 친구분이 주방일 할게. 비닐하우스 일이 더 힘들 것 같은데 괜찮겠어?"

"네. 문제없어요."

트윙클에셋의 직원들이 대답했다.

"그래. 그럼 이따가 만나자. 잘 부탁해."

승희는 직원들에게 인사하고서 무결, 세열과 함께 주방으로 갔다.

주방에는 어린 배추가 한 무더기 쌓여 있었다.

"청년들 얼굴이 다 고와서 주방이 훤하네."

먼저 와서 일하고 있던 아주머니들이 세 사람을 반갑게 맞았다.

"고맙습니다. 뭘 하면 될까요?"

승희가 먼저 나서며 야무지게 물었다.

"이것들은 백김치 해서 마을 어르신들 나눠드릴 거고, 저거는 겉절이 할 거야. 백김치 담가본 적 있어?"

"네. 있습니다."

승희가 똘똘하게 대답했다. 어머니가 떠난 후 집안 살림을 도맡아 했기 때문에 승희는 집안일과 요리에는 일가견이 있었다.

"아이고, 젊고 이쁜 처자가 일도 잘하나보네. 벌써 이뻐 죽겠네. 그럼 잘해봐!"

세 사람은 돌연 아주머니들에게서 바통을 넘겨받았다. 아주머니들은 다른 일이 있어 서둘러 떠났다. 세 사람이 주방에 덩그러니 남겨졌지만 문제가 될 것은 없었다. 아니, 오히려 다행이다 싶었다. 세열과 승희의 사이에 흐르는 냉기류는 주방의 훈훈한 기운을 다 얼려버릴 만큼 대단했다. 승희와 세열 사이에 끼인 입장이라 난감해진 무결은 어떻게든 분위기를 유연하게 만들려 노력했다.

"어떻게 해야 하는지 말만 해요. 시키는 대로 할 테니까."

"백김치는 쉬워요. 이미 절인 배추에, 백김치 국물까지 다 됐으니까 우리는 김치를 씻어서 물기를 뺀 다음에 통에 담고 국물을 부으면 돼요."

승희는 두 사람을 가르치며 제 몫을 부지런히 해냈다. 다행히 무결에게 지시를 하면 세열도 이에 따라 일을 했으므로 승희와 세열이 부딪칠 일은 없었다.

아니, 딱 30분 동안 그랬다. 점점 승희의 속에서는 천불이 올라왔다. 어떻게 사람이 이렇게도 일을 못 할 수가 있을까. 세열만 쳐다보면 화딱지가 났다. 절인 배추를 씻으라니까 물 담긴 대야에 대충 슬슬 흔들고 있다. 일이 하기 싫으면 대체 여길 왜 왔는지 모르겠다. 일단 세열에게 한 수 가르치기 위해, 무결에게 먼저 운을 띄웠다.

"무결 씨는 의외로 가르칠 게 없네요. 잘하고 있어요."

"그렇죠? 잘하죠?"

무결이 칭찬이 기분 좋은 듯 다시 물었지만 이미 무결은 승희의 관심 밖으로 밀려나 있다. 승희는 세열에게 충고했다.

"배추는 흐르는 물에 씻어야 해요."

"잘 모르나 본데 음식은 손맛이에요."

세열은 아무 문제가 없다는 듯 비아냥거렸다.

"남이 정성껏 절여놓은 배추 망치지 마시고 흐르는 물에 잘 씻으시죠."

승희의 목소리는 명령에 가깝게 되었다. 무결은 마른침을 삼켰고, 세열은 피식 비웃었다.

"본인 때문에 인생이 좌절된 선배한테 참 위풍당당하시네요, 여전히."

세열이 과거의 일을 따지니 승희가 당당히 대꾸했다.

"김치 담그는데 그 얘기가 지금 왜 나오나요?"

"과거의 일에 대해 사과라도 한마디 해야 하는 거 아니냐고요."

"본인 성적 안 나온 게 왜 제 탓입니까, 선배님."

"조모임 최종 보고서에 후배님이 이름을 빼지만 않았어도 그 사달은 안 났겠죠."

"선배님이 조모임에 나오셨어야죠. 그리고 설마 조모임 하나로 그렇게 됐겠어요? 선배님이 노오력을 안 하셔서 그런 겁니다. 노오력을 하셨어야죠."

무결의 이마에 식은땀이 흘렀다. 세열이 분노에 몸을 부르르 떠는 것이 잘 보였다.

"시험도 패스했고 출석도 거의 안 하셨으면서 점수만 받으려고 하시면 안 되죠."

"시험은 과제로 패스했다고요."

"그럼 그 과제가 꽝이었나보죠."

도도하게 고개를 치켜들고서 제 할 말을 똑 부러지게 하는 우승희가 참으로 멋있지만, 이런 상황을 기대한 건 아니었는데. 세열은 승희가 더 열받길 바란다는 듯이 개수대 앞에서 배추를 벅벅 문질렀다.

"이렇게 하라고요? 깨끗하게?"

"뭐 하는 거예요, 왜 배추로 빨래를 하고 있어요!"

역시나 승희가 속이 탄다는 듯이 냉큼 달려와 시범을 보였다.

"이렇게 해야 한다고요. 배춧잎 한 장 한 장 깨끗하게."

"잘하네요. 그렇게 자기가 하면 될 거 가지고."

세열이 놀리듯 말했다.

"이세열 님. 그쪽처럼 아무것도 할 줄 모르는 사람은 처음 봤네요."

"내가 왜 아무것도 할 줄 몰라요, 후배님이 못 가르치는 건 생각 안 해요?"

"그쪽이 노오력을 하셨어야죠. 내가 못 가르치는 거면 한무결 씨는 왜 이래요? 잘하잖아요."

"그렇죠? 나 잘하죠?"

제 칭찬이 나오자 조용히 배추를 씻던 무결이 냉큼 한마디 끼어들었다. 하지만 역시나 승희의 시선에는 한무결이 없다.

"이세열 님을 가르치느니 이 배추들한테 스스로 샤워하라고 부탁하는 게 낫겠네요."

"해봐요. 해서 성공하면 만 원 준다, 내가."

이세열 이 자식을 배추랑 같이 절여버릴까. 무결 역시 세열이 미워지기 시작했다. 두 사람의 갈등은 계속 이어졌다. 승희는 백김치 국물에 설탕을 들이부으려는 세열을 보며 경악스럽게 달려들었다.

"설탕 좀 그만 넣으라고요! 자기가 슈가맨이야?"

"지금 반말했어요? 내가 너보다 한 살이나 더 많은데?"

"억울하면 그쪽도 반말하시든가."

"내가 못 할 줄 알아?"

서로 으르렁거리는 게, 고양이와 개가 따로 없다. 무결은 점점 기분이 더러워져갔다. 날 가운데 두고 지금 이 사람들이 뭘 하고 있는 건가. 왜 엉뚱한 데에서 자꾸 스파크가 튀나.

이윽고 열심히 작업하던 승희가 옆에 서 있던 세열의 옷소매에 김칫국물을 묻히게 되었다. 스파크도 튀고 김칫국물도 튀고. 백김치 얼룩이라 눈에 띄지도 않건만 세열은 그걸 또 부리나케 꼬투리 잡는다.

"지금 내 옷에 김칫국물 묻었어요?"

"그러게 왜 가까이 있으시나요. 일도 안 하실 거면 좀 멀리 계시죠."

"남의 옷에 김칫국물 묻히고 본인은 멀쩡할 수 있을 것 같아요?"

엄청난 복수를 준비하듯 세열이 배추 하나를 집어 들었다. 세열은 씨익 조소를 짓고 있지만, 무결의 입장에서는 조금도 웃음이 나오지 않았다.

"이세열."

승희에게 바짝 다가간 세열을 무결이 막아섰다. 어찌 보면 코믹한 상황이건만.

"그만해."

승희를 제 듬직한 어깨로 막아선 무결의 몸에서는 세열이 단 한 번도 경험해본 적 없는 어둠의 기운이 느껴졌다. 무결의 정색에 배추를 들고 있던 세열이 흠칫 발을 멈췄다. 세열은 코를 벌름거리다가 배추를 자리에 내려놓았다.

갑작스레 찾아온 어색한 정적에 승희는 흠, 헛기침을 하고는 다시 일꾼의 자세로 돌아갔다. 한편에 쌓여 있는 무들을 씻어 넓적하게 잘라 쌓아놓고는 커다란 통에 썰어놓은 무와 배추들을 나누어 담고 국물을 자박하게 부었다. 스무 개의 통이 하나하나 채워져갈 때쯤 자리를 비웠던 아주머니들이 돌아왔다.

"아이고. 벌써 다 해가네. 다들 손도 빠르네."

"좀 쉬엄쉬엄하지. 우리가 할 게 없네."

아주머니 한 명이 채워진 김치통을 확인해보고는 활짝 웃었다.

"안 가르쳐줘도 똑소리 나게 하네. 다 나눠 담으면 둘은 이걸 옮겨주고 아가씨는 우리랑 겉절이 만들어."

아주머니들이 있으니 일은 더 착착 진행되었다. 한차례 풍파가 지나간 뒤라 주방의 공기는 긴장 속에서 평화를 유지했다. 무결과 세열은 잘 밀폐한 백김치 통을 날라 서늘한 창고로 옮기기로 했다. 내일 어느 정도 김치가 익으면 어르신들께 배달할 것이라고 한다.

김치통을 나르느라 둘만 남게 되자마자 세열이 무결을 놀렸다.

"오. 한무결."

'삐뚤어질 테다' 하고 이마에 써 붙인 듯한 반항아 얼굴을 하고 있던 세열은 어느덧 즐거워 죽겠다는 표정이다.

"결혼 따위 관심 없다며 세상 쿨한 척 다 하더니."

세열의 놀림에도 무결은 할 말이 없었다. 승희와 함께 있었을 때 그가 정색을 해 보인 것은 욱해서 나온 행동이 맞았다. 분명히 두 사람이 서로 사이가 좋지 않아 티격태격하는 모습이었는데, 왠지 마음에 들지 않았다. 두 사람이 사이가 나빠서 싫었던 게 아니라 불꽃이 튀는 것 자체에 기분이 상했다.

"질풍노도를 겪고 있냐? 막 흔들려?"

"질풍노동이나 해라."

세열의 이어지는 놀림에 무결은 김치통을 건네며 핀잔을 주었다. 잠시 기분이 상했던 건 이제 두 번째 문제고, 어쨌든 세열은 자신이 데려온 사람이니 책임을 져야 했다. 세열이 분위기를 흐리는 바람에 승희의 회사가 투자를 받지 못하게 될까 염려스러웠다.

"넌 승희 씨랑 그렇게 싸울 거야?"

"마음에 안 들잖아."

"뭐가 마음에 안 드는데."

"알았어. 잘해주면 되잖아."

주방에서와 마찬가지로 어둠의 기운을 담아 자신을 노려보자 세열은 금방 꼬리를 내렸다. 유연성이라곤 없는 원리원칙주의자 우승희를 오랜만에 만나 욱하긴 했다. 하지만 친구의 혼약자로 다시 만난 만큼 과거 일은 덮어야겠단 생각이 들었다. 대학생 때의 자신이 철이 없었던 것도 어느 정도는 사실이고.

"잘해줄게. 여왕님처럼 모셔주면 되냐?"

"잘해주지 마. 네가 잘해주는 거 꼴도 보기 싫어."

"어쩌라는 거야."

"넌 아무것도 하지 마."

이랬다저랬다. 그가 뚱한 것 같아 약간 오버해서 얘기하니 이번에는 아무것도 하지 말라고 한다. 무결의 반응이 재미있어서 세열은 다시 넌지시 물었다.

"우승희 소문 많은 거 알지?"

"그따위 소문을 믿어?"

이번엔 커진 눈이 튀어나올 것 같다. 눈의 흰자에서 실핏줄도 터질 것 같다. 세열은 다시 한번 몰래 웃었다.

"맞아. 내가 경험한 우승희는 지독하긴 했지만 소문 같은 사람은 아니었어."

"말 좀 가려서 해."

"왜 또 그래. 네 혼약자 두둔해줬더니."

"경험했다고 하지 말라고. 기분 나빠. 불쾌해."

"뭔 말을 못 해."

"넌 그냥 아무 말도 하지 마."

이럴 거면 날 왜 데려왔어, 하고 구시렁거리며 세열은 김치통을 날랐다. 하지만 한편으로는 친구의 새로운 모습을 볼 수 있어서 흐뭇했다. 역시 오길 잘했다는 생각이 들었다.

아주머니들과 겉절이를 담근 뒤 혼자 주방을 정리하고 있는 승희에게 무결이 찾아왔다. 무결은 아무 말 없이 정리를 도왔다. 승희가 먼저 입을 열었다.

"이세열, 아니, 한무결 씨 친구분한테 너무 화내서 미안해요. 그래도 여기까지 데려온다고 힘들게 설득했을 텐데."

"데려온 내가 잘못이죠."

후우. 폐부에서부터 시작된 긴 한숨과 함께 무결이 대답했다. 승희는 말을 이었다.

"근데 그쪽이 날 돕는 걸 바라진 않아요. 만약에 한무결 씨가 오는 걸 미리 알았다면 못 오게 했을 거예요. 우리 회사 일은 나랑 우리 직원들이 하는 거예요. 일도 안 해보셨을 텐데 괜히 실수라도……."

"민폐 끼치지 않도록 노력할게요."

무결이 승희의 말허리에 끼어들었다. 괜한 불평을 했다 싶어 승희도 금방 입을 다물었다. 그런 승희를 보고는 무결이 웃음기를 띤 얼굴로 물었다.

"우승희 씨는 지금 일을 하러 온 거죠? 회사의 대표로서."

"무슨 말을 하고 싶은 건데요?"

"그냥, 그 엔젤투자자라는 사람이 왜 우승희 씨를 여기에서 일하게 했을까 생각해봤어요. 자산관리 어플리케이션 개발 스타트업을 왜 농촌에 데려다놨을까. 그건 참 수수께끼이긴 합니다. 아무튼 일이 걸려 있으니까 우승희 씨는 최선을 다하겠죠. 힘들고 지칠 때마다 눈앞에 100억이 어른거릴 거예요. 그게 다시 일어날 힘을 주겠죠."

부지런히 정리를 하던 승희의 손이 멈췄다.

"결국 돈 때문에 움직이고 있는 거잖아요. 돈이 아니면 오지도 않았을 거고."

대체 그 얘기를 끄집어내서 뭘 어쩌자고. 승희는 무결을 빤히 보았다. 어쨌든 무결이 그런 지적을 한 이유는 기다림 없이 들을 수 있었다.

"그쪽에 비해 내가 얼마나 순수한가 보라고요. 그 어떤 대가를 바라고 온 것도 아니에요. 세열이 역시 마찬가지죠. 그저 내 혼약자가 누구인지 얼굴 보러 온 거라고요, 순수하게."

"허."

"우습겠지만 진짜예요."

여전히 미소를 띤 얼굴이지만 장난기가 있지는 않다. 그는 진지하게 조언했다.

"혜순 씨한테 얘기 들었어요. 엔젤투자자가 그랬다면서요. 엠티 가는 셈 치고 즐겁게 다녀오라고. 나는 그게 힌트일 것 같은데. 나처럼 순수하게, 즐거운 마음가짐으로 온 사람이 어떻게 적응해가는지를 한번 보라고요. 긴장하지 말고, 일에 너무 얽매이지도 말고."

조곤조곤 차분한 조언이라 쉽게 설득당한 걸까. 그의 말에 조금 수긍이 갔다. 하지만 승희는 대꾸 없이 흥, 하고 콧방귀를 뀌고는 다시 마무리 정리를 위해 몸을 움직였다.

"예쁘네요."

그런 그녀에게 그가 또 한마디를 덧붙였다.

"매일 칼라 셔츠 차림만 보다가 티셔츠 차림을 보니까 별게 다 자극이 되네요. 머리 묶은 것도 예쁘고 옷도 예쁘고."

자신의 옆모습을 바라보는 시선이 따갑게 느껴졌다. 한쪽 뺨이 뜨거워지는 기분이었다. 승희는 차가운 목소리로 대답했다.

"미안한데 난 그런 말 별로 안 좋아해요."

"그래도 익숙해져봐요. 난 아마 계속하게 될 테니까. 이런 얘기까지 혼전계약서에 쓸 수는 없지 않습니까."

진담인 건지 농담인 건지 모르겠다. 괜히 귀담아들으면 오래 떠올리게 될 것만 같아 승희는 흘려들으려 노력했다. 다행스럽게도 두 사람만의 시간이 오래가지는 않았다. 주방으로 돌아온 아주머니 두 명이 겉절이 맛을 보고는 잘 무쳤다며 승희를 칭찬했다.

"아가씨는 얼굴도 이쁘고 손도 야무지고."

그중 한 명은 대놓고 승희를 마음에 들어 했다. 몇 시간 전 승희를 처음 봤을 때부터 눈길이 예사롭지 않더니 얼마 안 있어 호구조사를 시작했다.

"서울 살어?"

"네."

"결혼은."

"안 했어요."

"그려어?"

"네."

"우리 아들이 서울에서 장사해. 한 번 만나볼텨? 아주 자알 생겼는데."

"어머니, 죄송하지만 제 짝입니다. 저랑 결혼할 아가씨예요."

두 사람 사이의 문답에 난데없이 무결이 끼어들었다. 그 진지한 목소리와 표정에 승희는 반쯤 벌어진 입으로 무결을 멍하게 쳐다보았다.

"아이고. 이쪽이 짝이었구먼. 일찍 말을 하지이. 총각한테는 내 조카 소개시켜줄라고 그랬구먼."

승희를 자신의 아들과 엮어보려던 아주머니도 머쓱하게 웃었다.

"어쩐지 둘이 자알 어울리는 게 선남선녀처럼 후광이 나드라고. 결혼은 언제 하는데."

"올해 안에 하려고 합니다."

"아이고. 좋을 때네. 그래서 오늘도 색시 쫓아온 거여?"

"네. 그렇게 됐습니다."

조금도 망설임이 없는 무결의 능청스러운 대답에 승희는 현기증이 날 지경이었다. 얼른 막아야겠다는 생각에 옆에 붙어선 무결의 옆구리를 팔꿈치로 몰래 툭툭 쳤다. 하지만 그의 옆구리는 철벽처럼 딴딴하여 도리어 제 팔꿈치만 아픈 느낌이었다. 그사이에 아주머니는 또 물었다.

"아는 얼마나 낳을 거여? 가족계획은 세웠나?"

아주머니의 질문에 딴 아주머니가 아서라 하며 손을 저었다.

"아유, 요즘엔 그런 거 묻는 거 실례여."

"그래도 궁금은 하잖아. 둘 다 이쁜 거 보니까 셋은 낳아야 되겠구먼. 합쳐놓으면 이쁜 애덜이 줄줄이 나올 거 아녀. 인물로 나라에 이바지해야지."

"그건 그렇지."

아주머니 두 분이 두 사람의 가족계획을 대신 세우는 사이에 무결이 피식거렸다.

"나라에 이바지하려면 혼전계약서 다섯 번째 조항은 손봐야겠네요."

무결의 얄궂은 속삭임에 승희의 귀가 붉어졌다.

"둘이는 어떻게 사귀게 된겨?"

아주머니가 또 물었다. 이번에도 무결은 막힘없이 대답했다.

"제가 찾아냈습니다. 이 친구가 예전부터 유명했거든요. 어디 하나 부족한 데가 없는 사람이라서요."

"하긴. 그냥 얼굴만 봐도 똑 부러지게 생겼어. 그래서 따라댕긴 거여?"

"네. 지금도 따라다니고 있고요."

"어유. 아무튼 성공했구먼."

아주머니는 무결의 의지를 칭찬해 보였다. 다른 아주머니도 엄지를 치켜들었다.

"아가씨도 성공했네. 이렇게 참한 총각이 따라다녀주니."

주방에서 한창 담소꽃이 피었을 때, 밖에서 무결을 부르는 소리가 들렸다.

"총각 저쪽에 좀 가볼려? 힘쓸 거 있다고 찾네."

"네."

무결이 씩씩하게 대답했다. 힘쓰는 일이라는 소리에 승희는 괜한 걱정을 하게 됐다. 그가 다치는 걸 자주 봐왔기 때문이다. 어렸을 때 크게 앓았다는 말도 들었고. 차라리 내가 힘쓰는 걸 하는 게 나을 것 같은데.

"다치지 않게 조심해요."

승희는 자신을 등지고 떠나는 무결에게 넌지시 말했다. 더 이상 그가 다치지 않았으면 하는 마음은 진심이다. 그걸 가지고 아주머니들은 또 놀렸다.

"아이고오. 신랑 챙기는 거 봐. 걱정 안 해도 되겠구먼. 어깨도 떡 벌어져가지고 팔뚝도 야무지게 튼실하든데."

"그새 그런 걸 봤어? 난 늘씬한 거밖에 안 보이든데."

"색시 부끄럽게 왜들 그래. 신랑 챙기는 게 보기 좋은데."

승희의 귀가 붉어진 것을 알아본 다른 아주머니가 말했다. 승희는 어색하게 웃어넘겼다.

주방 정리를 다 마칠 때까지 무결과 세열은 돌아오지 않았다. 혼자 남겨진 승희는 아주머니들께 더 할 일이 없을지 물었다.

"소똥 치우는 걸 하긴 해야 되는데."

"할게요."

"덥고 냄새도 날 건데, 할 수 있겠어?"

"그럼요. 맡겨만 주세요."

사회 초년기 신입사원 시절로 돌아간 기분이었다. 무언가 맡겨주는 것만으로도 뿌듯했던 시절.

"혼자 맡길 수는 없고 같이 해야지. 그럼 저기 가서 이걸로 갈아입고 와."

아주머니는 작업복을 내주었다. 작업복이라고 해서 별다른 전문성이 있는 건 아니었다. 그냥 빨갛고 노란 꽃무늬 셔츠에 파랗고 노란 꽃무늬 몸빼바지. 승희는 작업복을 들고서 마을회관 뒤편의 골방 문을 열었다. 그리고, 방 안에서 상의를 탈의한 채 바지의 버클을 풀던 남자와 눈이 마주치게 된다.

왜 이 남자는 여기 와서까지 벗어제끼고 난리야!

화들짝 놀라 소리를 지르며 허둥지둥 밖으로 나가려는데 무결이 냉큼 손을 뻗어 안쪽으로 승희를 끌어당겼다.

"으아…… 읍!"

승희는 소리 한번 제대로 못 지르고 무결에게 입이 막혔다.

"미안한데 좀!"

그가 이를 악물고서 낮게 으르렁거리는 목소리로 속삭였다.

"우리 사귀는 사이라고. 볼 만큼 봤으면서 사사건건 놀라지 말라고요, 존."

그래요, 알아요. 아는데. 그게 진짜가 아니잖아! 사귀는 거 아니잖아, 우리.

그녀가 잠잠해지니 이윽고 그의 손이 떨어졌다.

"연인이라는 콘셉트에 어울리게 행동해야죠. 이런 디테일이 미래를 위한 투자가 될 거라고요."

이 헐벗은 남자가 나긋하게 속삭이니 폭풍우 치던 바다가 잠잠해진 것처럼 몸에 힘이 빠졌다. 무결이 다시 말했다.

"갈아입어요. 물론 눈은 감아줄게요."

"눈만 감으면 안 되죠. 뒤돌아요."

그가 어깨를 으쓱하고는 뒤돌아섰다. 그가 자신을 몰래 훔쳐보지는 않을지 관리 감독하기 위해서라도 그를 주시하고서 옷을 갈아입어야 하는 건데, 그의 건강한 광배근을 보고 있자니 야릇한 생각이 들어 승희는 어쩔 수 없이 뒤돌아섰다. 스륵. 옷을 벗는 소리가 왠지 방 안 전체에서 울리는 것만 같았다. 괜스레 무안했다. 눈길은 앞에 있는데 등 뒤에 온 신경이 집중되었다. 얼른 갈아입고 나가야지. 승희는 바지 먼저 후딱 갈아입고 티셔츠를 훌렁 벗었다.

그때. 달칵.

"뭐야!"

빛보다 빠른 것이 이런 건가 싶다. 흠칫 문이 열리자마자 무결이 우렁차게 소리치며 그녀를 감싸 안았다. 보호하듯이.

헉! 안으로 들어오려던 세열 또한 놀라서 허겁지겁 발을 뒤로 빼며 냉큼 문을 닫았다. 그러나 너무 허둥거렸던 탓인지 문이 삐그덕 소리를 내며 다시 열렸다.

"문 닫아!"

무결이 다시 한번 소리쳤다.

황당한 와중에 승희는 심장이 몸 밖으로 튀어나올 것만 같았다. 속옷 바람으로 맨살을 드러내고 있다가 빛보다 빠른 무결에 의해 작업복으로 꼭 감싸인 건 좋은데. 그렇게 작업복으로 가려주는 것에 그치지 않고, 셔츠 앞섶을 다 풀어헤쳐 맨살이 그대로 드러나는 몸을 하고는 떡 벌어진 어깨와 야무지게 튼실한 팔로 자신을 꽁꽁 결박하고 있는 것이다. 조금도 움직일 수 없도록.

달칵. 문이 완전히 닫혔다. 결박하듯 승희를 붙잡고 있던 무결의 팔이 떨어지자 승희는 휘청거렸다. 아무 일 없었다는 듯 다시 돌아서는 그 태도가 얄미워 죽겠다.

"뒤돌아 있던 거 아니었어요?"

승희는 억울한 목소리로 따졌다. 하지만 목소리가 새 나갈까 염려스러워 크게 말하지는 못했다.

"뒤돌아 있었어요."

"뒤돌아 있던 사람이 문소리가 들리자마자 돌아서서 날 감싸는 게 가능해요? 너무 빠른데?"

"더 빠른 것도 할 수 있어요."

그녀의 추궁에 그가 고요히 대답했다. 목소리가 하도 침착하고 진지하여 진담을 하는 건지 농담을 하는 건지 감이 잡히지 않았다.

"귀가 밝아서 옷 떨어지는 소리까지 잘 들립니다."

이미 붉어진 그녀의 얼굴에 더욱 열이 올랐다. 옷 떨어지는 소리,

그깟 말이 뭐라고 이렇게 야릇하게 들리는 건지.

"다 갈아입었으면 같이 나갈까요?"

어느새 그 또한 옷을 다 입은 모양이다.

"먼저 나갈게요."

승희는 그의 얼굴을 다시 쳐다볼 엄두도 내지 못하고 쌩하니 방 밖으로 나가버렸다.

아. 미쳐. 들숨날숨들숨날숨.

뒤늦게 찾아온 호흡곤란이었다. 자신을 힘 있게 끌어안았던 억센 팔. 등 뒤에서 천 하나를 사이에 두고 닿았던 체온의 열기. 그간 남자 보기를 돌같이 했던 그녀를 무르게 만드는 육체의 유혹이 승희의 뇌를 장악하려 하고 있었다. 음란둥이가 된 기분이었다.

골방에 혼자 남은 무결 또한 심기가 어지럽긴 마찬가지다.

'후. 왜 하필.'

오른손이 너무 잘못을 했다. 문이 갑자기 열리는 바람에 그녀를 끌어안아 지킨 것까지는 좋은데, 왜 하필 오른손에 말랑한 그 감촉이 걸려서. 거기서 손을 움직였다가는 더듬는 것 같고, 또 떼었다가는 그녀를 지키다 만 것 같아서 계속 그 자세로 있을 수밖에 없었는데, 실은 너무 당황하여 바위가 되어버렸다. 오른손이 한 일이니 왼손은 모르는 일입니다, 하고 싶은데. 왜 단전에서부터 열기가 훅 올라오며 가슴이 타는 것이냐.

'와, 미친놈. 생각하지 말자.'

무결은 고개를 도리도리 젓고는 뒤늦게 골방에서 나왔다. 방 밖으로 나오니 어느 새 승희는 모습을 감춘 후다. 그녀를 쫓아다니는 건 잠깐 보류해야겠다. 마음을 정화해야 할 필요가 있었다. 아름다운 농촌이여. 산이여, 들이여, 하늘이여, 바다여. 나를 맑게 하라!

자연에 의식을 올리듯 기지개를 켜고 있는데 세열이 쯧쯧거리며 다가왔다. 그녀의 무언가를 봤을까 하여 여전히 신경이 곤두선 무결이 세열을 흘겨보았다. 세열이 그런 무결을 놀렸다.

"와, 응큼한 놈. 중고딩 때도 그렇게 혼자 앞서서 진도를 나가더니."

무결이 인상을 구긴 채로 버럭했다.

"누가 오해할까 무섭다. 그 진도가 이 진도야? 아니, 뭔 진도를 나가!"

말이 끊어질 때마다 한 톤씩 높아지는 목소리가 세열을 즐겁게 했다. 무결은 히죽대는 세열을 흘겨보다가 목소리를 낮추고는 다시 대답했다.

"그냥 네가 갑자기 불쑥 쳐들어와서 벌어진 일이야."

"내가 갑자기 불쑥 쳐들어가서 그렇게 됐다?"

"본능이었어. 여자를 지키려는 본능."

"그치. 본능이지."

아, 재수 없어.

"근데 애초부터 옷을 같이 갈아입고 있었잖아."

"그건, 일단은 연인이라는 설정이니까."

"그래그래. 너랑 우승희 씨가 정혼계약서로 얽힌 사이라는 건 나만 아는 거니까?"

슬슬 약 올리면서도 세열은 핵심을 잘 파악하고 있었다.

"그래. 그러니까 쓸데없이 내색하지 마."

"그러니까 나한테 잘해라. 회사 일도 좀 열심히 하고."

"하면 되잖아."

무결이 불퉁스럽게 대답했다.

우승희와 엮이고 나서 삶이 바뀌고 있다. 이런 농촌에서 일손을 돕고 1박을 한다는 것 자체도 인생의 새로운 이벤트다. 일 또한 그렇다. 우승희를 만나기 전까지는 똑똑한 사람들 잘 부리며 인생 편하게 살자는 마음가짐이었는데, 조금씩 제 회사에 대한 열의가 생겨나고 있다. 그녀에게는 타인의 승부욕을 부추기는 뭔가가 있는 것 같았다.

설렁설렁 걸어 주방 앞마당에 닿으니 좀 전에 만난 아주머니가 이리 오라며 손짓했다.

"고생했네. 밥 아직 안 먹었지? 밥들 먼저 먹어."

어디 갔지 했던 승희는 먼저 주방 앞 평상에 앉아 점심을 먹고 있었다. 고봉밥을 한술 크게 떠 입에 넣고 오물거리는 모양이 앙증맞게 보였다.

"총각은 어디 높은 집 귀공자처럼 생겨서 입이 짧을 것 같네."

아주머니가 밥그릇에 밥을 담으며 말했다. 밥상에는 승희가 담근 배추겉절이와 마른반찬들뿐이다.

"아닙니다. 많이 주십시오. 가리는 거 없습니다."

승희는 자신만큼이나 밥을 많이 퍼 담은 그릇을 가지고 자리에 앉은 무결에게 잠시 눈길을 주었다. 무리하는 거 아닌가 싶어 약간 걱정스러웠는데 무결은 자신만큼이나 야무지게 밥을 먹었다. 식성이 참 비슷하다. 외양은 어디 높은 집 귀공자처럼 생겨서 소탈한 식성을 뽐내주니 자꾸 정이 가려고 한다. 승희는 훔쳐보는 눈길을 들킬까 싶어서 금세 고개를 내려 식사에만 집중했다. 세열과 승희가 또 싸울 것만 같아서 무결도 조용히 있었다. 세열 또한 두 사람의 눈치를 보며 밥을 먹었다. 대화 없이 식사만 하게 되어, 또한 일한 뒤에 먹는 농촌의 밥은 꿀맛이라, 세 사람이 밥그릇을 비우는 데는 오랜 시간이 걸리지 않았다.

식사를 마친 후 세열은 설거지를, 승희와 무결은 소똥을 치우러 가게 되었다.

축사로 가는 길, 무결이 승희에게 말을 붙였다.

"오늘은 패션쇼 하는 것 같네요. 지금 옷도 화려하고 예쁘네."

그는 아무 무늬 없는 평범한 셔츠인데 자신이 입고 있는 건 위아래가 화려한 꽃무늬 패션이다. 하지만 승희는 타의로 입게 된 옷이 싫지는 않았다. 8년 동안 입어보지 못한 꽃무늬 옷. 무언가 잠재하고 있던 욕망을 일깨워준달까. 예쁜 옷 입고 일을 하니 일도 잘할 수 있을 것 같았다. 그러나 막상 축사에 가니 꽃무늬 옷을 뽐낼 틈이 없었다.

"왔어? 저기 걸려 있는 거 입고 장화 신고 들어와."

갈아입은 옷에 두툼한 작업복을 더 껴입어야 하는 거였다. 작업복에 모자에 장갑에 장화. 축사에 들어가는 데는 완전무장이 필요했다. 완전무장 이후에도 각오할 것은 또 있었다. 승희는 소를 이렇게 가까이에서 보는 게 처음이었다.

"겁먹었구나?"

승희의 몸이 차렷자세로 딱딱하게 굳은 것을 알아본 무결이 슬쩍 물었다. 승희는 오기로 대답했다.

"아뇨."

"천하의 우승희가 무서워하는 것도 있네요."

"아니거든요."

그가 놀리는 것만 같아 그녀는 더 고집을 부렸다. 그런데 굳게 마음먹은 것과 다르게 몸이 움직이질 않았다. 그녀의 눈에 물기가 맺힌 것을 알아본 축사의 아주머니가 말했다.

"아가씨는 안 되겠네."

"할 수 있어요."

"괜히 못 하는 거 힘쓰지 말어. 그 힘을 딴 데 쓰면 되지."

아주머니는 고집부리는 그녀를 격려하듯 말했다.

"소 가까이서 못 보는 사람 많어. 아가씨뿐만 아니니까 편히 생각해. 괜히 놀라가지고 소도 흥분하고 아가씨도 충격받으면 그게 더 큰 일이지."

그렇게 말씀하시니 그 말이 맞는 것 같다. 소가 음메, 하며 머리를 들이밀 때 까무러치면 소를 흥분시킬 수도 있을 것이다.

"우리 일 도우러 왔다지만 청년들은 손님이라고. 여기서 보내는 시간이 짧아도 그럭저럭 좋은 기억이 돼야지 우리도 고맙지."

아주머니의 말씀은 차분차분 계속 이어진다.

"그러니까, 소똥만 보지 말고, 이 마을의 고운 거 이쁜 거도 많이 보고 가. 돌아다니다 보면 예쁜 사람도 있다니까? 여든 되신 할머니가 쉰 살 새댁 같다고."

예쁜 사람에 대해 말씀하시는 그 말이 더욱 예뻤다. 겁먹어 생겼던 눈 안의 물기는 찡한 여운으로 바뀌었다. 과연 엔젤투자자는 어떤 사람일까. 어떤 사람이기에 우리에게 이런 경험을 선물한 걸까. 결과에 상관없이 엔젤투자자에게도 고마운 마음을 갖게 될 것 같았다.

한편 먼저 축사로 들어간 무결은 아주머니의 지시에 따라 소를 몰고 축사 안을 청소했다.

'소똥 잘 치우네. 비둘기 똥에는 그렇게도 난리를 치던 사람이.'

승희는 눈썹을 가득 찌푸리고 있으면서도 전혀 빼지 않고 일을 하는 그의 모습이 새삼 대견했다. 귀한 집 도련님이 맞는데, 대체 어떤 삶을 살았기에 이토록 성격이 좋을까. 그가 농촌 체험이 난생처음이라는 것을 알 리 없는 승희는 축사가 정리되는 내내 멀리 앉아 호기심 어린 눈으로 그를 바라보았다.

소똥을 치우고 축사를 소독하고 손보고 축사 밖을 정리하고 나니 어느덧 뉘엿뉘엇 해가 저물어갔다. 그간 잔심부름만 했던 승희가 먼저 씻고, 이후에 무결이 씻으러 들어갔다. 그사이에 트윙클에셋 식구들도 돌아오고 재훈도 왔다.

승희가 재훈에게 인사했다.

"왔어?"

"응. 일이 있어서 늦게 왔다. 일하는 거 힘들지 않았어?"

"응. 재미있었어."

"다행이네."

한참 바라보던 재훈이 말했다. 한숨과 함께였다.

"네 남친이 여기까지 따라올 줄은 몰랐다."

"도와줄 사람이 많으면 좋잖아."

승희는 어깨를 으쓱하며, 별일 아니라는 듯이 답했다. 재훈과는 무결에 대한 얘기를 나누고 싶지 않았다.

"너 그때 대답 안 했어. 그 사람 좋아하냐고 내가 물었잖아."

하지만 재훈은 역시 얼마 전의 대화를 다시 지적했다. 승희는 이역시 어물쩍 넘기고자 피식 웃었다.

"그런 얘기를 꼭 말로 해야 되니."

승희가 웃어도 재훈은 표정을 풀지 않았다. 목소리는 더욱 잠잠하고 진지해졌다.

"네가 예쁘고 똑똑하고 실력도 있고 누구보다 열심히 사는 거 알아. 넌 마음만 먹으면 누구든 얻을 수 있을 만큼 매력적인 사람이야."

"너 왜 지금까지 그런 칭찬 안 했어."

승희가 가볍게 눈을 흘겼다.

"너 그런 얘기 싫어하잖아."

"내가 왜 싫어해."

"남자가 그런 얘기 하는 거 싫어하잖아."

"우리가 그런 사이냐? 너는 나한테 보통 남자 동기가 아니야."

승희는 재훈의 어깨를 찰싹하고 쳤다. 오랜 동지로서의 애정의 표현이다. 그 표현이 싫지 않은지 재훈의 표정도 살짝 풀어졌다.

"아무튼 그 사람을 만나는 바람에 네 진가가 묻혀버릴까봐 걱정된다."

여전히 뒤끝은 남아 있지만.

"너는 왜 매번 쉬운 길을 두고 어려운 길을 가려고 하냐."

"쉬운 길이 어디 있어. 모든 선택에는 다 책임이 따른다고. 나는 내가 나중에 후회하지 않을 일을 하는 거야."

"한무빈 전무는 괜찮겠어?"

"그거 역시 걱정할 거 없어. 넌 그냥 나를 지켜봐주면 되는 거야."

이번에도 승희는 문제없다는 듯이 웃었다.

"오늘 와준 거 고마워. 걱정해줘서 늘 고맙고."

그사이에 씻고 나온 무결은 승희를 찾아 밖으로 나왔다. 그리고 승희와 마주 선 새로운 얼굴을 발견할 수 있었다. 남자의 직감으로 한눈에 알아보았다.

저 친구구나, 김재훈이.

그런데 느낌이 이상했다. 녀석이 제 손을 그녀의 어깨에 올리는 게 보였다. 뭐 친구라면 그럴 수도 있나 싶어야 하는데, 그 아무렇지 않은 행위가 눈에 몹시도 거슬렸다.

"형님, 형님은 술 뭐 드실래요?"

멀찍이 서서 승희와 재훈을 지켜보는 무결에게 철순이 다가와 말을 걸었다. 저녁때는 고기를 먹기로 했다는 것이다.

방해하지 말라는 의미로 흘겨본 무결은, 이번엔 철순이 입고 있는 옷에 시선이 박혔다. 이 옷! 내가 우승희를 처음 만난 날 그녀에게 걸쳐주었던 옷인데! 그녀가 직원 유니폼 차림으로 희재원에 잠입해와서, 추울까봐 내어준 내 옷인데!

"이 옷을 왜 철순 씨가……."

"네? 이거요? 대표님이 버린다기에 제가 달라고 했는데요."

"그거 내 거야. 벗어."

김재훈, 강철순, 이세열……. 사방에 적들이 너무 많다.

"그럼 입을 게 없는데요."

철순이 입술을 내밀며 억울한 표정을 지었다.

"형님은, 혜순이한테는 아연맨도 줬다면서 나는 왜 입고 있는 거까지 빼앗으려고 하시나요."

"후, 그냥 입어."

철순의 반응에 무결은 카디건을 포기했다. 철순이는 경계 대상이 아니다. 너무 날 세우지 말자. 철순이 우승희를 보는 눈과, 김재훈이 우승희를 보는 눈은 차원이 다르다.

철순이 돌아간 후, 무결은 승희에게로 다가갔다. 승희가 여상한 목소리로 물었다.

"여기 있었네요? 안 들어갔어요?"

"계속 쳐다보고 있었는데, 몰랐나보네."

무결은 뚱한 마음을 숨기고는 대답했다.

옆에 있던 재훈이 무결에게 먼저 제 소개를 했다.

"안녕하세요. 승희 친구 김재훈입니다."

"네. 승희 씨 남자친구 한무결입니다."

무결은 재훈에게 전투적으로 답했다. 재훈은 그 어떤 표정도 드러내지 않고서 떠났다.

"그럼 먼저 들어가겠습니다. 들어가 있을게."

"같이 들어가."

같이 들어가자는 승희를 무결이 붙잡았다.

"이따가 들어가죠. 이런 데 올 새가 없으니 좀 걸어요."

승희는 두 사람만 따로 떨어져 시간을 보내는 것이 부담스러워 시간을 제한했다.

"5분만 걸을까요?"

실은 그에게 고마운 마음이 있긴 했으므로, 인사는 제대로 하고 싶었다.

"얘기를 못 한 것 같은데, 같이 와줘서 고마워요. 소똥도 잘 치워줘서 고맙고요."

그새 해가 완전히 지고 밤이 찾아왔다. 소적한 시골의 밤. 주택 밖으로 벗어나니 부엉이가 부엉, 우는 소리가 희미하게 들린다.

"산에도 가고 바다에도 가고 별천지를 다 다닌다더니 정말 별천지를 다니네요."

무결은 고개를 꺾어 하늘을 보며 말했다. 승희도 고개를 들어 하늘을 올려다보았다. 별이 많이 보인다. 서울 하늘에서는 절대 볼 수 없는 보석 같은 밤이었다.

"네. 제가 괜한 소리를 하는 사람은 아니에요."

승희가 혼전계약서를 제안할 때의 일을 회상하며 씨익 웃었다. 그런데 달빛이 비추어주는 그의 표정은 그녀와 같지 않은 것 같다.

"그래서 묻는 건데. 우리 결혼하는 거 맞아요?"

목소리 또한 낮고 진중하다.

"……혼전계약서만 제대로 날인이 된다면요."

"그렇게 생각하면 인고의 날들을 버텨볼 만한데, 바람맞힐 생각이라면 가만히 안 있을 겁니다."

한무결식의 경고다. 이런 식으로 말을 한 것은 처음이라, 승희는 괜히 긴장되었다. 그녀가 마른침을 삼키는 사이에 그의 목소리는 조금 부드러워졌다.

"그러니까, 제대로 연인이 되는 게 낫지 않겠어요?"

"이미 연인처럼 보여요. 그쪽이 그렇게 만들었잖아요."

대답과 함께 바라본 그의 눈동자가 까만 밤, 강물에 비치는 보름달처럼 잔잔히 일렁거렸다. 기억에 담아둔 눈빛이라 승희의 가슴이 벌써부터 쿵쾅거렸다.

"얼른 들어가요. 자리 오래 비우면 안 돼요. 난 일하러 왔어요, 연애하러 온 게 아니라."

유혹당할까 싶어 그녀는 고개를 돌렸다. 하지만, 그의 나긋한 목소리는 그녀를 금방 붙잡는다.

"들어가면 술 마실 거예요. 술 마시기 전에 하고 싶네요."

"뭘 해요?"

침묵이 길어지기 전에 입술이 먼저 내려앉았다. 씻은 지 얼마 되지 않은데다 밤바람의 찬 기운이 두 사람 사이를 지나가는데도 그녀의 입술에 닿은 그의 온기는 흠칫 놀랄 만큼 뜨거웠다. 입술은 금방 떨어졌다. 그러나 거리가 멀어지지는 않았다. 아직 끝나지 않았기 때문에.

"스무 번 넘게 참았으니까."

오래 참아왔던 것. 때론 애가 타고 때론 화가 나게 했던 것. 지금 마주한 그 까만 눈동자가, 어두운 밤에도 붉게 드러나는 입술이, 결이 고운 뺨이, 머리를 묶어 드러난 목선이 얼마나 사람을 미치게 하는지 그녀는 아직 모를 것이다.

"아마 마흔 번은 될 겁니다."

그가 다시 그녀의 입술을 머금었다.

그에게 붙들린 건지, 자신이 원하는 건지 알 수 없는 채로 승희는 무결에게 입술을 내맡겼다. 욕망의 이끌림이었다. 좋아한다, 사랑한다,라는 말로 지금의 감정을 표현할 수는 없으나 분명히 존재하는 끌림. 호흡을 넘겨받듯 그의 숨결이 그녀의 안으로 스르륵 넘어왔다. 달싹거리는 희미한 소리가 머리끝과 손끝, 발끝을 전율시켰다. 꼭 감았다가 잠시 뜨인 눈에 걸린 온 세상이 일렁거렸다.

이 남자를 다른 인생에서 만났더라면. 계약에 얽히지 않은 채로 이 남자를 알았더라면. 그랬다면 나도 좀 더 솔직한 사람이 될 수 있었을 텐데.

시간이 정지한 듯 머릿속이 잠시 아득해졌다. 하지만 승희는 금방 정신을 바로 잡을 수 있었다. 무결이 더욱 욕심을 드러내며 고개를 기울인 것이 화근이었다. 틈이 생기자 승희는 곧장 고개를 내렸다. 무결은 그녀를 억지로 붙잡지는 않았다. 그러나 떨어진 입술이 아쉬운 듯 거칠게 한숨을 토해냈다. 뒤늦게 '스무 번'에 대한 기억을 떠올린 승희가 고개를 들어 버럭 소리 냈다.

"내가 말한 '스무 번'은 그런 뜻이 아니었다고요. '스무 번'은 '스무 날'이에요. 20일."

무결이 다시 고개를 확 내려버릴 것 같아 승희는 꽉 긴장했다.

그가 가늘어진 눈으로 그녀를 주시하고 있었다.

"어쨌든 '스무 번'이라고 했으니 내가 옳아요. 우승희 씨는 분명히 스무 날이 아니라 스무 번이라고 했습니다."

그가 반박했다.

"올바른 사업가는 자기가 한 말을 지켜야죠."

그가 한 말이 옳긴 했지만 분한 마음은 어쩔 수가 없었다. 그에게 분한 것이 아니라 자신에게 분한 거였다. 왜 나는 스무 번이라고 했을까. 그녀가 입술을 샐그러뜨리는 것을 유심히 보던 그가 또 말했다.

"방금 또 스무 번 참은 거 같⋯⋯."

"아, 됐어요! 정정할게요. '스무 번'이 아니라 '스무 날'이에요."

승희는 주장을 재정립하고는 홱 돌아섰다. 돌아서고 나니 또 후회되었다. '스무 날'이라는 여지를 준 것이다. 그의 존재감을 인정하고 싶지 않은 마음에 그녀의 걸음이 빨라졌다. 무결이 착실히 옆에 따라 붙었다.

"제대로 알게 된 게 하나 있는데, 내가 그쪽보다 잘하는 게 하나는 있네요."

뭐래.

"하긴, 서로 알아갈수록 내가 잘하는 게 생각보다 많다는 걸 알게 될 겁니다."

알고 싶지가 않…… 모르겠다. 나도 나를 모르겠다. 그쪽이 잘 하는 건 인정해. 잠시였지만 분명히 빠져들어갔으니까. 그래서 무섭다. 당신이 내 곁에 있으면 내 삶이 통째로 흔들리는 것 같아.

"잘 가르쳐줄게요."

"배울 생각 없어요."

"그럼 할 때마다 우승희 씨가 만족할 수 있게 노력하죠, 내가."

노력한다는 말이 왜 이렇게 무서울까. 왜인지 그가 의도한 흐름대로 내내 휘둘리는 것만 같았다. 잰걸음으로 걷던 승희는 급기야 그를 내팽개치고는 뛰어 숙소로 들어가버렸다. 그 뒷모습을 눈으로 쫓으며 무결은 다시 나직이 한숨을 내쉬었다.

그녀와 다시 입맞춤을 하고나면 무언가 해결될 줄 알았건만 내면의 갈증은 사라지지 않는다. 아니, 더욱 심해진 것 같다. 그녀가 피하는데도 붙잡으려 했던 아슬아슬한 순간이 있었다.

그래도, 아쉽기는 하지만 한편으로는 다행스러운 점이 있다. 실은 긴장했었다. 또 그녀가 울지는 않을까 하여. 눈물을 보이지 않고 넘어간 것만으로 한 발짝의 진전이 있었다고 생각해도 되는 걸까. 참고 기다리느니 포기해버리는 성격이었던 그를, 그녀가 야무지게 조련하는 것만 같았다.

숙소로 쓰게 된 이장님의 별채 안으로 들어가니 분위기가 시끌벅적했다. 다들 벌써 식사 중이었다. 접시에 수북하게 쌓인 수육 고기에서 윤기가 자르르 흘렀다. 자리에 승희만 보이지 않아 고개를 두리번거리는데 앙드레가 고기쌈을 친히 만들어 들고 자리에서 일어나 무결을 맞았다.

"형님 제 마음이에요."

코딩을 몇 번 도와준 정으로 이토록 융숭한 대접을 받는다.

"고마워."

무결은 커다란 쌈을 한번에 입에 넣었다. 쌈을 소화시킨 뒤에는 술이 기다리고 있다.

"한잔 드세요."

앙드레의 넘치는 사랑 때문인지 술이 좀 많긴 하지만, 앙드레에게도 잘 보이고 싶은 마음에 무결은 술을 홀랑 한 번에 다 마셔버렸다.

"승희 씨는?"

"화장실에 갔어요."

그새를 못 참고 물어보냐는 듯이 혜순이 살갑게 실눈을 뜨고는 흐흐 웃으며 대답했다.

"무결아, 우리 다 대학교 동문이더라. 너만 빼고."

무결이 자리를 비운 사이에 오늘 모인 사람들 모두와 통성명을 마친 세열이 기분 좋은 얼굴로 말했다. 세열과 재훈이 붙어 앉은 것이 마음에 안 들긴 했지만 적어도 옥신각신하는 것보다는 나은 것 같아 무결은 대강 끄덕이고는 자리를 잡았다.

"엄마얏!"

화기애애한 분위기 속에서 외마디 비명이 들렸다. 승희의 목소리였다. 모두의 이목이 화장실 쪽으로 향했다. 무결은 당연히 자리에서 벌떡 일어났다. 조금 불쾌한 건, 함께 일어나 화장실로 달려간 사람이 김재훈이라는 것.

"왜왜, 무슨 일이야."

재훈이 화장실로 달려가 물었다.

"조명이 나갔나봐."

승희가 어둠 속에서 난처한 얼굴로 말했다. 무결과의 밀회로 얼굴에서 열이 올라 곧장 화장실로 달려온 승희는 찬물로 얼굴을 적시고 열이 식기를 기다렸다. 그러다가 뜻밖의 봉변을 당한 것이다. 승희는 이장님께 연락하여 사정을 얘기했다.

[불편하지 않으면 그냥 둬. 월요일에 내가 조명등 사다가 바꾸면 돼.]

"네? 월요일이요?"

[내일은 가게가 문을 안 여니께.]

"가게가 어디 있는데요?"

[여기서 차 타고 5분은 가야 혀.]

이장님과의 연락에 승희는 더 몸이 달 수밖에 없었다. 도움은 못 될지언정 폐를 끼치다니.

"먹고 있어. 내가 빨리 갔다 올게."

승희는 재빨리 판단을 내렸다. 다행히 아직 술을 입에 대지 않은지라, 금방 다녀오면 될 일이다.

"나랑 같이 가자."

재훈이 따라나서겠다고 했다. 무결은 냉큼 이를 저지했다.

"내가 같이 가야죠."

어딜 끼어들려고. 넌 밥이나 먹어. 쓴소리가 입안에서 맴돌았지만 상추쌈 먹듯 씹어 삼켰다. 결국 공식 연인 사이인 두 사람이 길을 나서게 되었다.

이장님댁 앞에는 차가 네 대. 그중 승희의 차 앞을 무결의 차가 버티고 있었다.

"내 차를 막아놨어요?"

"내 차가 더 좋아요. 내 차로 운전해서 가요."

무결은 승희에게 차 키를 건네며 말했다. 술을 마셨으므로 자신이 운전할 수는 없었다. 승희의 눈썹이 우그러들었다. 무결은 어깨를 으쓱해 보이며 운전석 문을 열어주었다. 떨떠름한 표정으로 운전석에 착석한 그녀는 어수룩하게 시동을 켜고는 요동치는 눈동자로 이곳저곳을 두리번거렸다. 그녀를 관찰하던 무결이 물었다.

"전부터 약간 낌새를 느꼈는데."

"네?"

무결의 조용한 음성에 되묻는 그녀의 목소리가 이상하게도 크다. 긴장했다는 뜻이었다.

"기계치죠?"

"……아니거든요."

"괜찮아요. 좀 부족한 면도 있어야 인간적이죠."

"기계치가 아니라, 낯선 기계를 접하는 데 시간이 좀 걸릴 뿐이에요."

"그걸 기계치라고 하죠."

"아니라니까!"

"다 들었어요. 내가 사진 보냈던 날도, 휴대폰 진동이 계속 울리는데도 아무것도 못 했다면서. 알림 차단 버튼 하나만 누르면 될 것을."

아오, 이 남자가 웃으면서 뼈를 때리네. 분하다. 다 맞는 얘기라 원통하다. 약점이 들통난 게 분해진 승희는 입술을 말아 물고는 턱을 내밀었다. 그녀의 새로운 표정을 발견한 무결은 마냥 즐겁다.

"IT회사 대표가 기계치라니."

"기계치 아니라니까!"

승희는 버럭 화를 내며 운전대를 확 꺾었다. 차가 움직이자 그제야 무결이 조용해졌다.

"말 시키지 말아요. 죽고 싶지 않으면."

결국 승희는 무결의 차를 어정쩡하게 옮겨놓고는 제 차를 빼냈다. 두 사람은 승희의 차로 움직이게 되었다. 승희의 차에 처음으로 탑승하게 된 무결이 차를 둘러본 후 소감을 전했다.

"이 차구나. 정감 있고 좋긴 한데, 이 차로 트윙클에셋 식구들 네 명이 같이 온 거예요?"

흥. 승희는 대답하지 않았다. 올해로 10년 된 중고차이긴 하지만 튼튼하다고!

"아, 차 사주고 싶다."

승희가 대답하지 않으니 무결이 조용히, 그러나 잘 들리도록 혼잣말을 했다.

"차도 사주고 세탁건조기도 사주고 드라이기도 사주고 싶네."

"……."

"그냥 혼잣말이에요."

"그건 다 됐으니까, 50억을 까주는 건 어때요?"

"그건 안 돼요. 너무 큰 돈이라."

흥. 어쨌든 승희가 운전하는 차는 무리 없이 가게에 닿았다. 다행히 가게 문이 닫히기 직전에 도착하여 화장실에 맞는 조명등을 살 수 있었다. 숙소로 돌아오자마자 무결은 조명등을 바꿔 끼웠다. 약간은 어두웠던 승희의 얼굴이 조명등처럼 다시 환해졌다.

승희와 무결은 뒤늦게 저녁을 먹었고, 이후의 시간은 소동 없이 흘러갔다. 포악해지는 혜순과 애교쟁이가 되는 앙드레가 적당히 마시는 게 중요했으므로 일찍 자리를 정리하게 되었다. 그 와중에 그간 트윙클에셋 멤버들과 친해진 세열이 승희에게 다가가 사과했다.

"주방에서의 일은 미안해요. 아무튼 의도치 않게 연이 이어졌으니 앞으로는 잘 지내죠."

승희도 흔쾌히 고개를 끄덕였다.

"저도 애초부터 다툴 마음은 없었어요. 봉사활동이랑 투자가 맞물려 있다 보니 잔소리를 했네요. 같이 일해주신 건 고맙게 생각하고 있어요."

비교적 훈훈한 마무리에 무결은 안도의 한숨을 내쉬었다.

다음날. 간단히 아침을 먹은 사람들은 또다시 분주히 움직였다. 비닐하우스에 갔던 멤버들은 그대로 비닐하우스로 가서 어제 하던 일을 마저 했고 승희와 무결, 세열은 익은 백김치를 수레에 실어 동네를 한 바퀴 돌았다. 이장님께 넘겨받은 지도에 표시된 집에 백김치를 전하는 것이 그들의 일이었다. 이 마을에서는 최소 일흔을 넘겨야 어르신 대접을 받는다. 환갑이 가까운 아주머니는 새댁이라고 불리는 마을이다. 어르신들은 젊은이가 마을에 와줘서 고맙다며 다들 집 안에서 뭔가를 가지고 나왔다. 수레에는 김치통 대신 호박, 파, 두릅, 고추, 무말랭이, 해바라기씨 등이 담겼다.

오전 반나절을 힘차게 보내고 나니 점심시간. 다 같이 모여 점심을 먹고 이장님께 인사했다.

"그럼 가보겠습니다. 저희가 도움이 되었으면 좋겠습니다. 저희도 많이 배웠습니다."

"이거는, 아무것도 아니고. 일당도 안 되는 건데."

승희가 인사하니, 이장님이 바지 뒷주머니에서 한 번 접힌 흰 봉투를 꺼냈다.

"그냥 서울 가면서 기름값 하라고."

"아니에요! 괜찮아요! 저희 기름 가득해요."

"그럼 가는 길에 뭐라도 사 먹어. 얼마 안 돼."

승희가 극구 사양했지만 결국 봉투는 그녀의 두 손에 들어왔다.

"다들 그렇게 했어. 어른한테 용돈 받았다고 생각하고 받어."

승희는 미안한 마음으로 감사 인사를 했다.

"감사합니다."

"날도 좋으니 가는 길에 바다에도 들렀다 가."

이장님이 손을 흔들며 말했다.

마을을 떠난 이들은 이장님의 말씀대로 가까운 해수욕장에 들렀다. 트윙클에셋의 멤버 혜순, 철순, 앙드레가 가장 신이 났다. 세 사람은 신발도 내던지고서 차디찬 바닷물에 발을 담갔다.

수평선 가까이 햇살이 녹아드는 것이 보이는 고운 바다. 무결에게는 산에도 가고 바다도 가고 별천지를 다닌다고 했지만, 사실 사업계획서를 들고 회색의 도시를 누비며 몇 년을 보냈다. 그간 야유회를 떠날 여유가 없었기에 승희는 멤버들에게 미안한 마음으로 그들이 즐거워하는 것을 멀찍이 바라보았다. 무결은 그런 승희에게 가까이 갔다. 세열과 김재훈이 계속 붙어 있는 것이 마음에 들지 않았지만 그 바람에 승희와 단둘이 있게 되었다.

"그늘로 가서 앉아 있을까요?"

햇살이 눈부셔 손갓을 만든 승희를 보고는 무결이 제안했다. 모래사장 위쪽에 있는 그늘이었다. 그런데 아뿔싸, 몇 걸음 옮기고 보니 그늘 뒤편에 늦게 핀 벚꽃이 보이는 게 아닌가.

"아, 저쪽으로 갈까요?"

무결이 능청스럽게 반대 방향으로 손을 가리켰다. 벚꽃을 보고 금방 무결이 태세전환을 했단 걸 눈치챈 승희는 피식 웃으며 자리에 그대로 섰다. 햇살이 눈부셨지만 트윙클에셋 식구들을 가까이에서 지켜보고 싶었다. 그 옆에 나란히 선 무결에게, 승희는 처음으로 8년 전의 일을 고백했다.

"벚꽃 피는 날 하늘나라로 간 친구가 있어요. 그 뒤로 그걸 보는 게 고역이라서."

아주 짤막하게 그때의 일을 말하고는 그를 바라보았다. 좌우로 흔들리는 예쁜 눈동자가 묵언에도 많은 대답을 들려주었다.

이 남자는 다 알고 있었구나.

승희는 명치가 욱신거렸다. 소중하게 붙잡고 있던 헬륨 풍선을 놓쳐버린 것만 같았다. 이 남자는 그 사연을 몰랐으면 했는데.

하지만 모를 수가 없지. 내가 그에게 나 스스로를 춘철살인녀라고 말한 적이 있는데, 당연히 알아보았겠지. 그녀가 뭉그러지는 말끝을 씩씩하게 포장했다.

"위로하지 마요."

그의 앞에서 울고 싶지가 않아서 억지로 미소 지어 보였다.

"난 괜찮으니까."

무결은 입을 꾹 다물고서 그녀의 고백을 들었다. 짧은 고백이었다. 많은 것들을 그냥 혼자 감내하겠다는 마음이 엿보였다. 그녀가 정제된 미소를 머금고 있는데도 그게 울음처럼 보였다.

"이제 서울로 돌아가면, 정말로 15일간은 만나지 말죠."

그녀의 목소리는 내내 담담했으나, 어깨를 툭 건드리면 눈물 한 방울이 떨어져 내릴 것처럼 표정이 위태로웠다.

울음 직전처럼 살아가는 사람이 있다. 하지만 함부로 눈물을 꺼내놓진 않는다. 제 안에 굳게 쌓아놓은 둑이 무심코 꺼낸 눈물 몇 방울로 무너질 수 있다는 걸 알기 때문이다. 그들은 자신을 울리지 않기 위해 최선을 다해 힘껏 살아간다. 당신에게선 자꾸 그게 보인다.

위로해주지 않는 것, 그게 내가 할 수 있는 최선인가. 당신의 목소리에 이제 내가 아파지고 있는데.

"알겠습니다. 참아보죠."

무결도 감정 하나를 삼켜냈다.

"하지만 15일 뒤에는 매일 오겠습니다."

그러나 조건을 걸었다.

5.
악연의 진실

철순과 앙드레를 먼저 내려주고 혜순과 단둘이 남은 차 안.

"언니, 나는 한무결 님 좋아요."

바닷가에서의 일로 마음이 괜히 싱숭생숭해진 승희에게 혜순이 대뜸 무결의 이야기를 꺼냈다.

"시월드가 걱정스럽긴 한데 한무결 님이 잘 감싸줄 거 같아요."

무결은 이번 일로 또 점수를 딴 모양이다. 남들이 보기에 예쁘게 보일 만한 행동을 하니 당연한 결과겠지.

"어떻게 서천까지 쫓아와. 아무리 좋아도 그렇게까지 하긴 힘들지. 일도 잘했다면서요. 언니 남편으로서는 합격이에요."

"근데 보름 동안 안 만나기로 했어."

붕 뜬 혜순의 말에 승희는 다소 건조한 목소리로 답했다. 도리어 혜순이 서운한 투로 물었다.

"왜요?"

"그냥. 너무 오래 같이 있었잖아."

"밀당 안 하면 긴장감 없을까봐 그래요, 언니?"

"아니야. 그냥 바빠서 그러지."

"아니, 바쁘다고 같은 서울 땅에 있는 애인을 안 만나겠다는 거예요? 보름 동안?"

"바쁘면 못 만날 수도 있지."

"그래. 못 만날 수도 있죠. 근데 그걸 보름이라고 정해놓는 건 대체 뭐냐고. 견우와 직녀예요? 보름 뒤에 오작교가 놓여요? 만나고 싶으면 그가 오든 내가 가든 만나는 거지, 왜 참느냐고요, 보름 동안."

혜순은 마치 자신의 일인 것처럼 열변을 토했다.

"가끔 언니 보면 참 냉정해요. 사람마다 이성과 감정을 표출하는 방법이 제각각이겠죠. 다들 개인차가 있겠죠. 근데 언니는 유독 이성을 유지하기 위해서 감정을 너무 누르는 것 같아요."

운전대를 잡은 승희의 손에 힘이 실렸다.

"그냥 마음놓고 좋아하면 안 되나?"

작은 푸념을 끝으로 혜순의 목소리는 끊겼다.

직원들을 모두 집까지 바래다주고 집에 돌아오니 저녁 7시. 지하 주차장에 차를 대고 엘리베이터 버튼을 눌렀다. 1박 2일간의 긴장감과 운전의 피로감 때문인지 몸이 고단했다. 어쩌면 머릿속이 복잡해서인지도 모르겠다.

잠시 후 엘리베이터 문이 열렸다. 승희는 터덜터덜 걸음을 옮겼다. 그런데 엘리베이터 문이 닫히려는 순간 누군가가 발 하나를 틈 사이로 뻗었다. 엘리베이터 문이 다시 열리고 사람이 한 명 탔다. 검은 모자를 쓴 남자였다.

"죄송합니다."

남자의 작은 인사에 승희는 고개만 까딱해 보였다. 엘리베이터 문이 닫힌 후 남자는 잠시 뜸을 들이다가 6층 버튼을 눌렀다. 엘리베이터는 곧 5층에 이르렀다. 승희는 지친 걸음으로 엘리베이터에서 내렸다. 터덜터덜, 현관문을 향해 복도를 걸어가는데 왠지 뒤통수가 싸한 느낌이 들었다. 곧장 닫히는 게 정상일 엘레베이터 문이 여태 열려 있는 것이다. 마치 그 안의 남자가 엘리베이터 문을 일부러 열고 있는 것처럼.

승희는 고개를 홱 돌려보았다. 순간 문이 닫혔다. 닫히는 문틈 사이로 잠시 남자와 눈이 마주쳤다. 싸한 기시감이 일면서 일시적으로 온몸에 오한이 찾아왔다.

'어디서 봤더라?'

어디서 본 듯한데 잘 기억은 나지 않았다. 하지만 쓸데없는 생각으로 에너지를 낭비하고 싶은 마음은 없기에, 승희는 잠시 스친 남자의 눈빛을 머릿속에서 억지로 밀어냈다.

집으로 돌아오니 더욱 고단함이 밀려왔다. 승희는 곧장 침대로 가 털썩 몸을 누였다. 1박 2일 동안의 일이 벌써 꿈처럼 아득했다. 현실과 너무 동떨어진 일이라 그런가 보다. 그래도 힘들고 부담스러울 줄 알았는데 놀랍도록 재미있고 뿌듯했다.

그녀의 상념을 막은 것은 뜻밖에도 현관에서 들려오는 소리였다. 드르륵. 누군가 현관문 밖에서 도어록 뚜껑을 연 것 같은 느낌. 섬뜩한 느낌에 침대에서 벌떡 일어나 현관문께로 다가갔다.

'잘못 들은 건가?'

그때, 드르르르르.

"엄마야."

휴대폰 진동 소리였다. 현관문 소리에 놀란 가슴이 휴대폰 진동에
도 반응했다. 내가 예민한 건가 보다 생각하며 승희는 전화를 받았
다. 재훈이었다.

"여보세요."

[엔젤투자자한테 메시지가 왔어.]

"응, 응!"

[잘했대. 그리고 5월에 한 번 더 다녀오래. 그 멤버 그대로.]

재훈의 연락이 반가웠는데, 그의 이어진 말에 승희의 입이 멍하니
벌어졌다.

"우리들이야 갈 수 있지만, 그 멤버 그대로라면, 한무결 씨랑 이세
열 씨도 가야 한다는 거야?"

[그런 것 같아.]

난감한 문제였다. 두 사람을 더 이상 일에 끌어들이고 싶지는 않
았다.

"그건 어떻게 협의가 안 될까? 그 사람들은 내가 오라고 권한 사람
들이 아니야. 자기들이 자발적으로 왔다 간 거라고."

[알겠어. 일단 건의는 해볼게.]

재훈은 흔쾌히 알겠다고 해주었다.

[피곤하지? 어제 오늘 고생했어.]

"너도. 고마워."

인사를 하고 끊으려는데, 또다시 싸한 느낌이 들었다.

"근데 재훈아."

도어록 소리가 들리는 것도 같고, 아닌 것도 같고.

[응?]

"아니야. 쉬어."

하지만 재훈에게 괜한 걱정을 끼칠 수는 없었다. 전화를 끊은 승희는 현관문 앞에 한 시간여를 지키고 앉아 있어보았다. 이후로는 아무 소리도 들려오지 않았다.

*

농촌 일손 돕기를 다녀온 지도 어언 열흘이 지났다. 조금씩 사업이 진전되는 재미로 하루하루를 채우고 있다. 하지만 그 재미와는 별개로 승희는 통 깊은 잠을 이루지 못하고 있었다. 얼마 전부터 불안증이 생겼다.

"대표님, 눈이 떼꾼해요."

혜순이 승희의 얼굴을 보며 말을 붙였다.

"또 악몽 꾸셨어요?"

"어, 아니."

승희가 눈 마사지를 하며 대답했다.

"요즘 약간 예민해진 것 같아서."

"것 봐요. 일부러 애인을 안 만나니까 그렇지."

"어? 대표님 무결 형님이랑 싸우셨어요?"

혜순의 말을 들은 철순이 물었다. 혜순이 승희 대신 대답했다.

"아니, 바빠서 안 만나는 거래."

"에이. 그건 좀 핑계다."

철순이 옅게 콧방귀를 뀌었다.

"바쁜 건 사실이잖아."

승희는 아무렇지도 않은 듯 응답했다. 개인적인 불안증이 있지만 일은 잘되고 있으니 마음을 굳게 다질 수밖에 없다.

"드디어 도장 찍는다! 다녀올게!"

드디어 오늘, 김인애 대표의 투자가 확정된다. 비록 소액 투자지만, 이번에 성과가 좋으면 추후에 더 큰 투자를 약속한 터라 기대가 컸다. 승희의 힘찬 인사에 혜순과 앙드레가 손을 흔들었다. 승희는 철순과 함께 김인애 대표의 회사를 찾아갔다.

"그게 말이야, 우 대표."

그러나 승희의 기대와는 다르게 김인애 대표는 말을 번복했다.

"미안한데 이번 일은 처음부터 다시 생각해봐야겠어."

김인애 대표는 최종 투자 협약서를 읽어보지도 않고서 다시 승희에게 밀어냈다.

"회사 이사 한 명이 우리 동문인데, 우 대표 학부 때 이야기를 전해 들었다네."

"무슨 얘기를……."

승희는 황당하여 말을 끝맺지 못했다.

"여기서 말하긴 민망한데……."

김인애 대표도 말하기 껄끄럽다는 듯이 말끝을 끌었다.

"나도 그게 다 사실이라고 생각하진 않아. 그런데 그런 소문이 왜 있을까 한번 곰곰이 생각해보는 게 어때."

김인애는 이미 다른 쪽의 이야기에 완전히 넘어간 듯했다. 억울해진 승희가 입을 열기 전에 철순이 앞서 목소리를 냈다.

"대표님, 우리 대표님은요. 바르고 올곧은 분입니다. 어떤 소문을 들으셨는지는 모르겠지만, 모두 낭설입니다."

철순의 표정이 굳어 있었다. 헛소문을 그대로 믿어버린 김인애 대표에게 실망한 것이다.

"그런 소문에 휘둘리셔서 트윙클에셋을 놓치신다면 대표님이 손해입니다."

김인애 대표는 무안한 듯 눈을 맞추지 못했다.

"어쨌든 이 일은 처음부터 다시 생각해보는 걸로 하고, 언제 따로 만나서 얘기 좀 하지."

김인애 대표가 먼저 일어나 집무실의 문을 열었다. 두 사람은 밖으로 안내되었다.

무거운 발걸음을 옮겨 회사로 돌아가는 길. 승희는 이를 악물어 눈물을 참아냈다. 직원을 옆에 두고 울 수는 없으므로.

"누나."

"미안하다. 이런 대표라서."

"아니에요. 누나는 잘못한 거 없어요."

기운 빠진 승희를 도리어 철순이 위로했다. 그리고 이를 부득부득 갈며 목소리를 높였다.

"대체 누가 그런 소문을 낸 거지? 아무리 할 일이 없어도 그렇지. 이건 분명히 음해 세력이 있는 거예요."

하지만 승희의 고개는 점점 더 기울어갔다.

"대표님, 근데 대표님 좀 주무시는 게 좋겠어요. 꼭 쓰러질 것 같아요."

철순이 걱정스럽게 충고했다.

일찍 퇴근한 승희는 곧바로 침대에 누웠다. 하지만 잠은 오지 않았다. 마음의 몸살인지 진짜 근육통인지 그것조차 모르겠다. 그래도 오늘 제대로 자야 내일부터는 힘을 내서 일을 할 수 있겠다는 생각에 승희는 눈을 꼬옥 감았다. 하지만 눈을 감자마자 휴대폰이 울렸다. 철수의 메시지였다.

—누나, 무결이 형님한테 투자 엎어진 얘기 했어요. 어쩌다가 얘기가 나왔어요. 죄송해요.

"어우! 그 얘기를 왜 해!"
절로 몸이 벌떡 일으켜졌다. 하지만 부들부들거리면서도 할 수 있는 건 아무것도 없었다. 게다가 무결은, 열흘 동안 연락 한 번 없었다. 언제는 문자메시지를 보내면 답문은 달라고 하더니, 그간 메시지조차 보내지 않았던 것이다. 그러니 이번 일이 알려진다 한들 그는 별 반응이 없을 것이다. 그녀의 과거를 그가 다 알고 있다는 건 바닷가에서 이미 확인한 일. 그때도 그는 별 반응을 보이지 않았다. 그러니 이번에도…….

"어어어어!"
그런데 휴대폰이 신나게 울려댔다. 예상과는 다르게 무결이 연락을 해온 것이다.

"아오. 미치겠네."
이 전화를 받으면 왠지 눈물샘이 터져버릴 것 같은 불길한 예감. 승희는 재빨리 블루투스 스피커를 켜서 내장된 음악을 틀었다. 움쾅쾅쾅. 평소에는 들을 일 없는 시끄러운 음악이다. 그러고 볼륨을 최대로 키운 스피커를 안고 이불 속으로 들어갔다. 이불 안이 클럽처럼 쿵쾅댔다. 완벽한 환경에서 승희는 통화버튼을 눌렀다.

"여보세요!"

[지금 어디 있어요?]

들려오는 소리가 부담스러운지 그의 목소리도 평소와는 다르게 컸다.

"친구들이랑 놀고 있는데요."

바쁜 척, 춤추는 척, 고기 굽는 척. 당신의 연락에는 조금도 관심 없는 척.

[괜찮은 거죠?]

"네? 왜요?"

[아니에요.]

당신의 말 마디마디 울컥했지만.

[재미있게 놀아요. 스트레스도 풀고.]

"네. 끊을게요."

승희는 끝까지 허세를 잊지 않고 명랑하게 전화를 마쳤다. 전화를 끊고, 스피커를 끄고, 이불에서 나와서 허탈한 한숨을 내쉬었다.

언젠가부터, 괜찮은 것을 남에게 확인시켜주기 위해 괜찮다는 말을 하게 되었다. '괜찮아?'라고 물을 때 '안 괜찮아'라고 대답하는 어린아이가 내면의 구석에 있지만 악착같이 괜찮음을 붙들고 산다. 내가 무너져버리면 나에게 기대고 있는 삶들도 함께 무너지기에. 그래서 참아. 힘껏 참고 있어. 하지만……

'보고 싶어.'

이런 마음은 처음이었다.

"아, 우울해지지 말자."

승희는 고개를 도리도리 저었다. 남을 보고 싶어 한다는 건, 내가 그만큼 약해졌다는 것.

우승희, 인생 혼자서도 잘 살지 않았니. 맥주나 마시자. 마시고 푹 자자.

마음을 고쳐먹은 승희는 벌떡 일어나 냉장고 문을 열었다.

"아, 어제께 사다났던 것 같은데."

냉장고에 쟁여두었던 맥주가 그새 다 떨어졌다. 승희는 주섬주섬 옷을 챙겨입고 편의점으로 가서 네 캔에 만 원 하는 맥주와 과자 한 봉지를 사가지고 돌아왔다.

엘리베이터를 타고 5층으로 올라가는 길. 문이 열리자마자 승희는 흠칫 놀랐다. 5층 엘리베이터 앞, 아무도 없을 줄 알았던 공간에 사람이 서 있었던 것이다. 검정 모자를 쓴 남자. 언젠가 함께 엘리베이터를 탔던 남자였다. 그녀가 너무 놀란 게 부담스러웠던지 남자는 씩 웃으며 말했다.

"이사 왔어요."

"아, 네."

승희는 머쓱하게 끄덕이고는 엘리베이터에서 내려 바쁘게 집 안으로 들어갔다.

'나도 참, 너무 잘 놀라서 큰일이야.'

놀라는 버릇은 어떻게 고친담. 방법 없는 고민을 하며 맥주캔을 땄다. 차악. 시원하게 열린 맥주캔 소리와 함께 승희는 정지화면처럼 멈춰 섰다.

아침에, 빨래 건조대에 옷을 널어놓았는데. 편의점에 가기 전에도 스치듯 본 것 같은데, 속옷이 없다. 팬티 2장과 브래지어 2개가 있어야 되는데. 분명히 있어야 되는데.

그 순간 기가 막히게도 오래전의 기억이 모두 떠올랐다. 방금 마주친 남자. 얼마 전 주민센터 헬스장에서 자신에게 말을 걸었던 남자였다. 열댓 개의 빈 러닝머신을 두고 바로 제 옆에 자리를 잡아 인사해왔던 그 남자. 그리고 또 열흘 전에는 6층의 엘리베이터 버튼을 눌렀던 남자. 손이 떨려서 들고 있던 맥주캔을 놓치고 말았다. 캔에 가득 담겨 있던 맥주가 바닥에 쏟아졌다. 바닥을 닦아내면서도 계속 손이 부들거렸다.

경찰을 불러야 할까? 아니야. 침착하자. 내가 괜한 의심을 하는 걸 수도 있잖아. 아니야. 분명히 건조대에 속옷을 널어놨었어. 내가 따로 개어놓지도 않았어. 속옷 서랍장에도 기억 속의 속옷은 없다. 하지만…… 경찰한테 보여줄 증거가 없잖아. 현관문 앞에 CCTV가 있는 것도 아니고.

설마 경찰을 불렀다며 보복을 한다면? 혹시 이 사람이 스토커라면 어떻게 되는 거지? 만나자고 협박한다면? 자기랑 사귀지 않으면 죽어버리겠다고 한다면?

[여보세요?]

"……."

[우승희 씨.]

어떤 정신으로 통화 버튼을 눌렀는지 모르겠다. 휴대폰으로 들려오는 무결의 목소리를 확인한 자신도 조금 놀랐다. 내가 왜 경찰에 연락하지 않고, 아빠나 동생한테 연락하지 않고, 무결에게 전화를 걸었을까. 그저 가장 최근에 통화한 사람이라서?

[지금 어디예요.]

그녀의 겁먹은 숨소리가 들리는 건지, 그의 목소리 또한 다급해졌다.

"집인데요."

그녀는 짧게 대답한 후, 끊어질 듯 작은 소리로 그에게 물었다.

"혹시 우리 집에 몰래 찾아왔던 건 아니죠?"

[그게 무슨 소리예요.]

무슨 소리냐고 되묻는 그의 목소리는 심각하고도 진지했다. 한 치의 능청도 없었다. 그렇지. 한무결이 이 집을 다녀갔을 리 없다. 몰래 다녀갔을 리는 더더욱 없고. 그런 사람이 아니라는 거 알고 있어.

[이봐요. 무슨 일이에요.]

따지듯 그의 목소리가 높아졌다.

[내가 갈까요?]

아니에요, 괜찮아요,라고 말해야 하는데. 입이 떨어지질 않았다. 그때 수화기 너머로 망설임 없는 목소리가 들려왔다.

[전화 끊지 말고, 10분만 기다려요.]

금왕그룹 거래 회사의 자선행사에 참석한 무결은 철순에게 연락했다가 트윙클에셋의 최근 소식을 듣게 되었다. 투자하기로 한 회사에서 철회를 했다고 한다. 승희의 대학 시절 소문에 대해 상대 회사의 대표가 언짢게 생각했다고 한다. 철순은 그 소식을 전하며 이를 부득부득 갈았다. 철순도 단단히 화가 난 듯했다.

무결은 상심해 있을 승희가 걱정되었다. 왠지 그녀가 혼자 울고 있을 것 같았다. 하지만 그녀에게 갈 수가 없었다. 보름 동안 만나지 않기로 약속했기에. 그동안 계속 약속을 지키지 못한 것이 마음에 걸렸다. 그래서 이번엔 꼭 약속을 지키고 싶었다. 닷새만 참자. 그럼 하루에 30분이나마 만날 수 있을 테니.

마음을 다독였지만 무결은 점점 답답해져갔다. 그간 승희에게 전화를 걸지도 문자메시지를 보내지도 않았다. 스스로를 통제하기 위해서였다. 그렇게 열흘 동안 잘 참아왔는데, 철순에게 들은 소식에 노심초사하게 되었다. 다가오는 사람들과의 이야기에 집중할 수가 없어 잠시 자리를 벗어나 구석진 곳으로 갔다.

그리고 무결은 사람이 없는 곳에 앉아 다리를 두드리고 있는 새어머니, 혜리를 발견했다. 그녀 또한 지친 표정이었다. 하지만 무결이 다가오자 혜리는 고단함이 보였던 표정을 말끔히 지웠다. 그리고 아무 일 없었다는 듯 일어났다. 그러나 그녀는 일어서며 중심을 못 잡고 비틀거렸다. 옆의 벽을 짚지 않았다면 넘어졌을지도 모르겠다.

"부축해드릴까요?"

"아니야. 됐어."

무결의 물음에 혜리는 건조하게 답했다. 하지만 다른 곳으로 떠나는 건 포기하고 다시 자리에 앉았다. 무결의 표정에서 알 수 없는 동질감이 느껴졌다. 세상이 쉬워 일하지 않고, 매사에 가벼운 의붓아들이라고 생각했는데 요즈음 어쩐지 진중해진 것 같았다.

"고민이라도 있니?"

혜리는 평소에는 하지 않을 질문을 했다. 어쩌면 무결에게 자신을 투영한 것일지도 모르겠다. 누군가가 이 질문을 해주길 스스로 원하는 것인지도. 무결은 한참 동안 입을 닫고만 있었다. 혜리가 괜한 질문을 했다 하고 포기했을 때쯤 목소리가 들려왔다.

"우는 사람은 어떻게 위로해줘야 하죠?"

그 또한 고민 끝에 내놓은 질문이라는 걸 헤아릴 수 있었다. 내가 낳지 않은 내 아들이, 삶에 대해 묻는 첫 질문.

"우는 사람을 위로하는 방법은 두 가지가 있어. 같이 울어주거나 같이 울어주지 않거나."

혜리는 성의껏 답했다.

"같이 울어주는 사람은 내 안의 눈물을 다 털어낼 수 있게 해주지. 그러면 비 온 뒤에 하늘이 맑아지듯이 마음이 깨끗하게 정화돼."

가족이 된 지 15년이 되었는데도 여전히 '새' 자가 붙는 새 아들에게 해주고 싶은 말.

"같이 울어주지 않는 사람은 든든해. 내 어떤 감정의 기복도 듬직하게 받아줄 것 같고, 약해진 마음을 기댈 수 있게도 해주고."

아니, 어쩌면 자신에게 해주고 싶은 말이었는지도 모르겠다.

"같이 울어주는 사람도 소중하고 같이 울어주지 않는 사람도 소중해. 중요한 건 울어주느냐 울어주지 않느냐가 아니라, 곁에 있어 주느냐야. 그거면 돼."

그녀의 말을 이해했단 뜻일까. 새 아들의 입가에 옅게 미소가 피었다.

"고맙습니다."

인사는 아주 담백했다. 무결은 이내 떠났지만, 무결이 서 있던 자리는 길게 여운이 남았다.

무결은 행사장 밖으로 나와 바로 승희에게 전화를 걸었다. 서천에 다녀온 뒤에 처음 목소리를 듣는 것이라 새삼 긴장되었다. 그녀가 피곤해했다는 말을 전해 들은 터라 자고 있는데 깨우게 되는 건 아닐까 염려스럽기도 했다. 그런데 예상과는 달리 그녀의 목소리보다 더 먼저 시끄러운 음악 소리가 고막을 때렸다.

[여보세요!]

"지금 어디 있어요?"

그 또한 목소리를 크게 내야 했다.

[친구들이랑 놀고 있는데요.]

아, 스트레스가 너무 많아서 친구들이랑 클럽에라도 갔나보다.

"괜찮은 거죠?"

[네? 왜요?]

"아니에요. 재미있게 놀아요. 스트레스도 풀고."

할 수 있는 말이 그것밖에 없었다. 그녀가 통화할 만한 상황은 아닌 것 같아서 무결은 금방 전화를 끊었다. 그래도 다행인가. 그녀가 축 처져 있는 것은 아니니 말이다. 하지만 여전히 마음은 답답했다. 하고 싶은 말을 제대로 전하지 않은 기분. 그녀 또한 대답을 감추고 있는 느낌이었다. 우리 사이는 딱 여기까지라는 거리감도 느껴졌다. 더는 행사장에 있을 마음이 들지 않아 일찍 집에 가야겠다고 생각했다.

대리주차한 차를 기다리고 있는데 전화가 걸려왔다. 승희였다. 무결은 바로 전화를 받았다.

"여보세요?"

전화를 걸어놓고, 저편에서는 아무 소리도 들려오지 않았다. 좀 전에 시끌벅적하게 들려오던 음악 소리도 전혀 없었다. 그저, 희미한 숨소리뿐.

"우승희 씨."

겁에 질린 듯한, 짧게 끊어지는 숨소리에 무결은 마음이 급해졌다.

"지금 어디예요."

[집인데요.]

겨우 그녀의 목소리가 다시 들려왔다. 그러나 목소리 또한 너무 힘이 없었다.

[혹시 우리 집에 몰래 찾아왔던 건 아니죠?]

"그게 무슨 소리예요."

그녀의 엉뚱한 질문에 왠지 심장이 꽉 얼어붙는 듯했다. 뭔가 안 좋은 일이 일어난 것이다.

"이봐요. 무슨 일이에요."

목소리에 힘을 주어 물었다. 저편에서는 또 대답이 없었다.

"내가 갈까요?"

평소의 그녀라면 아니라고, 괜찮다고 할 텐데, 여전히 그녀는 대답이 없었다. 그녀보다도 자신이 더 답답해져서 더 이상 의견을 물어볼 수가 없어졌다.

"전화 끊지 말고, 10분만 기다려요."

맡겨놓았던 차가 도착했다. 무결은 차를 건네받아 바로 행사장을 떠났다.

10분? 어디 있길래 10분만 기다리라는 거지?

10분만 기다리라는 말을 끝으로 무결에게서 다른 말이 들려오지는 않았다. 대신, 내비게이션 소리가 간간이 정적을 달래주었다. 시간이 초조하게 흘러갔다. 몇 분 지나니 승희는 그에게 괜히 전화를 걸었나 싶어졌다. 그러나 또 한편으로는 점점 마음이 차분해지고 있었다. 끊어지지 않은 전화를 붙들고 있는 것만으로도 대단한 의지가 되었다.

그가 약속한 10분이 지나고. 잠시 후에 차 시동이 꺼지는 소리, 그리고 빠르게 발을 내딛는 소리가 들렸다. 엘리베이터를 기다리지 않고 계단을 올라가는 모양이었다. 계단을 오르는 발소리와 함께 점점 거칠어지는 숨소리가 승희의 심장을 꽉 조여들게 했다. 잠시 후 휴대폰에서 들려오는 발소리와 문밖에서 들려오는 발소리가 겹쳤다.

똑똑. 문소리의 주인이 누군지 알고 있으면서도 승희는 흠칫 놀랐다.

[나예요. 문 열어도 돼요.]

휴대폰과 문밖에서 같은 목소리가 들렸다. 13분 만에, 그가 도착했다. 잠금장치를 푸는 손끝이 괜스레 떨렸다. 이제 그가 왔으니 안심해도 되는 건데, 왜 긴장이 되는지 알 수 없었다.

천천히 문이 열리고. 한무결, 그가 성큼 한 발자국 안쪽으로 들어왔다. 거칠어진 숨소리, 땀에 젖은 이마, 누구든 의지할 수 있게 만드는 맑은 눈. 껑충 키가 커서 고개를 한참 들어 보아야 하는 얼굴에 이토록 울컥하게 될 날이 올 줄이야.

그녀가 문을 열고서 주춤 뒤로 물러나기 무섭게 무결이 한 발자국 크게 다가섰다. 꽉 조여져 있던 눈동자의 힘이 그녀의 얼굴을 확인하고는 서서히 풀려가는 것이 보였다.

"늦어서 미안해요."

짧은 사과와 함께 무결은 그녀의 앙당그러진 어깨를 감싸 안았다. 그간 긴장해 있던 그녀의 몸이 그의 품 안에서 안정을 되찾아갔다. 괜찮아. 이젠 괜찮아. 그가 말하는 것 같았다. 나를 지키는 데에 다른 사람의 도움은 필요 없다고 생각했는데. 다른 사람에게 기댈 수 있다는 사실이 얼마나 큰 위안인지를 승희는 새롭게 알게 되었다.

"보고 싶었어요."

귀 가까이에서 그의 조용한 음성이 달게 퍼졌다.

승희는 주민센터 헬스장에서 만났던 남자를 빌라에서 다시 만난 이야기, 언젠가 그 남자가 엘리베이터 문을 닫지 않고 지켜보던 이야기, 그리고 오늘 집 안의 속옷이 없어진 이야기까지 모두 털어놓았다. 승희의 이야기를 모두 들은 무결은 안주머니에서 웬 검정색 기계를 꺼냈다. 무전기와 비슷하게 생긴 기계였다.

"그게 뭐예요?"

"몰래카메라 탐지기예요. 도청장치도 탐색할 수 있고요."

무결이 기계로 벽을 찬찬히 스캔하며 말했다.

"혹시나 해서 가져와봤어요."

"그런 것도 갖고 다녀요?"

"세상엔 별일이 다 있으니까."

그의 인생, 그의 사생활을 짐작게 하는 대답이었다. 원치 않아도 관심을 받을 수밖에 없는, 어딘가에서 자신도 모르게 터질지 모르는 카메라 플래시를 주의해야 하는, 그는 그런 인생을 견뎌왔을 것이다. 그걸 생각하면 참 무던하게 자란 사람. 승희는 무결이 신기하게 여겨졌다.

방이 작아서 점검엔 오랜 시간이 걸리지 않았다.

"일단 발견되는 건 없어요. 그래도 우선은 우리 집에 와 있는 게 어때요?"

"희재원이요?"

점검을 마친 무결의 제안에 승희는 목소리를 높였다.

"아니. 내 아파트요."

희재원이든, 그가 혼자 지내는 아파트든 심장이 철렁하는 건 마찬가지다.

"그럴 순 없죠."

"거기가 방범이 훌륭해요."

"그래도 그건……."

"뭐 어때요, 어차피 결혼할 건데."

아뇨. 우리는 결혼 안 할 거예요……. 그를 속이고 있는 입장이니 그 얘기를 할 수도 없고. 난감한 표정을 짓고 있으니 그가 말을 걸었다.

"내가 못 미더워서 그래요?"

물론 그런 것도 있고. 반대로 내가 못 미더운 것도 있고.

"안심해요, 제발."

그가 한숨과 함께 한 자 한 자 눌러 말했다.

"놀란 사람 괴롭히는 몹쓸 짓은 안 해요."

승희는 어느덧 그가 농담을 던질 때와 진심을 말할 때의 눈빛과 목소리를 구분할 줄 알게 되었다. 이번에는 진심이다. 승희 또한 진심으로 고민하게 되었다. 그녀가 망설이자 그는 여지를 주었다.

"아니면 아버님 댁으로 데려다줄 수도 있겠네요. 하지만 내 집이 더 편할 거예요. 장담해요."

그가 대안을 제시했지만 역시 내키지 않았다. 아빠에게 걱정을 끼치고 싶지가 않았다. 그렇다면 답은 정해진 거다. 마찬가지로 무결 또한 승희의 표정을 어느 정도 읽어낼 수 있는 사람이 되었다. 피식 웃은 무결이 말했다.

"입을 거랑 귀중품 챙겨서 나와요. 여기는 경호업체에 연락해서 다시 한번 탐색하게 할 거예요. 그리고 현관에 CCTV 달고, 도어록도 바꾸고, 문도 바꾸고, 창문도 바꿀게요. 내가 알아서 할 테니까 승희 씨는 공사 마치면 들어와요."

"그걸 왜 그쪽이 알아서 해요."

"날 불렀잖아요. 불렀으면 해결하게 해줘야 할 거 아닙니까."

할 말이 없다.

"우승희 씨."

그가 다시 그녀의 이름을 힘주어 불렀다. 싸한 기운이 느껴졌다. 이렇게 부르면 왠지 무섭다.

"이 건물 사버리기 전에 내 말을 들읍시다."

'내 말을 들읍시다'라고 마치 청유형인 것처럼 말했지만 표정은 '내 말 들어'였다. 그녀가 입술을 샐쭉거리는 것이 귀엽다는 듯 미소 지은 무결이 먼저 밖으로 나갔다.

잠시 후.

"이사 가요?"

커다란 가방을 두 개나 끌고 나온 승희를 보고는 무결이 물었다.

"귀중품이 많아요."

"그렇게 부자인 줄 몰랐네요."

무결이 놀렸다. 사실 정작 부유하게 살아온 무결은 귀중품이랄 게 없다. 뭐든지 돈만 있으면 구할 수 있으니 물건에 애착이 없는 것이 다. 한정판 블록이나 피규어 같은 것을 수집하기는 하지만 버리라면 또 얼마든지 버릴 수 있는 것들이다. 무결은 저 가방 안에 대체 무엇 이 들었을까 새삼 궁금해졌다.

함께 주차장으로 내려간 무결은 자신의 차가 있는 곳으로 승희를 이끌었다.

"내 거 타고 가요. 우승희 씨 차는 내가 나중에 가져오든지 할 테니까."

무결은 먼저 가져간 승희의 캐리어를 트렁크에 실었다.

"우승희 씨 차도 안심할 수가 없어서요. 살펴봐야 해요."

승희는 내내 영화 속에 들어가 있는 기분이었다. 스파이 영화의 여주인공이 된 기분. 모든 것에 신중하고 진지하고 조심스러운 무결이 새삼 듬직했다. 그가 집에 찾아온 뒤에 일이 착착 진행되는 것도 신기했다.

하지만 이 사람의 집에서 지내도 될까. 한무결이라는 바다에 발을 내딛는 것이 조심스러웠는데, 어느새 파도 위에서 유영하는 느낌이었다. 그래도 될까. 후회하지 않을까.

앞날이 걱정스러워 말이 없어진 사이에 무결이 운전하는 차는 아파트에 도착했다. 무결의 말대로 보안이 철저한 곳이었다. 두 차례 주차 관리대를 지나 차를 주차하고 건물 안으로 들어가니 다시 보안원이 나타났다. 무결이 보안원에게 승희를 소개했다. 보안원이 깍듯하게 인사했다. 승희도 절로 고개를 숙이게 되었다. 그가 사는 곳은 고층 아파트의 42층. 저기까지 언제 올라가나 했는데 엘리베이터 속도 또한 어마무시했다.

"들어와요. 집을 안 치워서 미안합니다."

먼저 집 안으로 들어온 무결이 거실의 불을 켠 후 테이블 위의 빈 맥주캔을 급히 치우며 말했다. 무결의 안내에 따라 집 안으로 들어온 승희는 쉽게 발을 움직이지 못했다. 그녀가 사는 집 전체보다 넓은 거실이 그녀를 맞았다. 살림살이도 장식품도 거의 없어 모델하우스처럼 보이는 깔끔한 집이었다. 그리고 거실의 전면 유리로 보이는 서울 야경의 호화로움.

"혼자 사는데 이런 넓은 집에 살아요?"

"위치가 좋길래."

위치가 좋길래 샀더니 넓은 집이었을 뿐이야. 그와 자신의 거리를 체감하게 하는 대답이었다. 무결은 가져온 가방 두 개를 들고 저벅저벅 거실을 지났다. 승희도 뒤늦게 쫓아갔다. 커다란 침대가 있는 방이었다.

"침실은 여길 써요."

"한무결 씨 침실 아니에요?"

"나는 소파에서 자면 돼요."

손님에게 침실을 내어주고 본인은 소파에서 자겠다는데 마음이 불편하지 않을 사람은 없다. 차고 넘치는 호의에 승희는 고개를 저었다.

"아녜요. 침실까지 넘볼 생각은 없어요. 방도 많은 것 같은데 아무 방에서나 이불 깔고 자면 돼요. 이불도 아무거나 상관없고요."

"침실이 편할 거예요. 화장실도 달려 있고."

"그러니까 그 편한 침실에서 본인이 자라고요."

승희가 대꾸했다. 하지만 금세 싸한 정적이 찾아오자 그녀는 무안해졌다. 고개를 들어 마주한 그의 눈빛이 매서웠다.

아차, 여기는 이 남자의 침실이다. 이 남자를 신뢰하고 있기 때문에 내가 내 발로 들어왔지만, 그의 날렵해진 눈빛과 무거운 정적에 심장이 콩닥거리는 건 어쩔 수가 없었다. 입안의 침이 말라갔다. 가만히 바라보고만 있던 그가 한층 더 낮은 목소리로 말했다.

"같이 자자고 하기 전에 내 말을 들읍시다."

역시 이번에도 청유형 어미를 가장한 지시였다. 승희의 귀에는 그의 표정과 함께 본뜻이 제대로 박혀들었다. 같이 자자고 하기 전에 내 말 들어.

……그렇죠. 얻어 자는 처지에 제가 무슨 할 말이 있겠습니까……. 승희는 달리 거절할 방도를 찾지 못했다. 같이 자자고 덤벼오는 것보다는 혼자 자게 해주는 게 확실히 나으니까. 승희의 어깨에 힘이 빠진 것을 확인한 무결의 음성도 부드러워졌다.

"오늘은 제발 편안히 자요. 아무 걱정하지 말고."

꿈결에 스며들 것만 같은 나긋한 목소리다.

"철순이한테 얘기 들었어요. 잠을 못 자서 힘들어했다면서요. 필요한 거 있으면 얘기해요. 나와서 얘기하기 귀찮으면 전화하고."

잠잠한 말투로 적당히 선을 긋는다. 그 거리감이 오히려 승희를 안심시켰다. 부담이 조금은 걷혔다.

"아무튼 자요."

"고마워요."

"근데."

그녀를 두고 밖으로 나가려던 그가 다시 뒤돌아보았다.

"우승희 씨는 내가 보고 싶지 않았습니까?"

서서히 들려 올라가는 입꼬리에 미혹되는 것만 같았다. 하. 이토록 정중한 교태가 있다. 승희는 하마터면 '나도 보고 싶었어요'라고 말할 뻔했다.

"내일 봐요."

그는 멍해진 그녀를 두고서 대답을 구하지 않은 채로 방을 나갔다.

보여주기인지 나름의 매너인지, 방을 나가기 전에 방문을 잠가주는 것도 잊지 않았다.

후우우. 문이 닫힌 후, 승희는 조용히 숨을 고르며 침대에 털썩 앉았다. 그녀의 침대보다 두 배는 큰 침대에 앉으니 낯선 공간에 남겨졌다는 것이 실감 났다. 참 많은 일들이 일어난 날이다. 그런데 머릿속이 너무 뒤죽박죽이라 정리하기가 쉽지 않았다. 하지만 이 집에 오기까지의 일은 신기할 정도로 뚝딱 이루어졌다. 빠르고 침착하게 그녀를 안심시키고 대안을 제시한 무결의 추진력이 놀라웠다.

게다가 이 폭신한 침대⋯⋯. 승희는 편안히 몸을 누여보았다. 청소하는 분이 따로 있는 건지, 아니면 한무결이라는 사람이 원체 깨끗한 건지, 침실은 먼지 하나 없이 말끔하다.

'너무 깔끔한 남자는 부담스러운데.'

아아니, 내가 지금 무슨 생각을 하는 거야! 결혼할 거 아니잖아! 승희는 고개를 도리도리 저었다. 너는 그냥 한무결을 이용하고 있을 뿐이라고, 우승희!

하지만.

"결혼⋯⋯."

저 사람이랑 결혼을 하면 어떻게 될까. 처음으로 제 삶의 방향과 동떨어진 인생에 대해 생각해보게 되었다. 말끔한 침대에 한무결의 체취가 은근하게 스며 있는 것 같았다. 그가 제 옆에 누워 있는 모습을 상상해버린 승희는 두 손으로 얼굴을 감싸며 고개를 도리도리 저었다.

침실에서 나온 무결은 곧장 주방으로 가 냉장고에서 생수 한 통을 꺼냈다. 500ml 생수 한 통을 단번에 비워낸 무결은 털썩 소파에 앉았다. 버릇처럼 TV를 켰으나 그녀가 시끄러워서 못 잘 것 같아 바로 껐다. 할 만한 게임이 있을까 싶어 모바일 플레이스토어를 탐색했으나 확 끌리는 게 없었다. 골드킹의 간판게임을 몇 번 건드려보던 무결은 그것마저 포기하고는 불을 끄고 소파에 누웠다. 그녀의 집 현관문을 열었을 때 겁에 질려 있었던 그 얼굴을 떠올려보았다.

"속옷을 훔쳐 갔다고 했지?"

어떤 놈인지, 죽여버려야겠다.

오늘 하루 큰 충격을 받았을 그녀를 지켜주고, 그녀 대신 생각하는 것이 오늘 무결이 해야 하는 일이었다. 그런데, 밤이 되니 착한 한무결이 이기지 못하는 제2의 인격이 나오는 게 참 문제다. 그녀의 앞에서는 세상 다 아는 듯 지그시 부처님 미소를 지으며 내일 보자고 말했는데.

"아. 짜증나."

여유로운 척하는 거. 가면 하나를 쓰고 있는 건 정말 답답한 일이다.

눈을 감았다 뜬 것 같은데 그새 날이 밝았다. 승희는 오랜만에 꿈도 꾸지 않고 깊은 잠을 잤다. 자고 일어나니 이렇게 개운할 수가 없다. 잠자리가 바뀌었는데, 게다가 이성의 집에서 이렇게 편하게 자고 일어날 수 있다니.

"역시 비싼 침대는 달라."

승희의 입장에서는 그리 생각할 수밖에 없었다. 하지만 이 좋은 침대를 두고 소파에서 잠을 잔 그 사람은 괜찮았을까? 너무 걱정 없이 편안히 잠을 잔 것이 뒤늦게 미안해졌다. 승희는 부지런히 씻고서 거실로 나갔다.

무결 역시 일어나 있었다. 그는 소파에 앉아 세상 심각한 표정으로 휴대폰을 만지작거리고 있었다. 그녀가 인기척을 내자 무결은 쥐고 있던 휴대폰을 테이블 위에 재빨리 내려놓았다.

"잘 잤어요?"

"네. 덕분에요. 한무결 씨는요?"

"나도 잘 잤어요."

아닌 것 같은데? 다크서클이 광대뼈 아래까지 내려온 것 같은데?

승희는 그의 상태를 이해할 수 있을 것 같았다. 난데없이 침대를 빼앗겼으니 얼마나 힘들었을까. 무결에게 미안해졌다.

"오늘부터는 혜순이 집에서 잘게요."

"안 돼요!"

그런데 그녀의 결심에 그가 돌연 소리를 높였다. 거센 목소리에 놀란 승희의 눈이 휘둥그레지자 무결은 옅게 헛기침하고는 차분히 말했다.

"여기가 안전하니까 여기 있어요. 침대도 벌써 주문했어요. 오늘 침실 옆방에 침대 놔줄 테니까 거기서 지내요."

"옆방이요?"

"옆옆방에 놓으라고 할게요."

무결이 천연덕스럽게 대답했다. 승희는 다시 고민에 잠겼다. 이래도 되는 걸까. 이 사람이 내게 잘 해주는 건 결혼하기 위해서인데. 결혼도 안 할 거면서, 이 사람의 호의를 받아도 되나? 이미 많은 부분 신세를 졌는데, 여기서 더 의지하면 돌이킬 수 없게 되지 않을까. 아니, 이미 나는 돌이킬 수 없는 강을 건넜나?

그런 그녀의 내적갈등을 눈치챈 건지, 무결은 유연하게 말을 돌렸다.

"배고프면 식당에 가서 밥 먹을까요?"

"식당이요?"

"조식 주는 식당이 있어요."

"조식……."

호텔도 아니고.

"마음에 들어요?"

솔직히 좋긴 좋네요, 젠장. 그녀의 속을 쉽게 읽어낸 그가 빙긋 웃으며 유혹했다.

"나는 결혼 전에 같이 사는 것도 괜찮아요."

'아저씨 따라오면 사탕 줄게' 하고 유인하는 남자는 따라가면 안 되는데. 여전히 이런 유혹에 입안이 달싹거린다. 아직 덜 자랐다는 생각이 들었다.

"가죠. 식당 구경시켜줄게요."

"어우. 아닙니다."

승희는 고개를 세차게 흔들었다.

"아침을 거기서 한무결 씨랑 같이 먹을 순 없죠. 사진 찍힐라."

"사진 찍히는 게 도움이 될 수도 있죠."

"그래도 안 갈래요."

소문이 나는 건 싫다.

"저는 얼른 준비하고 회사 갈게요."

"태워다 줄게요."

"아뇨. 버스 알아봤어요. 한 번에 회사까지 가는 게 있더라고요."

승희는 그의 호의를 극구 거부하며 다시 줄행랑치듯 침실로 돌아왔다. 부랴부랴 옷을 갈아입고 가방을 챙겨서 나오니 그의 모습은 보

이지 않는다. 승희는 무결을 불러 인사하는 대신 현관문에 메모지를
붙여놓고 문을 나섰다.

─먼저 갈게요. 어제 오늘 감사했어요.

승희가 거절하긴 했으나 그래도 설득해서 데려다줄 생각으로 씻
고 나온 무결은 뒤늦게 승희의 메모지를 발견하게 되었다.
"하. 왜 이렇게 빨라."
한발 늦었다. 어젯밤에는 거실 불을 끄고서도 오래 뒤척이다가 느
지막이 잠이 들었다. 하지만 새벽에 벌떡 일어났다. 거짓 없는 건강한
신체가 그의 정신을 홀랑 깨웠다. 혹시 그녀가 침실에서 나왔다가 못
볼 꼴을 본 건 아니겠지. 이불도 없이 잠을 잔 게 뒤늦게 후회되었다.
그 후 무결은 소파에 앉아 침대 쇼핑을 시작했다. 최대한 좋은 걸
로, 오늘 바로 배송이 가능한 걸로. 그렇게 가구 쇼핑몰을 뒤적이고
있는데 승희가 나타났다. 갓 세수를 하고 나온 듯 청초한 얼굴은 또
단전에 불끈한 기운이 모이게 했다. 이거 밤이 문제가 아니구나. 제
2의 인격은 아무 때나 나올 수 있겠구나. 새로운 사실을 알게 되었
다. 하지만 아침에 눈을 떠 이렇게 예쁜 신부의 얼굴을 곧장 볼 수
있는 기회를 야만적인 욕구 때문에 망칠 수는 없다. 내면에서 활개
를 치는 짐승은 고이 숨겨둘 필요가 있었다. 그녀가 이곳에 오래 머
물게 하고 싶었다. 그녀의 집에 문제가 많다고 거짓말이라도 하고
싶은 심정이었다.
무결은 내일 아침에는 꼭 그녀와 함께 출근하리라 다짐하며 일찍
집을 나섰다. 회사에 출근해 조금 있으니 세열이 왔다. 불이 켜져 있

는 것을 알아보고선 무결의 집무실로 들어온 세열이 서쪽 하늘에서 일출을 맞이한 듯이 무결을 보았다.

"네가 웬일이냐? 어디서 밤새고 왔어?"

회사 창립 3년. 한 번도 제 시간에 출근한 적이 없어서 결국 전 직원 출근 시간을 10시로 만든 원흉 한무결 사장이 1등으로 출근을 했으니 놀랄 만했다.

"밤을 새우긴 했지."

"허. 어디서."

"오늘부터 일찍 출근할 거야."

무결은 집요하게 물어오는 세열의 말에 대답하지 않은 채 업무를 시작했다.

우승희. 당신은 많은 것을 바꿔놓는다.

트윙클에셋 사무실. 무결과 마찬가지로 1등으로 출근하여 사무를 보기 시작한 승희. 잠시 후 문이 열리고 혜순이 들어왔다.

"좋은 아침입니다."

"응, 좋은 아침."

어제와 다른 승희의 목소리를 감지한 혜순이 승희의 자리로 다가왔다.

"이제야 좀 마음이 놓이네요."

맑아진 승희의 눈을 알아본 혜순이 깊이 한숨을 쉬며 승희의 자리에 홍삼 진액 한 박스를 올려놓았다.

"힘내세요. 대표님 쓰러지면 우리는 그냥 고아 되는 거예요."

"뭐야, 너. 왜 이런 걸 가져와."

"엄마가 부쳐준 거예요. 다 같이 먹으면 좋죠, 뭐."

혜순은 포장된 진액 한 포를 꺼내 승희에게 건넨 후 제 것 하나를 챙겨서 시크하게 자리로 갔다.

승희는 혜순이 쥐여준 홍삼 진액을 한동안 가만히 들고 있었다. 직원들에게 미안했다. 며칠 동안 직원들 맘고생을 시킨 것이다. 그래. 힘내야지. 지나간 일을 빨리 떨쳐내고 계속 앞으로 나아가야지.

"잘 먹을게."

승희의 인사에 혜순은 씨익 웃었다.

힘을 내서 일을 하니 시간은 또 수월하게 흐른다. 어제의 투자 협의는 물거품이 됐지만 요 근래에 트윙클에셋에 관심을 가지는 사람들이 늘어나 승희는 좌절해 있을 틈이 없었다. 오후에는 친구 재훈이 찾아와 흥미로운 제안을 했다.

"고등학교 선배가 김인애 대표 회사의 투자홍보팀에 있어. 그 선배가 트윙클에셋 투자 건에 대해서 좀 아는 것 같아서 겸사겸사 만나려고 하는데, 같이 갈래?"

"오늘?"

"응. 이따가 8시에 만나서 한잔하기로 했어."

"오. 나도 데려가."

김인애 대표의 회사 내부에서 무슨 일이 있었는지 알 수 있는 기회였다.

저녁 시간이 되어 승희는 약속 장소로 갔다. 김인애 대표의 회사 근처로 가니 어제의 일이 생각나 또 울컥하게 됐다. 잠시 기다리니 재훈이 학교 선배라는 사람과 함께 나타났다.

"안녕하세요. 우승희라고 합니다."

"안녕하세요. 김진규입니다. 사실 회사 오가시는 거 몇 번 뵈었는데 인사를 못 했네요. 이번 투자 건은 아쉽습니다."

서로 인사를 한 후 세 사람은 술집으로 이동했다. 술과 안주가 세팅되자 재훈은 유연하게 어제의 일에 대해 말문을 열었다.

"형, 트윙클에셋 얘기 좀 해줘. 대체 무슨 일이 있었던 건지."

진규는 서슴없이 모두 털어놓았다.

"트윙클에셋에 대한 평가서가 몇 번 왔다 갔고 점수가 괜찮게 나왔어. 최종적으로 투자를 결정하게 돼서 우리는 재무팀 승인까지 마친 상태였지. 근데 그제 어떤 남자가 이사님한테 찾아왔어."

"어떤 남자?"

"우리 또래 같았고 인상이 좀 강한 사람이었어. 대학교 후배라고 했으니 너희 학교겠네. 그 남자가 왔다 간 뒤에 우리 팀 팀장님이 이사님한테 엄청 깨졌어. 그리고 지금은 GK전자 AI시스템 개발업체 추천 선정 준비를 하고 있지."

이야기가 뜻밖의 방향으로 튀어 승희와 재훈의 미간이 동시에 찌푸려졌다. 트윙클에셋의 투자를 포기하고 GK전자의 일감을 수주했다는 이야기가 귀에 턱 걸렸다. 뒷골이 싸해지며, 승희의 머릿속에 한 사람의 얼굴이 떠올랐다. 명중우가 최근에 GK백화점에서 GK전자 쪽으로 갔다는 이야기를 언뜻 들었던 기억이 났다. 설마 하는 마음으로 SNS에 접속하여 중우의 사진첩을 찾아 진규에게 보여주었다.

"혹시 이 사람이었어요?"

"어? 맞아요! 이 사람이에요!"

진규가 바로 대답했다. 승희는 낮게 한숨을 쉬었다.

명중우. 넌 대체 나한테 왜 그러니.

얼마 전, 명중우가 제 회사에 찾아왔던 게 생각났다. 사무실에 크게 써 놓은 일정표를 보고서 김인애 대표의 회사와 접촉하고 있다는 사실을 알아챈 걸까? 그때 사무실에 와서는 잘 지내자고 해놓고서, 대체 거기 가서 무슨 얘기를 한 거야. 왜 내 앞길을 막으려고 하는 거지?

하지만 이게 문제가 아니다. 혹시 명중우가 그녀의 회사를 망쳐놓으려고 작정한 거라면 이건 시작일 수도 있다. 그 배후에 한무빈이 있을 수도 있고, 어쩌면 한무결의 아버지 한규원 회장이 있을 수도 있다. 트윙클에셋을 망하게 하여 승희를 희재원에 들어앉힐 계획일 수도. 사실을 확인하니 오만 가지 생각이 들었다.

술자리는 길지 않게 마무리되었다. 승희와 재훈의 질문에 모두 거리낌 없이 대답해준 진규라는 선배는 헤어지는 길에 승희에게 은근슬쩍 물어왔다.

"혹시 남자친구 있으세요?"

"네. 있어요."

"아, 아쉽네요."

이럴 땐 남자친구가 있는 게 편하구나. 둘러댈 용도로 한무결을 팔아먹는 것이 찜찜하긴 하지만.

"그럼 나중에 좋은 일로 봬요."

"네. 오늘 말씀 감사합니다."

진규의 인사에 승희가 깍듯이 인사했다. 진규가 떠난 후, 승희와 둘만 남게 되자 재훈이 곧장 물었다.

"이래도 괜찮겠어?"

"응?"

"한무결 말이야."

재훈의 주장은 처음부터 변함이 없다. 무결을 만나는 그녀를 뜯어말리고 싶은 것이다.

"그럼. 당연히 괜찮지."

선배를 상대하느라, 그리고 나름 승희를 감싸느라 승희보다 두어 배 더 술을 많이 마신 재훈이 길게 한숨을 쉬며 그녀의 머리를 토닥였다.

"네가 내 동생이었으면 뜯어말렸을 텐데."

"그런 마음으로 한무빈 전무도 나를 타박하는 건가?"

"아니, 그런 말이 아니라……."

머리를 토닥이던 재훈의 손이 아래로 내려와 그녀의 팔을 잡았다. 재훈이 취한 것 같다는 생각이 들어 승희는 슬쩍 한 걸음 물러났다. 그만큼 재훈이 다시 다가왔다.

"승희야, 사실……."

하지만 재훈의 다음 말을 듣지는 못했다.

"승희 씨."

어디선가 홍길동처럼 나타난 무결이 살벌한 표정으로 저벅저벅 다가오며 그녀의 이름을 불렀다. 어둠의 오로라를 가득 몰고서. 승희의 팔을 붙잡고 있던 재훈의 손이 어색한 움직임으로 거두어졌다. 그러나 무결의 주위를 감싼 어둠의 기운은 쉽게 걷히질 않았다. 다가온 무결이 승희와 재훈의 사이에 서며 재훈에게 인사했다.

"서천에서 보고 오랜만이네요."

인사인지 싸우자는 건지 분간하지 못할 말투였다.

"네. 안녕하셨습니까."

재훈이 인사를 했으나 무결은 홱 고개를 돌려 승희를 보았다. 승희가 물었다.

"여긴 어쩐 일이에요?"

"근처에서 미팅이 있었어요."

왠지 거짓말일 것 같다는 생각이 들었다. 승희는 재훈을 만난 후에 철순에게 어디냐고 문자가 왔었던 것을 기억해냈다. 아마도 철순이 장소를 전해준 것이리라. 그건 그렇고, 대체 여긴 왜 왔을까. 어차피 집에서 만날 텐데.

"집에 같이 가려고 왔어요."

이유는 금방 들을 수 있었다. 재훈을 대할 때와는 달리 승희의 가까이에 내려앉는 목소리는 다정했다. 거기에서 끝났으면 괜찮았을 테지만 그는 자중할 생각이 없다. 좀 전에 재훈이 잡았던 그녀의 팔을 감싸듯 둘러 잡은 그가 그녀의 귓가에서 조용히 속삭였다.

"침대 보러 가야지."

작은 음성이었지만 소리는 명확했다. 옆에 선 친구에게까지 똑똑히 전달될 만큼.

무결도 나름 바쁜 하루를 보냈다. 주문한 침대를 집에 들이고 침구를 사고, 승희의 집과 차를 점검하고 현관 CCTV 설치를 의뢰했다. 출근을 일찍 한 보람도 없이 세열에게 주구장창 잔소리를 들었다. 열심히 일하는 승희에게 자극을 받아 자신이 벌여놓은 일이 많았기에 모두 감내해야 하는 것이었다. 게다가 오늘은 저녁에 미팅도 잡혀 있었다. 무결은 혹시나 먼저 퇴근한 승희가 집에 들어가지 못할까 싶어 문자메시지를 남겼다.

─협업 회사와 미팅이 있어서 늦게 들어가게 됐어요. 집에 먼저 가게 되면 연락 줘요.

─저도 저녁 약속이 있습니다.

웬일로 답문이 빨리 돌아왔다.

'저녁 약속?'

약속이라고만 할 뿐 어떤 약속인지 말해주지 않으니 무결은 궁금증이 생겼다. 승희에게 곧장 전화를 하면 밀어낼 것이 뻔해서 철순을 통해 동향을 살펴보기로 했다. 철순은 청천벽력 같은 소식을 전해주었다.

[오늘 대표님 김재훈 대리님이랑 저녁 약속 생겼어요. CY테크 투자홍보팀 분 만나기로 했거든요.]

"어디서 만나기로 했는데."

소식을 들은 무결은 마음이 급해졌다. 김재훈과 저녁 약속이라니. 그 후 무결의 미팅은 속전속결로 이루어졌다. 빨리 마시고, 빨리 합의 보고, 빨리 헤어져야겠다는 일념으로 무결은 미팅에 최선을 다했다. 옆에 앉은 세열이 눈을 비벼가며 무결을 볼 정도로. 세열은 한무결이 미팅에서 이렇게 똑 부러지는 걸 처음 보았다.

"모델이 게임을 그냥 노출하면 너무 PPL 같으니까 조용히 팁을 읊는 게 좋겠습니다. 플레이할 때 흥미로운 팁 몇 가지를 내일 동영상 자료로 보내드리겠습니다."

그렇게 일을 빠릿빠릿하게 마무리 짓고서 달려온 무결은 재훈에게 팔이 붙잡힌 승희를 발견하게 된다. 나도 마음대로 못 만지는 그녀를 네가.

"승희 씨."

얼음과 불과 어둠의 기운을 잔뜩 거머쥐고 저벅저벅 걸어가 두 사람의 사이에 섰다. 그가 몰고 온 저주의 기운을 눈치챘는지 그녀를 잡고 있던 재훈의 손이 내려갔다.

"서천에서 보고 오랜만이네요."

그런 재훈에게 욕을 하려다가 나름 예의를 차려 인사를 해주었다. 승희가 눈이 휘둥그레져서는 물었다.

"여긴 어쩐 일이에요?"

"근처에서 미팅이 있었어요."

다 같은 서울 땅이니 근처라고 대답하고는.

"집에 같이 가려고 왔어요."

용건을 말했다.

"침대 보러 가야지."

그의 거침없는 말에 승희의 눈이 더 커졌다.

"승희 씨 마음에 들었으면 좋겠네."

고개를 돌려 재훈을 보니, 예상대로 녀석은 돌이 되어 있었다. 무결은 태평스럽게 사족을 덧붙였다.

"아, 요즘 승희 씨 자취집에 문제가 좀 생겨서요. 동거까진 아닙니다. 오해하지 말았으면……."

그러나 무결은 말을 다 마치지 못했다. 당황한 승희가 무결의 입을 막아버렸다.

"하하하하하. 재훈아, 오늘 고마웠어. 그럼 안녕. 우리 갈게."

무결은 이런 승희의 반응도 꽤 만족스러웠다. 승희는 멍하니 있는 재훈을 길바닥에 버려두고는 무결의 손을 잡고 무작정 자리를 벗어났다. 난데없이 나타나 폭탄을 터트린 무결이 못마땅했다.

"내 친구한테 그게 할 소리예요?"

재훈이 안 보이게 된 후에 승희가 손을 툭 놓으며 따졌다.

"혹시 이런 얘기 숨겨야 하는 친구예요? 방정맞고 입이 가볍고 그런 친구예요?"

"아니, 그런 친구야 아니지만."

"그럼 괜찮잖아요. 우리가 애인 사이라는 거 모르는 친구도 아니고. 오히려 집에 문제가 생겼는데 안전한 우리 집으로 안 오면 그게 더 이상해 보이죠."

무결의 반박에 승희는 입술을 샐그러뜨렸다. 그런 승희가 귀엽긴 하지만 무결은 금방 마음을 풀 수가 없었다. 김재훈이 당신 좋아한다는 사실을 알려주긴 해야겠는데, 그 말을 하려니 자존심이 상한다. 조급해지는 마음을 드러내는 것 같아서.

"김재훈, 그 친구가 그쪽 좋아하는 거 알아요?"

"그렇겠죠."

"친구로서가 아니라 여자로."

"재훈이는 남녀노소 가리지 않고 원래 친절해요."

그녀가 제 앞에서 김재훈을 감싸니 마음이 더 상했다.

"날 믿어요. 내 눈이 정확해요. 당신을 좋아하고 있고, 나를 경계하고 있죠. 그리고 더 마음에 안 드는 건, 내 앞에서 당신을 더 만지려고 하는 거예요."

무결의 지적에 승희는 다시 한번 말문이 막혔다. 생각해보니 요즘 부쩍 재훈이 자신에게 손을 뻗는 일이 잦았던 것 같다. 그걸 무결에게 몇 번 보였으니 그런 오해를 한 것이리라.

"그런 식으로 생각하지 말아줬으면 좋겠어요."

"하지만 내 말이 맞아요. 내가 당신을 믿는 것처럼, 당신도 나를 믿어줬으면 좋겠어요."

그녀의 표정이 금세 어두워졌다. 무결은 그녀가 울어버릴까봐 더이상 말을 꺼내지 못했다.

택시를 잡아타고 무결의 집으로 가는 동안, 승희는 머릿속이 혼란스러웠다. 딱히 술기운이라고 할 수 없는 모호한 두근거림이 함께였다. 오늘의 한무결은 어제의 한무결과는 확연히 달랐다. 어제는 믿고 의지할 수 있는 오빠 같은 느낌이었는데 오늘은 다음 행동이 예상되지 않는 남자가 되어 있었다. 어제는 편히 잠을 이룰 수 있었는데, 오늘은 그와 같은 공간에서 잘 수 없을 것 같았다.

짐을 챙겨서 떠나야 하나 고민하는 사이 집에 닿았다. 달칵. 현관문이 열리고, 어제 하루를 편안히 보냈던 안전한 공간으로 돌아왔다. 그러나 가슴속에서는 위험신호가 울렸다. '나는 이 집을 떠나야겠어요'라고 말해야 하는데 이상하게도 입이 움직이질 않았다. 생각지도 않게 그가 먼저 목소리를 냈다.

"한 발짝씩 가고 있어요. 당신이 그렇게 하라면 그렇게 합니다."

왜 그렇게 말하는 거야. 앞으로 몇 발짝이 더 있다는 소리야. 아니 아니, 나는 왜 뭉게뭉게한 미래를 상상하는 거야.

"성급하게 굴어서 기껏 쌓아온 것들을 망치고 싶지는 않으니까."

붉어진 얼굴로 바라본 그의 눈은 진지하다.

"하지만 내가 천천히 가는 동안 앞서가려는 녀석이 있다면 그건 참을 수가 없을 거예요. 난 녀석의 다리를 분지르겠죠. 더한 걸 할지도 몰라요."

그는 자신이 지닌 소유욕의 실체를 완전히 드러냈다.

"내 앞엔 아무도 없어야 해요."

재훈을 관찰한 이야기까지 솔직하게 말한 이상 후진은 없었다.

"권리를 줘요."

비록 연극이지만 연인으로 지낼 수 있는 것은 특권이다. 하지만 이제는 그 이상을 원하게 됐다.

"허락받고 키스를 할 수도 있지만 꼬치꼬치 물어보는 건 내 스타일이 아닙니다."

동그란 고양이 눈이 된 그녀는 아무 말도 하지 않은 채 그를 바라보고만 있었다. 평소에는 그녀의 생각을 어느 정도 읽을 수 있는데 지금은 도통 모르겠다.

"동의?"

그가 마음대로 해석하여 대답을 구하니 그녀가 뒤늦게 말을 더듬거리며 반응을 보였다.

"권리를, 권리를 주면, 시도 때도 없이 하려는 거 아니에요? 문란하게."

또, 문란하다고 한다. 이제는 피식 웃음이 나왔다.

와악, 미쳤나봐! 승희는 저도 모르게 가슴 위로 두 손을 포개 올렸다. 그의 웃음을 그저 바라볼 뿐인데 심장이 너무 나댄다.

"날 문란하게 보는 게 조금은 억울했는데 조건이 붙는다면 감내할 수도 있을 것 같네요. 권리를 준다면 그쪽이 어떤 모욕을 해도 견딜 거예요."

"……."

"아니지. 흥분하려나?"

"안 쥐요, 권리."

승희는 가슴 위에 올라앉아 있던 한쪽 손을 입가로 가져가며 말했다

"지금은 안 해요. 술 먹었으니까."

그가 그녀를 안심시키려는 듯 차분히 대답했다. 술을 마신 표가 조금도 나지 않아서 승희는 깜짝 놀랐다.

"술 마셨어요?"

"미팅 때문에 어쩔 수 없었어요."

그러고서 하는 말이란.

"술 먹고 키스를 해서 우승희 씨를 울린 건 내게도 트라우마가 된 것 같네요."

뜻밖의 고백에 승희의 몸이 굳었다.

아니야. 상처받으면 안 돼! 실은 좋아서 울었던 거란 말이야!

하지만 사실대로 말할 수는 없었다. 그걸 말하면 이 남자가 또 어떻게 변할지 모르므로.

"술 먹으면 안 해요. 안 건드려요. 약속합니다. 하지만 우리 둘 다 맨정신일 때는 내게 권리가 있었으면 좋겠어요."

"……."

"내일 다시 얘기하죠. 침대 확인하고, 잘 자요."

그녀가 얼어붙어 있는 사이에 그는 제 말만 멋들어지게 마치고는 걸음을 옮겼다. 그런데 발이 어느 순간 멈췄다. 천하의 얼음공주 우승희가 제 옷자락 끝을 앙증맞게 붙잡고 있는 것이 아닌가.

"지금 나 잡았어요?"

봉선화 같은 사람이라고. 당신이 손대면 톡 하고 터진다고 나는.

"울었던 건 미안해요. 그게 한무결 씨한테 상처가 될 줄은 몰랐어요."

그녀는 난처한 얼굴로 그에게 사과했다. 남에게 상처 주기 싫어하는 고운 성정. 강단 있고 똑 부러지는 외모와 태도의 내면에는 여린 아이가 살고 있다.

"울었던 이유는 말할 수 없지만, 술하고는 관계없어요. 그런 거에 트라우마 가질 필요 없어요."

그녀의 고백이 고맙고도 약간은 원망스러웠다. 술 먹고 건드리지 않겠다는 약속을 한 지 몇 분이나 지났다고 이런 말을 하나. 후회되게.

"지금 그 말을 왜 하는 건데요. 그럼 난 내 마음대로 하고 싶은데."

마음 가는 대로 말해버리니 움찔하는 것이 느껴졌다. 그녀가 긴장하는 것을 보니 또 풀어줘야겠다는 생각이 들고. 가슴속에 번뇌가 쌓였다.

무결은 한숨을 길게 내뱉으며 털썩 자리에 주저앉았다. 그녀와 얘기는 더 하고 싶고, 얘기하다가 실수를 할까봐 두렵기도 하고.

"내가 먼저 입을 열지 않으면 영원히 서로를 제대로 모를 수도 있더라고요."

두려움 속에서 한 발 또 내디뎌본다.

"나도 어제 우승희 씨 덕분에 어머니랑 얘기를 했네요."

"내 얘기를 했어요?"

"아니, 그냥 상담을 했어요. 인생에 대해서."

무결은 대강 둘러댔다. 그녀가 울고 있을 것만 같아 우는 사람을 달래는 법을 여쭤봤다는 말은 하기가 부끄러웠다.

"우승희 씨 덕분에 인생에 대해서 생각하게 됐다는 말이에요."

승희는 그 얘기를 하며 뺨이 슬며시 붉어지는 그가 조금 귀엽다는 생각이 들었다. 그의 수수한 고백이 그녀의 마음을 움직였다.

"우리 엄마는 돌아가시기 전에 재혼을 했어요. 그것도 알려나?"

승희 또한 무결의 옆에 나란히 앉았다. 아직 남아 있는 술기운 때문인지 오래된 고백을 하고 싶어졌다.

"엄마 아빠가 별거하기 전날은 아직도 악몽처럼 남아 있어요. 엄마 아빠가 우리를 앉혀놓고 물어봐요. 엄마 아빠가 이혼을 하려고 하는데 너는 누구랑 살래? 엄마랑 살래, 아빠랑 살래? 우리를 위한다면서 우리 보고 선택을 하라고 해요."

아무에게도 말하지 않은 이야기, 트윙클에셋의 직원들에게도 말하지 않은 이야기가 자연스럽게 흘러나왔다.

"엄마를 선택하면 아빠한테서 버려질 것 같고, 아빠랑 같이 살겠다고 하면 엄마한테서 버려질 것 같은데. 분명히 내가 선택하는 건데 내가 버려지는 기분이거든요."

무결은 그녀의 솔직한 이야기에 곧장 빠져들었다. 귀중품이 많다며 커다란 가방 두 개를 끌고 온 어제의 일도 생각났다. 그래서, 그녀는 그렇게나 귀중품이 많은 걸까. 버리는 걸 잘 못해서?

"동생도 나도 아빠를 선택했어요. 어쨌든 엄마가 아빠를 버려서 이혼한 거니까, 버림받은 아빠를 지키고 싶었어요. 그 선택엔 후회하지 않지만 한무결 씨 새어머니를 보는데 엄마 생각이 났어요. 희재원의 안주인인데도 새어머니는 이방인 같은 표정이었거든요."

어느새 이야기는 다시 무결의 새어머니, 이혜리 여사의 이야기로 옮겨갔다.

"한무결 씨도 힘들겠지만, 새어머니가 너무 외롭지 않게 잘해드렸으면 좋겠어요. 버림받는다는 느낌이 들지 않게."

한동안 멍해져 있던 그의 눈이 서서히 기울어진 달 모양이 되어갔다. 조심스럽게 피어오르는 미소에 심쿵, 제대로 심장이 반응을 보였다.

"근데 대체 술버릇이 뭐예요?"

그 미소에 휘둘리고 싶지 않아 승희는 재빨리 다른 질문을 던졌다.

"술버릇 있다고 했잖아요."

"이제 좀 그게 궁금해졌어요? 지금도 약간 보일 텐데?"

뭐가 보인다는 거지?

그러고 보니 눈동자 색이 더 예뻐지는 것 같기도 하고. 아니, 근데 눈동자가 예뻐지는 게 술버릇이라고 할 수는 없잖아. 술 먹기 전과 후가 똑같은 것 같은데 뭐지? 아, 색기가 좀 더 생겼어. 저 색기에 홀랑 넘어가서 내가 키스를 했었지. 그건가? 유인술이 만렙을 찍나?

내 눈을 바라봐, 너는 행복해지고. 공기 중에 조용한 최면 음악이 스며들어 있는 것 같았다. 아니, 유인술이 아니라 진짜였다.

"잠깐만요, 잠깐만."

홀린 듯이 그를 바라보고 있는 사이에 그의 얼굴이 점점 다가오고 있었던 것이다. 그는 능청스럽게 물었다.

"왜요."

"너무 바짝 와서요."

이렇게 다가오면 숨쉬기가 무안할 수밖에 없다. 당신의 얼굴에 대고 숨을 쉴 수는 없지 않은가.

"너무 가까이 오면……."

"이게 가깝다고?"

예의 바르게 '요'로 마무리되는 말끝을 잘라먹은 그의 물음이 피부를 간질였다. 바짝 붙은 시선에 얽매일 수밖에 없는 거리였다. 눈앞이 한무결 하나로 채워졌다. 그런데도 그는.

"아니에요."

아니라고.

"멀어요."

멀다고 한다.

때론 생각지도 못한 장소에서, 생각지도 못한 방법으로 무언가가 시작된다. 어느새 내어주게 된 권리. '멀다'의 기준에 맞추어 틈 없이 다가온 입술이 그녀의 달보드레한 입술을 삼켰다. 숨쉬기가 무안하다는 생각 자체가 우스워졌다. 호흡이 쉽게 섞였다. 그가 그녀의 연약한 살점을 건드리자 몸이 휘우듬 기울어졌다. 그의 팔이 그녀를 단단히 붙잡았다.

한무결이 잘하는 것. 얼마 전에 이 남자가 말했다. 할 때마다 만족할 수 있게 해주겠다고. 그는 그 약속을 지키듯 짜릿하고도 매혹적인 세계로 그녀를 이끌었다. 아주 능란하게. 내 것이 아닌 숨결이 내 안에 침입해오는데 이토록 달게 느껴질 수가 있을까. 아리도록 떨려오는 심장까지 달콤한 숨에 폭 젖은 느낌이었다. 승희는 저도 모르게 그의 가슴에 손을 올렸다. 그녀의 손바닥이 뜨끈해지며, 그의 맥동이 전해졌다. 입술을 통해 삼켜지는 녹진한 호흡과 상통하지 않는 거친 심박이었다. 그 낯선 감각을 깨닫기 무섭게 그의 고개가 더 기울어지며 달착거리는 소리가 야릇하게 귓가로 흘러들어왔다.

한 발짝씩이라고 했던가. 또 한 발짝을 디딘 느낌이었다. 지금껏 있던 공간에서 다른 문을 연 것 같았다. 조금 더. 한 번도 경험해보지 못한 욕심이 생겨났다. 그 순간. 앞섶이 허전해졌다. 놀란 그녀가 어깨를 빼며 흠칫 뒤로 물러났다. 금세 입술이 떨어졌다.

하……. 그의 입안에서 퍼졌어야 할 단숨이 옅게 빠져나갔다. 혼탁하니 야성이 충만했던 그의 눈빛에도 교란이 일어났다. 그의 눈빛이 현실로 돌아가는 데는 시간이 약간 필요했다. 현실로 돌아온 뒤에는 동공지진이 일었다. 입맞춤에 몰입한 사이에 그녀의 목을 쓸며 내려온 나쁜 손이 그녀의 블라우스 단추를 하나, 둘 풀어버린 것이다. 승희는 멍하니 제 앞섶을 가리고는 자리에서 벌떡 일어났다.

"나, 나는 잘 거예요!"

그러나 허둥거리다 방향을 잘못 잡은 그녀.

'아차, 옆옆방에 침대를 놨다고 했지.'

침실로 들어갔다가 얼굴이 붉어져서는 다른 방으로 뛰어가는 그녀를 무결은 여전히 멍하니 보고만 있었다.

"아니, 내 방에서 나 혼자 잔다는 말이에요."

그녀 또한 정신이 없는지 계속 무어라 외쳤다.

"아니, 내 방이라고 말해서 미안해요. 잘게요!"

평소답지 않게 몇 번씩 말을 정정한 그녀는 곧 방으로 들어가 방문을 닫았다. 쾅. 문 닫는 소리가 난 다음에야 방금 전 무슨 일이 일어났던 것인지 되짚어보게 된 무결은 머리를 감싸 쥐었다.

와. 내가 무슨 짓을 한 거야. 뭘 한 거야, 내가…….

키스에 심취해서 이성을 잃은 오른손이 그녀의 블라우스 단추를 제 것처럼 풀었다. 이성의 끈이 우동가락처럼 너무나 쉽게 톡 끊어져버렸다. 이게 가능하냐고. 언제나 어디서나 초연하고 여유로운 것은 그의 최대 강점 중 하나였다. 그런데 그걸 지금 잃은 것 같은 기분이 든다.

방으로 들어간 승희 또한 혼란에 휩싸였다. 아. 한무결. 대체 얼마나 요란하게 살았길래 이토록 키스 테크닉이 좋단 말인가. 블라우스 단추가 두 개나 풀릴 때까지 알지도 못했다. 아니, 알아챘어도 어쩌면 허락했을지도 모르겠다. 입술을 떼었을 때 마주했던 그 음염한 눈빛. 세상 어떤 이든 사로잡을 수 있을 것만 같은 그 색기 충만한 눈은 쉽게 잊을 수 없을 것 같다.

'이곳은 위험해…….'

불안하다. 당신이 아니라 내가 불안하다. 이곳에서 계속 지내면 혼전계약서고 뭐고 다 건너뛰고 속도위반을 하게 될지도 모르겠다. 그녀의 눈앞에 그가 오늘 주문했다는 널찍한 침대가 '여기 누우쇼' 하고 듬직하게 자리하고 있다. 침대를 산 게 아까워 죽겠지만 어쩔 수가 없다. 미래를 위해서 이 집에서는 나가야겠다.

다음날 아침. 달그락거리는 소리에 벌떡 일어난 승희는 곧장 주방으로 달려갔다.

무결이 물을 마시고 있었다. 갓 샤워를 하고 나온 듯 반짝반짝한 피부가 그녀의 시선을 끌어당겼다. 애써 이를 외면하고서 인사했다.

"일찍 일어났네요?"

어제의 일은 술기운에 벌어진 일인 듯 자연스럽게 행동하기로 했다.

"네."

무결 또한 감정 없이 답했다.

"오늘 혜순이네 집으로 가려고요. 그게 좋을 것 같아요."

승희는 담담하게 용건을 말했다. 어젯밤 고심한 끝에 내린 결론이었다. 이 집이 안전하고 넓고 침대도 좋긴 하지만 이 남자가 있는 한

이 집은 세상에서 제일 위험하다.

비운 컵을 내려놓으며 무결이 말했다.

"그래요. 그렇게 해요."

그럭저럭 시원스러운 대답이었다. 이유도 묻지 않았다. 그녀를 제대로 쳐다보지도 않았다. 기분이 참 이상했다. 이렇게 되길 바랐는데. 그에게서 벗어나 혜순이네 집으로 가야 한다고 다짐하고 통보한 건데. 근데 왜 그의 대답에 힘이 빠지는지 모르겠다. 왜 그가 나를 설득할 거라고 생각한 거지? 꼭 잡고 있던 손을 감정 없이 툭 놓아버린 기분이었다. 승희는 일말의 아쉬운 감정을 감추고는 욕실로 들어갔다.

그녀가 씻으러 들어간 뒤, 무결은 가까운 벽에 머리를 콕 박고는 기대섰다. 눈물겨운 후회와 반성의 시간. 어제 내가 왜 그랬을까. 어제는 취하지도 않았다. 우승희라는 사람에게는 취했겠지만 절대 술에 취한 건 아니었다. 그녀의 옷에 손을 댔던 건 취해서 한 짓이 아니다. 했던 말도 생각도 똑똑하게 다 기억난다. 한 발짝씩 다가가고 있다고 했던 말까지도 기억난다. 그런데 한 발짝씩 다가가고 있다고 해놓고 대체 난 무슨 짓을 벌인 것인가.

그녀에게 잘못했다고 빌고 싶다. 어제는 사고였다고, 다른 데로 가지 말라고 부탁하고 싶다. 하지만 다음에 또 안 그럴 거라는 보장이 없다. 아니, 다음엔 더 엄청난 짓을 할지도 모른다. 키스를 할 때는 손을 묶어버리겠다고 할 수도 없고. 그러니 그녀를 놓아줄 수밖에 없었다. 이 집에 그녀와 단둘만 있는 건 위험하다. 그제야 무결은 밀폐된 장소의 위험성을 실감하게 됐다.

다 씻은 승희가 방에서 머리를 말리고 있는데 똑똑 노크 소리가 들렸다.

"네."

무결이 방 안으로 들어왔다. 승희가 쥔 드라이기를 알아본 무결은 속이 간지러워지는 웃음을 숨겼다. 그런 것까지 챙겨왔다니. 나한테 달라고 하면 더 좋은 걸로 챙겨줄 텐데.

그녀의 커다란 가방 두 개에 또 어떤 귀중한 것들이 담겨 있을까. 무결은 헛기침을 짧게 하고는 용건을 말했다.

"떠나기 전에 유종의 미를 거두죠."

"네?"

"밥 같이 먹어요. 조식 식당에서."

드라이기를 내려놓은 승희가 대답했다.

"옷 갈아입고 나갈게요."

'유종의 미'라고까지 말하니 그의 요청을 들어주지 않을 수가 없었다. 조식 식당이 어떤가, 어떤 음식이 나오려나 호기심이 일기도 했다.

"밥 먹고 출근 준비하는 편이 낫지 않겠어요?"

"아뇨. 지금 옷은 밖에 나갈 때 입는 옷이 아니라서요."

"옷이 왜요. 예쁜데요."

승희는 캐릭터가 자그마하게 붙어 있는 핑크색 티셔츠가 부담스러웠다. 언제나 회색, 검정색, 남색 계열의 옷을 입는 그녀에게 핑크색 티셔츠는 남에게 보이기 어색한 색인 것이다.

"너무 예뻐서 몰래 훔쳐보는 놈 있으면 내가 가서 한 대 때려줄 테니까 걱정 말고 가요."

그런데 그의 당찬 용단이 승희에게 도전할 용기를 주었다. 이 사람과 함께 있으면 불안한 일은 없을 거라는 확신. 생각하던 승희는 곱게 고개를 끄덕이고는 무결을 따라나섰다.

조식 식당은 기대만큼, 아니 기대 이상으로 괜찮은 곳이었다. 기본 밥에 국 하나와 반찬 네 가지 정도를 고르는 카페테리아 시스템이었는데 밥값도 저렴하고 음식의 질도 좋아 보였다. 승희는 시래기조갯국과 김치, 호박전, 제육볶음, 버섯장조림을 가져왔다. 그러고서 무결이 맡아놓은 자리에 앉았는데, 이건 무슨 데칼코마니란 말인가. 국은 두 가지, 반찬은 여덟 가지 종류였는데 두 사람이 받아온 반찬과 국이 완전히 똑같았다. 이 남자가 먼저 음식을 받아와 자리에 앉았으니 나를 따라 했느냐며 따질 수도 없고.

"이 정도면 영혼의 단짝 아닌가?"

그 또한 그녀가 받아온 음식을 알아보고선 뿌듯한 목소리로 말했다.

"인정할 수 없어요."

승희는 새침하게 대답했다. 하지만 식성이 비슷한 건 인정할 수밖에 없을 것 같다.

아주 사소한 욕심이 생겨난다. 이 남자가 자주 가는 음식점을 알고 싶었다. 이 남자의 맛집은 자신에게도 맛집이 될 것 같았다. 내가 아는 맛집을 이 남자에게도 소개하고 싶어졌다. 맛있는 것을 함께 나누고 또 다른 맛집을 찾아보며 먹는 즐거움을 나누고 싶다.

"시래깃국이 제일 맛있네요."

잠시 엉뚱한 생각을 하고 있는 동안 음식을 맛본 무결이 평했다. 그 취향까지도 꼭 닮아서 승희는 속으로 다시 한번 놀랐다.

"밥 먹은 다음에는 준비하고 같이 회사 가죠. 내가 태워다 줄게요."

밥을 거의 비워갈 때쯤 무결이 말했다. 승희가 자그마하게 끄덕였다.

"어차피 짐도 옮겨야 되니까 신세 좀 질게요."

"신세라니. 매일 태워다줄 수도 있는데."

무결은 승희의 대답이 만족스러운 듯 빙긋 웃었다.

"부부가 되는 연습이라고 생각해요. 결혼하면 이렇게 살게 될 거라고요."

결혼이라는 말이 아주 자연스럽게 흘러나왔다. 두 뺨이 티셔츠와 같은 핑크색이 된 승희가 고개를 숙이고 밥을 마저 먹는다. 그런 승희가 귀여워서 무결은 몇 번 헛기침을 하게 되었다. 좀 더 같이 지내면 좋을 텐데. 이 사람을 혜순 씨에게 빼앗기게 되어 혜순 씨에게도 벌써 질투가 나려고 한다.

두 사람은 함께 식사를 하고서 다시 집으로 돌아와 각자 출근 준비를 했다. 무결이 먼저 준비를 끝내고 거실로 나왔고 잠시 후 승희가 가방 두 개를 낑낑거리며 끌고 나왔다. 무결이 그녀의 가방을 쉽게 들었다.

가는 길이 막히지 않아 무결이 운전하는 차는 제법 빨리 승희의 회사에 도착했다. 건물 주차장에는 승희의 차가 주차돼 있었다.

"짐은 우승희 씨 차에 옮겨놓을게요."

무결이 트렁크에서 승희의 짐을 빼며 말했다.

"내 차는 언제 여기 갖다놨어요?"

"어제요."

"얘기하죠."

"바빠서 얼굴 못 보고 그냥 회사로 갔네요. 미안해요."

아니, 사과하라는 게 아니라, 그 바쁜 와중에 자신의 차까지 챙겼다는 게 놀랍고 미안해서 한 말이었다. 거기에서 끝냈으면 고마운 마음만 있었을 텐데 이 남자는 짓궂게 사족을 덧붙였다.

"이 차 운전해서 오는 동안 차를 한 대 사주고 싶은 마음이 굴뚝같았지만, 우승희 씨는 기계치라 적응 못 할까봐."

"기계치 아니라니까요!"

"인정할 건 인정해요. 세상 안 무너져요."

그의 놀림에 승희가 눈을 흘기는 동안 그의 표정은 또다시 변했다. 이제 기껏해야 이틀을 보지 못할 뿐인데. 사흘 뒤엔 매일 볼 수 있을 텐데 벌써 안타깝고, 또 한편으로는 마음이 놓이질 않았다.

"혜순 씨 집엔 현관 앞에 카메라 있어요?"

"있다고 들은 것 같아요."

"이따가 주소 좀 찍어서 보내줘요."

승희는 괜찮다고 하려다가 그의 표정이 하도 진지하여 마다하지 못하고 끄덕였다.

"누가 따라온다거나 의심스러운 사람이 접근하면 바로 연락해요. 주말 잘 보내고 어디 멀리 가게 돼도 연락해요."

아빠 같은 참견이었다. 아니, 아빠에게는 이런 걱정을 끼친 적이 없으니 난생처음 받아보는 참견이었다. 그 걱정이, 이제 싫지 않았다.

"갈게요. 사흘 뒤에 봐요."

승희 또한 그를 만나는 사흘 뒤를 기다리게 되었다.

승희네 집 현관문과 도어록이 바뀐 것을 알아본 최완식은 문 가까이의 구멍에 몰래카메라를 끼우고 벽면의 색과 같은 마커를 칠했다. 요즘엔 기술이 좋아서 5mm의 구멍에도 쏙 들어가는 초소형 카메라가 많다.

사흘 전 완식은 몰래카메라를 통해 그녀의 현관문 비밀번호를 알아낸 후 집에 침입했다. 집에 가만히 앉아 기다릴까 하다가 그녀의 속옷 몇 개만 챙겨서 집을 나왔다. 얼마 전 주민센터 헬스장에서도 그렇고 엘리베이터에서도 그렇고, 그녀가 자신을 꽤나 무시한다는 생각이 들었다. 그녀에게 존재감을 어필하고 싶었다. 그녀가 알아주었으면 하는 기대가 있었다.

그렇게 맞이한 오늘. 현관문에 도어록까지 바뀐 것을 확인한 완식은 큰 쾌감을 느꼈다. 며칠간 이 동네에서 경찰차 한 번 보지 못한 것 또한 만족스러웠다. 이것들을 바꾸고도 경찰에 신고하지 않은 것을 보면 수동적인 반응을 보이는 것이리라. 하긴 제깟 게 뭘 할 수 있겠어. 최완식은 언젠가 승희를 직접 마주할 그날을 기대하며 유유히 걸음을 옮겼다. 그때 등 뒤에서 누군가 말을 걸었다.

"저기요."

인기척이 전혀 없었는데, 희한한 일이었다. 뒤돌아보니 말끔한 슈트를 입은 젊은 남자가 서 있었다. 출근길에 나서는 모양이었다.

"이게 떨어졌네요."

남자가 몰래카메라 렌즈를 들고서 말했다. 방금 전에 꼭꼭 쑤셔넣은 카메라가 떨어졌다니.

"아, 네."

최완식은 그가 알아보기 전에 냉큼 가서 렌즈를 빼앗았다.

"몰래카메라 렌즈 같은데. 여기 설치하신 겁니까?"

"아유, 그럴 리가요."

"그럼 왜 이 앞에서 기웃거리셨죠?"

"여기가 제 친구 집이라서요."

남자의 추궁에 최완식이 변명하고는 돌아섰다. 남자의 눈빛이 매서워 보이는 게 심상치 않았다. 남자가 말했다.

"정도껏 해. 미친 새끼야."

멀리서 경찰차 사이렌 소리가 들려오고 있었다. 도망치려는 최완식의 팔을 남자가 억세게 잡았다. 최완식이 그를 떨쳐내기 위해 움직였지만 도통 떨어지질 않았다. 최완식은 주머니에서 잭나이프를 꺼냈다. 그러나 남자가 발로 그의 손목을 쳐내버렸다. 칼날이 펴지기도 전에 잭나이프는 멀리 날아갔다. 남자는 쉽게 최완식의 두 팔을 뒤로 붙잡았다.

승희의 집에 침입한 사람이 최완식이라는 심증은 쉽게 확보할 수 있었다. 주차장에 주차된 다른 차들의 블랙박스에서 승희와 최완식이 함께 엘리베이터에 오르는 장면을 찾아낼 수 있었다. 하지만 최완식이 승희의 집에 침입했다는 결정적 증거가 없고, 또한 속옷을 훔쳤다는 것만으로는 경범죄로 처벌될 수 있기에 무결은 좀 더 신중하기로 했다.

주민센터 헬스장을 통해 최완식의 인적사항을 알아낸 무결은 최완식이 다른 여자들도 스토킹한 증거를 확보했다. 그리고 오늘, 사람을 붙여 감시한 결과 최완식이 겁도 없이 다시 승희네 집 앞을 기웃거리고 있다는 보고를 받았다. 무결은 직접 찾아갔다. 실은 반쯤 죽여버리고 싶은 마음이었다. 맷집이 센 최완식이 몸부림을 쳤지만 무결 또한 일은 안 하고 운동만 했던 효과를 톡톡히 보았다.

"교도소에서 되도록 오래 버텨봐."

경찰보다 먼저 최완식을 제압한 무결이 매섭게 경고했다.

"출소한 뒤에는 더 지옥일 테니까."

어디 하나 부러뜨려버리고 싶지만 선의를 베풀어보겠다. 내 몸도 아껴야지. 곧 가정을 이룰 몸이니.

"누가 널 죽을 때까지 감시한다는 공포가 어떤 건지 알게 해줄게."

무결은 최완식을 경찰에 인계한 후 수집한 증거를 모두 넘겼다. 경찰은 재빠르게 최완식의 가택수사를 마쳤고 최완식의 집에서 타죄의 증거도 찾아냈다. 최완식은 곧장 구속되었고 무결도 경찰 조사에 성실하게 임했다. 최완식의 집에서 승희의 속옷도 발견되었다. 속옷은 무결이 전해 받았다.

모든 일이 마무리된 후, 회사 업무를 보고 일찍 퇴근한 무결은 얼마 전 결혼한 사촌형 혁수를 만났다. 둘째 고모의 아들. 승희의 대학교 동기 소연의 남편이 된 형이다. 승희에게 집중하게 되니 무결은 이런 뜻밖의 인연들이 모두 신기하게 여겨졌다.

"무결아."

식당에 들어서니 혁수가 손을 흔들었다. 무결이 혁수의 맞은편에 앉으며 가벼이 안부를 물었다.

"신혼여행은 재미있었어?"

"그럼. 너무 좋았지. 일주일이 하루처럼 지나갔어."

혁수가 아련히 한숨을 쉬었다. 신혼여행에서 돌아온 지 얼마 안 되는지라 아직 그때의 여운이 남은 듯했다.

"너도 결혼한다며? 신부 되실 분이 소연이랑 동기라던데."

"응. 그렇게 됐어."

"결혼식에서 잠깐 스쳤던 그분이지?"

"응. 형이 기억하는 사람이 맞을 거야."

무결과 승희는 혁수의 결혼식날 예식장 홀 밖에서 만났다. 그때 신랑 신부가 퇴장하며 두 사람을 알아본 것이다. 혁수가 흥미로운 이야기를 전했다.

"내 친구 중에 한 녀석이 우리 결혼식에 와서 엄청 예쁜 여자를 발견했다는 거야. 그 여자가 먼저 발을 밟아서 그 기회에 접근해볼까 했는데, 자기가 신랑의 제수라고 소리를 쳤다더라. 이종사촌 동생의 와이프라고."

솔깃한 이야기였다. 그때였구나. 식장의 인파 속에서 승희를 붙잡으려 할 때, 승희에게 '신부 친구 분이신가?'라고 물으며 접근하던 너구리 같은 놈이 있었다. 그 말을 듣는 순간 무결은 열이 훅 올라와서 그다음 승희의 대답을 놓쳤다. 그때 그녀가 뭔가 빽 소리를 지르는 것 같긴 했는데, 그런 대꾸를 했던 거였다. 그 깜찍한 대답을 놓치다니. 하지만 상상하는 것만으로도 미소가 떠올랐다. 돌발 상황에 그녀가 보여주는 기지는 언제나 신선하다.

혁수가 인생의 선배답게 조언했다.

"결혼 준비 잘해. 결혼은 하나같이 중요하지 않은 게 없더라. 결혼 전도 중요하고 결혼도 중요하고 결혼 후는 더 중요하더라."

먼저 가정을 꾸린 형. 예전에는 결혼이란 것이 조금도 와 닿질 않았는데, 이제 남 일 같지가 않았다. 무결이 편안히 미소를 지으며 물었다.

"결혼해서 좋아? 권할 만해?"

"그럼. 좋지."

"결혼하고 제일 좋은 게 뭐야?"

"집에 가면 만날 수 있는 게 제일 좋지. 아침에도 보고 저녁에도 보고. 주말에도 계속 보고."

혁수의 대답에 무결은 머릿속으로 같은 장면을 그려 보게 됐다. 매일 만날 수 있는 사이. 오래 볼 수 있는 사이. 그러네. 부럽다. 사촌 형이 부럽게 여겨진 적이 처음이었다.

"아참, 다음 주 월요일 우리 아버지 회갑 잔치 때 올 거지? 제수씨도 데려와. 직접 인사를 못 했어."

"바쁜 사람이라서. 승희 씨는 힘들겠지만 나는 꼭 갈게."

무결은 혁수의 권유를 가볍게 거절했다.

같은 날 저녁. 승희는 사무실에서 업무를 보다가 잠깐 소연을 만나러 나갔다. 소연이 승희의 회사 앞으로 찾아온 것이다.

"승희야."

건물 로비로 나오니 살랑거리는 화사한 원피스를 입은 소연이 다가왔다. 새 신부 소연의 산뜻한 차림에 승희도 덩달아 기분이 들떴다.

"신혼여행 잘 다녀왔어?"

"응. 갑자기 연락해서 미안해. 네 사무실이 이 근처라고 들어서."

"아니야. 나도 보고 싶었어."

인사를 나눈 뒤에 소연은 곧장 용건을 말했다. 실은 결혼식 때 승희와 무결이 연인 사이라는 것을 알게 된 후 계속 몸이 달았다. 전화로도 물어볼 수 있지만 직접 얘기하고 싶어 일부러 찾아온 것이다.

"너, 지난번 동문회 때는 왜 말 안 했어? 우리 동서지간이 되는 거."

"아…… 미안."

소연의 상기된 목소리에 승희는 얼버무려 대답했다. 동문회 때만 해도 혼전계약서 계획을 제대로 세우지 못한 상태였다. 게다가 연인 사이로 위장된 관계에 대해서는 되도록 사람들에게 알리고 싶지 않은 마음이다.

"근데 나도 네 결혼식에 가서 알았어."

"하긴, 그 집안은 모든 게 좀 조심스럽지."

소연이 이해할 수 있다는 듯 끄덕거렸다. 소연을 이해시킨 것에 승희가 속으로 안심하고 있을 때, 소연이 넌지시 물어왔다.

"근데 있잖아. 승희야. 너 우리 어머님 어떻게 생각해?"

새로운 화제였다. 그에 맞게 소연의 표정 또한 변했다.

"나 뭐랄까, 되게, 되게…… 혼란스러워."

좀 전까지 상기되어 있던 목소리가 푹 가라앉았다.

"나는 내가 잘할 수 있을 거라고 생각했거든. 우리 혁수 씨를 낳아주신 분이니까. 근데 내 생각하고는 많이 다른 거 같아."

아무래도 시어머니가 어려운 모양이었다. 충분히 이해할 수 있었다. 승희가 만난 무결의 둘째 고모는 '며느리라면 응당 이래야 한다'라는 나름의 틀을 갖고 계신 분 같았다.

"승희야, 나 부탁이 있는데."

한동안 어깨가 축 처져서 아무 말 못 하고 있던 소연이 다시 목소리를 냈다.

"월요일이 우리 아버님 생신이거든. 회갑이라 호텔에서 잔치를 크게 할 거야. 거기 너도 와주면 안 될까?"

"월요일에 해?"

월요일. 무결과 만나는 날. 혼전계약서 협의가 다시 시작되는 날이다.

"응. 월요일 저녁. 우리 어머님 아는 역술가님이 그날 잔치를 해야 100세까지 기운이 좋다고 했대. 그래서 나 그날 월차 냈어."

소연이 다 죽어가는 표정으로 설명했다. 어쩌면 소연이 찾아온 용건은 이것이었던 듯싶었다.

"내가 도움이 되지는 않을 텐데."

"아니야. 며느리라는 동질감이 있잖아. 그것만으로 덜 외로울 것 같아."

며느리……. 나는 아직 그렇게까지 불릴 만한 사람이 아닌데. 하지만 소연의 간절한 부탁을 외면할 수는 없었다. 무결과 결혼을 하든 안 하든 어쩌면 서로 돕고 사는 처지가 될 수도 있으니 일단 참석해야겠다.

"일이 많아서 늦을지도 몰라. 아무튼 꼭 들를게."

승희의 대답에 소연은 물기 젖은 눈으로 고맙다고 말했다.

소연과 헤어진 후, 승희는 무결에게 전화를 걸었다. 오늘 무결이 수고해준 덕에 승희의 집에 침입했던 절도범을 잡을 수 있었다고 한다. 승희는 전화 통화와 증거사진으로 피해 확인을 마쳤다. 굳이 경찰서에 가서 최완식의 얼굴을 직접 확인하지 않아도 되도록 무결이 모두 해결해주었다.

[여보세요.]

사건을 마무리 지은 후, 무결과 직접 통화를 하는 건 처음이다.

"고마워요. 무결 씨가 직접 범인 잡았다는 얘기 들었어요."

[뭐 이 정도 가지고.]

으스대는 목소리가 유쾌했다. 하지만 금방 듬직하고 진지한 음성으로 돌아왔다.

[그래도 아직은 집을 더 손봐야 하니까 당분간 가지 말아요. 수리 마치면 바로 얘기해줄게요.]

의지가 되는 목소리를 들으니 아침의 일이 떠올랐다. 아니, 그제의 일부터, 그의 집에서 함께 지냈던 짧은 시간이 찬찬히 되새겨졌다. 그 시간이 그리워지는 마음은 견제해야 할 필요가 있었다. 승희는 목소리를 가다듬고는 화제를 돌렸다.

"다음 주 월요일에 고모부님 회갑 잔치가 있다면서요?"

[어떻게 알았어요?]

"친구한테 들었어요. 소연이."

[우승희 씨는 신경 쓸 필요 없어요.]

"아뇨. 저도 가게 됐어요. 소연이가 와달라고 부탁해서요."

승희는 조심스럽게 용건을 말했다.

"그래서 그러는데, 우리는 그날 거기서 한무결 씨 가족 행사로 만나는 거니까, 혼전계약서 협의는 며칠 더 미뤄도 되겠어요. 그렇죠?"

월요일부터는 혼전계약서 협의가 있다. 하지만 가족 행사와 겹치니 지난번 그의 새어머니 생신 잔치 때처럼 행사를 빌미 삼아 만남을 조금 미룰 수 있을 것 같았다.

[교활하네요. 그렇게 안 봤는데 잔꾀를 부리시네.]

그런데 그의 반응은 그녀가 기대했던 것과는 완전히 달랐다.

[어떻게 하루 30분 그걸 넘봅니까. 벼룩의 간을 빼먹지. 내가 유치해서 이런 얘기까지는 안 하려고 했는데, 스토커도 잡은 사람한테 상은 못 줄망정 어떻게 그런 말을 합니까.]

예상보다 무결의 입장은 강건했다.

[양보 못 해요. 회갑연은 우승희 씨가 자발적으로 오는 거잖아요. 나 때문이 아니라 친구 때문에.]

그의 가차없는 지적에 승희의 목소리가 기어들어갔다.

"어쨌든 가족 행사에 참석하는 거잖아요."

[난 그쪽이랑 같이 갈 생각이 전혀 없었어요. 말했잖아요. 우승희 씨는 신경 쓸 필요 없다고. 그러게 거길 왜 간다고 해요. 회갑 잔치 갔다가, 우리는 따로 만나는 겁니다. 30분. 원칙을 지켜요.]

평소에는 그렇게나 유연한 사고를 하는 양반이 원칙 타령을 하다니. 승희는 기분이 팍 상했다.

[월요일에 봐요. 주말 잘 보내고.]

실컷 구박을 하고서 끊을 때가 되니 그지없이 평화롭게 인사하는 한무결. 승희는 끊긴 전화를 손에 쥐고서 허탈하게 한참 바라보았다.

주말이 무사히 지나고, 월요일 저녁.

승희는 소연의 시아버지 회갑연이 열리는 호텔을 찾았다. 무결이 만나서 같이 움직이자고 연락했지만 근처에서 일이 끝나 먼저 가게 되었다. 아직 회갑연이 시작되지 않아 사람은 많지 않았다. 그래도 그 와중에 아는 사람이 있었다. 무결의 셋째 고모가 다가와 알은체를 했다.

"우리 예비 질부도 왔네? 아이고 기특해라."

셋째 고모가 먼저 인사했다. 소연의 결혼식 때 화장실에서 넘어질 뻔한 것을 승희가 도와준 뒤로 셋째 고모는 완전히 승희에게 살가운 사람이 되었다.

"네. 안녕하세요."

"무결이는?"

"곧 올 거예요."

셋째 고모와 안부를 나누고 있는데 뒤편에서 소리가 들렸다.

"고모."

"어, 무빈이도 일찍 왔네?"

무빈이었다. 이 공간에서 마주치기 가장 불편한 사람. 그래도 문제를 일으키고 싶지는 않았다. 승희는 예의껏 인사했다.

"안녕하세요. ……형님."

"얻다 대고 형님이에요?"

한무빈 전무님이라고 부르기에는 어색해서 형님이라고 얼버무렸을 뿐인데 강하게 지적당했다. 그냥 전무님이라고 부를 것을, 승희는 속으로 후회했다.

"그쪽은 나 그렇게 부를 자격 없어요. 알죠?"

"무빈아, 좋은 날 왜 그래. 올케 될 사람한테 그렇게 말하는 게 아니지."

지켜보던 셋째 고모가 무빈을 타일렀다.

"고모, 고모는 이 여자가 내 동생을 어떻게 꼬셨는지 몰라서 그래요."

그러나 무빈은 셋째 고모의 말을 들을 생각이 없다. 돌연 폭로가 이어졌다.

"중우 씨한테 다 들었어요. 대학교 다닐 때 남자 후리는 걸로 그렇게 유명했다며. 그쪽이 교수실에서 한 시간 있다가 나오면 B였던 학점이 A가 된다던데? 대체 교수실에서 한 시간 동안 뭘 했길래?"

이건 대체 무슨 소리야. 기가 막힌 헛소리에 승희가 눈썹을 구기고서 무빈을 보았다.

"집안 레벨 따져서 사람 사귀는 건 기본이고, 취직할 때도 볼만했다던데요. 낙하산으로 들어가서 사장 비서 자리 얻어내고, 사장을 아주 구워삶았다던데. 그런 식으로 우리 고모들도 꼬드겨보려고?"

죄다 거짓말이었다. 진실을 알지 못하는 셋째 고모는 무빈의 말에 충격을 받은 표정이었다. 거기에 탄력을 받은 무빈이 모략 하나를 더 보탰다.

"고모, 내가 이런 얘기까지 안 하려고 했는데, 이 여자 때문에 자살한 친구도 있었대요. 좋다고 쫓아다니는 남자애한테 죽으라고 막말을 했더래요."

폭로의 질이 좋지 않았다. 이건 듣는 이에게는 그다지 충격이랄 게 없는 이야기다. 경우에 따라서는 그냥 흘려듣고 말 이야기. 하지만 그 일의 당사자에게는 그때의 악몽이 진하게 되새겨지는 이야기다. 승희의 눈에 투명한 눈물막이 돋아났다.

"우승희 씨, 당신 때문에 우리 중우 씨 절친이 죽었다고. 그쪽은 거기에 조금도 죄책감이 없어요? 사람이 어쩌면 그래요?"

세상을 떠난 사람에 대해 얘기할 때는 숙연하고 정중해야 한다고 생각해. 죽은 사람을 함부로 여겨선 안 돼. 그래서 지금껏 조용히 감내하고 있을 수밖에 없었지만, 이제 참을 만큼 참았다고 생각한다. 죽은 사람을 이용하는 녀석을 더 이상 두고 볼 수 없을 것 같다.

"말씀이 심하시네요. 전부 잘못 알고 있으시고요."

승희는 굳은 얼굴로 자리를 빠져나와 곧장 김인애 대표에게 전화를 걸었다.

김인애 대표와 전화 통화를 마친 후, 승희는 소연과 인사를 하고 일찍 호텔을 나왔다. 무빈과 한자리에 있을 수는 없었다. 호텔 입구에서 한참 기다리니 명중우가 왔다. 승희를 알아본 명중우의 입술이 비뚜름해졌다.

"여길 왔어?"

애쓴다 정말. 빈정거리는 혼잣말이 자그마하게 들려왔다.

이러면서, 잘 지내보자는 말을 했었지, 너는. 네 말을 믿어보려고 했던 내 에너지가 아까워. 승희는 분한 마음을 잘 삼켜냈다. 중우가 호텔 입구로 들어서며 비아냥댔다.

"우리 무빈 씨가 아직 화가 덜 풀렸을 텐데, 내가 그 조언을 못 했네. 안 들어가는 게 좋을걸?"

무빈과 승희가 먼저 만났다는 얘기는 아직 듣지 못한 모양이다. 승희는 중우에게 가까이 갔다.

"너 기다렸어. 우리 얘기 좀 해야겠다."

"무슨 일인데?"

"얼마 전에 CY테크랑 투자 협의를 준비하고 있었거든. 근데 네가 그쪽 이사님이랑 접촉한 다음에 투자 건이 엎어졌더라고."

"그래? 안됐다. 유감이야."

중우는 전혀 모르는 사연이라는 듯이 능청스럽게 대꾸했다.

"거기 이사님이 이상한 말을 하더래. 내 대학교 때 소문을 들었다지 뭐야."

"그런데?"

"CY테크에서 들은 말이랑 오늘 한무빈 전무가 나한테 한 말이 똑같더라고."

"신기하네. 그냥 소문은 아닌가 보다. 진실이니까 사람들이 하나같이 똑같은 얘기를 하는 거겠지?"

대체 너의 자신감은 어디서 나오는 거지?

불가피하게 차를 세울 땐 비상점멸등을 켠다. 위험하니까 피해 가라는 신호다. 나는 꽤 오랫동안 네게 신호를 줬다고 생각했는데. 통하질 않았나?

"아니지. 그 말을 하고 다니는 사람이 동일인이니까 이런 일이 생기는 거겠지. 너무 애를 쓰고 다니는 게 안쓰러울 지경이야."

나는 움직이지 않고 가만히 서서 그저 깜빡거리며 존재를 알렸어. 조용히 네가 그냥 피해 가길 기다렸어. 그런데 와서 들이받아버리면 나도 어쩔 수가 없지. 날 얕보지 마.

"명중우, 네가 나한테 왜 이러는지 알아. 너무 잘 알지. 이걸 말하면 내 입이 더러워지는 기분이라 함부로 말하지 않았을 뿐이야."

멀리서 한무빈의 실루엣이 보였다. 애인을 찾으러 나온 모양이었다. 이것까지는 예상하지 못했는데. 그렇다면 조금 더 힘을 낼 수밖에 없다.

"너는 네 친구 천상현이 그렇게 돼서 날 미워하는 게 아니야. 넌 처음부터 그랬어."

오랫동안 입 밖으로 꺼내지 못했던 진실.

"왜냐하면, 내가 천상현한테 고백을 받기 전에 널 먼저 찼으니까."

녀석과의 악연은 천상현의 죽음 이전이었다는 것. 그걸 지금껏 말하지 못한 건 녀석처럼 저급한 사람이 되고 싶지 않아서였다. 하지만 오랜 시간이 흐른 지금까지도 녀석이 이렇게 구질구질하게 구니 그녀 또한 진실을 말할 수밖에 없는 것이다.

"네가 고백한 건 정말 싫었거든. 같은 과 동기 여자애들 점수를 매기면서 노는 앨 누가 좋아하겠어. 네가 사귀자고 했을 때 표정 구기면서 싫다고 했을 거야. 인생 그렇게 살지 말라는 얘기도 했었지."

명중우의 눈동자가 요동치는 것이 잘 보였다. 얼굴이 붉어져가는 것도.

"넌 그때 나한테 긁힌 자존심 때문에 지금까지 이러는 거지. 반푼이처럼."

언제 왔을까. 무빈의 뒤에 무결이 서 있는 것도 언뜻 보였다. 무결에게는 미안하다는 생각이 들었다. 이 과거 때문에 무결이 자신을 멀리하게 된다고 해도 할 말이 없다. 하지만 한무결은 왠지 그러진 않을 것 같았다.

역시나, 그가 흥미롭다는 듯 지켜보는 표정이 희미하게 시야에 걸렸다. 꽤 먼 거리였는데 신기하게도 그의 얼굴은 단번에 눈에 들어왔다. 조금 더 힘이 났다.

"넌 옛날이나 지금이나 똑같이 차버리고 싶은 놈이야. 나란히 있기에는 질이 떨어져."

"야, 우승희."

시뻘겋다 못해 시퍼레진 중우의 얼굴이 걱정스러울 지경이다. 승희는 이만 대화를 끝마치기로 했다.

"내 앞에서 치를 떠는 게 천상현에 대한 우정인 것처럼 포장하지 말라고."

이 찌질한 자식아.

6.
처음엔, 지금은

8년 전. 3월.

도서관에서 공부를 하다가, 놓고 온 책이 생각나서 과방에 잠깐 들른 승희는 과방 안에서 이상한 소리를 듣게 되었다.

"김○○, 6점. 더는 못 준다."

"누가 개한테 6점이나 주냐, 아깝게. 5점이면 많은 거야."

"정소연 정도면 7.5점 줄 수 있겠다."

"성격이 좋으니까 8점 해주자."

다섯 명의 남자 동기 무리가 떠드는 소리였다. 여자 동기들의 이름이 줄줄이 이어졌다. 문이 조금 열려 있는 틈으로 담배 냄새가 흘러나왔다. 과방에서는 음주와 흡연이 금지돼 있었는데, 녀석들은 이를 아무렇지도 않게 즐기고 있었다. 과방의 열린 틈으로 명중우가 보였다.

"우승희 9.5점. 얼굴도 몸매도 애가 원톱이야. 너무 공부에 목매는 거만 빼면 만점인데."

명중우의 입에서 자신의 이름이 흘러나오자, 승희는 제 입을 막았다.

"야, 공부 잘하는 애가 얼마나 편한데. 도움 많이 받을 수 있잖아. 돈 들일 거 없이 도서관 데이트하면 되고."

"숙제 대신 해주면 9.8점."

다른 동기의 주장에 명중우는 점수를 고쳤다.

"인정."

뭐가 그리 재미있는지 녀석들은 킥킥거리며 웃었다. 속이 불편해진 승희는 책을 가져가려던 것을 포기하고 발길을 돌렸다.

흘깃. 과방에서 동기들과 술을 마시던 중우도 열린 문틈으로 승희를 발견했다. 예쁘장한 얼굴은 잠깐 스친 것만으로도 알 수 있었다.

우승희와 마주칠 때면 지나간 일들이 참 한스러웠다. 신입생 오리엔테이션을 가서, 과에서 가장 예쁜 동기에게 사귀자고 말했다. 동기는 금방 받아들였다. 그보다 훨씬 더 예쁜 애가 있을 줄 알았다면 쉽게 여친을 만들지 않았을 것이다. 우승희가 신입생 오리엔테이션에 오지 않은 것이 원망스러웠다. 하지만 뭐, 얼른 헤어지고 다시 사귀면 되니까.

"아이스크림 같은 애야."

여자 동기들의 점수를 매기느라 펼쳐놓은 동기 단체 사진에서 중우는 우승희를 톡톡 가리켰다.

"차갑고 달아. 녹여버리고 싶게."

"어얼. 표현 좋은데!"

남자 동기들이 중우를 띄워주었다. 이 무리에서 중우는 일인자다. 외모나 덩치나 출신 고등학교, 집안까지. 그러니 더욱 자신만만할 수밖에 없다.

"넘어올까 안 넘어올까?"

"고백하게? 너 지금 여친 있잖아."

다른 친구가 지적했다.

"얘 성공하면 바로 정리해야지."

중우가 문제없다는 듯 대답했다.

"역시, 명중우는 일인자야. 솔로일 틈이 없구나."

"그래도 쉽게는 안 될걸?"

"네가 한 번에 성공하면 내가 10만 원 준다."

함께 술을 마시던 친구들이 한마디씩 던졌다.

"너 그 말 꼭 지켜라."

10만 원을 건다는 친구에게 중우가 웃으며 말했다.

명중우는 금방 계획을 실행에 옮겼다. 과방에서 여자 동기들의 점수를 매긴 다음날, 바로 기회가 주어졌다. 공강 시간에 강의실에 혼자 남아 과제를 하고 있는 승희를 발견한 것이다.

"우승희, 사실 어제 너도 기분 좋았지?"

가까이 가서 마음을 살짝 떠보았으나 그녀는 반응이 없었다.

"네가 원톱이었잖아. 너도 네가 예쁜 거 잘 알 테니까."

기어이 승희는 한숨을 거칠게 내뱉고는 펼쳐놓았던 책과 공책을 덮었다.

"CC 하자. 너랑 어울릴 만한 사람은 역시 나밖에 없어."

"아니."

승희가 단칼에 거절했다.

"싫어."

제법 유하게 얘기했는데, 말을 꺼낸 중우가 무안해질 만큼 매서운 목소리였다.

"얘기를 더 듣지도 않고 왜 그렇게 딱 잘라 싫다고 해. 사람 무안하게."

"너한테는 어떤 여지도 주고 싶지가 않아서."

가방을 챙긴 승희는 표정을 구기며 자리에서 일어섰다. 앞으로도 계속 상종을 하면 안 될 녀석. 소란을 만들지 않을 거라면 그냥 일찌감치 피하는 편이 옳다.

승희가 자리를 박차고 나서자 중우도 슬슬 빈정이 상했다. 승희를 쫓아간 중우가 그녀의 팔을 잡았다.

"나랑 다니는 게 너한테도 도움이 된다고. 너도 너 좋다고 따라다니는 오크들 싫을 거 아냐."

"뭐어?"

중우의 말에 승희는 기가 막혔다.

"네가 이러고 다니는 거 네 여친은 아니? 인생 그렇게 살지 마."

승희는 따끔하게 충고하고는 떠났다.

몇 시간 지나 교양 수업 시간. 좀 전에 있었던 일은 아주 깔끔하게 잊은 듯 승희는 다른 동기들과 종알거렸다. 이를 지켜보는 동안 명중우는 속이 끓었다.

중우가 승희에게 차였다는 소문은 금방 퍼졌다. 그래봐야 어제 함께 과방에서 술을 마신 녀석들이었지만 자신이 전하지 않은 이야기를 녀석들이 알고 있어서 중우는 당황스러웠다.

"우승희한테 고백했다가 차였다며?"

"천하의 명중우가 나무에서 떨어질 때도 있구나."

"명중우한텐 백이면 백 다 넘어가는 줄 알았는데."

녀석들이 놀리고 빈정대는 듯하여 자존심이 상하기도 했다.

하루 지난 뒤의 술자리. 동반 입대를 하는 선배들의 송별회에 경영학과 2학년과 1학년생들이 모였다. 승희와 중우도 자리에 참석했다. 승희는 중우를 일부러 피하려는 듯 가장 멀찍이 떨어져 앉았다. 중우가 기회를 봐서 승희의 가까이 다가갔지만 승희는 자리를 옮겨 다른 곳에 앉았다. 중우는 오늘따라 쓴맛이 강하게 몰려오는 소주를 연거푸 세 잔 비웠다.

그사이에 승희가 자리에서 일어나는 것이 보였다. 화장실에 가려는 모양이었다. 중우는 잠시 후에 따라나섰다. 화장실은 술집 밖에 있었다. 밖에서 서성거리니 잠시 후 승희가 화장실에서 나왔다. 중우는 통로를 막아서고는 승희에게 따졌다.

"너, 내 얘길 어떻게 하고 다니는 거냐?"

"무슨? 나는 네 얘기 한 적 없는데?"

"누가 모를 줄 알아? 명중우가 고백했는데 찼다고 떠벌리고 다니면 네 값이 더 올라갈 거 같아?"

"너 말 진짜 함부로 한다."

과방에서 여자 동기들의 점수를 매겼던 일로 가뜩이나 불쾌한데, 이런 비난까지 들으니 승희는 더욱 기가 막혔다.

"난 아무 말도 안 했으니까 다른 애들한테 가서 따져."

막고 서 있는 그를 비켜나 옆으로 가려는 승희를 중우가 다시 막으며 팔로 승희의 허리를 감으려 했다.

"어딜 도망가."

위험해. 온몸의 세포들이 비명을 질렀다. 저 멀리, 모임 장소로 다가오는 선배가 보였다. 승희는 소리쳤다.

"언니!"

중우는 승희를 붙잡고 있던 팔을 놓을 수밖에 없었다. 승희가 선배에게 뛰어가며 인사했다.

"언니 늦게 오셨네요."

"응. 사람들 많이 왔어? 얼른 들어가자."

승희는 선배와 함께 술집 안으로 들어가며 낮은 목소리로 중우에게 말했다.

"너 손버릇도 안 좋구나?"

중우는 빈 주먹을 꽉 쥐었다.

하나씩 하나씩 약점이 쌓여간다. 어느새 우승희는 기피해야 할 대상 1순위가 되었다.

그때부터 우승희를 관찰했다. 약점이 될 만한 것이라면 뭐든 좋았다. 남자들을 후리고 다닌다는 소문을 조금씩 내보았다. 하지만 잘 먹히지 않았다. 다른 동기들에게 우승희의 이미지가 너무 좋았다.

친구들과 함께 있을 때 우승희가 지나가면 은근슬쩍 비아냥거리는 것으로 조금씩, 잘근잘근 씹어주기로 했다.

"그런 애들 너무 재수 없지 않아?"

"응? 어떤 애들?"

"왜, 얼굴값 다 못 하는 애들 있잖아. 성격이 얼굴에 감점 요인 만드는 애들."

중우는 지나가는 승희의 귀에 다 들릴 만한 목소리로 친구에게 말하며 키득댔다.

"쟤는 성격 때문에 상품 가치가 떨어져. 어디 두고 봐. 큰일 하나

저지를 거라니까."

모두 천상현이 세상을 떠나기 전에 일어난 일들. 이 모든 일에 대해 무시하고 넘겼던 것은, 지금까지 승희의 가슴에 후회로 남아 있다.

*

호텔 앞. 실은 욕 한바가지를 할 수도 있지만, 승희는 이만 입을 닫기로 했다. 이만하면 됐다 하는 생각이 들었다. 얼굴이 붉으락푸르락해진 중우가 승희의 멱살을 잡으려 손을 뻗은 사이.

"조심해. 지켜보는 눈이 많아."

승희가 충고하며 턱짓으로 뒤편을 가리켰다. 흠칫 돌아본 중우의 얼굴은 처음보다 더욱 어둡게 변했다. 무빈이 지켜보고 있었을 줄은 몰랐다. 중우가 굳어 있는 사이에 무빈이 뛰어와 승희와 중우의 사이에 섰다. 무빈은 눈에 핏대를 세우고서 승희에게 악을 썼다.

"언다 대고 시매부님한테 막말 짓거리야."

승희의 입에서 쏟아진 폭로를 듣고도 무빈은 일단 중우의 편을 들었다. 하지만 승희는 눈 깜짝하지 않았다.

"시매부는 아니죠. 아직 결혼 안 했으니까요. 사람 일은 모르는 거잖아요. 두 분이 결혼을 할지 안 할지."

푸핫. 천천히 다가오던 무결의 입에서 크게 웃음이 터졌다. 우리가 결혼을 할지 안 할지,라는 말이 나올 줄 알았는데 시누이와 시매부가 헤어질 수도 있다는 얘기를 하다니. 우리 우승희 씨 진짜 대박이네.

무빈이 살기를 품고서 무결을 노려보다가 씩씩거리며 떠났다. 무빈의 표정이 심상치 않다는 것을 알아본 중우가 충격을 받은 표정으로 무빈을 따라나섰다. 호텔 앞에는 승희와 무결만 남았다.

사흘 만에 마주하게 된 두 사람. 오랜만에 만났는데 좋은 모습을 보여주지 못했다는 사실에 승희가 한숨을 쉬며 고개를 내렸다. 그런 승희에게 무결이 태평스럽게 말을 걸었다.

"너무 일찍 온 거 아니에요?"

"그러게요……."

승희가 회한이 섞인 목소리로 대답했다. 오래 가슴에 묵혀왔던 얘기를 쏟아내어 속이 시원하긴 한데, 이로 인한 파장이 두렵긴 했다.

"내가 지켜줄 틈도 없이 혼자 해결하고 말이야."

이어진 무결의 나긋한 목소리에 승희는 고개를 들었다. 그 순간. 촉. 고개를 숙인 그가 그녀의 눈높이에 맞추어 짧게 키스를 하고 뒤로 빠졌다. 밀어낼 틈도 없이 재빨리.

"미안."

선 키스 후 사과.

"근데 앞으로는 미안하단 말도 안 하고 싶네요."

그 말이 그 어떤 후기보다 달콤한 위안을 선사했다. 무결의 눈동자가 곱게 빛나고 있었다. 승희는 눈물이 나올 것 같아 입술을 꾹 붙였다.

그 후 무결은 아무 말 없이 주차장으로 승희를 데려가 제 차의 조수석에 승희를 앉혔다. 폭로가 남긴 여파로 승희의 몸이 약하게 떨려오고 있었다. 그녀에겐 숨 돌릴 틈이 필요했다.

"조금만 기다려줘요. 인사만 하고 바로 나올게요."

무결은 승희가 앉은 자리를 따뜻하게 해주고는 곧장 떠났다.

고모와 고모부께 인사를 하고 아버지와 새어머니께도 다녀간다는 보고를 한 후 무결은 회갑연이 열리는 홀의 끄트머리에서 혼자 있는 무빈에게로 갔다.

"누나가 명중우한테 충고 좀 해줘. 죽은 친구를 팔아먹어서 연민을 얻으려고 하면 안 되지."

무빈은 독이 가득한 눈을 하고는 입을 꾹 다물고 있었다.

"승희 씨랑 명중우는 배포부터가 다르네. 명중우는 처음부터 승희 씨를 공격했잖아. 어떻게든 흠집을 내려고 했지. 그에 비해 우리 승희 씨는 끝까지 참으려고 최선을 다했던 게 느껴지지 않았어? 아무래도 우리를 배려했던 게 아닌가 싶다. 어쨌든 명중우는 누나의 짝이니까."

무빈은 무결의 이야기가 듣기 싫은 듯 돌아섰다.

"결혼은 다시 생각해봐, 누나. 친동생으로서 걱정돼서 그래."

무결은 그 등 뒤에 대고 말했다. 누나가 자존심을 크게 다친 것 같아 얘기는 이 정도로 끝냈다. 모두에게 작별인사를 하고 승희에게로 가는 길. 어느 때보다도 마음이 들떴다.

승희는 무결의 차 조수석에 앉아 가만히 숨을 골랐다. 좌석 시트가 따끈해서 몸이 나른해졌다. 긴장의 끝에 맞이한 안락한 평화. 한참 있으니 무빈이 잔뜩 화난 표정으로 주차장에 들어서는 것이 보였다. 그 뒤를 명중우가 급하게 따라갔다. 명중우와 한무빈 두 사람의 사이에 균열이 생긴 것이 두 눈으로 확연히 보였다.

'내가 엄청난 폭로를 했구나.'

미움은 단면이다. 내게 너무나도 싫은 사람이 누군가에게는 인생의 축복이고 전부일 수도 있다. 그 생각을 하면 사실 누구도 함부로 증오할 수 없다. 멋대로 험담을 할 수도 없다. 모두 폭로해버리고 나니 두 사람에 대한 연민이 남았다.

생각에 잠긴 사이에 운전석 문이 열리고 무결이 들어왔다.

"오래 기다렸죠."

"아뇨."

승희는 고개를 흔들고는 자그마한 목소리로 속에 꽁하니 앉아 있는 말을 했다.

"불쾌했다면 미안해요."

"뭐가?"

그는 무슨 말을 하는지 모르겠다는 듯 물어왔다.

"한무결 씨 매형 얘기를 함부로 해서요. 누님이 힘들어할 수도 있겠네요."

"그래서 아까 말한 거 후회돼요?"

"아뇨. 그렇진 않아요."

"그럼 됐어요. 이 얘긴 그만하죠. 우리 얘기나 해요."

승희는 근심이 쌓인 눈으로 한숨을 포옥 쉬었다.

외강내유. 그토록 강단 있게 행동하면서도 정작 속은 누구보다도 여리다. 그런 그녀가 너무 사랑스럽긴 하지만, 시간이 아까워진 무결은 그녀의 관심을 얼른 제 쪽으로 돌리고 싶었다.

"집중하라고."

다가간 무결이 묵직해진 목소리로 말하자 승희가 그제야 자신과 눈을 맞췄다. 그 고운 얼굴을 마주하니 무결 역시 과거가 후회되었다. 내가 내 발등을 찍었구나. 무슨 일이 있어도 매일 한 시간씩 봐야 한다고 하는 거였는데. 아니, 애초에 시간제한을 둔 것부터가 잘못이었다. 무결이 승희의 손을 끌어가 손등에 제 입술을 갖다 대며 말했다.

"29분 남았잖아요."

1분 1초가 소중했다.

무빈은 얼마 전 일을 떠올렸다. 중우에게 우승희를 아느냐고 물어본 적이 있었다.

"대학교 신입생 시절에, 여자 동기들의 점수를 매겨서 노는 남자애들이 있었어. 그중 톱은 우승희였고."

중우는 그때 그렇게 말했다. 애인의 말이었기에, 무빈은 애인의 관점에서만 생각할 수밖에 없었다. 그런데 오늘 우승희가 중우에게 내뱉은 말은 무빈이 간과한 진실 하나를 깨닫게 해주었다. 여자 동기들의 점수를 매겨서 노는 남자애들, 그 무리에 자신의 애인이 있을 거란 생각을 무빈은 단 한 번도 해본 적이 없었던 것이다.

그 사실만으로도 불쾌하기 짝이 없는데, 뭐? 우승희에게 고백을 했었다고? 내 애인이? 우승희한테? 그런 근본도 없는 애한테? 자신이 알고 있는 명중우에 대한 이야기가 아니었다. 언제나 젠틀하고 품위 있는 내 혼약자가 그런 마녀 같은 애한테?

안면이 부들부들 떨려왔다. 가슴의 울렁임이 도무지 가라앉질 않았다.

"공주님."

쫓아온 중우가 예와 다름없이 다정한 음성으로 자신을 불렀다. 그 목소리에 처음으로 소름이 끼치는 무빈이었다. 그 애도 이렇게 불렀을까? 이렇게 부르면서 그 애한테 고백했을까?

자신을 따라 차 안까지 들어온 중우에게 물었다.

"정말 걔한테 고백했어?"

"걔 말을 믿어?"

중우가 분노를 누르는 목소리로 반문했다.

"그 애는 일부러 그런 거라고. 자기랑 내 사이를 갈라놓으려고 계획한 거야. 자기가 가까이 오는 걸 확인하고 멋대로 지껄여댔잖아. 모르겠어?"

그건 사실이다. 분명히 내가 다가가니 목소리를 더 높였어. 내가 들으라는 듯이. 그건 그렇지만.

탁. 무빈은 중우가 자신의 얼굴을 향해 뻗는 손을 쳐냈다. 아직은 마음을 쉽게 풀 수가 없었다.

"그럼 왜 아까는 아무 말도 못 했는데."

따져 묻는 무빈에게 중우가 제 휴대폰을 내밀었다.

"자. 내 대학교 때 친구들이랑 연락해봐. 내가 어떤 사람이었는지는 내 친구들이 다 증명할 테니까."

무빈은 가늘게 눈을 뜨고서 중우를 바라보았다. 당당하게 말하는 애인의 말을 믿어야 할까 갈등하게 된 건 처음이었다. 생각해보니 1년을 넘게 사귀도록 이 남자의 대학 때 친구를 만난 적이 없었다. 재벌가의 상속녀인 자신이 부담스러워서 일부러 자리를 만들지 않았을 거라고 생각했다. 친구를 골라 사귀다 보니 그의 대학시절 친구들에게는 관심이 없기도 했다. 애초부터 관심을 가져야 했을까.

"내 말을 믿어. 무빈 씨, 나는 당신을 사랑하기 위해 태어난 사람이야."

무빈의 눈가에 물기가 어렸다.

"어떻게 걔가 그런 얘기를 하게 그냥 둘 수가 있어. 어떻게 내가 지켜보는 앞에서 그런 얘기를 하게 해!"

무빈은 화풀이하듯 중우에게 따졌다. 중우가 그런 무빈에게 손을 뻗어 어깨를 끌어안아 토닥였다. 마음을 진정시키듯.

"그러니까 그 애가 위험하다는 거야. 절대 자기 집안에 발 들이게 해선 안 돼. 앞으로는 이렇게 놀라게 하는 일 없을 거야, 공주님."

그의 입을 통해 전해지는 말이, 그 달콤했던 언어들이 처음으로 텁텁하게 느껴졌다.

무결은 승희의 손을 잡은 채로 시동을 걸었다. 어색해진 승희가 서서히 손을 뺐다. 하지만 무결은 서운해할 새가 없었다. 주어진 시간은 30분. 이제 29분. 승희를 집까지 안전하게 데려다준 뒤에 얘기할 시간까지 확보해야 한다는 생각에 마음이 급해졌다.

"혜순 씨네 집으로 가는 거죠?"

"네."

대답이 돌아옴과 동시에, 차는 급하게 출발했다. 내비게이션이 제시한 최소시간은 25분. 신호만 잘 받으면 5분 정도는 더 확보할 수 있을 테지만 신호운이 좋지 않으면 5분 이상 더 걸릴 수도 있다. 그렇다고 중간에 차를 세우고 얘기를 하자고 하면 지조 있는 이 여인은 분명 30분 시간을 잰 뒤에 차에서 내리려고 할 것이다.

그래도 무결이 꽤나 노력한 끝에 23분 만에 혜순의 집 앞에 도착했다.

"집 앞이 많이 어둡네요."

차를 세운 후, 차 안에서 건물 앞을 확인한 무결이 말했다. 특별한 사람이 생긴다는 건 걱정을 한 아름 짊어지게 되는 것과 같았다. 속옷 절도범은 이미 잡혔는데도 안심할 수 없는 마음이 참 이상했다. 그녀가 어디서 뭘 하는지, 힘든 일은 없는지, 위험하진 않은지 계속 걱정되고 확인하고 싶었다. 안전이 걱정되는 것, 그 이상의 무언가가 있는 것이다. 웬만하면 옆에 뒀으면 좋겠고, 시야가 닿는 곳에 있었으면 하는 욕심.

"어차피 결혼할 텐데, 그냥 같이 살면 안 되나?"

욕심을 그대로 드러내어 일단 질러보았다. 그러나 승희는 농담으로 받아들인 모양인지 피식 웃으며 고개를 도리도리 저었다.

"오늘 일로 결혼은 더 불투명해진 것 같은데요."

"그럴 리가. 무슨 일이 있어도 할 거예요, 결혼."

승희의 대꾸에 무결은 힘주어 말했다. 어느덧 헤어질 시간이 5분 앞으로 다가왔다. 혼전계약서 얘기는 집어치우고 키스나 하고 싶건만.

"아직도 혼전계약서 다섯 번째 조항에 대해서는 마음이 안 바뀌었어요?"

형식상 이야기를 꺼내보았다. 어쨌든 혼전계약서가 정리돼야 결혼도 할 수 있으니 일단은 가장 중요한 것을 따져보기로 했다. '부부관계는 갖지 않는다.' 그것만은 계약서에서 지워버리고 싶었다. 그녀가 대답 없이 눈동자만 굴리고 있어서 마음이 급해진 무결이 먼저 입을 열었다.

"다섯 번째 조항이 뭐였는지 기억……."

"알아요."

그의 말허리를 끊어내며 승희가 소리를 냈다. 어두운 곳에서도 또

렷하게 보이는 그녀의 수줍은 표정이 무결의 심장에 콕 박혀 들어갔다. 씨익, 그의 입술이 호선을 그리며 길어졌다.

혼전계약서 얘기는 그만해도 되겠다. 실은 다섯 번째 조항만 해결되면 다른 것들은 그녀 욕심껏 하게 두어도 괜찮겠다는 생각이었다. 그렇다고 그녀가 얼토당토않은 조항을 만들지는 않을 거라는 걸 이제는 모두 알겠다. 그저 문제는 그녀가 결혼할 마음이 들게 할 수 있느냐, 그것뿐. 무결은 앞으로의 방향을 확실히 알게 되었다.

"어디 가고 싶은 데 있어요? 데이트를 하고 싶은데."

"30분짜리 코스요?"

원칙주의자 우승희가 1일 30분의 기준에 맞추어 매정하게 물었다. 그의 입가에 담겨 있던 미소가 흐트러졌다.

"아니. 일요일에 길게 보자고요."

"아, 그럼 내일부터 토요일까지는 프리인 거죠?"

와, 이 사무적 목소리. 그렇게 정을 쌓았는데도 그녀는 여전히 만나지 않는 날이 더 편한 모양이었다. 무결은 혼자만 애가 달아 억울해졌다.

"아니. 내일부터 10분만 볼 거라고요."

하지만 아무리 억울해도 매일 만나는 걸 포기할 수는 없는 입장. 시간을 쪼개는 것밖에는 방법이 없었다.

"20분씩 적립해서 주말에 데이트하자고. 화, 수, 목, 금, 토, 20분씩 적립해서 일요일에 130분짜리 데이트하자고요."

심통이 나서 불퉁한 목소리가 나왔다. 마디마디 한 톤씩 높아진 자신의 목소리에 돌연 눈이 동그래진 그녀를 보자니 예뻐서 더 화도 못 내겠다. 마음을 가라앉히고 깊이 한숨을 쉬는 무결에게 승희가 말했다.

"10분 만나러 오는 건 귀찮을 텐데요."

그게 왜 귀찮아. 매일매일 그 시간만 기다리며 살 텐데. 그래도 거절은 아닌 것에 위안을 얻어야 하나 생각하고 있는데 그녀의 목소리가 떨떠름하게 이어졌다.

"오가는 시간이 만나는 시간보다 훨씬 긴데, 비효율적이잖아요."

"더 비효율적이어도 상관없어요."

그의 단호한 대답에 그녀의 맑은 눈동자가 떨리듯 흔들리는 것이 보였다. 계속 바라만 보고 있어도 좋을 것 같은데, 시간은 매정하게도 30분에 닿아 있다. 승희 또한 30분이 훌쩍 다가온 것을 알아챘다.

"30분 됐네요. 갈게요."

"잠깐만요."

무결이 잠깐이라고 말했지만 승희는 듣지 못하고 차 문을 열었다. 서둘러 더 먼저 밖으로 나온 무결이 그녀의 앞에 섰다. 앞으로 움직이던 승희의 발걸음이 흠칫 멈췄다.

어두운 골목, 빛나는 눈. 승희는 그가 단순히 인사만 하지는 않을 거라는 걸 직감했다. 그녀가 넘겨준다는 말도 없이 넘겨주게 된 '권리'. 그것을 야무지게 행사하기 위해 다가오는 그를 승희는 외면할 수가 없었다. 아니, 기대하는 것처럼 침이 꼴깍 넘어갔다. 승희는 저도 모르게 눈을 꼭 감았다.

"여기."

그런데 그녀의 직감과는 달리 입술에 닿는 것이 아무것도 없다. 눈을 뜬 승희가 그 앞을 바라보았다. 무결이 그녀의 앞에 종이봉투를 내밀었다.

"이게 뭐예요?"

승희는 멋쩍은 마음을 숨기며 종이봉투를 열어보았다. 그리고 그 안으로 손을 뻗음과 동시에 들려오는 그의 목소리.

"도난당했던 속옷이요."

으악. 승희는 부랴부랴 봉투 안에서 꺼내보려던 속옷을 꾹꾹 집어넣었다.

"고마워요. 그럼 갈게요!"

우렁차게 인사하고는 허둥지둥 걸음을 옮겼다.

"잘 가요. 잘 자고."

등 뒤에서 무결의 한숨 섞인 목소리가 들렸다. 그 음성에 섞여 있는 아쉬운 마음이 심장을 톡톡 두드려대는 느낌이었다. 마음을 부정하며 서둘러 혜순네 집 안으로 들어갔다. 홈트레이닝 개인방송을 틀어놓고 요가를 하고 있던 혜순이 자세를 풀고서 승희에게 물었다.

"어? 왜 이렇게 일찍 왔어요?"

혜순은 오늘 무결의 고모부 회갑 잔치라는 것, 그 자리에 무결도 동석한다는 것을 알고 있었다.

"남친이랑 일찍 헤어졌어요?"

"어? 어."

승희는 멍하게 대답했다. 혜순이 도무지 이해할 수가 없다는 듯 도리질 쳤다.

"어휴, 재미없는 사람들. 오랜만에 만났는데 '널 이대로 보낼 수 없어!' 이런 말 한마디 안 했어요?"

혜순은 승희가 며칠간 무결의 집에서 지냈다는 사실을 모르고 있었다. 혜순에게 한무결과 2박 3일 동안 같이 지냈다고 말할 수는 없었다. 승희는 옷을 갈아입으며 화제를 돌렸다.

"나 있잖아. 오늘 명중우 한 방 먹였어."

"헉. 진짜요? 어떻게?"

역시나 혜순은 금세 승희의 화제를 따라와서 눈을 빛냈다.

"사실 8년 전에 말이야……."

승희는 8년 전 명중우와의 사이에서 있었던 일을 혜순에게 죄다 털어놓았다. 그간 혜순에게까지 이 얘기를 털어놓지 않았던 건 혜순이 자신보다 더 속상해할 것 같아서였다. 하지만 오늘 확 터트려버렸으니 더 이상은 감출 것이 없었다. 승희가 풀어놓은 이야기를 모두 들은 혜순은 웃지 않았다. 역시나 승희가 그간 참아온 모욕을 먼저 떠올리며 몸을 부들부들 떨었다.

"언니는 그 얘기를 지금까지 아무한테도 안 하고 있었어요?"

"명중우랑 이렇게 얽힐 줄도 몰랐으니 마음에서 지우면 그만이었거든."

"하지만 언니는 계속 피해를 봤잖아요. 그 자식이 온갖 루머 생산하면서 언니를 고립시킨 건데."

이렇게까지 알아주는 내 편이 있다는 사실이 고마워서 승희는 씨익 웃었다.

"명중우가 그 루머를 만든 거라면, 걔야말로 그걸로 바닥을 드러낸 거지."

오늘의 일로 산 하나를 넘은 듯했다. 이제껏 명중우의 목소리만 들어도 오싹 소름이 끼쳤는데 이제 그에 맞설 힘을 얻은 기분이었다.

"근데 그건 괜찮겠어요? 언니의 시매부 될 사람을 건드린 건데."

"시누이 될 사람도 건드렸는데 뭐."

승희가 어깨를 으쓱하니 혜순은 푹 한숨을 쉬었다.

"어휴. 우리 언니 결혼은 할 수 있을까 몰라. 남들 쉽게 가는 길을 언니만 어렵게 가는 느낌이에요."

혜순의 이야기에 언젠가 친구 재훈이 했던 말이 떠올라 픽 웃었다. 호랑이도 제 말 하면 온다더니, 재훈을 떠올리지마자 재훈에게서 문자메시지가 왔다. 승희는 칫솔을 입에 문 채로 휴대폰을 확인했다.

─엔젤투자자 쪽에 네 의견 전했어. 그런데 탐탁지 않은 반응이야. 이번에 서천에 갈 때도 이전 멤버 그대로 갔으면 좋겠다고 다시 전달받았어. 어쩔 수 없을 것 같다.

설득에 실패했다는 업무 연락이었다. 시름과 함께 한숨이 쏟아졌다. 회사 직원도 아닌 사람들을, 그것도 둘씩이나 서천으로 다시 불러들여야 하는 것이다. 엔젤투자자는 대체 어떤 사람일까. 어떤 의도로 회사와 관계없는 사람들까지 불러들이는 건지 너무 궁금했다.

하지만 그게 문제가 아니라, 무결과 세열을 설득해야 하는 것이 문제였다. 어쨌든 날짜에 대해 상의도 해야 하니 무결에게 연락할 수밖에 없는 상황이 되었다. 얼른 이를 닦고서 무결에게 전화를 걸었다.

[여보세요.]

느긋하게 들려오는 낮은 목소리가 고막을 간질이듯 흘러들어왔다. 승희는 머뭇거리지 않기로 했다.

"할 말이 있는데요."

[얘기해요.]

"아까 한무결 씨가 그랬죠. 오가는 시간이 길지만 비효율적이어도 상관없다고."

[그랬죠.]

"진심이죠? 더 비효율적이어도 상관없어요?"

이상한 낌새를 눈치챈 무결이 대꾸했다.

[무슨 얘기를 하시려고.]

승희는 뜸 들이지 않고 곧장 사연을 말했다.

"실은 엔젤투자자한테 연락이 왔어요. 5월에 한 번 더 서천에 가야 해요. 똑같이 1박 2일로. 근데 그 멤버 그대로 오라고 해서요."

역시 일과 얽히면 없던 넉살이 잘도 생긴다.

"일손을 도울 필요는 없고, 그냥 거기서 30분 만나기만 하면 될 것 같은데."

승희는 또랑또랑하게 사연을 전한 후 그의 반응을 기다렸다. 잠시 침묵이 흐르는 동안 승희는 불안해졌다.

[참 고약하네.]

비난이 들려왔다. 그가 불쾌해하는 것 같아서 심장이 툭 내려앉는 것 같았다. 엔젤투자자와 100억이 날개를 달고 창문 밖으로 떠나는 환영이 보이는 것 같았다.

[왜 그 말을 이제야 하지?]

그런데 잠시 후 목소리가 다시 이어졌다.

[나한테 그런 부탁도 해야 하는 사람이 하루 30분을 칼같이 지키 겠다고 한 건가?]

단순히 서천으로 불러서 불쾌해하는 건 아닌 듯했다. 기대감이 살 아났다. 이 남자는 내가 원하는 걸 들어줄 거라는 막연한 믿음대로 그녀는 대답을 던졌다.

"그러니까 서천에서도 30분 만나자고요. 계약서에 쓴 대로."

[그게 다가 아니잖아요. 그 멤버 그대로 오라는 건 세열이도 필요하다는 건데.]

세열에 대해 따지고 들면 할 말이 없었다. 능청스럽게 이어지던 승희의 목소리가 작아졌다.

"그러니까 세열 씨도 서천에 그냥 얼굴만 비추게 해주면……."

[뭐 해줄 건데요?]

그가 그녀의 말을 끊고는 물었다. 이 남자에게 뭘 해줘야 할까. 하지만 딱히 해줄 것이 떠오르지도 않는다.

"……해줄게요."

[뭐라고?]

"인정해준다고요."

귓가로 흘러들어오는 거친 한숨 소리. 하지만 승희는 새침하고 능청스럽게 억지를 부려보았다.

"인정. 한무결 씨의 너른 마음 인정. 되게 고마워해준다는 얘기예요. 더불어 이세열 씨의 우정까지 인정."

[장난해?]

힘이 느껴지는 반말에 승희의 입술이 바짝 말랐다. 승희는 그가 눈앞에 있는 듯 긴장하게 됐다.

[집 앞이에요. 내려와요.]

그런 승희에게 무결이 한껏 낮아진 목소리로 말했다.

집 앞이라고? 여태 안 가고 있었는지, 아니면 갔다가 돌아온 건지. 승희는 무결의 말을 믿기 힘들어 창문을 빼꼼히 열어보았다. 정말이었다. 무결이 휴대폰을 들고서 차 앞에 서 있는 것이 잘 보였다.

순간 멀리서 그와 눈이 마주쳤다. 까딱까딱. 창문 사이로 보인 승희의 얼굴을 귀신같이 알아본 무결이 이리 오라며 수신호를 보냈다. 멀리서도 흠칫 긴장하게 되었다. 그의 눈이 찌릿 빛나는 것 같았기 때문이다.

"옷 갈아입고 나갈게요."

[지금 뭐 입고 있는데.]

"그냥 티셔츠요."

[그대로 나와요. 예쁘니까.]

으아아. 이젠 예쁘다는 말도 무섭다.

"뭐예요, 뭐예요?"

혜순이 창문가로 나왔다.

"헉. 무결님이네?"

혜순이 한 옥타브 높아진 목소리로 호들갑을 떨었다. 무결의 표정이 혜순을 발견하고는 싹 변했다. 자신을 향해서는 날카로운 눈빛을 보내던 남자가 혜순을 향해 포근 달달한 미소로 손을 흔들자 승희는 기가 막혔다. 이전까지 무슨 일이 있었는지도 모르고, 혜순은 인사를 받아주기 바쁘다. 무결에게 손을 흔드는 혜순의 입가에 함박웃음이 가득했다.

"아, 역시 스윗하셔. 그럼 그렇지. 헤어지기 아쉬워서 못 가고 있었구만요."

그게 아니야…….

"얼른 나가봐요, 얼른!"

"야야, 밀지 마아."

승희가 저항했지만 가차 없이 밀려났다. 아니, 승희 또한 어쩔 수

없는 척 뒷걸음질치고 있었는지도 모르겠다. 승희를 현관까지 밀어

낸 혜순이 흐뭇하게 손을 흔들었다.

"나는 변하고 있는 언니가 너무너무 좋아. 좋은 시간 보내고 와

요!"

어휴. 못 이기는 척 밖으로 나온 승희는 또다시 차림이 신경 쓰였

다. 고무줄 바지에 티셔츠. 이렇게 입고서 밖으로 나가도 될까.

"아, 모르겠다."

어차피 티셔츠 차림, 고무줄 바지 차림을 몇 번이나 본 사람이니

그에게 보이기 불편한 마음은 없다. 자신이 이런 차림으로 밖에 나가

본 적이 없다는 사실이 어색할 뿐.

"몰라, 몰라."

승희는 눈 딱 감고 전진해보기로 했다. 친구를 데리고 서천까지 와

야 한다고 부탁하는 입장이니 그의 심기를 건드리지 말아야 했다.

건물 밖으로 나오니 무결이 팔짱을 낀 채 몸을 차에 기대고 서 있

는 것이 보였다. 승희를 발견한 무결이 기대었던 몸을 세웠다. 승희

는 잰걸음으로 그 앞에 섰다. 하지만 말은 나오지 않았다. 그가 먼저

입을 열었다.

"인정을 해준다고."

따지는 말투가 참 점잖아서 핀잔을 듣는 건지 안부를 전하는 건지

모르겠다. 머리끝까지 기어올라도 받아줄 것 같은 목소리.

"뭘 해줄 거냐고 물었더니, 인정을 해주겠다고."

"어쨌든 뭘 해주는 거잖아요."

그 편안함에 힘입어 승희는 당당히 대꾸했다. 그 반응에 무결이 피

식 웃었다.

"깜찍해서 봐준다."

……그쪽이 더 깜찍한데요. 황당한 표현에 멍해 있는 동안 무결은 뒤돌아 차 문을 열었다. 타라는 거였다. 승희는 그가 무슨 계획을 가지고 있는지도 모르는 채로 무결의 차 조수석에 올랐다. 그는 승희를 앉힌 후 바로 운전석에 올라 시동을 켰다. 차가 곧장 출발했다.

"지금 어디 가는 거예요?"

"놀이공원."

"이 밤에요?"

무결의 대답에 놀란 승희는 당황한 표정으로 물었다. 지금 이 시간에 놀이공원을 간다고? 놀이공원이 즉흥적으로 갈 수 있는 데라고? 놀이공원은 큰맘 먹고 시간 내서 가야 하는 데 아니야?

"싫어요? 마음에 안 들어요?"

을이 된 승희는 강하게 반박하지는 못하고 버벅거렸다.

"아아뇨. 이런 시간에 놀이공원을 가는 건 처음이라서."

"나도 별반 다르진 않아요. 놀이공원 가본 게 10년 전인가 그래요."

승희는 힘주어 '나도요!'라고 말할 뻔했다. 승희도 고3 말경에 놀이공원을 간 게 마지막이니 거의 9년 만에 가보는 것이다. 이 밤에 놀이공원. 그의 기분이 나쁘지는 않은 것 같아 승희는 은근슬쩍 제 욕심을 끼워넣었다.

"놀이공원 같이 가면, 서천에도 같이 가줄 거예요?"

"하는 거 봐서."

하. 이 남자는 갑의 위치에 있을 때 챙길 만큼 챙겨보겠다는 심산인 거다. 울컥 욱하는 마음이 올라왔다.

"어떻게 그런 말을 해요? 참 못됐네요."

신호에 걸려 차가 천천히 정지했다. 그 순간을 기다렸다는 듯이 자신에게로 꽂히는 시선. '못됐다고 한 말 취소할게요.' 하고 말하고 싶어지는 엄한 눈빛이었다. 살벌한 정적을 깨고서 그가 말했다.

"더 못된 것도 할 수 있어요."

심장이 안에서 따끔따끔 흔들리며 제 존재를 알렸다. 이제 이 남자가 이렇게 말을 하며 시선을 마주하면 무섭다. 공포감 그런 게 아니라 설렘을 동반하여 찾아오는 낯선 두려움이다.

뭘까. 이 감정은.

"오늘부터 시간제한 없어요."

모호하여 입을 다물고 있는 사이에 그가 다시 차를 몰며 말했다.

허! 승희는 어이가 없어 한숨을 툭 뱉었다. 무결이 당당히 제 권리를 주장했다.

"서천에 갈 때까지는 내가 갑 아니에요? 나랑 세열이 없으면 안 되잖아."

"그래도 원칙을 지킵시다. 하루 30분 기준이에요."

"서천은 1박 2일인데? 내가 1박 2일이나 시간을 내야 하는데?"

"그건 한무결 씨가 처음에 막무가내로 서천까지 찾아와서 벌어진 일이잖아요."

"그래서 내가 놀았어요? 소똥도 치웠잖아요. 그쪽은 부들부들 떨고 있었고."

"내가 언제 부들부들 떨었나!"

약 올리듯 과장을 섞은 그의 표현에 발끈한 승희가 소리를 높였다. 제 소리에 자신이 놀랄 만큼. 그 반응에 무결이 재미있다는 듯 쿡쿡 웃었다.

"또 해봐요."

"무슨."

"발끈하는 거. 완전 내 스타일이라서."

"주기적으로 소리 질러줘요?"

"고맙죠, 그럼."

"욱하는 사람이 취향이에요?"

"전혀 아닌데 그쪽이 그러면 그냥 취향이 되네요."

아. 무슨 말을 못 하겠다.

"오늘은 크리스마스트리 같고 예쁘네요."

초록색 티셔츠에 군데군데 장식이 달린 그녀의 티셔츠를 힐끗 보고는 그가 말했다. 그녀의 얼굴은 내내 발그레했다. 단지 약이 올라서 그런 건 아니었다.

놀이공원 앞에서 내린 무결은 대리주차를 맡기고 곧장 승희와 함께 놀이공원 입구로 직행했다. 밤 8시 50분. 놀이공원 폐장 시간이 10시이니 한 시간가량을 놀 수 있었다.

승희는 사실 이해가 가지 않았다. 돈 아깝지 않나? 10시가 폐장인데 한 시간 동안 놀기 위해 표를 끊어? 너무 비효율적인데?

하지만 그가 입장권을 사는 동안 승희는 군말을 하지 않았다. 어쨌든 그는 부유한 사람이고, 그의 기준에 이 정도는 별것 아닌 소비일 것이다. 그냥 닥치고 협조하자.

놀이공원 입구에서 표를 사고 입장하는 데에도 시간이 소요되어 어느덧 9시가 되었다. 이제 폐장까지 정말로 한 시간. 놀이공원 안으로 들어서니 활기찬 세상이 펼쳐졌다. 폐장 분위기는 전혀 느껴지지 않았다. 지금 이 시간이 행복한 사람들로 세상이 꽉 채워져 있었다. 무결처럼 직장인 같은 차림으로 돌아다니는 사람들의 모습도 보였다. 무결은 그나마 신발을 갈아 신었지만 정장 셔츠에 구두를 신은 사람들도 상당했다.

"저거 탑시다."

놀이공원의 중앙에 들어선 무결이 가파르게 낙하하는 보트를 가리켰다. 플룸라이드였다. 까마득한 곳에서 내려오는 보트를 바라보는 동안 승희의 입이 벌어졌다. 오래전 플룸라이드를 탔던 기억이 희미하게 스쳤다. 물이 튀지 않게 비닐을 뒤집어썼는데도 낙하 구간에서 물벼락을 맞았었다. 그때 친구들과 함께 까르르 웃었는데. 다시 열아홉 살 소녀처럼 웃을 수 있을까?

승희의 발걸음이 더디다는 것을 눈치챘는지, 무결이 그녀를 잡은 손에 힘을 꽉 주었다.

"무서워서 못 타겠어요?"

"아니 그런 건 아닌데…… 사실은 이렇게 갑자기 불려 나와서 놀이공원에서 노는 게 어색해요. 현실하고는 너무 동떨어져서, 꿈같고 그러네요."

일탈이 없었던 승희가 속사정을 말했다. 이 활기 넘치고 신나는 현장에서 함께 들뜨지 못하여 그에게 미안하기도 했다. 그런 그녀를 지그시 바라본 무결이 고개를 들며 말했다.

"지금 여기 있는 사람들이요. 왜 저런 머리띠를 하는지 알아요?"

그의 물음에 승희도 주변을 다시 훑었다. 오가는 사람들은 왕관, 뿔, 고양이귀, 토끼귀 같은 머리띠를 하고 있었다. 여자들은 물론이고 머리띠를 한 남자들도 상당했다.

"여기가 우리가 살아가는 현실과 동떨어져 있다는 걸 인식하는 거예요. 일터에서, 학교에서 저렇게 다닐 수는 없겠죠. 그냥 지금 이 공간의 파티를 즐기는 거예요."

놀이공원은 10년 전에 가봤다며. 매일 놀이공원으로 출근한 사람처럼 그가 말했다.

"아무것도 신경 쓰지 말고 놀아요. 한 시간만."

참 신기했다. 그가 그렇게 얘기해주니 어색했던 마음이 쏙 들어가고 용기가 생겨났다. 현실의 고민과 부담을 내려놓고, 처지와 나이까지 잊고 재미있게 놀 수 있을 것 같았다.

두 사람은 플룸라이드 대기줄에 합류했다. 평일 밤, 늦은 시각인데도 사람이 많았다. 대기시간 20분이라는 표지가 보였다. 놀이기구를 타는 시간은 2분가량. 그 2분을 위해 20분을 기다리는데도 사람들은 그 시간을 짜증스럽게 보내지 않았다. 20분 뒤에 타게 될 보트의 이야기를 하며, 보트를 타는 와중에 찍힐 사진에 대해 포즈를 상의하며, 오늘 탔던 놀이기구에 대해 말하며 저마다 설레는 표정을 짓고 있었다. 승희는 아까 혜순의 집 앞에서 무결이 했던 말을 다시 떠올려보았다.

"더 비효율적이어도 상관없어요."

승희는 얌체같이 그 말을 이용하여 서천에 가자고 말했지만, 실은 그에게 고마워해야 하는 거였다. 그의 아량은 훌륭했다. 효율, 비효율을 따지지 않고 나를 위해 시간을 내어줄 수 있는 사람. 이제 그녀가 그를 바라보는 마음 또한 설렘이 다가 아니게 되었다. 하지만 그렇다면 뭘까, 내 마음은.

"나한테 인생에 대해 가르쳐주고 싶은 거 없어요?"

꽁냥꽁냥한 주변의 커플들에게 질 수 없다는 반응인지, 무결이 화제 하나를 던졌다. 승희가 멀뚱히 있으니 무결이 알아서 예시까지 내놓았다.

"손빨래도 못 하는 남자니까. 손빨래를 가르쳐준다거나."

"그걸 못하는 게 이상한 거 아니에요? 그냥 비누 묻혀서 문지르면 되는 건데."

승희가 톡 쏘아붙이니 이걸로는 이야기를 이어나가기 힘들겠다는 생각이 드는지 무결은 유연하게 화제를 바꾸었다.

"사내 공모전을 시작했어요."

승희가 관심 있게 들을 만한 주제, 일에 대한 이야기였다.

"신작 아이디어로 채택되면 해당 아이디어를 낸 직원을 해외여행 보내주기로 했어요."

"회사에서 보내주는 해외여행이라니. 대박이네요."

"사실은 우승희 씨의 말 대로 직원이 30명이면 30개의 아이디어가 나오는지 궁금했어요."

"어때요? 어떻게 됐어요?"

역시나 승희는 똘망똘망한 눈으로 관심을 드러냈다.

"아직 진행 중인데 이미 아이디어는 30개가 넘었어요. 응모횟수에 제한을 두진 않아서."

"이것 봐요. 그동안 한무결 씨가 얼마나 잘못했는지 알겠어요? 그 반짝반짝한 인재들을 모아놓고 자극을 주지 않았으니."

승희가 검지를 세우고서 따졌다. 무결이 그런 승희를 사랑스럽게 바라보며 말했다.

"우승희 씨 덕분에 내가 변하고 있다는 얘기를 하려고 했는데, 또 혼날 줄은 몰랐네요."

그 말에 그를 향했던 손가락을 거두었다.

"하긴 그동안 직원들이 편안히 인풋을 할 수 있었으니 그렇게 많은 아이디어가 나올 수 있었던 거겠죠. 책망할 순 없겠네요."

소소한 대화를 나누는 사이에 두 사람의 차례가 되었다. 두 사람은 보트에 올랐다. 앞사람이 더 큰 물벼락을 맞는다고 하여 무결이 앞, 그 뒤에 승희가 타게 되었다.

"출발합니다."

직원의 안내에 따라 보트가 출발했다. 물아래 레일이 보이는데도 보트가 좌우로 흔들렸다. 승희는 이 위태로움이 설계 당시의 설정일 것이라고 확신했다. 그렇다고 해서 마음이 차분해지지는 않았다. 언젠가 보트가 폭포에서 떨어지듯 뚝 떨어져내릴 거라는 두려움과 기대감이 양립했다. 보트는 천천히 위로 올라갔다.

"근데요."

두근거림 속에서 승희가 무결을 불렀다.

"네?"

"한무결 씨는 어렸을 때 아팠다고 했잖아요. 이런 거 타도 괜찮아요?"

"엥?"

"약자는 타지 말라고⋯⋯."

"와아아!"

대화가 흐르는 사이에 보트가 급하게 낙하했다. 무결은 신난다는 듯 크게 소리쳤고 승희는 손잡이를 꼭 잡은 채로 고개를 숙였다. 첫 번째 낙하가 끝나는 지점에서 촤아악, 물이 분수처럼 튀어 올랐다. 보트 안에 물이 들어온 것은 말할 것도 없고 두 사람의 옷도 젖었다. 역시나 무결이 승희보다 더 많이 젖었다. 무결의 셔츠 한쪽은 아예 물에 담근 듯이 젖어버렸다. 아하하. 승희는 웃고 말았다. 하지만 이를 평할 새는 없었다. 다시 위로 올라간 보트는 짧은 거리를 급낙하 했다.

"와아아아!"

좀 전까지 고개를 숙이고 있던 승희도 신나게 소리쳤다. 어디에서도 이렇게 소리를 높여본 적이 없었다. 아마 9년 만일지도 모르겠다. 소리를 지르는 만큼 쾌감이 더해졌다. 쉼 없이 반응하다 보니 2분이 지나 있었다. 보트는 다시 처음의 자리로 돌아왔다.

"이렇게 목소리가 큰 사람인지 처음 알았네."

보트에서 먼저 내린 무결이 승희의 손을 잡아 올리며 말했다. 눈물이 쏙 빠지게 재미있었다. 왜 사람들이 이 2분을 즐기기 위해 몇십 분을 기다리는지 이해할 수 있을 것 같았다.

플룸라이드의 출구 쪽에는 옷을 말리는 공간이 있었다. 그 앞의 TV 화면에 승희와 무결의 얼굴이 나타났다. 낙하 중간에 플래시가 한 번 터졌는데 그때 촬영되는 사진인 것 같았다. 무결과 승희가 서로 닮은 표정으로 신나게 웃고 있었다. 승희는 자신이 저렇게 웃을 수 있는 사람이라는 것이 신기했다. 신이 났다.

"바이킹 타러 가요."

옷을 말린 승희가 무결의 손을 잡아끌었다.

"빨리!"

그녀는 몰랐다. 자신이 먼저 그의 손을 덥석 잡은 건 처음이라는 사실을. 무결이 발견한 인간 우승희의 새로운 모습이었다. 무결 또한 가슴이 간질간질했다.

바이킹을 타러 가는 길, 머리띠 판매대 앞에 선 무결은 머리띠 하나를 집어 승희의 머리에 착용시켜주었다. 고양이 귀 모양의 하얀색 머리띠였다.

"이거 하고 타기."

머리띠를 한 그녀를 바라보는 무결의 입가에 흡족한 미소가 걸렸다. 승희는 진지하다.

"이거 하고 있으면 세열 씨까지 데리고 서천에 와줄 거예요?"

"말했잖아요. 하는 거 봐서."

흥. 하지만 콧방귀를 뀌면서도 승희는 머리띠를 빼지 않았다. 가만히 지켜보던 무결이 먼저 승희의 머리띠를 끌렀다.

"하지 말아야겠다."

하지 말아야겠다고 하면서 값을 치르는 무결이 이상하여 승희가 이맛살을 구겼다.

"별로면 사지 마요."

"살 거예요."

"왜 사요?"

그가 아무리 부유해도 탐탁지 않은 머리띠를 사는 건 비효율적이지 않나, 낭비 아닌가 싶어서 한마디 하려는데 그가 뜻밖의 대답을 했다.

"이거 하고 있는 우승희 씨가 너무 예뻐서."

응?

"나만 보는 게 좋을 것 같아서."

으응?

기분이 참 이상했다. 가슴속 몽글몽글한 것들의 존재를 모르고 있었는데. 저들이 꽃이라며 피어나고, 피었다 지면서 열매를 익혔다. 목화 꽃처럼. 설렘이 다가 아닌 벅찬 포근함이 있다. 마음을 채운다.

"한무결 씨처럼 능청스러운 사람은 처음이에요."

물기가 생겨나는 눈을 감추며 승희는 피식 웃어버렸다. 한 사람에게 향하는 마음을 효율, 비효율로 따지기 시작하면 끝이 없다. 이것저것 재지 않고 저벅저벅 걸어가는 마음이 있다는 걸 그를 통해 알게 되었다.

"그쪽이야말로 엄청 능청이죠. 뭐든 처음이면서."

가득 찬 마음에 그가 재빨리 코를 빼뜨렸다. 뭐든 처음이란 말에 뜨끔한 승희의 동공이 이리저리 흔들렸다.

"내가 처음 아닌가?"

"……."

"나 말고 누가 있었어?"

그가 시야를 막아섰다. 고양이귀는 어느새 다시 그녀의 머리 위에 안착했다. 그가 몇 번 물었으나 어떤 대답을 해야 할지 떠오르질 않았다. 굳이 대답을 원하는 말이 아니라는 걸 직감했다. 아니, 대답을 하는 순간 벌어질 어떤 일을 상상해버렸다. 아니, 대답과 관계없이 그가 다가오길 바라는 묘한 마음.

주변의 예쁜 조명들을 모두 삼킨 눈동자가 곱게 빛났다. 그녀가 좋아하는 눈이다. 빨려들듯 바라보고 있는 사이에 입술이 서로 닿았다가 떨어졌다. 산뜻하게, 달콤한 향만 남기고 이내 물러났건만 그녀의 가슴은 크게 여울지고 있었다. 이게 뭐지? 또 눈물이 날 것 같았다.

당신이 너무 예뻐서 사라질까 불안한 마음.

처음엔 그저 유혹에 사로잡혔다고 생각했다. 이 유혹에서 벗어나야 한다고도 생각했었다.

"우승희 씨, 처음이라 잘 모르는 것 같아서 알려줄게요."

이 설렘을, 이 복잡한 감정을, 다른 이름으로 부르기에는 너무 멀리 왔다.

"사람들은 이걸 연애라고 불러요."

나는 당신을 좋아하고 있구나.

"우리는 연애를 하는 게 맞아요."

낮지만 또박또박 들려오는 그의 목소리는 어딘가 간직해두고 싶을 만큼 사랑스러웠다.

"아, 진짜 안 되겠다."

승희를 한참 바라보던 무결은 다시 한번 고양이 귀 머리띠를 끌러 내렸다.

"나만 봐야지."

그의 눈에서 오롯이 느껴지는 애틋함과 소유욕에 승희는 가슴이 찡하기도 했고 두근두근하기도 했다. 승희에게 어떤 심경의 변화가 일어났는지 상상조차 하지 못하는 무결은 싱긋 웃고는 다시 그녀의 손을 잡고 걸음을 옮겼다.

바이킹은 대기줄이 없어서 곧장 탈 수 있었다. 두 사람은 커다란 배의 중간 즈음에 자리했다. 가장 높이 올라갈 때는 실내놀이공원의 천장에 닿을 듯 아슬아슬하다는 걸 좀 전에 지켜보았기에 승희는 기대하면서도 긴장하게 되었다. 옆에서 무결이 조용히 한숨 쉬는 것이 보였다.

"괜찮아요? 무서우면 내리고. 나 혼자 타도 돼요."

승희는 무결을 걱정하여 말했다. 플룸라이드에서 신나게 즐기는 바람에 쏙 들어갔던 말이지만 그의 상태가 걱정되었다. 어렸을 때 크게 앓았다고 했으니 여태 몸이 약할 수도 있는데 무리해서 즐기는 게 아닌가 싶었던 것이다.

"무섭긴. 굳이 비교하고 싶지는 않은데 내가 우승희 씨보다는 훨씬 담력이 세요."

약 올리려는 게 아니었는데 그가 발끈한 것만 같아 승희는 속으로 조금 웃었다. 언제나 느른한 태도를 유지하는 그가 약하다는 투의 지적에 대해서만은 반응을 보이는 것이 재미있었다.

"네. 그렇겠죠. 걱정 안 해요."

실은 조금 염려스럽긴 했지만, 승희는 걱정을 동여매기로 했다. 이윽고 배가 운행을 시작했다. 처음에는 그네를 타고 있나 싶게 유유히 왔다 갔다 하던 배가 어느 순간부터 위로 높이 치솟았다. 배가 아래쪽으로 내려갔을 때 맞은편을 보는 것도 아찔했다. 쩌렁, 하며 천장이 울렸다. 플룸라이드보다 더 무서웠다. 중간 즈음인데도 이 정도인데 가장 끄트머리에 앉은 사람들은 어떤 강심장들일까 싶었다. 같은 자극이 계속되어 느끼는 아찔함에 소리칠 힘도 없는데, 바이킹 관리자는 마감 시간이라며 1분을 더 태워주겠다고 생색을 냈다.

"괜찮아요오!"

하지만 그녀의 말을 들은 사람은 무결뿐이었다. 무결은 손잡이를 꽉 쥐고 있는 그녀의 손을 제 손으로 덮었다. 그의 손 때문인지, 천장에 치닫는 바이킹 때문인지 모르겠지만, 심장이 몸 밖으로 튀어나올 듯이 거세게 뛰었다. 정점에 이르렀을 때는 고개를 못 들고 있다가 점점 배가 느려질 때쯤 고개를 들었다. 플룸라이드를 탈 때와 똑같았다. 아주 무서울 때는 외면하고 있다가 수위가 낮아지면 그제야 즐기게 되는 것이다.

"와아아!"

뒤늦게 재미있다고 소리를 지르는 승희를 보며 무결은 픽 웃었다. 길고 긴 바이킹 체험이 끝나고, 승희가 들뜬 목소리로 무결에게 물었다.

"왜 플룸라이드보다 바이킹이 더 무서울까요?"

그녀는 이 질문을 해서는 안 되는 거였다.

"음. 간단히 분석하자면."

이과출신 무결이 진지하게 응답했다.

"바닥 동력 바퀴에 의해 한껏 밀어 올려진 바이킹의 운동에너지는 위치에너지로 전환이 되는데 운동에너지가 제로가 되고 위치에너지가 정점을 찍었을 때 사람은 공중에서 순간적으로 정지상태를 경험해요. 자유낙하에 가장 근접하는 순간이죠."

손짓까지 설명에 보태면서, 갑자기 분위기 과학 시간.

"그런데 플룸라이드는 그 순간이 길지 않고 새로운 루트를 통해 계속 새로운 경험을 하게 하는 반면 바이킹은 같은 걸 계속하니까 두려움이 지속되는 것이죠."

뭐야, 그냥 플룸라이드는 몇 번 안 떨어지는데 바이킹은 수시로 왔다 갔다 해서 그렇다고 하면 되잖아.

"이해 안 돼요? 쉽게 설명했는데."

"네. 유익했어요."

승희는 영혼 없이 대답했다.

"오랜만에 아는 얘기가 나와서 뽐내봤어요. 내가 우승희 씨 앞에서 주름잡을 기회는 좀처럼 없으니까."

이렇게 이유를 덧붙이니 사족과 같은 설명조차 사랑스럽게 여겨졌다. 바이킹처럼 수시로 왔다 갔다 하는 매력. 흥이 나게도 아찔하게도 하는 당신에게는 누구든 빠져들 수밖에 없을 것이다.

놀이기구 두 개를 즐기는 사이에 9시 50분이 되었다. 다른 놀이기구를 타기에는 늦은 시각이었다. 놀이공원 내에서는 방송이 흘러나왔다. 공원의 중앙에서 마감쇼가 펼쳐졌다. 두 사람은 마감쇼를 짧게 구경하고 밖으로 나왔다. 놀이기구 두 개를 탄 것만 따지자면 비효율적인 시간이었지만, 인생의 값진 경험을 하게 되었다. 정말로, 딱 9년 전 고3 수험 생활을 끝내고 친구들과 함께 놀던 그 기분이었다. 꿈결 같은 시간을 보내고 다시 차로 돌아오니 마음이 허해지기는 했다.

집으로 돌아가는 차 안에서 거듭 한숨을 쉬니 무결이 나긋하게 말을 걸어왔다.

"아까보다도 시름이 깊어진 얼굴이네요."

"너무 재미있게 놀아버려서 죄책감이 있어요."

"무슨 죄책감?"

"그냥 오늘 일이요. 누님도 걱정되고……."

무결이 이에 진지하게 응했다.

"아마 누나는 화가 많이 났을 거예요. 명중우와의 사이에도 금이 가겠죠."

"제 생각엔 명중우가 누님에게 다 거짓말이라고 했을 것 같아요. 말을 지어내는 데에 일가견이 있는 애예요."

무결의 말에 승희는 고개를 저었다.

"친구들을 포섭해서 내 말을 거짓말로 만들 수도 있을 것 같고요."

"그럼 나도 대책을 강구해봐야겠죠."

무결은 그간 보인 적 없었던 속마음을 드러냈다.

"사실 누나와 결혼해주는 것만으로 명중우에게 잘해줘야 한다는 생각이 있긴 했어요. 그래서 결혼하기도 전에 매형이라고 부르게 됐죠. 하지만 이제 안 되겠다 싶어요. 처음부터 미심쩍은 게 많았는데 이제 조금도 신뢰할 수가 없어요."

명중우를 멀리해야 한다고 생각하긴 하지만 자신이 이 가족의 소중한 것을 망가뜨렸다는 생각에 닿자 승희는 숙연해졌다. 어느덧 다시 집 앞이다.

"내일도 시간 제약은 없어요."

그가 차를 세우고는 단단히 일렀다.

알겠다고 대답하려는데, 승희가 거부할 거라고 속단한 무결이 대뜸 을러댔다.

"우리는 둘 다 바쁜 사회인이라고. 만날 수 있을 때 실컷 만나는 거예요."

"알겠어요."

승희가 조용히 대답하니 무결이 그제야 안심하고는 미소 지어 보였다.

오늘 재미있었어요. 고마워요. 이렇게 말해야 하는데 입이 떨어지질 않았다. 승희는 고맙다는 인사 대신 다음을 기약했다.

"내일 봐요."

당신과 헤어지는 게 아쉬운 순간이 오는구나. 어느새 그가 심장의 중심에 자리하게 되었다.

다음날 오후 늦은 시각, 승희는 잠깐 짬이 난 김에 병원에 들렀다. 다니던 여성병원이 없어지는 바람에 추천을 받아 용하다는 의사가 있는 근처 대학 병원으로 가게 되었다. 돌아가신 엄마의 병은 유전 가능성이 있기 때문에 2년에 한 번은 정기적으로 검사를 받고 있다. 검사 결과를 아빠와 남동생에게 알려 걱정을 덜어주는 것이 이맘때의 승희가 하는 일이다.

그런데 병원에서 예기치 않게 아는 사람을 만났다.

"……안녕하세요."

무결의 새어머니, 이혜리 여사였다.

"어제는 뵙고 제대로 인사를 못 했습니다. 죄송합니다."

"사정은 대강 들었어요. 뭐 해줄 말이 없네."

혜리가 냉랭하게 대답했다. 분위기가 싸해지자 웬지 승희는, 자신이 병이 있어서 온 건 아니라는 사족을 덧붙이고 싶어졌다.

"오해 안 해요."

승희의 표정을 눈치챈 혜리는 먼저 진료실로 들어가며 무감하게 말했다.

"하지만 대를 위해서 걱정이 되긴 하네. 아이를 낳을 수는 있는 몸인가?"

승희의 어깨가 위축된 것이 보였다. 이제 겨우 결혼이라는 문제에 대해 생각해본 입장일 텐데. 하지만 결코 허투루 한 질문은 아니었다. 남편 규원이 우승희를 며느리로 들일 마음을 먹었다면 아마도 건강검진을 요구할 것이다. 가족병력도 조사할 것이다. 여러 관문을 넘었다 할지라도 거기에서 막힐 수가 있다. 건강한 며느리, 남편은 그걸 원할 것이다.

혜리는 승희에 대한 염려를 애써 접고는 진료실 안으로 들어갔다. 들어간 뒤에 한 가지가 생각났다. 우승희에게 내가 병원을 방문했다는 얘기를 하지 말라고 해야 하는데. 그 걱정을 하니 의사의 말에 집중할 수가 없었다.

"자궁출혈이 있네요. 빈혈도 있다고 하셨죠?"

어느새 이야기가 그렇게 흐르도록.

"처방은 드리겠지만, 하루 날 잡고 검진을 받는 게 좋겠습니다."

처방을 받고 나오는데 눈앞이 어찔했다. 문 앞에 앉아 있던 승희가 인사치레로 자리에서 일어나는 것이 보였다. 그러나 인사를 나누지는 못했다.

저 아이는 언젠가 우리의 가족이 될까. 그럼 저 생기 넘치는 검정색 눈동자가 언젠가 흐려지게 될까.

순간 귀가 멍해지며 세상의 풍경이 회색으로 변했다.

"어머니!"

눈앞에서 승희가 부르는 소리가 멀게 들렸다.

혜리는 금방 정신이 들었다. 외딴 병실의 간이침대였다. 4, 5분 정도 정신을 잃었던 모양이다. 눈을 떠보니 앞에는 승희가 있었다. 승희는 제 휴대폰을 들어 무언가를 하고 있었다.

"우리 집안에 알리면 안 되는 거 알죠?"

혜리가 엄한 목소리로 말했다. 혜리가 정신을 차렸다는 것을 알게 된 승희가 한 걸음 앞으로 다가왔다.

"괜찮으세요?"

"무결이한테도 말할 필요 없어요."

혜리가 승희의 질문에는 대답하지 않고 다시 한번 일렀다. 승희는 난감해졌다. 무결에게 연락을 취하려고 했던 것이 맞다. 하지만 혜리가 그렇게까지 강조하는데 이를 따르지 않을 수는 없었다. 집안에 알리지 말라는데 누구를 부를 수도 없고. 이대로 두고 떠날 수도 없고.

그런데 혜리는 아직 회복되지 않은 몸으로 자리에서 일어나려고 했다. 승희가 혜리를 부축하며 말했다.

"몇 시간 주사를 맞으시는 게 좋을 것 같다고 하는데요."

"괜찮아요."

승희가 간절해진 목소리로 말했다.

"맞으시면 안 될까요?"

빛나는 검정색 눈에 물기가 이는 것이 보였다. 마음이 투명한 아이.

"또 쓰러지실까봐 불안해서요."

내가 또 쓰러지면 이 아이에게도 상처가 남는다. 혜리는 승희에게 어떤 일이 있었는지 입이 가벼운 무빈을 통해 대강 들었다. 대학시절 좋다고 고백해온 남자애가 세상을 떠났다지. 무빈은 그것이 승희의 탓인 양 얘기했지만 혜리의 판단은 달랐다. 승희 또한 피해자일 것이다.

오래전 혜리에게도 비슷한 일이 있었다. 빛나던 시절, 대뜸 자신이 아나운서를 그만두겠다고 했을 때 방송국으로 테러 협박이 들어왔었다. 뭇사람들은 그것이 혜리의 탓이라며 수군댔다. 혜리는 억울했던 마음을 제대로 정리하지 못하고서 방송국을 떠났다. 현재 승희의 사정을 조금은 이해할 수 있는 입장이었다.

"내가 예전에 얘기했던 거, 생각해봤어요?"

혜리는 조용히 말문을 열었다.

"그쪽이 갖고 있는 거, 다 내려놓지 못한다면 힘들 거예요. 지금 무결이가 하고 싶은 일 마음껏 하면서 자유를 누릴 수 있는 건 제 아빠가 건재하기 때문이에요. 제 아빠가 일선에서 물러나면, 아니 물러날 때가 가까워지면 언제라도 속박이 시작될 거예요. 집안에서는 그런 무결이를 잘 받쳐줄 수 있는 사람을 원하는 거고."

눈을 동그랗게 뜨고 쳐다보던 승희가 고개를 내렸다. 기죽은 새끼 고양이처럼 보였다. 너무 박하게 말했다는 생각에 혜리도 금세 마음이 약해졌다.

"이름이 우승희라고 했죠?"

"네."

"이름 예쁘네."

"……."

"그 예쁜 이름으로, 예쁜 얼굴로, 예쁜 마음으로……."

승희는 이어지는 혜리의 말이 어떤 것인지 듣지 못했다. 전화가 걸려온 것이다. 무결이었다. 승희는 흠칫 놀라며 전화를 받았다.

"여보세요."

[밖에 있어요? 나는 트윙클에셋인데.]

승희는 망설이다가 대답했다.

"아, 오늘은 잠깐 일이 있어서 나왔어요."

[어디예요? 내가 그쪽으로 갈게요.]

"아니에요. 개인적인 볼일이라서요. 오늘은 못 만날 것 같아요."

[왜요?]

왜냐고 묻는 말투에서 서운한 마음이 보이는 것만 같았다.

[어디 있는지만 얘기해요. 방해 안 하고 그 앞에서 기다리고 있을게요.]

"아니에요!"

승희는 펄쩍 뛰며 거부했다.

"내일 봐요. 내일."

[내가 매일 만나자고 했죠.]

이제는 서운함을 넘어 약간 화가 난 듯한 말투였다. 미안한 마음이 들었지만 승희는 어쩔 수 없었다.

"어떻게 사람이 계획대로만 살아요. 유연한 사고를 갖자고요. 끊을 게요."

대강 대답하고는 바로 전화를 끊었다. 그가 추궁할까봐 겁이 나기도 했다.

"무결이에요?"

전화를 끊으니 혜리가 힘없는 목소리로 물었다.

"네."

"나 때문에 못 만나는 거라면, 가서 만나요. 나도 얼른 정리하고 나갈 테니까."

"아니에요. 괜찮습니다."

"그런 배려를 해주면 내 마음이 너무 불편하네요. 이런다고 해서 내가 우승희 씨를 달리 보거나 하지는 않아요."

"뭘 원해서 여기 있는 건 아니에요."

승희가 힘주어 말했다. 진심이었다. 하지만 솔직하게 마음을 모두 보여줄 수는 없었다. 그녀를 두고 떠날 수가 없는 건 그저 연민이라고, 당신을 보는데 우리 엄마가 생각나서 그렇다고, 그 속을 다 말할 수는 없었다. 자신이 이 앞을 지키지 않으면 언제든 혜리가 주삿바늘을 빼고 떠나버릴 것 같았다. 그게 걱정스러웠다.

승희가 독하게 지키고 있어서인지, 혜리는 더 논쟁하지 않고 주사를 꼬박 다 맞았다. 주사를 다 맞는 데는 세 시간이 걸렸다. 침대에서 일어난 혜리가 천천히 걸음을 옮겼다. 여태 눈앞이 어지럽다는 뜻이었다. 두고 볼 수 없었던 승희는 혜리를 집까지 바래다주기로 했다.

"제 차로 모셔다드릴게요. 불편하시겠지만."

혜리가 택시를 타고 간다며 사양했지만 승희는 혜리를 억세게 잡은 손을 풀지 않았다. 혜리도 여태 지켜봐준 승희를 크게 거부하지는 못했다.

혜리를 무사히 희재원까지 바래다주고 혜순의 집에 이르니 11시. 그런데 혜순이 문을 열자마자 물었다.

"어? 언니, 회사에서 오셨어요?"

"아니, 왜?"

"저녁때 시스템 오류가 떠가지고 앙드레는 아마 계속 회사에서 작업하고 있을 거예요. 아마⋯⋯."

"정말? 몰랐어. 나 회사 다녀올게."

심장이 철렁했다. 놀란 승희는 혜순의 말을 끝까지 듣지도 못하고, 집 안으로 들어가지도 못하고 다시 부랴부랴 회사로 향했다. 주차장에 차를 세우고 헐레벌떡 사무실로 가는 동안 혜리가 했던 말이 떠올랐다. 오늘은 무결의 새어머니를 보필하느라 일에 신경 쓰지 못했다. 결혼을 하려면 일을 내려놓아야 한다는 혜리의 충고가 와닿았다.

복도를 성큼성큼 걸어가는데 앙드레의 모습이 보였다.

"누나."

"지금까지 회사에 있었어?"

"네. 오류가 떠서요."

너무 속이 상했다. 개발자가 한 명 있는 회사에서, 회사 대표가 제대로 신경을 쓰지 못했다는 사실이 부끄럽기도 했다.

"후우, 연락도 못 하고 미안하다. 혼자 고생했겠네."

"아니에요. 무결이 형님이 도와줬어요."

그런데 앙드레가 뜻밖의 말을 전했다.

"응?"

"지금 사무실에 있어요. 한 시간만 눈 붙인다고 해서 저는 뭐 좀 사먹으려고 나왔어요."

"왜 여기서 자?"

"한 시간 뒤에 오류 완전히 잡힌 거 확인하고 가려고요."

아, 내가 못 살아.

"들어가보세요."

앙드레가 별일도 아니라는 듯이 여상하게 말했다. 승희는 앙드레와 헤어져 사무실로 들어갔다.

"하아."

절로 한숨이 나왔다. 180도로 젖혀 고정시킬 수 있는 의자라 눈 붙이기 좋은 자신의 의자에 누워 곱게 잠들어 있는 무결이 보였다. 그가 깨지 않게 조심하며 천천히 걸음을 옮겨 그의 앞에 쪼그려 앉았다. 그러고 그가 자는 것을 숨죽여 바라보았다.

처음엔 눈동자가 예쁘다고 생각했다. 지금은 눈을 감고 있어도 예쁘구나. 선물 같은 사람이다. 내가 어떻게 당신 같은 사람을 만났을까.

혜리를 만난 후 속에 남았던 고민들이 금세 사라졌다.

당신의 세상에 날 초대해줘서, 날 이끌어줘서 고마워.

알 수 없는 힘에 이끌리듯 살포시 다가가 도둑처럼 그의 뺨에 입

맞추고 몸을 떼었다. 그가 너무 사랑스러워 견딜 수 없는 마음이었다. 도둑 키스 뒤에는 조명을 조절하고 사무실을 떠났다. 앙드레가 출출하다고 했으니 챙겨줘야 할 것 같았다.

어두운 사무실 안. 예쁘게 눈을 감고 있던 무결이 깜빡깜빡 눈을 떴다. 입술이 초승달 같은 곡선을 그리며 길게 늘어났다.

내가 차암 비싼 사람인데. 몰래 뽀뽀를 했어?

"혼내줘야겠네."

다 갚아줘야지.

승희는 앙드레와 편의점 앞 테이블에 앉아 컵라면을 먹었다. 허기를 잊고 있었는데, 그녀 또한 이혜리 여사를 지키고 있느라 저녁을 걸렀던 것이다.

"늦게까지 일을 하게 해서 미안해, 정말."

"아니에요. 무결이 형님이 옆에 있어서 힘도 나고 집중도 잘됐어요."

승희가 사과하니 앙드레가 고개를 도리도리 저었다.

"누나, 무결이 형님은 정말 좋은 사람이에요. 그래서 누나한테도 고마워요."

앙드레의 말에 승희는 빙긋 웃었다. 자신을 칭찬한 양 기분이 좋았다.

사랑이고 뭐고 일과 직원이 전부라고 생각했는데, 인생에 누군가가 더 들어올 자리는 없다고 생각했는데, 한무결이라는 사람이 그 빈틈을 파고들었다. 외모와 배경은 깐깐한 난초인데, 촘촘한 보도블록 사이로 고개를 들이민 잡초처럼 엄청난 생명력이 있다. 그의 존재를 이제 외면할 수가 없다.

"앙드레. 네가 그렇게 보는 건, 네가 좋은 사람이라 그래."

승희는 흐뭇하게 여기며 앙드레를 칭찬하는 것으로 대화를 넘겼다.

간단히 요기를 하고 사무실로 돌아오니 이미 무결은 일어나 컴퓨터 앞에 앉아 있다.

"일어났어요?"

"나만 두고 둘이 어딜 갔었나?"

키보드를 두드리던 무결이 가늘게 뜬 눈으로 흘깃 보고는 삐친 듯 투덜댔다.

"뭐 좀 사 먹으러요. 여기 한무결 씨 것도 사 왔는데."

승희는 다가가 봉지를 그의 앞으로 내밀었다. 무결이 새치름한 표정으로 승희가 건넨 봉지를 받았다.

"내가 좋아하는 것들만 사 와서 봐준다."

봉지 안을 확인해본 그가 아이스크림을 집어 단번에 포장을 뜯으며 말했다. 듣기 좋으라고 빈말을 한 건지, 정말 취향이 반영된 건지 알 수 없었지만 승희는 그의 말이 흐뭇했다.

"오류 다 잡혔어요. 이제 잘 돌아가요."

그사이에 자리에 가 앉은 앙드레가 말했다. 승희는 앙드레의 옆에 서서 어플 구동에 문제가 없는지 함께 확인했다.

그런데 그 사이에 그녀의 어깨에 척 올라가는 손. 제 어깨를 확인한 승희의 고개가 천천히 옆으로 돌아갔다. 눈을 찡긋하고는 자신을 바라보는 무결의 표정이 왠지 한층 능청스러웠다. 맛나게 아이스크림 먹는 남자를 밀쳐낼 수도 없고.

그 애정행각을 감지한 앙드레가 흐린 눈으로 두 사람을 보았다.

"아, 나도 여친 보고 싶다!"

외로워 죽겠다는 듯 자리에서 일어난 앙드레는 화장실에 간다며 사무실을 떠났다. 승희가 뒤늦게 어깨에 올라간 손을 찰싹 때렸다. 무결은 맞을 거 다 맞고는 손을 거두었다.

"앙드레 앞에서 이러면 어떻게 해요!"

"그럼 뒤에서는 해도 돼요?"

으휴. 그의 능청에 승희는 거칠게 한숨을 쉬었다. 발걸음을 조금 옮기니 그가 다시 앞으로 다가와 기어이 눈을 맞추며 씨익 웃었다.

"나 타박할 자격 없는 거 알죠?"

왠지 의미심장했다.

"왜왜. 왜 자격이 없어요."

승희는 말을 더듬게 되었다. 너무 가까웠다.

"글쎄. 왜 없을까."

그가 기분 좋게 한참 바라보다가 남은 아이스크림을 한입에 해치워버렸다. 천천히 입술을 움직여 입안의 내용물을 삼키는 모양이 어쩐지 야릇하게 여겨졌다. 그의 입술이 어느 때보다도 붉어 보였다.

'혹시 뽀뽀한 거 들킨 거 아니야?'

떠오르는 순간 얼굴이 혹 붉어졌다. '감히 나한테 뽀뽀를 해?' 하고, 그의 표정이 말을 거는 것 같았다. 사실 무결의 마음은 '겨우 뺨에 뽀뽀를 해?'에 가깝지만.

"지금 얼굴 되게 빨개요."

"더워서요."

"귀까지 빨개졌는데?"

"어우, 더우니까 좀 떨어져요."

승희는 다가오려는 그를 외면하며 그를 밀어냈다. 앙드레가 금방 돌아와서 다행이었다.

"앙드레, 집에 가자. 데려다줄게!"

"둘 다 내가 데려다줄게요. 내 차로 가요."

승희의 외침에 무결은 픽 웃으며 제 차로 가자고 말했다.

앙드레를 바래다주고 둘만 남은 차 안. 혜순의 집 앞에 도착하여 차를 세운 무결이 스윽 흘겨보며 승희에게 말을 건넸다.

"날 안 만나려고 했어요?"

"잘못했습니다."

넙죽, 빛보다 빠른 사과가 나왔다. 그를 서천에 데려가야 하기에 영락없이 을의 입장인데 오늘 만나지 않겠다며 전화를 끊었으니 할 말이 없었다. 게다가 그녀가 연락두절 상태인 동안 그는 트윙클에셋의 일을 돌보았으니 더욱 면목이 없었다.

"사과만 한다고 풀어질 일이 아니에요. 어디 갔다 왔는지는 말 안 할 거예요?"

"병원에 다녀왔어요. 정기검진을 좀 받았죠."

어쩔 수 없이 승희는 반 정도의 사실을 말했다.

"병원에 가는 거 싫어한다고 해서 말하고 싶지 않았어요."

"배려가 넘치네. 내가 진료받는 걸 싫어하는 거지, 남이 병원 가는 것까지 꺼리진 않아요."

"네. 잘못했습니다."

품. 웃음을 터트린 그는 급기야 이가 보이도록 기분 좋게 웃었다.

"자꾸 넙죽 사과하지 맙시다. 엄청 귀여워요."

그러고 그녀를 바라보며 운전대에 머리를 기대고는 하는 말이란.

"납치해버렸으면 좋겠어."

아니, 그쪽이 더 귀엽다고! 납치하라고 두 손을 내어줄 것 같다고요!

그래도 이성은 지켜야겠다는 생각에 납치당하지 않기 위해 승희는 허둥지둥 차에서 내렸다. 무결이 승희를 따라 내리며 물었다.

"근데 오류도 잡았는데 뭐 안 해줘요?"

"인정……."

"인정 말고, 인정 말고."

승희가 또 인정 카드를 쓰려고 하자 무결이 냉큼 말을 끊어냈다.

"……감사해요."

승희는 야무지게 말을 바꿨다. '인정'해주는 게 마음에 안 든다면, '감사'해주겠다. 무결은 뾰로통한 표정을 지었다.

"서운하게 하면 앞으로 이쁜 짓 안 할 거예요."

그 또한 자기가 이쁜 걸 아는가 보다. 제 속마음을 들킨 것 같은 생각에 승희도 웃게 되었다.

"내가 이쁘긴 이쁜가보네."

"그 덩치에 안 어울리게 가끔 귀여운 말을 하니까 안아주고 싶긴 하네요."

"안아."

우스갯소리로 던진 말에 그의 표정이 순식간에 변했다. 안아주고 싶은 귀여운 미소가 사라지고 묵직하게 가라앉은 목소리만 남았다. 심장이 쿵했다. 이래서 말을 함부로 하면 안 되는 거다. 한 걸음 내디뎠을 뿐인데 그는 성큼 앞으로 다가와 있었다.

"지금은 조금도 귀엽지가 않은데요."

"안아요. 안아주면 귀여운 말 해줄 테니까."

기어이 그가 눈앞까지 바짝 다가왔다. 안아달라고 해놓고 먼저 키스를 할 법한 거리였다. 그에게 내어준 권리가 떠올랐다. 자칫하면 남의 집 앞에서 키스를 하게 될 수도 있겠다는 생각이 들었다.

승희는 어정쩡하게 손을 뻗어 그의 허리에 감았다. 그저 그의 허리에 팔을 걸친 것뿐이지만, 두 사람에게 있어서는 위대한 도약. 무결도 그녀의 어깨에 단단히 팔을 감았다. 그녀가 먼저 허리를 끌어안았지만 체급의 차이로 그가 안아주는 모양이 되었다. 그의 어깨에 머리를 기댔는데도 그의 심장박동이 멀지 않게 전해졌다. 겉으로 느껴지는 여유로움과 다르게 빠르고 힘차게 뛰는 심장의 소리. 가슴의 오르내림이 묘한 긴장감을 만들었다. 침묵이 어색하여 승희가 가만히 물었다.

"왜 안 해요? 귀여운 말."

"그쪽이 훨씬 귀여워서 주눅이 드네요."

지금 이 시간을 충분히 즐기고 싶다는 듯, 무결이 승희를 더 꼬옥 안아주며 말했다.

서로에게 물들어가고 길들어간다.

승희는 속으로 조심스럽게, 행복에게 미안하다고 말했다. 내가 널 가져서 미안하다고. 아직은 행복하면 안 될 것 같은데, 너무 빨리 행복해서 미안하다고. 하지만 고맙다고. 이런 내게 와줘서. 행복에게 고맙다고 마음속으로 몇 번이고 인사했다.

같은 시각. 희재원에 들른 중우는 남들 몰래 태조의 서재에 숨어들었다.

아주 오래전 서재 열쇠를 복사해놓았다. 집안의 직원들도 모두 퇴근한 시각이라 방범 시스템만 조심하면 잠입이 쉽다. 오래전 우승희가 이 서재에 숨어들었다는 사실에서 힌트를 얻었다. 우승희와 한무결이 왜 본인의 집을 두고 희재원에서 밀회를 즐겼을까, 거기에서부터 의문이 시작되었다. 게다가 우승희가 직원 유니폼을 입고 있었다는 사실도 이상했다. 물론 그게 한무결의 취향이라면 이해할 수는 있다. 자신 또한 비슷한 취향이기도 하다.

하지만 우승희가 사랑하는 사람을 위해서 직원 유니폼을 입어줄 성격인가. 그건 아니다. 대학교 시절에도 어두운 색 상의에 바지 차림을 고수했던 그녀였다. 사회인이 되어서는 바지정장만 입는 것 같았다. 우승희가 치마를 입었다는 건 굉장히 큰 결심을 했다는 것. 그래서 이상했다. 이에 대해 은밀히 파헤쳐봐야겠다는 생각을 했다.

중우는 일단 우승희가 잠입해 있었다는 태조의 서재를 먼저 살피기로 했다. 평소에는 잠가두는 곳인데 열려 있었던 것도, 지금 생각해보니 이상하다. 여기에 뭔가 중요한 비밀이 있는 걸까.

'이 많은 곳을 어떻게 다 살핀다?'

책상 서랍에도 별다를 건 없었다. 금고도 없고, 귀중품도 별것 없이 그저 책으로 둘러싸인 공간. 그래도 서재의 책장 맨 위쪽은 특별한 책들이다. 앨범처럼 두꺼운 파일에 각각 연도가 적혀 있었다. 중우는 가장 최근의 파일을 빼 들었다. 사진, 편지, 신문기사……. 보안이 필요할 정도의 예민한 자료는 없었고 거의 후원이나 자선 활동에 관한 것이었다. 어두운 곳에서 방대한 자료를 하나하나 확인하다 보니 눈이 흐릿해지고 머리가 아파왔지만 중우는 시험공부 하듯이 꾹 참고 집중해서 페이지를 넘겼다. 중요해 보이는 건 사진을 찍어가며 살피다 보니 어느덧 23년 전의 파일에까지 손을 대게 되었다. 점점 집중력이 떨어지고 있을 때쯤, 한 면이 아주 두꺼운 페이지를 집게 되었다 중우는 별 기대 없이 비닐 안쪽의 종이를 꺼냈다. 그리고 그 안에 적힌 글씨를 알아본 중우의 눈이 뿌듯하게 빛났다.

"하. 이런 게 있었다는 거지?"

아주 오랜만에 웃을 일이 생겼다.

다음날. 오후 늦게 승희는 문자메시지를 받았다.

—이혜리예요. 오늘 7시 이후에 희재원에 와줄 수 있을까요? 무결이랑 같이 와도 되고 혼자 와도 돼요.

'내 번호를 어떻게 아셨지?'

승희는 혜리에게 자신의 휴대폰 번호를 알려준 적이 없었기에 고개를 갸웃거렸다. 실은 오늘 직원들과 회식을 할까 했었는데, 아직 직원들에게 얘기를 하지 않아 다행이라고 생각했다. 승희는 7시 반쯤 방문하겠다고 답문을 보냈다.

어제 고생한 직원들을 일찍 보내고 혼자서 부지런히 일을 마무리 짓고 있을 때 무결이 찾아왔다.

"오늘은 보통 때보다 늦었네요."

"내가 요즘 열심히 살고 있거든요."

무결이 허세 부리듯 말했다. 픽 웃은 승희가 오후에 온 연락을 전했다.

"실은 아까 무결 씨 어머니께 연락이 왔어요. 오늘 희재원에 잠깐 들르라고 하시네요."

따뜻한 미소를 머금고 있던 무결의 얼굴이 싸하게 변했다.

"왜?"

"그건 모르겠어요. 안 여쭤봤어요."

"안 가도 돼요."

무결은 정색을 하며 휴대폰을 꺼냈다. 혜리에게 따지려는 것 같았다. 승희는 무결의 손을 잡아 이를 막았다.

"아뇨. 갈래요."

"정말로 안 가도 돼요. 내가 못 가게 할 거예요."

"갈 거예요. 이미 7시 반쯤 도착할 것 같다고 연락드렸어요."

"그럼 왜 불렀는지라도 여쭤볼게요."

"아니에요. 괜찮아요."

승희는 거듭 무결을 만류했다. 혜리와 승희 사이에는 비밀이 있었다. 어제 승희는 병원에서 쓰러진 혜리를 돌보았다. 그 일 때문에 오라는 것일 수도 있는데 무결이 너무 관여하지는 않았으면 했다. 무슨병이라도 있다면 혜리가 직접 얘기를 하게끔 해주고 싶었다. 무결은승희의 뜻을 꺾을 수 없었다.

"이번에도 역시, 우승희 씨가 자발적으로 가겠다고 한 거예요. 나한텐 책임 없어요."

하지만 무결은 방어막을 치는 것을 잊지 않았다. 승희가 혹여나 자신의 가족 행사에 참석하게 됐으니 앞으로 못 보겠단 소릴 할까봐서였다.

"그럼요."

두 사람은 바로 길을 나섰다. 운전대를 잡은 무결이 내일 일정을 말했다.

"내일은 사내 행사가 있어요. 행사 끝나고 회식도 할 거라서 늦거나 아니면 못 볼 수도 있는데 괜찮겠어요?"

"당연히 괜찮죠."

승희가 가벼이 대답하자 무결이 가자미눈을 해 보였다.

"조금이라도 서운해해주면 안 돼요?"

"아이고 서운해라."

"영혼 어디 갔나, 영혼."

무결의 핀잔에 승희는 목소리를 한 톤 더 높였다.

"아아아이고오오 서운해라."

"능청이 늘었네."

"누구한테 배웠거든요."

승희가 야무지게 받아쳤다.

"아니면 아침에라도 잠깐 볼까요?"

"바쁠 것 같아요. 내일 오전에 방송사 인터뷰가 있어요. 청년 벤처 기업들을 소개하는 방송인데 거기 우리 트윙클에셋이 추천을 받았거든요."

"오. 챙겨 볼게요."

"챙겨 보지 마요, 부끄럽게."

"왜요. 챙겨 보고 홍보도 하고 자랑도 할 건데."

말만이라도 고마워서 승희도 기분 좋게 웃었다. 무결이 말을 이었다.

"아, 그리고 다음 주에는 해외 출장을 가야 해요. 신작을 출시할 계획이라 좀 바빠졌네요. 며칠 못 볼 수도 있는데 미안해요."

"아니 괜찮, 아아아이고오오 서운해라아."

승희는 센스 있게 방금 눈치 받은 것을 응용해 보았다.

"내가 옆구리 찔러서 절을 받지."

무결이 픽 웃었다. 승희는 반가이 질문했다.

"드디어 골드킹의 두 번째 작품이 나오는 건가요?"

"론칭까지는 할 일도 많고 시간도 걸리겠지만, 이제 제대로 해야죠."

달라지는 그가 너무 좋았다. 또 안아주고 싶었다.

제법 정다운 대화가 오가는 사이에 희재원의 대문을 지났다. 벌써 희재원에 가는 것도 세 번째. 처음 희재원의 문을 나설 땐 다시는 엮이지 않았으면 좋겠다고 생각했는데, 승희는 인생이 참 재미있다고 생각했다. 무결도 비슷한 생각을 했는지 느긋한 목소리로 말을 걸어 왔다.

"혼전계약서 초안대로라면 가족 행사는 연 1회인데. 벌써 몇 년 치를 불려 다니네요."

"계획대로 되는 게 없네요."

정말 계획대로 되는 게 없다. 당신을 좋아하지는 않으리라, 하루빨리 엔젤투자자의 투자를 받아 빚에서 벗어나리라 다짐했건만 이렇게도 빨리 당신을 마음에 담게 되었다. 두 사람은 처음 만났을 때처럼 손을 잡고서 저택 안으로 들어갔다. 무결이 가장 먼저 마주친 직원에게 물었다.

"어머니 뵈러 왔는데, 어디 계세요?"

"사모님, 회장님 두 분 다 정찬실에 계세요."

직원은 당황한 목소리로 대답했다. 뭔가 이상했지만 직원의 안내에 따라 두 사람은 정찬실로 향했다. 정찬실에 가까워지니 낯선 남자의 목소리가 들려왔다. 무결의 아버지 규원도, 무빈의 애인 중우도 아니었다. 정말로 낯선 남자였다. 왠지 걸음을 옮길수록 불안감이 엄습했다. 정찬실에 거의 닿았을 때쯤에는 남자의 호탕한 웃음소리와 함께 젊은 여자의 목소리도 들렸다. 역시 이상한 낌새를 느낀 무결이 승희의 손을 놓고서 한걸음 앞서 정찬실 입구에 섰다.

승희도 그 뒤편에서 정찬실 안의 풍경을 볼 수 있었다. 규원과 혜리 부부의 맞은편에 낯선 사람들이 앉아 있었다. 승희 또래의 젊은 여자와 아버지뻘의 남자였다. 네 사람의 시선이 일제히 입구에 선 무결에게로 향했다. 당연히 혜리와 규원은 그 뒤편에 있는 승희까지 알아보았다. 싸한 정적에 무결이 먼저 말을 걸었다.

"어머니께서 연락 주신 거 아니에요?"

"난 연락한 적 없는데."

혜리가 대답했다.

"일단 왔으니 앉아라."

규원이 빈자리를 권했다. 무언가 잘못되었음을 알게 된 승희가 한걸음 뒤로 빠졌다. 하지만 무결이 그 손을 잡았다.

"아닙니다. 나중에 다시 올게요."

"와서 앉아."

무결의 거절에 규원이 다시 불렀다. 무결이 승희의 손을 잡고 정찬실 안쪽으로 들어왔다. 규원이 낯선 남자에게 무결을 소개했다.

"제 아들 한무결입니다."

"반가워요, 한무결 대표."

남자가 자리에서 일어나 악수를 권했다. 그동안 승희는 그 옆에 앉아 있는 여자의 얼굴을 확인할 수 있었다. 공중파 방송사 ABS의 스타급 아나운서, 김푸른이었다.

"여기 있는 김푸른 아나운서의 아빠, 김정구입니다. 정구철강이라는 회사를 운영하고 있고요."

그리고 정구철강, 승희도 아는 회사다. 김푸른 아나운서가 정구철강 대표의 딸이라는 건 몰랐지만.

"안녕하세요. 김푸른입니다."

자리에서 일어선 푸른이 웃지도 당황하지도 않은 침착한 어조로 곱게 인사했다.

"오래전에 한태조 명예회장님께서 여기 제 딸과 한무결 대표를 결혼시키자는 말씀을 하셨었죠. 계약서도 썼고요. 그 뒤로 연이 끊겼다고 생각했는데, 이렇게 먼저 연락을 주셨네요."

무결의 차를 타고 오순도순 이야기를 하며 오는 동안 승희는 잠시 잊고 있었다. 행복이 거저 찾아올 리는 없다는 걸.

7.
누구나 겪을 수 있는 일

행복을 향한 진군은 멈추었다. 따뜻하게 데워지던 마음은 냄비처럼 금세 식었다. 애초에 혼인계약을 한 사람이 두 명이었다니. 뭐 이런 막장 같은 경우가. 승희는 자리에 앉을 수가 없었다. 무결 또한 마찬가지다. 그가 어두운 목소리로 규원에게 물었다.

"아버지께서 연락하셨나요?"

지금의 충격만으로도 어지러운데. 그의 질문을 듣는 순간 승희는 심장이 쿵 내려앉는 것 같았다. 천천히 화를 억누르는 그의 말투, 목소리. 그는 이미 이 모든 걸 제대로 파악하고서 묻는 거였다. 승희는 이 상황이 도무지 뭔지 모르겠는데.

"불쑥 찾아와서 죄송합니다. 다음에 뵙겠습니다."

그녀는 곧장 인사하고는 뒤돌아서 정찬실을 빠져나왔다. 무결이 승희를 뒤쫓아 왔다. 승희는 무결에게 눈길을 주지 않고 빠른 걸음으로 이내 희재원 건물을 나왔다.

"승희 씨."

저택을 나와서야 승희는 걸음을 멈추고 무결을 바라보았다.

"알고 있었어요? 나 말고 또 한 사람이 더 있다는 거."

그에게선 대답이 없다. 침묵은 너무 확실한 긍정이었다.

"알고 있었구나. 내가 신부 후보 2 정도였네요."

"내가 선택한 건 우승희 씨예요."

"누구 마음대로 선택을 합니까. 내가 허락하질 않았는데. 그쪽이 선택하면 나는 네, 하고 따라야 하는 사람이에요?"

무결의 대답에 승희의 목소리가 더 높아졌다.

"금왕 한씨 며느리 오디션, 이런 거라면 절대 엮이고 싶지 않아요. 해야 할 이유도, 의지도, 에너지도 없어요."

그녀의 강경한 반응에 무결은 적잖은 충격을 받은 눈빛이었다. 입을 꾹 다물고서 아무 말 하지 못하는 그를 보니 승희는 명치가 욱신거렸다.

"왜 처음부터 말하지 않았죠?"

왜 날 끌어들였지? 왜 내가 당신에게 정신없이 빠지게 만들었지? 그가 너무 원망스러웠다.

다른 신부 후보가 나타났다. 이제 결혼을 하지 않아도 되는 것이다. 실은 기뻐해야 하는 일인데 전혀 기분이 좋지가 않았다. 가슴이 죄어드는 듯이 아팠다. 승희는 뒤돌아서며 말했다.

"갈게요."

"같이 가요. 차 갖고 올게요."

"그냥 갈게요."

그가 데려다준다고 했으나 승희는 냉정하게 거절했다.

"데려다줄게요."

"택시 타고 갈게요. 여기서 처음 만났던 날처럼."

처음 만났던 그날처럼 후련하게 그냥 나를 보내줘.

"한무결 씨는 남아서 오늘 오신 손님들의 얘기를 들어보는 게 좋을 거예요."

그가 기어이 따라올 것만 같아서 지령을 주었다. 저택 안의 상황을 지켜봐야 한다는 승희의 말이 맞다. 하지만 무결은 이대로 승희를 그냥 보낼 수도 없었다.

"택시 불러줄게요."

무결은 콜택시를 부르고 승희와 함께 대문까지 걸어갔다. 승희는 아무 말도 하지 않았다. 속으로 오만가지 생각을 하는 것 같아 무결은 초조해졌다. 그러나 저택 안에서 무슨 얘기들을 나누고 있는지 알지 못하는 입장에서 섣불리 얘기할 수는 없었다. 무결 또한 애초에 혼인계약이 두 건이라는 것, 그리고 다른 한쪽이 김푸른이라는 것 외에는 아는 것이 없었다.

"연락할게요."

대문 앞에서 승희가 택시를 타는 것까지 지켜보고 무결은 다시 저택으로 향했다. 승희는 헤어지는 순간까지 아무 말도 하지 않았다. 분노의 방향은 가족에게로 향했다. 곧장 저택으로 돌아간 무결은 정찬실 밖으로 나와 있는 혜리와 맞닥뜨렸다. 무결이 따지려는 순간 혜리가 먼저 입을 열었다.

"내가 우승희 씨를 부른 게 아니야."

얼음나라의 여왕 같은 목소리로, 혜리는 차분히 진실을 말했다.

"너와 나 사이가 좋지는 않지만, 네 애인에게까지 그런 짓을 할 생각은 하지 않아."

무결의 미간에는 깊게 주름이 패였다.

"네 아버지가 부른 것도 아니다."

"그럼 누구죠?"

"누구겠니."

"누나예요?"

혜리는 대답하지 않았다. 아침에 조금 찜찜한 일이 있었다. 아버님, 태조의 서재에 누군가 다녀간 흔적이 있었다.

"누나가 이 일을 다 알고 있다고요?"

"어디서 자료를 찾은 모양이야."

혜리는 짧게만 대답했다. 누나는 혼자 이런 뒷조사를 하고 이런 일을 꾸밀 만한 사람이 아니다. 그 배후에는 명중우가 있을 것이다. 무결은 할아버지의 서재를 쉽게 떠올릴 수 있었다. 무결도 승희도 거기에서 혼인계약서를 찾았다.

"저 자리에서 네 아버지한테 따지면 안 돼. 할 말이 있어도 손님들이 떠난 뒤에 하렴. 저 사람들은 아버지가 자기들을 초대했다고 알고 있으니 알아서 예의를 지켜. 할아버지께 달려갈 생각도 하지 말고. 아침부터 많이 힘들어하셨어."

"......"

"네 아버지는 이 일을 할아버지께 알리지 말고 해결했으면 하는 입장인 거야."

무결은 주먹을 꽉 쥐며 화를 억눌렀다. 두 사람은 다시 정찬실로 돌아갔다. 푸른이 규원에게 재잘재잘 이야기를 하고 있었다.

"올해 금왕 그리핀즈 경기 때 시구를 하러 가게 됐어요. 불러주셔서 너무 영광입니다. 벌써 시구 연습하고 있어요."

"반가운 얘기네요."

규원이 예의를 차려 푸른의 이야기에 반응하는 동안 무결과 혜리가 빈자리에 가 앉았다. 혜리는 생전 웃지 않는 남편이 미소를 짓는 것이 탐탁지 않았다.

푸른은 규원이 제 이야기를 받아주는 것에 신이 난 모양이었다.

"출발이 좋은 것 같더라고요. 올해는 꼭 한국시리즈에서까지 보고 싶어요. 응원하겠습니다."

"시구하러 가서 선수들에게 직접 전하면 선수들도 더 힘을 낼 겁니다."

"네. 그럴게요."

그 옆에서 가만히 듣고 있던 김정구가 무결에게 스윽 눈길을 주고서는 서운한 투로 말했다.

"이미 한무결 대표는 사귀는 분이 있나 보네요. 의외입니다. 먼저 연락을 주셔서 당연히 이런 상황은 없을 거라고 생각했는데."

"약간의 착오가 있긴 했습니다."

규원이 가벼이 넘겼다.

"빌려주신 금은, 조만간 돌려드리려고 합니다. 한태조 회장님께서 저와 사돈을 맺으시려고 하셨다는 것만으로 영광스러웠지만, 빌려주셨던 건 합법적인 이자를 쳐서 보내드리겠습니다."

정구가 말을 이었다. 정구와 태조의 계약은 땅이 아니라 금이었다. 정구 쪽이 남수보다는 갚기가 수월한 것이다.

"계약이 그렇지만, 제 딸을 팔듯이 결혼시킬 수는 없으니까요."

옳거니 싶어진 무결이 이들의 대화에 끼어들었다.

"네. 그럼 이 일은 없었……."

"하지만 김푸른 양을 직접 보니 제가 아쉽군요. 무결이와 좀 더 일찍 만났더라면 좋았을 텐데, 하는 생각이 듭니다."

그러나 말을 끝맺지도 못하고 규원의 목소리에 덮여버렸다. 규원은 푸른을 이제야 만난 것이 아쉽다는 뜻을 밝혔다. 무결은 기가 막혔다.

"사람 일은 어떻게 될지 모르는 거니, 두 사람이 좋은 친구로 지내도 좋을 것 같네요, 허허."

정구가 기분 좋게 웃었다. 푸른이 옆에서 거들었다.

"네. 저도 무결 씨 직접 뵈니까 욕심이 생기네요."

앤 뭐지?

무결의 이맛살이 다시 구겨졌다. 나는 당신에게 조금도 관심이 없습니다,라고 말하려는데 규원이 옆에서 눈짓을 주었다. 내색하지 말고 가만히 있으라는 뜻이었다. 규원은 자리에서 일어나며 오늘의 만남을 정리하는 인사를 했다.

"이렇게 찾아와주셔서 감사합니다. 좋은 인연이 되어서 앞으로 또 뵐 수 있었으면 좋겠습니다."

규원과 정구가 정답게 정찬실 밖으로 갈 때, 잠깐 뒤처져 걷던 푸른이 무결에게 말을 걸었다.

"무결 씨."

푸른은 휴대폰을 무결에게 내밀었다.

"전화번호 찍어주시겠어요?"

무결은 쓰지 않는 번호를 찍어주었다. 번호를 받은 푸른은 혜리에게도 말을 걸었다.

"선배님, 선배님이라고 불러도 될까요? 대선배 아나운서이시니까요."

"마음대로 해요."

혜리가 무표정으로 대답했다.

"네. 또 뵙겠습니다, 선배님."

혜리와 무결의 표정은 내내 굳어 있었으나 푸른은 여유를 잃지 않고 깍듯하게 인사했다. 푸른과 정구가 떠난 후 무결은 곧장 규원에게 따졌다.

"대체 무슨 말씀을 하신 거예요."

푸른에게 여지를 준 아버지에게 화가 났다.

"애인도 있는 다 큰 아들 혼사 문제에 왈가왈부하세요? 억지로 헤어지게 하고 억지로 결혼시키려고요?"

"소리 높이지 마. 아버님 쉬셔야 한다."

규원이 나무랐다.

"딱 세 번만 만나봐."

"미쳤습니까?"

자신이 미쳤냐고 따지는 건지, 아니면 아버지가 미쳤냐고 묻는 건지, 아니면 둘 다인지 모호한 대꾸. 규원의 목소리도 엄해졌다.

"우승희도 혼인계약 때문에 만난 사이 아니냐. 그러니 가능성을 열어두자는 것뿐이야."

"그렇게 우승희 씨가 마음에 안 드세요?"

"마음에 들 이유가 없지. 집안은 그렇다 쳐도, 그 자존심 강한 친구가 고분고분 우리 집안일에 따를 것 같으냐? 가족병력도 있더구나. 그 친구 어머니가 암으로 세상을 떠났어. 약한 며느리는 자격이 없다."

규원은 이미 가족병력 확인까지 마친 상태였다. 무결은 격하게 한 숨을 쉬었다.

"널 위해서 하는 말이야. 언젠가 내가 한 말을 이해하게 될 거다."

따끔하게 말을 마친 규원은 무결에게서 떠났다. 규원과 엇갈리며, 무빈이 계단에서 내려왔다. 집에 있었던 것이다.

"중우 씨한테 뭐라고 하기 전에 네 스스로나 잘 챙기지 그래?"

무빈은 지금의 상황이 만족스럽다는 듯 미소를 띠며 말했다. 그 웃음이 참 사악해 보였다. 명중우와 다를 바가 없었다.

"할아버지가 우승희네 아빠한테 땅을 빌려줬다며? 그 담보로 한 결혼 약속? 참 웃기지도 않아. 그래놓고 순수하게 만나서 사귄 척한 거야?"

무결의 눈이 매서워지는 것도 아랑곳없이 무빈은 계속 화를 돋우었다.

"그 애가 그 계약서를 들이밀면서 접근했다는 거, 안 봐도 알겠어. 하늘이 맺어준 인연인 것처럼 포장했겠지. 넌 거기에 놀아나고 있는 거야. 아직도 모르겠어?"

"말 함부로 하지 마."

"참 불쌍하다. 아직도 속고 있네. 우승희가 엄청난 여우이긴 하네."

무빈은 집을 떠나는 무결의 뒷모습을 보며 놀려댔다.

무결은 희재원에서 나오자마자 곧장 승희에게 전화했다. 승희는 전화를 받지 않았다. 혜순의 집으로 갔나 싶어 혜순에게 전화를 걸었다. 혜순은 아직 집에 돌아오지 않았다고 했다. 회사에도 가 보았지만 승희는 없었다. 주차장에 있던 승희의 차가 사라졌다. 수리가 끝난 집으로 갔을까 싶어 승희의 집에도 방문했지만 아무도 없는 듯했다. 초인종을 몇 번 누르니 이웃이 문을 빼꼼 열고는 무결을 이상한 사람인 양 쳐다보았다. 승희에게 스토커가 꼬였었다는 사정을 들어 알고 있는 이웃이었다. 더 이상은 집 앞을 지킬 수가 없어 무결은 밖으로 나왔다.

승희는 회사로 가서 차를 끌고 아빠 남수에게로 갔다. 무결의 혼인 계약이 두 건이었다는 걸 아빠도 아는지 묻고 싶었다.

"이중계약이었단 말이야? 사람은 한 명인데 결혼을 두 번 시킨다고?"

역시 남수는 아무것도 아는 바가 없었다. 괜히 물어봤다는 생각이 들었다. 옆에서 두 사람의 대화를 잠자코 듣고 있던 동생 승규가 끼어들었다.

"그럼 누나한테는 좋은 일 아니야? 결혼 안 해도 되는 거잖아."

그사이의 갖가지 사정과 사연들을 알지 못하는 승규의 말은 가볍기 그지없다.

"……그렇지."

"결혼은 알아서 하시라고 하고 돈 천천히 갚으면 되겠네. 누나한텐 잘된 일이야."

이제 그녀의 마음은 가볍지가 않게 되었는데. 오랜만에 아빠의 집을 찾았으나 승희는 웃는 얼굴로 시간을 보낼 수가 없었다.

다음날 아침. 집에서 업무를 보다가 늦게 출근하게 된 남편에게 혜리가 다가가 물었다.

"우승희 씨가 그렇게 마음에 안 들어요?"

어렵게 꺼낸 말이었다. 두 사람은 집 안에서는 거의 말을 하지 않는다. 혜리의 질문에 규원이 별것 아닌 듯이 답했다.

"아니. 아주 적절한 타이밍에 나타나준 아이라고 생각해."

"그게 무슨……."

"무결이가 제대로 일을 할 때가 됐지. 그 친구를 만난 덕분에 일에 재미를 붙인 것 같으니 이용 가치는 충분히 있었어."

남편의 대답에 혜리는 기가 막혔다. 아들이 사랑하는 여자에 대해 '이용 가치'라고 말하다니. 새엄마인 나도 의붓아들의 처지가 안타까운데.

"무결이가 그 아가씨를 포기할 거라고 생각해요?"

"가능성은 충분하지. 그때 지켜봤잖아. 그 친구가 나중에 뵙겠다고 하고 떠났을 때, 그 친구를 쫓아갔던 무결이는 금방 돌아왔지."

어제, 푸른과 정구가 희재원에 찾아왔을 때의 얘기였다. 승희가 무안해진 얼굴로 떠난 후 허겁지겁 그녀를 쫓아갔던 무결은 곧 다시 희재원으로 돌아왔다. 그때 살짝 비쳤던 남편의 미소가 뇌리에 스쳤다. 혜리는 소름이 돋았다.

"아직 약간 부족하긴 해. 무결이가 골드킹을 정리하고 GK전자 쪽으로 오는 게 큰 그림이니까. 그때까지 잘 이용할 수 있었으면 좋겠네."

혜리는 출근길을 나서는 규원을 쫓아가지 못했다. 손이 부들거렸다.

오전에 승희는 회사에 잠깐 들렀다가 곧장 ABS방송국으로 갔다. 바로 어제 ABS의 김푸른 아나운서를 만났는데, 그녀가 근무하는 방송국을 가야 한다는 사실이 찜찜했다.

'방송국이 넓으니 마주칠 일은 없겠지.'

어젯밤, 무결에게서 다섯 통의 전화가 왔다. 승희는 일부러 받지 않았다. 머릿속이 복잡하여 생각할 시간이 필요했다. 이후에는 오늘 들르겠다는 문자메시지가 왔다. 승희는 나중에 보자는 짧은 답문을 보냈다. 어차피 볼 시간이 없기도 했다.

담당 스태프의 안내로 스튜디오에 들어섰다. 인터뷰는 4분 정도로 편집이 된다고 한다. 회사를 창업하게 된 계기와 회사 홍보, 어플리케이션 구동 장면까지 선보여야 하는데 4분은 너무 짧다. 임팩트 있게 소개하기 위해 혼자서 연습을 많이 했지만 막상 스튜디오에 도착하니 긴장감이 밀려왔다.

잠시 후, 프로그램 담당 아나운서가 들어왔다. 아나운서의 얼굴을 확인한 승희의 표정이 얼어붙었다. 김푸른이었다. 이 프로그램의 담당자는 저 사람이 아닌데. ABS의 스타 아나운서가 이 프로그램을 맡을 리도 없는데. 미소를 띠며 다가온 푸른이 승희에게 악수를 청했다.

"안녕하세요. 오늘 일일 진행을 맡게 된 김푸른입니다. 담당 아나운서가 출장을 가서요."

"아…… 네. 안녕하세요."

승희는 머뭇거리다가 인사를 받았다.

"어제 뵀죠? 우승희 씨."

"두 분이 어제 뵀다고요?"

옆에 있던 스태프가 물었다.

"사석에서 잠깐 스쳤어요."

"오. 그럼 오늘 촬영 잘 끝낼 수 있겠네요. 10분 아이스브레이킹 한 다음에 바로 들어갈게요."

스태프가 기분 좋은 얼굴로 뒤로 빠졌다. 촬영 준비에 분주해진 사이에 푸른이 말을 걸었다.

"긴장되세요?"

"네. 조금요."

"목소리는 좋은데요. 프레젠테이션 많이 해보셨을 테니까 잘할 수 있을 거예요."

"네. 감사합니다."

승희가 인사를 하니, 푸른은 바로 화제를 바꾸었다.

"이혜리 선배님, 아니, 무결 씨 어머님이요."

같은 방송사의 아나운서라는 것을 강조하듯 푸른은 '선배님'이라고 말했다가 정정했다.

"무결 씨 어머님 정말 멋있으세요. 그렇지 않아요? 현역으로 계실 때 최고 스타 아나운서였는데, 결혼하시고 지금까지 그때 그 미모를 유지하시는 게 정말 대단한 것 같아요. 무결 씨 어머님 뵈었다고 자랑하게 되더라고요."

일 얘기가 아니었다. 무결에 대한 생각을 잠시 접고 있었는데 푸른이 너무 신나게 이야기를 꺼내어 승희는 언짢아졌다.

"우승희 씨도 지금까지 자랑 많이 하셨겠어요. 우승희 씨 아버지께선 무슨 일 하시는 분이세요?"

"작은 사업하세요."

"음…… 그렇구나. 사업……."

왠지 다 알고서 비꼬는 말투.

"무결 씨랑 사귄 지는 얼마나 되셨어요?"

"얼마 안 됐어요."

승희의 건조한 대답에 푸른은 풍부해진 표정으로 입술을 동그랗게 오므렸다.

"두 사람도 혼인계약 때문에 만나게 됐다고 하던데. 그렇다면 제게도 승산이 있을 것 같은데요."

그녀는 모든 걸 다 알고 있었다. 승희는 왠지 자리에 앉아 있는 것이 부끄러워졌다.

"아, 근데 우승희 씨는 무결 씨랑 결혼하게 된다면 사업은 어떻게 하실 계획이에요?"

왠지 취조의 자리 같았다. 승희가 입을 다물고 바라보니 푸른이 먼저 말했다.

"저라면 옆에서 내조할 거예요. 무결 씨는 앞으로 큰일을 할 분이니까요. 아내의 내조가 전적으로 필요하겠죠. 아나운서로서의 경력이 아쉽긴 하지만 언젠가 다른 재미난 일을 찾을 수 있을 거라고 생각해요. 아이 낳고 나서 천천히 공부를 할 수도 있고, 아니면 재단을 운영하면서 금왕그룹 이미지 관리를 도울 수도 있을 테고요. 검색되니 아시려나? 저 사회복지학과 나왔거든요."

"오늘은 트윙클에 셋을 소개하러 온 건데, 일 얘기를 하면 안 될까요?"

듣다 못한 승희가 재잘대는 푸른을 차단했다. 푸른이 빙긋 웃었다.

"너무 적대적으로 생각하지 마세요. 우승희 씨 별로 싫어하지 않아요. 그 정도 배포는 있습니다. 그러니까 오늘 인터뷰도 진행하겠다고 한 거고요."

내가 그렇게 적대적인 표정을 보였던가. 그건 아닌데. 그저 일 얘기를 하고 싶어서 지적했을 뿐인데. 다시 푸른의 이야기가 이어졌다.

"우승희 씨 회사 홍보 잘해줄 테니까 한무결 씨는 양보해달라는 얘기가 아니에요. 후처 자리로 물러나달라는 얘기도 아니고요."

후처라니. 생각해본 적도 없다. 그런 얘기를 듣는 것조차 섬뜩했다.

"그러니까 우승희 씨도 표정 푸시고 방송에 사적인 감정 싣지 말아주세요. 아셨죠?"

푸른은 프로 아나운서답게 표정이 조금도 망가지지 않는다.

인터뷰는 생각보다 짧게 끝났다. 승희는 인터뷰 내내 푸른이 성의 있게 임한다는 생각이 들지 않았다. 푸른의 입에서는 어딘가 핀트가 어긋난 질문만 계속 나왔다. 승희가 홍보하고자 하는 바와 다른 방향이었다.

승희가 떠난 후. 승희의 촬영 장면을 확인하고 있는 스태프에게 푸른이 다가가 말했다.

"이 인터뷰는 쓰지 말죠."

"네? 그래도 추천받아서 인터뷰하게 된 건데요."

"이분 회사 소개를 너무 재미없게 하시는데요. 전날 술 먹은 사람처럼 힘도 없고요. 이런 인터뷰 나가면 제가 대타 뛴 아나운서로서 체면이 구겨져요."

푸른의 이야기에 스태프는 혼란스러운 표정을 지었다. 아까는 사석에서 만났다고 하지 않았던가? 혹시 껄끄러운 사이로 만났나?

"개인적으로 말을 몇 마디 나눠보니까 좀 꺼림칙한 면이 있어서 그래요. 돈에 대해서 올바른 사고방식을 갖고 있는 분은 아니더라고요."

이제는 험담 비슷한 말이 나왔다. 그럴 만한 사람은 아니었는데. 짧게 사전 인터뷰를 했던 스태프가 고개를 갸웃거렸다. 푸른은 스태프에게 다른 지시를 했다.

"30분 뒤에 제가 부른 회사의 대표가 올 거예요. 트윙클에셋이랑 비슷한 벤처인데 트윙클에셋보다 훨씬 규모도 크고 잘나가죠. 그쪽 인터뷰를 추가로 할 거니까 준비해주세요."

벙하게 있는 스태프를 두고 푸른은 스튜디오로 돌아온 PD에게 달려갔다. 스태프를 대하는 목소리와 PD를 대하는 목소리는 사뭇 달랐다.

"PD님. 제가 말씀드렸던 회사 아시죠. 가이아 뱅크. 거기도 추가로 인터뷰하려고요."

"오. 좋지, 좋지."

스태프는 무시당한 듯한 느낌이 들었지만 어쩔 수가 없었다. 스태프는 트윙클에셋을 추천해준 교수에게 인터뷰를 쓰지 못해 미안하다고 연락을 해야 했다.

무결은 잠깐 시간을 내어 희재원으로 갔다. 승희와는 연락도 되지 않고, 트윙클에셋에 무작정 능청스럽게 찾아갈 수도 없는 처지였다. 일단은 할아버지와 오래전의 계약에 대해 이야기를 나눠보아야겠다고 생각했다.

혜리의 말대로 할아버지 태조의 상태는 좋지 않았다. 몇 년 전 뇌출혈로 쓰러진 후 태조는 회사 일을 완전히 접고 건강관리에만 신경 쓰고 있다. 하지만 망가지고 약해진 몸은 회복이 쉽지 않았다. 요 근래에는 한번 앓기 시작하면 열흘을 넘기는 것이 보통이었다.

자신이 들어온 것을 알아보고 눈을 뜬 태조에게 무결이 물었다.

"기분은 어떠세요?"

"좋지도 나쁘지도 않구나."

목소리엔 조금도 힘이 없었다.

"물리치료에 효과를 좀 봤다고 무리를 했지 뭐냐. 집을 걸어서 한 바퀴 돌고 싶더라고. 네 할머니가 정성스럽게 가꾼 집을 보고 싶었다."

할머니가 세상을 떠난 지 오래되었다. 이제 20년도 넘었는데 아직도 할아버지는 할머니를 그리워하고 있다. 그래서 할아버지를 존경한다. 마음이 하나라서.

"네가 데려온 아가씨를 네 아버지가 탐탁지 않게 여긴다지."

무결의 눈빛이 어두운 것을 알아본 태조가 달래듯 말했다.

"그런데 말이다, 우리 집안이 안주인 복이 없어. 할머니도, 네 엄마도 너무 젊은 나이에 세상을 떠났어. 네 애비는 건강한 며느리를 얻고 싶은 거야."

"아버지는 승희 씨가 마음에 안 들어서 가족병력 핑계를 대시는 거예요."

무결이 반박했다. 그러나 할아버지의 시름이 깊어지자 더 따질 수가 없었다.

"할아버지, 혼인계약서는 두 분하고 쓰셨나요?"

"……그래."

"더 있지는 않고요?"

"그래."

태조의 목소리는 더욱 작아졌다. 부끄러워하는 감정이 무결에게도 그대로 느껴졌다.

"이중으로 혼인계약서를 쓴 건 미안하다. 그때 나는 널 살리는 것 외에는 아무것도 필요 없었어."

태조는 힘겹게 23년 전의 이야기를 들려주었다.

"우리나라에서 제일 용하다는 역술가를 찾아갔었다. 내가 말하기도 전에 집의 우환을 알더구나. 그 사람이 한 말이 동쪽에서 귀인이 나타난다는 거였어. 그 사람과 혼인약속을 하면 된다더구나. 그리고 기적처럼 만난 사람들이 우남수와 김정구였어. 두 사람에게 도움을 받긴 했는데, 누가 진짜 귀인인지 알 수 없으니 두 사람 모두에게 결혼 제안을 할 수밖에."

이걸 어떻게 해야 할까. 할아버지의 탓을 할 수가 없다. 모두 몸이 약했던 자신의 탓이다. 무결의 두 눈이 투명하게 젖어갔다.

"그리고 네가 건강해지면서 혼인계약서도 잊었다. 아니, 기억하지 않아도 된다고 생각했어. 네가 네 스스로 좋은 사람을 만나길 바랐다. 두 사람에게 빌려준 건 받지 않아도 상관없었어. 그러니 돈이든 땅이든 갚지 않아도 된다고 전해라."

"못 해요."

무결은 한 손을 올려 제 눈을 가렸다. 표정이 일그러져가고 있었다.

"그걸로 붙잡아두고 있는 거예요."

무결은 아프게 사실을 털어놓았다.

"내가 매달리고 있는 거예요, 할아버지."

"갚지 않아도 된다고 하면 그 친구가 떠날 것 같니?"

"자신이 없어요."

오만했던 것이, 성실하게 살지 못했던 것이, 가족이 했던 무례한 일에 대해 제대로 사과하지 않은 것이, 혼인계약서가 둘이었다는 걸 숨긴 것이 후회되었다. 처음부터 혼인계약서로 옭아맸던 것이 후회되었다.

승희는 ABS의 스태프에게 인터뷰를 못 쓰게 되었다고 연락받았다. 결과는 어느 정도 예상했지만 씁쓸할 수밖에 없었다. 그 후 승희는 홀로 희재원을 찾았다. 희재원 저택의 문이 열리고 그녀를 가장 먼저 발견한 사람은 무빈이었다. 승희가 무빈에게 말했다.

"혼자 찾아왔어요. 한태조 명예회장님과 얘기를 나눠야 할 것 같아서요."

"누구 마음대로?"

무빈은 적대감을 그대로 드러냈다.

"우리 할아버지가 그쪽이 만나달라고 하면 쉽게 만날 수 있는 사람이라고 생각해요? 할아버지는 많이 편찮으세요. 할아버지가 그쪽을 만나시겠다고 해도 내가 말릴 거예요. 할아버지가 그쪽이랑 얘기하다가 쓰러지시면 그쪽이 다 책임질 거 아니잖아요."

며칠 전 중우에게 막말을 한 복수라도 하듯 무빈의 말은 악독했다. 승희는 잘못 찾아왔다는 생각에 꾸벅 인사를 하고 돌아섰다.

"무결이가 특별해서 좋아했겠죠. 당신 같은 서민에 대한 경계심이 전혀 없으니."

그런 승희에게 무빈이 계속 이어 말했다.

"무결이는 어렸을 때 거의 병원에서 지냈어요. 갑작스럽게 죽거나 중환자실로 옮겨가는 사람들을 보면서 어린 시절을 보냈죠. 그래서 그 애가 약자들에게 한없이 다정하죠."

승희가 다시 돌아보았다. 무빈은 입술을 삐딱하게 들어올려 웃고 있었다.

"우승희 씨에게 갖는 무결이의 호감은 그렇게 만들어진 거예요. 그쪽이 한없이 약해서."

무빈의 말들이 살갗을 파고들어 뼈를 찔렀다.

"지금은 그 동정과 배려를 사랑이라고 착각하고 있지만 조금만 시간이 지나도 깨닫게 될 거예요. 무결이가 가족을 벗어나서 그쪽이랑 세기의 사랑이라도 할 것 같아요?"

잠자코 듣고 있기 참 힘든 말이었다. 승희는 주먹을 꽉 쥐었다.

"사람을 골라서 사귀어라, 누구에게도 고개 숙이지 마라. 우리는 그렇게 배우고 자랐어요. 그런 우리가 진심으로 그쪽과 어울릴 수 있다고 생각해요? 고개 기울여가면서?"

이 수모를 당하며 여기 서 있을 필요가 있는가.

"어울리길 바란 적 없어요."

승희는 짧게 대답한 후 다시 뒤돌아섰다. 그럼에도 무빈의 말은 계속 이어졌다.

"이제 우리 아버지가 다 알게 됐으니 우승희 씨 가족의 빚은 돈으로 갚으라고 할 거예요. 아빠가 빚을 탕감시켜줄 거라고 생각되네요. 아무튼 그 사실만으로도 우리 집안에 손해를 끼치는 거예요. 알죠?"

"……"

"후우, 이래서 없는 것들이랑 얽히면 안 된다니까."

"무빈아. 예의를 지켜야지."

그때 혜리의 목소리가 들렸다. 무빈의 반대편에서 혜리가 다가왔다.

"조금 앉아 있어요. 무결이 불러줄게요."

"아닙니다. 할아버지를 뵈러 왔던 거예요. 연락도 없이 와서 죄송합니다."

"우승희 씨."

혜리가 승희의 팔을 잡았다. 의외로 그 손에서 온기가 느껴졌다.

"어제는 내가 연락한 게 아니에요. 나는 우승희 씨한테 희재원으로 오라고 한 적 없어요."

무빈이 들으라는 듯 혜리의 목소리는 또박또박 컸다. 켕기는 게 있는 무빈은 재빨리 자리에서 떠났다. 승희도 어제의 일을 꾸민 것은 무빈이나 중우일 것이라고 예상했었다. 하지만 그렇다고 해서 무결이 숨긴 진실이 사라지는 것은 아니다. 무결을 보고 싶지는 않았다.

"안녕히 계세요."

승희는 혜리에게 인사를 하고는 저택을 나왔다. 혜리는 바로 태조의 침실로 올라갔다. 마침 무결이 태조의 침실에서 막 나온 참이었다.

"우승희 씨가 왔었어."

"언제요?"

"지금 막 나갔어. 쫓아가면 볼 수 있을 거야."

무결은 혜리에게 고맙다는 말을 할 새도 없이 계단을 성큼성큼 뛰어 내려갔다. 곧장 밖으로 나갔으나 승희의 모습은 보이지 않았다. 멀리서 차가 움직이는 소리가 들리는 것 같기도 했다. 승희가 차로 움직인다면 뛰어가서 따라잡기엔 역부족이다.

무결은 급하게 주차장으로 가서 차에 올랐다. 희재원의 출입문까지 가는 동안 승희의 차는 보이지 않았다. 희재원 출입문을 지나 방향을 틀었을 때, 승희의 차 뒤꽁무니가 보였다. 무결은 급하게 가속 페달을 밟았다. 승희의 차를 세우기 위해 경적을 울렸으나 승희는 듣지 못하는 듯했다. 결국 무결은 승희의 차를 앞질러가 막아섰다. 끼익. 차를 세운 승희가 밖으로 나왔다.

"뭐 하는 짓이에요!"

"미안해요. 방법이 없었어요."

"그렇다고 길을 막아요? 사고 나도 괜찮다는 거예요?"

"미안해요."

승희는 얼굴을 일그러뜨렸다. 미안하다는 말이 듣고 싶지 않았다. 누구에게도 고개 숙이지 말라고 배웠다며 왜 미안하다고 하는 건데. 하지만 미안하다는 그의 진심은 금방 폐부로 전해진다. 잠시 후 승희는 가라앉은 목소리로 오전의 일을 전했다.

"김푸른 씨를 만났어요."

"직접 우승희 씨를 찾아왔어요?"

"아뇨. 방송국에서 만났어요."

이제 마음 하나를 고이 닫아보려고 한다. 잘 닫힐지 모르겠지만. 승희는 침착하게 말을 이었다. 욱하여 성급하게 판단한 거라는 인상을 주고 싶지 않았다.

"TV에서 본 대로 참 똑똑하고 야무진 사람이더라고요. 결혼에 대해 긍정적이고 잘 준비된 사람이기도 하고요."

"무슨 말을 하는 건데요."

"김푸른 씨가 저보다 한무결 씨랑 더 어울린다는 말이에요."

당신이 주는 것을 일방적으로 받기만 하며 마음이 커갔다. 내 세상에 당신을 집어넣으려 하며 나의 기준을 당신에게 강요했는지도 모르겠다. 당신이 모두 나에게 맞춰주었다. 참 고맙다.

하지만, 당신은 내 세상에 들어왔지만, 나는 당신의 세상에 가지 못했다. 일방적인 마음은 결국 비극이 된다. 그의 예쁜 눈동자가 지진을 만난 듯 흔들렸다.

"우리가 쌓은 정이 겨우 그 정돕니까?"

무슨 말을 그렇게 쉽게 하느냐며, 원망하는 물음이었다. 하지만 그 목소리마저 참으로 낮고 차분해서 그가 조금도 미워지지 않았다.

"우리가 쌓은 게 뭐가 있나요. 시간이 쌓였다고 정이 쌓이는 건가?"

마음을 부정하며 승희가 따졌다.

"나는요, 개인적으로 당신네 같은 부류들 싫어하는 사람이에요. 개미들이 기를 쓰고 올라가는 산을 단숨에 훌쩍 뛰어넘는 사람들. 재력으로 뭐든 할 수 있다고 믿는 사람들."

"……"

"그래, 내 열등감이에요. 난 그 불치의 열등감 때문에라도 당신네와 어울릴 수 없어요."

"당신이 싫어하는 부류랑 굳이 섞일 필요 없어요."

"그렇게 가볍게 말할 수 있는 문제가 아니죠."

"날 믿고 따라와주면 안 돼요?"

"어떻게 믿고 따라가나요. 결과가 이거잖아요. 한무결 씨가 처음부터 김푸른 씨 얘기를 했었어야지."

"그건 미안해요. 하지만……"

"미안하다는 말 그렇게 쉽게 하지 마요. 다 가식적으로 보이니까. 나는 내가 상처받지 않는 게 중요해요. 내가 바보가 되지 않는 게 중요해요."

승희는 일부러 매정하게 말을 뱉었다.

"우리가 진짜 결혼을 할 거라고 생각해요?"

"할 거예요."

"나는 못 할 거라고 생각해요. 결국 우리는 못 할 거예요. 하더라도 금방 파탄이 날 거고요."

"내가 지킬 거예요."

피식, 건조한 실소와 함께 그녀의 입술이 비뚜름하게 들려 올라갔다.

"당신 한 사람만 보고 그 집안의 일원이 돼달라고 하기에 너무 염치없다는 생각 안 들어요?"

나는 정말 촌철살인녀가 맞구나. 상처 주기 위해 노력한다. 이 예쁜 남자에게 상처를 주기 위해 굳이 필요치 않은 말까지 쏟아낸다.

"나는 그쪽이랑 어울리는 사람이 아니에요."

사랑이 전부인 듯 살 수는 없기에. 내 미래를 당신과 바꿀 수는 없기에.

"나를 깎고 다듬어서 맞는 조각으로 맞추려고 하지 말고 당신한테 딱 들어맞는 진짜 조각을 찾아요."

"……."

"여기서 그만하는 게 맞아요. 나는 처음부터 당신이랑 결혼할 마음이 조금도 없었어요."

처음부터 내 인생에 있어서는 안 되었던 사람. 당신을 만난 것을 후회한다. 너무 깊이 빠진 것을 후회해.

마음속의 온갖 것들이 다 무너져내린다.

*

며칠이 흘러 점심시간. 아빠 남수가 승희의 회사 앞으로 찾아왔다.

"승희야, 너 대체 어떻게 한 거야?"

남수는 이번에도 서류봉투를 들고 있었다. 그 안에 든 것을 확인하기도 전에 승희는 심장이 덜컹거렸다.

"이번엔 뭔데요."

승희는 남수가 들고 있는 서류봉투를 받아 그 안을 살폈다. 안에는 내용 변경 계약서가 들어 있었다. 23년 전의 혼인계약서가 달라진 것이다. 일필휘지로 쓴 것 같았던 원래의 글씨들이 깔끔한 인쇄용 폰트로 바뀌어 있었다. 그때의 내용이 별것 없었으므로 토지의 반환에 대한 부분이 변경되었다는 것을 승희는 바로 알아볼 수 있었다. '토지 반환 불가 시, 반환 당시 시세를 적용하여 현금 대납이 가능하다'라는 문장이 '토지 반환 불가 시, 현금 대납이 가능하다. 현금 대납은 2억 원으로 한다'로 바뀐 것이다.

"2억?"

종이를 쥔 승희의 손이 떨려왔다. 남수가 땅을 빌릴 때의 금액 그대로이다. 게다가 몇 장을 넘겨보아도 금리에 대한 언급이 없다.

그리고, 그 말이 사라졌다. '두 사람은 서른 살이 되기 전에 결혼한다'라는 말. 교통사고를 당한 것처럼 심장에 곧장 박혔던 그 말. 그 문장이 흔적도 없이 사라졌다. 이제 다시 결혼으로부터 자유로운 사람이 되었다. 엔젤투자자에게 목매지 않아도 된다. 급할 게 없어졌다. 조금씩 조금씩, 살림 늘리듯 회사를 키워나가도 된다.

"당장 도장 찍어요."

이 기회를 놓칠 수는 없었다. 승희는 눈을 부릅뜨고서 남수에게 말했다. 남수가 의심이 깃든 눈으로 승희에게 물었다.

"너 혹시 그 집안에 장기라도 판 거 아니지?"

"무슨 소리야. 빨리 도장 찍어서 보내."

50억의 빚을 2억으로 탕감해주었다. 세상에 이런 기적은 없다. 마음이 비굴해지지만 어쩔 수 없다. 그들에게 고마워해야 마땅하다. 자존심을 48억에 팔았다고 생각하면 그만이다. 아주 높게 쳐주었다고 생각한다. 그래. 그렇게 생각해. 승희는 이를 악물었다. 입을 열면 속에서 일렁이던 것들이 터져버릴 것 같았다.

"근데 아빠는 사실……."

남수가 승희의 눈치를 보며 조심스럽게 속마음을 고백했다.

"그쪽 집안이랑 사돈 되는 상상을 해봤다……."

"그런 상상을 왜 해!"

아빠 덕분에 울음 대신 비난이 터졌다. 승희가 버럭하니 남수가 구시렁거렸다.

"내 상상이야. 상상은 해볼 수 있지."

승희는 열을 가라앉히려고 다시 입을 닫았다. 그래. 상상은 누구나 해볼 수 있지. 나도 그랬으니까. 며칠 전까지의 일이 벌써 아득한 동화 속의 이야기 같았다. 무결에게서 따로 연락이 오는 일은 없었다. 그렇게 모질게 말했으니 본인도 정떨어졌겠지. 이대로 끝낼 수 있다면 참 좋겠다.

남수와 점심을 먹고 헤어진 후 사무실로 일찍 돌아온 승희는 인터넷 창을 열었다가 무심코 금왕그룹 관련 기사를 클릭하게 되었다.

「금왕그룹 GK전자 고객 개인정보 유출, 주가 하락」

관심 가질 필요 없는데. '금왕'이라는 글자만 보면 반응하는 손끝이 놀랍다. 손끝만큼이나 시선의 움직임도 빨랐다. 클릭한 기사 본문에 뜬 '한무결'이라는 이름에 온몸의 세포가 반응했다.

「……시스템을 바로잡기 위해 금왕그룹 모바일 게임사 골드킹의 한무결 대표가 투입되었다. 한무결 대표는 금왕그룹 한규원 회장의 장남으로, 업계에서는 경영권 세습을 위한 움직임으로 추측하고 있어 이후 한무결 대표의 행보에 귀추가 주목된다……」

"언니, 점심 드셨어요?"

"아 깜짝이야!"

너무 집중해서 기사를 보고 있었던가, 혜순이 바로 옆까지 다가와 말을 거는 것도 몰랐다. 사무실에 혼자 있는 줄 알았는데 혼자가 아니었던 것이다. 혜순이 회의실에서 다이어트 도시락을 먹겠다고 했던 게 뒤늦게 생각났다.

"아니, 나는, 기사가 보여서 클릭한 거야."

무결의 기사를 찾아본 사실을 들켜버린 승희는 더듬거리며 변명했다.

"안 물어봤는데요."

어. 그렇지, 안 물어봤지. 할 말이 없어진 승희는 괜스레 목을 가다듬으며 업무를 시작했다. 제 의자를 끌어와 승희의 앞에 바짝 앉은 혜순이 승희를 빤히 바라보다가 물었다.

"언니 괜찮아요?"

"뭐가?"

"언니. 한무결이 다른 여자랑 손잡고 포옹하고 키스하는 거 상상해봐요. 언니한테 했던 거 그대로 다른 여자랑 한다고 생각해봐요. 괜찮아요?"

상상이 시작되자마자 가슴이 쿵덕거렸다. 상상 속, 혜순이 언급한

'다른 여자'의 자리에는 푸른이 있었다. 무결이 푸른에게 하얀색 고양이 머리띠를 해주는 장면이 머릿속에 그려졌다. 승희는 입술 사이로 흘러나오려는 한숨을 꾹 막았다. 그러나 눈빛은 어쩔 수가 없었다.

"이것 봐. 눈 흔들리는 거 봐."

"아니야."

"미련이 가득하네."

"아니야."

혜순이 귀신을 속이지 자신을 속이느냐며 소용없다는 듯 고개를 저었다. 기어이 승희는 나지막이 한숨을 내쉬었다. 안타까이 바라보던 혜순이 물었다.

"정말 헤어진 거예요? 왜요?"

승희는 트윙클에셋 직원들에게, 무결과 헤어졌다는 말 이외에 딱히 이유를 밝히진 않았다. 혼인계약서 얘기까지 하기에는 너무 방대하고 복잡한 사건이었다. 이유는 또 하나가 있었다. 사연을 모두 고백하여 무결에게 화살이 돌아가는 상황을 만들고 싶지 않았다. 어째서일까. 이미 끝이 난 관계인데 그를 질타하는 사람이 생기는 건 싫었다.

"아직 얘기하기 좀 그래요?"

"쉽게 만났으니 쉽게 헤어지는 거지 뭐."

"쉽게 만났다고요? 어렵게 만난 것 같은데?"

승희가 끝까지 입을 꾹 다물고 있으니 혜순은 스스로 결론을 내렸다.

"하긴, 그런 집안하고는 연애만 딱 하고 깔끔하게 헤어지는 게 좋긴 해요. 결혼하기는 내 인생이 너무 아까워."

그래. 내 인생이 아까워. 승희도 혜순의 말을 속으로 되새기며 마음을 다독였다.

"언니, 괜찮아요. 언니가 잘한 거예요."

승희의 어두운 표정을 알아본 혜순이 목소리에 힘을 주고서 말했다. 승희를 위로해주려는 거였다.

"원래 예쁜 것들은 다 재수가 없더라고요."

"아니야. 재수 없진 않았어."

"아오, 뭐예요. 기껏 욕해줬더니. 헤어졌으면 욕해야 하는 거라고요. 법이에요, 법."

승희는 피식 웃고 말았다. 그를 원망하기는 하지만 욕할 수는 없다. 내게 그렇게나 많은 감정을 선물한 사람을 어떻게 욕할 수 있겠어. 실은 고마운 게 많다. 빚을 탕감해주고 혼인계약을 철회해준 것까지도 참 고맙다. 결국 다시 평범한 일상으로 돌아가게 해주었으니까.

GK전자 본사.

대규모 개인정보 유출 사건으로 임시 임원회의가 소집되고 몇 번의 사과문이 발표되었다. 보안 관리가 철저한 금왕그룹에서는 처음 일어난 일이었다. 일찍이 언론대응책이 준비되어 있긴 했지만 이렇게 급속도로 퍼지게 될 줄은 몰랐다. 게다가 무결의 회사 직원 몇몇이 보안 시스템 강화 작업에 투입된 것은 기밀 사항이었는데 그것이 마치 공식적인 일인 양 알려지게 되었다. 그룹 이미지가 가장 안 좋을 때 세습 경영에 대한 문제가 같이 화두에 올라 금왕그룹은 난처

해졌다. 어떻게들 알아낸 건지 기자들은 무결 개인 전화로도 연락을
시도했다. 무결은 휴대폰을 꺼두어야 했다.

GK전자의 보안관리본부에서 밤을 새운 지 이틀째, 무결은 신경이
날카로워질 수밖에 없었다. 골드킹 일로 해외출장을 다녀오자마자
GK전자로 불려가게 된 것이다. 일이 바빠서 만날 새가 없다며 자신
을 밀어냈었던 승희가 간간이 떠올랐다. 이렇게 바쁘다면 결혼해도
서로 만나기가 쉽지 않겠구나 생각하게 되었다. 이제 놓아야 할 인연
인데, 자꾸 헛된 상상을 하게 됐다.

화장실에서 세수를 하고 있는데 누군가 들어오는 것이 보였다. 명
중우였다. 보안관리본부에 방문했다가 돌아가는 길인 듯했다. 신경
쓰고 싶지 않았는데 명중우가 먼저 말을 걸었다.

"너무 바빠서 연애할 새도 없으시겠어요."

퍽. 머리보다 몸이 먼저 움직였다. 주먹이 명중우의 광대뼈에 내
다꽂혔다. 세게 치지는 않았다고 생각했는데, 주먹 한 방에 명중우는
나가떨어졌다. 명중우가 당황한 표정으로 얼굴을 감싸며 화장실 바
닥에서 천천히 일어났다.

"왜……."

"그냥. 화장실에 왔으면 조용히 볼일이나 볼 것이지 깝죽거리길
래."

사실 이유는 없다. 오래전부터 만나면 한 대 패주어야겠다는 생각
을 했을 뿐이다.

"억울하면 고소하든가."

"우리 사이가 이래서 좋을 건 없어요, 처남."

"그 호칭은 결혼하고 나서 많이 쓰시고."

무결은 혹독할 정도로 냉담하게 말했다.

"내가 GK전자로 파견 나온 걸 언론사에 뿌린 것도 네가 아닐까 하는데."

"GK전자 소속인 제가 왜 그런 짓을 합니까."

"의심되는 게 하도 많아서 말이야."

누나를 발판 삼아 출세가도를 달리고 있는 녀석. 구질구질한 제 과거가 탄로날까봐 누나를 이용해서 우승희를 내몬 녀석. 절대 용서할 수가 없다.

"뒷공작도 염탐도 좀 정도껏 하라고. 하이에나 같은 자식아. 짐승 새끼가 사람이랑 같이 살고 싶으면 이빨 감추고 살아야지."

무결은 나지막이 경고하고 돌아섰다.

＊

서천으로 일손 돕기를 하러 가는 날이 어느덧 하루 앞으로 다가왔다. 저녁 시간, 내일 일정을 체크하기 위해 재훈이 트윙클에셋으로 찾아왔다.

"준비는 다 됐지? 물론 몸만 가는 거지만. 나도 내일은 일찍 출발할게."

"응. 고마워."

"한무결 사장이랑 이세열 부사장은 언제 온대?"

재훈의 물음에 승희는 이제껏 말하지 못한 사실을 늦게나마 털어놓았다.

"미안한데 한무결 씨랑 이세열 씨는 못 가."

"그래? 왜?"

"헤어졌어."

"어……."

승희의 덤덤한 대답에 재훈은 바로 대답하지 못하고 얼어버렸다.

"잘했어. 승희야."

위로의 말은 한참 뒤에야 나왔다.

"정말 잘한 거야."

재훈의 눈빛에서 굳건한 진심이 보였다. 재훈은 정말로 승희가 무결과 헤어진 것이 잘한 일이라고 생각하는 듯했다. 트윙클에셋 직원들도 그랬다. 무결을 만날 때는 그렇게나 그를 칭찬했으면서도 승희가 헤어졌다고 하니 직원들의 마음도 바로 돌아섰다. 그저 잘했다는 말만 했다. 직원들은 모두 승희의 편이었다.

눈동자를 굴리던 재훈이 재빠르게 말을 만들어냈다.

"네가 예전에 작년 투자받은 스타트업 대표 만나서 물어본 적 있었잖아. 그때 그 대표가 그렇게 대답했었지. 열심히만 하면, 목표를 채우지 않더라도 투자가 들어올 것 같다는 예감이 있었다고."

"응. 그랬지."

"나도 거기에 동의해. 네 열의만 입증이 되면 엔젤투자자가 제시한 조건은 다 맞추지 않아도 된다고 생각해."

재훈이 진심으로 힘을 북돋아주는 것이 느껴졌다.

"어. 고마워. 나도 그렇게 믿고 있어."

승희도 씩씩하게 대답했다. 트윙클에셋 직원들은 오랜만에 정시에 퇴근하게 되었다. 내일의 컨디션을 위해 승희가 직원들을 모두 집까지 데려다주기로 했는데, 차가 이상했다.

"시동이 안 걸려."

몇 번의 시도 끝에 겨우 시동이 걸렸는데 이번엔 보닛 쪽에서 연기가 나는 것이 보였다. 승희의 얼굴이 하얗게 질렸다.

"다 내려야겠다."

제 차를 끌고 왔던 재훈도 차에서 내려 승희의 차 쪽으로 왔다. 엔진 이상이었다. 급히 보험사에 연락하니 구조차를 보내겠다고 했다. 차야 고치면 되지만 승희는 당장 내일이 걱정이었다. 직원들을 데리고 서천까지 가야 하는데 차를 못 쓰게 되어 난감해졌다.

"렌터카 특약 따로 안 했어?"

재훈이 물었다.

"응."

"왜?"

왜긴 왜야. 기계치라 그렇지. 렌터카 특약을 하면 지금 쓰는 차와 비슷한 급의 다른 차가 온다고 한다. 익숙하지 않은 기계 앞에서는 멍해지고 마는 승희는 렌터카 특약을 할 필요가 없었다. 난감해하는 승희의 표정을 알아본 재훈이 제안했다.

"내일은 내 차로 가자."

"후우, 방법이 없네. 미안하다."

"뒷좌석에 세 사람이 타야 하는 게 걱정스럽긴 하다."

"그럼 나는 따로 갈게. 우리 직원들만 태워주라."

"어떻게 가게?"

"버스 타고, 택시 타고?"

"그럼 내가 차를 렌트할까?"

"아유, 아니야. 그럴 필요는 없어."

철순이 걱정스러운 듯 말했다.

"누나, 그럼 제가 따로 갈게요."

"안 돼. 이런 건 다 어른이 하는 거야."

철순의 걱정은 고맙지만 승희는 별일 아니라는 듯 손을 내저었다. 직원들이라도 편하게 서천까지 갈 수 있다면 다행이라고 생각했다.

다음날 아침. 승희는 일찍 집을 나섰다. 아침 차를 놓치면 오후에 도착하게 될 가능성이 높아서 7시 반 차를 타고 이동하게 되었다.

버스로 서천까지 이동하는 데는 두 시간 반. 터미널에서 마을까지 들어가는 데는 또 택시로 30분 이상을 잡아야 한다. 10시가 좀 안 되어서 서천 터미널에 도착한 승희에게 혜순이 연락을 주었다. 재훈이 운전하는 차는 이제 막 고속도로에 진입한 모양이었다. 승희가 많이 일찍 도착하긴 했다.

"나는 먼저 가서 일하고 있을게 조심해서 와."

직원들의 염려에 씩씩하게 전화를 끊은 것은 좋았으나, 택시가 보이질 않았다. 같이 버스를 탔던 사람들 몇몇이 잡아타고 떠나니 택시는 한 대도 남지 않게 되었다. 할 수 없이 시내버스를 타고 이동하게 되었다. 다행히 마을 앞까지 가는 버스가 있어서 승희는 옳거니 하고 버스에 올랐다. 그런데 이상하게도 버스가 이동할수록 목적지에서 멀어지는 느낌이 들었다.

"기사님, 이거 ○○마을 가는 버스 아니에요?"

망설이던 승희가 기사에게 물었다.

"거기 가려면 반대쪽에서 탔어야지."

아뿔싸. 방향을 착각한 것이다. 승희는 부랴부랴 버스에서 내렸다.

내리고 나니 급후회가 밀려왔다. 택시를 잡기가 더 어려운 곳에서 무턱대고 내린 것이다. 그녀가 내린 곳은 팻말만 세워진 황량한 정차장이었다. 하염없이 버스를 기다리는 수밖에 없었다.

낯선 곳에 떨어졌다는 두려움이 스멀스멀 움텄다. 그런 그녀의 앞에 생뚱맞게 차 한 대가 섰다. 아주 천천히 속도를 줄여 멈췄는데도 승희는 오싹 소름이 돋았다. 운전석의 문이 열리는 순간, 승희는 끌고 온 가방을 꽉 쥐었다. 도망가야겠다는 생각을 했는데.

"타요."

운전석에서 내린 사람은 한무결이었다.

"……어떻게 왔어요?"

무결은 대답하지 않고 승희의 짐을 트렁크에 실었다. 그리고 조수석의 문을 열어주었다. 어쨌든 고집을 부리고 타지 않는 것보다는 타는 것이 안위를 위해 옳은 선택이었기에, 승희는 차에 올랐다. 이윽고 운전석에 오른 무결에게 물었다.

"여길 왜 왔어요?"

"내 맘."

질문과 호응이 이루어지지 않는 짧은 대답. 버스에서 내려 낯선 공간에 떨어졌을 때보다 심장이 더 거세게 뛰었다. 그의 태도가 묘하게 달라져 있었다.

돈으로 얽힌 관계. 돈이 아니면 아무것도 아닌 관계. 이 관계를 붙들고 있던 무결은 모든 일이 탄로 나자 더 이상 승희를 붙잡을 수가 없었다. 질리도록 전화하고 쫓아다니는 건 승희에게도 불안감을 줄 수 있기에, 무결은 그녀가 보고 싶은 마음을 그간 꾹 참았다. 일이 바쁘기도 했다. 출장을 다녀오자마자 GK전자의 고객 개인정보 유출 사고가 터지는 바람에 이를 수습하느라 벅찬 하루하루를 보냈다. 하지만 서천에 가는 일만은 잊지 않았다. 물론 가기 전에 고민을 하긴 했다.

"그냥 가. 가서 만나."

고민하는 무결에게 세열이 시원하게 말했다.

"그렇게 자존심 때문에 연락도 못 하다가 후회한다."

"자존심 때문에 그러는 거 아니야."

무결이 반박했지만 세열은 곧이 듣지 않았다.

"뭘 아니야. 네 마음속에는 그런 원망이 있잖아. '어떻게 끝내자는 얘기를 그렇게 쉽게 해, 그동안 이 한무결이 얼마나 공을 들였는데.'"

세열이 제 속에 들어갔다 나온 것처럼 말하여 무결은 뜨끔했다. 사실은 그런 마음이 없지는 않았다.

사람에게 이렇게까지 성의와 열의를 보인 적이 없었다. 우승희가 처음이었다. 처음에는 오기로, 그다음은 신선해서, 그리고 그다음은 그녀의 모든 것이 예뻐 보여서. 그녀가 원하는 것이라면 뭐든 해줄 수 있을 것 같았는데, 그녀를 위해서라면 충분히 스스로를 바꿔나갈 수도 있었는데, 그녀에게는 이 인연을 이어나갈 의지가 전혀 없다는 것이 충격이었다. 자신을 뚝 끊어낸 것이 원망스럽기도 했다. 때마침 바쁜 일이 닥쳐주어서 다행이었다. GK전자 파견 근무를 맡은 것도 그런 이유였다. 우승희에 대한 생각을 차단하기 위해서. 시도 때도 없이 연락하고 싶은 마음을 참기 위해서.

그러나 그녀가 그토록 애틋하게 부탁했던 날이 가까워 오니 마음이 약해졌다. 서천에 가고 싶어졌다.

"어쨌든 후회나 원망을 떠나서 애초에 우리가 서천에 가서 이런 일이 생긴 거니까 한 번 더 가줘야 하지 않을까 해."

무결은 자존심 때문에 마음을 다 내비치지 못하고 에둘러 말했다.

"어이구, 알았다."

세열은 흔쾌히 동행하겠다고 했다.

이른 새벽, 세열을 데리고 서천으로 출발한 무결은 10시가 안 되어 마을에 도착했다. 누구보다도 빨리 도착한 것이다. 마을 잔치가 있다고 하여 동네 사람들은 아침부터 분주했다.

이장님께 인사를 하고 막 일손을 돕기 시작했을 때 철순에게서 연락이 왔다. 승희에게 연락할 수는 없어 철순에게 서천에서 만나자고 메시지를 보냈는데 답이 온 것이다. 뜻밖에도 승희는 따로 버스를 타고 이동했다는 소식을 들었다. 터미널에 택시가 많을까, 여기까지 무사히 올 수는 있을까. 갑자기 괜한 걱정이 들기 시작했다.

무결은 답답함을 이겨내지 못하고 길을 나섰다. 그리고 터미널에 이르러 버스를 타는 승희를 목격했다. 후우. 저럴 줄 알았다. 승희가 마을로 가는 버스가 아니라 반대 방향으로 가는 버스를 탄 것이다. 무결은 묵묵히 버스를 뒤쫓아갔다. 그녀가 언젠가 내릴 것이라 생각하며. 두어 정거장쯤 지났을 때 승희가 버스에서 내렸다. 더 멀리 가지 않아 다행이었다.

그녀의 앞에 차를 세웠다. 그리 급할 것도 없이 세웠는데 그녀의 얼굴이 굳어버린 것이 운전석에서도 잘 보였다. 문을 열고 나오니, 겁을 집어먹은 듯 가방을 꼭 쥔 채 어깨를 움츠린 것이 보였다. 이토록 겁이 많은 여자가 그렇게나 강해 보이려고 애를 쓴다.

"타요."

"……어떻게 왔어요?"

질문에는 그녀가 세운 벽이 그대로 느껴졌다. 혹여나 그녀가 도망갈까 싶어 날쌔게 그녀의 가방을 트렁크에 실어버렸다. 그리고 차 문을 열어주니 그녀는 군말 없이 차에 올랐다.

"여길 왜 왔어요?"

여전히 거리가 느껴지는 질문.

"내 맘."

무결은 짧게 답했다. 마음 같아선 농촌 일손 돕기고 뭐고 차를 돌려서 둘만 있을 수 있는 곳으로 가버렸으면 좋겠지만 그럴 수가 없다. 내 마음을 절제하지 못하여 상대를 괴롭힐 수는 없으므로.

승희는 차 안의 공기가 답답했다. 이토록 조용한 한무결은 처음이었다. 그동안 잘 지냈느냐고, 자기는 어떻게 지냈다고, 한무결이라면 당연히 그런 얘기를 해야 하는데 입도 뻥긋하지 않았다.

"혹시 이대로 이상한 데 가는 거 아니죠?"

침묵을 견디다 못한 승희가 먼저 목소리를 냈다. 그는 잠자코 운전만 할 뿐 대답이 없었다. 그 싸한 느낌에 섬뜩해진 승희가 좀 더 소리를 높였다.

"그럼 안 돼요. 나한테는 딸린 식솔이 있다고요."

정말 그가 자신을 데리고 어딘가로 가버릴까봐.

"압니다."

그가 아무 표정도 없이 대답했다. 승희는 더는 아무 말도 할 수 없었다. 조용한 가운데 무결이 이끄는 차는 마을에 닿았다. 무사히 도착하여 짐을 내린 후에야 승희는 하고픈 말을 할 수 있었다.

"미안해요. 오지 말라는 얘기를 했어야 했는데. 여기까지 바래다주신 건 감사하고요. 근데 정말 일은 안 하셔도 됩니다. 바로 서울로 가셔도 돼요."

그는 대꾸하지 않고 앞서갔다. 그렇게도 주절주절 말을 하던 사람이 과묵해지니 기분이 이상했다. 그에게 빚진 느낌이 드는 것도 싫었다. 승희는 내키는 대로 막말을 하게 되었다.

"이러는 게 집착은 아니었으면 좋겠네요."

"내가 지금 집착하는 걸로 보여요?"

그제야 그가 돌아보았다. 성큼 눈앞으로 다가와 고개를 기울인 그가 말했다.

"이건 집착하는 거 아니에요."

낮은 목소리를 따라 목울대가 굵직하게 오르내렸다. 가까이에서 내뱉은 말은 침착한 어조인데도 주변의 공기를 짓이기는 위력이 있다.

"제대로 보여줄까? 집착이 뭔지."

심장이 은밀하게 떨려왔다.

"……공적인 자리에서 사적인 얘기는 그만하죠."

승희가 꼬리를 빼며 말했다. 긴장한 목소리를 숨기는 건 힘들었다.

"사적인 표정을 짓지 마시든가."

무결이 도발적으로 대꾸했다.

"내가 무슨……."

"아이고, 이쁜 총각. 이번에도 색시랑 같이 왔구나."

다행이랄까. 욱한 승희가 따지려 할 때 빨간 옷을 입은 한 여인이 다가왔다. 한 달 전에 만난 아주머니가 두 사람을 알아보고서 반갑게 달려온 것이다.

"네. 안녕하셨어요."

승희보다 무결이 더 빨리 인사했다. 그의 천성적인 넉살은 꽤 유용한 편이다. 그와 헤어졌다는 얘기를 하기 힘든 상황이 되어 곤란해졌지만.

"안녕하세요. 그사이에 더 젊어지셨어요!"

승희는 어떻게라도 두 사람을 엮어서 보려는 시선을 막기 위해 인사를 하며 유연하게 말을 돌렸다.

"그래? 화장품을 바꿨는데 그게 좋은가?"

"그런가 봐요. 얼굴이 좀 환해지신 것 같아요."

"빈말이라도 듣기 좋네. 색시도 이뻐. 아주 이쁜데 더 이뻐졌어."

"고맙습니다. 마을 잔치한다고 들었는데, 뭘 먼저 하면 될까요?"

"응. 가방 놓고 주방으로 와."

"네."

승희는 야무지게 대답하고 예전의 숙소로 가서 가방을 놓고 나왔다. 한 달 만에 돌아온 마을은 여전히 투박하고 평화로웠다.

이른 시간인데 사람들은 잔치 준비에 한창이었다. 잔치라고 해서 별다를 게 있는 건 아니고, 모내기철을 맞아 마을에서 제사를 지내고 다 같이 식사를 하는 것이라 한다. 음식을 많이 준비해야 하니 주방 사람들이 가장 바빴다. 열 명은 됨직한 사람들이 주방에 모여 있었는데 다들 손이 분주했다.

"안녕하셨어요."

"아이고, 오랜만이여. 어서 와."

승희를 알아보는 아주머니들이 반갑게 맞아주었다.

"또 찾아와줘서 반갑구면."

"그러게. 다들 한 번씩밖에 안 오는데 또 이렇게 오니 딸이 찾아온 거 같네."

"이제 정들겠어."

정감 있는 말들에 승희는 기운이 났다.

"제가 뭘 하면 될까요?"

"나랑 같이 솥 좀 닦아. 저 아줌니가 태웠지 뭐야."

맨 처음 마을회관 앞에서 가장 먼저 인사를 나눴던 빨간 옷 아주머니가 개수대로 승희를 이끌었다.

"아유, 미안해. 나는 좀 더 잘해보려다가 그랬지."

솥을 태웠다는 아주머니가 머쓱하게 웃으며 사과했다. 승희는 아주머니가 건넨 철수세미로 솥을 힘차게 닦았다. 얼마나 오래 태운 건지, 아래 눌어붙은 검댕은 잘 떨어지지 않았다. 그래도 거듭 힘을 주니 서서히 자국이 없어져갔다. 점점 말끔해져가는 솥을 보며 보람을 느끼고 있는 승희에게 빨간 옷 아주머니가 다시 말을 걸었다.

"신랑이랑 둘이는 싸웠는가베."

"네? 그게 아니라……."

딩황한 승희의 손이 멈췄다. 아주머니가 철수세미를 들고서 승희를 거들며 말을 이었다.

"원래 싸우고 화해하고 그러면서 서로 알아가는 거지, 싸우질 않으면 친해지지도 않드라고. 그래도 여까지 쫓아온 걸 보면 신랑이 참 우직한 게 있어. 그치? 여기서 화해하고 가면 참 좋을 텐데 말이여."

무어라 대답해야 할지 모르겠다. 싸운 정도가 아니라 헤어진 건데. 그걸 말하면 분위기가 싸해질 거고, 그렇다고 계속 사귀는 척하기에는 무결에게도 도리가 아닌 것 같고. 그래서 그냥 서울로 돌아갔으면 하는데, 그가 그냥 돌아갈 것 같지 않았다.

아니, 실은, 오랜만에 만나서 내심 반가웠다. 그간 그리워했다는 것을 알게 되었다. 몹시 쌀쌀맞은 태도였지만, 몇 마디 나누지도 못했지만, 성정이 나쁜 사람이 아니라는 걸 다시 한번 확인했다. 그에게 고맙기도 했고, 번거롭게 한 것이 미안하기도 했다.

"그래도 신랑이 서운하게 하면 연락해. 서울에서 장사하는 우리 아들 소개시켜줄 거라고 윽박질러줄 거구만."

아주머니의 이야기에 승희는 픽 웃고 말았다. 웃으면서도 한편으로는 눈시울이 따가워졌다.

마음은 냄비처럼 재빨리 식지 않는다. 아리게 흘러가는 시간. 가슴이 탔다고 해서 태운 냄비 닦듯이 철수세미로 박박 씻을 수는 없는데. 하지만 지금 나는 철수세미로 내 속을 박박 닦더라도 괜찮겠어. 박박 닦아서 당신이 남지 않고 말끔해진다면 그렇게라도 하겠다.

무결은 세열이 일하고 있는 창고로 돌아왔다.

"오랜만에 만나니까 어때?"

세열이 놀리듯 물었다.

"끌어안아주고 싶지는 않았어?"

"……."

"혹시, 벌써 다시 시작하기로 한 거?"

"닥쳐 좀."

세열의 능글맞은 질문에 무결은 정색을 해 보였다.

"데리러 가서 아무 일도 없이 데리고 왔단 말이야? 진도도 빠른 애가?"

무결의 눈이 매서워지자 세열이 재빨리 고개를 돌렸다. 무결은 착잡하게 한숨을 쉬었다. 폭발할 것 같아서 억눌렀다는 말을 하기에는 여전히 자존심이 상했다. 그사이 창고 밖에서 인사를 나누는 소리가 들렸다. 트윙클에셋의 멤버들이 도착한 것이다.

"오. 우리 후배들 왔나보다. 나가볼까?"

무결과 세열은 창고 밖으로 나갔다. 두 사람을 발견한 혜순, 앙드레 그리고 재훈의 눈이 휘둥그레졌다.

"다들 잘 지냈어요?"

무결이 먼저 인사했다.

"오랜만이네, 후배들."

이들의 대학교 선배인 세열도 씨익 웃으며 손을 흔들었다. 승희와 무결이 헤어졌다고 알고 있는 세 사람은 무결과 세열이 찾아온 것에 놀랄 수밖에 없었다.

"형님……."

앙드레는 그리운 고향 친구를 만난 듯 감격스럽게 무결을 불렀다.

"안녕하세요오……."

부조건 승희 편인 혜순은 벽을 친 눈빛으로 어색하게 인사했다.

"승희한테는 못 오실 거라고 얘기를 들어서 놀랐습니다. 안녕하세요."

재훈의 인사는 다소 뼈가 있었다.

"오래전에 약속한 일이라 왔습니다."

속으로는 건방진 자식이라고 생각했지만 무결은 감정을 드러내지 않고 인사했다.

"어쨌든 그럼 여기까지 오셨으니 잘 부탁드리겠습니다."

왕 건방진 자식. 승희의 일을 제 일처럼 말하며 부탁하는 것이 마음에 들지 않아 무결은 재훈에게 따로 대답하지 않았다. 후발대 멤버들이 짐을 옮기는 동안 승희도 주방에서 나왔다.

"운전하느라 고생했어. 고마워."

승희는 재훈을 반갑게 맞으며 고마움을 전했다. 그런데 재훈의 표정은 영 좋아 보이지가 않았다. 재훈이 승희에게 바짝 다가와 말했다.

"왔네. 안 올 거라며."

주어를 빼먹은 말이지만 그 정도만으로도 승희는 누구를 얘기하는지 알 수 있었다.

"응. 왔네."

승희의 목소리가 낮아졌다. 재훈의 미간에 살짝 주름이 졌다.

"들러붙어서 힘들지는 않아?"

"들러붙었다고 하기는 좀 그래."

"여기까지 찾아온 걸로 봐서는 집착이 좀 있는 것 같은데 말이야."

집착. 좀전에 그녀가 무결에게 지적했던 것이다. 그리고 지적하기가 무섭게 반격당했던 말. 하지만 이 말 역시 재훈에게서 듣고 싶지는 않았다. 그 누구도 무결을 나쁘게 말하지는 않았으면 좋겠다. 이 마음을 어째야 할지 모르겠다.

"확실히 헤어진 거 아니야?"

재훈이 물었다. 확실히 헤어졌던가. 아니, 우리가 확실히 사귀기는 했던가.

놀이공원에서 무결은 그녀에게 머리띠를 씌워주며 그렇게 말했었다. 우리는 연애를 하는 게 맞다고. 그날은 확실히 연애 기분이 들었다. 하지만 그 모든 시간에서 한걸음 멀어지고 나니 각박한 현실이 보였다. 연애는 일종의 최면 같은 것. 그가 매력적인 사람이라 어쩔 수 없이 빠져버린 것이다. 이제는 최면에서 깨어나 현실을 제대로 봐야 한다고 생각한다. 살아가야 하니까.

"승희야. 날 이용해도 돼."

복잡한 생각을 하고 있을 때 재훈이 나지막이 말했다.

"뭐?"

"저 남자, 떨어내고 싶다면 날 이용하라고."

재훈의 말은 농담이 아니었다. 재훈의 눈이 직선으로 자신을 바라보고 있었다.

"무슨 소리야. 내가 널 왜 이용해."

사람을 이용해서는 안 된다. 내가 그래서 지금 이 벌을 받고 있다고. 그에게 결혼을 하자고, 대신 혼전계약서를 쓰겠다고 거짓말을 해서. 결혼할 마음도 없으면서, 시간을 벌겠다는 알량한 생각으로 그를 이용해서, 그래서 나는 벌을 받고 있는 중인데.

승희가 딱 잘라 말했다.

"그런 말 하는 거 아니야."

"아니. 이용했으면 좋겠어."

하지만 재훈도 물러나지 않았다. 재훈이 승희의 손을 가져가 잡았다. 멀리서 무결이 보고 있다. 일을 하느라 주민들과 대화를 하며, 그녀 쪽을 주시하는 것이 아주 잘 보였다. 당장이라도 달려올 듯한 살벌한 눈빛이었다. 왜일까. 무결이 지켜보고 있는 것이 싫었다.

"쉬쉬할 생각이야."

승희는 재훈의 손에 잡힌 제 손을 슬며시 빼며 말했다.

"여기 주민들은 한무결 씨랑 나랑 결혼할 사이라고 알고 있거든.

헤어졌다고 얘기하는 것보다는 가만히 있는 게 말이 적게 나올 것 같아서.”

“아, 답답하다.”

재훈이 자기 일인 양 속이 쓰린 표정으로 한숨을 쉬었다.

“괜찮아. 나는.”

승희는 그런 재훈을 달래는 입장이 되었다. 뒤탈을 만들고 싶지 않았다.

“오늘 내일 이틀뿐인데 뭐. 그러니까 너도 신경 쓰지 마.”

“어떻게 신경을 안 써.”

“그래도 옛날 약속 기억해서 와줬으니 고마운 거지 뭐. 좋게 생각하려고. 아무튼 운전하느라고 고생했어. 와줘서 고맙고.”

승희는 재훈의 어깨를 한번 토닥이고는 재빨리 장소를 벗어났다.

승희가 떠나자마자 무결은 두 사람을 바라보던 시선을 거두었다. 재훈이 저벅저벅 걸어 무결의 가까이로 왔다. 무결은 뚱한 눈빛으로 한번 보고는 고개를 돌렸다.

“승희 마음 흔들고 괴롭게 하려고 오신 거라면 이만 가주셨으면 합니다.”

요것 봐라.

“그쪽은 그냥 가만히 있었으면 좋겠는데요.”

“어떻게 가만히 있습니까. 제가 승희 친구인데요.”

확 멱살을 잡고서 따지고 싶었다. 네가 뭘 안다고, 네가 우승희의 뭐라고 까불어. 그 오랜 시간 친구로 있으면서 좋아한다는 말 한 번 못 꺼낸 주제에 친구? 웃기고 있어.

“전남친은 아무것도 아닙니다. 남보다도 못한 존재죠.”

그러나 재훈도 무결과 비슷한 생각을 하고 있는 모양이었다. '전 남친 주제에 네가 뭐라고 여길 와'라고 눈빛으로 살벌한 말을 하고 있다.

"승희, 더는 괴롭히지 말았으면 좋겠습니다. 부탁드립니다."

재훈은 고개를 깍듯이 숙여 인사하고 자리를 떠났다. 무결은 이를 악물고는 그 뒷모습을 쳐다보았다.

부글부글. 속 끓는 소리. 와, 뭐 저렇게 깍듯한 싸가지를 봤나. 뭐? 괴롭혀? 내가 우승희를 괴롭혀?

명중우는 때려줄 수라도 있는데, 저 자식은 때릴 수도 없으니 분통이 터진다. 건방진 놈, 경망한 놈. 속에 그렇게 흑심만 가득하니 연필로 쓰기 딱 좋겠네. 지우개로 확 지워버릴까 보다.

점심으로는 시원한 콩국수가 나왔다. 트윙클에셋 직원과 오늘 잔치를 준비하는 사람들이 삼삼오오 모여 국수를 먹고 또 곧바로 각자의 자리로 돌아갔다. 어쩔 수 없이 무결과 승희가 헤어진 건 당분간 비밀이 되었다.

승희는 트윙클에셋 직원들에게 양해를 구한 후 멤버들을 모두 데리고 이장님한테로 갔다.

"이장님, 저희는 오늘 뭘 할까요?"

"물건 들 게 많으니까 남자 둘은 주방으로 가고 나머지는 과수원에 가서 사과 솎으면 될 거 같은데."

이장님의 얘기를 들은 세열은 무결에게 눈짓했다.

"그럼 우리는 주방으로 갈까?"

그러나 무결은 대답이 없다. 이 자식, 못 들은 게 아니라 못 들은 척하는 거다. 우승희랑 붙어 있으려고. 세열은 그 속마음을 금방 알아차렸다. 세열이 입을 꾹 다물고 있으니 철순이 손을 들었다.

"저랑 앙드레가 주방으로 갈게요."

이렇게 하여 철순과 앙드레는 주방, 나머지는 과수원으로 가게 되었다. 세열은 새침하게 무표정으로 있는 무결을 보고는 쿡 웃었다.

정오. 산 아래 커다란 과수원은 햇빛이 쩅했다. 커다란 챙의 모자에 마스크, 긴팔과 긴바지에 장갑으로 중무장한 일꾼들은 초등학교 실습시간으로 돌아간 아이들처럼 과수원 주인아저씨의 설명을 유심히 들었다.

"이거랑 이거랑 붙어 있잖아. 그럼 잘 보고 더 예쁜 놈을 살려두는 거지."

한 줄기에 사과 열매가 네다섯 개씩 오밀조밀 달려 있었다. 끄트머리에 누르스름한 벼슬이 달린 사과동자는 통통한 꽃송이 같았다. 한 줄기에서 하나, 많게는 두 개의 열매만 남기고 나머지는 잘라내야 한다. 상품 가치가 있는 예쁜 녀석에게 영양을 집중시켜 키우기 위함이다.

"최대한 끄트머리를 잘라야 돼. 그래야 다른 놈들이 커가면서 안 다치니께. 나처럼 손으로 따긴 어려울 테니까 초보자들은 가위를 쓰시고."

아저씨는 멤버들 모두에게 가위를 나눠 주었다. 혜순이 알알이 매달린 사과열매들을 보며 씁쓸하게 말했다.

"사과의 세계도 우리랑 다를 바가 없네요. 예쁜 것들만 살아남네. 이건 네 개 다 예쁜데 너무 아깝다."

"그래도 잘 봐. 너 예쁜 거 잘 보잖아."

승희는 혜순을 격려해 주었다.

"애기들아 미안해. 너희를 버린 건 너희가 애보다 못생겨서 그래."

미(美) 숭배자 혜순은 가위질을 할 때마다 양심의 가책을 느끼는지 자꾸 혼잣말을 했다.

"이거 너무 슬픈 작업인데요."

"어쩔 수 없어. 대를 위해 소를 희생한다고 생각해."

"불안하기도 하잖아요. 솎아내고 남은 게 빛 좋은 개살구일까봐요."

아, 혜순의 말에 승희는 정신을 바짝 차리게 됐다. 네다섯 개의 사과 열매 중에 한 개를 고르는 작업. 언젠가 가장 맛있게 익을 사과를 선별하는 작업은 이 과수원의 운명이 되는 것이다. 그녀의 가위질에 이 과수원의 미래가 걸려 있다.

의무를 지우는 만큼 불타오르는 승희는 금방 열의에 가득 차게 되었다. 제 눈높이에 있는 열매들을 순식간에 정리한 그녀는 더 위쪽으로 손을 뻗었다.

'조금만 더…….'

그때. 톡. 승희의 위로 뻗어온 큼지막한 손이 그녀가 잡으려던 열매를 낚아채 깔끔하게 잘라내었다. 무결이었다.

"그 키에서 할 수 있는 걸 해요. 위에 있는 것들은 내가 볼 테니까."

그는 그녀에게 눈길 한번 주지 않고 열매를 부지런히 솎아내며 말했다. 자기보다 키가 작다고 무시하는 것만 같아 왠지 승희는 억울해졌다.

"발판에 올라가서 하면 돼요."

"그냥 거기서 해요. 안전하게."

무결은 아예 그녀가 발판에 올라서지 못하도록 치워버렸다. 승희는 연신 입술을 삐죽거렸다.

열받는 일은 또 하나가 있었다. 통.

"아야."

통통.

"아야!"

씨이. 무결이 잘라낸 열매가 계속 그녀의 머리 위로 떨어지는 것이다. 마치 그녀의 머리를 향해 일부러 열매를 던지는 것 같았다.

"일부러 그런 게 아니라 그쪽이 내 아래 서 있는 거예요. 알죠?"

그녀가 흘겨보니 그 마음을 읽었다는 듯이 무결이 말했다. 열매 동자가 심하게 아플 것도 없는데, 왜 그렇게 울컥하게 되는지 모르겠다.

"이 나무는 그쪽이 하세요. 나는 딴 거 할 테니까."

성이 난 승희가 휙 돌아서니 그가 날래게 그녀의 팔을 잡았다.

"왜. 왜요."

"아니, 우나 해서요."

진짜 울고 싶어졌기에 승희는 얼굴이 보이지 않도록 고개를 숙였다. 무결이 더 몸을 기울이고 바라보았다.

"울음 억지로 참을 때 코끝이 빨개지는 거 알아요?"

"아파서 그런 거잖아요. 아파서."

그가 놀리듯 물어서 승희도 성을 내며 대꾸했다.

"그쪽이 사과 숨으면서 통통 때리니까!"

제 어깨보다 챙이 넓은 모자를 써서 상대의 얼굴이 보이지 않기에 승희는 고개를 높이 쳐들고 따져야 했다.

"통통. 통통통."

……미치겠다. 무결은 할 말을 찾지 못했다. 토끼처럼 눈이 붉어져

서는 고개를 높이 쳐들고 입술을 동그랗게 오므려 따지는 우승희. 그
녀의 모습은 이 막막한 냉전의 와중에 그의 심장을 간질였다. 포커페
이스를 유지하기가 힘들어졌다.

"내가 저쪽으로 갈게요."

싸워서는 이기는 법이 없다. 결혼 약속을 했던 날, 우승을 거머쥐
는 건 자신이 될 거라며 의기양양하게 말했지만, 결국 그는 아무것도
이루지 못했다. 처음부터 승자가 정해진 싸움이었다. 당신에게는 절
대 이길 수가 없다.

무결은 옆 나무로 옮겨갔다.

"조심해."

그가 물러나자마자 재훈이 승희에게 다가갔다. 저 양아치 같은 자
식. 무결은 속으로 이를 부득 갈았지만 역시 아무것도 할 수 있는 게
없었다. 눈은 승희와 재훈에게 향한 채로 헛가위질을 하고 있으니 옆
에서 세열이 눈치를 주었다.

"사과를 솎으랬지. 사과를 다 수확하라고 했냐."

세열에게 한소리를 들었지만 무결은 영 집중하지 못했다. 열매를
똑똑 따내는 것에 재미 붙인 승희가 결국 발판 위로 올라간 것이다.
바닥이 고르지 않은지라 발판에 서 있는 승희는 위태로워 보였다.

'저 자식은, 옆에 서 있으면 잡아줘야 될 거 아니야.'

옆에서 그녀의 발판은 잡아줄 생각도 하지 않고 그저 열매 따기에
바쁜 재훈의 태도에 짜증이 났다. 조마조마하게 바라보는 사이에 정
말로 사달이 났다.

"어어……."

발판 위로 올라간 그녀가 까치발까지 하고 까마득한 높이의 열매

까지 욕심을 내다가 중심을 잃고 만 것이다.

"아악!"

승희는 고꾸라지지 않으려고 팔을 허우적거렸으나 소용없었다. 떨어진다, 하는 아찔한 순간. 쿵. 언제 다가온 건지 눈앞에는 한무결이 있었다. 무결이 아래에서 그녀를 안아 받으며 충격을 흡수한 것이다.

"이럴 줄 알았지."

아래에 깔린 무결이 나지막하게 읊조렸다. 승희는 무결을 깔아뭉갠 꼴이 되었다.

"죄송……."

승희는 홍당무처럼 새빨개진 얼굴로 무결에게서 물러났다.

"아이고, 괜찮어? 신랑이 색시 다칠까봐 부리나케 달려왔구먼."

농촌의 소문은 빠르다. 두 사람이 커플이라는 말을 전해 들은 아저씨가 손뼉을 치며 역시 하늘이 맺어준 인연이라고 찬탄했다. 자리에서 일어나 몸의 흙을 털어낸 무결은 한껏 낮아진 목소리로 재훈을 책망했다.

"애가 올라갔으면 옆에서 잘 잡아줬어야지."

옆에 서 있는 승희는 쥐구멍에라도 찾아 들어가고 싶은 심정이었다. 욕심을 부리다가 발판에서 떨어진 것도 창피한데 그걸 무결이 받아주고, 심지어는 애가 올라갔다고, 애가.

졸지에 애가 되어버린 스물여덟 우승희는 기어들어가는 목소리로 무결에게 다시 사과했다.

"죄송합니다. 다친 것 같은데 쉬시는 게 좋겠어요."

"안 다쳤어요."

무결은 불퉁스럽게 대답했다.

열매를 솎는 작업은 오래 걸렸다. 그래도 반나절을 작업하니 나무들이 많이 말끔해졌다. 버려지는 열매동자들이 안타까웠는데 떼어낸 동자들은 따로 모아 동자액을 만든다고 한다. 동자액은 사과나무를 기르는 천연 비료로 소중하게 쓰인다고 하여 혜순은 다행스런 표정을 지었다.

작업을 갈무리하고 마을회관으로 돌아가니 이미 제사상이 차려져 있었다. 산자락으로 많이 기울어진 태양 앞에 차려진 음식들의 색이 고왔다. 마을 이장님이 제주를 맡아 제사를 치렀다. 온 마을 사람들이 다 같이 절을 하는 광경에는 가슴에서 징이 울리듯 전율이 왔다.

"농사를 지으면 알게 되는 게 있는데, 노력으로 안 되는 게 참 많아."

옆에 서 계시던 아주머니가 코끝이 찡해진 승희에게 말을 걸었다.

"내가 아무리 죽을둥살둥 노력해도 자연의 섭리 앞에서는 꼼짝을 못 한단 말이지. 비는 내동 안 오다가 한 번에 와장창 오고, 배추 뽑기 전날엔 서리 내리고."

아주머니의 머리칼에서 몇 번의 서리가 왔다간 흔적이 보였다.

"하도 그런 일이 많으니 이젠 적당한 하루가 그냥 고마운 거야. 실은 잘해달라고 비는 게 아니고 오늘 하루가 고맙다고 인사하는 거지."

삶이 곧 갈등인데. 이 갈등의 한복판에서 오늘 하루에 고마워할 수 있는 넉넉한 마음들을 본받고 싶었다. 그녀도 적당하게 흘러간 하루에 고마워해야겠다고 생각했다.

제사가 끝나고 짧게 사물놀이 공연이 이어졌다. 그사이 젊은이들은 상을 펴고 음식을 차렸다. 음식을 나르면서 승희는 무결과 잠깐 마주쳤다. 과수원에서 제 아래 깔렸던 그가 걱정되지 않을 수는 없었다.

"아까 넘어진 건 괜찮아요?"

무결이 심술이 그득한 표정으로 대답했다.

"허리가 좀 뻐근하지만, 뭐 쓸 데도 없으니까요."

뭐래.

"허리 뻐근하면 일찍 쉬세요. 무리하지 말고요."

"괜찮아요."

"저는 분명히 얘기했습니다."

"책임지라는 말 안 합니다."

팽하니 돌아서는 그가 너무나 얄미운데도 걱정스러운 마음은 어쩔 수가 없었다.

상을 다 차리고 나니 흥겨운 음악 소리가 이어졌다. 신나는 트로트 메들리와 함께 사람들은 먹고 마시고 행복해했다. 젊은이들이 음식을 나르니 어르신들은 예쁘다며 술도 따라주고 쌈도 싸주고 돈도 주시고 한다. 승희도 이를 피해갈 수는 없었다.

"색시 막걸리 좀 마셔봐. 이거 우리가 담근 거야."

한 아주머니가 주전자를 들고서 달려왔다. 승희는 커다란 대접을 받아들었다. 콸콸콸콸. 하하하하 정이 넘친다. 이걸 어쩌지?

멀리서 이를 지켜보게 된 철순이 말했다.

"어? 누나 탁주 잘 못 마시는데."

그 말이 떨어지기 무섭게 무결이 쫓아갔다. 무결은 승희가 한 모금 받아넘긴 대접을 고이 빼앗아 벌컥벌컥 들이켰다.

"아이고. 우리 신랑이 색시 몸 상할까봐 대신 마셔주러 왔네?"

아주머니는 좀 더 즐거운 얼굴이 되었다.

"아이고 잘 마시니까 이쁘네. 이것도 먹어."

아주머니는 큼지막한 광어전을 집어 무결에게 주었다. 막걸리를 마시고 광어전까지 야무지게 받아먹은 무결이 말했다.

"맛있는데요."

무결이 기특하다며 몰려온 어르신들이 뿌듯하게 웃었다. 뜻밖에도 무결은 어르신들에게 둘러싸여 귀여움을 독차지하게 되었다.

"어쩌냐."

지나가던 세열이 멀리서 무결을 걱정스레 바라보다가 철순에게 말했다.

"쟤 탁주 잘 못 마셔."

"헉."

이번엔 철순이 무결에게로 후다닥 달려갔다.

철순 덕에 어르신들에게서 풀려났지만 이미 막걸리를 많이 마신 터라 무결은 금방 몽롱해졌다. 일주일간 쉴 새 없이 일을 하고, 아침 일찍 서울에서 서천까지 운전을 하고 와 또 몸을 쓰는 일을 하고 술까지 단시간에 마시니 몸에 힘이 쭉 빠졌다. 무결은 회관의 나무기둥 옆에 앉아 막연히 승희를 찾아보았다. 승희를 찾는 건 쉬운 일이었다. 잠시 미소가 떠올랐으나 승희에게 가까이 다가가는 재훈을 보고는 속이 텁텁해졌다.

세열이 다가와 물었다.

"너 괜찮냐?"

"머리 아프다."

"먼저 들어가."

"아니. 괜찮아."

세열은 무결이 걱정스러워졌다. 재훈을 향해 부라리는 눈빛이 심상치가 않았다. 저것을 남겨두고 떠날 수는 없다는 의지가 엿보였다.

"우승희 씨."

승희가 주방으로 들어갔을 때를 기회 삼아 세열이 말을 걸었다.

"무결이 좀 집 안으로 집어넣어줄 수 있어요?"

"네?"

"우승희 씨가 들어가라고 하면 갈 것 같은데."

승희는 눈을 슴벅거렸다.

"취했어요. 탁주에 약하거든요."

우리는 어쩌면 그런 것까지 비슷한지. 하지만 자꾸 말을 걸기는 난처한 상황이라 승희는 쉽게 대답하지 못했다.

"취한 거 한 번도 못 봤죠? 욕할 거 있으면 지금 해요. 어차피 내일이면 기억도 못 할 테니까."

그런데 세열이 솔깃한 얘기를 들려주었다.

"아, 기억을 못 해요?"

언젠가 술버릇이 있다는 얘기를 했었는데. 그거였구나. 필름이 끊기는구나. 그럼 그에게 다가갈 수 있겠다 싶었다.

"너무 중요한 말은 하지 말고요. 정말로 기억 못……."

승희는 세열이 말을 다 마치기도 전에 총총 뛰어가버렸다.

무결은 줄에 묶인 강아지처럼 꼼짝도 하지 않고 있었다. 가까이 다가간 승희가 물었다.

"괜찮아요?"

"아니."

말이 짧아졌다. 대답도 귀찮은 모양이다.

"그러게 왜 마시지도 못하는 술을 마셨어요. 들어가서 자는 게 어때요?"

"싫어."

고집을 부리니 어쩔 수가 없었다. 그를 일으켜 부축하기에 승희는 너무 힘이 모자란 사람이었다.

"그럼 여기 있어요."

승희는 앙드레를 불러올 생각으로 말했다. 그리고 곧장 떠나려는데 무결이 승희의 손끝을 잡았다.

"가지 마."

그녀의 왼손 새끼손가락을 잡은 그의 힘은 앙증맞은 수준이었다. 뿌리치려면 뿌리칠 수 있는. 하지만 승희는 그럴 수가 없었다.

술에 취해도 정신은 차려야 한다고 배웠다. 막말을 할 것 같으면 아예 입을 다물고 있으라고. 무결의 아버지 규원은 무결이 술에 취해 집안과 그룹에 누가 되는 일을 할까봐 그를 철저히 교육시켰다. 그 결과 무결은 돌하르방같이 우직하게 자리를 지키는 술버릇을 갖게 되었다. 필름이 끊길지언정 몸가짐은 잃지 않는다. 무결은 양갓집 규수처럼 고이 앉아 승희의 손끝을 잡고 그대로 움직이지 않았다. 그에게는 대단한 마음의 표현이었다.

처음에는 새끼손가락을 잡은 손이 그리 버겁지 않았는데, 점점 힘이 가해지는 것 같았다. 아니, 그녀의 손끝이 그에게 자석처럼 들러붙었는지도. 으아. 사람들이 본다. 승희는 어쩔 수 없이 무결의 옆에 앉았다. 이 남자를 빨리 들여보내야 하는데. 재워야 할 텐데. 어쩔 줄 몰라 지은 그녀의 한숨 위에 그의 목소리가 살포시 내려앉았다.

"처음부터 결혼할 생각이 없었어?"

안절부절못하던 그녀의 눈동자가 한 곳을 향해 멈췄다. 이 사람에게 얼마나 모진 말을 했는지 다시금 깨닫게 되었다. 희재원 앞에서 차를 세워두고 그에게 던졌던 말. 술에 취해서도 그 말을 되새길 정도로 그에게 큰 충격이었던 것이다. 하지만 엎질러진 물을 다시 담을 수는 없다. 승희는 솔직하게 말했다. 마음이 미어졌지만.

"없었어요."

"그럼 왜 결혼한다고 했어."

"돈을 갚고 싶어서. 혼전계약서로 시간을 벌고, 돈을 갚으려고 했어요."

"바보 아냐."

무결이 힘없이 피식거렸다.

"혼인을 담보로 한 계약서를 봤으면, 무효소송을 했어야지."

왜 날 받아줘서, 왜 날 빠지게 만들어. 원망이 담겼으나 목소리는 느려졌다.

이대로 잠이 들려나. 무결이 잠잠히 눈을 감는 것이 보였다. 여전히 그 옆에 앉은 그녀의 새끼손가락을 꼭 잡고서. 사연을 머금은 그녀의 입술이 떨려왔다. 당신이 기억하지 못한다면, 진실을 말해줄게. 비겁해서 미안해.

"그날. 희재원의 서재에 잠입했던 날."

승희는 천천히 입을 열었다. 우리가 처음 만난 날. 그때의 이야기를 들려줄게.

"내가 들춰 본 23년 전의 파일에 네잎클로버가 있었어요."

파일에는 여러 신문기사가 있었고 한태조 회장에게 후원을 받은 사람들의 사진이 있었고, 그 사람들의 편지가 있었고, 그 편지들 중엔 어떤 아이가 행운을 빈다며 같이 보낸 네잎클로버가 있었다. 23년 전의 네잎클로버. 그 파일은 소중한 기억을 보관하는 파일이 었던 것이다.

"초조한 와중에도 거기서 손을 멈추게 되더라고."

못된 사람들일 거라고 확신했는데 아닐 수도 있겠다는 생각이 들었다. 이 집에도 따뜻한 마음이 있구나. 이 집에도 기억을 소중하게 간직하는 사람이 있구나.

"기억을 소중하게 여기는 마음에, 실은 감격했어요."

어쩌면 한태조 회장이 아빠한테 땅을 빌려준 건, 그 땅값이 높아 지는 만큼 아빠도 잘되길 바라는 마음이었을 수도 있겠구나. 내 결혼 이, 담보가 아니라 핑계였을 수도 있겠구나. 세상에는 법으로 경계를 짓지 못할 인정이 있다.

"그날 집으로 돌아와서, 내가 잘못했다는 걸 알았지. 그 소중한 마음에 보답하는 건, 돈을 갚는 것인데 그 증거를 없애버리려고 했으니까."

편견을 가졌던 것을 반성하며, 고민 끝에 그에게 혼전계약서를 제 안했다. 돈을 갚기 위해서.

"그래서 꼭 보란 듯이 돈으로 갚고 싶었어요. 23년 전에 2억짜리 땅을 흔쾌히 빌려줬던 분께 50억을 돌려줄 수 있는 사람이 되고 싶 었어요."

포부는 컸지만, 결과적으로 돈을 갚으려고 했던 게 당신의 마음을 다치게 하는 꼴이 되었다. 내가 당신을 이용해놓고서, 혼인계약서가 두 개였냐며 화를 내었다. 미안해.

"겨우 그거야?"

그에게서 원망의 말이 나올 줄 알았는데, 취해서 그런 건지 그는 그녀의 행동에 대한 질책을 하지 않는다.

"내가 좋아서 그런 게 아니고?"

그저 자신을 좋아하는 게 아니냐고 물을 뿐. 승희는 최대한 담담한 목소리로 말했다.

"아니."

"나 좋아하잖아."

그가 거듭 따져와 승희는 초조해졌다. 하지만 그가 술에 취했든 안 취했든 좋아한다는 말을 할 수는 없다. 이야기는 다시 원점이 되었다.

"그쪽이 나타나지만 않았어도 내 인생은 평탄했다고요."

승희가 먼저 원망스럽게 말했다. 당신처럼 내 근간을 뒤흔드는 사람은 없었다고.

어느덧 눈을 뜬 그가 보름달처럼 또렷하고 커다란 눈동자로 자신을 바라보고 있었다. 전혀 술에 취한 눈빛이 아니었다.

"왜 한 발짝을 안 떼지? 내가 이만큼 다가가면 그쪽도 반걸음은 와 줄 수 있지 않나?"

그 말에 승희가 먼저 무너지고 말았다. 준비도 없이 눈물이 똑 떨어졌다. 또렷하던 그의 눈동자가 흐리게 흔들렸다.

"울지 마."

떨려오는 어깨에 긴 팔이 감겨왔다. 어른한테 야단맞고 눈물 흘리는 아이를 달래주듯이 그가 그녀의 어깨를 감싸 안았다.

"울지 마."

그의 목소리도 떨려오고 있다. 그녀가 우니 어쩔 줄을 모르겠다
는 듯.

"우승희. 네가 너무 좋아."

"……."

"그래서 울지 말았으면 좋겠어."

결국 울음은 더 거세게 터지고 말았다.

"나도……."

너무 좋아. 당신이 너무 좋아. 하지만 이어질 수 없는 마음.

미안해. 미안하다는 말을 하지 못해서 미안해. 내일이 되면 모든
걸 잊게 될 테니까 조금만 울게. 전부 다 내가 미안해.

왜 당신이 자꾸 미안하다는 말을 했는지 알게 되었다.

멍……. 여긴 어디. 나는 누구.

무결은 눈을 비비고는 눈앞을 보았다.

낯선 풍경. 하지만 언젠가 와본 적 있는 곳. 무결은 서천에 와 있다
는 것을 기억해냈다. 양옆으로 철순과 앙드레가 누워 있고, 시계가
7시를 막 지나고 있었다. 아침이었다. 지끈거리는 머리를 붙잡고서
주방으로 가니 세열이 있었다. 세열이 아무 말 없이 물이 담긴 컵을
내밀었다.

"나 어제 실수 안 했지?"

무결이 잔뜩 갈라진 목소리로 물었다. 술 취해서 실수를 한 적은
한 번도 없었다. 필름이 끊길 뿐.

"글쎄. 모르겠다, 난. 우승희 씨 끌어안았을걸?"

컥. 곱게 넘어가던 물에 사레가 들리고 말았다.

"그걸 안 말렸어?"

"내가 널 어떻게 말려."

핏발선 눈으로 쳐다보는 무결에게 세열이 뚱한 표정으로 말했다.

우승희. 여러모로 대단한 사람이구나. 내 인생의 기록을 이렇게 무참히 갈아버리네. 그런데 끌어안기까지 했으면 이놈의 짐승 같은 몸뚱아리가 우승희를 앞에 두고 가만히 있지는 못했을 것이다. 무결은 두려운 마음으로 다시 물었다.

"딴 실수는 안 했어?"

"딴 실수 뭐."

"키……."

"키스는 안 했다."

후우, 다행이다, 한숨을 쉬었는데, 세열의 말이 바로 이어졌다.

"우승희 씨가 울긴 했지."

또 울었다고?

"울렸어? 내가?"

"어. 네가 끌어안아서."

아아아아아아아.

"걱정하지 마."

충격에 빠진 듯 머리를 헤집는 무결에게 세열이 침착하게 말했다.

"분위기는 뭔가 막…… 뭔가 막……."

가슴께로 손을 들어올린 세열은 딱 들어맞는 표현을 찾기 힘들다는 듯 손가락들을 꼬물락거렸다.

"짠했어. 한 골 차이로 월드컵 진출 못 하게 돼서 옆에 앉은 낯선 사람이랑 포옹하는 관중 느낌."

그게 뭔데.

"괜찮아. 실수 안 했어."

세열은 멍하니 있는 무결의 어깨를 톡톡 두드려주고는 떠났다. 무결은 더 혼란스러워졌다. 맑은 공기를 마셔야 할 것 같아서 현관문을 열고 밖에 나오니 승희가 보였다.

무표정으로 다가온 승희는 그에게 물통 하나를 건넸다. 이장님 댁에서 칡 진액과 꿀을 얻어 만든 칡차였다.

"숙취 해소에는 이게 좋더라고요."

식성이 비슷하니 믿고 음식을 권할 수 있다.

사소한 것들부터 하나하나 당신이 좋았다.

"혹시 어제 내가 실수 안 했습니까?"

승희가 준 것을 그 자리에서 다 마신 무결이 물었다.

"아뇨. 아무것도요."

승희는 뜨끔했지만 고개를 세차게 저었다. 그리고 무언가를 들킬세라 급히 떠나려는데.

"끌어안았다고 들었는데."

그가 다시 말을 걸었다. 흠칫. 승희의 발이 멈췄다.

"그래서 우승희 씨가 울었다고 들었는데요."

끌어안아서 운 것과 울어서 끌어안은 것은 천지 차이지.

"아니 그러니까 왜 끌어안느냐고요. 다시는 그러지 마세욧."

승희는 버럭 소리를 내고는 집 안으로 먼저 들어가버렸다. 후우. 그가 기억 못 하는 것 같다. 다행이었다.

느지막이 일어나 오전 시간은 모두 다 같이 고추를 따며 보냈다. 그리고 점심으로 서천의 명물이라는 꼴뚜기 요리를 먹고 또다시 헤어지는 시간이 되었다. 어제 빨간 옷을 입고 있던 아주머니가 오늘은 노란색 옷을 입고서 배웅을 나왔다.

"결혼식은 서울서 하지?"

아주머니가 승희의 손을 꼭 잡고서 물었다.

"네."

그 손에 하얀 봉투가 올라왔다. 승희는 당황하게 되었다.

"이거 축의금 대신이여."

"아니, 안 그러셔도 되는데……."

"아유. 다들 이뻐서 주는 거여. 넣어둬, 넣어둬."

승희의 뒤에서 다들 이 장면을 보고 있었다. 무결의 표정은 '어디 받나 보자' 하는 것 같았다. 뒤편에 서 있던 이장님도 주머니에서 봉투를 꺼냈다.

"그럼 나는 이쪽 신랑 줘야겠구먼."

남 일처럼 바라보던 무결도 무안한 처지가 되었다. 결국은 둘 다 거절하지 못하고 봉투를 받았다.

"잘 살어. 둘 다 야무져서 아주 잘 살 것 같구먼."

"고맙습니다."

승희가 죄송해서 어쩔 줄 모르는 목소리로 인사했다. 차가 주차된 공터까지 천천히 걸어가는 동안 마을 주민들은 계속 손을 흔들었다. 멤버들도 뒤돌아 몇 번이나 인사했다. 주민들의 모습이 보이지 않게 된 후, 현실로 돌아온 혜순이 입을 열었다.

"왜 엔젤투자자는 우리를 여기로 불렀을까?"

"혹시 우리 보고 업종을 바꿔보라고 제안하시는 건가? 자산관리보다는 농업 쪽 앱을 개발하라는 권고 아니야?"

"솔직히 나는 농사 체질인 거 같아."

철순과 앙드레가 차례로 의견을 내었다.

"남의 돈이 얼마나 귀한지를 느껴보라는 뜻이 아니었을까?"

승희가 이들의 대화에 끼어들었다.

"사과 솎아내듯이 결단력 있게 못난 거 자르고 잘난 거 키우라고. 배추 키우듯이 애지중지하라고. 항상 숫자에만 목을 맸지 돈을 맡기는 개개인의 사연을 생각해본 적이 없었거든."

돈을 맡기는 개개인의 사연!

'아!'

승희의 머리에 반짝 불이 들어왔다.

"왜요?"

승희가 걸음을 멈추자 혜순이 물었다.

"알겠어요? 엔젤투자자의 의중을?"

"아니, 그냥. 좋은 생각이 나서. 갑자기 일을 하고 싶다."

새로운 아이디어로 승희의 가슴이 두근거렸다.

"어휴. 일벌레. 대표님, 오늘은 쉬셔야죠."

혜순이 혀를 끌끌 찼다. 오순도순 말을 나누는 사이에 공터에 닿았다.

"우승희 씨랑 혜순 씨는 내 차 타요. 바래다줄게요."

멀찌감치 떨어져 먼저 가던 무결이 승희에게 말했다. 승희가 곧장 대답하지 못하고 혜순도 승희의 눈치를 보자 재훈이 바로 끼어들었다.

"승희랑 혜순 씨가 내 차를 타고 앙드레랑 철순이가 저쪽 차를 타는 게 어때?"

승희는 무표정으로 꼿꼿하게 서 있는 무결을 오래 바라보았다. 그리고 재훈에게 결심한 바를 말했다.

"아니야. 나랑 혜순이랑 저 차 타고 갈게. 철순이랑 앙드레 잘 부탁해."

"승희야."

재훈이 다그쳤다. 승희가 일부러 힘든 걸 참아내고 있는 것 같아서 재훈은 마음이 상했다. 어제 술에 취한 채로 그녀를 끌어안아 울린 무결의 행동도 마음에 들지 않았다. 세열과 앙드레가 이를 발견하고 둘을 떼어놓지 않았다면 어떤 일이 일어났을지 알 수 없다.

"괜찮아. 할 말도 있었고, 저 차 타고 갈게."

승희가 미소 지으며 인사했다.

차 안은 내내 조용했다. 서천에서 서울까지 꼬박 두 시간 반을 운전하여 세열과 혜순이 차례로 내리고, 차 안에는 어느덧 승희와 무결 둘만 남았다. 무언가를 예상한 듯 무결의 운전 속도가 점차 느려졌다. 붙잡고 싶어도 붙잡을 수 없는 시간. 어느덧 승희의 집에 닿았다. 승희가 차에서 내렸다. 무결도 함께 내렸다.

벚꽃이 사라지고 세상에는 푸른빛이 돈다. 벚꽃만 바라보던 사람들의 삶도 일상으로 돌아갔다. 그간 한마디도 하지 않았던 승희가 입을 열었다.

"내가 왜 한무결 씨 차 탔는지 알죠?"

아는지 모르는지, 그는 아무 말도 하지 않았다.

"죄송했어요."

승희는 최대한 덤덤하게 말을 이었다.

"그때 희재원 앞에서, 화를 내고 돌아선 건 좋은 끝이 아니었던 것 같아요."

첫 이별. 첫 만남의 섬광만큼은 아니더라도 이 끝이 고왔으면 좋겠다.

"이제 더 이상 우리 관계를 이어나갈 명분이 없고, 한무결 씨가 나한테 어울리지 않는 사람이라 나는 거부하지만 한무결 씨는 좋은 사람이라 좋은 짝을 만날 거예요."

그래서 당신이 다시 곱게 시작할 수 있었으면 좋겠다.

"앞날의 행복을 빌어주고 싶습니다."

한 자 한 자 꾹꾹 눌러 또박또박 발음하는 예쁜 말들이 무결의 가슴에 유리 조각처럼 반짝거리며 박혔다. 그녀의 눈은 시종일관 너무 솔직해서 그 마음이 진심인 것을 잘 알겠다.

울음 직전처럼 살아가는 사람이 있다. 절대 쓰러지지 않을 것처럼 꼿꼿하지만 강한 척 이 악물고 버티고 있다. 그 마음을 존중해줘야 하는데. 당신의 의지를 받아들여야 하는데.

"이럴 때 사람이 참 유치해지네요. 너는 굳이 내가 아니라도 살 수 있는데, 나는 네가 아니면 도무지 못 살 것 같을 때."

무결이 원망을 가득 담아 말했다. 그의 눈이 붉어졌다.

"그래도 살 수 있을 거예요. 일단 살아보세요, 열심히."

"……."

"그래줄 거죠?"

죽겠다고 말하고 싶다. 날 떠나면 죽어버리겠다고 말하고 싶었다. 너무 간절했다. 세상에 우승희는 하나뿐이다. 당신 같은 사람을 또다시 만날 수는 없다. 하지만, 8년 전 당신의 인생이 멈춰버린 그날도 똑같은 풍경이었을 것이다. 젊은 나이에 세상을 떠난 동기 때문에 한

번 상처를 입었던 당신. 내가 죽겠다고 말한다면 이제 당신의 영혼이 먼저 병들어버릴 것만 같다. 혹여나 내가 다른 일로 잘못되더라도 당신은 스스로를 원망할 수밖에 없겠지. 그래서 답은 정해져 있다.

"밉네요. 오래 미워할 겁니다."

그의 서러운 말에 승희는 진심으로 인사했다.

"감사합니다."

이 이별이, 참 고맙다.

코끝이 빨개진 그녀는 입술 끝을 씩씩하게 들어올렸다.

누구나 겪을 수 있는 일. 늦게 시작한 연애가 끝난 것뿐이다.

"안녕히 가세요."

승희가 먼저 손을 내밀었다.

8.
달라진 남자

두 계절이 지났다.

승희의 사무실은 더 큰 곳으로 옮겨갔다. 창립 멤버 외에 직원 네명이 더 들어왔고 회사 규모는 5개월 전에 비해 두 배가 커졌다. 어플리케이션은 50만 다운로드를 목전에 두고 있다. 투자 없이 맨몸으로 이뤄낸 성과였다. 앞으로 펀드 서비스가 정식 오픈을 하면 회사의 몸집은 더욱 커질 것이다. 2년 동안 내실을 잘 다진 덕분에 모든 것이 체계 있게 돌아가고 있다.

승희는 노력한 만큼 성과가 나타나는 것이 재미나서 간혹 퇴근하는 걸 잊기도 한다. 반년 전보다 더 심한 워커홀릭이 되었다.

"대표님, 보안기술 개발자 찾았어요."

"어! 어!"

철순의 외침에 승희와 혜순, 앙드레가 달려왔다. 펀드 서비스 오픈을 준비하며 보안 시스템에 애를 먹었다. 현재의 보안기술에서 한 단계 업그레이드된 보안솔루션을 제공하는 업체를 몇 군데 알아보았으나 조건이 맞는 곳이 없었다. 그렇게 한 달을 헤맨 끝에 트윙클에셋의 조건에 맞는 국제 특허 기술을 찾아낸 것이다. 철순은 모니터를 바라보며 설명했다.

"개발자가 화이트해커래요. 스타트업에는 되게 저렴하게 기술을 파나봐요."

"오. 훌륭한 사람이다."

"업체가 아니라 개인이야?"

앙드레와 혜순이 한마디씩 했다.

"개인이에요. 이름이 프리지어."

철순의 대답에 승희의 시선은 순간 멍해졌다.

프리지어. 꽃 이름과 함께 잊고 있던 향기가 되살아났다. 승희의 손끝이 꽃잎처럼 미약하게 떨려왔다. 벚꽃 피는 어느 날, 그 남자가 건넸던 노란 꽃다발. 이 계절에 벚꽃만 예쁜 게 아니라고 했던가. 그 뒤로 사실 벚꽃을 볼 때마다 프리지어가 떠올랐다. 하얗게 흐렸던 세상에 노란 물감이 덧씌워졌다. 지난봄은, 덕분에 괴롭지 않았다. 덕분에 힘들었지만. 그래도, 트윙클에셋의 대표 우승희가 아니라, 여자 우승희가 행복했던 시간이었다. 다시없을 봄을 보냈다.

그로부터 5개월이 지나 다시 시원한 바람이 불기 시작한 10월. 그를 잊었다고 하기도 못 잊었다고 하기도 애매한 시간이라 아직은 내면과 고군분투 중인 승희다.

"스타트업에만 저렴하게 기술을 판다고?"

승희가 물었다.

"믿을 만할까?"

혜순은 누군가 선의를 베푼다 하면 일단 의심부터 하게 되었다. 투자자들에게 데인 경험이 너무 많아 마음에 굳은살이 생긴 것이다. 승희는 혜순의 그런 마음을 이해할 수 있었다. 100억으로 유혹하여 서천에까지 가게 했던 엔젤투자자도 5개월째 연락이 없었다. 재훈은 좀 더 기다려보라고 했지만 승희도 이미 그쪽은 기대를 거두었다. 다만 그때 보고 배운 것들은 꾸준히 회사에 도움이 되었다. 트윙클에셋에 자산을 맡기는 개개인의 사연을 분석하여 맞춤 솔루션을 제공하게 된 것도 서천에서 얻은 아이디어 덕분이었다.

"메일은 사무적으로 왔어요. 다음 주에 IT 컨벤션에 가는데 거기서 만나자는데요?"

IT기반기술 벤처기업 컨벤션. 어플리케이션 및 인공지능기술 개발을 주업으로 하는 벤처기업을 위한 정부 행사다. 정부와 대기업들의 벤처기업 지원사업을 확인하는 것은 물론 기업설명회를 개최하여 투자를 유치할 수도, 다른 업체와 합작 프로젝트를 할 기회를 얻거나 외주작업을 따낼 수도 있는 큰 행사다. 올해에는 트윙클에셋도 20분짜리 프레젠테이션의 기회를 얻게 되어 승희도 기대하고 있다.

"우리가 컨벤션에 참여하는 건 어떻게 알았지?"

"뭐, 리스트를 받아봤겠죠."

그 말이 맞긴 하지만, 상대가 IT컨벤션의 참여사들을 하나하나 살펴보거나 아니면 처음부터 트윙클에셋에 관심이 있지 않고는 쉽게 알 수 없는 사실이다. 승희는 미심쩍은 마음으로 끄덕였다.

"아니면 대충, 당연히 올 거라고 생각하고 말했을 수도 있겠다."

"네. 대표님 설명회 끝나는 시간 이후로 약속 잡아놓을게요."

철순이 말했다.

골드킹 사옥의 대표 집무실.

무결은 모니터 앞에 앉아 피아노를 치듯 열심히 자판을 두드려대고 있다. 노크를 하고 들어온 세열에게는 눈길 한 번 주지 않는다.

"퇴근 안 해?"

"어. 할 일이 많다."

밤 9시인데. 세열은 길게 한숨을 쉬며 소파에 털썩 앉았다.

"변해도 너무 변했다."

"뭐가."

"인간미가 없어졌다."

승희와 헤어진 후, 무결은 참 많이 변했다. 골드킹의 그 어떤 직원들보다도 일찍 출근, 늦게 퇴근하는 것은 말할 것도 없고 직원들의 모든 회의에 참여하며, 틈나는 대로 외주작업까지 했다. GK전자의 일을 배우고 있다는 소문도 있었다.

"너도 바랐었잖아. 내가 열심히 일 좀 했으면 좋겠다며."

"일 좀 했으면 좋겠다고 한 거지, 일만 했으면 좋겠다고 한 건 아니었어."

"어쨌든 일을 하면 되는 거지."

무결이 무미건조하게 대답했다. 어째 사람이 극과 극이냐. 세열은 씁쓸해졌다.

"이렇게 똑 부러지면서 왜 반년 전까진 그렇게 살았냐."

"원래 되게 완벽한데 덜떨어진 척 연기했던 거야."

"28년 동안?"

"그래. 연기 인생이었다."

"그런 짓을 왜 했냐."

"어디 하나 허점이 있어야 인간적으로 보이니까."

"근데 왜 지금은 인간미를 포기한 건데."

세열은 비아냥거리듯 따졌다. 무결이 키보드 위에서 열심히 움직이던 손을 거두고 세열을 보았다.

"공자께서 인생 삼락에 대해 이렇게 말씀하셨지."

하, 또 시작이다.

"학이시습지(學而時習之)면 불역열호(不亦說乎)라, 유붕자원방래(有朋自遠方來)하니 불역락호(不亦樂乎)라, 인부지이불온(人不知而不慍)이면 불역군자호(不亦君子乎)라."

그 뜻을 듣기도 전에 지겨워진다.

"배우고 또 익히면 기쁘지 아니한가. 벗이 있어 멀리서 찾아오니 이 또한 즐겁지 아니한가. 남이 나를 알아주지 않아도 괴롭지 않으니 이 또한 군자가 아닌가, 하셨지. 그래서 남이 나를 알아주지 않아도 나는 괴롭지가 않아."

"어, 그래."

말을 말자. 세열은 영혼을 귀양 보낸 목소리로 대답했다. 무결이 잔소리했다.

"너도 좀 배워. 요즘 누가 컴공 출신이라고 C언어만 보냐. 교양을 쌓아야지, 교양을."

어우 교양머리 없어. 무결의 허세에 세열은 속으로 빈정댔다.

IT컨벤션 전날. 혜순과 승희는 점심시간에 잠깐 짬을 내어 백화점에 들렀다. 승희가 컨벤션에 입고 갈 옷을 고르기로 했다. 프레젠테이션까지 예정돼 있어 의상 선택에 만전을 기하게 되었다.

"남색 블라우스에 흰색 스커트는 어때요?"

"무난하다."

혜순의 말에 대답한 승희의 눈에 하늘하늘한 노란색 블라우스가 들어왔다.

"오. 노란색도 좋은데요? 프리지어를 만나기로 했으니 노란색을 입는 거예요."

1차원적인 생각이지만 기발하기도 했다. 승희는 직원에게 맞는 사이즈를 받아 탈의실에서 옷을 갈아입고 나왔다. 그녀의 날씬한 몸매를 은은하게 드러내주는 하늘하늘한 재질의 노란색 블라우스와 흰색 스커트. 거울에 제 몸을 비추어 본 승희가 물었다.

"너무 병아리 같지 않아?"

"아뇨. 바나나 같아요. 귀여워요."

혜순의 농담 섞인 칭찬에 승희는 피식 웃고 말았다.

"치마는 남색으로 해야겠다. 집에 있는 거 입어야겠어."

승희는 블라우스만 구입하기로 했다. 우승희는, 화사한 색의 옷을 입을 수 있게 되었다.

국제 컨벤션 당일. 회사 홍보부스가 있어 행사장에 들른 무결은 저편에서 걸어오는 여자를 보고 눈살을 찌푸렸다. 아나운서 김푸른이었다.

"여기서까지 뵙네요. 안녕하셨어요?"

푸른이 생기 넘치는 목소리로 인사했다.

"어떻게 여기 있죠?"

"제가 오늘 행사 사회를 맡게 됐거든요."

요 근래에 자주 마주치는 게 이상했다. 때마다 푸른은 일 핑계를 댔지만 이럴 수는 없다 싶었다. 지지난 주에는 해외 출장을 가서까지 마주쳤었다. 무려 상하이에서. 누군가 무결의 스케줄을 푸른에게 전하는 것 같은 느낌이었다.

"근데 하실 말씀 있지 않아요?"

푸른이 고개를 살랑살랑 흔들며 말했다. 무결이 낮게 한숨을 쉬고는 입을 열었다.

"사회 잘 부탁드립니다."

행사장에 회사의 홍보부스가 있으므로 밉보일 수는 없는 입장이다. 이럴 때 언론의 입지를 생각하게 된다. 싫지만 계속 마주쳐야 하는 사람은 너무 껄끄럽다. 그의 부탁이 만족스러운 듯 푸른의 입술이 길게 늘어났다.

"무결 씨, 저도 부탁 하나만 드려도 될까요?"

이에 기운을 얻은 푸른이 뒤돌아서는 무결을 다시 붙들었다.

"제가 IT 기술 쪽 용어들은 잘 몰라서요. 정리한 거 한번만 봐주시겠어요? 그럼 저도 사회 중간중간 골드킹 홍보하면서 입장객 반응을 이끌어볼게요."

"무능력하네."

갈 길이 급한 무결은 싸하게 말을 뱉었다.

"말씀이 좀 격하시네요."

"내가 원래 말을 막 하는 성격입니다."

"솔직하신 점은 좋고요."

"더 솔직하게 말하자면, 그쪽의 관심은 너무 불쾌해요. 예전에 내여자친구가 스토킹을 당했었는데, 그 기분을 알 것 같네요."

"어쩌다가 우연히 만난 건데 스토킹이라고 말씀하실 수는 없죠."

"어쩌다 우연히 만났으면 그냥 비켜서 지나가시면 됩니다. 귀찮게 하지 마시고."

다시 돌아선 무결의 등에 대고 푸른이 급하게 외쳤다.

"아버님이 저 좋아하시는 거 알죠? 지난주에 식사도 같이 했는데."

"야."

돌아온 무결의 목소리엔 냉기를 넘어 살기가 서려 있었다.

"그래서 지금 우리 아버지랑 뭘 어떻게 해보겠다는 거야 뭐야."

푸른도 흠칫 뒷걸음질칠 수밖에 없는 뜻밖의 위압감이다.

"대체 어떤 근거 없는 자신감으로 이렇게 귀찮게 굴어."

이 정도 말했으면 알아들었겠지.

"됐어요. 그쪽이랑 더 말할 시간 없습니다."

부푼 기대감을 당신 때문에 망치고 싶진 않다. 무결은 서러운 듯 입술을 말아 감춘 푸른을 버려두고는 성큼성큼 떠났다.

11시 33분. 무결은 기업설명회가 열리는 강연회장으로 들어섰다. 김푸른 때문에 조금 늦은 것이 애석할 따름이었다.

"십대에 번 돈, 이십대에 번 돈, 삼십대에 번 돈, 사십대에 번 돈. 모두 의미가 다를 겁니다. 그 돈을 쓰는 마음가짐도 달라졌을 거고요."

강연장을 낭랑하게 채우는 목소리가 무결의 심장에 곧장 파고들었다.

"그리고 내가 지금 무엇을 원하느냐, 무엇을 가지고 있느냐에 따라 돈을 모으는 방식도 달라집니다. 자산운용에도 개성이 있는 거죠."

저절로 미소가 피어나려 하여 무결은 입술 끝을 애써 내려야 했다.

오랜만이다. 열심히 살았구나. 우승희. 많이 달라졌네. 예쁘네.

트윙클에셋 기업 소개가 무사히 끝났다. 승희는 안도의 한숨을 쉬었다.

중간에 목소리가 갈라져서 난감하긴 했지만 해야 할 말들은 모두한 것 같다. 기업 소개가 끝난 후, 혜순과 철순은 몇몇의 기업가들에게 명함을 받았다. 회사를 방문하겠다는 사람도 있어 철순은 스케줄협의에 들어갔다.

승희는 사실 강연회장에 들어오다가 푸른을 스치듯 본 후 내내 마음이 싱숭생숭했다. 일만 하고 사느라 저편으로 팽개쳐두었던 기억이 다시 살아나는 것 같았다. 게다가, 강연회장에서 프레젠테이션을 하던 중에 한무결의 모습을 본 것 같기도 했다. 그래서 목소리가 돌연 갈라진 것이었다. 하지만 아니지. 잘못 봤겠지. 그가 올 리는 없다.

정리를 다 하고 강연회장을 나서려는데 단정한 차림의 여자가 다가와 승희에게 말을 걸었다.

"우승희 대표님이시죠?"

"네."

"프리지어 님 만나기로 하셨죠? 저 따라오시면 됩니다."

'프리지어'라는 이름을 듣는 순간 잠깐 불이 들어왔던 기억의 스위치가 다시 꺼졌다. 열일모드가 된 승희가 씩씩하게 네, 하고 대답하며 철순에게 손짓했다.

"아, 두 분 중에 한 분만 가셔야 하는데요."

여자가 말했다. 승희의 미간이 딱딱해졌다.

"이유가 있나요?"

"프리지어 님이 1대 1 미팅만 하셔서요."

이런 난감한 경우가 있나. 이런 상황을 처음 겪는 건 아니다. 간혹 충돌이 있을 수밖에 없는 자리에서 상대와 머릿수를 맞추는 것은 센스이기도 하다.

"그럼 대표님이 가시는 게 낫겠네요. 파이팅입니다."

철순이 주먹을 불끈 쥐어 들어올려 보였다. 승희는 여자의 안내에 따라 혼자 이동하게 되었다. 가는 길은 꽤 멀었다. 기다란 통로를 몇 번 지나가는 동안 승희는 마음이 묘해졌다. 어느새 컨벤션 행사장을 한참 지나 호텔 쪽 객실 복도에 이르렀다.

"잠깐만요. 왜 객실로 가나요?"

"프리지어 님이 오픈된 장소를 싫어하셔서요."

"같이 계시는 거죠?"

"저는 안내만 해 드립니다. 말씀드렸던 대로 프리지어 님은 1대 1 미팅만 하십니다."

"혹시 남자분이신가요?"

"직접 확인하시죠."

불현듯 반년 전의 일이 떠올랐다. 트윙클에셋 사무실이 작았던 시절, 투자에 대해 양 부장에게 맡겼던 시절에, 양 부장은 웬 강원도 리조트 이름이 쓰인 쪽지를 내밀었었다. 엔젤투자자를 리조트 객실에서 만나라는 거였다. 그 일에 대해 불쾌해하며 양 부장과 연을 끊었는데, 알고 보니 그때의 엔젤투자자는 한무결이었다. 그때 양 부장의 제안대로 했다면 지금 어떻게 됐을까.

딴생각에 빠져 있는 사이에 객실에 도착했다. 여자가 노크를 한 뒤에 바로 문을 열었다. 여자는, 본인은 뒤로 빠지고 승희에게 들어가라고 눈짓을 해 보였다. 승희는 속으로 파이팅을 외치며 안으로 들어갔다.

"안녕하십니까, 트윙클에셋의 대표 우승희입니다. 뵙게 되어 반갑……."

하지만 승희는 말을 끝맺지 못했다. 인사를 하고서 고개를 들어 프리지어와 마주한 승희의 입이 멍하니 벌어졌다. 눈가가 금방 촉촉해졌다.

긴 다리에 껑충 큰 키. 마른 듯하지만 다부진 어깨. 곱상하고 수려한 얼굴. 세상 급한 일이 없는 것같이 태평스러워 보이는 표정. 누구든 홀릴 수 있을 것 같지만 침착하게 가라앉은 눈동자.

승희는 다리에 힘이 풀려 발을 휘청거렸다. 굽이 있는 신발을 신은 것이 잘못이었다. 무결이 재빠르게 다가와 그녀를 잡았다. 서천의 과수원에서 그녀를 잡아주었던 그때처럼. 덕분에 발을 접지르지는 않았다. 하지만 승희의 표정은 변함이 없다.

"똑같네. 하긴 5개월 만에 사람이 바뀌진 않지."

"프리지어?"

믿을 수가 없었다. 벌어진 입이 다물어지지 않았다.

"그쪽이 프리지어라고요?"

"나일 거라고 조금도 생각하지 못한 표정이네요."

"당연하죠!"

왜. 왜 다시 내 앞에 나타난 거야.

"왜요?"

이제야 겨우 당신을 잊고 자리를 잡아갈까 하는데 왜.

"왜 이런 짓을 해요?"

그 좋은 회사에서 일하면서, 왜 딴짓을 해. 금왕그룹의 대표가 될, 앞날이 창창한 인재가 왜.

"글쎄, 내가 왜 이런 짓을 할까. 생각해봐요. 왜 이럴까."

설마, 혹시, 설마……. 날 만나려고?

자신을 잡은 팔에서 벗어나기 위해 승희는 몸을 비틀었다. 무결은 승희가 중심을 잡은 후 그녀를 고이 놓아주며 한발 물러나 말했다.

"우리는 늘 계약 문제로 만나는군요."

5개월 만이다. 승희는 입술 사이로 터지려는 날숨을 억지로 삼켜냈다. 강연장에서 이 사람을 본 게 맞았다. 두근두근. 심장이 통제가 되지 않아 또 주저앉고만 싶어졌다. 그녀는 힘겹게 아무렇지도 않은 듯 인사해 보였다.

"……잘 지내셨어요?"

그는 대답하지 않았다. 언제나 그녀가 묻기 전에 말을 걸던 상큼한 친절이 완전히 사라졌다. 아래를 내려다보는 그의 시선은 온몸의 솜털을 곤두세울 만큼 냉소적이었다.

"앉아요."

그가 테이블의 의자를 권했다. 순간 똑똑, 소리가 들렸다. 잔뜩 긴장하고 있던 탓에 승희는 노크 소리에도 흠칫 놀랐다. 문이 열리고 호텔 직원이 서빙카트를 끌고 들어왔다. 3단의 카트에 음식이 잔뜩 실려 있었다.

"점심 시켰으니 일단 먹으면서 얘기합시다."

그러나 승희는 테이블 위에 음식이 다 차려질 때까지 한 발짝도 움직이지 못했다. 눈으로 보기에 먹음직한 음식들이 테이블 가득 차려졌지만 감각이 마비된 듯 냄새를 맡을 수도 없었다. 직원이 떠난 후, 여전히 움직이지 못하고 있는 승희에게 무결이 말을 걸었다.

"서 있을 거예요?"

"……."

"미련이 남아서 이러는 게 아닙니다. 지금은 고마워하고 있으니까."

계약이고 뭐고 돌아서서 가버릴까, 프리지어는 포기하자고 말할까 생각하고 있는 그녀에게 차분한 목소리가 들려왔다. 고마워한다고? 왜? 그녀의 눈동자가 살며시 움직여 그의 모습을 좇았다.

"내가 왜 그쪽한테 빠졌을까, 빠졌었을까 생각해봤어요."

"……."

"능력. 당신이 가진 능력에 빠졌던 것 같습니다. 내게 없는 게 있는 사람이라서."

침착하고 이성적이면서 낮고 부드러운 목소리였다. 다 아는 동화의 마지막 문장을 읽어내는 사람처럼 평화롭고도 냉담했다. 5개월 전, 그때의 내가 당신을 좋아했으나 지금은 아니라고. 그가 설득하고 있었다.

"일 얘기를 할 때 빛나는 당신 눈이 좋았어요. 너무 예쁘고 멋있었던 거지."

그가 내뱉은 과거형의 문장들이 아직 먼지 쌓이지 않은 기억의 앨범에 고이 내려앉았다.

한무결, 내가 당신을 더 좋아했었나보다. 나는 당신의 눈이 조건 없이 예뻐 보였거든.

"그래서, 우승희 씨를 잊으려면 나도 그런 사람이 되면 되겠구나 생각해서 열심히 일해봤어요. 그러니까 되더라고. 사람이 있어야 할 자리를 일로 채울 수도 있더라고요."

따끔한 말들이지만 한편으로는 그 이야기에 더없이 안심하게 되었다. 나만 잘하면 되겠구나. 나만 이성적으로 행동하면 되겠구나. 승희는 비로소 자리에 앉을 수 있게 되었다.

"일 얘기를 바로 해도 될까요?"

"일단 드시죠."

무결은 손바닥을 펼쳐 보이며 그녀에게 음식을 권했다. 프레젠테이션이 끝났을 때만 해도 허기가 있었지만 지금은 완전히 사라진 상태였다. 이 사람과 함께 밥을 먹는 게 옳은 일일지 판단할 수 없었다. 일 얘기를 빨리하고 싶은데, 음식을 앞에 놓고 일 얘기를 하면 협의에도 불리하려나.

"혹시 약이라도 탔을까봐 그러나? 내가 먼저 먹어볼까요?"

"아뇨. 먹을게요."

결국 승희는 포크와 나이프를 들었다. 알맞게 익혀진 연한 육질의 스테이크를 크게 잘라 입에 넣고 우물우물 넘겼다. 슬쩍, 고개를 들었을 때 그의 미소를 보았던 것 같은데. 눈이 마주친 순간에는 희한하게도 다시 냉한 표정이었다. 포크와 나이프를 쥔 커다란 손이 점잖게 움직였다. 그의 작은 움직임에도 승희는 심장이 따끔따끔했다.

고기 몇 조각을 말없이 입에 넣은 승희가 눈치를 보다가 목소리를 냈다.

"이전에 이메일로 받아보셨듯이 프리지어 님의 보안 특허 기술이 필요해서 찾아왔습니다."

"조건은요?"

그의 대꾸도 철저히 사무적이었다.

"초기 기술 구입비 천만 원 외에, 개런티로 매출 기준 0.1% 제안 드립니다."

"매출 1억당 10만 원이라는 얘긴데, 가당키나 한 소리예요?"

그가 손에 쥔 것을 내려놓고 빤히 쳐다보았다.

"0.15%까지 가능합니다."

승희가 유연하게 제안을 정정했다. 무결이 코웃음을 지었다.

"1억에 15만 원?"

"100억이면 1500만 원이죠. 순수익으로 제안을 드리는 게 아니라 매출 기준입니다. 회사가 커지면 하루 매출이 100억이 될 수도 있는 거고요."

"그건 어디까지나 회사가 커질 때의 얘기고. 회사 어느 정도 커지면 인력 채용해서 자체 시스템 개발할 거 아닌가?"

무결이 현실을 날카롭게 꼬집었다.

"그럼 2년 약정 계약은 어떠신가요? 개런티는 매출 기준 0.2%."

승희는 최후의 제안을 내놓았다. 회사에서 미리 협의된 부분도 여기까지다.

"2년······."

무결은 여전히 만족스럽지 않다는 듯 승희가 했던 말을 곱씹으며 손끝으로 테이블을 두드렸다. 승희가 더 이상 대꾸하지 않아 무결은 픽 조소를 짓고는 목소리를 냈다.

"내가 가진 기술의 가치를 그 정도로밖에 생각 안 한다는 거죠?"

"아뇨. 저희가 드릴 수 있는 최선을 제안한 거였어요."

"그게 최선이라면 더 들어볼 건 없겠네요. 그만합시다. 협상 결렬이에요."

무결은 더 자리에 있을 필요가 없다는 듯 의자를 뒤로 뺐다.

"프리지어 님."

승희가 급하게 그를 불렀다.

"1대 1로 사람을 만나고, 보안을 철저히 지키고."

그가 이렇게 나온다면, 그녀 또한 이판사판이다.

"그렇다는 건 분명 금왕그룹에 알리지 않은 일을 하고 있는 거네요. 제가 이 일을 금왕그룹에 알리면 어떻게 되는 거죠?"

"참 재미있는 협박을 하시네."

무결이 입술을 비뚜름하게 들어올리며 웃었다.

"그 말이 나한테 통할 거라고 생각해요? 그쪽이 이 일을 금왕그룹에 알리면 나는 더 유명해지겠죠. 금왕그룹의 이미지는 더 좋아질 테고."

"근데 왜 굳이 비밀리에 프리지어로 활동하고 있느냐고요."

"몰라서 묻나?"

몰라서 물어요!

나는 프리지어를 만나러 왔지 한무결을 만나러 온 게 아니라고. 울컥한 승희는 확 따지려다가 마음을 가다듬고는 현실적인 문제를 제기했다.

"여기 우리 둘이 한자리에 있다가 나가는 게 어디 알려지기라도 하면 서로 불편해진다고요. 사람들은 우리가 여기에서 밥을 먹었든 협의를 했든 관심이 없을 거예요. 여기가 호텔 객실이라는 게 중요한 거지."

"그러니까 말이야. 그쪽도 좀 침착하라고요. 문 하나 열면 침실이니까."

흠칫. 마주한 눈이 그녀의 속을 모두 헝클어놓을 듯이 도발적이었다. 온몸에서 싸하게 소름이 돋았다. 여기는 호랑이굴이었구나. 나는 호랑이굴에 들어온 토끼였구나.

"프리지어한테 잘 보이려고 병아리 같은 옷도 입고 왔을 텐데. 색깔은 맞추면서 마음은 참 못 맞추네."

아니, 토끼가 아니라 병아리. 호랑이굴에 들어온 병아리. 한입거리도 안 되는 것이다. 무결의 빈정거림은 계속 이어졌다.

"우승희 씨가 많이 변한 거예요. 반년 전이었다면 호텔 객실을 눈앞에 마주한 순간 등을 돌려서 떠났을 텐데."

"나도 이제 깡이 있으니까요. 밖에선 철순이가 기다리고 있을 거고."

승희도 기죽지 않고 대꾸했다.

"프리지어 님이 원하는 조건을 말씀해보세요, 그럼."

"말하면 들어줄 수는 있어요?"

"최대한 노력하겠습니다."

"어디까지 노력할 수 있는데. 다시 만나줄 수도 있나?"

매순간 이어지는 도발이 발가락까지 꽉 곱아들게 한다.

"공적인 얘기 중에 사적인 감정을 섞는 건 곤란하죠."

"그러니까 공적인 자리에서 사적인 표정을 짓지 말라는 거지."

어디선가 들었던 말. 그게 언제더라……? 생각이 날 듯 말 듯해서 승희는 조심스럽게 눈을 슴벅거렸다.

"내게 연락해서 찾아온 건 당신이에요. 그쪽이 나타나지만 않았어도 내 인생은 평탄했다고."

이 말……. 머리가 쭈뼛 서는 느낌이었다. 서천에서, 내가 당신에게, 취한 당신에게 했던 말. 그 말을 당신이 어떻게 알고 있지?

"세열이가 그 얘기까진 안 한 것 같네요."

승희의 눈동자가 갈피를 잃고 흔들렸다. 테이블에 턱을 괸 그의 표정은 오만하기 그지없었다.

"내가 취하면 필름이 끊기긴 하는데, 어느 날 불현듯 기억이 돌아올 때가 있다는 거."

5개월의 시간을 거슬러 올라 그날 밤 서천으로 생각이 이동한다. 취한 그에게 했던 말이 그녀의 머릿속에서 롤 필름 뽑듯 쭈욱 뽑혀 나왔다. 그리고 마지막 어느 지점에서 기억이 툭 멈춰버렸다. 승희는 탄성을 삼켰다.

'그 말을 했구나, 내가……'

그 말만은, 하지 말았어야 했다!

지난 5월. 서천.

"나 좋아하잖아."

술에 취한 무결의 느린 목소리가 명치를 꾸욱 눌러오던 그 밤.

"그쪽이 나타나지만 않았어도 내 인생은 평탄했다고요."

승희의 원망스런 말에 무결이 따져왔다.

"왜 한 발짝을 안 떼지? 내가 이만큼 다가가면 그쪽도 반걸음은 와줄 수 있지 않나?"

어느 따뜻한 밤. 한 발짝씩 가고 있다고, 당신이 그렇게 하라면 그렇게 할 거라고, 차분히 말했었던 그가 처음으로 원망의 말을 쏟아냈다. 그러나 그 말이 끝나기가 무섭게 그녀의 볼을 타고 흐르는 한 줄기의 눈물에 그는 다시 항복하고 말았다.

"울지 마."

무결은 승희의 어깨를 감싸 안아 달랬다.

"울지 마."

"……"

"우승희. 네가 너무 좋아."

"……"

"그래서 울지 말았으면 좋겠어."

울먹임과 뒤섞여 그녀의 발음이 뭉그러졌다.

"나도……"

흐윽, 하며 그녀가 억지로 울음을 삼켜내는 소리가 들렸다.

"네가 울면 어떻게 해야 할지 모르겠어."

"상처 주려고 그런 게 아니에요."

그때 그녀가 고개를 도리도리 저으며 다시 목소리를 냈다. 무결은 승희의 어깨를 감았던 팔을 풀고서 눈물로 열이 오른 얼굴을 바라보았다. 그녀가 무슨 말을 하는지는 금방 알아챘다.

"그래서 울었던 게 아니야. 첫 키스였어. 처음이라 그랬어. 너무 좋아서 울었던 거야."

서천의 떠들썩한 밤이 만들어낸 잠깐의 마법. 승희는 못내 말하지 못했던 진실을 털어놓았다. 방법은 비겁했지만 진심으로 바랐다. 당신의 꿈에, 당신의 무의식 속에나마 미안해하는 내 마음이 스며들기를. 그래서, 당신이 내게 다가와 키스를 했던 그날이 상처로 남지 않기를. 나는 정말 행복했으니까.

호텔의 객실.

턱을 괴고서 자신을 바라보는 무결의 표정은 오만하기 짝이 없었다. 이 상황을 즐기고 있구나. 승희는 사무적인 제안을 내놓았을 때 보다 더 난감해졌다. 이마에 진땀이 맺혔다.

그때의 일을 다 기억하는 걸까? 얼마나 기억나는지 물어볼까? 아니야, 그건 너무 졸렬해 보여.

"마음으로 좋아해도 이성으로 밀어내는 건 내가 당신 계산에 미치지 못했다는 거지."

그녀가 대꾸할 말을 찾지 못하고 있으니 그가 먼저 목소리를 냈다.

"내가 얼마나 대단한 사람이 되어야 받아주려나 궁금하네."

뭐지? 이 말은 무슨 의미지? 자기가 더 대단한 사람이 되면 받아달라는 건가? 아닌가? 떠보는 건가? 그냥 비아냥대는 건가?

머릿속에서 물음표들이 기차놀이를 하듯 이어졌다. 승희는 무결의 눈을 마주 보지도 못한 채로 굳어 있었다. 무결이 먼저 자리에서 일어났다.

"오늘은 내가 바빠서 이만 됐고, 다음에 날 설득할 수 있을 만한 제안을 가져와요."

오늘의 미팅은 이렇게 마무리된 것이다. 아무것도 얻은 것 없이 의문만 남긴 채로.

"내가 일에는 좀 까다로운 편이라, 혼전계약서 때처럼 무르게 반응하지는 못할 겁니다. 나 먼저 나갈 테니까 편하게 식사해요."

그는 벗어두었던 재킷을 다시 걸쳐 입고 다른 인사 없이 떠났다. 정말 바쁘긴 한 모양이다.

"하아."

그가 떠난 후, 승희는 꼿꼿이 세웠던 허리를 의자 등받이에 쭈욱 기댔다. 힘이 쭉 빠졌다. 폭풍이 휩쓸고 지나간 것 같았다. 한무결이라는 올가미에 제대로 걸린 듯한 느낌이다. 이제 어떻게 해야 하나.

회사로 돌아온 무결은 집무를 보는 간간이 잡념에 빠지게 되었다. 아니, 잡념이 아니라 우승희. 5개월 사이에 자신을 이렇게나 바꾸어 놓은 장본인.

우승희와 헤어진 후, 회사는 신작 준비로 바빠졌다. 그녀를 생각하는 것이 괴로웠으므로 몸을 괴롭히는 수밖에 없었다. 일거리가 있으면 뭐든 도맡아 했고 집에까지 일거리를 가져갔다. 보통 잠드는 시각은 새벽 4시경. 눈앞이 어질어질할 때까지 몸을 혹사시킨 후 침대에 누웠다. 그렇게 해서 잠들 수 있다면 다행이었다. 남들 다 겪는 이별의 과정이라고 생각했는데 그 후유증이 참 오래갔다.

그때마다 떠올렸다. 그 여자가 내게 뭘 해준 게 있다고 내가 이러나. 아닌가. 받은 게 없어서, 분해서 이러는 건가? 나만 좋아했다는 사실에 화가 나는 건가?

구질구질하게도, 몇 번이나 그녀의 사무실로, 집으로 찾아가고 싶었다. 그 마음을 꾹 누르고 지내던 어느 날, 오랜만에 친구들을 만나러 나선 길. 음식점의 구수한 막걸리 향에 플래시 터지듯 그날의 기억이 살아났다.

"처음이라 그랬어. 너무 좋아서 울었던 거야."

우승희. 그 기억을 떠올린 내 심정이 어땠을 것 같아? 나랑 했던 키스가 좋아서 울었다는데. 우리의 인연이 끊어진 뒤에야 그 진실을 알게 되었다. 그게 얼마나 미칠 노릇인지, 내가 얼마나 미칠 것 같았는지, 당신은 모르지.

그렇게 참고 기다린 끝에 그녀를 다시 만났다. 5개월 동안 쌓인 원망의 말을 다 쏟아내고 싶었는데, 프리지어처럼 샛노란 블라우스가 참 잘 어울렸다. 단정한 스커트도. 가까이 다가갔을 때는 일부러 다리를 보지 않으려고 애썼다. 여유로운 척했지만, 무결에게도 힘겨운 시간이었다. 속이 들끓는데 욕심껏 다가갈 수가 없어서.

"다리……."

"네? 네. 대표님, 여기 있습니다."

야근이 확정된 직원들에게 치킨을 시켜주고 그 앞에 앉아 멍하니 내뱉은 말에 직원이 냉큼 닭다리를 챙겨주었다.

"아뇨. 괜찮습니다. 맛있게 드세요."

무결은 헛소리가 나온 것에 대해 깔끔하게 시치미 떼고는 자리에서 일어났다. 코를 벌름거린 세열은 무결을 따라 일어났다. 요 근래의 무결은 비인간적일 만큼 완벽주의적이었다. 그런 애가, 컨벤션에 다녀온 후 갑자기 나사가 하나 빠져서는 돌아온 느낌이었다. 무결을 따라 집무실까지 들어온 세열이 물었다.

"오늘 좀 멍하다?"

"사람은 실패를 통해 성장하는 법이지."

"뭔 소리여."

"생어우환 사어안락(生於憂患 死於安樂)."

또 시작이네. 그렇지, 관심을 가진 내가 바보지. 무결의 입에서 다시 맹자님 말씀이 나오자마자 세열은 한숨을 푹 쉬었다.

"우환 속에 생이 있고 안락 속에 죽음이 있다. 내가 제일 좋아하는 말이야. 지금의 어려움과 근심이 우리를 살아남게 하는 거지."

"그래. 넌 진짜 오래 살겠다."

세열은 문득 5개월 전이 그리워졌다. 옛날엔 그렇게 잘 놀고 유머러스하고 인간미 넘치던 애가 말이야. 너희 집안에서 딱 너 하나 사람 같았는데. 내 친구 한무결은 대체 어디 간 거냐고.

*

우승희와 한무결이 완전히 헤어진 후, 중우의 일상은 다시 평화로워졌다. 그러나 문제가 없는 건 아니었다. 우승희만 없으면 모든 것이 해결될 줄 알았는데, 아직 가장 중요한 것이 이루어지지 않았다.

중우는 오랜만에 제 차로 무빈을 집까지 바래다주는 길에 넌지시 물었다.

"처남이 GK전자 일을 배우고 있다는 얘기가 있던데."

"응? 나는 몰라."

무빈이 관심 없다는 듯이 답했다. 중우만 초조해졌다. 금왕그룹 회장의 외아들 한무결이 상속경영에 별 뜻이 없는 게 마음에 들었었다. 한무결이 앉아 있게 될 자리에 자신이 갈 수 있다는 희망이 있었기 때문이다.

그러나 한무결이 경영에 욕심을 낸다면? 중우는 당연히 뒷전으로 밀려나게 된다. 게다가 지금도 이렇게 사이가 껄끄러운데 무결이 먼저 권력을 갖게 된다면 이후는 불 보듯 뻔했다. 한무결의 성격상 혈육의 남편이고 뭐고 중우를 가장 먼저 내쳐버릴 것이다. 무결보다 먼저 임원직에 올라 무결이 권력을 잡지 못하도록 견제해야 할 필요가 있었다.

"아버님이 결혼 얘기가 나오면 말씀을 돌리는 것 같다는 생각 안 들어?"

"응?"

중우의 질문에 무빈은 눈을 깜빡였다.

"아버님이 우리 결혼을 미루려고 하는 것 같다는 생각 안 드냐고."

무빈의 아둔한 반응에 중우의 목소리가 날카로워졌다. 무빈은 역시 이 변화를 깨닫지 못하고 여상하게 답했다.

"자기를 임원 자리에 올려놓고 식을 올리게 하려는 거 아닐까?"

"나야 괜찮지만 자기는 나이도 있잖아. 빨리 결혼해야지."

중우가 자신의 나이를 지적하자 무빈은 살짝 빈정이 상했다. 아빠가 왜 상견례도 추진하지 않는지, 그건 자신도 잘 모르겠다. 두 사람이 서로를 혼약자라고 부르고 있기는 하지만 결혼 계획은 하나도 잡혀 있는 게 없었다. 무빈이 뚱해 있는데 중우가 또 폭탄을 던졌다.

"아버지께서 선 자리 알아봐주시려고 해."

뜬금없는 발언에 무빈의 눈밑이 파르르 움직였다.

"무슨 소리야, 그게? 선이라니."

"한번 만나나 보라는 거지 뭐. 국회의원 집안이야. 딸은 나랑 동갑인데 올해 서울서부지방법원 판사로 임명됐다더라."

중우는 무감하게 대답하고는 슬쩍 무빈의 눈치를 살폈다. 무빈은 불끈 쥔 주먹을 부들거리고 있었다. 중우는 무빈이 고개를 숙인 틈에 쓰게 조소를 보냈다.

희재원. 무빈은 씩씩대며 현관문을 열고 들어왔다. 신경질적으로 가방을 집어던진 무빈을 혜리가 무미건조한 눈빛으로 바라보았다.

"할아버지 어디 계세요?"

"침실에 계시지."

무빈은 성큼성큼 계단을 올라갔다. 움직임이 우악스러웠다. 마치 할아버지 태조에게 따지러 가는 것 같았다. 혜리가 급히 막아섰다.

"무슨 얘기 하려고 그래."

"결혼 얘기요. 아빠가 여태 결혼 얘기를 안 꺼내는 게 너무 이상해요. 할아버지한테 말씀드려야겠어요."

"지금 할아버지 많이 편찮으신 거 알잖아. 나중에 얘기해."

혜리가 다그치자 무빈이 소리를 질렀다.

"나도 숨넘어가겠다고요!"

"한무빈. 다 때가 있는 거야. 아버지가 괜히 미루시겠어?"

혜리는 다시 한번 엄하게 타일렀다. 규원과의 사이는 여태 소원하지만, 명중우에 대해서만은 규원과 같은 입장이었다. 뭔가 꺼림칙한게 많았다. 김푸른이 이 집에 오기 전날, 명중우가 태조의 서재에 들어갔었다는 심증이 있었다. 또한 무빈을 진심으로 사랑하는 건지, 그것도 솔직히 의심이 갔다. 우승희에게 빠져 있던 무결의 태도와 눈빛을, 중우에게서는 한 번도 본 적이 없었다.

혜리를 싸늘하게 쳐다보던 무빈이 낮게 읊조렸다.

"역시 새엄마는 새엄마야. 친엄마라면 이렇게 얘기 못 하죠."

가늘어진 혜리의 눈엔 옅게 물기가 고였다. 속에선 억장이 무너지는 것 같았다. 어떻게 새엄마에게 이런 말을 할 수 있는지. 나도 엄만데. 너를 낳지는 않았지만, 그래도 15년 동안이나 너를 봐온 엄만데.

"할아버지도 돌아가시기 전에 내가 결혼하는 거 보고 싶을 거 아니에요. 거기까지도 생각을 못 하세요? 새엄마가 애라도 낳았으면 나랑 얼마나 차별했을까 싶네요."

짜악. 혜리는 더 듣지 못하고 무빈의 뺨에 손을 대고 말았다. 타이밍 좋게도 그 순간 규원이 문을 열고 들어왔다. 무빈은 비틀거리다가 자리에 주저앉았다. 주저앉은 채로 제 뺨을 감싸고는 울먹였다.

"아빠."

"뭐야. 무슨 일이야."

규원이 다가오며 물었다. 무빈은 계속 한 손으로 제 뺨을 감싼 채 통곡했다.

"아빠……. 서러워서 못 살겠어, 진짜……."

이전에 혜리가 무빈에게 무슨 짓을 했는지, 누구든 쉽게 추측할 수 있는 모양새. 혜리는 아랫입술을 꽉 깨물었다.

"당신, 애한테 손찌검을 했어?"

규원이 이마에 주름을 잔뜩 만들고는 물었다.

"네가 얘기하렴. 네가 나한테 뭐라고 했는지."

혜리는 분노를 꾹 누르며 무빈에게 말했다. 규원이 무빈에게 물었다.

"대체 무슨 일인데."

"내가 할 말이 뭐가 있겠어. 그냥 새엄마가 날 덜 챙겨주는 게 서운하다고 한 건데."

속이 끓는 와중에 혜리의 입술 사이로는 싸늘한 헛숨이 터졌다. 혜리는 더 이상 논쟁하고 싶지 않아 두 사람을 버려두고 돌아섰다. 침실로 가서 지끈거리는 머리를 붙잡고 침대에 주저앉았다. 잠시 후 규원이 들어왔다.

"무빈이가 예의 없는 건 나도 알아. 서로 마음이 안 맞을 수도 있겠지."

규원의 목소리는 지극히 침착했다.

"하지만 손찌검은 하면 안 되지. 집 안에 직원들도 돌아다니는데 뒷말이 안 나올 거라고 생각해? 남들이 이걸 알면 어떻게 생각하겠어. 계모가 구박한다는 말은 안 나오게 해야 할 거 아니야."

계모. 15년 동안 두 아이의 엄마로만 살았는데, 여전히 계모라는 꼬리표가 붙는다. 당연한 것이지만······.

"그리고 가정교육 잘못됐다는 소리 나오면 당신만 힘들다고."

"남들 눈에 보이는 것만 중요해?"

당신 눈에 내 속이 썩어 문드러진 건 보이지가 않아? 혜리도 따지게 되었다.

"해도 되는 일, 하면 안 되는 일, 그 경계가 있긴 해?"

이 집안에서 나의 존재는 과연 무엇인가.

*

며칠이 지나고.

컨벤션에서의 프레젠테이션 덕에 승희를 찾는 사람이 많아졌다. 잡지사 인터뷰를 끝내고 주차장으로 걸어가는 길. 왠지 발 뒤가 쓰려 구두를 벗어 확인해 보니 뒤꿈치가 다 까져 피가 나고 있었다.

다행히 멀지 않은 곳에 약국이 보였다. 대학병원 앞의 약국이라 사람이 많았다. 승희는 밴드 하나를 골라 계산을 하고 의자에 앉아 발 뒤꿈치에 밴드를 붙였다. 밴드를 붙이고 일어서는데 눈앞에 아는 사람이 있었다. 이혜리 여사였다. 이곳은 이전에 혜리를 만났던 대학병원 바로 앞의 약국이었다.

혜리는 들고 있던 두툼한 약 봉투를 어색하게 뒤로 감추어 가방에
밀어넣고는 승희에게 인사했다.

"잘 지냈어요?"

"네. 안녕하셨어요."

안녕하셨어요, 다음에 무슨 말을 해야 할지 모르겠다. 난처하게 고
개를 숙이는 승희에게 혜리가 먼저 말을 걸었다.

"미안하단 말을 오랫동안 못 했네. 고맙다는 말도 못 하고."

승희는 손을 내저었다.

"아, 아뇨. 그런 말씀 안 하셔도 돼요."

"못 한 말이 너무 많더라고요."

혜리의 미소에는 어두운 그늘이 져 있었다. 승희는 문득 혜리가 가
방에 집어넣었던 약 봉투가 염려스러워졌다. 그녀에게 무슨 일이 닥
친 것일까. 아직도 그녀는 가족들에게 아무 얘기도 못 한 걸까?

"저기."

승희가 조심스럽게 말을 걸었다. 호칭 정리가 안 되어 있어 어떻게
불러야 할지도 알지 못했다.

"제가 어떻게 부르면 좋을까요?"

"엄마라고 부를래요?"

"……."

"농담이에요."

혜리가 농담을 하는 건 처음이었다. 한무결만 변한 게 아니고 그의
새어머니도 많이 변한 것 같았다. 그런데 그 농담이, 왜 이렇게 슬프
지?

"검사받으셨어요?"

무슨 병이냐고 캐물을 필요는 없었다. 두툼한 약 봉투로 보아 그녀에게 이미 무언가가 일어났다는 것을 눈치 챌 수 있었다. 그녀가 너무나도 딱했다.

"가족들한테는 말씀하셨어요?"

"걱정하지 마요. 그냥 몸이 약한 거지, 죽을병은 아니에요."

혜리는 부드러운 목소리로 대답했다.

"혼자 오셨죠? 제가 바래다 드릴게요. 앉아 계세요."

승희는 혜리가 붙잡기도 전에 냉큼 약국을 떠나 주차장으로 달려갔다. 이상하게도 발뒤꿈치의 쓰린 감각이 더는 느껴지지 않았다.

혜리를 태우고 회재원으로 가는 길. 혜리가 넌지시 안부를 물었다.

"무결이랑 헤어지고, 괜찮았어요?"

승희는 담담하게 답했다.

"네. 회사가 많이 커졌습니다. 제가 할 일이 더 많아졌고요."

"기특하네."

혜리는 혼잣말하듯 칭찬했다. 빈말 같지는 않았다.

"다시 만날 마음은 없어요?"

"……죄송합니다."

"아니에요. 나도 이해해."

여지를 남기면 안 될 것 같아 사과로 답했는데 돌아오는 대답이 너그러웠다. 결혼은 스스로 가족을 선택하는 거잖아, 신중해야지. 뒷좌석에서 희미한 혼잣말이 들려왔다. 승희는 혜리가 아주 많이 달라진 것 같아 아리송했다. 대체 무슨 일이 있었던 걸까.

지이이잉. 말이 없는 사이에 휴대폰 진동이 울렸다. 재훈이었다.

"잠깐 전화 좀 받을게요."

승희는 껄끄럽긴 했지만 어쩔 수 없이 스피커폰으로 전화를 받았다.

"어. 재훈아."

자리가 불편한 만큼 승희의 목소리도 딱딱하게 굳었다.

[어디야? 나 너희 회사 왔는데.]

"어어. 잡지사 인터뷰하고, 이제 들어가야지."

[중간에 만나서 같이 저녁 먹을까?]

"아, 아니야. 괜찮아. 먹었어, 먹었어."

[벌써 먹었어? 누구랑?]

아니 얘가 왜 오늘따라 안 묻던 걸 묻고 그래.

"그냥 사람들이랑. 중요한 얘기 할 거 없으면 끊을게."

승희는 급하게 전화를 끊었다. 뒤에서 통화를 모두 듣게 된 혜리가
말했다.

"나 때문에 편하게 통화도 못 하고."

"아, 아닙니다. 그냥 맨날 만나는 친구라. 아, 아니, 맨날 만나지는
않고……."

으아아, 내가 왜 이래. 왜 이런 변명을 하는 거야. 승희의 얼굴이
붉어진 것을 보았는지 혜리가 작게 웃었다.

어느덧 희재원의 대문을 지나 넓게 펼쳐진 안뜰에 이르렀다.

이곳도 참 오랜만이네. 가을 풍경은 또 이렇게 예쁜 곳이구나. 주
변의 풍경을 보며 승희의 마음도 잠시 추억에 젖었다. 그러다가 멀찍
이 정면을 바라보았는데.

"어, 어머니, 괜찮으시면 여기서 내려드려도 될까요?"

"아, 바쁘죠?"

"아니, 그게 아니라……."

희재원 건물 바로 앞에 서 있는 무결의 차를 알아본 것이었다. 차가 주차장이 아니라 저기 있다는 건, 한무결이 아직 차 안에 있거나 곧 희재원 건물에서 나올 거라는 것. 승희는 마음이 급해졌다. 혜리는 영문도 모르는 채 바삐 차에서 내렸다.

"집 앞까지 모셔다드리지 못해서 죄송합니다. 안녕히 가세요."

승희는 얼렁뚱땅 인사하고 다시 차 안으로 쏙 들어갔다.

그 사이에, 한무결의 차가 움직였다. 아, 망했다.

승희는 차를 돌리지도 못하고 계속 후진으로 차를 몰았다. 당연히, 직진하는 무결의 차보다 빠를 수가 없었다. 무결의 차는 안뜰의 잔디를 쉽게 넘어 승희의 차를 앞질러버렸다. 젠장. 무결의 차가 서버려서 통로가 막혔다. 5개월 전과 엇비슷한 상황이었다. 할 수 없이 교통정리를 위해 밖으로 나왔다. 먼저 나온 무결이 팔짱을 끼고서 세상 거만한 표정으로 서 있었다.

"그쪽이 여길 왜 옵니까."

"한무결 씨 만나러 온 거 아닙니다. 그럼 갈게요. 안 피해주시면 저도 잔디밭으로 넘어갈 거예요."

"나한테 할 말은 없고?"

그가 따지자 승희는 돌연 뜨끔했다. 욱해서는 목소리가 한톤 위로 튀었다.

"서천에서는 헛소리를 한 거예요! 나도 그때는 취했었으니까. 알잖아요. 나 취하면 키스도 안 막고 그러는 거."

"누가 그걸 물어봤나."

"……."

"프리지어 설득하려고 온 줄 알았지, 나는."

아. 말려들었어. 무결은 그녀의 말이 재미있다는 듯 입술 한쪽을 길게 늘였다.

"알죠. 취하면 키스도 안 막고 그러는 거. 그렇게 나를 홀리고 여전히 못 빠져나가게 하는 거."

기가 막힌 도발에 눈을 동그랗게 뜨고 그를 바라보았다.

그제 한 말하고는 다르잖아. 내가 있던 자리는 일로 다 채워졌다며! 잊었다며! 잊어지더라며!

승희는 무결의 말이 황당했지만 따지고 싶지 않아 급히 상황을 정리했다.

"어, 어쨌든 나는 지금 당신 어머니와의 우정 때문에 여기 있는 거예요, 당신 때문이 아니라."

"그래요. 그 우정 잘 지켜요. 단, 나하고는 경계를 분명히 하자고."

그의 얼굴이 좀 더 눈앞으로 가까이 다가왔다. 꼴깍 절로 침이 넘어갔다.

"지금까지는 참았지만 다시 시작하면 그런 건 없을 겁니다."

경고가 이어졌다.

"나한테 올 때는 다른 건 몰라도 그 각오는 충분히 하고 와야 해요. 관계."

별것도 아닌 두 음절의 단어가 귀에 아찔하게 흘러와 곧장 심장을 압박했다.

"참을 필요 없이 살 겁니다."

침착하고 낮고 조용한 목소리를 그리워하는 예민한 감각들이 먼저 반응했다. 오랜 시간 애써 씻어내려 노력했던 최면에 다시 빠져들 것 같았다.

"이제는 우승희 씨하고 한가롭고 건전하게 우정을 쌓을 생각이 없어요."

그는 우회하여 말하고 있었다. 당신은 내게 오게 되어 있다,라고.

낮고 조용한 음성에서 느껴지는 위압감이 공기를 지배해갔다. 승희는 떨렸지만 질 수 없다는 생각에 암팡지게 비꼬아 말했다.

"지금까지는 되게 한가롭고 건전했던 것처럼 얘기하시네요."

"건전하지 못했던 건 또 뭔데."

무결의 나른한 대꾸에 승희는 기가 막혔다.

"그래서 어쩌자는 거예요."

"말 그대로죠. 내 영역을 침범하지 말라는 거지."

초등학생 때 짝꿍과 했던 유치한 싸움이 있다. 이른바 '넘어오면 다 내 거' 싸움. 책상 위에 선을 그어놓고 그 선을 넘어오면 지우개든 연필이든 책이든 다 내 거가 되는 것이다. 그 싸움의 어른 버전에 휘말리고 말았다.

"손가락 하나라도 건드리지 말라고."

건드리면 바로 물어버릴 테니까. 경고의 본뜻이 승희의 가슴으로 파고들었다.

"저랑은 불편하시다면 앞으로는 철순이를 보내겠습니다."

"선수 교체는 없어요."

그녀가 기껏 내놓은 대안을 그가 또 단칼에 잘라냈다.

"건들지 말라면서요. 영역을 침범하지 말라면서요."

"건들지 않고 얘기하는 방법도 얼마든지 있지 않습니까. 지금처럼."

"그럼 지금처럼만 하면 된다는 거예요?"

승희가 매섭게 눈에 힘을 주고는 물었다. 그런 그녀를 가소롭다는 듯이 빤히 내려다보던 그가 천천히 대답했다.

"그렇게 하면 됩니다."

어디 그렇게 해봐,라고 약 올리는 것 같았지만. 건드리지 말라는 게 아니라 건드려서 얼른 시작해버리라는 부추김 같았지만.

"네. 알겠습니다."

승희는 순순히 그의 말에 응했다.

승희와 얘기를 나누고 희재원 건물로 들어온 무결은 바로 혜리를 찾았다. 혜리는 소접견실에 가만히 앉아 있었다. 오래전, 이 집에서 근무하던 직원이 숨진 채로 발견된 그 장소였다. 조용히 안으로 들어간 무결이 혜리에게 물었다.

"우승희 씨랑 연락하고 지내셨어요?"

"아니, 어쩌다가 만났어."

"어쩌다가요?"

"그래. 그냥 말 그대로 어쩌다가. 내가 기사 없이 나간 걸 알게 돼서 여기까지 태워다줬을 뿐이야."

혜리가 무언가를 숨기는 것 같았지만 꼬치꼬치 캐물을 수는 없었다. 새어머니와 무결은 그런 사이가 아니었다.

"우승희 씨가 별말 안 하던가요?"

혹여나 프리지어에 대한 이야기를 했나 싶어 넌지시 물었다. 그런데 혜리의 대답은 예상 밖이었다.

"우승희 씨는 널 다시 만날 생각이 없는 것 같던데."

혜리는 아직 미련이 남은 무결이 사적인 감정을 담아 질문했다고 판단한 것이다. 물어본 의도와는 거리가 있었지만 이 역시 무결의 관심과 아주 동떨어진 얘기는 아니었다.

"그런 의도로 여쭤본 건 아니에요."

혜리의 지적에 찔리는 구석이 생긴 무결은 변명 아닌 변명을 하게 됐다. 하지만 미련이 남아 바로 떠나지는 못했다. 무결이 다시 물었다.

"근데, 저를 만날 생각이 없대요? 직접 그렇게 말을 하던가요?"

혜리는 고개를 들어 무결의 얼굴을 말없이 한참 바라보았다. 어딘가 초조하고 어딘가 간절한 눈빛. 여전히 사랑을 하고 있는 눈빛은 이렇게나 사랑스럽고 애틋하다. 그런 의붓아들을 응원해주고 싶지만.

"그 애를 행복하게 해줄 수 있을 것 같니?"

누군가의 행복이 누군가의 불행과 맞물릴 수는 없기에, 혜리는 냉정하게 물었다.

"네가 행복하기 위해서 그 애를 필요로 하는 건 아니고?"

무결의 미간이 딱딱하게 굳어졌다.

"지금 누구 편을 들고 싶으신 건데요."

"……그래. 내가 주제넘었다. 미안하다."

혜리는 금방 다시 고개를 내렸다. 격려는 해주지 못할지언정 쓴소리를 했으니 언짢아할 만했다.

그래. 지금은 누구의 말도 들리지 않을 거야. 나도 딱 네 나이 때 사랑에 빠졌었는데.

"모든 건 네 선택이지. 그 애의 선택이고."

혜리는 담담하게 의견을 정리했다.

"잠깐 들렀어요. 할아버지만 뵙고 바로 갈 거예요."

무결은 옅게 한숨을 쉬고는 그녀를 떠났다.

반골 기질이 다분했던 의붓아들은 확실히 변했다. 우승희가 바꿔

놓은 것이다. 남편 규원도 이를 흡족하게 여겼다. 하지만 혜리의 생각은 달랐다. 무결의 인간적이었던 성품이 규원처럼 변하길 원치 않는다. 능력을 발휘하되 그 성품만은 그대로 간직했으면 한다.

그렇게 따지자면 우승희가 여전히 필요하다. 무결에게는 모질게 말했지만, 우승희의 앞날을 응원하기도 하지만. 역시 이기적으로 생각하자면 우승희가 필요하다. 참 어려운 과제다.

승희는 희재원을 떠나 회사로 돌아왔다. 사무실에는 철순과 앙드레가 남아 있었고 재훈이 있었다. 승희가 안으로 들어오는 것을 알아보고서 자리에서 일어난 재훈이 물었다.

"어디 갔다 왔어? 잡지사 사람들하고는 일찍 헤어졌다면서."

"그냥 뭐. 나 찾았어? 무슨 용건 있어?"

승희는 아무렇지 않은 척 말을 돌려 질문했다.

"응. 오랜만에 엔젤투자자한테 연락이 왔어."

"오. 정말?"

실은 투자에 기대하지 않은지 오래되었다. 일단 승희가 스스로 회사를 키우는 게 더 중요하다는 것을 알게 되었다. 하지만 재훈이 중재하는 엔젤투자자의 투자는 워낙 규모가 크기에 소식이 들려오면 관심이 향하는 건 어쩔 수가 없었다.

"뭐래?"

"이번엔 과제가 아니고 실버문화사업 자선파티인데, 엔젤투자자가 참석한다고 하네."

"파티?"

"응. 거기서 엔젤투자자가 직접 얘기를 나눴으면 하더라고."

"나랑 직접?"

의아한 마음에 승희의 눈이 동그래졌다.

"직접 모습을 드러낸 적이 없었다며."

"그러게 말이야. 뭔가 중요한 할 말이 있는 게 아닐까 생각해."

직접 만난단 말이지. 생각지도 않게 성큼 꿈에 다가선 기분이었다. 무결을 향해서만 뛰었던 가슴이 새로운 방향을 향해 두근거렸다. 엔젤투자자를 식접 만난다…….

"대표님, 프리지어한테 연락 왔어요."

타이밍이 기가 막혔다. 한무결을 우선순위에서 밀어내기 무섭게 철순이 프리지어에게서 연락이 왔다고 말했다. 마치 바로 옆에서 지켜보며 그녀의 표정을 살피는 것처럼.

"어? 어, 어."

승희는 바로 철순에게 달려갔다. 철순이 보여준 모니터 화면에는 성질이 날 정도로 사무적인 말들이 주욱 적혀 있었다. 이전의 만남은 아이스브레이킹 수준이었다. 제안을 더 잘 준비해서 만날 수 있길 바란다……. 승희가 화딱지가 나는 마음을 들키지 않으려 애쓰며 말했다.

"앞으로 프리지어하고는 내가 연락할게."

아직 프리지어가 한무결이라는 건 아무에게도 말하지 못했다. 호텔 객실에서는 자칫하면 불어버릴 수도 있다는 투로 기세등등하게 말했지만 무결이 철저하게 보안을 지키고자 하는 거라면 승희 또한 함부로 발설할 수는 없었다.

"다른 스타트업 얘기 들어보니까 그냥 이메일로도 받아줬다던데 우리한텐 왜 이러는 거지?"

철순도 이상하다는 듯 고개를 갸웃거렸다.

"대표님, 프리지어 남자라고 했죠?"

"어? 어······."

"나이는요?"

"그냥, 우리 또래."

"결혼 안 했고? 아, 그건 모르려나?"

"어······."

철순이 프리지어의 신상을 파고들어가자 승희는 입안이 바짝바짝 말라갔다.

"아니, 프리지어가 맞긴 한가? 우리 지금 속고 있는 거 아니야?"

"아니, 맞긴 맞아."

"아, 그래요? 어떻게 알았어요?"

"뭐 그냥······ 능력을 확인했어."

"아, 막 프로그램 짜는 걸 대표님 앞에서 보여줬어요?"

"응······."

아, 한무결. 당신 능력만 아니었어도 진짜 확 불어버렸을 텐데. 하지만 이런 추궁이 계속된다면 언젠가 모두 들통나버리고 말 것이다.

"근데 왜 이렇게 깐깐하게 굴지? 그놈 누나한테 일부러 그러는 거 아니에요? 딴 맘 생겨서."

"아니야······."

"이상하잖아요. 왜 호텔 객실로 누나를 부르냐고."

"객실로 불렀다고?"

철순의 목소리에 자리에 앉아 있던 재훈이 다가왔다. 승희는 철순에게 슬쩍 눈치를 주었다. 재훈과 친하다고는 해도 다른 회사의 사람인데, 군이 몰라도 되는 일에 관심을 갖게 만든 것이다.

"괜히 또 오해하게."

"죄송합니다."

자신이 예민한 말을 꺼냈다는 걸 바로 깨달은 철순이 고개를 끄덕여 보였다. 승희는 최선을 다해 무결을 비호했다.

"그냥 약간 은둔생활 하는 사람인 것 같았어. 존중해줘야지."

한무결 씨, 이것은 허위사실유포가 아닙니다. 비호입니다. 죄송합니다, 은둔자로 만들어버려서. 근데 어쩔 수 없었어요.

"변태 같지는 않고요?"

"두고 봐야지 뭐."

한무결 씨. 이것도 죄송합니다. 이건 그냥 당신 욕을 쪼금만 하고 싶어서요.

"어째 계속 불안한데?"

승희는 아무렇지도 않은 듯 말했으나 철순은 구겨진 인상을 풀지 않았다.

"다음에 만날 때는 몰카라도 달고 가요. 제가 지켜보고 있을 테니까."

"으응? 아니야. 괜찮아."

"괜찮긴. 우리가 투자자한테 당해본 게 한두 번이에요? 프리지어랑 접촉하면서 이상한 낌새가 느껴지면 바로 발 빼세요. 어떻게 해서라도 다른 데를 뚫어볼 테니까. 아니면 다음부터는 제가 갈게요."

"괜찮아, 괜찮아. 후우. 프리지어 얘긴 그만하자. 어떻게든 될 거야. 나한테 맡겨."

승희는 철순을 거듭 달래어 상황을 정리했다.

프리지어에게 메일을 보냈으나 바로 답장이 오지는 않았다. 승희는 남들 몰래 연락을 하느라 집에 도착해서야 무결에게 전화를 걸 수 있었다.

뚜르르르. 신호대기음이 길게 울리고, 저편에서 전화를 받는 소리가 들렸다. 그러나 뒤따르는 음성이 없었다. 승희가 먼저 목소리를 냈다.

"여보세요."

[네. 말씀하세요.]

가지런하게 정리된 음성은 사뭇 기계처럼 느껴지기도 했다.

"프리지어 님께 메일 보내드렸는데 다른 말씀이 없으셔서요."

[확인했습니다.]

이 남자가 어떤 생각을 하고 있는지, 우호적인지 배타적인지, 아무것도 알 수가 없었다. 그래서인지 승희는 자꾸 초조해졌다.

[직접 만나서 설명을 들어봐야 할 텐데, 만날 시간이 없네요.]

"네. 시간 될 때 말씀 주시면 됩니다."

[그럼 내년 10월쯤?]

야, 장난해?

굽신굽신 맞춰주니 속을 잘도 긁는다. 삭막한 말을 바가지로 쏟아내고 싶지만 을의 입장이라 꾹 참았다. 그 또한 바로 말을 정정했다.

[우리 집 알죠? 내일 아침 7시 반쯤 와주면 될 것 같습니다.]

그러나 이것 역시 듣기 좋은 말은 아니다. 집으로 오라니.

[현관문 번호도 그대로니까 그냥 누르고 들어오면 돼요.]

침묵 속에 숨겨진 그녀의 생각을 훔쳐본 듯이 그가 말했다.

[정말 바빠서 그래요. 이해하죠?]

"네. 그럼요. 얼마나 바쁘시겠어요, 이중 생활하시려면."

[지금 비아냥거리는 건가?]

"아유. 그럴 리가요."

승희도 능청스럽게 받아쳤다.

"그럼 내일 뵙겠습니다."

[오는 길에 빵이라도 사 오면 좋고요.]

"네. 알겠습니다."

승희는 뾰로통해진 목소리로 대답하고는 전화를 뚝 끊었다. 보복하는 방법이 이런 것밖에 없다. 성난 목소리 내는 거, 먼저 전화 끊는 거. 내가 화가 났는지 안 났는지 저쪽에서는 절대 알 수 없다는 게 분할 뿐이다.

다음날 아침. 승희는 서둘러 출근 준비를 하고 무결의 집으로 갔다. 무결이 어제 주문했던 대로 빵집에서 갓 구운 빵을 종류별로 챙기는 것도 잊지 않았다.

오늘은 반항의 의미를 담아 프리지어와 어울리지 않는 보라색 블라우스를 입었다. 이 섬세한 마음을 알아채줬으면 좋겠네. 승희는 전쟁터로 향하는 장군의 마음으로 무결의 집 현관문을 열고 안으로 들어섰다.

"실례합니다."

높지도 낮지도 않게 목소리를 냈건만 안은 조용했다. 몇 걸음 걸어 거실 쪽으로 빼꼼 고개를 내밀었다.

"후우우."

그의 모습을 발견하니 한숨부터 나왔다.

사람 불러놓고 뭐 하자는 거야?

그는 소파에 드러누워 자고 있었다. 비즈니스룩 차림이긴 한데 출근 준비를 끝냈다고 하기에 옷이 많이 흐트러져 있었다.

퇴근하고서 그대로 잠이 든 건가. 얕은 추측이지만 섣불리 깨울 수가 없었다. 본업도 바쁘실 텐데 이중생활까지 하느라 얼마나 힘드실까. 마음은 열 대 정도 쥐어박고 싶지만. 너무 안쓰러워서 한 대만 톡 때려줘야겠다. 승희는 사악한 마음으로 다가섰다. 평화롭게 감겨 있는 눈 사이로 고운 속눈썹이 보였다. 눈을 감고 있으면 이렇게 예쁜데, 왜 그렇게 못돼 먹었니.

약자를 괴롭히는 건 그녀의 신조가 아니다. 하지만 강자는 괴롭힐 수 있지. 마음을 굳게 먹은 승희는 서서히 검지를 펴서 그의 볼을 향해 손을 내렸다. 그때.

"우승희."

흠칫! 제 이름을 부르는 느른한 목소리에 승희는 급히 숨을 삼키며 손을 거두었다. 여전히 눈을 감은 채로 그의 입술이 침착하게 벌어졌다.

"또 뽀뽀하지 마. 자는 거 아니야."

깨어 있었던 것이다.

승희는 몇 가지 사실을 한 번에 알게 되었다. 그가 깨어 있었다는 것. 그녀가 무얼 하려고 했는지 그가 이미 알고 있었다는 것. 그리고 오래전, 도둑 키스를 한 것까지 그가 알고 있었다는 것. 얼굴이 훅 붉어졌다. 동시에 그가 너무나도 얄미워졌다. 그걸 알고 있었으면서도, 내내 시치미를 떼고 있었단 말이지. 서천에서 술에 취한 채로 '나 좋아하잖아'라고 했던 게 떠보는 말이 아니었던 거다.

잠시 후 무결이 소파에서 몸을 일으켜 앉았다. 자다가 일어난 눈이라고 하기엔 너무 말끔했다. 옷은 흐트러져 있었지만. 이 능구렁이 같은 연극남. 그를 빤히 쳐다보니 그가 물었다.

"왜요."

"아뇨. 너무 쌈박한 반말이라서요."

"나도 그쪽이 덮칠까봐 마음이 급해서요."

그 태평스런 변명이 그녀의 뼈를 콕콕 찌르는 느낌이다.

"엉큼해가지고."

"누가 할 소리. 자는 것도 아니면서 왜 그러고 있었는데요."

그가 엉큼하다는 누명을 씌우자 승희는 발끈하여 따졌다.

"날 건드리나 안 건드리나 두고 봤습니다."

와, 사악한 놈. 얼마나 깊은 구덩이를 파두고서 먹이를 기다리고 있는지 가늠도 되지 않는다.

"우승희 씨가 치사했죠. 꼭 내가 정신없을 때마다 한 건씩 하셨으니."

"무슨 말씀을 하시는지."

"알 텐데 모르는 척을 하네. 하나하나 읊어줘요?"

그가 진짜로 그녀의 부끄러운 과거를 죄다 읊어댈 듯이 입술을 벌렸다. 승희는 마음이 급해졌다. 그의 입에서 무슨 말이 나올지는 짐작도 되지 않지만 부끄러운 과거를 듣고 싶지 않았다. 하지만 그에게 달려들어 입을 막아보려던 손은 허공에서 멈췄다.

……건들지 말라고 했지.

승희는 패전한 전사처럼 말아 쥔 주먹을 바닥에 박았다. 입이 막히지 않은 무결이 자유롭게 미소 짓고 조곤조곤 과거를 들먹였다.

"어쩐지 우는데도 예쁘다 했어."

키스하다 운 여자의 이야기다. 아, 주먹도 운다.

"빛이 나더라 말이지."

가늘어진 그의 눈이 도리어 더 빛나는데. 조소를 지으며 칭찬을 하니 이게 칭찬인지 욕인지 모르겠다. 그를 때리고 싶은데 때리지도 못하고. 분해진 승희가 그에게 따졌다.

"근데요. 내가 의도를 갖고 건드리지 않는다고 해도 갑자기 지진이 난다거나, 누가 민다거나 그래서 그쪽이랑 내가 닿을 수도 있잖아요."

건드리면 시작되는 거라니, 건드리지 않으면 그만이다. 하지만 천재지변이나 불의의 사고로 그를 건드리는 것까지 자극이라 우겨서는 안 된다. 실은 누군가가 자신을 그에게로 확 밀어줬으면. 그래서 파키케팔로사우루스처럼 박치기라도 시원하게 해봤으면 원이 없겠다.

그녀의 트집에 무결이 몸을 일으키며 말했다.

"공자께서 이르시기를, 군자불기(君子不器)라고 했습니다. 군자는 그릇이 아니라는 뜻이죠. 알죠? 문과니까."

생뚱맞은 답변에 승희가 코를 찡긋했다.

"군자는 한정되지 않는다는 뜻입니다. 그렇게 융통성 없는 사람은 아니라는 얘기죠."

"군자이신 줄은 미처 몰랐네요."

"논어를 좋아해서요."

"논어 좋아하시는 줄도 몰랐네요."

"논어는 교양이죠."

변해도 너무 많이 변했다.

"누가 너무 올곧은 선비상이라 수준을 맞추려면 좀 알아야겠더라고."

그러나 왠지 그가 변한 것은 자신 때문인 것 같아 승희는 양심이 따끔따끔했다.

"일단 좀 씻고 올게요. 빵 먹으면서 기다리고 있어요."

무결은 승희가 낑낑대며 들고 온 빵 보따리를 가리키고는 뒤돌아섰다. 승희는 등 뒤에서야 이를 부득거렸다. 내가 사 온 빵이라고! 네 것처럼 말하지 마! 내뱉는 말마다 노란 싹수가 보인다. 왜 이름을 프리지어라고 지었니. 노란 싹수라고 짓지.

승희는 사 온 빵 중에서 가장 질긴 것을 골라 그를 욕하듯 씹어 넘겼다. 그가 침실에 달린 욕실로 씻으러 들어갔으니 잠깐은 그녀에게도 자유시간이었다.

승희는 자리에서 일어나 예전의 방을 보러 갔다. 오래전, 그가 침대까지 사주었는데 하루밖에 사용하지 못했다. 침대는 예전 그 자리에 그대로 잘 있었다. 침대가 그리울 것은 없는데 문득 그가 침대를 구입했던 그날은 그리워졌다. 침실 앞에 앉아서 나누었던 이야기들. 조용히 나누었던 대화가 침대보다 더 포근했었던 날이었다.

잠시 추억에 젖어 있는데 덜컥, 문 열리는 소리가 희미하게 들려왔다. 그가 욕실에서 나왔다는 얘기다. 승희는 예전 침실에 들어왔었다는 사실을 들키고 싶지 않아서 후다닥 거실로 내달렸다. 그녀가 거실 소파에 안전하게 착지한 뒤에 다시 문 열리는 소리가 났다. 그가 침실에서 나온 것이다. 저벅저벅. 거실로 진입해오던 발소리가 돌연 멈췄다. 그리고 잠시 후 끼익, 방문 닫히는 소리가 났다.

'아차, 방문을 안 닫았구나.'

조용히 탄식했다. 부끄러움이 달려들었지만 그 이후에 맞이한 풍경에 비하면 약소한 거였다. 저벅저벅 걸어온 무결이 그녀의 앞에 섰다. 건강한 신체를 자랑하듯 맨몸에 반바지만 걸치고 있었다. 완전한 직선이라고는 할 수 없는, 근육으로 울룩불룩한 몸에 채 닦아내지 못한 물방울들이 달라붙어 있었다. 처음 만났던 날처럼 그는 조금도 부끄러움이 없는 표정이었다. 도리어 승희의 고개만 절로 겸손해졌다.

"침실이 그리웠어요?"

그가 머리의 물기를 닦아내며 물었다. 벗고서 하는 말이라 그런지 더욱 야릇했다.

"아뇨."

승희는 고개를 숙인 김에 가방에서 제안서를 꺼내어 테이블 위에 고이 내려놓았다. 무결은 바로 몸을 굽혀 손을 뻗어 제안서를 들었다. 몸이 길쭉길쭉하니, 그가 하는 동작은 뭐든 크게 여겨졌다. 그를 바라보지 않았는데도 그가 움직일 때마다 자그마하게 놀라게 되는 승희였다. 그가 맨몸인지라 대놓고 보지는 못하고 흘깃거리며 눈치를 보았다.

제안서에 대한 피드백은 뜻밖에도 금방 돌아왔다.

"계약 조건 괜찮네요. 이렇게 합시다."

설명을 들어봐야겠다더니만, 종이 몇 장을 들추어보더니 괜찮다고 한다. 이건 또 무슨 경우인지. 고까운 마음이지만 어쨌든 그가 제안에 응해준 것이므로 고맙다는 말을 해야 했다.

"고맙⋯⋯."

"이제 기술을 알려줘야 하는데⋯⋯."

그녀의 인사를 그의 목소리가 끊어냈다.

"우승희 대표님이 제게서 매뉴얼대로 프로그램을 설치하는 방법만 익혀 가면 되는데 말이죠. 불안불안하네요. 워낙 기계랑 안 친하신 분이라."

놀림에도 어쩔 수가 없었다. 분하지만 사실이기도 했다. 승희는 다시 겸손의 자세로 눈을 내리깔았다.

"프로그램을 설치하는 동안 문제가 있으면 전화나 문자메시지로 해결하면 되고, 그 이후의 AS는 내가 트윙클에셋에 가서 직접 하죠."

"괜찮겠어요? 신분이 노출되면 안 되잖아요."

"새벽에 갈 거예요. 물론 우승희 씨만 나와 주면 되고요."

고단한 인생이 다시 시작되었다는 알림.

승희는 그와 헤어지던 날, 그가 했던 말을 떠올렸다.

"이럴 때 사람이 참 유치해지네요. 너는 굳이 내가 아니라도 살 수 있는데, 나는 네가 아니면 도무지 못 살 것 같을 때."

그래서, 그게 억울해서 이러는 거야? 내가 당신 없이 못 살 것 같은 상황을 만들어서 내게 복수하려는 거야?

순간순간 시시콜콜 약이 올랐지만 어쩔 수 없이 그의 말에 모두 따라야 했다.

"네. 알겠습니다."

승희는 자리에서 일어났다. 원하는 대답을 들었으니 더 있을 필요는 없었다.

"이만 가볼게요."

"빵 너무 많이 사 왔네. 갖고 가서 직원들 나눠줘요."

그가 빵 하나를 골라 들고는 떠나는 그녀에게 말했다. 승희는 다시 돌아와 빵 보따리를 집어 들었다.

"아니다. 그냥 놓고 가요. 우리 직원들 주게. 성의는 받아야지."

부글부글. 구질구질하다고, 질척거리지 말라고 따지고 싶지만 승희는 미래를 위해 꾹 참았다. 승희는 빵 보따리를 다시 내려놓고 꾸벅 인사했다.

"내가 쁘띠 얘기한 적 있죠?"

그런 승희에게 무결이 다시 말을 걸었다. 세상을 떠났다는 개 이야기였다.

"내가 전화하면 바로 받아요."

지금까지는 요청이었는데, 이제는 지시다. 매력으로 휘어잡을 때도 헤어나기 어려웠는데, 능력까지 발휘하니 죽을 것 같았다.

이 올가미 같은 남자.

2권에 계속

혼전 계약서 1

1판 1쇄 발행 2020년 5월 29일

지은이 · 플아다
삽 화 · 팻 녹
펴낸이 · 주연선

총괄이사 · 이진희
책임편집 · 박연빈 김서해
본문 및 표지 디자인 · 김지수
책임마케팅 · 이선행
마케팅 · 장병수 김진겸 이한솔 강원모
관리 · 김두만 유효정 박초희

(주)은행나무
04035 서울특별시 마포구 양화로11길 54
전화 · 02)3143-0651~3 ㅣ 팩스 · 02)3143-0654
신고번호 · 제 1997-000168호(1997. 12. 12)
www.ehbook.co.kr
ehbook@ehbook.co.kr

잘못된 책은 바꿔드립니다.

ISBN 979-11-90492-66-9 (04810)
        979-11-90492-65-2 (세트)